अज्ञेय : जेल के दिनों की कहानियाँ

अज्ञेय

जेल के दिनों की कहानियाँ

संकलन एवं सम्पादन

कृष्णदत्त पालीवाल

वाणी प्रकाशन

वाणी प्रकाशन

4695, 21-ए, दरियागंज, नयी दिल्ली 110 002

शाखा

अशोक राजपथ, पटना 800 004

फ़ोन: +91 11 23273167 फ़ैक्स: +91 11 23275710

www.vaniprakashan.in
vaniprakashan@gmail.com

AJNEYA : JAIL KE DINON KI KAHANIYAN
Edited by Krishnadutt Paliwal

ISBN : 978-93-5000-842-3
Collection of Stories

प्रथम संस्करण

मूल्य : ₹400

आर टेक ऑफ़सेट, दिल्ली-110095 में मुद्रित

वाणी प्रकाशन का लोगो मक़बूल फ़िदा हुसेन की कूची से

आलोचक प्रवर
प्रो. हरीश त्रिवेदी
को...

वीर प्रसू

('अज्ञेय')

माँ, तुम क्यों रोती हो?
ये अधीर आँसू क्या एक वीर आत्मा की मृत्यु का
बदला ले सकते हैं?
उसकी समाधि पर इन व्यर्थ आँसुओं की भेंट चढ़ा कर
उसे भ्रष्ट मत करो, माँ,
वीर आत्मा की भेंट वीर कृतियाँ हैं।

उसका कृतित्व विराट् था। क्या हुआ यदि उसे
सफलता नहीं मिली?
उसने अपने जीवन का सम्पूर्णत्व लुटा दिया। क्या
हुआ यदि वह मर गया?
अपने शोक को ओछा मत बनाओ, माँ, उसे गौरव-युक्त ही रहने दो—
यह तुम्हारा अभिमान है, गौरव है, कि उस
हुतात्मा का शीश बिना झुके ही गिर गया!

माँ, शोक मत करो आँसू मृतों की दूसरी मृत्यु है।
उठो, और हमें धैर्य दो, कि हमारी कृतियों में वह पुनर्जान हो!

देहली जेल, काल कोठरी (अप्रकाशित 'बन्दी स्वप्न' से)
24 मार्च, 1931

अनुक्रम

भूमिका

अज्ञेय : जेल जीवन की मनोभूमिका

सच्चिदानन्द हीरानन्द वात्स्यायन अज्ञेय जन्मजात विद्रोही और देशभक्त क्रान्तिकारी। उनके बचपन का एक नाम 'सच्चा'। इस नाम को वे 'सत्य' नाम से सुरक्षित रखने में कभी नहीं चूके। लेखों-टिप्पणियों के नीचे कभी 'वा' कभी 'वत्स' कभी 'वत्सल' कभी 'वात्स्यायन'। क्रान्तिकारी-जीवन में वे छिपकर कभी 'साइंटिस्ट' कभी 'मुहम्मद बख्श' कभी 'श्री गजानन' कभी 'डॉ. अब्दुल लतीफ' कभी 'समाज द्रोही नम्बर' आदि न जाने कितने छद्म नामों से लिखते रहे। ललित-निबन्ध 'कुट्टि चातन्' नाम से लिखे और रचनात्मक साहित्य–जैनेन्द्र कुमार द्वारा दिये गये नाम 'अज्ञेय' से। पत्रकारिता में हमेशा 'सच्चिदानन्द वात्स्यायन' या 'स.ही.वात्स्यायन' का प्रयोग किया। अज्ञेय एक उन्मुक्त-विशाल किरीटी-तरु की तरह स्वाधीन जिए और जीवन-भर 'स्वाधीनता' को जीवन का सर्वोच्च मूल्य माना। इस तरह वह बाल-विद्रोही, सिपाही-विद्रोही, शिल्पी-चित्रकार, सम्पादक-आलोचक, व्याख्याता-राजनीतिक चिन्तक, कर्मठ-श्रमरत मानक, प्रकृति और सागर के अद्‌भुत प्रेमी, चित्रकार, साहित्य के इतिहास-समीक्षक, भाषा के प्रेमी, यायावर सप्राण छाया-कल्पक न जाने क्या-क्या रहे। वह साहित्य एवं पत्रकारिता के काल में 'अमित रूप प्रकटे तेहि काला' के प्रतीक रहे। अंग्रेजी में 'ज्ञ' के द्विविध उच्चारण के कारण उसके हिज्जे हुए 'AJNEYA' जिसे किसी-किसी ने पढ़ा–'आग्नेय' किसी-किसी ने पढ़ा 'अज्ञेय'। जिन पाठकों ने उनकी कहानियाँ कविताएँ-निबन्ध कभी भी पढ़े हैं–वे जानते हैं कि अज्ञेय अग्निधर्मा-आकाशधर्मा सर्जक और चिन्तक का नाम है–उनकी सार्वजनिकता कहीं भी छिपी नहीं रह सकती–चाहे वे 'शेखर : एक जीवनी' जैसा उपन्यास लिखें–या विद्रोही-तेवर की कहानियाँ-कविताएँ। उन्होंने कविताओं में अपना 'आत्मपरिचय' दिया है। 'इस तरह मैं कवि हूँ, आधुनिक हूँ, नया हूँ'। यह भी कहा है–'मैं वह धनु हूँ जिसे साधने में प्रत्यंचा टूट गयी है स्खलित हुआ है बाण, जदपि ध्वनि दिग-दिगन्त में फूट गयी है।' अज्ञेय का 'हियहारिल' भी अनथक पंखों की चोटों से विचारों की हलचल उत्पन्न करता रहा है।

अज्ञेय जी भारत के स्वाधीनता-आन्दोलन में प्राणों को हथेली पर रखकर कूदे और निर्भय मन से हर झंझट, हर जोखिम का सामना किया। उन्हें कभी ढिल्लढ़पन नहीं भाया–तेज गति का आकर्षण रहा। तेजगति, लययुक्त हिरण-कूद 'पके ज्वार से निकल शशों की जोड़ी चली फलांगती।' या गतिमय अश्व

भाता रहा। समय पाकर हजार-हजार आँखों वाले काल-अश्व की पीठ पर सवार होकर वे स्वयं दौड़े।

बचपन में हठी ऐसे रहे कि अपना माथा पक्का करने के लिए कुर्सी की पीठ पकड़कर बार-बार यों उससे टक्कर मारते हुए तब माथा पक्का किया। इस पक्के माथे से उन्होंने मास्टर होकर न जाने कितनों को टक्कर मारी और पक्के सिद्ध हुए। नालन्दा की अमराई में एक डाक-बंगला था—हीरानन्द शास्त्री उसमें रहे थे—अज्ञेय का शरारती बचपन वहाँ भी रंग लाया। नालन्दा में ही पहला नाटक देखा—'सत्य हरिश्चन्द्र नाटक। पढ़ना-लिखना शुरू किया तो एक जादू करतब की एक पुस्तक ऐसी मिली कि उसमें 'बारूद बनाने की विधियाँ भी दी हुई थीं और उसी की सहायता से धीरे-धीरे गन्धक और शोरा सब किस्तों में खरीद कर बारूद वगैरह बनाना शुरू किया। घर पर भोजन बनाना—मिठाइयाँ बनाना—पाक विद्या में गति प्राप्त की तथा आतिशबाजी बनाना भी सीखा।

सन् 1921-22 का गांधी युग। गांधी जी का सत्याग्रह आन्दोलन चला। इस आन्दोलन का बालपन पर प्रभाव पड़ा और अंग्रेजी शिष्टाचार के प्रति 'गुड मार्निंग, गुड इवनिंग' के प्रति विरोध के बीज पनपे। लेकिन उनके घर तो पश्चिमी अदब-कायदे के अंग्रेजी दाँ लोग भी आते थे—उनसे 'नमस्कार' शुरू किया। गाँधी के प्रभाव में विदेशी कपड़ों का बहिष्कार। अज्ञेय ने बालपन में ही घर पर अपने विदेशी कपड़ों की होली जलाई। पिता का जगह-जगह तबादला होने से बचपन से अकेला रहने की आदत पड़ गयी। अकेले हर समस्या का हल खोजने का अभ्यास बढ़ता ही गया। पिता ने पुत्र को हर संकट का अकेले सामना करने की दीक्षा दी। घर ही मैट्रिक तक शिक्षा—अंग्रेजी में ज्यादा संस्कृत फारसी-हिन्दी में कम। लखनऊ में स्कूल में पढ़ने गये पर दंगाई स्वभाव के कारण आगे चल नहीं सके। अज्ञेय ने स्वयं कहा कि 'लड़ाई-झगड़ा करके स्कूल छोड़कर चला आया, अलग-अलग प्रदेशों में रहने के कारण भाषा बदलती रही। बोलना लखनऊ में सीखा। फिर कश्मीर चले गये और फिर बिहार। इस तरह हिन्दी उनके लिए सीखी हुई भाषा रही। दक्षिण में वे कोरीविडी तथा ऊटकमण्ड में रहे—अंग्रेजी सीखी। पढ़ाई कम हुई इस तरह गढ़ा ज्यादा। इसका लाभ यह हुआ कि 'भ्रष्ट भाषा' से दूर रहे। आकर-ग्रन्थों से भाषा का संस्कार पाया। इससे स्वाधीन व्यक्तित्व के निर्माण में बहुत मदद मिली और कई तरह के अनुभवों ने स्वाधीन चिन्तन का विकास किया। पिता का कड़ा अनुशासन भी जीवन-भर काम आया। पिता से पुत्र की टकराहट भी कम नहीं रही। पिता के साथ समीपता ज्यादा रही। माँ के साथ उस तरह का व्यक्तिगत रूप का सम्बन्ध बन नहीं सका। पिता दौरे पर जाते तो उनके साथ कभी-कभार तो अकेले अज्ञेय जाते। अकेले घूमने की प्रवृति और अपनी आजादी का आनन्द। हर जगह वे नारद-भाव से घूमे-रमे और रहे। आठ भाई, दो-बहिनें, माँ का स्वास्थ्य खराब तो घर का हर काम अकेले करना ही था। अज्ञेय में मौत के प्रति 'सखा-भाव' की मनोभूमिका का रहस्य भी यही रहा कि वे अकेलेपन में रमे रहे।

विद्यार्थी काल से ही वह 'क्रान्तिकारी आन्दोलन' का अंग रहे। उनका क्रान्तिकारियों से सम्पर्क रहा। कॉलेज में सहपाठियों से राजनीति पर चर्चा और नीति बनाकर क्रान्ति से जुड़ने की मानसिक तैयारी। उन दिनों लाला लाजपतराय का पंजाब में व्यापक प्रभाव था। युवाओं में भगतसिंह की प्रसिद्धि। उनसे प्रभावित होकर विद्यार्थियों ने एक दल बनाया। गुप्त कार्य शुरू किये। पर्चे भी छापकर बाँटना प्रचार का अंग रहा। क्रान्ति होनी चाहिए इस मनोभाव के कारण एक दिन ऐसा आया कि भगतसिंह दल के कुछ सदस्यों से परिचय हो गया। ये सदस्य उन दिनों 'हिन्दुस्तान सोशलिस्ट रिपब्लिकन या एसोसिएशन' के सदस्य नाम से जाने जाते थे। सदस्यगण उन दिनों भगतसिंह को जेल से छुड़ाने की योजना बना रहे थे। यह बड़ा काम था लेकिन बेहद कठिन जोखिमों से भरा। भगतसिंह को छुड़ाकर लाने के बाद छिपाकर रखने की व्यवस्था बड़ी चुनौती थी—

"इस सबके सिलसिले में उन लोगों की बात मेरे साथियों से और मुझसे हुई थी और उन्हीं के द्वारा

फिर मेरा आजाद (चन्द्रशेखर आजाद) से परिचय हुआ। उनके साथियों से जो यह व्यवस्था कर रहे थे। उसी सिलसिले में फिर यशपाल से भी परिचय हुआ। भगवतीचरण वोहरा से परिचय हुआ। और जो भगतसिंह को छुड़ाने की योजना थी उसका निर्देशन चन्द्रशेखर आजाद को सौंपा गया था। वही योजना बना रहे थे और उन्होंने मुझे काम सौंपा था। उस ट्रक को चलाने का जिसमें भगतसिंह को छुड़ाकर ले जाने का प्रयत्न किया जायेगा।" (कवि नायक अज्ञेय (साक्षात्कार) इला डालमिया कोइराला, नीलिमा माथुर, पृ. 58) अज्ञेय ने रात-दिन प्राण होम कर गाड़ी (ट्रक) चलाना सीखा। आदेश था कि तीन दिन के अन्दर मुझे ट्रक चलाना आ जाना चाहिए और चलाना आ गया, उसका प्रमाण यह होगा कि 'मैं लाहौर में अनारकली (बाजार) में से गाड़ी गुजार कर ले जा सकूँ।' अज्ञेय ने ट्रक चलाना सीख लिया लेकिन उसका उपयोग कई स्थितियों के चलते नहीं हो सका। लाहौर में एक बम विस्फोट में भगवतीचरण वोहरा घायल हुए और उनका शरीरान्त हो गया। इसलिए भगतसिंह को छुड़ाने का कार्यक्रम छोड़ दिया गया। ऐसी स्थिति भी बनी कि कई सदस्यों में आपसी वैमनस्य हो गया। फिर यशपाल से परिचय हुआ तो उन्हें भी कहीं छिपाकर रखने का काम अज्ञेय को सौंपा गया। "उन्हें मैंने महीना भर तो पहाड़ों पर छिपाकर रखा था। उसके बाद फिर दिल्ली में एक विस्फोटक बनाने का कार्य मुझे सौंपा गया। उसी के लिए एक नाम भी बन पड़ा तब 'साइंटिस्ट'। तो उस दल में—क्रान्तिकारी दल में 'साइंटिस्ट' नाम से ही मैं जाना जाता रहा जबकि गिरफ्तारी नहीं हुई।"

अज्ञेय की गिरफ्तारी तो अमृतसर में हुई। वे वहाँ पर तरह-तरह के छद्म वेश धारण करके रहे। जहाँ गिरफ्तारी हुई वहाँ वे मुसलमान कारीगर बनकर, इलेक्ट्रीशियन का रूप धारण करके गुप्त वास करते थे। इलेक्ट्रीशियन बनकर अज्ञेय सुबह घर से निकल जाते और शाम ढले घर वापस आते। कभी-कभार अमृतसर में एक प्रसिद्ध दुर्गामाता मन्दिर के पास भी समय गुजारते। उसके बाद जलियांवाला बाग की गली में एक कमरा लिया। वहाँ 'साइन बोर्ड पेंटर' बनकर रहे—और कलाकार अज्ञेय ने कुछ साइन बोर्ड पेन्ट किए भी। थोड़े से पैसे भी कमाये। शहर के बाहर 'इलेक्ट्रीशियन' बनकर और शहर में दूसरी जगह 'साइन बोर्ड पेंटर' बनकर। कुछ समय बाद एक मस्जिद में भी रहे और इमाम से अन्तरंग होकर। वहाँ रहकर खाली कारतूसों तथा खराब हथियारों को ठीक कर कारखाना चलाने का मन भी बनाया—पिस्तौलें, रिवाल्वरें इकट्ठी भी की गयीं। लेकिन इस बीच कुछ साथियों की गिरफ्तारी हो गयी। फिर एक मुकदमा अमृतसर में चला, एक दिल्ली में। अमृतसर में तो आर्म्स एक्ट का मुकदमा था जो हथियार हम लोगों से बरामद हुए थे उनके आधार पर दिल्ली में एक षड्यन्त्र का मुकदमा था—बड़ा, जिसमें 15-16 व्यक्ति अभियुक्त थे। यह मुकदमा तो लगभग तीन वर्ष तक चला। मुकदमे के लिए बचाव की स्ट्रेटेजी भी बनानी पड़ी। लाहौर के भगतसिंह वाले मुकदमे में तो कहा गया हम कोई इस सरकार को नहीं मानते तो इस कचहरी को ही क्यों मानें। हम लोग चाहते थे कि मुकदमा इतना लम्बा खिचें कभी निरस्त ही न हो। कचहरी जाने पर हम लोग जेल जाने से इनकार कर देते और पुलिस जबरदस्ती पकड़कर जेल में हथकड़ियाँ डालकर ले जाती। हमारे इस केस में लगभग पाँच सौ गवाह थे—पहले गवाह से सुलझने में कचहरी ने दस महीने लगाये। सरकार को समझ में आ गया कि ऐसे तो मुकदमे का ओर-छोर नहीं है। उन मुकदमों को बन्द कर दिया गया। वे करते क्या—कचहरी में जाते ही हम सभी जजों की ओर पीठ फेरकर बैठ जाते। कचहरी को नहीं मानते। असहयोग आन्दोलन करते और अखबारों में लगातार सुर्खियाँ पाते। हम यह भी कहते हमें वकील नहीं चाहिए हम तो अपनी पैरवी खुद करने में सक्षम हैं। अज्ञेय ने वकील नहीं किया, खुद-अपनी पैरवी की इस तरह बहस करने का हौसला भी बढ़ता गया और कचहरी की स्थिति को भी हास्यास्पद बना दिया जाता रहा।

यहाँ लगे हाथ अज्ञेय के साहित्यिक-संस्कारों की मानसिकता का संकेत देना भी अपेक्षित हैं। बचपन

1911 से 15 तक लखनऊ में रहे और तुतलाना हिन्दी में शुरू किया। संस्कृत-मौखिक परम्परा से शिक्षा का आरम्भ—1915 से 1919 में स्कूली शिक्षा में पिता हीरानन्द शास्त्री को विश्वास न था। घर पर ही संस्कृत-अंग्रेजी-फारसी की शिक्षा मिली। "कुल परम्परा से मेरी पढ़ाई रटन्त से आरम्भ हुई : गायत्री-मन्त्र और अष्टाध्यायी के साथ-साथ मुझे अपने वयोवृद्ध गुरु की स्नेह भरी पंडिताऊ गालियाँ भी अभी तक याद हैं। लेकिन प्रबुद्ध-चेता पिता ने 'स्वौजसभौट्छष्टाभ्यांभ्यस्...ड्सोसाम्सडिओस्सुप" की रटाई के साथ-साथ अंग्रेजी की मौलिक शिक्षा भी आरम्भ करवा दी और अक्षर ज्ञान से पहले ही मैं दो-ढाई सौ अंग्रेजी शब्द सीखकर वह भाषा वैसे बोलने लगा था, जिसे 'फर्र-फर्र' अंग्रेजी कहते हैं। अंग्रेजी में भी कुछ हल की कविताएँ और तुकबन्दियाँ रट ली थीं—हमारा दुर्भाग्य था कि तब हिन्दी में बाल-साहित्य लगभग नहीं था। तो अंग्रेजी तुक से प्रेरणा पाकर अंग्रेजी के सहारे ही लोगों को चिढ़ाने वाली कुछ तुकबन्दियाँ भी की थीं और एक-आध बार बड़ों की इस अवमानना के कारण दण्ड भी पाया था। स्पष्ट है कि इन्हें कविता नहीं कहा जा सकता, लेकिन 'वागर्थसम्पृक्ति' के ज्ञान के बाद अगला कदम तो छन्द-परिचय ही है।" (आत्मपरक मेरी पहली कविता, पृ. 21) चार वर्ष के अज्ञेय ने 'नाचत है भूमिरी' गायी जिसमें भँवरी ही नहीं सारी भूमि नाच रही है। ताल और छन्द पर खुद भी नाच रहे हैं। सृष्टा की शक्ति को—शब्द की शक्ति को पहचान लिया। शब्द शक्ति ही तो आद्या-शक्ति है। आदि में शब्द था और शब्द ही दृष्टि था। उस रोमांच की छाप अज्ञेय के कवि-मन पर (आविष्कारक मन पर) हमेशा रही। वे कभी यह नहीं भूल सके कि शब्द शक्ति का रूप है और शब्द का सार्थक प्रयोग सिद्धि। छठे वर्ष की बात है बहुत कुछ जाना-सीखा। कविता से भी परिचय बढ़ा और ग्यारहवें वर्ष में एक ओर टेनीसन की कविता से परिचय हुआ तो दूसरी ओर असहयोग के पहले दौर से और तत्कालीन 'प्रिन्स ऑफ वेल्स" को भारत यात्रा के बहिष्कार के आन्दोलन से। इसी समय स्वामी दयानन्द की गंगा को लक्ष्य करके लिखी गयी कविता—उद्‌बोधनात्मक कविता-पढ़ी—

गंगा उठो कि नींद में सदियाँ गुजर गयीं;
देखो तो सोते-सोते ही बरसें किधर गयीं।

"इन सबकी सम्मिलित प्रेरणा से मैंने भी गंगा की एक स्तुति लिखी थी जो अनन्तर गंगा मैया को ही भेंट चढ़ गयी। वह मुझे स्मरण होती तो पहली कविता के नाम पर कदाचित् उसी का उल्लेख होता। किन्तु एक तो यह अंग्रेजी में थी, दूसरे कविता याद न होने पर भी इतना तो याद है इसके छन्द पर, भाषा पर, शैली पर, टेनीसन की गहरी छाप थी।" सन् 1919 में पिता के साथ नालन्दा आये। इसके बाद 1925 तक पिता के साथ रहे। शास्त्री जी नालन्दा से पटना आये तो काशी प्रसाद जायसवाल, राखालदास बनर्जी से परिवार का परिचय हुआ। यहीं अज्ञेय के मन में अंग्रेजी से विद्रोह की भूमिका तैयार हुई। राखालदास के सम्पर्क में आकर बंगला सीखी और बंगला की तमाम पुस्तकें पढ़ डालीं।

सन् 1921 से 25 तक ऊटकमण्ड में रहे। सन् 1921 में उडिपी के मध्वाचार्य के द्वारा इनका यज्ञोपवीत संस्कार हुआ। इसी मठ के पण्डित ने छह महीने तक तमिल तथा संस्कृत की शिक्षा दी। यही वह समय है जब 'भणोत' से 'वात्स्यायन' में परिवर्तन हुआ। इसी मठ में पहली बार गीता का अध्ययन किया और अन्य धर्मों के ग्रन्थ पढ़े। टेनीसन के साथ वर्ड्सवर्थ, शेक्सपियर, लांगफेलो, ह्राल्ट हिटमैन गोडस्मिथ, तुर्गनेव, ताल्स्ताय को पढ़ा। अज्ञेय ने लिखा है—'इन्हीं दिनों पिता के साथ ऊटकमण्ड चला गया। मैं स्वभाव से भी एकान्तप्रिय था और परिस्थितियाँ भी अकेला रखती आयी थीं—यह ऊटकमण्ड से तीन मील दूर फ़र्नहिल नामक स्थान के एक बँगले में रहकर तो मानो एकान्त में डूब ही गया—यद्यपि प्रकृति के स्पन्दन भरे एकान्त में, जिसमें इस बात की चिन्ता नहीं थी कि परिवार के बाहर कोई भी हमारा एक शब्द भी समझने वाला न था, न हम किसी का एक भी शब्द समझते थे। इसी एकान्त काल में

मैंने पहले चित्र-संग्रह करना शुरू किया—मुख्यतया अवनीन्द्रनाथ ठाकुर और उनके नव-बंग सम्प्रदाय की शिष्य परम्परा के चित्र—और उनके एलबम बनाये। यहीं सहसा पाया कि मैंने एक हस्तलिखित पत्रिका निकाल दी है—'आनन्द बन्धु' और इस पत्रिका में पहले पृष्ठ पर कविता से लेकर अन्त में सम्पादकीय के बाद चित्र परिचय तक सब कुछ था—जैसा कि उससे पहले की 'सरस्वती' में हुआ करता था—स्वर्गीय महावीर प्रसाद द्विवेदी के सम्पादकत्व में। पहले अंक में तो कविता के नाम पर गुप्त जी की 'नीलाम्बर-परिधान हरित तट पर सुन्दर है, वाली स्वदेश वन्दना दी गयी थी, पर दूसरे अंक से समझ में आने लगा कि इस प्रकार उद्धृत सामग्री देना सम्पादन कला के विरुद्ध है। (आत्मपरक, पृ. 22)

पत्रिका का दूसरा अंक निकाला तो बड़े भाइयों से सामग्री प्राप्त की पर इस अंक में कविता अज्ञेय की ही गयी। उन्हीं दिनों श्री शिवप्रसाद गुप्त की 'पृथ्वी-प्रदक्षिणा' निकली थी जिसमें अमेरिका के नियाग्रा प्रपात को दी गयी कन्या बलि का उल्लेख था—उसी कहानी से प्रभावित होकर उसी पर कविता लिखी गयी थी...'आनन्द बन्धु' का पहला अंक तो बहन-भाइयों ने ही देखा था, दूसरा पिताजी ने भी। "उनसे इस कविता पर मुझे पाँच रुपये पुरस्कार में मिले थे। इस पूँजी पर अगले चार वर्ष तक 'आनन्द-बन्धु' चल सका—मेरे सम्पादन के अनुभवों में कदाचित् यही सबसे प्रीतिकर है—उसके बाद न तो इतना कम खर्च हुआ, न इतनी बालानशीनी नसीब हुई।

आपके मन में प्रश्न उठ सकता है कि हिन्दी कविता के प्रति राग या चस्का या आकर्षण कैसे पैदा हुआ? इसका उत्तर अज्ञेय से ही सुनिए—'इन्हीं दिनों गुप्त जी की कविता के अतिरिक्त मुकुटधर पाण्डेय, श्रीधर पाठक, हरिऔध, रामचरित उपाध्याय और आरा के प्रेमयोगी देवेन्द्र की कविता से परिचय हुआ। इस सबसे छन्दों के बारे में कौतूहल बढ़ा। रोला और वीर तो हिन्दी के अतिपरिचित छन्द हैं, जिनसे कौन हिन्दी कवि बचा होगा; और गुप्त जी (मैथिलीशरण गुप्त—अज्ञेय के गुरु-स्थानीय) की कृपा से हरिगीतिका और गीतिका पर भी हाथ साफ करने का साहस हुआ। लेकिन कुछ संस्कृत छन्दों ने भी आकृष्ट किया। 'हरिऔध' की यशोदा का विलाप पढ़कर मैंने मालिनी छन्द में कई एक विलाप लिखे—राधा का प्रवंत्स्यपतिका वीर-वधू का हत्यादि। मन्दाक्रान्ता तब उतना अच्छा नहीं लगा था जितना बाद में लगने लगा, पर 'शिखरणी, पर मैं मुग्ध रहा विशेषकर पिता जी के 'महिम्नस्तोत्र' के कारण। लेकिन ये छन्द कभी मुझसे सधे नहीं, और पीछे बरवै के आकर्षण में अपनी असफलता का दुःख भी भूल गया।

अज्ञेय जी ने पिता जी के बन्धु रायबहादुर हीरालाल से हिन्दी पढ़ी थी और पिता जी 'हिन्दुस्तानी' से चिढ़ते थे। वे संस्कारवान हिन्दी के पक्षपाती थे और पिता के इन विचारों का प्रभाव अज्ञेय की मानसिकता पर जीवनपर्यन्त रहा। एक गद्य-पद्यमयी रचना पर रायबहादुर हीरालाल ने अज्ञेय को पुरस्कृत किया। 'आनन्द-बन्धु, के पाठक-वृन्द भी बढ़ गये...वह दो भाषाओं में निकलने लगा था—अंग्रेजी अंश तो टाइप भी हो जाता था। पाठकों में उनके पिता जी के बहुत मित्र भी थे, जिनकी आलोचनाओं से अज्ञेय ने बहुत कुछ सीखा। लेकिन कहानी तो इन दिनों एक छप चुकी थी—इलाहाबाद की एक बालचर पत्रिका 'सेवा में' पर कविता पहले-पहल लाहौर में अपने कॉलेज की पत्रिका में छपी। यह जिस समय लिखी गयी उस समय अज्ञेय वह अंग्रेजी 'गीतांजलि' का जादू चढ़ चुका था। उसी प्रभाव में अज्ञेय ने रहस्यवादी ढंग के गद्य गीत भी लिखे—"जो दैव कृपा से कभी छपे नहीं; और मेरे जेल प्रवास के दिनों में जाने कहाँ खो-खा गये। लेकिन तुकताल युक्त कविताएँ उन्हीं दिनों छपी थीं—पहली कविता अब चिन्ता में संगृहीत है और मन होता है स्वयं न बताकर लोगों से पूछा करूँ—बताइए वह कौन-सी होगी? बता दूँ 'चिन्ता' की छठी कविता है, जिसका आरम्भ है 'तेरी आँखों में क्या मद है' और अन्त है 'जिसको लख तेरे आगे हाथ जोड़ कर रह जाता हूँ।' अज्ञेय में नारी के प्रति आकर्षण जन्मजात है और यह आकर्षण उनकी

कविताओं की एक प्रमुख प्रेरणा है—दूसरी प्रेरणा है—प्रकृति। शुरू की इस कविता पर रवीन्द्रनाथ की 'गीतांजलि' का प्रभाव है—आँखों के मद की महक पर दोनों कवि पागल हैं।

यह सृजन-कला का रहस्य भी अज्ञेय ने ही खोला है कि उन्हीं दिनों कहानियाँ भी लिखीं। इसी समय गुप्त-आन्दोलन से भी सम्बद्ध हो गया—और तब कहानियाँ ही अधिक लिखीं— एक उपन्यास भी जो अनन्तर किसी सहयोगी के पास पकड़ा गया था और खुफिया पुलिस के दफ्तरों में ही कहीं डूब गया, जहाँ अभी तक डूबा हुआ है। लेकिन जेल जाने के बाद से जोरों से लिखना शुरू किया। उपन्यास, कहानी, कविता, निबन्ध—सभी कुछ। इनसे कभी अवकाश लिया तो पुस्तकों के अनुवाद करने बैठ गया। उस समय से फिर लेखन का क्रम बराबर चलता रहा। इसलिए पुराना या बुजुर्ग लेखक के मोह में न पड़कर तभी से उनके रचना-कर्म का आरम्भ मानना चाहिए। लेकिन इतना सच है कि 'दृष्टिपथ से तुम जाते हो जब' जैसी कविता पर—शायद पहली कविता पर—रवीन्द्रनाथ का प्रभाव पड़ा था।

अज्ञेय ने सहज-भाव से मित्र-सखा-सहचर-लोगों के हर तरह के व्यंग्य को झेला है और झेलकर अपने को पक्का किया है। 'मेरे एक मित्र कहा करते हैं अगर अंग्रेजी न पढ़ा हुआ कोई व्यक्ति आधुनिक अंग्रेजी कविता से परिचय पाना चाहे, तो उसे 'अज्ञेय' की कविता पढ़नी चाहिए। वह मेरे मित्र हैं इसलिए व्यंग्य करने का उन्हें अधिकार है और वह उनका उद्देश्य भी है।' (आत्मपरक प्रकृति, अहं का विलयन, पृ.-26) उनकी बात में सार है। अज्ञेय में हिन्दी कविता को बौद्धिकता-आधुनिकता से सम्पन्न करने का अरमान रहा है। हिन्दी कविता बोधगम्य हो निरे शब्दों के निरे आगे जाकर वह ध्वनियों अन्तर्ध्वनियों, स्वरों, अन्तःस्वरों से-संवादी-विवादी स्वरों को लेकर अन्वेषण करती है। एक ओर वह 'छन्द के बन्ध' तोड़ती है—दूसरी ओर गेय तत्त्व को, संगीत को अपनाती है। फिर आधुनिक कविता पर मनोविज्ञान की गहरी छाप है। क्योंकि व्यक्ति और परिस्थिति में इतना गहरा टकराव कभी नहीं हुआ। मानसिक तनाव, भीतरी जीवन की तीखी चेतना, विविधता ही इसका सौन्दर्य है। 'इस तरह मेरी कविता हिन्दी में लिखी गयी अंग्रेजी कविता है।' ऐसा कहकर कुछ लोग समझते हैं कि उन्होंने प्रशंसा की हैं कुछ समझते हैं कि यह निन्दा है। अज्ञेय ने छोटी-छोटी कविताएँ लिखी हैं और उन्हें महत्त्व भी दिया है। भावों की खींचतान, 'पैराफ्रेज,' पसन्द नहीं है। लम्बी कविताओं वाला ढंग उनका नहीं है।

उन्हें यह भी अनुभव है कि गाँवों की संस्कृति जिस नैतिक मान्यताओं में बँधी थी, शहरों की सभ्यता में उनके लिए स्थान नहीं है। आज का कवि पाता है कि व्यंजना के पुराने साधन उसके लिए पर्याप्त नहीं हैं। कवि नयी सूझ, नयी उपमाएँ, नया चमत्कार कविता में लाता है। वह जानता है कि अतिपरिचय से चमत्कार मैला हो जाता है। आलोचक का काम है—सृजन में प्रवहमान अन्तर्धाराओं को पहचानना और उनका विश्लेषण-मूल्यांकन करना। मूलतः कविता अहं के विलयन का साधन है। कविता स्वास्थ्य लाभ का साधन नहीं है—स्वस्थ व्यक्ति की आनन्द साधना है। काव्य सत्य व्यक्तिबद्ध नहीं है—व्यापक है—सामूहिक सत्य है। जीवन खेना और आकारों का विस्मय से भरा इन्द्रधनुष है जिसमें प्रतीक तो ज्ञान के साधन हैं। कविता का काम है बुद्धि को तोष देना और भावों का शुद्धीकरण या विरेचन। रचनाकार, सम्पादक चित्रकार—अज्ञेय ने जेल-जीवन के अनुभवों को आत्मसात् करते हुए 'शेखर : एक जीवनी' उपन्यास लिखा और तमाम कहानियाँ लिखीं। 'शेखर से साक्षात्कार' के सन्दर्भ में कहा कि रचनाकार सामाजिक क्रान्तिकारी होता है। 'शेखर' जब लिखा गया था तब तो लोग उसे साहित्य ही नहीं मानते थे। या फिर घटिया अश्लील उपन्यास कहकर अज्ञेय को 'प्रतिक्रियावादी' घोषित करते थे। लेकिन 'शेखर' का चित्र पूरा नहीं हुआ क्योंकि तीसरा भाग प्रकाशित ही नहीं हुआ।

जेल की स्मृतियाँ अज्ञेय के सृजन में रूपान्तरित होकर आती हैं और समय की दूरी कटु-तिक्त अनुभवों के दंश निकाल देती है—उनकी तात्कालिकता थिरा जाती है और कटु अनुभव तीखे-कसैले

अनुभव भी भाने लगते हैं। 'जीवन का रस' तो इसीलिए 'रामरस' है सभी द्वन्द्वों-संघर्षों-तनावों, झल्लाहटों, यातनाओं, भ्रमों से निचुड़ा जीवन-रस ही 'रामरस' है। अज्ञेय जी ने लिखा है—"इसलिए आज कहना अनुचित न होगा कि जेल की मेरी स्मृतियाँ मधुर-ही-मधुर हैं- उन अनुभवों की जो तब भी मीठे थे और इनकी भी जो उस समय अपनी कटुता के कारण तिलमिला देते थे या आग की एक लकीर सी मन में खींच देते थे। और शायद यह कहना भी ठीक होगा कि स्मृतियाँ कम से कम अधिकांश कुछ धुँधली भी हो गयी हैं। और शायद यह धुँधलापन भी माधुर्य का एक तत्त्व होता है, क्योंकि जो आज भी पूर्ववत् उज्ज्वल और गहरी हैं, उन्हें ठीक मधुर कहना शायद अनुचित हो—शायद उतना ही अनुचित जितना उन्हें कटु कहना : गहराई का एक आयाम होता है जो अनुभूति को कड़वी-मीठी की परिधि से परे ले जाता है।" (आत्मपरकः जीवन का रस, पृ. 145)

जेल जीवन की स्मृतियों के बादल मन के आकाश में घिरते हैं-बरसते हैं—कभी-कभार तने रहते हैं। उनका इतिहास स्मृति में शब्द-मूर्त्त होता है जस-का-तस नहीं रूपान्तरित होकर। "चार सौ कैदियों के लिए बनी हुई जेल में भरे हुए अठारह सौ कैदियों में से एक जब देखता है कि उसके कुछ साथी भूख-हड़ताल करते हैं, छिपकर मेवा-बादाम खाते हैं और ग्लूकोज का शरबत पीते हैं और जेल का डॉक्टर उन्हें सहानुभूति देकर भी परेशान है कि उनका वजन घटने के बजाय बढ़ता ही जाता है तब उसे हँसी भी आती है और ग्लानि भी होती हैः आज स्मृति में दोनों ही मधुर हैं।" जेल के जीवन में गरम अनुभव खौलते हैं—'नये कैदी को पुराने पकड़कर जेल की धोबी भट्ठी के सामने मन्दिर कहकर माथा टेक वाने ले जाते हैं—यहाँ भी उसी कोटि का अनुभव है जिसके कॉलेज जीवन में 'फर्स्टयिअर फूल' की खिसियाहट के अनुभव ऐसा ही अफीम का चोर-व्यापार करने वाले एक एंग्लो-इंडियन द्वारा बिना जाल के पेड़ पर चिड़िया पकड़ना सिखाया जाना : दिल्ली जेल में ले जाने पर 'गोरा-बारक' में उसे साथी पाकर उससे कई अद्भुत बातें सीखी थीं जिनमें मुख्य यह थीं। अहाते के आम के पेड़ पर साँझ को बुलबुल आकर बसेरा करते थे और रात को हम मोमबत्ती के सहारे खोज कर हाथ से पकड़ लेते थे—पहले मुझे विश्वास नहीं होता था कि ऐसा सम्भव है और शायद मुझसे सुनकर आप को भी न हो लेकिन मैंने ऐसे कई बुलबुल पकड़कर पाल लिये थे और उनकी बोली ने मेरे एकान्त में एक अत्यन्त प्रीतिकर व्याघात डाल दिया। इसी प्रसंग में यह भी याद आया कि जेल के दारोगा आये और बुलबुल देखकर जल-भुनकर खाक हो गये। लेकिन नये क्रान्तिकारी बन्दी को यह कहने का साहस भी न बटोर सके कि वह पक्षी न पालने देंगे—उस बन्दी ने दो-तीन दिन पहले शिनाख्त के लिए आये मुखबिर को और उसका बचाव करने के लिए बीच में पड़े मजिस्ट्रेट को पीट दिया था 'अन्ततोगत्वा मुझको ही दफ्तर बुलाकर वहाँ से एक काल-कोठरी में भेज दिया गया।' जेल में निर्भय अज्ञेय का यह रूप आज एक 'पाठ' है, जिस पर 'विमर्श' करना चाहिए। जेल के इन्हीं अनुभवों से अज्ञेय के सृजन-कर्म में गहरी प्रामाणिकता का सहज प्रवेश हुआ है। अज्ञेय ने स्वयं कहा है—'ऐसे हल्के-फुल्के अनुभव और भी हैं। किन्तु गहरे भी अनेक हैं, कुछ तो इतने गहरे हैं कि अभी तक उनसे वह अलगाव नहीं स्थापित कर सका है जो उन्हें साहित्य की वस्तु बना दें : अभी तक वे मेरे ही अनुभव अधिक हैं। जिनसे तटस्थता पा सका हूँ। उनमें से कुछ 'शेखर' में आ गये हैं, कुछ प्रकाशित दूसरे भाग में, कुछ अप्रकाशित तीसरे भाग में कुछ शायद आपको स्मरण भी हों। कुछ कहानियों में भी आ गये हैं। बूढ़े बाबा मदनसिंह, फक्कड़ मोहसिन, फाँसी पाने वाले रामजी, ये सब नाम सच भी हैं, झूठ भी, क्योंकि अगर काल्पनिक नहीं हैं तो पात्रान्तरित हैं। यानी एक मदनसिंह से मेरा परिचय हुआ था, एक मोहसिन से भी, एक रामजी से भी—पर मेरे परिचय के यथार्थ व्यक्ति और मेरी पुस्तक के पात्र अलग-अलग हैं। पात्रों के साथ जो घटित हुआ वह वास्तव में भी कहीं, किसी के साथ तो घटा, पर उस व्यक्ति के नाम के साथ नहीं; और प्रायः सब कुछ एक ही व्यक्ति के साथ नहीं।

साहित्य रचना में चयन भी है, सम्पुंजन भी, सघनीकरण भी, क्योंकि सागर के विस्तार को एक आलोक वेष्टित बूँद के विकिरित आलोक के छोटे से दायरे में दिखा सकना ही रचना का काम है, लेखक का वह गुण है जिसे 'दृष्टि' कहा जा सके। 'शेखर' की भूमिका में और अन्यत्र मैंने कहा है कि दुःख वह है जो दृष्टि देता है पर ऐसा है तो दुःख किसी भी तीव्र अनुभूति का नाम है—ऐसी अनुभूति जो संवेदना को चेतना को, घनीभूत अलोक रूप दे देता है। रचनाकार की प्रतिभा ढाके के मलमल का पचास हाथ का थान बुनने में नहीं है उसे अँगूठी और अँगूठी तो उसकी है ही। मेरे पास रचनाकार होने के नाते क्या है क्या नहीं है, यह कहना मेरा काम नहीं है; जो मेरा आदर्श है वह मैंने बता दिया।" (वही)। हिन्दी के ज्यादातर आलोचकों ने अज्ञेय को 'जीवन शिल्पी' कहा भी उनकी इसी कला से चमत्कृत होकर ही है।

जेल जीवन भी एक अलग तरह का विश्वविद्यालय है एक नये ढंग का पाठ्य-क्रम। उस पाठ्य-क्रम के 'पाठ' को समझना पड़ता है क्योंकि 'पाठ' की जटिलता में कूटार्थ रहता है उस कूट को खोलने के लिए अक्ल चाहिए। बौड़म उस 'पाठ' को पढ़ने में गलती करता है और प्रतिभावान 'पाठ' के 'हिद्रिन' गभार्थ को अर्थ गर्भ मौन की व्यंजना को गह लेता है। जेल में मिले एक मुखबिर का पूरा कुकर्म अज्ञेय ने इस तरह से कहा है—'एक हमारे मित्र थे जिन्होंने आरम्भ में हमारी बहुत सहायता की' सौहार्द स्थापित करने के बाद हमें एक कैमरा भी चोरी से ला दिया कि हम लोग अपनी फोटो खींचकर बाहर भेज दें, क्योंकि क्या जाने क्या होने वाला है। भावी इतिहासकार को सामग्री तो मिल जाये। और इन सब में उनका असली मकसद क्या था? कि सारे फोटो पाकर एक सेट पुलिस को दे दें जिससे उसे शिनाख्त के काम में सुविधा हो जाये और हमारे मित्र को इतनी तरक्की मिल जाये कि वह कैदी स्टोर क्लर्क से बढ़कर कैदी दफ्तर क्लर्क हो जावें। दफा चार सौ बीस में वह चार साल की कैद काट रहे थे और अनेक सुविधाएँ प्राप्त करने पर भी उन्हें वह परिस्थिति खलती थी जिसमें अपनी चार सौ बीसी प्रतिभा का कोई उपयोग वह न कर सकें। स्टोर क्लर्की में कुछ गुंजाइश तो थी पर ऐसे पढ़े-लिखे प्रतिभाशाली ठग के लिए वह अयथेष्ट थी। दफ्तर की क्लर्की में तो अनेक सम्भावनाएँ भरी थीं। हमारे साथ उन्हें सफलता नहीं मिली, क्योंकि हमने उन्हें बताने से पहले फोटो लेकर फिल्म आदि सब अन्य साधनों से बाहर भेज दिये और तब कैमरा उन्हें लौटाया कि उससे कुछ काम नहीं हो सकता 'बारक में फोटो लेना जोखिम का काम है।' वह ऐसा खिसियाये कि घण्टे भर बाद ही हमारी तलाशी हो गयी शायद उन्होंने सोचा हो कि फिल्म अभी जेल में ही है पर बेचारे तरक्की पाने से रह गये। यहाँ सोचने की बात है कि वे टकराये भी तो अज्ञेय जी जैसे सतर्क बम ढोने वाले प्रतिभाशाली क्रान्तिकारी से थे जो गुप्त स्थानों पर छिपने का अनुभव रखता था और जासूसों-ठगों-मक्कारों की हर हरकत से वाकिफ था।

रचनाकार अज्ञेय, सम्पादक अज्ञेय, क्रान्तिकारी अज्ञेय ने एक मार्मिक सत्य-कथा, प्रेमकथा या रामरस कथा को जेल जीवन की स्मृति से खंगालकर लिखा है। यह भी कहा है कि इस कथा पर हँसा भी जा सकता है और उसे जुगुप्साजनक भी माना जा सकता है। पर मैं हँसता नहीं हूँ न झिझकता हूँ गहरी मानव अनुभूति में अपनी एक अक्षुण्ण, अभ्रंश्य पवित्रता होती है जिसे दर्शक की क्षुद्रताएँ छू नहीं सकतीं। रचना-कर्म की दृष्टि में एक दिव्य पावनता होती है और अज्ञेय उस पावनता का साक्षात्कार करके ही उस पगली के प्रेम की पवित्र कथा कह सके हैं।

हमारे वार्डरों में, जो हथियारबन्द अतिरिक्त पुलिस से बदलकर दिये गये सिपाही थे—एक युवक था जो गाता था। प्रायः ड्यूटी पर वह कोई तान छेड़ देता : उसका गला मीठा था और उसमें वह गुण पर्याप्त मात्रा में था जिसे 'सोज' कहते हैं। हमारे बारक के साथ ही जनाना वार्ड का पिछवाड़ा था और वार्डर की दौड़ दोनों के बीच होती थी। जनाना वार्ड में एक 'पगली' थी जिसकी चीख-चिल्लाहट हम प्रायः

सुनते थे इसी से हम उसे पगली जानते थे। यद्यपि यह भी हो सकता है कि वह एक दबंग विद्रोहिणी नारी रही हो। जो हो, वार्डर का गाना सुनते ही वह शान्त हो जाती थी और कभी-कभी उत्तर में गाने भी लगती थी।

हम लोग इस रोमांस का रस लेते थे। रस कहीं भी लिया जा सकता है पर जेल में दूसरों के रोमांस में कुछ अतिरिक्त दिलचस्पी हो जाना स्वाभाविक है। क्रमशः बात फैल गयी; अन्त में वार्डर की बदली की आज्ञा आ गयी। अपनी अन्तिम ड्यूटी पर, जब उसके जवाब में वह स्त्री गाने लगी तो, उसने पुकार कर कहा : "अब क्या गाना—आज रुखसत है।" इतना हम लोगों ने भी सुना, उसके बाद सन्नाटा-सा रहा और हमने बात खत्म समझी। पर थोड़ी देर बाद बाहर गुल-गुपाड़ा सुनकर हम लोग अहाते में निकल आये। शोर जनाना बारक के भीतर से आ रहा था; हमें उसकी बाहरी दीवार और ऊपर दो एक रोशनदान दीखते थे और हम जो कुछ समझ सके वह इन्हीं से छनकर आने वाले शोर से और जो देख सके उससे।

वह स्त्री भीतर न जाने कैसे रोशनदान तक चढ़ गयी थी और उसके सींखचे पकड़कर और एक टाँग भी उसमें अड़ाकर लटक रही थी। अपनी साड़ी को कदाचित् उसने कमन्द के काम में लगा दिया था। भीतर नीचे वार्डरानियाँ और दूसरी कैदिनें चिल्ला रही थीं; उसे उतारने की जुगत कर रही थीं। और वह मानो इन सबसे असम्पृक्त बाहर को देख रही थी। वार्डर नीचे था, स्त्री ने उसे आवाज दी व सींखचों से हाथ बाहर बढ़ाया, पर वह पहुँच से बहुत दूर था, फिर सहसा उसने झटके से अपनी चोली फाड़कर बाहर गिरा दी, वार्डर ने उसे उठा लिया और दोनों एकटक एक-दूसरे को देखते रहे। तभी शायद भीतर सीढ़ी मँगा ली गयी थी—स्त्री को पीछे खींच लिया गया और शब्द से हम पहचान सके कि उसे पेटियों से पीटा जा रहा है।

उसी रात वार्डर की बदली हो गयी, दो-एक दिन बाद स्त्री भी कहीं भेज दी गयी, शायद उसे सजा हो गयी।

घटना इतनी ही है; और इसके बारे में कुछ कहना न आसान है न उचित।

इतना ही कि मेरे निकट यह भी वैसी एक सोने की अगूँठी है, जिसमें से गजों मलमल गुजारी जा सकती है—और उस मलमल में बड़ा लम्बा-चौड़ा प्रपंच फैलाया जा सकता है। पर घटना में निहित जो मानवीय भावना का सत्य है उसका और कुछ नहीं किया जा सकता सिवा उसको चुपचाप स्वीकार करने के। विज्ञान में किसी वस्तु को हल्का करने के लिए उसे विरल करते हैं और तब वह उड़ सकती है; पर मानवीय संवेदना में उसकी सघनता ही उसे एक स्तर पर ले जाती है जब वह धरातल से उठकर एक दिव्य वस्तु हो जाती है। मूल तात्पर्य यह कि जीवन में कड़वा-मीठा कुछ नहीं है वह रामरस है जिसमें सभी रस समाये हुए हैं। यहाँ यह भूलना होगा रचनाकार साधारणीकरण के द्वारा जिस अनुभूति का प्रेषण करता है वह काव्यानुभूति जीवन की अनुभूति से अलग होती है।

क्रान्तिकारी जीवन में अज्ञेय ने पाया कि अकारण बहुत कुछ मिलता है। उन्होंने बताया कि टाइफाइड में बी.एस-सी. की परीक्षा दी। एक सहपाठी ने समझाया और सेवा की। उसने परीक्षा देने का मन बना दिया। वह बी.ए. का छात्र था, प्रतिदिन मेरे साथ परीक्षा भवन तक जाता और लिवाकर वापस आता। बाद में पता चला कि उसने परीक्षा नहीं दी—स्वतन्त्र निर्णय लेकर पुलिस में भर्ती हो गया—"मेरे ऋण की कहानी यहीं समाप्त नहीं होती। क्रान्तिकारी दल में आकर मैं अमृतसर में छिपकर रहता था, तब पुलिस की सरगर्मी वहाँ बहुत बढ़ गयी थी क्योंकि कई षड्यन्त्रकारियों के वहाँ होने की सूचना पुलिस को थी और ठीक ही थी। हम लोग एक-एक, दो-दो कर वहाँ से हट रहे थे। एक दिन अपने दो साथियों को गाड़ी में बिठाकर गाड़ी के चले जाने के बाद 'पुलिस का कुछ अतिरिक्त प्रबन्ध देखकर यही ठीक समझा था कि गाड़ी के चले जाने तक रुकूँ, ताकि निश्चिन्त लौट सकूँ। मैं प्लेटफार्म से पुल की ओर

मुड़ा ही था कि सामने एक वर्दीधारी से लगभग टकरा गया। उससे आँखें मिलते ही एक बिजली सी दौड़ गयी। थानेदार की वर्दी में मेरा सहपाठी सामने खड़ा था। क्रान्तिकारियों की खोज के लिए जिनकी विशेष रूप से नियुक्ति हुई थी उनमें वह भी था। वही पहले बोला, तीखे फुसफुसाते स्वर में–"मैंने तुम्हें अभी पहचाना कहाँ है–दो मिनट दूँगा।" फिर बदले हुए स्वर में 'भाई माफ करना मैं जरा जल्दी में हूँ और आगे बढ़ गया। दो मिनट मेरे लिए काफी थे। मैं बाहर जा चुका था जब सीटियाँ बजने लगीं और स्टेशन की नाकाबन्दी होने लगी।' (कठघरे में–इण्टरव्यू)

जीवन की परिस्थितियाँ ऐसी कठिन रहीं कि अज्ञेय कम बातचीत करते थे–लोगों में वह 'चुप्पा' प्रसिद्ध हो गये। जेल-जीवन में बोलने का अभ्यास और कम हो गया। लगातार थोड़ी देर बोलने में मुँह दुःखने लगता था। 1929 में बी.एस-सी. करके अंग्रेजी एम.ए. में दाखिल हुए। इसी साल वह क्रान्तिकारी दल में सक्रिय हुए। इनके साथ क्रान्तिकारी दल में थे–कमलकृष्ण, देवराज, और वेदप्रकाश नन्दा। कॉलेज में जिन दो अध्यापकों का इन पर प्रभाव था–वे थे, जे.एम. बनेड और डेनियल। इनमें से बनेड ने तो अज्ञेय के जेल जाने पर भी इनसे घनिष्ठ सम्बन्ध बनाये रखा। बनेड भौतिकशास्त्र के अध्यापक थे। (अरे यायावर रहेगा याद में इस अध्यापक को 'किरणों की खोज' वाली यात्रा में भी याद किया है) और विभिन्न धर्मों के तुलनात्मक अध्ययन की ओर भी अज्ञेय को प्रेरित करते थे। प्रो॰ डेनियल ने अज्ञेय को ब्राडनिंग का चस्का लगाया। इस तरह अज्ञेय के क्रान्तिकारी जीवन की अवधि 1929 से लेकर 1936 तक रही है। 5 नवम्बर, 1930 को देवराज, कमलकृष्ण के साथ गिरफ्तार हुए।

गिरफ्तार हो जाने के बाद एक महीने लाहौर किले में रखे गये और कुछ समय बाद अमृतसर की हवालात में। यहीं से यातना का इतिहास शुरू हुआ। आर्म्स एक्ट वाले मुकदमे से छूटे, पर 1931 में दिल्ली में नया मुकदमा शुरू किया गया। यह मुकदमा 1933 तक चला। दिल्ली जेल में ही काल कोठरी में बन्द रहे। यहीं रहकर बहुत-सी कहानियाँ–'विपथगा' कविता 'चिन्ता' उपन्यास 'शेखर' लिखा। घोर यातना का यह काल घोर सृजन का काल भी रहा–और यातनाओं को अज्ञेय ने पराजित किया। 'दिल्ली हिमालयन टायलेट्स फैक्ट्री' के बहाने बम बनाने का कारखाना शुरू करने का विचार बना तो उसमें अज्ञेय जी को वैज्ञानिक के रूप में सलाहकार बनाया गया।

एक साक्षात्कार में 'जेल' की चर्चा आने पर अज्ञेय ने विस्तार से बताया है कि 'जब हम लोगों का दिल्ली षड्यन्त्र केस का मुकदमा चल रहा था तो हम लोगों की नीति यही थी कि इस मुकदमे को समाप्त नहीं होने देना है और इसी तरह हम इसको जीत सकते हैं और पुलिस वाले इस बात से बहुत तंग आ गये थे। वे यह आशा कर रहे थे कि हम लोग एक दिन कचहरी जाने से इनकार कर देंगे और फिर बड़ी आसानी से मुकदमा समाप्त कर दिया जा सकेगा और हम लोगों की नीति यही थी कि मुकदमे को समाप्त नहीं होने देना है। इसलिए हम लोग कचहरी जाते थे और वहाँ से वापस आने से इनकार करते थे। तो इसी लम्बी प्रक्रिया में कई तरह की सजाएँ हम को मिलती रही थीं इसी कारण से एक दिन पुलिस वालों ने यह तय किया कि जून के महीने में दोपहर के वक्त, कोर्ट से कहा गया कि वह कार्यवाही स्थगित कर दे, क्योंकि हम लोगों को वापस ले जाना है। क्योंकि पुलिस की गाड़ियाँ खराब हो गयी हैं और हम लोगों को पैदल वापस जाना पड़ेगा। पैदल जाना पड़ेगा जेल तक और जेल तब वहाँ थी जहाँ आज दिल्ली में मौलाना आजाद मेडिकल अस्पताल है। अखबारों में दफ्तरों के सामने। ...वहाँ जहाँ अब विश्वविद्यालय का पुस्तकालय है। वह पुराना था, भवन नहीं था। जून की दोपहर में हम लोगों को जेल की सजा में बेड़ियाँ पहनायी गयी थीं, कुछ की डण्डा बेड़ी भी, जिसमें पैर खुले रखे जाते हैं। बेड़ियाँ थीं; हथकड़ियाँ थीं और यह कहा गया कि वहाँ से पैदल जेल तक जाना होगा। यह साफ दीखता था पुलिस की हरकतों से, उससे पहले कई दिनों तो जो होता रहा था कि वह यह चाहते

थे कि रास्ते में कोई-न-कोई ऐसा काण्ड हो जाये जिससे कि दो-चार हम लोगों को जान से मार दिया जाये चाहे यह कहकर कि इन लोगों ने भागने का प्रयत्न किया था। तो काफी तनाव की स्थिति थी। उस दल में जिनका मुकदमा हो रहा था उसमें नेता की स्थिति तो मेरी थी।...किसी केन्द्रीय संचालन समिति का मैं सदस्य भी नहीं था।...मैंने देखा मेरे साथी धीरे-धीरे उत्तेजित होने लगे और मैं इतना तो समझता था, सचेत रूप से पहचान रहा था कि पुलिस को यह अच्छा लग रहा है कि हम लोगों में से कुछ उत्तेजित हो जायें। क्योंकि वह वैसी घटना बनाना चाह रहे थे।...पर मैं उतना ही शान्त होकर परिस्थिति को सोचता...रास्ते में बेला रोड पर जहाँ जमुना क्लब होता था, हमारे एक-दो साथी बेहोश हो गये और गिर गये। पानी माँगा था वह उनको दिया नहीं गया। गिर गये तो पुलिस ने कहा, इनको ऐसे ही घसीटकर ले चलो। ये वास्तव में बेहोश नहीं है। मक्कारी कर रहे हैं। इस पर हमारे एक-दो साथी उत्तेजित हो गये और मारपीट करने को तैयार हो गये। मैं ही सबको समझाता रहा कि बिलकुल शान्त होकर ही इस तरह की स्थिति का सामना करना है। इस तरह हम लोग उत्तेजित नहीं हुए और शान्ति भंग नहीं हुई।...कश्मीरी गेट से जहाँ एक सड़क आकर मिलती है पुलिस की लारियाँ वहाँ खड़ी थीं, वहाँ तक पहुँचकर उन्होंने हमें लारियों में बैठाया जोकि वास्तव में खराब नहीं हुई थीं; पुलिस का सिर्फ बहाना था, और हमें जेल ले गये।...मैंने कोई असाधारण रूप से संयम बरता है जो परिस्थिति की चुनौती थी उसमें वैसा करना चाहिए था। वर्षों बाद पुलिस के एक अधिकारी ने कहा कि कठिन-से-कठिन परिस्थिति में वात्स्यायन ही सबका नेतृत्व कर रहे थे। (दे॰ कवि नायक अज्ञेय—पृ. 68-69) जेल में शान्त रहकर अज्ञेय ने प्रमुख काम यह किया कि 'शेखर' का पहला मसविदा तैयार किया। गिरफ्तारी के समय सम्भावना बनी थी कि काफी बड़ी सजा या फाँसी की सजा भी हो सकती है। उस समय अज्ञेय की उम्र कुल उन्नीस वर्ष की थी। उन्नीस वर्ष के नौजवान को बीसवाँ वर्ष पूरा होते ही फाँसी हो जाती है तो उसके क्रान्तिकारी जीवन का अस्तित्व क्या रहा? उस दौरान अज्ञेय ने जो सोचा था 'शेखर : एक जीवनी' 'विपथगा' की कहानियाँ तथा उस दौर में लिखी गयी अन्य कहानियाँ उसी सवाल का जवाब हैं।

अज्ञेय ने कहा है—"हवालात से जेल पहुँचते ही जब लिखने की सामग्री मिली और जब मुकदमा शुरू होने लगा तो मैंने सबसे पहले यही काम किया कि 3-4 दिन-रात जैसे-तैसे पेन्सिल से पुरानी घिसी हुई कापी में एक मसविदा लिख डाला, जो कि अनन्तर 'शेखरः एक जीवनी' का पूर्णरूप बना। बल्कि उस समय जो लिखा तो खिचड़ी भाषा में लिखा। जो बात मन में जैसी आयी अंग्रेजी में, हिन्दी में या मिली-जुली भाषा में वैसा ही लिखता गया। क्योंकि उद्देश्य था जल्दी-से-जल्दी इस चीज को इस तपे हुए लोहे को, पिघले हुए लोहे को जमने से पहले एक आकार में ढाल दूँ। वह चीज ऐसी नहीं थी कि वह उपन्यास कहला सके। वह ज्यादा एक निजी प्रश्न का उत्तर था। फिर दो-एक वर्ष बाद उसका दूसरा मसविदा तैयार हुआ और फिर तीसरा। फिर जेल से बाहर आने के बाद उसका एक रूप बना- जो पहले भाग का प्रकाशित रूप है। दो-एक वर्ष बाद दूसरे भाग का भी एक रूप बना और प्रकाशित हुआ। तीसरा भाग (अज्ञेय कई जगह कहते हैं कि लिख लिया है प्रकाशित नहीं करवाया है) अभी प्रकाशित नहीं हुआ और उसका तीसरा-चौथा मसविदा पड़ा है।"

यह भी कहा कि "बाकी (जेल) वहाँ से कहानियाँ लिखीं, कुछ क्रान्तिकारी जीवन की, और कुछ क्रान्तिवाद के समर्थन की कहानियाँ थीं। उनसे धीरे-धीरे हटकर फिर सामाजिक जीवन की या कि व्यक्ति चरित्र की कहानियों की ओर बढ़ा और मनोवैज्ञानिक कहानियों की ओर भी। कुछ कविताएँ भी जेल में लिखीं—जो कुछ तो उस समय प्रकाशित हो गयीं कुछ जेल से बाहर आने के बाद (प्रिजन डेज एण्ड अदर पोयम्स तथा 'चिन्ता' की तमाम कविताएँ 'प्रिज़न डेज एण्ड अदर पोयम्स' का प्रकाशन 1946 में बनारस से करवाया और उस पर जेल-योगी प्रधानमन्त्री पंडित जवाहरलाल नेहरू ने 'भूमिका' लिखी है। 'चिन्ता'

काव्य-संग्रह के पृष्ठ पर जयशंकर प्रसाद की कृति 'कामायनी' वाला चित्र है, जिसमें पुरुष प्रलय-प्रवाह देख रहा है। 'चिन्ता' काव्य-संग्रह का नामकरण और प्रकाशन 1941 में हुआ जबकि उसकी कविताएँ 1932-36 में रची गयी हैं। यह वह काल है जब अज्ञेय जेल में थे। अज्ञेय जी की इस मनोभूमिका पर नयी कविता के समर्थ आलोचक विजयदेव नारायण साही ने लिखा है, इस सन्दर्भ में कामायनी के प्रथम सर्ग 'चिन्ता' की याद आना स्वाभाविक है। दोनों ने एक मनःस्थिति का विश्लेषण दो-छोरों से किया। (छठवाँ दशक, पृ. 317) प्रलय-प्रवाह देखते मनु का चित्र ही 'शेखर : एक जीवनी' के प्रथम संस्करण में मिलता है। जो प्रलय-प्रवाह बाहर था वह अज्ञेय के भीतर समा गया है और 'शेखर : एक जीवनी' उसी की उमड़न-घुमड़न का परिमाण है।

जेल-जीवन में वात्स्यायन ने कभी मन भारी नहीं किया। वे आदि से अन्त तक निर्भय रहे। जैनेन्द्र कुमार ने लिखा है—"मेरे साथ क्रान्तिकारी ग्रुप का वैसा कोई सम्पर्क बना नहीं। कारण, मैं मानता हूँ कि सब लोग मेरे सम्बन्ध में एकदम निभ्रम थे कि मुझमें उस तरह की सम्भावनाएँ नहीं हैं। लेकिन व्यक्तिगत रूप से मैं कुछ के परिचय में आया। श्री सच्चिदानन्द वात्स्यायन 'अज्ञेय' नाम से ख्याति है। हिन्दी साहित्यकार के रूप में उनसे मेरा सम्पर्क रहा। बाद में ही मुझे पता चला कि जो विमलप्रसाद जैन मुझे जब-तब मिलते रहते थे वे क्रान्तिकारी प्रवृत्तियों में थे। वात्स्यायन जी का परिचय संयोगवश प्राप्त हुआ। 'दिल्ली षड्यन्त्र केस' की यहाँ बड़ी धूम थी। उस सम्बन्ध में सबसे प्रमुखता से वात्स्यायन जी का नाम प्रेस में आता था। श्री आसफ अली यद्यपि उनके वकील थे, लेकिन स्वयं अभियुक्तों की ओर से भी पैरवी की जाती थी। यह काम दल की ओर से वात्स्यायन जी अधिकांश में करते थे। सारी दिल्ली टूट पड़ती थी अदालत में, लेकिन मैं एक दिन भी कोर्ट नहीं गया। प्रमाद ही कहिए।"

एक बार एक अपरिचित बन्धु एक रचना दे गये। रचना किसकी है? पूछने पर उन्होंने नाम नहीं बताया। मुझे बड़ा अजीब लगा। खैर, तीसरे-चौथे दिन आये तो पूछा—'आपने पढ़ी'? मैंने कहा, 'हाँ, पढ़ ली'। 'कैसी लगी'? 'अच्छी, बहुत अच्छी लगी।' कहने लगे 'यह सम्मति आप एक पर्चे पर लिखकर दे सकते हैं?' मैंने कहा 'क्यों नहीं दे सकता हूँ? पर सम्मति किसके लिए? कहने लगे, अगर हर्ज न समझें तो चिट पर लिख दीजिए, तो मैंने अखबार का कोना फाड़कर उस पर लिखा दिया उसके बाद तो मेरे पास बहुत सारे कागज चले आये। उनमें काफी कुछ लिखा हुआ था। कहानियाँ थीं और जाने क्या-क्या था। एक 'सिनोपसिस', अंग्रेजी में लिखा हुआ था, जिसका पीछे विशद रूप 'शेखर : एक जीवनी' हुआ तो इस तरह वात्स्यायन जी से मेरा परिचय हुआ। चिट्ठी-पत्रियाँ आने लगीं। अन्त में, उन्होंने लिख भेजा कि 'हमारा, 'सैशन' में 'केस' है आज ही फैसला हो जायेगा और कल दिल्ली से 'ट्रान्सफर'। बहुत अच्छा है आप आ सकें तो ही दर्शन पा सकता हूँ। कोर्ट मैंने देखा नहीं था। पर गया और वात्स्यायन जी को देखकर चमत्कृत हो गया। हथकड़ियाँ लगी हुई थीं और स्वस्थ, रक्त-रूप, खिलती वय के वात्स्यायन सामने खड़े मुस्करा रहे थे। बड़ा ही भव्य दर्शन था। इस तरह से कहिए दिल्ली के क्रान्तिकारी वर्ग के मैं सम्पर्क में आया। (मेरे भटकाव, पृ. 68-69)

जैनेन्द्र कुमार से परिचय के बाद वात्स्यायन बराबर अपनी रचनाएँ उन्हें भेजते रहे। और जैनेन्द्र का भी कलेजा देखिए कि निर्भय-मन से उन्होंने वात्स्यायन जैसे क्रान्तिकारियों का साथ दिया। जैनेन्द्र कुमार का देशभक्त कहीं-न-कहीं वात्स्यायन से जुड़ा रहा है। इतना जुड़ा रहा कि प्रेमचन्द से वात्स्यायन की रचनाएँ छपवाने में ही उन्हें 'अज्ञेय' नाम मिला। इस 'अज्ञेय' नाम की कहानी भी जेल-जीवन की कहानियों से जुड़ी है।

सच्चिदानन्द हीरानन्द वात्स्यायन के नाम के साथ 'अज्ञेय' जैसा दुर्निवार नाम कैसे जुड़ा? इसकी एक संयोग कथा उनके ही श्री लेख से सुनिए—"प्रेमचन्द से मेरा परिचय पत्राचार से आरम्भ हुआ था—या

यों भी कह सकता हूँ कि निजी पत्र-व्यवहार से भी पहले प्रातिनिधिक पत्राचार से आरम्भ हुआ था। दिल्ली षड्यन्त्र केस में अभियुक्त रूप में दिल्ली जेल में रहते हुए कुछ कहानियाँ मैंने लिखी थीं। जेल में अभियुक्तों को कुछ कागज-पत्र रखने की सुविधा तो रहती थी, लेकिन कोई ठिकाना नहीं था कि कब कौन से कागज जब्त कर लिये जायें इसलिए कहानियों की प्रतिलिपि बना लेता था और जब भी चोरी-छिपे वह कागजात भेजने का मौका मिलता तो प्रतिलिपियाँ भी बाहर भेज देता जिससे वह सुरक्षित रह सकें। इन्हीं बाहर भेजी गयी कहानियों में से दो कहानियाँ श्री जैनेन्द्र कुमार ने प्रेमचन्द जी को भेजी थीं—तब प्रेमचन्द ने पाक्षिक—'जागरण' आरम्भ ही किया था। प्रेमचन्द जी को दोनों कहानियाँ बहुत पसन्द आयीं। लेकिन एक कहानी 'बहुत गरम' थी और उसे प्रकाशित करना जोखिम का काम होता दूसरी कहानी की वस्तु उग्र राजनीतिक नहीं थी और उसे छापने का प्रेमचन्द जी ने निश्चय किया था। कहानी की प्रशंसा के साथ इस निश्चय की सूचना जैनेन्द्र जी को देते हुए उन्होंने लिखा था, "लेकिन यह तो तुमने बताया ही नहीं कि लेखक कौन है?" इसके उत्तर में जैनेन्द्र जी ने उन्हें लिखा, "लेखक कौन है? यह तो मैं नहीं बता सकता—वह 'अज्ञेय' है।" आशय यही था लेखक तो षड्यन्त्र केस का बन्दी है और कहानियाँ भी अवैध तरीके से बाहर भेजी गयी हैं, ऐसी स्थिति में नाम भी कैसे बताया जा सकता है और यह भी कैसे स्वीकार किया जा सकता है कि गैर-कानूनी तरीके से भेजी गयी सामग्री उन्होंने ग्रहण की। इस पर प्रेमचन्द जी ने लिखा "कहानी तो मैं छाप रहा हूँ। तब मैं 'अज्ञेय' नाम से ही छाप दूँ।" मुझे तो इस पत्र-व्यवहार का पता काफी समय बाद लगा—कहानी छप गयी और उसकी कतरन मेरे पास पहुँची तो लेखक का नाम देखकर मुझे वितृष्णा हुई। नाम बहुत भारी लगा और मैंने अपने विरोध की सूचना जैनेन्द्र जी को भिजवा दी। तभी उन्होंने बताया कि नाम कैसे 'अपने आप चुन गया'—"उन्होंने नहीं चुना। और प्रेमचन्द जी ने भी चुना यह कैसे कहा जाये।" (स्मृति-लेखा, पृ. 45)

इस प्रातिनिधिक सम्पर्क के बाद अज्ञेय जी ने प्रेमचन्द जी से सीधा पत्र-व्यवहार शुरू किया। 'जागरण' जेल में मेरे पास आने लगा। इस पत्र व्यवहार का एक रोचक पहलू और भी है। जब वह कहानी छप चुकी तो फिर एक और कहानी भी प्रेमचन्द जी को भिजवायी गयी और जब-तब कुछ टिप्पणियाँ भी जाती रहीं। यह सब तो 'जागरण' में छपता रहा। लेकिन मैं तो कविता भी लिखता था और मेरे सामने कोई आत्मबिम्ब था तो कवि का ही था, कहानीकार का नहीं। मैंने दर्जनों कविताएँ भी दो-दो तीन-तीन करके प्रेमचन्द जी के पास भेजीं। लेकिन कोई कविता नहीं छपी न किसी पत्र में उन्होंने कभी किसी कविता की पहुँच दी।" (वही पृ. 46)। जाहिर है कि प्रेमचन्द जी का अज्ञेय की कहानियाँ तो पसन्द थीं, लेकिन कविताएँ नहीं। प्रेमचन्द जी को इकबाल जैसी कविता ही भाती थी—'जिस खेत से दहकां को मयस्सर न हो रोटी। उस खेत के हर गोश-ए-गन्दुम को जला दो।' अज्ञेय ने प्रेमचन्द जी की राजनीतिक चेतना पर ध्यान देने पर पाया कि वे 'पॉलिटिशियन' बनने की कल्पना से 'विचलित' हो उठते थे लेकिन राजनीतिक विचारों के कारण श्रीमानों-साथियों ने उनका 'इस्तेमाल' किया।

स.ही. वात्स्यायन 'अज्ञेय' का अरमान था कि उनके काव्यसंग्रह की भूमिका जयशंकर प्रसाद लिख दें। लेकिन यह अरमान पूरा नहीं हुआ। एक कसकती मनोग्रन्थि बनकर रह गयी। जैनेन्द्र ने ही बताया है—कि क्या सुनाऊँ? 'शायद सन्, 33' की बात है। भाई सच्चिदानन्द वात्स्यायन (अज्ञेय) ने कुछ कविताएँ अपनी छपानी चाहीं। जेल से उन्होंने लिखा कि क्या आप यह सम्भव कर सकते हैं कि प्रसाद जी प्रस्तावना के दो शब्द लिख दें। बनारस जाना हुआ तो हम—मैं और प्रेमचन्द—विधिवत् प्रसाद के यहाँ पहुँचे। विधिवत् से आशय कि मिले। सबेरे चक्कर पर भी थे, पर प्रयोजन की बात के लिए अलग से जाना उचित था। मैंने 'भग्नदूत' की लिपि सामने की, कहा कि मुद्दई जेल में है, खुद अपना मामला सामने नहीं रख सकते, इससे मेरी बात को दुगुना वजन समझें। पहले पूछा, "कौन है?" मैंने कह दिया कि मैं

आया हूँ, कह रहा हूँ—इसी से जान लीजिए। थोड़ी देर चुप रहे। बोले, "तुम कुछ चाहोगे, यह मैंने नहीं सोचा था पर तुमने भी न सोचा होगा कि तुम कहोगे और 'प्रसाद' न कर पायेगा, पर विनोद शंकर व्यास को तो जानते हो, कितना निकट है? कभी मैं उसके लिए भी कुछ लिखकर नहीं दे सका हूँ। अब तुम्हीं बताओ?" मैंने कहा, "मुझसे न पूछिए, क्योंकि मेरा बताना एकदम आसान है। लीजिए बताता हूँ कि लिखना मान लीजिए और कुछ नहीं तो कारण यही है अज्ञेय आपके लिए अज्ञात है, जेल में है।"

'प्रसाद' ने मुझे देखा। आधे मिनट मुँह नहीं बोला, पर आँखें उनकी विवशता प्रकट कर रही थीं। आखिर बोले "जैनेन्द्र?" (ये और वे- पृष्ठ 80)

मैथिलीशरण गुप्त—दद्दा—अज्ञेय जी के 'गुरु-स्थानीय' थे। अपने इस शिष्य की बहुत-सी प्रवृत्तियाँ उन्हें नापसन्द थीं। लेकिन शिष्य "मैं तो जानता हूँ कि बचपन से ही, जब से हिन्दी बोलना और फिर पढ़ना सीखा, उन्हीं की कविता पर पलकर किशोर हुआ। हिन्दी काव्य और देशभूमि से परिचित हुआ।" गुप्त जी से प्रत्यक्ष परिचय तो बाद में हुआ जब साक्षात्कार हुआ तब तक वे गुप्त जी की सभी रचनाएँ पढ़ चुके थे। इसलिए चिरगाँव जाते ही मिनटों के बाद ही ऐसा अनुभव हुआ मानो वर्षों का परिचय हो। "यह साक्षात्कार मेरे जेल और नजरबन्दी से मुक्त होने के कुछ ही दिन बाद हुआ था—मैं उनसे भेंट करने के लिए चिरगाँव गया था—और उन दिनों अपने स्वभावगत संकोच के अलावा वर्षों की चुप्पी के अभ्यास के कारण मेरा यह हाल था कि पाँच-सात मिनट भी लगातार बोलना पड़ जाये तो मुँह दुखने लगता था। स्नायुयों का शब्दोच्चार का अभ्यास छूट गया था। फिर भी चिरगाँव में पहले ही दिन वातावरण में ऐसी सहजता मिली कि 'व्यालू' के बाद दद्दा ने अपने भाइयों और मुंशी अजमेरी को (जिनका उनके यहाँ नियमित आना-जाना था) पास बिठाकर मुझसे जेल जीवन की और उससे पहले की क्रान्तिकारी गतिविधियों की बातें सुननी चाही, तो मैं रात दो बजे तक उन्हें उस जीवन के संस्मरण सुनाता रहा।" इस तरह अज्ञेय जी ने दद्दा को जी भर कर जेल यात्रा के संस्मरण सुनाये—क्योंकि जेल यात्रा ने अज्ञेय के सर्जक और चिन्तक की पूरी दिशा और दृष्टि का निर्धारण किया और निर्भयता के पंख दिये। इस निर्भयता की शक्ति के कारण ही वे हिन्दी आलोचकों के कटु-कठोर प्रहारों का हँसकर सामना कर सके। 'शेखर : एक जीवनी,' तथा कहानियाँ (जेल जीवन के दिनों में लिखी कहानियाँ) छपीं तो लेखक के विरुद्ध कई पत्र-पत्रिकाओं ने उनके विरुद्ध अभियान चलाया। 'शेखर : एक जीवनी' की तो दिल्ली तथा ग्वालियर में सार्वजनिक सभाओं में प्रतियाँ जलायी गयी थीं। संयोग से उन दिनों कुछ कहानियाँ-कविताएँ भी छपी जिनसे विरोध को और सामग्री मिली। जगह-जगह अज्ञेय भर्त्सना के प्रस्ताव पारित किये गये। हिन्दी के तमाम सिरफिरे कट्टरपंथी अज्ञेय-विरोध अभियान में डट गये और उन्हें 'व्यक्तिवादी' कहकर हर मंच से गलियाते रहे। हालत यहाँ तक पहुँची कि भारत में फासिस्ट-विरोधी अभियान का आयोजन करने वाले अज्ञेय को उसके ही एक मित्र ने 'कांग्रेस फार कल्चरल फ्रीडम' का अमेरिकी दलाल कहकर बवंडर खड़ा कर दिया। उधर उत्तर प्रदेश हिन्दी साहित्य-सम्मेलन के आगरा अधिवेशन में एक भर्त्सना प्रस्ताव लाने की योजना बनी। इस सम्मेलन में, जिसकी अध्यक्षता श्री पुरुषोत्तमदास टण्डन कर रहे थे, पण्डित श्री नारायण चतुर्वेदी, पण्डित किशोरीदास वाजपेयी, श्री जगदम्बा प्रसाद 'हितैषी' और श्री मैथिलीशरण गुप्त भी उपस्थित थे। भर्त्सना का प्रस्ताव लाने का प्रयास हुआ। यह प्रस्ताव मैथिलीशरण गुप्त के विरोध करने पर रुका। दद्दा ने कहा कि अज्ञेय पर अश्लीलता की भावनाओं का प्रचार गलत है और किसी भी रचनाकार की अभिव्यक्ति की स्वतन्त्रता पर प्रहार।

अज्ञेय भारत के देशभक्त समाज की मानो सजीव स्मृति थे और स्वाधीनता प्रेम की अखण्ड प्रेरणा। उनके लिए स्वाधीनता केवल राजनीतिक सीमा में बँधी हुई चीज न थी बल्कि उसके सांस्कृतिक आयाम इतने व्यापक थे कि उसमें कला और इतिहास, साहित्य और दर्शन, सब उसमें समा जाते थे। उन पर

दद्दा के साथ सरोजिनी नायडू, नवीन जी, रवीन्द्रनाथ टैगोर, रायकृष्णदास का गहरा प्रभाव था। वह पिता के साथ रायकृष्णदास से काशी में मिले थे। अज्ञेय ने लिखा है—"मैं जेल से नया-नया छूटकर आया था और देशभ्रमण कर रहा था; पिताजी उन दिनों काशी होंगे, यह जानकर मैं भी कलकत्ता से वहाँ आ गया। उनके सामने यों भी कम बोलता। पर जेल के लम्बे एकान्त के कारण मेरा तो लगभग यह हाल हो गया था कि मानो बोलना ही नये सिरे से सीखना पड़ रहा था।" (स्मृतिलेखा, पृ. 36) रायकृष्णदास 'बहुपठित' 'बहुश्रुत' व्यक्तित्व के ज्वलन्त उदाहरण थे। कला-पारखी सहृदय सामाजिक।

मुझे जाने क्यों यह लगता है कि अज्ञेय जी जेल-जीवन में साहित्यकार तो बने ही—हिन्दी साहित्य, विदेशी साहित्य, कला धर्म, दर्शन, इतिहास आदि के अध्ययन में भी जेल के एकान्त ने उनका साथ दिया। कारावास में ही उनका परिचय 'एक भारतीय आत्मा' की प्रसिद्ध छोटी कविता 'मुझे तोड़ लेना वनमाली' से हुआ और लम्बी कविता 'कैदी और कोकिल' का वह नशा चढ़ा जो कभी उतरा नहीं। "यह कविता कॉपी में उतार ली गयी। बार-बार गायी गयी 'पर रात में अकेली कोठरी में कई बार जोर-जोर से पढ़ी जाती रही। मैं तब काल कोठरी में था और लम्बी रातें प्रायः कविता पढ़ते हुए अपने ही स्वर के सख्य के सहारे कटती थी। निःसन्देह इस कविता के उन दिनों इतना प्रिय होने में एक कारण मनोवैज्ञानिक भी रहा होगा। कोकिल के साथ एक अवचेतन एकात्मा का बोध। क्योंकि उन दिनों हम सभी बन्दी अपने को 'चुपचाप मधुर विद्रोह बीज बोने वाले' ही मानते थे।" (वही, पृ. 92) उन दिनों माखनलाल चतुर्वेदी के सृजन-चिन्तन ने अज्ञेय का साहित्यिक-सांस्कृतिक, संस्कार-परिष्कार किया और एक विद्रोही विवेक का पोषण भी। 'एक भारतीय आत्मा' के कारण अज्ञेय की आधुनिकता में भारतीयता का नया सन्दर्भ जुड़ा। निरन्तर अपने को संस्कारित करने वाली आधुनिकता ही उनके लिए 'भारतीयता' का पयार्य रही है। भारतीयता की समस्या के भाषागत पहलू को लेकर भी अज्ञेय जी 'एक भारतीय आत्मा' की तरह ही अनथक विचार करते रहे। दोनों के लिए राष्ट्रभाषा का प्रश्न राष्ट्र-भक्ति और 'स्वाधीनता' से जुड़ा रहा।

अज्ञेय को 'एक भारतीय आत्मा' का यह कथन कभी भूला नहीं जो उन्होंने 'चिन्तक की लाचारी' शीर्षक निबन्ध-संग्रह में दिया था। उसमें कहा था—'विद्रोही और विद्रोही लेखक में बड़ा अन्तर है यह हम न भूलें। एक क्रान्तिकारी लेखक के भाग्य में इससे भी कठोर कहानियाँ होती हैं। वह प्रसिद्धि और पहचान के समस्त खतरों का बोझ ढोने के लिए बाध्य है। समाज में उथल-पुथल करने पर उसे उपहास सहना ही होगा। उत्कर्ष से ढाह करने वाले व्यक्तियों द्वारा प्रतारणा भोगनी हो होगी। उसे भयंकर आक्रमणों और लांछनों को झेलकर 'अकेला चल' का रवीन्द्र-मन्त्र जपना ही होगा। संयोगवश माखनलाल जी और अज्ञेय दोनों जेल काटते रहे और रवीन्द्रमन्त्र के जाप से सत्ता के सामने डटे रहे हैं। बालकृष्ण शर्मा 'नवीन' ने अज्ञेय को अपनाया। 'मुझे मान उन्होंने दिया तो एक क्रान्तिकारी के नाते ही। दो-एक कहानियाँ उन्होंने पढ़ी थी लेकिन उनकी याद भी उन्हें कहानियों के किसी गुण के कारण नहीं थी, उनमें मुखर विद्रोह के स्वर की ही थी।' (स्मृति लेखा, पृ. 137) नवीन जी ने सरोजिनी नायडू से परिचय कराते हुए कहा—'यह हमारा क्रान्तिकारी है जेल से आये थोड़े ही दिन हुए हैं।' श्रीमती नायडू ने फिर अनुमोदन में मेरी ओर देखकर कहा—"नैचुरली ए पोएट मस्ट बी ए रेबेल।"

अज्ञेय उन विद्रोही रचनाकारों में हैं जो अपनी रचनाओं के बारे में जमकर सोचते हैं। उनका हमेशा मत रहा है कि सोचने से आगे के लिए पटिया साफ हो जाती है। रचना का काम अभिव्यक्ति नहीं, सम्प्रेषण है। इस दृष्टि से अज्ञेय के कहानी-लेखन को रचना-कर्म के सन्दर्भ में ही देखना चाहिए। अज्ञेय नयी राहों के खोजी-अन्वेषी रहे हैं। अर्थवत्ता की खोज में रहे हैं और 'अर्थवत्ता की खोज' को उन्होंने कहानी में 'नाकाफी' पाया। इसलिए धीरे-धीरे कहानी-लेखन से विराम ले लिया। कहानी एक क्षण का चित्र

प्रस्तुत करती है। क्षण का अर्थ एक मनोदशा, एक स्थिति, एक बाह्य या आभ्यन्तर झाँकी आदि कुछ भी लिया जा सकता है। कहानी का यथार्थ समय संवेदना का सत्य होता है। इसलिए कहानी जल्दी पुरानी पड़ती है, उसका नयापन समय के साथ धुँधला होता जाता है। काव्य उतनी जल्दी पुराना नहीं पड़ता, कहानी जल्दी 'डेटेड' हो जाती है। कहानी की 'कवि दृष्टि' कुछ समय के लिए सजीव तो रखती है पर यह अधिक समय तक नहीं चल पाती। अज्ञेय की इन जेल जीवन के समय में लिखी गयी कहानियों में 'एक स्पष्ट आदर्शोन्मुख स्वर' है। वे एक क्रान्तिकारी द्वारा लिखी गयी क्रान्ति-समर्थक कहानियाँ हैं, आज का क्रान्तिकारी 'आदर्शवादी होने' का उपहास कर सकता है पर उस समय स्वाधीनता आन्दोलन के सत्याग्रह युग में आदर्शवादी होना गौरव की बात थी। विशेष बात यह भी है कि उन क्रान्तिकारियों के आदर्शवादी लेखन में एक भोलापन था और एक रोमानी उठान थी। आज उस रोमानी उठान को ठीक से न समझने वाले कुछ वाम खेमे के आलोचक उन कहानियों की निन्दा करते हैं, पतन का लक्षण मानते हैं और अज्ञेय को यथार्थ विरोधी प्रतिगामी कहते हैं।

अज्ञेय ने उस समय के समाज के क्रान्तिवाद पर निगाह डालते हुए कहा है—"आतंकवादी आन्दोलन में एक रोमानी भोलापन था। उसके आदर्शवादी क्रान्तिकारियों में भी एक भोलापन था और उनमें से कोई भी तब रोमानियत या भोलेपन के आरोप पर लज्जित न था। वे भी नहीं, जिन्होंने अनन्तर रोमानियत विरोधी मोहभंग की मुद्राएँ अपनायीं। चन्द्रशेखर आजाद को यशपाल ने गावदी-सा दिखाया है, पर आतंकवादी आन्दोलन के जमाने में यशपाल भी 'देवि स्वतन्त्रते' को सम्बोधित करके बड़े भावुक गद्य गीत लिखा करते थे। बल्कि स्वतन्त्रता के लिए जिस तरह की निष्ठा आजाद में थी वह तो भावुकता के लिए जरा-सी भी गुंजाइश नहीं छोड़ती थी।" (अज्ञेय : सम्पूर्ण कहानियाँ, भूमिका, पृ. 19)

"तो : मैं क्रान्तिकारी दल का सदस्य था और जेल में था और युवक तो था ही। कॉलेज से ही तो सीधा जेल में आ गया था। पहले खेप की कहानियाँ क्रान्तिकारी जीवन की हैं—क्रान्ति समर्थन की हैं और क्रान्तिकारियों की मनोरचना और उनकी कर्म-प्रेरणाओं के बारे में उभरती शंकाओं की हैं। बन्दी-जीवन ने कैसे कुछ को तपाया, निखारा तो कुछ को तोड़ा भी। इसका बढ़ता हुआ अनुभव उस प्रारम्भिक आदर्शवादी जोश को अनुभव का ठण्डापन और सन्तुलन न देता यह असम्भव था—और सन्तुलन वांछित भी क्यों नहीं था? बन्दी जीवन जहाँ संचय का काल था वहाँ कारागार मेरा 'दूसरा विश्वविद्यालय' भी था, पढ़ने की काफी सुविधाएँ थीं और उनका मैंने पूरा लाभ भी उठाया। पहले साहित्य और विज्ञान का विद्यार्थी रहा था तो यहाँ उन विद्याओं का भी परिचय प्राप्त किया जो क्रान्तिकारी के लिए अधिक उपयोगी होतीं—इतिहास, अर्थशास्त्र, राजनीति, मनोविज्ञान, मनोविश्लेषण और दर्शन का साहित्य भी इन दिनों पढ़ा। चार-चार वर्ष जेल में बिताकर और वर्षभर नजरबन्दी में बिताकर जब मुक्त हुआ तब यह नहीं कि क्रान्ति का उत्साह ठण्डा पड़ चुका था, पर आतंकवाद और गुप्त-आन्दोलन अवश्य पीछे छूट गये थे और हिंसा की उपयोगिता पर अनेक प्रश्नचिह्न लग चुके थे।"

यहाँ अज्ञेय की जेल जीवन में लिखी कहानियों की समीक्षा करना मेरा उद्देश्य नहीं है। जेल जीवन की इन कहानियों को एक जगह संगृहीत करने के पीछे केवल मंशा यह है कि प्रबुद्ध पाठक इनकी एक साथ अन्तर्यात्रा कर सके। साथ ही इस अन्तर्यात्रा से अज्ञेय की आरम्भिक मनोभूमिका को सही सन्दर्भ में समझा भी जा सके। इसी आशा के साथ...

—कृष्णदत्त पालीवाल

अकलंक

वे दोनों उस टीले की चोटी पर खड़े थे। चारों ओर काले-काले बादल घिरे हुए थे, धारासार वर्षा हो रही थी, टीले के नीचे घहराता हुआ ह्वांग-हो नदी का प्रवाह था, और जहाँ तक दृष्टि जाती थी, पानी-ही-पानी नज़र आता था।

वे दोनों वर्षा की तनिक भी परवाह न करते हुए टीले के शिखर पर खड़े थे।

वह चीनी प्रजातन्त्र सेना की वर्दी पहने हुए था, और भीगता हुआ सावधान मुद्रा में खड़ा था।

स्त्री ने एक बड़ी-सी खाकी बरसाती में अपना शरीर लपेट रखा था। उसके वस्त्राभूषण कुछ भी नहीं दीख पड़ते थे। उसने वेदना-भरे स्वर में कहा, "मार्टिन, तुम्हें भी अपना घर डुबा देना होगा। मेंड़ काट देना, नदी स्वयं भर आयेगी।"

मार्टिन कुछ देर चुप रहा। फिर बोला, "क्रिस, क्या इसके अतिरिक्त कोई उपाय नहीं है?"

स्त्री ने चौंककर कहा, "मार्टिन, यह क्या? सेनापति की जो आज्ञा है, उसका उल्लंघन करोगे?"

"उल्लंघन नहीं। लेकिन अगर बिना शत्रु को आश्रय दिये ही घर बच जाये, तो क्यों न बचा लिया जाये!"

"औरों के भी तो घर थे?"

"वे किसान थे। मैं राष्ट्र का सैनिक हूँ। शायद अपने घर की शत्रु से रक्षा कर सकूँ"

"मार्टिन, तुम्हें क्या हो गया है? तुम अकेले क्या करोगे? हम सब यहाँ से चले जाएँगे। शत्रु के लिए इतना विशाल भवन छोड़ दोगे, तो हमारे बलिदान का क्या लाभ होगा? हमने अपने घर डुबा दिये हैं, केवल इसीलिए कि शत्रु को आश्रय न मिले। और तुम अपना घर रह जाने दोगे?"

"मेरा घर इतना विशाल है कि उसमें समूचा गाँव आकर रह सकता है।"

"इसीलिए तो उसे डुबाना अधिक आवश्यक है। मार्टिन, सम्पत्ति का इतना मोह!"

मार्टिन को ऐसा प्रतीत हुआ, मानो किसी ने उसे थप्पड़ मार दिया हो। तन कर बोला, "क्रिस, यह मोह नहीं है।" फिर एकाएक पास आकर उसने स्त्री का हाथ पकड़ लिया। "क्रिस, अभी तुम्हें नहीं समझा सकूँगा कि क्या चाहता हूँ; किन्तु विश्वास रखो, मैं जो करना चाहता हूँ, उसी में देश का भला है। तुम इतना विश्वास नहीं करतीं?" कहकर मार्टिन उसे अपनी ओर खींचने लगा।

स्त्री ने झटककर हाथ छुड़ा लिया, और अलग हटकर खड़ी हो गयी। बोली, "तुम अपना, कर्तव्य नहीं कर रहे, मैं तो यही समझ पाती हूँ। सैनिक हो, सेनापति की आज्ञा का उल्लंघन कर रहे हो। इससे अधिक क्या लाभ सोच रहे हो, कौन गुरुतर कर्तव्य, मैं नहीं जानती, न जानना चाहती हूँ।" वह घूमकर टीले से उतर चली।

मार्टिन क्षण-भर तक स्तब्ध रह गया। फिर उसने व्यथित स्वर में पुकारा, "क्रिस्टाबेल! क्रिस्टाबेल!"

किन्तु क्रिस्टाबेल ने मुँह फेरकर देखा भी नहीं।

मार्टिन ने एक लम्बी साँस ली, और फिर टीले से दूसरी ओर उतरने लगा। उतरकर वह जल्दी-जल्दी कदम रखता हुआ चला। कोई मील-भर जाकर वह एक बड़े भवन के पास पहुँच गया। उसने दरवाज़े

पर से ही आवाज़ दी, “कोई है?”

एक भृत्य आकर सामने खड़ा हो गया। मार्टिन ने तीव्र दृष्टि से उसकी ओर देखकर कहा, “तीन घोड़े ले आओ और पहनने को कपड़े। ज़ीन एक ही घोड़े पर डालना।”

भृत्य ने अत्यन्त विस्मय के स्वर में कहा, “यहीं पर?”

“हाँ, यहीं! फौरन!”

भृत्य भवन के अन्दर गया और कपड़े ले आया। मार्टिन ने कपड़े ले लिए और बोला, “कपड़े मैं स्वयं पहन लूँगा; तुम घोड़े ले आओ!”

भृत्य चुपचाप चला गया। जब वह घोड़े लेकर आया, तब मार्टिन वस्त्र बदल चुका था और घुड़सवारी के उपयुक्त वेश में खड़ा था। घोड़ों के आते ही वह एक पर सवार हो गया और बोला, “मेरी बन्दूक ले आओ।”

भृत्य दौड़कर बन्दूक ले आया। फिर उसने आदर-भाव से पूछा, “कब लौटना होगा?”

मार्टिन ने घोड़े को एड़ लगाते हुए कहा, “तुमसे मतलब?”

थोड़ी देर में घुड़सवार, उसका घोड़ा और उसके अनुगामी दोनों घोड़े भी आँखों से ओझल हो गये। भृत्य तब तक वहीं खड़ा उसे देखता रहा, विस्मय का भाव उसके मुख पर उसी भाँति बना रहा।

2

“तुमने सुना? मार्टिन द्रोही है।”

“क्यों? कैसे? क्या हुआ?”

वर्षा हो रही थी। एक छोटे-से मैदान में बहुत-से स्त्री-पुरुष एकत्र थे। प्रत्येक के पास एक-आध छोटी गठरी थी, जिसमें उन्होंने अपनी ऐहिक सम्पत्ति बाँध रखी थी। किसी-किसी भाग्यशाली के पास एक गधा भी था, जिस पर उसने सामान लाद रखा था। अनेक स्त्रियों को घेरे हुए, या उनकी गोद में, छोटे-छोटे बच्चे भी थे। सब-के-सब सर्दी से ठिठुर रहे थे; किन्तु कोई भी इसकी शिकायत नहीं कर रहा था। सबके मन में एक ही भाव था कि अगर हमारे मन में छिपी हुई पीड़ा और अशान्ति व्यक्त हो जायेगी, तो फिर हमारा साहस टूट जायेगा...उस मूक अभिमान के कारण ही वे अब तक बचे हुए थे। उन्हें उस स्थान पर, उस दशा में, एक ही रात काटनी थी, क्योंकि प्रातःकाल ही उन्हें ले जाने के लिए दूसरे गाँव से घोड़े आने वाले थे। फिर भी, वे किसान थे, गरीब थे, अपनी दो हाथ भूमि और दो मुट्ठी अन्न को प्राणों से भी अधिक चाहते थे।

रात के दस बजे चुके थे। कृषक-समूह, जो अब तक प्रतीक्षापूर्ण नेत्रों से मार्टिन के घर की ओर देख रहा था, अब यह समाचार पाकर सिहर उठा।

“क्यों? कैसे? क्या हुआ?”

“तुमने सुना नहीं? उसने कहा है कि मैं सेनापति की आज्ञा मानने को बाध्य नहीं हूँ। जो अच्छा समझूँगा, करूँगा।”

“तुमसे किसने कहा?”

“क्रिस्टाबेल उसे कहने गयी थी, उसी से उसने यह बात कही है। उसके बाद ही वह घर से तीन घोड़े लेकर कहीं चला गया है।”

लोग अब तक थके हुए और उन्मन बैठे थे, अब मानो वेदना की तन्द्रा से जागे और पूछने लगे, “अब क्या होगा?” अनेक मुखों से अनेक प्रकार की आलोचनाएँ होने लगीं।

“होना क्या? द्रोही है तो कोर्ट-मार्शल होगा।”

“द्रोही नहीं, बल्कि कायर है। द्रोह करने के लिए भी हिम्मत चाहिए।”

"कायर को भी कोर्ट-मार्शल से प्राण-दण्ड मिलेगा।"

"अब तक हम उसे कितना अच्छा समझते थे!"

एक वृद्ध ने, जो अब तक चुपचाप तमाखू चबा रहा था, उसे थूककर कहा, "भई, तुम लोग चाहे जो कहो, मुझे तो उस पर विश्वास है। इतना सीधा, इतना सदय, दूसरों का भला करने वाला और त्यागी आदमी द्रोही हो सकता है, यह मेरा मन नहीं मानता। तुम्हें याद है, महामारी में उसने कैसे गाँव में रहकर दिन-रात सेवा की थी? कहाँ-कहाँ से डॉक्टर बुलाए थे, दवाइयाँ मँगाई थीं? जिस दिन मेरा लड़का बीमार हुआ,"– कहते-कहते वृद्ध की आँखें डबडबा आयीं–"उस दिन सारी रात वह उसके पास बैठा रहा। मैंने कई बार कहा, अब चले जाओ, सोओ; पर नहीं माना। हमीं से कहता रहा, तुम थके हुए हो, थोड़ा आराम कर लो, कल अच्छा हो जायेगा; पर बेचारे को अच्छा ही नहीं होना था।" कुछ रुककर फिर, "अब तक भी, हमें जिस चीज़ की ज़रूरत होती है, उसी के पास जाते हैं कि नहीं? तुम चाहे जो कहो, मैं तो यही कहूँगा कि उसका नाम जिसने अकलंक रखा, ठीक रखा। वह ईसाई है, तो क्या हुआ? मैं तो उसे हमेशा अकलंक कहूँगा।"

एक युवक बोला, "दादा, इतने जोश में न आओ। वह हमारी भलाइयाँ तो करता रहा है; लेकिन क्या इससे उसको कीर्ति नहीं मिलती? और फिर जो भीरु होते हैं, वे प्रायः अच्छे ही जान पड़ते हैं, लेकिन उनमें बुरा करने की हिम्मत ही नहीं होती!"

विषय ऐसा था कि प्रातःकाल होने तक समाप्त न होता; पर एकाएक कुछ दूर पर से एक स्त्री के चीखने का स्वर आया। लोग चौंककर चुप हो गये, दो-तीन ने पुकारकर पूछा, "क्या हुआ?"

किन्तु यह प्रश्न व्यर्थ था, इसका कोई उत्तर भी नहीं मिला। एक विधवा की लड़की पाँच-छः दिन से न्युमोनिया से पीड़ित थी, वह इस घोर शीत को नहीं सह सकी– एक ही हिचकी के झटके से वह इस लोक के बन्धन तोड़कर चली गयी थी। उसी की माता रो रही थी।

लोगों का साहस टूटने के बहुत निकट पहुँच गया। उन्हें एकाएक अपने जीवन की क्षुद्रता और असारता का बोध हो आया। ऐसा प्रतीत होने लगा कि कोई अदृश्य, भैरव और निर्दय अनिष्ट उनके सिर पर मँडरा रहा हो। उस अमानुषी शक्ति की उपस्थिति के ज्ञान से सब एकाएक स्तब्ध होकर एक-दूसरे का मुख देखने लगे; किन्तु कोई किसी से आँख नहीं मिलाता था, मानो इसी आशंका से कि जो भय उनकी आँखों में था, उसी की प्रतिच्छाया दूसरों की आँखों में न दीख जाये।

एकाएक दूर पर घोड़े की टाप सुन पड़ी– कभी भूमि पर पड़ती हुई कठोर टटटप्! टटटप्! टटटप्! फिर कुछ देर के लिए कीच-पानी में छिप्-शश्! छिप्-शश्!

किसी ने कहा, "क्रिस्टाबेल लौट आयी!"

"लेकिन यह तो दो-तीन घोड़ों का स्वर है।"

इस समस्या का हल अपने-आप हो गया। घोड़े उसी मैदान के सिरे पर आकर रुक गये। दो घोड़ों पर बरसाती में बँधे हुए बोझ लदे थे, तीसरे पर सवार था।

सवार ने उस रोती हुई वृद्धा से पूछा, "क्या हुआ?" स्वर मार्टिन का था।

वृद्धा ने कोई उत्तर नहीं दिया, और भी जोर से रोने लगी।

मार्टिन घोड़े पर से उतर पड़ा, देखकर स्थिति समझ गया। सकरुण स्वर से बोला, "माई, तुम मेरे घर चलो न?"

"घर? घर कहाँ है? सब तो डूब गये।"

"मेरा घर बाकी है।"

"तुम कौन हो?"

पास बैठे हुए एक युवक ने तिरस्कारपूर्ण स्वर में जोर से कहा, "ये हैं अकलंक, हमारे गाँव के रक्षक!"

मार्टिन चौंका। एक बार उसने चारों ओर देखा। फिर उसे कुछ याद आया। जिस घोर प्रयास से उसने अपने को वश में किया, उसके लक्षण उसके मुख पर स्पष्ट दीखते थे। फिर वह सबकी ओर उन्मुख होकर बोला, "तुम सब चाहो, तो मेरे घर चलकर रहो। मैं तुम्हारी रक्षा करूँगा।"

कोई उत्तर नहीं मिला।

मार्टिन फिर कुछ काँपते-से स्वर में बोला, "माई, तुम तो चली चलो। शायद मैं इस लड़की की कुछ दवा-दारू कर सकूँ।"

"जब कोई नहीं जाता, तब मैं भी सब सह लूँगी। लड़की तो अब मर चुकी। मैं कायर नहीं हूँ।"

मार्टिन ने सिर झुका लिया। घोड़े की लगाम पकड़कर धीरे-धीरे आगे चल दिया, कुछ बोल नहीं सका।

पीछे से हँसी की—तिरस्कारपूर्ण हँसी की—ध्वनि आयी। दो-तीन स्वरों ने एक साथ ही कहा, "अकलंक! कायर!"

3

घर के आगे पहुँचकर मार्टिन ने स्वयं ही घोड़ों पर से बोझ उतारा और एक-एक को उठाकर भीतर ले गया। उसके पैरों के शब्द सुनकर जो नौकर देखने आया था, वह चुपचाप खड़ा देखता रहा, उसे इतना साहस भी नहीं हुआ कि आगे बढ़कर सामान उठाने की चेष्टा करे।

मार्टिन ने स्वयं ही उससे कहा—"घोड़ों को ले जाओ।" तब एकाएक बिजली से संजीवित व्यक्ति की तरह वह बाहर दौड़ पड़ा।

मार्टिन ने सब दरवाज़े बन्द कर लिए और एक कोने में पड़ी हुई कुदाली और फावड़ा निकालकर खोदने लगा। कमरे के मध्य में जब वह काफी बड़ा गड्ढा खोद चुका, तब उसने एक बार कमर सीधी की और फिर घोड़ों पर के दोनों बोझ उसमें डाल दिये। फिर उसने अपनी कमर पर लिपटी हुई बहुत लम्बी एक रस्सी-सी खोली, और उसका एक छोर उन गट्ठरों के भीतर रख दिया। इसके बाद उसने गड्ढे को पूर्ववत् भर दिया, और वहाँ से किवाड़ तक, और किवाड़ के बाहर दूर तक, एक नाली-सी खोदकर उसी में रस्सी दबा दी। जब वह घर से लगभग साठ गज दूर पहुँचा, तब रस्सी समाप्त हो गयी। उसने यहाँ पर उसका सिरा बाहर रखके उस पर कुछ सड़े पत्तों और लकड़ियों का छोटा-सा ढेर लगा दिया। फिर वह घर के भीतर आया और किवाड़ बन्द करके बैठकर न जाने क्या-क्या सोचने लगा।

4

सवेरा नहीं हुआ था। उषा भी नहीं हुई थी; किन्तु फिर भी रात्रि के अन्धकार के रंग में कुछ परिवर्तन हो गया था—वह कुछ भूरा-सा हो गया था। इससे अनुमान किया जा सकता था कि सूर्योदय में कुछ ही देर थी। वर्षा अभी होती जा रही थी।

मैदान में बैठे हुए लोग सो नहीं पाये थे। वे अशान्ति और औत्सुक्य से क्रिस्टाबेल की प्रतीक्षा कर रहे थे। क्रिस्टाबेल शाम ही से दूसरे गाँव से घोड़े लाने गयी थी, जो कि उन लोगों को ले जाने वाले थे।

उग्र प्रतीक्षा सदा ही फलीभूत होती है। एकाएक किसी ने चिल्लाकर कहा, "प्रजातन्त्र की जय! क्रिस्टाबेल आ गयी है!"

बहुत-से लोग उठ खड़े हुए। क्रिस्टाबेल घोड़े-से उतरकर नीचे बैठ गयी और बोली—"मैं कितनी थक गयी हूँ—!" फिर चारों ओर देखकर बोली, "चलो, अब देर क्या है?"

"कुछ नहीं एक बुढ़िया की लड़की—"

"हाँ, मैंने सुना। वे अभी लौट आयेंगे—तुम लोग तैयार हो लो।"

किसी ने पूछा, "और मार्टिन का क्या होगा?"

क्रिस्टाबेल का मुँह लाल हो गया। फिर वह रुककर बोली, "क्यों? उसका क्या होना है?"

"वह तो हमारे विरुद्ध जा रहा है।"

"क्यों?"

"अपना घर बचा रहा है—और कल कुछ रसद भी ले आया है। मालूम होता है, यहीं रहेगा।"

क्रिस्टाबेल कुछ देर चुप रही। फिर बोली, "तुम लोग चल पड़ो, मैं अभी आती हूँ। मुझे एक नया घोड़ा दे दो।"

दूसरा घोड़ा लेकर वह मार्टिन के घर की ओर चल पड़ी। मैदान में बैठे हुए लोग तत्परता से घोड़े लादने लगे।

मार्टिन अपने घर के बाहर ही टहल रहा था। क्रिस्टाबेल को आते देखकर रुक गया और एकटक उसकी ओर देखने लगा।

क्रिस्टाबेल ने बिना भूमिका के कहा, "मार्टिन, यह क्या सुनती हूँ?"

"यही सुना होगा कि अकलंक अब कलंकी हो गया है!"

क्रिस्टाबेल यह प्रश्न सुनकर सहम गयी और सहसा कुछ कह नहीं सकी। मार्टिन ने स्वयं ही फिर कहा, "क्रिस्टाबेल, मैं तुम्हें कह चुका हूँ कि मैं देश का भला सोच रहा हूँ। सारा गाँव मेरे विरुद्ध है, क्या तुम भी मेरा विश्वास नहीं कर सकती?"

क्रिस्टाबेल बोली, "मैं क्या करूँ? तुमने मुझे कोई कारण तो बताया नहीं?"

"कारण बताने में विवश हूँ। पर क्या तुम इतना भी विश्वास नहीं कर सकतीं?"

"मैं तो विश्वास करती हूँ, तुम स्वयं ही मुझ से कुछ छिपा रहे हो।"

"अगर कर्तव्य कोई बात छिपाने को कहे—"

"मेरे प्रति तुम्हारा क्या कोई कर्तव्य नहीं है?"

"क्रिस, मुझे अधिक पीड़ित न करो। मैं विवश हूँ, इतना मान लो।"

क्रिस्टाबेल फिर बहुत देर तक चुप रही। फिर एक लम्बी साँस लेकर मुँह फेरकर चल दी।

"कहाँ जा रही हो, क्रिस?"

क्रिस ने दबे हुए उद्वेग के स्वर में उत्तर दिया, "कहीं नहीं, अपना कर्तव्य मुझे भी निश्चित करना है।"

"क्रिस, तुम नाराज हो गयीं—"

"यह प्रेमालाप का समय नहीं है—"

"अगर मैं कारण बता दूँ, तो विश्वास करोगी?"

क्रिस एकाएक ठिठक गयी और बोली—"क्या?"

मार्टिन बहुत देर तक स्थिर दृष्टि से उसके मुख की ओर देखता रहा, कुछ बोला नहीं। फिर, "नहीं, विश्वास मोल नहीं लिया जाता। तुम जाओ!"

मार्टिन के हृदय की उथल-पुथल को क्रिस्टाबेल नहीं समझ पायी। क्रुद्ध सर्पिणी की तरह घूमकर तीव्र गति से चल दी। मार्टिन ने धीरे से कहा, "अविश्वासिनी!"

उसके स्वर में क्रोध की अपेक्षा वेदना ही अधिक थी, इस बात को क्रिस्टाबेल नहीं समझ सकी। उसने क्षण-भर के लिए रुककर बिना मुख फेरे ही कहा, "कायर!"

जिस समय क्रिस्टाबेल मैदान पर पहुँची, तब लोगों ने देखा, उसकी आँखों में एक अमानुषी तेज था। उसने चुपचाप एक घोड़ा चुना और उछलकर चढ़ गयी।

एक वृद्ध ने सहानुभूति के स्वर में पूछा, "क्रिस, कहाँ जाओगी?"

क्रिस्टाबेल ने बिना किसी की ओर देखे ही उत्तर दिया, "यांगसिन, सेनापति से रिपोर्ट करने।"

"कैसी रिपोर्ट?"

"वह कायर है, कायर!" कहते-कहते क्रिस्टाबेल ने घोड़े को एड़ दी और बात-की-बात में बहुत दूर निकल गयी। जब वह बिल्कुल ओझल हो गयी, तब लोगों की भाव-तरंगिनी को निकलने की राह मिली, एक ही गगन-कम्पी हुंकार में—"क्रिस्टाबेल की जय!"

5

जिस समय सैनिकों का दल मार्टिन को बन्दी करने आया और किवाड़ बन्द पाकर खटकाने लगा, तब मार्टिन अपनी बन्दूक लेकर सामने आया और ललकार कर बोला, "क्या है?" किन्तु कहते-कहते उसने देखा, सैनिकों के साथ क्रिस्टाबेल भी है। उसे देखकर मार्टिन ने बन्दूक आकाश की ओर करके दाग दी और फिर जमीन पर पटक दी। बदले हुए स्वर में फिर पूछा, "क्या है?"

"हम तुम्हें बन्दी करने आये हैं– प्रजातन्त्र के नाम पर।"

"किस अपराध के लिए?"

"कायरता के लिए।"

"मुझे?" कहकर मार्टिन ने एक बार फिर क्रिस्टाबेल की ओर देखा; पर उसने आँख नहीं मिलायी। मार्टिन बोला—"मैं तैयार हूँ, चलो! मैंने हथियार डाल दिये हैं।"

सैनिकों ने उसे बीच में ले लिया। उनके नायक ने क्रिस्टाबेल से पूछा, "आप कहाँ जायेंगी, हमारे साथ ही?"

"नहीं, तुम जाओ। मुझे अपना काम है।"

सैनिक बन्दी को लेकर आगे बढ़ने लगे। जब वे कुछ दूर चले गये, तब क्रिस्टाबेल एक हल्की-सी चीख मारकर कीच में ही बैठ गयी, "मार्टिन! मार्टिन!"

पता नहीं, बन्दी ने उसे सुना भी कि नहीं। उसके मुख का भाव जरा भी नहीं बदला। शायद सैनिकों के पद-रव में वह डूब गयी थी, वह करुण पुकार– "मार्टिन!"

6

"प्रहरी!"

"क्या है?"

"एक बात सुनोगे?"

"अगर प्रजातन्त्र के खिलाफ नहीं होगी, तो सुन लूँगा।"

"तो जरा पास सरक आओ।"

पहरेदार बन्दी के पास आ गया। बन्दी ने कहा—"जानते हो, कल मेरा कोर्ट मार्शल होना है।"

"हाँ, जानता हूँ।"

"शायद—अवश्य—प्राणदण्ड की आज्ञा होगी।"

"हाँ, यही सम्भावना है।"

"मेरा एक पत्र पहुँचा दोगे?"

"किसे?"

"स्त्री-सेना की एक वालंटियर को।"

"वह तुम्हारी कौन है?"

मार्टिन ने इसका उत्तर नहीं दिया। बोला–"मुझे अब फिर किसी से मिलने या बोलने का अवसर नहीं मिलेगा, इसी से कहता हूँ।"

पहरेदार ने कुछ सोचकर कहा–"काम तो सहज नहीं है। और फिर–"

"और क्या?"

"मैं तुम्हारी सहायता क्यों करूँ? तुम तो–"

"कह दो न, रुक क्यों गये?"

पहरेदार फिर चुप हो रहा। यह देखकर मार्टिन स्वयं ही बोला–"मैं कायर हूँ, देश का शत्रु हूँ, यही न?"

पहरेदार ने बिना कुछ कहे सिर झुका लिया। उसी अर्द्ध-व्यक्त स्वीकृति देखकर मार्टिन बोला, "मेरे पास इसका उत्तर नहीं है। तुम्हें क्या कहूँ? अगर कहता हूँ कि मैं कायर नहीं हूँ, तो तुम अपने मन में सोचेगे, सभी कायर ऐसा कहा करते हैं। इसलिए इतना ही कहूँगा, मैं मनुष्य हूँ, मेरे हृदय है और अभिमान भी।"

मार्टिन थोड़ी देर प्रहरी की ओर चुपचाप देखता रहा। फिर बोला–"ले जाओगे?"

प्रहरी ने धीरे से कहा–हाँ, ड्यूटी बदलने से पहले दे देना।"

"मैंने लिख रखा है। अभी ले लो, कोई नहीं देख रहा है।"

यह कहकर मार्टिन ने शीघ्रता से एक छोटा-सा पुर्जा सिपाही की ओर बढ़ा दिया। सिपाही ने उसे अपनी बन्दूक की नली में डाल लिया और बोला, "मैंने तुम्हारा विश्वास किया है–देखना।"

मार्टिन ने उत्तर नहीं दिया, एक बार उसकी ओर देख-भर दिया। उस दृष्टि में न-जाने क्या था, उसे लक्ष्य कर प्रहरी चुपचाप सिर झुकाये इधर-उधर घूमने लगा।

मार्टिन कोठरी के मध्य में जाकर बैठ गया और छत के एक छोटे-से रोशनदान की ओर देखने लगा। एक बार चौंककर बोला–"हैं? यह मैंने क्या किया?" फिर थोड़ी देर के लिए चुप हो गया। फिर एक लम्बी साँस लेकर बोला–"विराट प्रेम का अन्त भी विराट् होना चाहिए। मैं उसे अपनी व्यथा क्यों दिखाऊँ?"

मार्टिन ऐसी प्रश्न-भरी मुद्रा से उस रोशनदान की ओर देखने लगा, मानो उसी से उत्तर की प्रतीक्षा कर रहा हो।

7

मार्टिन के विशाल भवन के चारों ओर सैनिकों का पहरा था; किन्तु सैनिक प्रजातन्त्र के नहीं थे। मकान के अन्दर से गाने की ध्वनि आ रही थी; किन्तु वे प्रजातन्त्र के राष्ट्र-गीत के स्वर नहीं थे। मार्टिन के भवन पर आज शत्रु-सेना का अधिकार था, आज देश के सात सौ शत्रु उसमें आश्रय पा रहे थे और अधिकाधिक दक्षिण की ओर बढ़ने के मनसूबे बाँध रहे थे।

और भवन के बाहर चारों ओर पतली कीच थी–काली-काली, केवल कहीं-कहीं भवन से आने वाले प्रकाश के कारण दीप्त...

भवन से दूर पर छोटे-छोटे पेड़ों के झुरमुट में क्रिस्टाबेल खड़ी थी। उसके पास ही एक पेड़ से घोड़ा बँधा था। क्रिस्टाबेल एकाग्र दृष्टि से भवन की ओर देख रही थी; किन्तु ध्यान से देखने पर मालूम हो जाता था कि उसकी आँखें उधर लगी होने पर भी ध्यान उधर नहीं था।

भवन के अन्दर शायद कोई उत्सव हो रहा था–और इसीलिए कभी-कभी शायद अग्नि की उद्दीप्ति के कारण उसके अन्दर प्रकाश बढ़ जाता था। उसी प्रकाश की एक-आध झलक रात्रि के अन्धकार को भेदकर उस झुरमुट तक पहुँच जाती थी तो उसमें क्रिस्टाबेल का वह तना हुआ चेहरा और चमकती हुई

आँखें—आँसू-भरी आँखें—स्पष्ट दीख जाती थीं।

क्रिस्टाबेल ने आप-ही-आप कहा, "आज दण्ड हो चुका होगा...और कल—मैं...।"

रुककर वह फिर उस ससंज्ञ तन्द्रा में पड़ गयी।

"मार्टिन...मेरा दुर्भाग्य..."

एकाएक मानो किसी दृढ़ निश्चय से प्रेरित होकर उसने अपने शरीर को झटका दिया और भवन पर से आँखें हटा लीं। किन्तु तत्काल ही उसका शरीर जड़ हो गया, मानो कोई चिड़िया साँप की सम्मोहन दृष्टि से निकलने का व्यर्थ प्रयत्न करके थक गयी हो।

वह फिर भवन की ओर देखने लगी।

"ईसा, ईसा, अगर उसके दिल में इतना साहस होता—अगर मेरे हाथों में इतनी शक्ति..."

एकाएक वह चौंकी। घोड़े ने भी चौंककर सिर उठाया और हवा सूँघने लगा।

क्रिस्टाबेल ने देखा, उसके आगे कुछ दूर पर एक आदमी धीरे-धीरे, चौकन्ना होकर, बढ़ रहा है। एकाएक वह एक स्थान पर रुका और जमीन टटोलकर बैठ गया। फिर उसने जेब में से एक चकमक पत्थर का टुकड़ा निकालकर थोड़ी-सी घास सुलगायी और उसे भूमि पर रख दिया।

भूमि पर से धुआँ उठने लगा। थोड़ी देर बाद थोड़ा-सा 'छर्र-छर्र—' हुआ, जैसे बारूद जली हो, और उसके क्षणभंगुर प्रकाश में क्रिस्टाबेल ने देखा, वह व्यक्ति मार्टिन का चिर-परिचित था। उसके मुख पर एक विचित्र आनन्दमिश्रित विजय का भाव था।

क्रिस्टाबेल ने धीरे से पुकारा, "साइमन!"

वह व्यक्ति चौंका। उसने जेब से पिस्तौल निकाला और पेड़ों के झुरमुट की ओर बढ़ा। जब वह पास आ गया, तब फिर क्रिस्टाबेल बोली, "साइमन, मैं हूँ, क्रिस्टाबेल।"

उस व्यक्ति ने पिस्तौल छिपा लिया, और बोला, "तुम यहाँ कहाँ?"

"और तुम?"

"मैं कार्यवश आया था।"

"क्या कर रहे थे?"

"जरा देर ठहरो, अभी जान जाओगी।" कहकर वह रुककर चुपचाप भवन की ओर देखने लगा। क्रिस्टाबेल भी उधर देखती रही।

एकाएक क्रिस्टाबेल को प्रतीत हुआ, भूकम्प हो रहा है, उसके पैर लड़खड़ाये घोड़ा भी एकाएक हिनहिनाया, वातावरण में मानो एकाएक घोर दबाव-सा पड़ा—क्रिस्टाबेल ने आँखें बन्द कर लीं—

धड़ाक्—धम्म!

एकाएक बीसियों तोपों का-सा स्वर हुआ। क्रिस्टाबेल का सिर भन्ना गया, कान बहरे हो गये। एक मिनट तक वह कुछ कर नहीं सकी। फिर उच्च स्वर में बोली, "यह क्या हैं?"

प्रश्न व्यर्थ था। धमाके से मार्टिन का विशाल भवन एकाएक भूतल से उड़ गया था—और उसके छिन्न-भिन्न अवशेष न-जाने कहाँ-कहाँ फैल गये थे। दो-चार टुकड़े उस झुरमुट से कुछ ही दूर पर गिरे थे।

यही सब देखकर साइमन ने क्रिस्टाबेल को उत्तर नहीं दिया। बोला, "मैं तुम्हारी तलाश में था।"

"क्यों?"

"एक पत्र है, मार्टिन का।"

"ऐं? तुमने कैसे पाया?"

"उसने किसी प्रहरी के हाथ भिजवाया था, वह मुझे दे गया।"

क्रिस्टाबेल ने प्रश्न-भरी दृष्टि से उसकी ओर देखा, कुछ बोली नहीं। साइमन ने उसका अभिप्राय

समझकर कहा, "उसको प्राणदण्ड की आज्ञा हो गयी।"

क्रिस्टाबेल सिर झुकाकर खड़ी रही। साइमन ने पत्र उसकी ओर बढ़ाया। उसने ले लिया। साइमन ने दियासलाई जलाकर प्रकाश किया, क्रिस्टाबेल पत्र पढ़ने लगी।

पत्र पढ़कर जब उसने साइमन की ओर देखा, तब भी तिरस्कार और विद्रूप का भाव उसकी आँखों से गया नहीं था। उसने पूछा, "अच्छा, यह बताओ, यह प्रबन्ध तुमने कब किया था?"

"यह प्रबन्ध मेरा नहीं, मार्टिन का था।"

"हैं?"

"वह कूमिङ्तांग की गुप्त कार्यकारिणी का सदस्य था। उसने बन्दी होने से पहले मुझे कहा था कि इस पलीते में आग लगा जाऊँ। मैं कल भी आया था; पर कल यह गीला था, जला नहीं।"

क्रिस्टाबेल के मुख से एक शब्द भी नहीं निकला। वह बिजली से ताड़ित लता की तरह जमीन पर पड़ गयी।

मिनट-भर बाद जब उसे होश आया, तब रोते स्वर में बोली, "तुमने पहले नहीं कहा? अगर मैं जानती—कल तक भी जानती होती..."

इसके आगे उसका स्वर रोने के आवेग में अस्पष्ट हो गया।

साइमन ने हिचकिचाते हुए स्वर में कहा, "बहिन, धैर्य धरो—"

क्रिस्टाबेल बिजली की तरह उठी और घोड़े की लगाम पेड़ से खोलकर सवार हो ली। साइमन ने पूछा, "कहाँ चलीं?"

क्रिस्टाबेल ने कोई उत्तर नहीं दिया, हाथ का पत्र साइमन की ओर फेंककर घोड़ा दौड़ाती हुई निकल गयी।

जब साइमन का विस्मय कुछ कम हुआ, तब वह फिर दियासलाई जलाकर पत्र पढ़ने लगा—

"क्रिस्टाबेल, कल मुझे प्राणदण्ड हो जायेगा, इसलिए आज अन्तिम विदा ले रहा हूँ। हमारा विच्छेद तो उसी दिन हो गया था, जिस दिन तुम्हारा विश्वास उठ गया, किन्तु अभ्यासवश विदा माँग रहा हूँ।"

"सुनो, क्रिस्टाबेल, जाते हुए एक बात कहे जाता हूँ। मैं कायर नहीं हूँ, इस बात का विश्वास मैं तुम्हें उसी समय दिला सकता था; पर तुम विश्वास नहीं कर सकीं। मुझे तुमसे विश्वास की—सहज, स्वाभाविक, अटल विश्वास की—आशा थी। यह आशा प्रत्येक मनुष्य करता है। तुम वैसा विश्वास नहीं दे सकीं। अगर प्रत्येक बात में विश्वास का पात्र होने के लिए प्रमाण देना पड़े, अगर तुम्हारा प्रेम प्राप्त करने के लिए नित्य ही यह दिखाना पड़े कि मैं उसका पात्र हूँ, तो ऐसे प्रेम का क्या मूल्य है? अगर तुम विश्वास-भर कर लेतीं!"

"दो-एक दिन में मैं नहीं रहूँगा। तब तक या उसके बाद—तुम्हें 'प्रमाण' मिल जायेंगे कि मैं कायर नहीं हूँ। इसी से कहता हूँ, अगर तुम अब किसी से प्रेम करो, तो ऐसा व्यक्ति चुनना, जिसका तुम अकारण विश्वास कर सको। एक कायर से इतनी ही शिक्षा ग्रहण कर लो।"

"अब मेरे हृदय में शान्ति है। अपना हृदय टटोलकर देख लेना, उसमें क्या है।—मार्ट"

पत्र पढ़ चुकने पर साइमन ने एक लम्बी साँस ली और धीरे-धीरे एक ओर को चल दिया।

8

"अरे, तुम सबको क्या हो गया है? कहाँ पागलों की तरह भागे जा रहे हो?"

"तुम्हें नहीं मालूम? एक कायर को प्राणदण्ड मिल रहा है।"

"मार्टिन को? उसका फैसला हो गया?"

"कल ही।"

"क्या? उसने कोई सफ़ाई नहीं दी?"

"नहीं। जब उससे पूछा गया, तब बोला, "मैं सैनिक हूँ। सैनिक स्वभावतः विश्वास का पात्र होता है। मैं सफ़ाई देकर विश्वास मोल नहीं लेना चाहता।"

"इतनी अकड़? मालूम होता है, कायर के भी कुछ दिल है।"

"अरे, अभी और सुनो! जब दण्ड सुनाया गया, तब जजों ने उस क्रिस्बाबेल की तारीफ भी की। इन दोनों की शादी होने वाली थी। तब मार्टिन बोला, "हाँ, मेरी ओर से बधाई भी भिजवा दीजियेगा।"

"फिर?"

फिर बोला, "आपने मुझे कहा है और प्राणदण्ड दिया है। प्रजातन्त्र के एक सैनिक की हैसियत से मैं दण्ड स्वीकार करता हूँ। पर एक प्रार्थना है कि दण्ड देते समय मुझे कायर की तरह पीठ में गोली न मारी जाये! मैं कायर नहीं हूँ।"

"फिर?"

"जज ने पूछा, 'इसका सबूत?' पर बेचारा सबूत क्या देता? चुप हो गया। जज ने बहुत सोचकर कहा, 'मैं विवश हूँ।' फिर क़ैदी को ले गये।"

भीड़ को चीरता हुआ एक घोड़ा आगे आ रहा था, इन दोनों व्यक्तियों के पीछे-पीछे चल रहा था। उस पर सवार एक स्त्री इस चेष्टा में थी कि मौक़ा मिलने पर आगे निकल जाये। ये बातें सुनकर वह व्यथित, अर्ध-विक्षिप्त स्वर में बोली, "अरे, यह सब मैं सुन चुकी हूँ—फिर क्यों दुहराते हो? बताओ, दण्ड होने में कितनी देर है?"

दोनों व्यक्ति चुपचाप एक ओर हट गये और उसकी ओर देखने लगे। उसने अपना प्रश्न दुहराया।

"पन्द्रह-बीस मिनट होंगे—"

"बस?" कहकर क्रिस्टाबेल ने घोड़े को चाबुक मारा। चाबुक से अनभ्यस्त, थके-माँदे किन्तु अभिमानी घोड़े ने सिर उठाकर फुंफकारा और फिर तिलमिलाकर भीड़ को चीरता हुआ दौड़ने लगा। किसको धक्का लगता है, कौन गिरता है, अपने अपमान में वह सब भूल गया।

दोनों व्यक्तियों ने एक-दूसरे की ओर देखकर कहा, "पूरी दानवी है!" और फिर आगे बढ़ने लगे।

9

उस चौक के आसपास तीनों ओर खचाखच भीड़ भरी हुई थी। चौथी ओर, दीवार की छाया में, एक शहतीर ज़मीन में गड़ा हुआ खड़ा था, जिसके साथ सैनिक मार्टिन को बाँध रहे थे। उसे शहतीर के साथ सटाकर, मुँह दीवार की ओर करके खड़ा कर दिया गया था। मार्टिन चुपचाप निष्क्रिय होकर देखता जाता था, मानो वह इस अभिनय का प्रधान पात्र न होकर एक दर्शक मात्र हो।

भीड़ इस क्रिया को देखती जाती थी और आलोचना करती जाती थी, "कैसा मरियल-सा खड़ा है—जैसे अफ़ीम खा ली हो!"

"अरे, कायर को हौसला थोड़े ही होता है।"

"कल तो बड़ी शान से खड़ा था— जज को भी घुड़की देता था।"

"अरे, जब तक मौत सिर पर नहीं आती, तब तक गीदड़ भी घुड़कियाँ दिखाते हैं। पता तो तब चलता है, जब सामना होता है।"

भीड़ की आलोचना सदा बड़ी पैनी और विषाक्त होती है, पर मार्टिन पर उसका तनिक भी प्रभाव नहीं पड़ा। शायद इसी से आलोचना प्रखरतर होती जा रही थी।

थोड़ी ही देर में बाँधने की क्रिया पूरी हो गयी। सैनिक वहाँ से हट गये।

इस शहतीर के पचास क़दम की दूरी पर सैनिकों की क़तार खड़ी थी, और उनसे कुछ हटकर एक सैनिक अफ़सर, जिसके आदेशानुसार सब काम हो रहा था। उसने एक बार चारों ओर देखा, भीड़ के एक अंश को पीछे हटने का इशारा किया, फिर सावधान होकर सैनिक-पंक्ति को आदेश देने लगा।

उसके आदेशों से प्रेरित सैनिकों ने बन्दूकों के कुन्दे अपने कन्धों पर टेके, निशाने साधे और तैयार होकर खड़े हो गये।

अफ़सर अपनी घड़ी देखने लगा।

एकाएक चौक से कुछ दूर पर, पक्की सड़क पर, घोड़े की टाप—सरपट दौड़ की टाप—सुन पड़ी।

किसी ने कहा, "वह क़ैदी का क्षमा-पत्र आ रहा होगा।"

तत्काल ही किसी ने फटकार दिया, "चुप रहो!"

भीड़ को चीरता हुआ एक घोड़ा निकला, और सवार स्त्री ने एकाएक लगाम खींची। घोड़ा अफ़सर के बिलकुल पास आकर रुका। स्त्री क्षण भर मुग्धवत् देखती रही। भीड़ ने उसकी ओर देखा और एक ही स्वर में—दबे स्वर में—बोली, "दानवी।"

अफ़सर ने घड़ी से आँख हटाते हुए कहा, "एम! (निशाना साधो!)"

क्रिस्टाबेल चौंकी और लड़खड़ाते हुए घोड़े पर से कूदकर अफ़सर की ओर दौड़ी।

अफ़सर ने दृढ़ स्वर में कहा—"फ़ायर! (दागो!)"

लोगों की आँखें क्रिस्टाबेल से हट कर मार्टिन पर जा जमी—

उस क्षणिक, गम्भीर औत्सुक्यपूर्ण प्रकम्पित महाशान्ति में एक स्त्री-स्वर गूँज उठा, "उसे बचाओ—अकलंक! अकलंक!"

फिर एकाएक बाहर बन्दूकों के नाद में वह स्वर डूब गया—क्रिस्टाबेल लड़खड़ाने लगी—सैनिक मार्टिन की ओर दौड़े—किसी ने कहा, "वह देखो!"

लोगों ने देखा, जिन रस्सियों में मार्टिन बाँधा गया था, वे टूट गयी थीं। मार्टिन दीवार की ओर पैर किए औंधे मुँह पड़ा था। भीड़ को एकाएक मानो खोई हुई वाणी मिल गयी।

"यह कब हुआ?"

"उसकी चीख सुनकर ही। मैं देख रहा था, वह चौंका, फिर झटका देकर घूम गया।"

"मैंने भी देखा था। वह खुद भी चिल्लाया था—"

"क्या?"

"क्राइस्ट!"

"नहीं, 'क्रिस्टाबेल!'"

"हाँ-हाँ, 'क्रिस्टाबेल' ही!"

सैनिकों ने जब आकर मार्टिन के शव को उठाया, तब उनके मुँह पर आदर का भाव था। एक ने कहा, "यह देखो, सभी गोलियाँ छाती में लगी हैं।"

लोग मार्टिन के शव को देखने और उसकी आलोचना करने में इतने लीन हो गये कि बेचारी क्रिस्टाबेल—हाथ में प्रजातन्त्र की मोहर वाला एक कागज लिये खड़ी क्रिस्टाबेल— की ओर किसी का ध्यान ही नहीं गया। वह एक बड़ी लम्बी, बड़ी थकी हुई, बड़ी उत्सर्गपूर्ण-सी साँस लेकर गिरते-गिरते बोली, "अकलंक!"

दिल्ली जेल, सितम्बर, 1931

मिलन

संसार में कितनी ही विचित्र घटनाएँ होती हैं, जिन्हें देख-सुनकर हम सोचने लगते हैं, यह क्यों हुई? इसका क्या अभिप्राय था? यदि यह किसी की आन्तरिक प्रेरणा से हुई, तो उस प्रेरणा की जड़ कहाँ थी? यदि किसी बाह्य प्रेरणा से, तो उस प्रेरणा का आधार कौन था? और अगर इस घटना में दैव का हाथ है, तो इस घटना के ऐसे स्थान पर, ऐसे समय में, इस प्रकार होने में क्या अभिप्राय था, क्या गूढ़ तत्त्व था?

जब हमारे मन में ऐसे प्रश्न उठने लगते हैं, तब पहले-पहल हमें इस बात का आभास होता है कि संसार में एक ऐसी महती शक्ति है, जिसका परिमाण, जिसका तत्त्व हम नहीं जान पाते, जिसमें लचक है, पर साथ ही कठोरता भी; जिसमें दया है, पर साथ ही एक घोर परिहास भी। इस शक्ति को कोई आत्मा कहता है, कोई भावी; कोई इस आन्तरिक प्रेरणा समझता है और कोई बाह्य; कोई इसे ऐहिक समझता है और कोई नैसर्गिक। किसी की राय में इस शक्ति का प्रवाह उन्मत्त, पथहीन, अनवरुद्ध है; किसी की राय में इसका संचालन संयमित है।

सभी को इसके प्रवाह में एक अनियन्त्रित उन्माद दीखता है, और इसके उन्माद में एक नियन्त्रित प्रवाह। और इस प्रवाह को, इसे उन्माद को, इस विचित्र असंयमित नियन्त्रण को कोई नहीं समझ पाता, सभी अन्वेषक मानो एक दीवार से टकराकर रुक जाते हैं।

मैं बहुत दिनों से इस शक्ति का प्रभाव देख रहा हूँ। कभी-कभी उसे समझने की चेष्टा भी कर लेता हूँ, पर प्रायः उसके विचित्र विन्यास को देखने में ही मेरा समय बीत जाता है।...

सन् 1905 में यहाँ जो विस्फोट हुआ—उसे उत्पात कहना चाहिए, या दंगा, या विप्लव, या क्रान्ति, इसका निर्णय नहीं कर सका, इसलिए विस्फोट ही कहता हूँ—उसमें भी मैंने इसी शक्ति का आभास पाया था। लोग जब उसकी अवश्यंभाविता की बात करते, तो मैं सोचा करता, यह अवश्यंभाविता उसी शक्ति के प्रवाह का नामान्तर नहीं तो क्या है? फिर इसी बड़ी क्रान्ति में, जिसमें एक साथ ही सारा रूस धधक उठा, और उस प्रज्वलन की लपेट में सदियों से पूजित राजवंश और रास्पुटिन-जैसे शक्तिशाली व्यक्ति भस्म हो गये, इसमें भी क्या था? जिस पीड़ा, व्यथा, अशान्ति में, जिस अमित दैन्य और अमित भूख में, इस घोर क्रान्ति का अंकुर था, वे भी क्या थीं? उसी शक्ति का घोरतम प्रमत्त अट्टहास!

पर जिस घटना में मैंने इस शक्ति की झलक सबसे स्पष्ट देखी थी, व न सन् 1905 का विस्फोट था, न सन् 1917 की क्रान्ति; वह थी एक बहुत छोटी-सी घटना, बहुत ही साधारण, जिसका इन दोनों से बहुत थोड़ा-थोड़ा सम्बन्ध था—वह था दो मित्रों का विच्छेद और पुनर्मिलन।

उन दोनों को पहले-पहल मैंने सन् 1903 में स्कूल में देखा। मैं जब नार्मल स्कूल से अध्यापक-श्रेणी में पढ़ता था, तब वे दोनों आठवीं में आकर दाखिल हुए थे। उन दिनों भी उनमें आपस में काफी घनिष्ठता थी। वे अपने गाँव से एक साथ ही आते, स्कूल में सबसे अलग एक साथ बैठते, बोलते, खाते; फिर एक साथ ही स्कूल में वापस चले जाते। उनके गाँव से और भी लड़के उस स्कूल में आते थे; पर उनका एक

समूह अलग लौटता था, और वे दोनों अलग।

इनकी मैत्री सबको स्वाभाविक जँचती हो, सो बात नहीं थी। उनके शरीर के गठन में, बोलचाल में, रुचि में, स्वभाव में बहुत अन्तर था। देखने वाला उनमें साम्य की अपेक्षा वैषम्य ही अधिक देख पाता था। सर्जियस क़द में लम्बा-चौड़ा और गौर वर्ण का था, उसके बाल फीके सुनहरे और आँखें हल्के नीले रंग की थीं। उसके होठ पतले थे और प्रायः दबे हुए रहते थे। जब वह चलता, तो उसकी चाल में लापरवाही झलकती थी। दिमीत्री क़द में छोटा था, पर उसका शरीर खूब गठा हुआ था। जब वह चलता था, तो मालूम होता था कि फ़ौजी क़वायद करता रहा है। उसके बाल गाढ़े भूरे रंग के थे और उसकी आँखें छोटी परन्तु काली और खूब चमकती हुई थीं। मुँह पर उसके प्रायः एक हल्की-सी हँसी रहती थी। उसकी आयु सर्जियस से साल-भर कम थी, और वह सर्जियस की अपेक्षा अधिक मिलनसार था, अपने सहपाठियों से हँस-बोल लेता था। सर्जियस जब कुछ कहता, तो इस ढंग से, मानो उसे इस बात की आशा नहीं है कि कोई उसका विरोध करेगा; दिमीत्री बात करता तो पहले विरोध के लिए चौकन्ना होकर। पढ़ने में सर्जियस की रुचि साहित्य की ओर थी, दिमीत्री की इतिहास की ओर। सर्जियस स्कूल के ड्रामेटिक क्लब में भाग लेता था, दिमीत्री प्रायः डिबेटिंग सोसाइटियों में बोला करता था।

फिर भी न जाने क्यों, इनमें इतनी घनिष्ठता थी, न जाने कौन-सी प्रेरणा उन्हें एक-दूसरे की ओर आकर्षित करती थी। कुछ दिनों में मैं उनसे मिलने लगा, पर आयु के भेद के कारण वे दोनों ही मुझसे कुछ झेंपते थे। दो वर्ष उनसे मिलते रहने पर भी मैं उस घनिष्ठता में भागी नहीं हुआ, केवल उनकी उस विचित्र मैत्री का निकट-दर्शक ही हो पाया।

जब सन् 1905 का विस्फोट हुआ, तब मैंने नार्मल की परीक्षा पास ही की थी। सर्जियस की आयु उस समय शायद अठारह वर्ष की थी और दिमीत्री की सत्रह। वे दोनों स्कूल की अन्तिम परीक्षा पास करने वाले थे। हमें आशा थी कि वे भी नार्मल में अध्यापक-श्रेणी में दाखिल होंगे, क्योंकि दोनों ही तीक्ष्ण बुद्धि थे। पर जिस दिन ज़ार की घोषणा वहाँ पहुँची थी कि रूस में प्रजा-प्रतिनिधियों की व्यवस्थापिका सभा ड्यूमा बनायी जायेगी और उसके उपलक्ष्य में हमारे स्कूल में भी उत्सव के लिए छुट्टी हुई, उस दिन वे दोनों स्कूल नहीं आये–उत्सव में भी नहीं आये। न जाने क्यों, उनके न आने से मेरा मन नहीं लगा। शाम को उत्सव समाप्त होने से पहले ही मैंने अपना ओवरकोट पहना और उनके गाँव की ओर चल दिया।

वहाँ पहुँचकर मुझे उनका पता पूछना नहीं पड़ा। गाँव के बाहर ही एक गिरे हुए पेड़ के तने पर दोनों बैठे बातें कर रहे थे : मैंने पुकारा, "दिमी!" तो दोनों उठ खड़े हुए।

मैंने पूछा, "दिमी, तुम दोनों आज उत्सव में क्यों नहीं आये?"

उसने उत्तर दिया, "अब हम स्कूल नहीं जायेंगे।"

मुझे दुःख भी हुआ और विस्मय भी। मैंने पूछा, "क्यों?"

वह बोला, "हम लोग अब गुलामी से छूट गये, अब हमें इस गाँव में बँधे रहना नहीं पड़ेगा। हम दोनों पीटर्सबर्ग जाकर नौकरी ढूँढेंगे और कुछ कमा कर घर भेजेंगे।"

मैं थोड़ी देर चुप रहा–सोचता रहा कि अगर गाँवों की प्रतिभा शहरों में जाने लगेगी, तो फिर हमें नये स्वातन्त्र्य का फायदा ही क्या हुआ!

"अच्छा दिमी, तुम पीटर्सबर्ग में करोगे क्या!"

"यह तो अभी नहीं सोचा–अभी तो इतना ही निर्णय किया है कि कुछ करूँगा जरूर।"

"और तुम, सर्जी?"

"मैं तो ज़ार की सेना में कर्नल होऊँगा।"

मैं कुछ हँसा। फिर मैंने पूछा, "ज़ार की घोषणा से तुम्हें व्यक्तिगत लाभ तो हुआ है, पर देश पर

क्या असर होगा, कभी सोचा है?"

दिमीत्री बोला, "मैं तो समझता हूँ, इतना लड़ाई-झगड़ा करने पर भी हमें कुछ नहीं मिला। यह जो सीमित स्वातन्त्र्य हमें मिला है, आज से कहीं पहले मिलना चाहिए था। बल्कि मुझे अचम्भा होता है कि हम इतने दिन बँधे कैसे रहे! जब हम सब बराबर हैं—"

सर्जियस बीच में बात काटकर बोला, "यह धारणा गलत है। आदमी कभी बराबर नहीं होते। जिसको हम स्वातन्त्र्य कहते हैं, वह होता ही नहीं। एक का जार और दूसरे का मज़दूर होना स्वाभाविक है। यह भी स्वाभाविक है कि शासक थोड़े हों और शासित बहुत; क्योंकि धन की तरह शक्ति का स्वभाव है कि एक ही केन्द्र पर संचित होती रही है। शक्ति एक केन्द्र से बिखरकर नष्ट होती रहे, यह प्रकृति के विरुद्ध बात है।"

दिमीत्री ने उत्तर दिया, "और जिधर प्रकृति हमें घसीटे, उधर ही हम लद्दू घोड़े की तरह दुम दबाए चलते जायें, यह मानवता के विरुद्ध है। हम मनुष्य तभी हैं, जब हम प्रकृति की प्रेरणाओं को दबाकर अपने आदर्श को ऊपर रखें। जब हम आदर्श स्थापित करते हैं, तब यह सोचकर नहीं करते कि प्रकृति हमें उसका अनुसरण करने देगी या नहीं। पहले आदर्श स्थापित होता है, फिर यदि प्रकृति उसमें रुकावट डाले, तो उससे भी लड़ना पड़ता है। क्यों, मास्टर निकोलाई?"

मैं उत्तर दिये बिना सर्जियस की ओर देखने लगा। वह बोला, "यह खोखला आदर्शवाद है। वास्तव में ऐसा कहाँ होता है? हम आदर्श सामने रखते हैं, और बड़ी ऐंठ से उसका अनुसरण करते हैं; पर जब प्रकृति सामने आती है, तो कौन उससे लड़ता है? लोग दुबककर आदर्श बदल लेते हैं। माल्थुस ने जब अपने सिद्धान्तों का प्रचार किया तब लोग चिल्लाने लगे, आदमी बहुत बढ़ रहे हैं, इनके रोकने के लिए संयम चाहिए। प्रकृति चिल्लाई, यह नहीं होना! फिर किसने किया संयम? लोग सन्तान-निग्रह के रासायनिक तरीके ढूँढंने लग गये। प्रकृति के विरुद्ध हम कभी सफल नहीं हो सकते।"

दिमीत्री कुछ हँसकर बोला, "यही तो! तुम क्या समझते हो, संयम प्रकृति के प्रतिकूल है? यह जिसे तुम सन्तान-निग्रह कहते हो, यही तो प्रकृति के विरुद्ध है। संयम तो पशु भी करते हैं। अगर मान भी लें कि विषय-तृप्ति ही प्रकृति का नियम है, तो क्या हम इसका विरोध नहीं करते? जैसे—"

वह कुछ रमा कर रुक गया। मैंने कहा, "क्यों दिमी, रुक क्यों गये?"

वह बोला, "एक उदाहरण देने लगा था, वह कुछ भद्दा है, इसलिए रुक गया।"

मुझे कुछ कौतूहल हुआ। मैंने कहा, "अगर लागू हो तो दे दो, कोई हर्ज नहीं है।"

वह कहने लगा, "अपने ही आत्मीयों के प्रति हमारे हृदय में वासनाएँ क्यों नहीं जागतीं?" उनके प्रति क्यों हमारे मन में आदर का भाव रहता है, क्यों पवित्र विचार होते हैं? यह प्रकृति का नियम नहीं है? पशुओं में तो कोई ऐसा भेद-भाव नहीं होता? यह प्रकृति पर आदर्श की जीत नहीं तो और क्या है?"

सर्जियस कुछ सोच में पड़ गया। मैंने देखा, इन दोनों की विचार-शैली अभी पकी नहीं थी, परिष्कृत नहीं हुई थी। फिर भी यह मैं जान गया कि दोनों सामाजिक और राजनीतिक समस्याओं का अध्ययन अच्छी तरह कर रहे हैं। यह भी समझने में देर नहीं लगी कि दोनों वृत्तियाँ उन्हें किधर-किधर प्रेरित करेंगी। मैंने दोनों के कन्धों पर हाथ रखकर हँसते हुए कहा, "तुम लोग प्रसंग से कितनी दूर निकल गये।"

दिमीत्री बोला, "फायदे की बात सोचते ही सिद्धान्त सामने आ जाते हैं, क्योंकि मैं फ़ायदा उसको समझता हूँ, जिससे आदर्श का पोषण हो। सर्जी का मत मुझसे भिन्न है।" यह कहकर उसने सर्जियस की ओर देखा।

उसने कहा—"हाँ, मैं आदर्श उसको गिनता हूँ, जो लाभप्रद हो।"

मैंने दोनों की पीठ ठोककर कहा, "तुम दोनों फिलास्फर हो गये हो। चलो, जरा घूमने चलें।"

वे मेरे साथ हो लिये।

जब हम लौटे, तब अँधेरा हो रहा था। जब हम गाँव के छोर पर पहुँचे, अलग होने का समय आया, तो मैंने पूछा, "अच्छा, तो फिर कब मिलोगे?"

दिमीत्री हँसकर बोला, "पहले का तो पता नहीं, हाँ, 1920 में आज के दिन अवश्य मिलेंगे।"

मैंने विस्मित होकर पूछा, "कैसे, दिमी?"

वह सर्जियस की ओर देखकर बोला, "हम दोनों ने एक षड्यन्त्र रचा है। आज से पूरे पन्द्रह साल बाद हम स्कूल के बड़े खम्भे के नीचे मिलेंगे। चाहे कहीं हों, कितना ही काम छोड़कर आना पड़े, आवेंगे अवश्य। और शायद अपने-अपने अनुभव एक-दूसरे को सुनाएँगे।"

"किस समय?"

"रात को आठ बजे।"

"अच्छा, अगर मैं आ सका, तो शायद मैं भी आ जाऊँ।"

कुछ देर तक हम चुप रहे। फिर सर्जियस बोला, "अच्छा, मास्टर निकोलाई, अब पन्द्रह वर्ष के लिए विदा दीजिए।" यह कहकर उसने रूसी ढंग से सिर से ऊपर हाथ उठाकर सलाम किया।

मैंने कहा, "ऐसे नहीं, सर्जी!" और उससे हाथ मिलाये। फिर वह कुछ हटकर खड़ा हो गया। मैंने दिमीत्री से हाथ मिलाये। वह हँसता हुआ बोला, "मास्टर निकोलाई, इस षड्यन्त्र को भूलना मत।"

मैंने कहा, "मैं नहीं भूलूँगा।"

क्षण-भर में वे आँखों से ओझल हो गये। मैं भी अँधेरे में खेतों में से होकर धीरे-धीरे अपने स्कूल की ओर चल पड़ा।...

इसके बाद...मैं फिर अध्ययन और अध्यापन के फेर में पड़ गया। आँधियाँ आयीं और चली गयीं, उत्पात खड़े हुए और बैठ गये; विस्फोट हुए और बुझ गये। पर हमारे स्कूल के जीवन में कोई परिवर्तन नहीं हुआ...हाँ, मुझमें जो कुछ भावुकता थी, धीरे-धीरे सूख गयी; जो कविता थी, वह अनुक्रम की दृढ़ शृंखला में घुटकर मर गयी— और दिमीत्री और सर्जियस भी धीरे-धीरे भूल गये; उनके षड्यन्त्र की ओर अपनी प्रतिज्ञा की स्मृति भी बुझ गयी।...

पर सन् 1917 की क्रान्ति जब आयी, तब हमारा छोटा-सा शहर भी उससे बच नहीं सका। स्कूल टूट गया, सब अध्यापक और बहुत-से छात्र लाल झण्डे के नीचे जा खड़े हुए। मैं भी उस क्रान्ति की लपेट में—या उस अज्ञात शक्ति के प्रवाह में—आ गया, और एक साधारण सिपाही की वर्दी पहनकर उस झण्डे की छाया में लड़ने लगा। फिर...फिर मैंने बहुत कुछ देखा जीवन कितना बीभत्स हो सकता है, भूख की व्यथा कैसी होती है, सारी-सारी रात जागकर रेत की बोरियों के मोर्चे पर गिरती हुई बर्फ़ में बैठकर पहरा देने में क्या मज़ा है, बर्फ़ से भी शीतल बन्दूक की नली ठिठुरे हुए हाथों में पकड़कर बारह घण्टे खड़े रहने पर प्राणिमात्र के प्रति कैसी जलन हृदय में होती है, लहू में सनी हुई वर्दी शरीर से पाँच-पाँच दिन अलग न कर सकने में आत्मबल पर कैसा प्रभाव पड़ता है—इन सब बातों का अनुभव सन् 1917 के तीन ही महीनों में हो गया...उसके बाद सुना, क्रान्ति समाप्त हो गयी। हम लौट आये। आकर देखा, जहाँ स्कूल था, वहाँ एक होटल खुला हुआ है! स्कूल वहाँ से उठकर एक नये भवन में चला गया था।

जीवन में थोड़ा-सा वैचित्र्य आ गया। पर हम धीरे-धीरे फिर शृंखलाओं में बद्ध होने लगे। हाँ, इस बार इस बन्धन की गति कुछ कम हो गयी, क्योंकि देश में अशान्ति छायी हुई थी, एक क्रान्ति की राख में दूसरी क्रान्ति की आग सुलग रही थी...

इधर-उधर से विचित्र समाचार आने लगे। साम्यवादी फ़ौज का एक अंश जाकर साम्राज्यवादियों के दल से मिल गया, और घर ही में युद्ध होने लग गया।...

फिर एक दिन सुना, नयी क्रान्ति होने वाली है। बर्फ़ पड़नी आरम्भ ही हुई थी कि नयी क्रान्ति हो भी गयी—उसको दस दिन भी नहीं लगे।...

फिर देश में कुछ शान्ति हुई, और मेना जीवन पुराने ढाँचे में अच्छी तरह बैठ गया।

शान्ति तो हो गयी, पर साम्राज्यवादियों के उत्पात बन्द नहीं हुए। मास्को में, कीव में और विशेषतः पीट्रोग्राड में—पीटर्सबर्ग अब पीट्रोग्राड हो गया था—उनकी गुप्त समितियाँ आतंक फैलाने लगीं। सोवियत ने उनके प्रति घोर दमन-नीति का अनुसरण किया।

होते-होते सन् 1920 आया...हमें फिर सन् 1905 की घोषणा के उपलक्ष्य में छुट्टी मिली...

इस बार स्कूल का उत्सव नहीं हुआ। सब अपने-अपने घरों को चले गये। और मैं—सारा दिन बाज़ार में घूमता रहा, शाम को थका-माँदा उसी होटल पर पहुँचा, जहाँ किसी दिन हमारा स्कूल होता था। मैंने दरवाज़े के पास ही एक मेज़ पर बैठकर रोटी, भूने हुए आलू, सिरका और एक गिलास पानी—बीयर उन दिनों दुर्लभ थी!—मँगाया और धीरे-धीरे खाने लगा। खाते-खाते सोच रहा था, जिन दिनों यहाँ स्कूल था, उन दिनों की और आज की मनोवृत्ति में कितना अन्तर है। उन दिनों आशावाद कितना सुखमय था—और आज जीवन कितना नीरस हो गया है! मैं सोचता जाता और होटल के बाहर लगे उस बड़े गैस-लैम्प की ओर देखता जाता। उस पर जब पतंगे जल-जल कर गिरते, तो मुझे एक विचित्र शान्ति का अनुभव होता। शायद अपने जीवन की नीरसता के लिए सान्त्वना मिलती थी।

एकाएक मैं चौंका। उस लैम्प के नीचे ओवरकोट और टोप पहने एक व्यक्ति आकर खड़ा हो गया। उसके शरीर का गठन, उसकी चाल परिचित मालूम होती थी। मेरे मस्तिष्क में स्मृतियाँ चक्कर खाने लगीं...पर उसकी याद न आयी। फिर—

सर्जियस! स्मृति की एक बड़ी-सी लहर आयी—सर्जियस, दिमीत्री, वह षड्यन्त्र और अपनी प्रतिज्ञा—सभी किसी अँधेरी गुफा से निकलकर सतह पर आ गये...

पहले मेरी इच्छा हुई, उसे बुलाऊँ। फिर मैंने सोचा, मैं तो दर्शक ही था, उनका मिलन देख लूँ, फिर जाऊँगा। मैं वहीं बैठा देखने लगा, भूख की ओर मेरा ध्यान नहीं रहा। शायद मैं दो-एक आलू बिना छीले ही खा गया...

अँधेरे में से एकाएक गैस के प्रकाश में एक और व्यक्ति आया—गठा हुआ, चुस्त, सोवियत की फ़ौजी वर्दी पहने हुए दिमीत्री।

क्षण-भर दोनों खड़े रहे। फिर सर्जियस ने धीरे से कुछ रुकते हुए कहा, "दिमीत्री पिट्रोविच?"

दिमीत्री के मुख पर आनन्द की रेखा दौड़ गयी। वह बोला—"सर्जी! सर्जी!" और लपककर उसके गले से लिपट गया।

फिर धीरे-धीरे कुछ बातें हुईं। मैं नहीं सुन पाया। उनके बाद मैंने देखा, दोनों होटल की ओर आ रहे हैं। मैं पीछे हटकर अँधेरे में हो गया।

वे आकर एक मेज़ पर बैठे और कहवा मँगाकर पीते-पीते बातें करने लगे।

"कहो सर्जी, कैसे रहे?"

"बड़े मज़े में। कर्नल तो नहीं हो पाया, कप्तान हो गया था। उसके बाद हमारी सेना ही छिन्न-भिन्न हो गयी।"

"अब क्या करते हो?"

सर्जियस कुछ रुककर बोला, "अब तो कुछ नहीं कर रहा हूँ। हाँ, थोड़े दिनों में कहीं नौकरी कर लेने की आशा है। पर तुम कहो।"

"मैंने बहुत धक्के खाये। यहाँ से जाकर कुछ दिन तो कुली का ही काम किया। फिर मजदूरों की

मिलिशिया में भर्ती हो गया। फिर क्रान्ति आयी तो उसमें भी भाग लिया। अब—अब मैं सेना का लेफ्टिनेंट हूँ।"

दिमीत्री ने जेब से सिगरेट-केस निकालकर सर्जियस की ओर बढ़ाया। सर्जियस ने कहा—"इस वक्त इच्छा नहीं है।"

दिमीत्री जेब टटोलने लगा। फिर बोला, "सर्जी, तुम्हारे पास दियासलाई है?"

सर्जियस ने ओवरकोट के बटन खोले और अन्दर से दियासलाई की डिबिया निकाली।

मैंने देखा, दिमीत्री चौंका। और फिर अनिमेष होकर सर्जी के गले की ओर देखने लगा। मैंने भी उसकी ओर देखा, सर्जियस के ओवरकोट के अन्दर गले में एक सफेद और नीली धारियों वाला रेशमी रूमाल बँधा हुआ था...

दिमीत्री ने दियासलाई लेने के लिए हाथ बढ़ाया, तो उसका हाथ काँप रहा था।

सर्जियस ने भी यह देखा, और चिन्तित होकर बोला, "दिमात्री, तुम बीमार तो नहीं हो?"

दिमीत्री ने कहा, "नहीं, मेरे कुछ सरकारी कागज़ बाहर गिर गये हैं। तुम बैठो, मैं अभी आया।" कह कर वह सर्र से बाहर चला गया।

मैं कुछ देर सर्जियस की ओर देखता रहा, फिर उठकर उसके पास चला गया।

"सर्जियस, मुझे पहचानते हो?"

उसने मेरी ओर ध्यान से देखा। फिर खड़ा होकर बोला, "मास्टर निकोलाई, आप यहाँ कहाँ?"

मैं झूठ कई बार बोला हूँ। पर सर्जियस से मैं पहली बार झूठ बोला। मैंने कहा, "षड्यन्त्र में अपना भाग पूरा करने आया था।"

वह हँसा। फिर हम दोनों बैठ गये। मैंने कहा, "मैं तुम्हारी बातें सुन रहा था। तुम जो कह रहे थे, आजकल कुछ नहीं कर रहे हो, तो सेना में भर्ती क्यों नहीं हो जाते? पहले कप्तान तो रह ही चुके हो, अब—"

वह खिलखिलाकर हँस पड़ा। मैं कुछ अप्रतिभ-सा होकर चुप हो गया। फिर वह कहने लगा—"मास्टर निकोलाई, इस सेना में—"

सीढ़ियों पर किसी के पैर की आहट आयी। मैंने समझा, दिमीत्री आ रहा है उसको स्तम्भित करने के लिए मैंने पुकारा, "दिमी।"

वह दिमी नहीं था।

एक सार्जेंट के साथ पाँच-छः सिपाही भीतर घुस आये। सार्जेंट ने सर्जियस के कन्धे पर हाथ रखकर कहा, "सर्जियस मार्टिनोवस्की, भूतपूर्व कप्तान, अब साम्राज्यवादी गुप्त-समिति के सदस्य, मैं तुम्हें गिरफ्तार करता हूँ।" वह सब ऐसे कह गया, मानो रटा हुआ पाठ पढ़ रहा हो। सर्जियस ने एक तीव्र दृष्टि से मेरे मुख की ओर देखा, उस पर दुःख और विस्मय के भाव स्पष्ट देखकर गुनगुनाया, "दिमी। दिमोत्री पिट्रोविच।"

एक फीकी हँसी हँसकर उसने दोनों हाथ आगे बढ़ा दिये— हथकड़ियाँ लग गयीं...

सर्जियस खड़ा हो गया। बोला, "मास्टर निकालोई, यदि आप को दिमी कहीं मिले, तो—उसको मेरी याद दिला दीजिएगा।"

मैं कुछ उत्तर न दे सका। वे उसे ले गये...

मैं सोचने लगा, पन्द्रह साल बाद न-जाने कहाँ से वह आया था—एक स्मृति के लिए! और अब—

एक व्यक्ति आकर मेरे सामने बैठ गया। वह युवक था; पर उसके मुख पर झुर्रियाँ पड़ गयी थीं, अपनी टोपी नीचे खींचकर उसने अपनी आँखों पर छाया कर रखी थी। क्षण-भर मैंने उसे पहचाना नहीं;

फिर मैंने कहा, "दिमी!"

उसने मेरी ओर देखकर कहा, "मास्टर निकोलाई!" उसकी आवाज़ में न आनन्द था, न विस्मय। मैंने देखा, उसकी आँखें छिपे हुए आँसुओं से चमक रही थीं।

मैंने कहा, "सर्जियस तो गया!"

उसने उदास भाव से उत्तर दिया, "हाँ।"

हम दोनों चुप हो गये। फिर वह आप-ही-आप बोला, "अनुमान तो मैंने पहले भी किया था, पर जब मैंने उसके गले में वह चिह्न—वह नीली और सफेद धारियों वाला रूमाल—देखा, तो मेरा कर्तव्य स्पष्ट हो गया। पर मैं स्वयं कुछ नहीं कर सका—बीस वर्षों से संचित स्मृति ने साहस तोड़ दिया।"

मैंने कहा, "दिमी, दिमी! क्या कह रहे हो तुम!"

वह उठ खड़ा हुआ। अपनी फौज़ी जैकेट का तीसरा बटन खोलकर उसने अन्दर की ओर संकेत किया। वहाँ एक छोटा-सा पीतल का बैज था, उस पर तीन अक्षर लिखे हुए थे...

'जी.पी.यू.' फ़ौजी जासूस...

मैं भौचक होकर उसके मुख की ओर देखने लगा। वह बोला, "मित्रघात बुरा है या देशद्रोह, मैं नहीं जानता!" फिर एकदम होटल से बाहर निकल गया और अन्धकार में ओझल हो गया।

इसके बाद जो दिमीत्री ने सर्जियस को बचाने का विफल प्रयत्न किया, जो कोर्ट-मार्शल के आज्ञानुसार सर्जियस गोली से उड़ा दिया गया, और उसके बाद ही दिमीत्री अपने पद से इस्तीफ़ा देकर विदेश चला गया, यह सब इस प्रसंग की बात नहीं है।

इस घटना की व्याख्या विभिन्न प्रकृतियों के लोग विभिन्न तौर से करेंगे। दिमीत्री के कर्म को कोई विश्वासघात कहकर सर्वथा अक्षम्य समझेगा, कोई उसे विश्वासघात कहकर क्षमा कर देगा, क्योंकि राष्ट्र के आगे एक आर्मी का व्यक्तित्व क्या है? कोई शायद उसके काम को एक कठोर कर्तव्य का समुचित पालन मानकर सर्वथा उसकी सराहना भी करे...पर उसकी मनोगति के उसके कर्म के औचित्य का निर्णय करने वाले हम कौन हैं, इस पर शायद कोई विचार नहीं करेगा...

मैंने जो-कुछ देखा है, उससे मैं इसी परिणाम पर पहुँचा हूँ कि मानव-हृदय की वृत्तियों का विवेचन करना हमारी शक्ति के बाहर है। दिमीत्री का कर्म अच्छा था या बुरा, मैंने इस प्रश्न पर कभी ध्यान नहीं दिया। मैं तो यही सोचता हूँ, कितनी महती शक्ति है वह, जो इन दोनों को न-जाने कहाँ-कहाँ से खींचकर इस अनुष्ठान की पूर्ति के लिए ले आयी। वर्षों से सिक्त उस मैत्री की इस पराकाष्ठा में, वर्षों से संचित उस महती आकांक्षा के आकस्मिक विफलीकरण में मुझे उसी नियन्त्रित शक्ति का प्रवाह दीखता है... या यों कहूँ कि उसी शक्ति का अनियन्त्रित, विकट, उन्मत्त अट्टहास...!

दिल्ली जेल, सितम्बर, 1931

द्रोही

वह बुद्धिमान् था या मूर्ख, दबैल था या हठी, साहसी था या कायर, हम नहीं कहते। क्योंकि जिसे एक कायर कहता है, दूसरा दबैल, उसी को तीसरा बुद्धिमान् कह देता है; जिसे एक मूर्ख या हठी कहता है, वही किसी अन्य के यहाँ साहसी वीर कहकर सराहा जाता है।

हम केवल इतना ही कह सकते हैं कि वह द्रोही था, सिर से पैर तक द्रोही था। इसके अतिरिक्त उसके, उसके कर्मों के, उसकी मनोगति के विषय में जो कुछ उसने स्वयं अपने हाथों लिखा था, उसी का संकलन करके हम पाठकों के सामने रख देते हैं, उसे देखकर वे जो निष्कर्ष निकालना चाहें निकालें, जिस परिणाम पर हम पहुँचे हैं, वह पाठकों को मान्य होगा या नहीं, यह हम नहीं जानते, इसलिए अपनी सम्मति से हम उन्हें बाधित नहीं करेंगे।

1

कैसा घोर परिवर्तन है यह! अभी उस दिन हम उस पर्वत-श्रेणी पर भटक रहे थे, चारों ओर मीलों तक हिमाच्छादित पर्वत-शिखर दीख पड़ते थे, इधर-उधर जाने में कोई रोक-टोक नहीं थी...स्वेच्छाचारिता के लिए कितना विशद क्षेत्र था वह! आज भी, प्रातःकाल को, कितना स्वच्छन्द होकर मैं यमुना के तट पर बाइसिकल लिये चला जा रहा था, कोई रोक नहीं थी, कोई यह नहीं कह सकता था कि इधर मत जाओ. ..और अब? इस छोटी-सी अँधेरी कोठरी में चारपाई के साथ हथकड़ी लगाये पड़ा हूँ। इतनी भी स्वतन्त्रता नहीं है कि लेटे हुए से उठकर बैठ जाऊँ।

लोग कहते हैं, आत्मा निराकार है, उसे कोई बाँध नहीं सकता। पर जब शरीर बँध जाता है, तो क्यों आत्मा मानो आकाश से गिरकर भूमि पर आ जाती है? क्यों उसे इतनी व्यथा होती है?

आदमी का घर जब जलता है, तब उसे दुःख होता है। क्योंकि आग की तपन को आदमी अनुभव कर सकता है। पर आदमी तो साकार है, आत्मा की तरह तो नहीं है?

कैसी बीभत्स है यह कोठरी! सामने दरवाज़ा है—उसमें सींखचे लगे हुए हैं—कारागार! उसके आगे दालान है, पर उसके किवाड़ ऐसी जगह हैं कि मैं देख न पाऊँ—बन्धन! कोठरी के ऊपर छोटा-सा रोशनदान है, पर वह भी ढाँप दिया गया है कि मैं आकाश का एक छोटा-सा टुकड़ा भी न देख पाऊँ। कैसा विकट बन्धन है यह जिसमें शरीर, दृष्टि और आत्मा, तीनों ही बँधे हुए हैं।

कोठरी की दीवारों पर सफ़ेदी तक नहीं की गयी। अलग-अलग ईंटें साफ दीखती हैं, और उनके बीच में से मिट्टी गिर रही है...फ़र्श भी गीला है और उसमें से सीलन की सड़ाँध आ रही है...छत में खड़खड़ का शब्द कहीं हो रहा है—शायद चूहे कूद रहे हैं...और यह, मृत्यु की छाया की तरह काले चमगादड़ मेरे सिर पर मँडरा रहे हैं, इनके पंखों के फड़फड़ाने की आवाज तक नहीं आती। किसी भावी अनिष्ट की प्रतिच्छाया की तरह, किसी घोरतम पतन के पूर्व शकुन की तरह, प्रशान्त, भैरव, निःशब्द होकर वे वृत्ताकार

घूम रहे हैं...और वह वृत्त धीरे-धीरे छोटा होता जाता है...

आँखें बन्द करके सोचता हूँ, भविष्य के क्रोड़ में क्या है जो मुझसे छिपा हुआ है? बहुत सोचता हूँ, पर एक प्रशस्त अन्धकार के अतिरिक्त कुछ नहीं दीखता। विचार करने लगता हूँ कि मेरा कर्त्तव्य क्या है, तो कितनी सम्भावनाएँ आगे आ जाती हैं...इतने कष्ट में पड़ने से क्या लाभ होगा? वह महान् व्रत धारण किया था...वर्षों जेल में क्यों सड़ता रहूँ? उस दिन एक प्रतिज्ञा की थी...पुलिस सब कुछ तो पहले से जानती है, अगर मैं अपने मुँह से कह दूँ तो क्या हर्ज है? 'बन्धुओं की रक्षा के लिए मृत्यु के मुख में भी–'...माफ़ी मिल सकती हैं, उसे क्यों छोड़ूँ? 'संसार में सबसे पतित व्यक्ति वह है जो डरकर कर्त्तव्य-विमुख–'...हमारे संघ में अनेकों अयोग्य व्यक्ति हैं उन्हें बचाने के लिए मैं क्यों आग में पड़ूं? विश्वास की रक्षा कितनी बड़ी निष्ठा है।...अगर मैं निकलकर संघ का नये और उच्चतर आदर्श पर निर्माण कर सकूँ, तो क्यों एक मरीचिका के लिए जेल जाऊँ? 'यह वह संग्राम है जिसमें एक चूक भी अक्षम्य होती है, इसमें वे ही हाथ बँटा सकते हैं जो सर्वथा अकलंक हों...'

उफ़? जब स्वतन्त्र था तब तो कभी कर्त्तव्य-पथ अदृश्य नहीं हुआ था। यहाँ आकर क्यों मेरी अन्तर्ज्योति बुझ गयी है? भविष्य, अगर तुम्हारा हृदय चीरकर उसके भीतर देख सकूँ। क्या करूँ? क्या करूँ? क्या करूँ?

मैं आँखें बन्द किये पड़ा हूँ, फिर भी उन चमगादड़ों की रवहीन उड़ान की अनुभूति मेरे हृदय में एक अजीब ग्लानि-मिश्रित भय-सा उत्पन्न कर रही है...वह वृत्त ज्यों-ज्यों छोटा होता जाता है, मेरी अशान्ति बढ़ती जाती है...

पर जिस विकल्प में मैं पड़ा हूँ, वह हटता जाता है...मुझे जो प्रगति की सम्भावनाएँ दीखती हैं, उनकी संख्या कम होती जाती है...

ज्यों-ज्यों उन चमगादड़ों की उड़ान का मण्डल छोटा होता जाता है, त्यों-त्यों मेरी मनोगति का मार्ग भी संकीर्णतर होता जाता है...एक ही कामना मेरे हृदय में पुकारती है, एक ही संकीर्ण पथ मेरी आँखों के आगे है, एक ही ज्वलन्त प्रश्न मेरे मन में नाच रहा है...वह कामना उत्तम है या अधम, वह पथ उन्नतशील है या अवनति की ओर जाता है, इसकी विवेचना करने की शक्ति मुझमें नहीं है...वह प्रश्न और उसका उत्तर इतने प्रज्वलित, इतने दीप्तिमान् हैं कि उनके आगे निष्ठा, कर्त्तव्य, प्रतिज्ञा, व्रत, बन्धु, संघ, आदर्श, कुछ नहीं दीखता।

कमला! कमला! तुम्हें कैसे पाऊँगा?...

निष्ठा क्या है? जिसका हम पालन करें। कर्त्तव्य क्या है? जिसके लिए हम कष्ट झेलें। प्रतिज्ञा क्या है? जिसे हम निभायें। पर यह सब उस अखण्ड निष्ठा, उस प्रकीर्ण कर्त्तव्य, उस उग्र प्रतिज्ञा के आगे क्या है? उस व्रत के आगे जिसमें माता-पिता, बन्धु-बान्धव, घर-बार, प्रतिष्ठा, कलंक, सब भूल जाने पड़ते हैं? उस आदर्श के आगे जिसका अनुसरण करने वाला पतित होकर भी दिव्य पुरुष होता है?

जानती हो कमला! वह क्या है?

प्रेम!

लोग कहते हैं, जब तक विकल्प रहता है तब तक अशान्ति रहती है, जब आदमी किसी ध्रुव पर पहुँच जाता है तो उसे शान्ति मिल जाती है। फिर क्यों मेरे मन में स्मृतियाँ उठकर मुझे तंग करती हैं, क्यों भूले हुए चेहरे मेरे आगे हँसते हैं और मुझे कोसते हैं?

मैंने निर्णय कर लिया है, सब कुछ भूलकर एक व्रत निभाऊँगा, उसके लिए जो कुछ होगा सह लूँगा...व्रत का अनुष्ठान पूरा करने में आनन्द होना चाहिए था, फिर क्यों मेरे हृदय के अन्दर-ही-अन्दर यह आग-सी सुलग रही है?

एक स्मृति आती है...एक व्यक्ति कठघरे में खड़ा है, सामने सुल्तानी गवाह बयान देने को खड़ा है। जज, वकील, दर्शक सब निःस्तब्ध बैठे हैं—वह व्यक्ति गम्भीर स्वर में कुछ कह रहा है...

"लोग कहते हैं, हमें अपने उत्तरदायित्व का ज्ञान नहीं है। आप कहते हैं, हमने षड्यन्त्र किये हैं, बगावत फैलाई है, राज के कर्मचारियों को मारने का प्रयत्न किया है, इसलिए हम दोषी हैं।"

"आपने जो अभियोग मुझ पर लगाया है, उसकी मुझे परवाह नहीं है। मैं उसके विषय में अपनी सफ़ाई भी नहीं दूँगा? क्यों? क्योंकि मैं जानता हूँ यह न्यायालय नहीं है। यह रंगभूमि है, और नाटक का अन्त क्या होगा, यह आप और मैं अच्छी तरह जानते हैं, क्योंकि हम दोनों ही इस अभिनय के पात्र हैं। दर्शकों के मन में शायद कुछ कुतूहल हो—मेरे मन में नहीं है।"

"परन्तु जो दूसरा आक्षेप, जो लोगों ने हम पर किया है...उसका उत्तर देना मेरा कर्त्तव्य है।"

"अगर मैं एक दिन के लिए, कालिदास या रविदास ठाकुर या माइकेल एंजेलो, या शेषन्ना हो सकता, तो मुझे जितना आनन्द, जितना अभिमान होता, उतना एक समूचे राष्ट्र का विधाता होकर भी नहीं हो सकता। परन्तु उस जीवन का, उस जीवन के सौ वर्षों का, मैं देश की सेवा में बिताये हुए एक क्षण के लिए प्रसन्नता से उत्सर्ग कर दूँगा, क्योंकि मुझे अपने उत्तरदायित्व का ज्ञान है, मैं जानता हूँ कि एक दासताबद्ध देश को कवियों और कलाकारों की अपेक्षा योद्धाओं की अधिक आवश्यकता है..."

मैं आँखों के आगे हाथ रख लेता हूँ...पर वह व्यक्ति मेरी ओर देखकर कहता है, "क्यों रघुनाथ, तुम तो बहुत बातें बनाते थे..."

हट जाओ! मेरे आगे से हट जाओ! क्यों तुम मुझे जलाने आ रहे हो? मैं तुम्हारी बात नहीं सुनूँगा, नहीं सुनूँगा।

एक स्त्री—उसका मुख परिचित है—सुधा! केश बिखरे हुए हैं, मैला आँचल सिर पर से गिरा हुआ है...कितनी निर्भीक खड़ी है वह।

"मुझ पर जो अभियोग लगाया गया है, उसमें दोषी ठहराये जाने में ही गौरव है...जो गुलाम होकर भी उस दोष के दोषी नहीं हैं, वे कायर, नपुंसक, नीच हैं..."

फिर,—"रघुनाथ, तुम यह जानकर भी पतित हो गये..."

उफ़! ये स्मृतियाँ!...

मैं निर्णय कर चुका हूँ। अब नहीं बदलूँगा। मैंने व्रत धारण किया है, उसे निभाऊँगा।

कितनी आत्मभर्त्सना, कितने व्याघात सहने पड़े हैं मुझे...पर मैं दृढ़ रहूँगा...

तुम तो मेरी सहायता करोगी न, तुम तो मुझे नहीं कोसोगी?

कमला! कमला! केवल तुम्हें पाने के लिए मैं यह सब कर रहा हूँ...

मैंने बयान दिया है, बहुत बढ़ा-चढ़ाकर बातें कही हैं। अच्छा किया है।

वे मुझसे पूछते, "फिर तुम्हारे साथियों ने अमुक काम किया। ठीक है न?"

उन्होंने किया था या नहीं, इससे मुझे क्या? मेरी बातों से उनकी कितनी हानि होगी, इससे मुझे क्या? वे उदारहृदय नहीं हैं। नहीं तो रात को, जब मैं सोने लगता हूँ, तब वे क्यों आकर मुझे सताते हैं? अब मैं उस अँधेरी कोठरी में नहीं हूँ, एक बहुत अच्छे कमरे में बिजली के प्रकाश में पलंग पर सोता हूँ, फिर भी उनकी स्मृतियाँ चैन नहीं लेने देतीं...वे मुझे तड़फाती रहें, और मैं प्रतिशोध न करूँ? मैं आदमी हूँ, कोई भेड़-बकरी नहीं हूँ। मैं प्रतिशोध करूँगा, भीषण प्रतिशोध! जितनी घड़ियाँ मैंने छटपटाते हुए काटी हैं, उन्हें भूलूँगा नहीं!

मैं उत्तर दे देता, "हाँ, ठीक है। उन्होंने किया।"

मैंने जो कुछ किया, उचित किया। अगर इसके लिए रातें जागकर काटनी पड़ें, तो काटूँगा।

ये स्मृतियाँ कब तक रहेंगी? जब यहाँ से छूटकर तुम्हें पा जाऊँगा, क्या तब भी ये मुझे सताएँगी कमला?

कितना धीरे-धीरे चलता है समय!

इतने दिन हो गये, मैं अपना बयान समाप्त कर चुका, पर जिरह अभी चल रही है। कैसे मर्मभेदी प्रश्न होते हैं वे।

"तुम जब बनारस से आये, तो कहाँ ठहरे?"

"बाबू कामताप्रसाद के घर में।"

"बाबू कामताप्रसाद उस समय घर में थे?"

"नहीं।"

"कौन था?"

"उनका लड़का।"

"और?"

"मुझे याद नहीं है।"

"याद कर लो, कोई जल्दी नहीं है। उनकी लड़की भी वहाँ थी?"

"शायद।"

"उसका नाम क्या है?"

"मैं नहीं जानता।"

"उसका नाम कमला है, ठीक है न? सोचकर बताओ।"

कोई उत्तर नहीं। क्यों वे बार-बार चक्कर काटकर उसी बात पर आते हैं? क्या अभिप्राय है उनका?

"उस बाग़ में तुम्हें कौन-कौन मिलने आया?"

"मैं बता चुका हूँ।"

"उनके सिवाय और कोई नहीं आया?"

"नहीं।"

"कमला?"

"नहीं।"

"याद कर लो।"

"कह चुका हूँ, नहीं।"

"अच्छा खैर, जाने दो।"

समझ नहीं आता, क्यों वे बार-बार इसी बात पर चक्कर काटते हैं...न जाने क्या अभिप्राय है! क्या चाहते हैं वे मुझसे कहलाना? किस वास्ते?

यह कहलाकर कि मैं कमला से प्रेम करता हूँ, क्या वे उसे मुझसे अलग करना चाहते हैं?

अगर चाहते हैं तो उनकी इस आशा को फलीभूत न होने देना, कमला।

हमने सीखा था, किसी विशाल आदर्श के लिए झूठ बोला जाये तो उसमें कोई हानि नहीं है, इसके विपरीत वह सर्वथा सराहनीय है। तब क्यों लोग मुझे कुत्ते से भी बुरा समझते हैं? जब मैं अदालत में जाता हूँ, तब सब दर्शक मेरी ओर कैसे देखते हैं...कैसी ग्लानि, कितना तिरस्कार, कितनी उपेक्षा उनकी दृष्टि में होती है...और उसके साथ ही एक घृणा-मिश्रित कुतूहल, जैसा सड़क के किनारे पड़े मरे हुए कुत्ते को देखकर होता है। जी में आता है, उन सब दर्शकों की इतनी आँखें न होकर एक ही आँख होती, और मैं उसमें एक तपी हुई सलाख घुसेड़ देता।

कितना आह्लाद-जनक होता उनका पीड़ा से छटपटाना, कितना शान्तिप्रद! पर यह आशा कितनी असम्भव है।

होने दो। वे मुझसे घृणा करते हैं, करें। मेरा तिरस्कार करते हैं, करें। वे हैं क्या? मुझे क्या परवाह है उनकी?

पर यह, यह क्या है? मैं अपनी आँखों में भी पतित, अनादृत, तिरस्कृत होता जाता हूँ...

क्यों? क्यों?

संसार मुझ पर हँसता है, मैं संसार पर हँसूँगा। वह मेरी उपेक्षा करता है, मैं उसकी उपेक्षा करूँगा। इतनी महती शक्ति मुझे आश्रय दे रही है, मेरी रक्षा कर रही है, फिर मुझे किस बात का डर? मैं कायर पुरुष नहीं हूँ, विश्वास-घातक नहीं हूँ। जिस शक्ति ने मुझे शरण दी है, उसके प्रति मेरा जो प्रण है, उसे पूर्ण करूँगा।

उनका अधिकार क्या है कि मेरा तिरस्कार करे? मैंने कोई पाप नहीं किया है। मेरा अपराध क्या है? यही कि मैंने प्रेम किया है? प्रेम पुण्य है, धर्म है, अपराध नहीं है। अगर वे प्रेम नहीं करते, तो उन्हें चाहिए, चुल्लू-भर पानी में डूब मरें। मुझ पर हँसने का उन्हें क्या अधिकार है? उन्हें प्रेम की अनुभूति नहीं हुई, उन्होंने प्रेम का तत्त्व नहीं समझा, तो वे मूर्ख हैं, मैं उनकी बात की परवाह करके मूर्ख क्यों बनूँगा?

मैं अकेला हूँ, अकेले ही इतना बड़ा काम करने का बीड़ा उठाया है। इतने बड़े षड्यन्त्र का, जिसकी शाखें देश के न जाने किस कोने तक फैली हुई हैं, मैं अकेला ही स्पष्टीकरण करने लगा हूँ। मैं अकेला हूँ तो क्या हुआ? एक विराट सुसंगठित शक्ति इस काम में मेरी सहायता कर रही है और करेगी। फिर मैं कैसे हारूँगा? कैसे वे मुझे सता पायेंगे?

—पर!

जबसे मैं बन्दी हुआ हूँ मेरा आत्म-संयम टूट-सा गया है। मैं क्षण-भर भी अपने मनोवेग को थाम नहीं सकता। बेलगाम घोड़े की तरह वह मुझे जिधर चाहता है, लेकर भाग जाता है। और मैं डरकर उससे चिपटकर बैठा रहता हूँ कि कहीं गिर न पड़ूँ, उसे रोकने का प्रयत्न करने के लिए मेरे हाथों को अवकाश ही नहीं मिलता।

मैं द्रोही हूँ? कौन कहता है?

मैंने एक बार, एक अस्थायी जोश में आकर, राजद्रोह करने का और करवाने का बीड़ा उठाया था। पर वह तो यौवन की एक उमंग थी, हृदय का एक उद्गार था, उमंग आयी और चली गयी, उद्गार उठा और मिट गया। उस एक बात के लिए क्या मैं सदा के लिए द्रोही हो जाऊँगा? और फिर मैं उसका समुचित प्रायश्चित भी तो कर रहा हूँ। जो आग मैंने सुलगाई थी, क्या उसे बुझाने में मैं सरकार की भरसक सहायता नहीं कर रहा हूँ?

देशद्रोह!

नहीं, यह देशद्रोह नहीं है। जो बीज मैंने बोया था, उससे अगर पौधा अच्छा नहीं लगा, तो क्यों न मैं उसकी जड़ काटूँ, क्यों न उसे समूल उखाड़ फेंकूँ और नये वृक्ष के लिए स्थान बनाऊँ?

नया वृक्ष बोने के लिए मैं अयोग्य हो गया हूँ। पर क्या इस डर से मैं वह सड़ा हुआ पौधा न उखाड़ता? वह होता देशद्रोह! मैंने जो किया है, ठीक किया है, देश की सच्ची सेवा की है। मैं नया पौधा नहीं लगा पाऊँगा, न सही। पर औरों के प्रयत्न के लिए स्थान तो बना जाऊँगा।

फिर उस दिन जब वकील ने पूछा, "तुम द्रोही हो कि नहीं?" तब किसने मेरे कान में कहा, "नीच! कायर! एक बार तो सच बोल!" किस अज्ञात किन्तु अदम्य प्रेरणा ने मेरे मुँह से कहला दिया, "हाँ, मैं

द्रोही हूँ, और अगर कोई मुझे प्राणदण्ड देगा तो मैं उसे उचित दण्ड समझूँगा।"

कुछ नहीं। वह क्षणिक भावुकता थी, एक अस्थायी उन्माद था।

पर अगर अस्थायी था, तो क्यों वह हर समय मेरे पीछे लगा रहता है? क्यों रात को जब सिपाही आवाज़ देते हैं, तब मैं नींद से चौंक उठता हूँ मानो किसी ने पुकारा हो, 'द्रोही'; जब पवन चलता है, तब मुझे उसकी सरसर ध्वनि में सुन पड़ता है, 'द्रोही!' क्यों जब वृक्षों के पत्ते खड़खड़ाते हैं, तो मेरे मन में भावना कहती है 'द्रोही!' क्यों, जब पक्षी कलरव करते हैं–तो मुझ मालूम होता है कि वे तिरस्कारपूर्वक चिल्ला रहे हैं, 'द्रोही! द्रोही! द्रोही!'

एक विराट् शक्ति मेरी रक्षा कर रही है, मुझे प्रसन्न रखने की चेष्टा में अपनी पूरी सामर्थ्य लगा रही है पर यह, यह अचला, उद्भ्रान्ता, रहस्यमयी प्रकृति कितनी महती शक्ति होगी, जो एक ही अनिर्दिष्टपूर्व उपेक्षापूर्ण हँसी में उसकी सारी शान धूल में मिला देती है।

कितना विचित्र तुमुल है यह जिसके बीच में मैं खड़ा हूँ, कमला!

द्रोही क्यों?

दुनिया की मेरे प्रति जो भावनाएँ हैं, उनकी मैं उपेक्षा करता हूँ, क्या इसी से मैं द्रोही हो गया? अपने कर्मों के फल की मैं चिन्ता नहीं करता, क्या यह द्रोह है? एक बड़े आदर्श के लिए मैंने एक छोटे आदर्श को छोड़ दिया, क्या यह द्रोह है?

हमारे देश में पैंतीस करोड़ आदमी हैं। अगर वे सब मिलकर थोड़ा-थोड़ा भी काम करें, तो देश की बहुत सेवा हो सकती है; फिर क्यों वे हमसे आशा करते हैं कि हम तो सारी उम्र जेलों में काटें और वे निखट्टुओं की तरह घर बैठकर गुलछर्रे उड़ाएँ?

देशभक्त? नहीं, हमें देशभक्त कहलाने का चाव नहीं है। देशभक्ति उन्हीं को मुबारक हो जो पिकेटिंग करके दो महीने जेल में काट आते हैं और फिर आयु-भर उसकी याद में इठलाते फिरते हैं–'अजी जेल की क्या पूछते हो! हमने जो देखा सो हमीं जानते हैं।'

मुझमें यह पाखण्ड, यह झूठा दम्भ नहीं है। मैंने प्रेम के आदर्श के लिए इस देशभक्ति के आदर्श को छोड़ दिया है, इस बात को मैं मानता हूँ। पर क्या यह द्रोह है?

हमारे देश में कितने ही किस्से प्रचलित हैं, जिनमें प्रेम का महत्त्व दिखाया गया है। विदेश में भी जो लोग घर-बार, राज-पाट, सब छोड़कर प्रेम का अभिसरण करते हैं, उन्हें आदर्श गिना जाता है। जनरल बूलांजेयर जब फ्रांस के मंत्रित्व को ठुकराकर एक ऐक्ट्रस के प्रेम के लिए इंग्लैण्ड चले गये, तब किसने उन्हें द्रोही कहा? यूनान के प्रिन्स कैरोल ने एक नर्तकी के प्रेम में पड़कर देश से निर्वासित होना भी स्वीकार किया, तब किसने उन्हें द्रोही कहा? वे तो चरित्रहीन स्त्रियों से प्रेम करके देश के लाड़ले बने रहे, और मैं–!

वे बड़े आदमी थे, देश के विधाता बन सकते थे, और मैं एक छोटा-सा अप्रसिद्ध व्यक्ति हूँ, क्या इसीलिए उनका प्रेम क्षम्य है और मेरा अक्षम्य?

भारत का समाज कितना क्षुद्रहृदय है? किस्से-कहानियों में, बातों में तो कहते हैं, प्रेम बड़ा भारी आदर्श है, इसके आगे सबकुछ तुच्छ है? पर जब वास्तव में कोई बात सामने आती है, तब कितनी जल्दी पंचायत बिठाकर बिरादरी से बाहर करने की सूझती है! कितनी कठोरता से नैतिक स्वातन्त्र्य का दमन किया जाता है।

पर प्रेम प्रेम ही तब है जब उसके पथ में काँटे हों, उपेक्षा हो, तिरस्कार हो, और हो भयंकर विद्वेष!
अति खीन मृनाल के तारहु ते, तेहि ऊपर पाँव दै आवनो है,

सुई बेह ते द्वार सकी न तहाँ परतीति को टांड़ो लदावनो है,
कवि बोधा अनी घनी नेजहु ते चढि तापै न चित्त डिगावनो है,
यह प्रेम को पंथ कराल महा, तरवार की धार पै धावनो है!

कमला, जब तक तुम उस पथ के ध्रुवस्वरूप खड़ी हो, मैं समाज की उपेक्षा करके उस 'तलवार की धार' पर चलने को तैयार हूँ।

मनुष्य जब पतन की ओर अग्रसर होता है तो कितनी जल्दी कितनी दूर पहुँच जाता है।

मैं तो पतित हुआ ही था, साथ ही दूसरों को घसीटने का प्रयत्न करते भी मुझे शर्म न आयी।

उस दिन जब पुलिस वाले मेरे पास आये और बोले, "रघुनाथ, हमने उस विमलकान्त की खूब खबर ली है, पर वह कुछ बताता ही नहीं। तुम्हीं कुछ उपाय बताओ।" तब किस तत्परता से मैंने कहा था, "मुझे उसके पास ले चलो, मैं ठीक कर लूँगा।"

वे मुझे उसके पास ले गये। मैंने देखा, वह चारपाई पर बैठा हुआ था, दोनों हाथों में पीठ के पीछे हथकड़ियाँ लगी थीं, पैरों में बेड़ियाँ पड़ी हुई थीं। कपड़े मैले, फटे हुए—बहुत दिनों से हजामत नहीं बनी थी। बाँहों पर रस्सी के निशान पड़े थे, सिर पर पट्टी बँधी हुई थी। आँखें लाल हो रही थीं, मानो बहुत देर से सोने का सौभाग्य न प्राप्त हुआ हो...

वह मुझे जानता था, पर मुझे देखकर चौंका नहीं। चुपचाप मेरी ओर देखता रहा, मानो मुझे पहचानता ही न हो।

मैंने पूछा, "विमल! तुम तो बहुत कष्ट में हो?"

वह बोला, "आपका परिचय क्या है? मैं तो आपको जानता ही नहीं।"

मैंने बात पलटकर कहा, "देखो, विमल, इसमें कोई फ़ायदा नहीं है। क्यों अपने को और अपने घरवालों को व्यर्थ दुःख देते हो? सच-सच बात क्यों नहीं कह देते? पुलिस तो सबकुछ जानती है, तुम्हें छोड़ तो देगी नहीं, फिर क्यों नहीं उसकी बात मानकर उसका फ़ायदा उठाते?"

वह चुपचाप सुन गया, एक शब्द भी नहीं बोला। मैंने समझा, मेरी बात असर कर गयी। मैंने फिर कहा, "बयान दे दो, मैंने स्वयं दे दिया है।"

क्षण-भर उसने इसका भी उत्तर नहीं दिया। फिर एक ही शब्द बोला— एक ही!

"निर्लज्ज!"

मैं जल्दी से उठकर बाहर निकल गया। पुलिस वाले बहुत रोकते रहे, पर मैंने अपने ही कमरे में आकर दम लिया।

निर्लज्ज!

कितनी मेहनत से मैंने एक कवच बनाया था, पर उसके एक ही शब्द ने उसे छिन्न कर दिया।

उसमें शान्ति है, धैर्य है, स्थिरता है। मैं चंचल हूँ, ओछा हूँ।

वह नव-विवाहित था, फिर भी उसका मुख मलिन नहीं होता, फिर भी इतना अत्याचार सहकर वह हँसता है—फिर भी विचलित नहीं होता।

उसने क्या प्रेम का तत्त्व नहीं जाना? उसे क्या अपनी स्त्री से प्रेम नहीं है? वह क्या हृदयहीन है?

फिर क्यों उसे वह शान्ति इतनी सुलभ है जो मैं पा नहीं सकता? क्यों प्रेम का विचार उसे दृढ़तर बनाता है?

क्या मैं ही नीच हूँ? क्या मैं ही अपने-आपको भुलाए हुए हूँ? क्या मेरा ही प्रेम मिथ्या है कुत्सित है, गर्हित है? क्या मेरे ही हृदय में दुर्वासना प्रेम का अभिनय कर रही है?

कमला, कितनी भयंकर कल्पना है यह!

नीच! कायर! लम्पट! नीच!

कितनी घोर आत्म-प्रवंचना है, कितना पाखण्ड! कितना निष्फल दम्भ!

मैंने जो घोर नारकीय कुकर्म किया है, उसे छिपाने के लिए मैं कितनी रेत की दीवारें खड़ी करता हूँ...किसके लिए? किससे मैं अपनी नीचता को छिपाना चाहता हूँ?

संसार से? वह पहले ही सबकुछ जानता है! अदालत से? अभी उस दिन जज ने स्वयं कहा था कि मैं द्रोही हूँ! इन पहरा देने वाले सिपाहियों से? ये मेरी ओर दया की (या ग्लानि की) दृष्टि से देखते हैं, और उन अभियुक्तों की मेरे सामने ही प्रशंसा करते हैं! यहाँ का भंगी तक तो मेरे कमरे को 'सुल्तानी का कमरा' कहता है।

अपने-आपसे? मेरे अन्दर जो आत्मग्लानि की आग धधक रही है, उसके प्रकाश में कुछ नहीं छिपा सकता।

कमला से?

कमला...

उस अन्तर्दीप्ति का प्रज्वलन मेरे कानों में कह रहा है—पाखण्डी! प्रेम का ढोंग करने वाले! यह प्रेम नहीं है! यह है वासना, काम-पिपासा, इन्द्रिय-लिप्सा।

कमला, कितना पतित हूँ मैं! कितना स्वार्थी, द्वेषी, नृशंस, अधम।

स्वार्थ द्वेष, दम्भ के धुएँ से मेरा हृदय काला पड़ गया है, वह पुरानी अरुशिमा उसके एक कोने में भी नहीं रही। कमला, दुर्वासनाओं से झुलसकर यह हृदय इतना विद्रूप हो गया है, इतना अन्धकारमय कि इसमें तुम्हारे योग्य स्थान नहीं रहा।

कैसी प्रतारणा है। जिस आशा ने मुझे इस विश्वासघात, इस द्रोह के लिए बाध्य किया, वही मुझे छोड़कर चली गयी। एक स्वप्न की आशा में इतनी नीचता की थी (इसे नीचता नहीं तो क्या कहूँ?), वह स्वप्न टूट गया— धोबी के कुत्ते की तरह मुझे कहीं का न छोड़कर।

मैं पतन के गहरे गड्ढे में गिर गया हूँ, पर कमला! तुम्हारी स्मृति मुझे क्षण-भर के लिए आकाश में पहुँचा देती है।

केवल क्षण-भर के लिए! उसके बाद...

उफ! कमला!

लोग कहते हैं : बच्चा भगवान् का अवतार होता है।

जाने भगवान् है भी या नहीं, लेकिन बच्चे में कोई दिव्य शक्ति अवश्य होती है।

नहीं तो, उस बच्चे के सीधे-से प्रश्न में मुझे शाप की कठोरता का अनुभव क्यों हुआ?

मैं अपना बयान दे रहा था। जलपान के समय में थोड़ी ही देर थी, मैं सोच रहा था, जल्दी समय पूरा हो और मैं इस प्रखर बाण-वर्षा से छुटकारा पाऊँ!

उसी समय कुछ स्त्रियाँ आकर दर्शक-श्रेणी में बैठ गयीं। उनके साथ दो-तीन बच्चे भी थे। गैं उनकी ओर देखने लगा। शायद किसी की अस्पष्ट प्रतीक्षा मेरे मन में छिपी थी।

वह उनमें नहीं थी। मैंने आँखें उधर से हटा लीं। पर कान नहीं हटे।

एक छोटे-से लड़के के तीव्र स्वर ने पूछा, "माँ, यह कौन खड़ा है?"

किसी स्त्री-कण्ठ से निकली हुई कम्पित ध्वनि ने उत्तर दिया, "यही है वायदामाफ गवाह।"

"वही जिसने भइया को और उन सबको फँसाया है?"

मैं सवाल का जवाब देना भूल गया। वही बच्चे का प्रश्न एक भयंकर शाप की तरह मेरे कानों में गूँजने लगा—"वही जिसने भइया को और उन सबको फँसाया है।" वही! वही, वही, वही!

मैंने चाहा, पूछूँ, 'कौन है तेरा भइया? मैंने उसे नहीं फँसाया!' पर मेरा सिर ही ऊपर नहीं उठा।

अदालत उठ गयी। अभियुक्त नारे लगाने लगे। मैं जल्दी से बाहर निकल गया। उस समय मेरे हाथ कितने काँप रहे थे।

मेरे कानों में घूम-घूमकर वही ध्वनि गूँज रही थी, 'वही, वही, वही!'

अबोध बालक! मुझे शाप न दे। मैंने किसी को नहीं फँसाया! वे सब अपने कर्मों में फँस गये थे—मैं भी तो फँसा हुआ हूँ।

और जिस जंजाल में मैं फँसा हूँ, उसे कौन सुलझाएगा।

जलपान का समय पूरा हो गया, पर मेरी फिर अदालत में जाने की हिम्मत नहीं हुई। मैंने कहला भेजा कि बीमार हूँ, अदालत स्थगित हो गयी।

वही, वही, वही!

मेरे व्रत का यही पुरस्कार है? भविष्य में मेरा जो सत्कार होगा, क्या यही उसका पूर्वाभास है?

वही, वही, वही!

कितना कठोर अभिशाप है!

झूठा कौन है? नीच कौन है? कायर कौन है? बन्धुद्वेषी कौन है?

स्वार्थी कौन है? कृतघ्न कौन है? द्रोही कौन है?

एक छोटे-से बच्चे की उँगली संकेत से कहती है—

वही, वही, वही!

यह क्या है? अनुताप?

ये उन्माद के लक्षण हैं!

मैं पागल हो रहा हूँ, कमला, पागल! पागल! पागल!

दबाऊँगा इसको, कुचल डालूँगा इस उन्माद के वेग को!

मनोवृत्तियाँ मुझे पागल बना रही हैं, इन्हें पीस डालूँगा।

मन का संयम करूँगा। अब तक मन मुझे लेकर स्वच्छन्द फिरता था, अब मैं उसे बाँधकर ले जाऊँगा।

पर—

मन को बाँध लूँगा, पर इन कुवासनाओं को कैसे बाँधूँगा? और इन्होंने पतन के लिस गहरे गह्वर में मुझे धकेल दिया है, उससे कैसे निकल पाऊँगा?

एक छोटी-सी भूल के लिए कहाँ तक पहुँचना पड़ता है। पर क्या एक बार पतित होकर उठने का कोई उपाय नहीं है? क्या दुर्वासनाओं का दमन ही नहीं हो सकता? क्या इस नीच कर्म का कोई प्रतीकार नहीं है, कोई प्रायश्चित्त नहीं है?

प्रायश्चित्त...प्रायश्चित्त...

एक मनोविकार के लिए, एक क्षणिक तृप्ति-लालसा के लिए, मैंने कितनी उत्फुल्ल जीवनियों का खण्डन कर दिया; कितने परिवारों की शिखरमणियाँ तोड़ डालीं। इसका क्या समुचित प्रायश्चित्त है? अपना जीवन देकर भी तो मैं कुछ नहीं कर सकता।

प्रतीकार...प्रतीकार...

क्या करूँ? अब तो सब कुछ कर चुका, अब मेरे हाथ में क्या रह गया है?...

बयान!

बयान वापस ले सकता हूँ...

पर उससे क्या होगा? और भी तो द्रोही हैं, मेरे बयान वापस लेने पर भी वे रह जायेंगे...और सबूत—हमारे अतिरिक्त भी तो कितने ही गवाह हैं, और सबूत भी तो बहुत है...एक मेरे बदल जाने से क्या होगा? जिन जीवनियों का खण्डन कर चुका, वे तो खण्डित ही रह जायेंगी; जो मणियाँ नष्ट हो गयीं वे तो नष्ट हो रहेंगी; जो घर उजड़ गये वे तो उजड़े ही रह जायेंगे; जिन अभागिनियों के सौभाग्य-सूर्य अस्त हो गये, उनके भाग्य तो फिर जागेंगे नहीं...और मुझे अलग दण्ड मिलेगा। तब उस सब उत्पात का क्या फल होगा? जिस स्वातन्त्र्य को मैंने इतने दामों पर मोल लिया है, वह भी छिन जायेगा और प्रतीकार भी नहीं होगा...एक क्षणिक भावुकता में पड़कर बुलबुले की तरह मेरी चिरसंचित आशाएँ फूल जायेंगी और मैं देखता रह जाऊँगा!...

और तुम्हें, कमला, तुम्हें भी नहीं पा सकूँगा...!

जब संसार की सृष्टि भी नहीं हुई थी, तब भी अनन्त आकाश में महामाया का राज था। आज विद्या इतनी फैल गयी है, सद्बुद्धि का प्रचार हो रहा है, फिर भी मोह पीछा नहीं छोड़ता...

मैं निश्चय कर लेता हूँ, वासना का दमन करूँगा, मन को विशुद्ध करूँगा, दुष्कर्मों का प्रायश्चित्त करूँगा, फिर एक छाया, एक छाया की छाया, उस नाम की स्मृति, मेरे सारे निश्चयों को बिखेर देती है। यह है संयम जिसका मुझे इतना अभिमान था।

मेरा प्रायश्चित्त विफल होगा, मेरा किया हुआ प्रतीकार विडम्बना होगा। पर क्या इसीलिए मैं दूसरी बार कर्त्तव्यच्युत हो जाऊँ?

न सही प्रायश्चित्त, न सही प्रतीकार। अपनी पाप-वृत्ति के लिए अपने को दण्ड ही दूँगा।

दूसरों को मैं इतनी सजा दिला रहा हूँ और वे उसे प्रसन्नता से झेल रहे हैं, फिर मैं ही क्या ऐसा हूँ जो दो-तीन साल जेल में नहीं काट सकूँगा?

पर...पर और भी तो दण्ड मिलेगा...यह जो आजीवन मेरी सहायता करने का सरकार का वायदा था, वह नहीं रहेगा...जब जेल से बाहर आऊँगा, तब काम कैसे चलेगा? उलटे सरकार अधिक सतायेगी।...

नहीं। जब दण्ड देना है तो समुचित देना होगा, बाद में जो होगा उसकी बात नहीं सोचनी होगी।

कमला, तुम स्त्री हो या आँधी।

विवेक कहता है, 'दण्ड देना होगा।' हृदय रोता है, 'कमला' विवेक कहता है, यह प्रेम नहीं है, मोह है।'

कमला, कमला, कमला! तुम्हें नहीं छोड़ सकूँगा...प्रेम न सही, आसक्ति सही, मोह सही, वासना सही, पर कितनी सुखद आसक्ति, कितना मनोरम मोह, कितनी मीठी, कितनी सुरभित, कितनी प्रकाण्ड वासना है यह!

2

स्वप्न...

कैसा भयानक था उसका रूप! बड़ी-बड़ी लाल आँखें, चौड़ी नाक, वराह की तरह बाहर निकले हुए बड़े-बड़े दाँत और इतना काला शरीर।

मुझे देखकर वह ठठाकर हँसा। सारा आकाश उसके खुले हुए मुख में समा गया...जिधर देखता उधर उसका खुला हुआ बीभत्स मुँह...

और उसके अन्दर—उसके अन्दर मैंने देखा—

बहुत-से स्त्री-पुरुष-युग्म आश्लेषण कर रहे थे...पर...पर मैंने यह भी देखा, उनको बहुत से बड़े-बड़े साँप लिपट-लिपटकर बाँध रहे थे— और धीरे-धीरे अपना बन्धन कसते जाते थे...उन युगल मूर्तियों के

मुख पर अनुराग की लालिमा, सौन्दर्य की आभा, तृप्त-लालसा की स्मित धीरे-धीरे मिटती जाती थी और उसके स्थान में–

क्रूर लोलुपता, भीषण ग्लानि और दारुण वेदना एक साथ ही अधिकार जमा रही थी...

वह हँसा–कितना घोर अट्टहास था वह! फिर बोला, "ये भी करते थे ऐसा प्रेम! अब तुम आओगे, तुम!"

वह मुख मेरी ओर अग्रसर होने लगा...

मैंने बड़े ज़ोर से चीख मारी–

स्वप्न!

मेरे पास जो इंस्पेक्टर सोया था, जाग पड़ा और बोला, "क्या हुआ! क्या हुआ?" मैंने लज्जित होकर कहा, "कुछ नहीं!" और पड़ा रहा। वह फिर सो गया।

पर मैं...वह स्वप्न नहीं भुला सका...

मच्छर मेरे कानों में भिन्नाते, तो मुझे सुन पड़ता, 'तुम, तुम, तुम!' मैं उठकर बैठ गया, सारी रात जागते ही काटी!

कमला, क्या प्रेम की यही व्याख्या है? अगर है तो कितना कुत्सित है यह!

पारिजात के फूलों की तरह नींद अलभ्य हो गयी है! पर मैं, जिसका मन निकृष्ट विचारों से भरा हुआ है, मैं क्यों पारिजात के फूलों की बात सोचता हूँ?

रात की–रात की कितनी आँखें हैं। वे सभी घूर-घूरकर मेरी ओर देखती हैं, मैं उनसे आँख नहीं मिला सकता। पर जब आँखें बन्द कर लेता हूँ, तो उन बड़े-बड़े दंतुर राक्षसों का समूह मुझे देखकर हँसता है।

कहते हैं, प्रकाश में डर नहीं लगता। पर मुझे प्रकाश में भी जाग्रत स्वप्न दीखते हैं–स्मृतियाँ आकर चित्रवत् मेरे आगे खड़ी हो जाती हैं...

दीवार की ओर देखता हूँ, तो दीवार परदे की तरह आँखों के आगे से हट जाती है...

कृष्णपक्ष की कोई रात है। पवन बिलकुल निश्चल है, कहीं एक पत्ता तक नहीं हिलता। पृथ्वी के उत्तप्त उच्छ्वासों की तरह वायुमण्डल भी गरम और वाष्पमय हो रहा है–

एक जंगल। बहुत घने, छोटे-छोटे पेड़ हैं, काँटे भी बिखरे हुए हैं। बीच में एक छोटा-सा खुला हुआ स्थान है, वहीं अँधेरे में दो व्यक्ति खड़े हैं। उनके बीच में एक शरीर ज़मीन पर पड़ा है–उसके दोनों हाथ नहीं हैं, मुँह का बहुत-सा अंश मानो झुलसकर काला पड़ गया है, और पेट...जहाँ पेट होना चाहिए, वहाँ रक्त का एक कुण्ड बन रहा है।

दोनों व्यक्ति उस शरीर पर झुके हुए हैं। एक शायद रो रहा है...

वह–वह शरीर प्राणहीन नहीं है, पर उसके मुँह से व्यथा के शब्द नहीं निकलते!

वह धीरे-धीरे गुनगुना रहा है...मैं जा रहा हूँ। तुम रोते क्यों हो? मैं अपना काम पूरा नहीं कर सका। मेरे हाथ नहीं रहे! तुम क्यों अधीर होते हो? जिस काम को मैं अधूरा छोड़ चला हूँ, उसे तुम पूरा करना..'

मुख पर एक क्षणिक वेदना की रेखा–फिर एक बहुत हल्की-सी हँसी...

'मेरे काम को भूलना मत!'

सिर से पैर तक एक कम्पन, सिर उठाने का एक क्षीण, विफल प्रयत्न...फिर शान्ति...

दोनों व्यक्ति एक-दूसरे की ओर देखते हैं। एक कहता है–'चले गये...'

नहीं देखूँगा उस दीवार की ओर! वह इतनी निश्चल है, मेरा मन उस पर स्थिर नहीं रहता।

लैम्प पर ये पतंगे मँडरा रहे हैं। इनमें चांचल्य है, ये निर्जीव, निःस्पन्द नहीं हैं।

पतंगे...ये कितने उन्मत्त होकर लैम्प से टकराते हैं, और उसी की दीप्ति में भस्म हो जाते हैं।

कितनी देर के लिए इस उन्माद का अनुभव उन्हें होता है? लैम्प को देखते ही वे अपने-आपको उत्सर्ग कर देते हैं।

यह है प्रेम! मैं भी हूँ प्रेमी, जो अपनी इच्छा पूर्ति के लिए इतने सुखी परिवारों को छिन्न-भिन्न कर रहा हूँ...

प्रेम? पर प्रेम में इतनी भीषणता तो नहीं होती, प्रेम अन्धा तो नहीं करता, उन्मत्त तो नहीं बनाता; प्रेम तो स्निग्ध, शीतल, शान्तिदायक होता है। यह ज्वाला, यह उन्माद, यह अन्धा कर देने वाली दीप्ति तो वासना में ही होती है।

क्यों कवियों ने इसकी प्रशंसा की है? क्यों वे प्रेम की उपमा अग्निशिखा से देते हैं और प्रेमी की पतंग से?

या यह मेरा ही भ्रम है? पतंगा अपने-आपको जला देता है, उसे शायद उसी से शान्ति मिलती हो। मैंने तो अपने-आपको उत्सर्ग नहीं किया, मैं तो अपनी तृप्ति के लिए दूसरों को ही जलाता रहा हूँ... जिसे मैं प्रेम करता हूँ, वह तो आत्मरक्षा का, स्वार्थपरता का नामान्तर था...

मैंने पहले-पहल ऐसी भूल की हो, यह बात नहीं। मुझे याद आता है—

वह दुबला-पतला था, कुछ चिड़चिड़ा था, फिर भी सब लोग उसका आदर करते थे, क्योंकि वह चालाक था। उसका रंग पीला पड़ गया था, आँखें धँस गयी थीं, पर उसकी बोलचाल में कुछ ऐसी मादकता थी...

वह कृतघ्न था, भगोड़ा था। मैंने तो केवल प्रेम ही किया है—एक पवित्र मूर्ति से प्रेम—वह बहुत गिर चुका था...

मैं उसे अब भी देख सकता हूँ। उसके शरीर में अब भी वही मादकता व्याप्त है, और वह मेरी ओर देखकर मुस्करा रहा है, इशारे से मुझे बला रहा है...

क्या कहते हो तुम?

"देखो, रघुनाथ, व्यर्थ की चिन्ता में क्यों पड़े हो? ऐसे व्याख्या करने लगोगे, तो पागल हो जाओगे, मन तुम्हारा सच्चा मित्र है, उसकी प्रेरणा का तिरस्कार मत करो। प्रेम के आगे सबकुछ तुच्छ है, इसीलिए मैंने भी तो बन्धुओं को और प्रतिज्ञाओं को भूलकर उसका अनुसरण किया था। मैं लज्जित नहीं हूँ, क्यों होऊँ? तुम भी इन व्यर्थ की बातों को भूल जाओ और मेरे साथ आओ! यही जीवन है।"

चुप रहो, तुम भगोड़े थे, कृतघ्न थे। तुम अपने बन्धुओं को छोड़ गये।

और मैं तो भगोड़ा ही था, अपने साथियों को भूला ही था...मैंने उन्हें फँसाकर उनका सत्यानाश कर डाला! फिर भी मैं उसे भगोड़ा कहने का साहस करता हूँ—मैं, कृतघ्न, कायर, अधम। मैं, जिसके लिए सम्बोधन किसी कोष में नहीं होगा...

उसकी ओर देखूँगा, उस दीप्तिमान लैम्प की ओर! क्या फिर भी ये स्मृतियाँ मुझे सतायेंगी?

कैसी शान्त ज्योति है! मेरे मन के जो उद्‌गार उठकर मुझे हिला देते हैं, उनसे यह कम्पायमान भी नहीं होती!

इसकी दीप्ति शान्तिमयी है, स्थिर है, किन्तु इसमें भव्यता नहीं है, भैरवता नहीं है।

उसमें भी महाशान्ति थी, पर कितनी भव्य, कितनी भैरव थी वह दीप्ति!

वह चिता थी, पर श्मशान-भूमि में नहीं थी! एक महापुरुष की चिता थी, पर उसमें अगर चंदनादि सुगन्धित द्रव्य नहीं थे। वह थी जंगल में बीनी हुई छोटी-छोटी लकड़ियों की चिता, और उसके पास रोने को खड़े थे तीन युवक!

तीनों फ़ौजी ढंग से, एक क़तार में, सिर की टोपियाँ उतारे हुए, सावधान खड़े थे। उस प्रज्वलित चिता

की लाल-लाल, काँपती हुई ज्योति में मैंने देखा, उनके मुँह पर विषाद का भाव था, आँखों में एक विचित्र चमक; पर आँसू, रोना, कहीं नहीं था...

चिता धीरे-धीरे कुछ स्वर कर रही थी, मानो तृप्त होकर एक निःश्वास ले रही हो। और कोई ध्वनि कहीं नहीं हो रही थी...

एकाएक कहीं दूर पर घोड़ों की टापों का शब्द हुआ। वे तीनों चौंके...फिर...जल्दी-जल्दी मिट्टी डालकर उन्होंने वह अधजली चिता बुझा दी!

रात्रि के धुँधले प्रकाश में उन्होंने चिता से वह शरीर उठाया और नदी के किनारे पर ले गये...एक-दो बार ज़ोर से हिलाकर उन्होंने...

छप्

नदी के प्रवाह में वह कहीं लुप्त हो गयी...

एक युवक धीरे से बोला—"इतना भी न कर पाये!"

कोई उत्तर नहीं मिला। तीनों अँधेरे में कहीं ओझल हो गये...

वंचिता चिता से दुर्गन्धमय धुआँ फिर भी आकाश की ओर उठता रहा, मानो भूखी चिता ईश्वर के आगे पुकार करने को अपनी मूक वाणी भेज रही हो!

चन्द्रमा! कितनी स्निग्ध है उसकी ज्योत्स्ना!

निर्निमेष होकर उसकी ओर देखता हूँ, मुझे कलंक कहीं नहीं दीखता। न कहीं पर्वत-तंग और गड्ढे ही दीख पड़ते हैं। दीखता है एक मन्द स्मित मानव-मुख।

वह मुस्कान है, या मेरी दशा पर तिरस्कारपूर्ण हँसी?

नहीं, उसमें तिरस्कार नहीं है, अनुकम्पा है, आश्वासन है। वह मानो मुझे कह रहा है, चंचल मत हो, घबरा मत।

उस दिन जब शशिकान्त हमें दिलासा दे रहे थे, उस दिन उनके मुख पर भी यही भाव था...

हम दुमंज़िले के ऊपर बैठे हुए थे, नीचे पुलिस आ गयी थी। दोनों ओर से गोलियाँ चल रही थीं—उधर से लगातार, हमारी ओर से कभी-कभी मौक़ा देखकर...

हमारा गोलियों का ढेर बड़ी शीघ्रता से छोटा होता जाता। मैं सोच रहा था, 'अभी पाँच मिनट बाद क्या होगा?'

उन्होंने मुख का भाव देख लिया। बोले, "रघुनाथ, यही तो जीवन का मज़ा है! इतने दिन भागते फिरे, आज एकाध हाथ दिखा देंगे!"

उनकी वाणी में इतना विश्वास भरा हुआ था, मुझसे उत्तर देते नहीं बना। मैंने आँख बचाकर गोलियों के ढेर की ओर देखा।

उनसे वह भी नहीं छिप सका! बोले, "वह क्या देखते हो? हमारा बल उसमें नहीं है। हमें चाहिए धैर्य! वह तो आपत्ति-काल के लिए एक निमित्त मात्र है—हमारी शक्ति है दिल में!"

मैं लज्जित होकर धीरे-धीरे—बहुत धीरे-धीरे, अपने रिवाल्वर में गोलियाँ भरने लगा...

'दिल में!' मैंने अपने दिल की ओर ध्यान किया, वह बड़े ज़ोर से धड़क रहा था!

न जाने कैसे, शशिकान्त को कुछ आभास-सा मिल गया। वे खिन्न होकर बोले, "अभी समय है। मैं इन्हें यहाँ फँसाये रखता हूँ, तुम दोनों पिछली गली से निकल जाओ! अभी पुलिस उधर नहीं गयी है।"

मेरे जी में आया, दौड़कर निकल जाऊँ। पर मेरा साथी हिला भी नहीं। मैं लज्जित होकर बैठ गया...कितना काँप रहा था मेरा शरीर!

उन्होंने फिर पूछा, "जाते क्यों नहीं?"

मेरा साथी बोला, “दादा, तुम्हें अकेला छोड़कर हम नहीं जायेंगे।”

वे एक क्षण चुप रहे...फिर बोले, “ओबे आर्डर्स।”

आज्ञा!

हम दोनों ने अपने रिवाल्वर जेब में रखे और चुपचाप उठकर चल दिये। मैंने एक बार मुड़कर देखा, पर वे मानो हमें भूल गये थे—शान्त, कुछ मुस्कराते हुए, नीचे की ओर तीव्र दृष्टि से देख रहे थे, जैसे बाज़ झपटने से पहले अपने शिकार की ओर देखता है...

उसके बाद?

मेरा मन विकृत है, उन विकारों की प्रतिच्छाया मुझे प्रत्येक वस्तु में दीखती है। चन्द्रमा की ज्योत्स्ना तक में वही व्याप्त हो रही है!

इस तरह में अपनी विच्छिन्न मनःशक्ति को और भी निर्बल बना रहा हूँ! किसी की ओर नहीं देखूँगा—कुछ सोचूँगा!

आज भूख नहीं लगी। खाना इतना अच्छा बनकर आया था, फिर भी न जाने क्यों, खाने की इच्छा न हुई!

भोजन-भट्ट!

कितना नीच हूँ मैं—इतना विश्वासघात करके, इतनी नृशंसता के बाद, अब भी उसी शारीरिक तृप्ति की बात सोच रहा हूँ!

किसी दिन मैं कितना आदरणीय व्यक्ति समझ जाता था! उन दिनों मैं संगठन का काम कर रहा था, कितने सरल, विश्वासी नवयुवक मेरे आगे श्रद्धाभाव से खड़े हो रहते, मेरी बात कितनी व्यग्रता से सुनते, मानो अमृत पी रहे हों! उनमें अनभिज्ञता-जनित अन्धविश्वास था, अनुभव-हीनता के कारण वे दूसरों में भी सहसा विश्वास कर लेते थे! पर कितना सुखद स्निग्ध, कितना, कोमल होता था वह निःशंक विश्वास; कितना आह्लादजनक था वह श्रद्धाभाव!

मैं, मैं उस विश्वास के, उस श्रद्धा के, कितना अयोग्य निकला! जो मुझ पर इतना विश्वास करते थे कि मेरे एक इंगित पर जान तक दे देते, उनका मैंने कैसा प्रत्युपकार किया!

मैं जो आशा करता हूँ कि इन स्मृतियों से छुटकारा पाऊँगा, यह व्यर्थ की आशा है। मैं जो काम कर रहा हूँ, उसकी प्रतिक्रिया मेरे मन पर होती रहेगी, उसे कैसे रोक सकता हूँ?

पर कब तक यह प्रतिक्रिया होती रहेगी? जब मैं अपनी गवाही देकर अलग हो जाऊँगा, तब मैं जेल से निकल जाऊँगा, क्या तब भी यमदूत की तरह ये स्मृतियाँ मेरा पीछा करती रहेंगी?

पब्लिक की स्मरणशक्ति बहुत कमज़ोर है। वह अच्छा-बुरा सभी-कुछ बुहत जल्दी भूल जाती है। नहीं तो यह कैसे सम्भव था कि इतने द्रोही अब तक जीवित रहते? यह पब्लिक! जिनकी यह पूजा करती है, उन्हें भी तो पाँच-सात वर्ष में भूल जाती है।

और द्रोहियों को? उन्हें तो पब्लिक शायद वर्ष-भर भी नहीं याद रख पाती।

वे मुझे भूल जायेंगे। मैं चुपचाप किसी छोटे-से गाँव में रहूँगा, पुलिस मेरी रक्षा करेगी, फिर दिन धीरे-धीरे बीत जायेंगे...और शायद उस नये जीवन में मैं अकेला नहीं रहूँगा, शायद...

कमला! अगर उस जीवन में तुम भी मेरे साथ होगी, तो कितना अकथनीय सुख होगा वह!

जब भी तुम्हें याद करता हूँ, मेरा यह अनिश्चय, यह अकारण आशंका, एकदम दूर हो जाते हैं, तुम्हारी ही मूर्ति से मेरा अन्तःकरण दीप्तिमान हो जाता है। आँखें बन्द करके तुम्हारा ही ध्यान करूँगा—और उस ध्यान में कितनी शान्ति मिलेगी मुझे!

मैं तुम्हें देख सकता हूँ। यह कम्पनी बाग के लताकुन्ज का द्वार है और उसके एक खम्भे पर हाथ

रखे खड़ी हो– तुम! हल्के नीले रंग की साड़ी पहने, सिर झुकाए मूर्तिमान प्रतीक्षा की तरह–तुम!

कमला, मुझे एक श्लोक याद आ रहा है...

त्वमसि मम भूषणं त्वमसि मम जीवनं त्वमसि मे भवजलधिरत्नम्!

भवतु भवतीह मयि सततमनुरोधिनी तत्र मम हृदयमतियत्नम्!

मैं तुम्हारे मुख की ओर देख रहा हूँ।

यह क्या है? तुम्हारा आँचल गीला क्यों है? तुम्हारी मुखश्री मुरझाई क्यों है? तुम्हारी आँखों में आँसू क्यों हैं? तुम्हारी दृष्टि इतनी विरक्त क्यों है! और तुम्हारी साँस किस वेग से, कितनी कम्पित, चल रही है। कमला, कमला, कमला! तुमको क्या हो गया है? तुम मेरी ओर देखती क्यों नहीं? मुझे पहचानती क्यों नहीं? मुझे देखकर प्रसन्न क्यों नहीं होतीं।

कमला, मेरी ओर देखो, केवल एक बार! उफ़! तुम्हारी आँखों में व्यथा नहीं है–यह तो ज्वाला है!

किसने तुम्हारा अनादर किया है, कमला? क्यों तुमने यह चण्डी का रूप धारण किया है? मुझे बताओ, मैं प्रतिशोध करूँगा!

मैं...

मैं ने....

कमला! कमला! कमला! क्या कह रही हो तुम? 'तुमने, तुमने, तुमने मुझे कलंकित कर दिया है!'

मैंने!

तुम पागल तो नहीं हो गयीं? या परिहास तो नहीं कर रहीं? पर नहीं, तुम्हारी आँखों में आँसू हैं, और बड़े यत्न से दबाए हुए क्रोध के आँसू!

मैंने तुम्हें कलंकित कर दिया है; मैंने, जो कि सब निछावर करके तुम्हारी एकाग्र उपासना कर रहा हूँ! मैंने, जो कि तुम्हारे आगे इतने नवयुवकों के जीवन को तुच्छ समझता हूँ!

कितना असह्य लांछन लगा रही हो मुझ पर तुम, कमला!

तुम ठीक कहती थीं, कमला, मैंने तुम्हें कलंकित कर दिया है। मैं तुमसे प्रेम करता था! वह प्रेम ही वासना था, कलुषित, कलंकित, कुत्सित। तुमने मुझे मेरी भूल सुझा दी है।

कमला, मैं दोषी हूँ!

पहले मैंने राजद्रोह किया था, फिर अब देशद्रोह कर रहा था...पर तुमने, तुमने मुझे सुझा दिया कि मैं मानवता के प्रति भी द्रोह कर रहा हूँ...सच्चाई के साथ ही मैंने मानवता भी खो दी! अब मैं क्या हूँ? इन चिउँटों की तरह, इन मच्छरों की तरह, जो भिन्नाते हैं, काटते हैं, पर जिनमें कर्त्तव्याकर्त्तव्य-ज्ञान नहीं है।

मैं बहुत गिर चुका हूँ, इतना कि शायद अब उठ नहीं सकूँगा! पर कमला, एक काम अवश्य करूँगा, एक काम जिससे मैं इतना डरता था, एक काम जिससे मेरी सब एकत्रित उमंगें टूटकर बिखर जायेंगी। मेरे पास एक ही साधन रह गया है। प्रायश्चित्त का नहीं, प्रतीकार का नहीं, तुम्हारे मुख पर से वह घोर कलंक का टीका मिटाने का नहीं, तुम्हारे योग्य बनने का नहीं; केवल यह दिखा देने का कि मैं प्रायश्चित्त करना चाहता था, तुम्हारे मुख से वह कलंक मिटाकर तुम्हारे योग्य बनना–तुम्हारे योग्य बनने का प्रयत्न करना–चाहता था। संसार शायद फिर भी मेरे नाम पर थूकता रहेगा, रहे। अब मैं उसका ध्यान नहीं करूँगा–केवल तुम्हारा, केवल तुम्हारे और तुम्हारे श्रीहीन मुख का!

मैं जीवन में निरुद्देश्य होकर बहुत गिर चुका हूँ, पर अब यह खोया हुआ उद्देश्य मुझे फिर वापस मिल गया है।

कल–मैं मिटा दूँगा उस कलंक की स्मृति भी...

कल—वापस लूँगा बयान...

कमला, कमला, फिर तो मुझ नीच पर दया करोगी?

3

मैं खड़ा था, उस गोल कमरे के बीच में अभियुक्त, वकील और जज, सब अपने-अपने स्थान पर बैठे थे। जिरह का आरम्भ होने वाला था।

नित्य की तरह मेरे हृदय में कँपकँपी नहीं थी, मैं चौंक-चौंककर इधर-उधर नहीं देखता था...मेरे जीवन में निश्चय था, वह पहले की तरह उद्देश्यहीन नहीं रह गया था।

मेरे शरीर में बिजली दौड़ गयी...एक जीवित स्वप्न आया और दर्शकों में बैठ गया—एक बहुत ही मधुर स्वप्न—कमला! मैंने मन-ही-मन कहा, "कैसा अच्छा संयोग है यह! आज मैं उसका कलंक मिटाने आया था, आज वह स्वयं उपस्थित है। वह देखेगी!"

मैंने उसकी ओर फिर नहीं देखा। एक भावना मेरे कानों में कहने लगी, 'वह कलंकिनी है, तुमने उसे कलंकित कर दिया था। जब अपना काम कर चुकोगे, तब उधर देखना।'

वकील खड़ा हुआ! मेरा दृढ़ हृदय धक् से हो गया, उसका स्पंदन मुझे सुनाई पड़ने लगा...किस प्रश्न का क्या उत्तर दूँगा, कैसे वकील चौंककर उठेंगे और एक नये औत्सुक्य—एक नयी उत्कण्ठा से मेरी ओर देखने लगेंगे...

एक अभियुक्त उठा और बोला, "मेरा एक वक्तव्य है।"

जज बोला, "लिखकर भेज दो!"

"नहीं, मैं जबानी कहूँगा।" कहकर वह पढ़ने लगा...

देर होती गयी, और मेरे हृदय का स्पंदन बढ़ता गया। दर्शकों की ओर—दर्शकों में बैठी उसकी ओर—देखने की व्यग्रता भी बढ़ती गयी...इस दुविधा में वह वक्तव्य भी ठीक नहीं सुन पाया...

"विदेशी सरकार ने हमारा जो उपकार किया है, हमने उसकी क़द्र नहीं की, इसी का उत्तर माँगने के लिए आपने हमें यहाँ बुलाया है। मैं इस प्रश्न का उत्तर नहीं दूँगा। क्यों? क्योंकि इसका उत्तर हिन्दुस्तान की भूमि के रेणु-मात्र पर लिखा हुआ है।"...

"आपने हिन्दुस्तान में शराब और अफ़ीम बेचकर हमारी बुद्धि भ्रष्ट की, आप विचित्र कानून बनाकर हिन्दुस्तान का सोना खींचकर विलायत ले गये, आपने हमारे श्रमजीवियों को इतना निर्धन किया कि आज एक-एक छोटी कोठरी में चार-चार परिवार, बीस-बीस प्राणी, आयु बिताने को बाध्य हुए, आपने असहायों पर गोलियाँ चलाईं, दंगे करवाए, फिर आपको यह पूछते शर्म नहीं आती कि हम अकृतज्ञ क्यों हैं!"...

"आप अन्याय पर तुले हुए हैं, फिर क्यों न्याय का ढोंग करके अपनी हँसी करवाते हैं? जो दण्ड देना है, आज ही दे डालिए। क्यों व्यर्थ हमारी भूखी प्रजा का रुपया फूँकते हैं?"

"जिसकी गवाही पर आप हमें दण्ड देने चले हैं, उसने पहले सरकार से विश्वासघात किया है, फिर देश से, और फिर सत्य की उपेक्षा करके न जाने कितने झूठ बकता रहा।"

"वह राजद्रोही है, देश-द्रोही है, धर्म-द्रोही है। उसकी साक्षी पर हमें दण्ड देकर क्यों आप न्याय का मुँह काला करते हैं?"

इससे आगे मैं नहीं सुन सका...मुझे बस अपने हृदय की वह धक्! धक्! धक्! ही सुनाई पड़ने लगी.. ..मेरे हाथ-पैर काँपने लगे...

किसी प्रेरणा ने मेरे कान में कहा, 'कमला की ओर देखो! वह तुम्हें शक्ति प्रदान करेगी।'

किस शैतान की प्रेरणा थी वह! मेरा निश्चय उसके आगे उड़ गया—मैंने देखा, तृषित लालसामय आँखों से, उसकी ओर!

वह मेरी ओर नहीं देख रही थी। वह देख रही थी उस अभियुक्त की ओर, सुन रही थी उसका वक्तव्य। कितनी तल्लीन होकर उसका प्रत्येक वाक्य सुनकर कैसे खिल उठती थी उसकी मुखश्री! उस खिलने में थी सन्तुष्टि, उसमें था आनन्द, उसमें था गर्व!

मैं मुग्ध होकर कितनी ही देर उधर देखता रहा...शायद उसे इसका भास हुआ, उसने मानो स्वप्न से जागकर मेरी ओर देखा। क्षण-भर के लिए, फिर आँखें फेर लीं।

क्या था उसकी आँखों में? उपेक्षा, विरक्ति, अनुताप, लज्जा...!

वह शैतान एक विद्रूप हँसी हँसा मेरे कान में। मैंने सुना—"कौन है वह? कमला तुम्हारी क्या है, तुम कमला के कौन?"

कमला! यह क्या देख रहा हूँ...

जब तुम उधर, उनकी ओर देखती हो, तब तुम्हारी आँखों में यह क्या हो जाता है?

तुम्हें क्या हो गया है कमला, तुम मुझे भूल गयीं...

मेरे जीवन का उद्देश्य...मेरा निश्चय...मेरा प्रण...कहाँ गये?

मेरे लिए अन्धकार ही अन्धकार है!

कमला, मैं नीच था, पतित था, कायर था, द्रोही था, नरक के कीड़े की तरह था, पर तुम्हारे प्रति तो मेरे भाव नहीं बदले थे...तुम्हें तो समझना चाहिए था कि किस प्रेरणा ने मुझे इस पतन की ओर प्रेरित किया था...तुम्हें मैं क्या समझा था—तुम भी मुझे समय पर ठुकराकर चली गयीं...

मैं सबकी आँखों में गिरा हुआ था, पर तुम्हारी आँखों में तो न गिरने का मैंने पूरा प्रयत्न किया था...और तुम्हें भी तो मैंने इतने ऊँचे सिंहासन पर बिठाया था...इस उपेक्षा में दो आदर्श टूट गये—उस सिंहासन से तुम च्युत हो गयीं, और मैं...न जाने कहाँ तक गिरता ही जाऊँगा...!

कमला, आज मैं सरकार की इतनी महती शक्ति का तिरस्कार करके तुम्हारे मुख पर से कलंक मिटाने आया था, पर तुमने मुख फेर लिया...मेरे हाथ कलुषित थे, पर अगर तुम्हारी आँखों में भी मैं इतना पतित हो गया हूँ, कमला, तो मेरे जीवन के सभी आधार टूट गये...

मैं पतित था, पर मुझे अपने पतन का ज्ञान तो था...मैं उठना चाहता था, पतन के गह्वर से निकलना चाहता था; तुम मेरी सहायता कर सकती थीं, पर तुमने उपेक्षा की, मेरा तिरस्कार किया, मेरी उस उच्च कामना को ठुकरा दिया...

मुझे कठघरे में खड़े अभी पाँच मिनट भी नहीं हुए थे, कितने समुद्र के समुद्र मेरे आगे से बह गये...मुझे ऐसा मालूम हुआ, मेरे हृदय की धक्! धक्! से अन्तराल में कहीं बहुत-से बन्धन एक साथ टूट गये...मेरे नीचे से धरती खिसकने-सी लगी...

मैंने चाहा, चिल्लाऊँ, 'कमला, कमला, तुमने यह क्या किया!' पर जब बोला, तो वकील के प्रश्न का उत्तर ही मुँह पर आया!

वह प्रश्न पूछता गया, मैं उत्तर देता रहा...कोई चौंका नहीं, किसी को विस्मय नहीं हुआ, किसी को उत्कण्ठा नहीं हुई, किसी ने उत्सुक होकर मेरी ओर नहीं देखा...

और कमला! कमला उसी तरह, उसी खिली हुई मुखश्री से, उसी गर्व से, उनकी ओर देखती रही, मेरी ओर उसने भूलकर भी फिर नहीं देखा...

4

जो एक बार अपनी इच्छा से पतित होता है, उसका उत्थान होना असम्भव है। कोई उसका मित्र नहीं होता, कोई उसकी सहायता नहीं करता। मेरे लिए यही जीवन है—यही जिसे एक दिन मैंने इतनी व्यग्रता

से अपनाया था, और जिसने आज साँप की तरह मुझे अपने पाश में बाँध लिया है!

मैं द्रोही हूँ और रहूँगा।

द्रोह मेरे हृदय में है, मेरी अस्थियों में है, मेरी नस-नस में है। मैं द्रोही हूँ।

पहली बार मैंने सरकार से द्रोह किया था, किसी की मुखश्री से आकृष्ट होकर। दूसरी बार मैंने देश से द्रोह किया, किसी के शरीर की लालसा से। तीसरी बार फिर मैंने धर्म से द्रोह किया, किसी के लिए ईर्ष्या करके।

फिर, अपनी नीचता का परिणाम जब मैं जान पाया, तब मैं प्रायश्चित्त करने गया। पर फल क्या हुआ? प्रायश्चित्त भी नहीं किया और अपनी अन्तरात्मा के प्रति भी द्रोही बनकर लौट आया।

मैं अपना बचाव नहीं करता। मैं अधम हूँ। पर मेरे जीवन के सारे आधार, मेरे उद्देश्य, मेरी आशाएँ, सदाकांक्षाएँ, सब कमला की उपेक्षा ने एक ही झोंके में मिटा दीं, और मेरे लिए उत्थान का कोई मार्ग नहीं छोड़ा!

अगर वह मेरी सहायता करती, तो कौन-सा ऐसा काम था जो मैं न कर पाता? वह जिसका मैंने इतनी एकाग्र वृत्ति से ध्यान किया था, वह जो परीक्षा के समय मुझे ठुकराकर चली गयी– कमला!

पर अब–! अब नहीं। मेरा भाग्य-निर्णय हो गया है, मेरा इस प्रवाह के विपरीत चलने की स्पर्धा करना बेवकूफी है। मैं कुछ नहीं करूँगा, बह जाऊँगा!

क्यों? मैं द्रोही था, द्रोही हूँ, द्रोही ही रहूँगा!

दिल्ली जेल, अक्टूबर, 1931

हारिति

वह सुन्दरी नहीं थी। उसके मुख पर सौन्दर्य की आभा का स्थान तेज की दीप्ति ने ले लिया था। उसकी आँखों में कोमलता न थी, वहाँ कृतनिश्चय की दृढ़ता ही झलकती थी। उसके सिर की शोभा पर की अलकावलियों में नहीं थी, वरन् कटे हुए बालों के नीचे उस उधड़े हुए प्रशस्त ललाट में।

कहते हैं, स्त्री के जीवन में आनन्द है, स्नेह है, प्रेम है, सुख है। उसके जीवन में वे सब कहाँ थे? जबसे उसने होश सँभाला, जबसे उसने अपने चारों ओर चीन से प्राचीन देश का विस्तार देखा; जबसे उसने अपनी चिरमार्जित सभ्यता का तत्त्व समझा, तब से उसके जीवन में कितनी दुःखमय घटनाएँ हुई थीं! जब वह छः वर्ष की थी, तभी उसके पिता को जर्मन सेना ने तोप के मोहरे से बाँधकर उड़ा दिया था; क्योंकि वे 'बाक्सर' नामक गुप्त-समिति के सदस्य थे। उसके बाद 1900 वाले 'बाक्सर'-विप्लव में, जब उसकी आयु 11 वर्ष की भी नहीं हुई थी, जर्मन और अंग्रेज सेना ने आकर उसके छोटे-से गाँव में आग लगा दी थी। वहाँ के स्त्री-पुरुष सब जल गये—उनमें उसकी वृद्धा माता भी थी। केवल उसे, उस अनाथिनी को, जो उस समय सीक्यांग नदी से पानी भरने गयी हुई थी, न जाने किस अज्ञात उद्देश्य की पूर्ति के लिए, किस भैरव यज्ञ में आहुतिरूप अर्पण करने के लिए, विधाता ने बचा लिया। वह गाँव की ओर आयी, तो दो-चार बचे हुए लोग रोते-चिल्लाते भागे जा रहे थे। वे उसे भी खींचकर ले गये। वह बेचारी अपनी माता के शरीर की राख न देख पायी। उस दिन से कैसा भीषण रहा था उसका जीवन! फूस की झोंपड़ियों में रहना, या कभी-कभी सीक्यांग के किनारे, टिड्डी-दल की तरह एकत्रित, अँधेरी गन्दी, धुएँ से काली डोंगियों में पड़े रहना...उसके अभिभावक, गरीब मुछुए, दिन में अफीम खाकर सो रहते। वह उस गर्मी में बन्द एक कोने में बैठकर सोचा करती, कब तक देश की यह दशा रहेगी, कब तक विदेशी सिपाही इस प्रकार पहले हमारे घर जलायेंगे और फिर हमें दण्ड देंगे, हमारे देश से करोड़ों रुपये ले जायेंगे...

आज वह युवती थी। अभी अविवाहिता थी, पर कुमारियों के जीवन में जो आनन्द होता है, वह उसने अपने निर्दय जीवन में कभी नहीं पाया। उन मछुओं की सदय, किन्तु निर्धन, शरण में निकलकर उसने कुली का काम किया, और उससे संचित धन से अपना शिक्षण किया था। अब वह कैंटन-सेना में जासूस का काम करती थी।

वह सुन्दरी नहीं थी। उसके जीवन में सौन्दर्य के लिए कोई स्थान ही न छोड़ा था। उसकी एकमात्र शोभा—उसके केश—भी आज नहीं रहे थे आज वह जासूस का काम करने के लिए सर्वथा प्रस्तुत थी। वह प्रायः पुरुष-वेश में ही रहती, कभी-कभी आवश्यकता होने पर ही स्त्री-वेश पहन लिया करती। उसकी सहचरियाँ जब कभी उससे इस विषय में प्रश्न करतीं, तो वह कहती, "जिस देश में पुरुष भी गुलाम हो, उसमें स्त्री होने से मर जाना अच्छा है।"

उसकी बात शायद सच भी थी। चीन की दशा उन दिनों बहुत बुरी थी— अशान्ति सब ओर फैली

हुई थी। इधर कैंटन में सनयात-सेन अपनी सेना का संगठन कर रहे थे। उधर से समाचार आया था कि मंचूरिया से सम्राट् का सेनापति युवान शिकाई बहुत बड़ी सेना लेकर आ रहा है। कैंटन की औद्योगिक अशान्ति का स्थान अब एक नये प्रकार के संजीवन ने ले लिया। जिधर आँख उठती, उधर ही लोग वर्दियाँ पहने नजर आते। कैंटन-सेना स्वयंसेवी थी, सुचान शिकाई की सेना में सभी वेतन पाकर काम करते थे। कैंटन-सेना के सैनिकों के आगे साम्य का आदर्श था, युवान शिकाई के आगे व्यक्तिगत लाभ का। कैंटन-सैनिकों के हृदय में प्रजातन्त्र की चाह थी, युवान शिकाई के सैनिक साम्राज्यवाद की हिली हुई नींव फिर से जमाना चाहते थे। कैंटन की सेना विश्वास के कारण लड़ती थी, युवान शिकाई की लोभ के कारण। पर कैंटन के सैनिक बहुत थोड़े थे, और उनके विरुद्ध युवान शिकाई एक शस्त्र-वेष्टित प्रलय-प्रहरी लिए बढ़ा आ रहा था। उन थोड़े से गुप्तचरों को दिन-रात अनवरत काम करना पड़ता था; कभी इधर, कभी उधर, कभी सन्देश पहुँचाना कभी खबरें लाना—कभी-कभी एक-एक रात में चालीस-चालीस मील तक पैदल चलना पड़ जाता था; पर उनके सामने जो आदर्श था, हृदय में जो दीप्ति थी, वह उन्हें प्रोत्साहित करती, उन्हें शक्ति प्रदान करती, उन्हें विमुख होने से बचाती थी।

पर सभी के हृदय में वह आदर्श—यह दीप्ति नहीं थी। कुछ व्यक्ति ऐसे भी थे, जिनके हृदय में दूसरी इच्छाओं, दूसरी आशाओं, दूसरी स्मृतियों ने घर कर रखा था। जिनका ध्यान युवान शिकाई की प्रगति की ओर नहीं, प्रणय की प्रगति की ओर था; जिनके मन में दृढ़-विश्वास का आलोक नहीं, विरह का प्रज्वलन था। पर जिस तरह कसौटी पर चढ़ने से पहले सभी धातुएँ सोने की तरह सम्मानित होती हैं, उसी तरह वे भी संघर्ष से पहले सच्चे वीरों में गिने जाते थे। जिस महान् परीक्षा में पृथक्करण होना था, वह अभी आरम्भ नहीं हुई थी।

वह नित्यप्रति जब उठकर अपनी मर्दानी वर्दी पहनती, तो किसी अनियन्त्रित शक्ति से प्रार्थना किया करती : "शक्ति! मुझे इतनी दृढ़ता दे कि मैं उस आने वाली परीक्षा में उत्तीर्ण हो सकूँ। मैं स्नेह से वंचित रही हूँ, अनाथिनी हूँ, प्रेम करने का अधिकार मुझे नहीं है—मैं दासी हूँ। कीर्ति की मुझे इच्छा नहीं है—गुलाम की क्या कीर्ति; पर मुझे पथ-भ्रष्ट न करना, मुझे विश्वास के अयोग्य न बना देना।"

फिर वह शान्त होकर अपने तम्बू से बाहर निकल आती, और दिन-भर दत्तचित्त होकर अपना काम करती। दिन में उसे कभी अनिश्चय का, विश्वास का, कातरता का अनुभव न होता। सभी उसके प्रशस्त ललाट, उसके प्रोज्ज्वल नेत्र, उसके तेजोमय मुख को देखकर विस्मित रह जाते।

घनघोर वर्षा हो रही थी। पाँच दिन से वह अविरल जल-धारा नहीं रुकी थी वह पीतवर्णा, कृशकाया सीक्यांग आज घहर-घहर करती बह रही थी। उसका पाट पहले से दुगुना हो गया, और रंग बदलकर लालिमामय हो रहा था। उसके किनारे, वहीं जहाँ दस वर्ष पहले अंग्रेज और जर्मन सेना ने एक छोटे-से गाँव को अधिवासियों सहित जला दिया था, आज एक बड़ा फौजी शिविर था, और कितनी ही छोटी-छोटी छोलदारियाँ इधर-उधर लग रही थीं।

वर्षा हो रही थी, पर कैंटन के सेना के उस शिविर में उसकी बिलकुल उपेक्षा थी। कितने ही सैनिक चुपचाप अपने स्थानों पर खड़े पहरा दे रहे थे। उनकी वर्दियाँ भीग गयी थीं। बूट कीचड़ से सन गये थे। हाथों की उँगलियों पर झुर्रियाँ पड़ गयी थीं; पर वे अपने स्थानों पर सावधान खड़े थे।

रात बहुत बीत चुकी थी, छोलदारियों में अँधेरा था। केवल बीच वाले एक बड़े तम्बू में प्रकाश था। उसके बाहर बहुत-से पहरेदार थे। वे एक-दूसरे के सामने खड़े थे। फिर भी कोई किसी से बात नहीं कर रहा था...

एकाएक भीतर से आवाज़ आयी, "क्वेनलुन!"

एक पहरेदार अन्दर गया, और क्षण-भर में बाहर छोलदारियों की ओर चला गया।

थोड़ी देर में वह लौट आया। अब वह अकेला न था। उसके साथ थी एक स्त्री, जिसका शरीर एक भूरे फौजी कम्बल से ढँका था; पर सिर खुला था, उस पर केश कटे हुए थे।

दोनों अन्दर चले गये।

अन्दर एक बड़े गैस-लैम्प के प्रकाश में चार-पाँच अफसर बैठे हुए थे। एक कुछ चिट्ठियाँ पढ़ रहा था। एक ने दो-तीन नक्शे अपने आगे बिछा रखे थे, और उन्हें ध्यान से देख रहा था—कभी-कभी पेंसिल से उन पर चिह्न भी लगा देता था। एक ओर बैठा हुआ लिख रहा था। उसकी वर्दी की ओर देखने से मालूम पड़ता था कि वह कर्नल था। और बाकी सब उसने छोटे पद के थे। पहरेदार और वह स्त्री कर्नल के आगे सलाम करके खड़े हो गये। उसने कुछ देर ध्यान से स्त्री की ओर देखा, और बोला "नम्बर 474?"

स्त्री ने शान्त-भाव से उत्तर दिया, "जी हाँ।"

"तुम कैंटन में दायना पेइफू का घर जानती हो?"

"जी हाँ, वह नदी के किनारे ही एक लाल मकान में रहती है।"

"हाँ।"

कर्नल ने एक पत्र निकाला, और उस पर मुहर लगाकर उसे दे दिया। फिर कहा, "नम्बर 474, यह पत्र उन्हें पहुँचाना है।"

"कब तक?"

"वैसे तो कोई जल्दी नहीं है, पर बाढ़ आ रही है, शायद रात-रात में रास्ता बन्द हो जाये।"

"बहुत अच्छा।" कहकर वह जाने लगी।

"जो व्यक्ति नक्शा देख रहा था, उसने कहा, "कर्नल, यहाँ से कैंटन के रास्ते में तो युवान शिकाई की सेना पहुँच रही है।"

"हाँ, मुझे याद आ गया। नम्बर 474!"

"जी हाँ!"

"हांकाऊ से समाचार लेकर तुम्हीं आयी थीं न?"

"जी हाँ।"

"फिर तुम्हें पूरी स्थिति मालूम ही है। अपने साथ दस चुने हुए आदमी लेती जाओ।"

"बहुत अच्छा।"

"तुम्हारे पास वह जासूस का चिह्न है?"

"नहीं, मैंने हांकाऊ से आते ही उसे वापस कर दिया था। अब आप दें।"

कर्नल ने जेब में से चाँदी का बना हुआ एक छोटा-सा चीनी अजगर निकाला, और देते हुए बोला, "हमें तुम पर पूरा विश्वास है।"

उस स्त्री ने कोई उत्तर नहीं दिया। वह चुपचाप विचित्र चिह्न लेकर सलाम करके चली गयी। कर्नल ने लिखना बन्द कर दिया। एक हल्की-सी सन्तुष्ट हँसी उसके मुँह पर दौड़ गयी।

"क्या बात थी, हारिति?"

"कुछ नहीं, एक दौड़ और लगानी होगी।"

"कहाँ की?"

"कैंटन।"

"पर अभी कल ही तो तुम हांकाऊ से आयी थीं?"

"तो क्या? काम तो करना ही होता है।"

"ये नब्बे मील अकेली ही जाओगी?"

"नहीं, साथ दस आदमी और जायेंगे।"

"पर जो बाढ़ आ रही है–"

"उससे आगे बढ़ना होगा। अगर कैंटन का पुल पार कर लूँगी, तो हमारी जीत है।"

"और अगर न कर पायीं तो?"

"तैरना जानती हूँ–मछुओं के यहाँ पली हुई हूँ।"

"हारिति!"

"हाँ, क्या है?"

"मुझे साथ ले चलोगी?"

"क्यों?"

"यों ही तुम्हारे साथ जाने को जी चाहता है।"

"पर फिर मेरे बाद यहाँ किसी की ज़रूरत हुई तो?"

"तुम वापस नहीं आओगी?"

"पता नहीं। कैंटन में जो आज्ञा मिलेगी, वह माननी होगी। फिर शायद यहाँ से तुमको भी जाना पड़े–युवान शिकाई बहुत पास आ पहुँचा है।"

"फिर तो तुम नहीं जाओगी हारिति!"

हारिति कुछ बोली नहीं। उसने चुपचाप अपनी मर्दानी वर्दी पहनी, और कोट के अन्दर वह चीनी अजगर लगा लिया। फिर बिना कुछ कहे वह छोलदारी से बाहर निकल गयी।

"क्वानयिन! क्वानयिन!"

"कौन है?"

"मैं हूँ, हारिति।"

"इस समय क्या काम है, हारिति?"

"काम मिला है, अभी जाना होगा। वर्दी पहनकर बाहर आओ।"

"इतनी रात को काम? कितनी दूर जाना है?"

"बहुत दूर। समय नहीं है, जल्दी करो।"

"लो, आया, और कौन साथ जायेगा?"

"तुम्हीं नौ आदमी चुनकर ले आओ–मैं घोड़े चुनने जाती हूँ।"

"अच्छा, मैं फाटक पर अभी पहुँचता हूँ; पर इतने आदमी क्या होंगे?"

हारिति ने धीरे से कहा, "रास्ते में युवान शिकाई की सेना से मुठभेड़ की आशंका है।"

"अच्छा, फिर तो पूरी तैयारी करनी होगी?"

"हाँ, पर जल्दी।"

"हारिति चली गयी। उसके बाद छोलदारी के अन्दर से बहुत कोमल ध्वनि आयी, हारिति, हारिति, कितनी दृढ़ हो तुम? मैं कभी तुम्हारी बराबरी कर सकूँगा।"

हारिति वहाँ सुनने को या उत्तर देने को नहीं खड़ी थी।

वर्षा अभी हो रही थी। सीक्यांग का नाद घोरतर होता जा रहा था। उसकी अरुणिमा बढ़ती जा रही थी...

वे ग्यारह व्यक्ति रास ढीली किये, घोड़े दौड़ाये जा रहे थे। कोई कुछ बोलता नहीं था, पर हर एक के मन में न जाने क्या-क्या विचार उठकर बैठ जाते थे। किसी के हृदय में भय न था, पर कितने चौकन्ने

होकर वे चारों ओर देखते जाते थे!

वर्षा की ओर नदी की ध्वनि में उन घोड़ों के दौड़ाने की ध्वनि डूब गयी थी। उनकी प्रगति काल के प्रवाह की तरह रवहीन किन्तु अविराम मालूम हो रही थी। किसी महती कामना की प्रतिच्छाया की तरह शान्त, किसी बे-रोक मशीन की तरह नियन्त्रित, वे घोड़े जा रहे थे। और उनके सवार धीरे-धीरे हिसाब लगाते जाते थे कि इस गति से कब पुल पार करेंगे—करेंगे भी या नहीं...

नदी भी बढ़ी चली जा रही थी। उसके प्रवाह में दर्प था, अवमानना थी, सिंह का गर्जन था, और थी प्रकाण्ड प्रलय-कामना। घोड़ों के उस क्षुद्र प्रयत्न को कितनी उपेक्षा से देख रही थी वह, और मानो हँसकर कह रही थी—प्रकृति के प्रवाह को ललकारोगे, जीतोगे, तुम!

"हारिति, कुछ सुनाई पड़ता है?"

"नहीं। क्या है?"

"मुझे भ्रम हुआ कि मैंने कहीं गोली चलने की आवाज़ सुनी।"

"सम्भव है। हमारा सब सामान तो ठीक है न?"

"हाँ, चिन्ता की कोई बात नहीं।"

क्षण-भर शान्ति।

"क्वानयिन, यह देखते हो?"

"किधर?"

"वह दाहिनी ओर। कहीं आग का प्रकाश।"

"हाँ, हाँ—"

"वह है शत्रु का शिविर।"

"हमने गोलियाँ भर रखी हैं। कितनी दूर और जाना है?"

"अभी बहुत है—कोई 35 मील।"

"पुल कितनी दूर है?"

"तीस मील।"

फिर क्षण-भर शान्ति।

"क्वानयिन, साथियों को सावधान कर दो। लड़ाई होगी। वे घुड़सवार हमसे भिड़ने आ रहे हैं।"

"रुककर लड़ना होगा?"

"नहीं। रुकने का समय नहीं है। हम बढ़ते जायेंगे।"

"पर—"

"क्या?"

"हमारे घोड़े थक गये हैं।"

"फिर?"

"हमें रुककर लड़ना चाहिए, और उनके घोड़े छीन लेने चाहिए।"

"और अगर हमारे घोड़े भी मारे गये तो?"

"घोड़ों पर से उतरकर अलग हटकर लड़ेंगे, उन्हें बचा लेंगे।"

"वे बहुत आदमी हैं, हम थोड़े।"

"वे वेतन के लिए लड़ते हैं, जान देने के लिए नहीं।"

"अच्छा, जैसा तुम उचित समझो।"

घोड़े रुक गये। उन्हें इकट्ठा खड़ा कर दिया गया। हारिति उनके पास खड़ी हो गयी। क्वानयिन और

उसके साथी कुछ आगे हटकर खड़े हो गये।

ठाँय! ठाँय! ठाँय!

एक साथ दस गोलियाँ चल गयीं। आक्रमणकारियों ने अपने घोड़े रोक लिए, और अन्धकार में देखने की चेष्टा करने लगे कि गोलियाँ कहाँ से आयी थीं।

ठाँय! ठाँय! ठाँय!

फिर दस गोलियाँ छूटीं। अबकी बार उत्तर आया।

हारिति चुपचाप देख रही थी। जब शत्रु-पक्ष की ओर से बौछार आती, तब वह कुछ चिन्तित होकर पूछती, "क्वानयिन, कहाँ हो तुम?" और वह हँसकर उत्तर देता—"हारिति, हमारी जीत होगी।" फिर वह शान्त हो जाती थी।

एकाएक गोली चलनी बन्द हो गयी। क्वानयिन बोला, "हारिति, वे भाग रहे हैं—हम घोड़े पकड़ लेते हैं।"

थोड़ी देर में आठ नये घोड़े एकत्रित हो गये। हारिति, क्वानयिन और पाँच अन्य व्यक्तियों ने घोड़े बदल लिये। बाकी उस लड़ाई में खेत रहे थे...

"क्वानयिन, अपने घोड़ों का क्या करना होगा?"

"यहीं छोड़ दिये जायें?"

"शत्रुओं के लिए! नहीं, उन्हें खाली साथ ले चलेंगे।"

"और जो न दौड़ सकते हों?"

"उन्हें गोली मार देंगे।"

"हारिति!"

"क्या है?"

"कुछ नहीं, चलो।"

फिर वही होड़, वही सीक्यांग के प्रवाह से प्रतियोगिता, वही निःशब्द प्रगति...

"हारिति!"

"क्या है?"

"वे फिर आ रहे हैं।"

"आने दो। अब रुकना नहीं होगा।"

"एक बात कहूँ?"

"कहो।"

"तुम आगे चली जाओ, हम रुककर उनसे युद्ध करते हैं।"

"क्यों?"

"अबकी बार उन्हें भगा नहीं सकेंगे, कुछ देर रोक पायेंगे।"

"फिर क्या होगा?"

"होगा क्या? यदि रोक सकेंगे, तो अच्छा। नहीं तो—"

"नहीं तो क्या?"

"मैं फिर तुमसे आ मिलूँगा।"

क्षण-भर निस्तब्धता।

"क्वानयिन!"

"हारिति!"

"तुम ठीक कहते हो, मैं अकेली ही जाती हूँ।"

"जाओ। शायद मैं फिर आ मिलूँ।"

"शायद–"

रात्रि के अन्धकार का रूप कुछ बदलने लगा था। बादल अब भी घिरे हुए थे। वर्षा अब भी हो रही थी। पर जहाँ पहले एकदम निविड़ अन्धकार था, वहाँ अब कुछ भूरा, कुछ सफ़ेद, मिश्रित-सा अन्धकार हो गया था। और धरती पर से भाप उठकर जमने लग गयी थी। पहले की प्रगाढ़ नीलिमा में जो वस्तुएँ कुछ अस्पष्ट दीखती थीं, वे अब एकदम लुप्त हो गयी थीं अभी उषा के लालिमामय आगमन में बहुत देर थी। सीक्यांग का पुल भी दस मील दूर था। हारिति थक गयी थी। उसका घोड़ा भी थक गया था। और उन बिछुड़े हुए साथियों की, क्वानयिन की, स्मृति उसे खिन्न कर रही थी; पर उसके हृदय में जो शक्ति थी, जिसके आगे उसने इतनी बार दृढ़ता की भिक्षा माँगी थी, वह शक्ति आज उसकी सहायता कर रही थी, उसके शरीर में नयी स्फूर्ति का संचालन कर रही थी। उसने घोड़े की गति धीमी नहीं की थी; जिस गति से यात्रा का आरम्भ किया था, उसी से अब भी चली जा रही थी। उसके पीछे एक और सवार चला आ रहा था; पर उसे इसका ध्यान न था। वह पीछे नहीं देखती थी, न उसे पीछे से घोड़े की टाप सुन पड़ती थी। उसका ध्यान उस क्रमशः घटते हुए दस मील के अन्तर पर स्थिर था। वह सवार धीरे-धीरे पास आ रहा था, जब वह कुछ ही पीछे रह गया, तब उसने पुकारा, "हारिति, मैं आ गया।"

हारिति के मुख पर प्रसन्नता की रेखा दौड़ गयी, पर उसने घोड़े को रोका नहीं। जब क्वानयिन बिलकुल उसके बराबर आ गया, तब उसने पूछा, "क्वानयिन, बाकी साथी कहाँ रहे?"

क्वानयिन ने बिना उसकी ओर देखे ही उत्तर दिया, "नहीं रहे।"

बहुत देर तक दोनों चुपचाप बढ़ते गये। फिर हारिति बोली, "और घोड़े?"

"मर गये। मैं भी दूसरा घोड़ा लेकर पहुँच पाया हूँ।"

"शत्रु कहाँ हैं?"

"बहुत पीछे रह गये हैं।"

"फिर मुठभेड़ की सम्भावना है?"

"अवश्य।"

"क्यों?"

"उन्हें शक हो गया है कि हम पत्र-वाहक हैं, और हमसे कुछ पाने की आशा है।"

हारिति कुछ हँसी। "कुछ पा लेने की आशा! कितने मूर्ख हैं वे!"

"क्यों?"

"कैंटन के सैनिक धन के लिए विश्वास नहीं बेचते!"

कुछ देर चुप रहकर क्वानयिन बोला, "हारिति, कैसी रहस्यमयी स्त्री हो तुम! अगर–"

"देखो क्वानयिन, ऐसी बातों से मुझे दुःख होता है।"

"क्यों?"

"हम गुलाम हैं। हमें अपने आदर्श के अतिरिक्त किसी बात का ध्यान करने का अधिकार नहीं है।"

क्वानयिन ने धीमे स्वर में कहा, "सच कहती हो हारिति। मैं बार-बार भूल जाता हूँ।" और फिर चुप हो गया।

"दो मील।"

"पर हम इतना जा पायेंगे, हारिति! वह देखो, शत्रु कितना पास आ गये हैं।"

"कोई चिन्ता नहीं। हम पुल पार कर लेंगे, फिर इनका डर नहीं रहेगा।"

"पर पुल तक के दो मील..."

"गति तेज कर दो। अब तो इन्हें रोकने का भी प्रयत्न नहीं कर सकते।"

"मेरे पास पाँच भरे हुए पिस्तौल हैं, और यह बन्दूक तो है ही।"

"पाँच पिस्तौल!"

"हाँ, अपने साथियों के उठा लाया हूँ।"

"दो मुझे दे दो। शायद—"

क्वानयिन ने जेब से निकालकर दो पिस्तौल उसे पकड़ा दिये। उसने उन्हें अपने कोट में डाल लिया, और बोली, "अगर निर्णय ही करना होगा, तो पुल पर करेंगे। वहाँ बना-बनाया मोर्चा मिल जायेगा।"

"शायद पार निकल सकें। नहीं तो—"

"क्या?"

"इतने दिन सीक्यांग के ऊपर रही हूँ, आज उसके नीचे तो आश्रय मिल ही जायेगा।"

"हारिति!"

"वह देखो क्वानयिन! सामने पुल आ गया।"

"प्रजातन्त्र की जय!"

प्राची दिशा से बादलों को चीरकर फीका पीला-सा प्रकाश निकल रहा था। उसके सामने ही सीक्यांग के प्रमत्त प्रवाह के ऊपर पुल का जंगला दीख रहा था। कितना विमुग्धकारी था वह दृश्य, और साथ ही कितना निराशापूर्ण! नदी की सतह पुल की पटरियों को छू रही थी। कभी-कभी किसी लहर का पानी पुल के ऊपर से भी छलक जाता था। और ठीक मध्य में, जहाँ नदी का प्रवाह सबसे अधिक था, पुल का एक अंश टूटकर बह गया था। दोनों ओर से दो पटरियाँ आतीं, और बीच में लगभग 20-22 फुट का खुला स्थान छोड़कर ही समाप्त हो जातीं। उस स्थान में केवल विपुल जल-प्रवाह का गर्जन और उसकी अथाह अरुणिमा ही थी।

"हारिति, वह देखो, क्या हैं!"

"मैंने देख लिया है।"

"अब क्या करना होगा?"

हारिति ने कुछ उत्तर नहीं दिया। रास खींचकर घोड़े को रोक लिया। क्वानयिन ने भी उसका अनुसरण किया। हारिति ने मुड़कर पीछे की ओर देखा, शत्रु अभी आध मील दूर थे। क्षण-भर वह अनिश्चित खड़ी रही; फिर बोली, "क्वानयिन, हमारी परीक्षा का समय आ गया।"

क्वानयिन कुछ नहीं बोला। प्रतीक्षा के भाव से हारिति के मुख की ओर देखने लगा। हारिति घोड़े पर से उतर पड़ी। क्वानयिन ने भी उतरते हुए पूछा, "क्या करोगी?"

"बताती हूँ।" कहकर वह अपने पुराने घोड़े पर सवार हो गयी। "देखो क्वानयिन, तुम यहाँ खड़े होकर मोर्चा लेना, मैं जा रही हूँ।"

"कहाँ?"

"पार।"

"कैसे?"

"कूदकर।"

"कूदकर? वह तुमसे नहीं होगा, हारिति! तुम्हारा घोड़ा भी तो थका हुआ है।"

"मैंने निश्चय कर लिया है। और कोई उपाय नहीं।"

क्वानयिन ने अनिच्छा से कहा, "तो नया घोड़ा ही ले जातीं।"

"उसका मुझे अभ्यास नहीं। पुराना घोड़ा ही ले जाना होगा।"

हारिति ने जल्दी से अपना कोट उतारा और पिस्तौल क्वानयिन को दिये। वह चाँदी का अजगर चिह्न उसने अपनी कमीज़ में लगा लिया, और पत्र को अच्छी तरह लपेटकर कमरबन्द में रख लिया।

"हारिति, यह क्या कर रही हो?"

"शायद कूद ने पाऊँ, व्यर्थ का भार नहीं रखना चाहिए।"

"हारिति, क्या यह विदा है?"

"हाँ। वह देखो, शत्रु आ रहे हैं। मुझे विदा दो।"

"तुम्हारे बाद मुझे क्या करना होगा?"

हारिति क्षण-भर स्थिर दृष्टि से क्वानयिन की ओर देखती रही। फिर बोली, "शायद कुछ भी नहीं करना होगा। अगर—अगर बच गये, तो पार कूद आना, और क्या करोगे?"

"जाओ, हारिति, जाओ। तुम वीर हो, मैं भी अधीर न होऊँगा।"

हारिति ने झुककर घोड़े का गला थपथपाया, और बोली, "बन्धु, अब मैं फिर वही अनाथिनी रह गयी हूँ। मेरी मदद करना।" उसने घोड़े को एड़ लगायी, रास ढीली कर दी। घोड़ा उन गीली पटरियों पर दौड़ा। हारिति कुछ आगे झुकी।

ठाँय-! ठाँय! ठाँय!

शत्रु पहुँच गये। क्वानयिन हारिति को कूदते हुए भी नहीं देख पाया। उसने शत्रुओं को बन्दूक से जवाब दिया, और फिर पिस्तौल उठा लिये।

क्षण-भर के लिए आक्रमणकारी रुक गये। क्वानयिन ने घूमकर देखा।

पुल की पटरियाँ दोनों ओर खाली थीं। उसने देखा, हारिति के घोड़े अगले पैर पुल के टूटे हुए भाग के उस पार की पटरियों पर पड़े, किन्तु पिछले पैर नीचे स्तम्भ में टकराये, फिसले, और फिर घोड़े समेत हारिति उसी अथाह अरुणिमा में गिर गयी।

क्वानयिन धीरे-धीरे पुल से हटने लगा। शत्रु आगे बढ़ते आ रहे थे। उस खुले स्थान में क्वानयिन ने देखा, हारिति का घोड़ा अभी डूबा नहीं था, एक बहुत बड़े भँवर में फँसकर घूम रहा था। तैरकर निकलने की उसकी सारी चेष्टाएँ निष्फल हो रही थीं, और हारिति उस पर बैठी शायद कुछ सोच रही थी।

क्वानयिन ने चाहा, मैं भी कूद पड़ूँ, शायद उसे बचा पाऊँ। फिर उसे हारिति के शब्द याद आये, "हमारी परीक्षा का समय आ गया।" उसने मन-ही-मन कहा—"हारिति, हमारे कर्त्तव्य अलग-अलग हैं। तुम अपना करो, मैं अपना। मैं शत्रु को रोकता हूँ, तुम्हें कैसे बचाऊँ?" फिर वह एकाग्र होकर निशाना लगाने और युवान शिकाई के सैनिकों को उड़ाने लगा।

हारिति सँभलकर उठी, और घोड़े की पीठ पर खड़ी होकर बोली, "बन्धु, तुमने तो मेरी सहायता की, अब मैं तुम्हें छोड़कर जा रही हूँ।" फिर उसने एक लम्बी साँस ली, और उछलकर पानी में कूद पड़ी—भँवर के बाहर।

गोलियाँ अभी चली रही थीं। एक गोली क्वानयिन के कन्धे में लगी, एक पैर में। उसने अब शत्रु की चिन्ता छोड़ दी। उसकी आँखें हारिति को ढूँढने लगीं। पुल से कुछ दूर उसने देखा, एक केशहीन सिर। हारिति तैरती जा रही थी। घोड़े का कहीं पता न था।

क्वानयिन ने कहा, "हारिति, मेरा काम पूरा हुआ।"

उसने पिस्तौल उठाया, और अपने माथे के पास रखा। फिर—

"प्रजातन्त्र की जय!"

जब शत्रु वहाँ पहुँचे, तो क्वानयिन का प्राणहीन शरीर वहाँ पड़ा था। उसके मुख पर विजय का गर्व

था। उन्होंने जल्दी-जल्दी उसके कपड़ों की तलाशी ली, फिर धीरे-धीरे ली। कुछ न मिला। क्रुद्ध होकर उन्होंने ठोकरें मार-मार कर उसके शरीर को नदी में गिरा दिया। वह कुछ देर चक्कर खाकर डूब गया। कुछ बुलबुले उठे, फिर सीक्यांग का प्रवाह पूर्ववत् हो गया। युवान शिकाई के सैनिकों ने देखा कि दूर पानी में कोई तैर रहा है। उन्होंने उसका ही निशाना लेकर गोलियाँ चलानी प्रारम्भ कर दीं। कितनी ही देर तक वे गोलियाँ चलाते रहे। धीरे-धीरे उस व्यक्ति का दीखना बन्द हो गया, शायद डूब गया, या उस अनियन्त्रित प्रवाह में बह गया। वे लौट गये।

कैंटन के बाहर, सीक्यांग के किनारे, बहुत-से मछुए आकर बैठे हुए थे। कुछ पकड़ने की आशा से नहीं केवल इसी चिन्ता का निवारण करने के लिए कि बाढ़ कब उतरेगी। सूर्य का उदय हो गया था। बादल फट रहे थे, वर्षा का अन्त होने वाला था, पर नदी में पानी अभी बढ़ता जा रहा था, और वे मछुए बैठकर देख रहे थे। कोई कह रहा था—"बाढ़ से एक फायदा है। युवान शिकाई इस पार नहीं आ सकेगा।"

कोई और पूछ रहा था, "सुना है, युवान शिकाई की सेना कुल पचास मील दूर रह गयी है। क्या यह ठीक बात है?"

एक तीसरा बोला, "हमारी सेना में बहुत अच्छे-अच्छे आदमी हैं। हमारी हार नहीं हो सकती।"

दूर कहीं कोलाहल हुआ—"वह देखो, क्या है? कोई मरा हुआ जानवर बह रहा है। नहीं-नहीं, यह तो आदमी है, आदमी।"

सब लोग उधर देखने लगे। फिर कहीं से दो आदमी, एक छोटी-सी नाव पर बैठकर, तीव्र गति से उधर चले। उन्होंने दो-तीन बार जाल डाला, पर असफल हुए। फिर किनारे पर खड़े दर्शकों ने देखा कि वे दोनों धीरे-धीरे कुछ खींच रहे हैं।

थोड़ी देर में उन्होंने एक शरीर निकालकर नाव में रखा और किनारे चले आये।

दर्शकों की भीड़ लग गयी। सब अपने-अपने मत का दिग्दर्शन करने लगे।

"कैसा बाँका जवान है।"

"अभी बिलकुल बच्चा है।"

"वह देखो बाँह से खून निकल रहा है।"

"फौजी वर्दी पहने हुए है।"

"युवान शिकाई का आदमी तो नहीं है?"

"नहीं, सिर पर चोटी नहीं है, कैंटन का ही सिपाही होगा।"

"यह बाँह में गोली लगी है।"

"कितना खून बह गया है, पीला पड़ गया है।"

"मर गया है?"

"नहीं, अभी जीता है।"

वह शरीर कुछ हिला, फिर उसने आँखें खोलीं, "मैं कहाँ हूँ?"

"यह है कैंटन। कहाँ से आ रहे हो?"

"कैंटन, वह लाल मकान?"

आँखें फिर बन्द हो गयीं। थोड़ी देर बाद शरीर में कम्पन हुआ, आँखें खुलीं। उनमें एक विचित्र तेज था।

"मुझे उठाकर ले चलो।"

"कहाँ?"

"वह बड़ा मकान—डायना पेइफू का—उसमें!" वे उसे उठाकर सावधानी से धीरे-धीरे ले चले।

"जल्दी! जल्दी!"

वे तेज़ चलने लगे, तब भी उसे सन्तोष न हुआ।

"और जल्दी!"

वे दौड़ने लगे।

थोड़ी देर में उस मकान के सामने पहुँच गये। वह शरीर फिर संज्ञाशून्य हो गया था।

उसने धीरे-धीरे आँखें खोलीं। वह एक बड़े सुन्दर कमरे में सोफे पर पड़ी हुई थी। पास एक स्त्री खड़ी हुई थी। आँखें खुलती देखकर उसने चिन्तित स्वर में पूछा "अब कैसा हाल है?"

हारिति ने प्रश्न का उत्तर नहीं दिया। बोली, "आप ही डायना पेइफ़ू हैं?"

"हाँ, कहिए!"

"आपके लिए एक पत्र है।"—हारिति ने पत्र निकालने का प्रयत्न किया, पर हाथों में शक्ति नहीं थी। अपने कमरबन्द की ओर इंगित करके ही वह रह गयी।

डायना ने स्वयं पत्र निकाला, और खोला। उसका मुख लाल हो गया। आँखें लज्जा से कुछ झुक गयीं। उसने पत्र को चूम लिया। और धीरे से कहा, "प्रियतम!"

हारिति देख रही थी। यह दृश्य देखकर उसके नेत्रों का तेज एकाएक बुझ गया। उसने आँखें मूँद लीं। दो-तीन चित्र उसके आगे दौड़ गये—दो-तीन स्मृतियाँ—वे मरते हुए बन्धु—वह दीन घोड़ा—क्वानयिन और उसके शब्द—"हारिति, हमारी जीत होगी।" "हारिति, क्या यह विदा है?" "जाओ, हारिति, जाओ। तुम वीर हो— मैं भी अधीर न होऊँगा।"

व्यथा की एक रेखा उसके मुख पर दौड़ गयी। यही था काम, जिसके लिए उसने इतनी मेहनत की थी; यही थी सेवा, जिसके लिए उसने इतना बलिदान किया था; यही था अनुष्ठान, जिसकी पूर्ति के लिए उसने उस घोड़े की, उन बन्धुओं की, और क्वानयिन—क्वानयिन की आहुति दी थी—यह प्रेम-प्रवंचना।

हारिति को मालूम हुआ, उसका गला घुट रहा है। उसके निर्बल शरीर में एकाएक स्फूर्ति आ गयी। उसने एक झटके में अपनी मोटी कमीज फाड़ डाली। उसके मुख पर एक आन्तरिक विचार-तरंग की झलक, एक हल्की-सी हँसी छा गयी—एक हँसी, जिसमें सफलता की शान्ति नहीं थी, विजय का गर्व नहीं था, था केवल एक भयंकर उपहासमय तिरस्कार।

डायना ने उसकी ओर देखा और चौंकी। उसके मुख पर से वह अनुराग की आभा बुझ गयी। हारिति के वक्ष की ओर देखती हुई विस्मित, चिन्तित, भीत स्वर में वह बोली, "ओह! तुम—तुम तो स्त्री हो!"

पर तब हारिति स्त्री नहीं रही थी। वहाँ जो पड़ा हुआ था, वह था केवल किसी स्वर्गीय व्यक्ति का परित्यक्त शरीर।

और हारिति के उर पर पड़ा हुआ वह चीनी अजगर मानो उसके मुख पर व्यक्त उस तिरस्कार को प्रतिबिम्बित करके हँसे जा रहा था।

दिल्ली जेल, अक्टूबर, 1931

अमरवल्लरी

An aristocrate must do without close personal love.

—H. G. Wells

मैं दीर्घायु हूँ, चिरजीवी हूँ, पर यह बेल, जिसके पाश में मेरा शरीर, मेरा अंग-अंग बँधा हुआ है, यह वल्लरी क्षयहीन है, अमर है।

मैं न-जाने कब से यहीं खड़ा हूँ—अचल, निर्विकार, निरीह खड़ा हूँ। न-जाने कितनी बार शिशिर ऋतु में मैंने अपनी पर्णहीन अनाच्छादित शाखाओं से कुहरे की कठोरता को फोड़कर अपने नियन्ता से मूक प्रार्थना की है; न-जाने कितनी बार ग्रीष्म में मेरी जड़ों के सूख जाने से तृषित सहस्रों पत्र-रूप चक्षुओं से मैं आकाश की ओर देखा किया हूँ; न-जाने कितनी बार हेमन्त के आने पर शिशिर के भावी कष्टों की चिन्ता से मैं पीला पड़ गया हूँ; न जाने कितनी बार वसन्त, उस आह्लादक, उन्मादक वसन्त में, नींबू के परिमल से सुरभित समीर में मुझे रोमांच हुआ है और लोमवत् मेरे पत्तों ने कम्पित होकर स्फीत सरसर ध्वनि करके अपना हर्ष प्रकट किया है! इधर कुछ दिनों से मेरा शरीर क्षीण हो गया है, मेरी त्वचा में झुर्रियाँ पड़ गयी हैं, और शारीरिक अनुभूतियों के प्रति मैं उदासीन हो गया हूँ। मेरे पत्ते झड़ गये हैं, ग्रीष्म और शिशिर दोनों ही को मैं उपेक्षा की दृष्टि से देखता हूँ। किन्तु वसन्त! न-जाने उसके ध्यान में ही कौन-सा जादू है, उसकी स्मृतिमात्र में कौन-सी शक्ति है, कि मेरी इन सिकुड़ी हुई धमनियों में भी नये संजीवन का संचार होने लगता है, और साथ ही एक लालसामय अनुताप मेरी नस-नस में फैल जाता है...

वसन्त...उसकी स्मृतियों में सुख है और कसक भी। जब मेरे चारों ओर क्षितिज तक विस्तृत उन अलसी और पोस्त के फलों के खेत एक रात-भर ही में विकसित हो उठते थे जब मैं अपने आपको सहसा एक सुमन-समुद्र के बीच में खड़ा हुआ पाता था, तब मुझे ऐसा भास होता था, मानो एक हरित सागर की नीलिमामय लहरों को वसन्त के अंशुमाली की रश्मियों ने आरक्त कर दिया हो। मेरा हृदय आनन्द और कृतज्ञता से भर जाता था। पर उस कृतज्ञता में सन्तोष नहीं होता था उस आनन्द से मेरे हृदय की व्यथा दबती नहीं थी। मुझे उस सौन्दर्यच्छटा में पड़कर एकाएक अपनी कुरूपता की याद आ जाती थी, एक जलन मेरी शान्ति को उड़ा देती थी...

कल्पना की जड़ मन की व्यथा में होती है। जब मुझे अपनी कुरूपता के प्रति ग्लानि होती, तब मैं एक संसार की रचना करने लगता—ऐसे संसार की, जिसमें पीपल के वृक्षों में भी फूल लगते हैं...और एक रंग के नहीं, अनेक रंगों के जिसमें शाखाएँ जगमगा उठें! एक शाखा में सहस्रदल शोण-कमल, दूसरी पर कुमुद, तीसरी पर नील नलिन, चौथी पर चम्पक, पाँचवीं पर गुलाब, और सब ओर, फुनगियों तक पर, नाना रंगों के अन्य पुष्प—कैसी सुखद थी वह कल्पना! पर अब उस कल्पना की स्मृति से क्या लाभ है? अब तो मैं बूढ़ा हो गया हूँ, और रक्तबीज की तरह अक्षय यह बेल मुझ पर पूरा अधिकार जमा चुकी

है। मैं विराट् हूँ, अचल हूँ; किन्तु मेरी महत्ता और अचलता ने ही मुझे इस अमरवल्लरी के सूक्ष्म, चंचल तन्तुओं के आगे इतना निस्सहाय बना दिया। किसी दिन वह कृशतनु, पददलिता थी, और आज यह मुझे बाँधकर, घोंटकर, झुकाकर, अपनी विजय-कामना पूरी करने की ओर प्रवृत्त हो रही है!

कैसे सुदृढ़ है इसके बन्धन! कितने दारुण, कितने उग्र! लालसा की तरह अदम्य, पीड़ा की तरह असह्य, दावानल की तरह उत्तप्त, ये बन्धन मेरे निर्बल शरीर को घोंटकर उसकी स्फूर्ति और संजीवन को निकाल देना चाहते हैं। और मैं, निराश और मुमूर्ष मैं, स्मृतियों के बोझ से दिक्पालों की तरह दबा हुआ मैं, चुपचाप उसकी कामना के आगे धीरे-धीरे अपना अस्तित्व मिटा रहा हूँ...

फिर भी कभी-कभी...ऐसा अनुभव होता है कि इस वल्लरी के स्पर्श में कोई लोमहर्षक तत्त्व है... जिस प्रकार कोई पुरानी, विस्मृत तान संगीतकार के स्पर्शमात्र से सजग, सजीव हो उठती है, जिस प्रकार बूढ़ा, शुभ्रकेश, म्रियमाण शिशिर, वसन्त का सहारा पाकर क्षण-भर के लिए दीप्त हो उठता है, जिस प्रकार तरुणी के अन्धविश्वास पूर्ण, कोमल, स्निग्ध प्रेम में पड़कर बूढ़े के हृदय में गुदगुदी होने लगती है, नयी कामनाएँ उदित हो जाती हैं—उसी प्रकार मेरे शरीर में, मेरी शाखाओं में, मेरे पत्तों में, मेरे रोम-रोम में इसका विलुलित स्पर्श, एक स्नेहमय जलन का, एक दीप्तिमय लालसा का, एक अननुभूत, अकथ, अविश्लिष्ट, उन्मत्त प्रेमोल्लास का संचार कर देता है। मैं सोचने लगता हूँ कि अगर मेरी शाखाएँ भी उतनी ही लचकदार होतीं, जितनी इस अमरबेल की हैं, तो मैं स्वयं उसके आश्लेषण को दृढ़तर कर देता, उसके बन्धन को स्वयं कस देता पर विश्वकर्मा ने मुझे ऐसा निकम्मा बना दिया—मैं प्रेम पा सकता हूँ, दे नहीं सकता; प्रेम-पाश में बँध सकता हूँ, बाँध नहीं सकता; प्रेम की प्रस्फुटन-चेष्टा समझ सकता हूँ, व्यक्त नहीं कर सकता! जब प्रेम-रस में मैं विमुग्ध होकर अपने हृदय के भाव व्यक्त करने की चेष्टा करता हूँ, तब सहसा मुझे अपनी स्थूलता, अचलता का ज्ञान होता है, और मेरी वे चिर-विचारित, चिर-निर्दिष्ट, अदमनीय चेष्टाएँ जड़ हो जाती हैं; मेरे संभ्रम का एकमात्र चिह्न वह पत्तों का कम्पन, मेरी आकुलता की अभिव्यक्ति का एकमात्र साधन उनका कोमल सरसर शब्द ही रह जाता है। इतना भीमकाय होकर भी एक लतिका के आगे मैं कितना निस्साहय हूँ!

वसन्त, सुमन, पराग, समीर, रसोल्लास...कैसा संयोग होता है! पर अब, अपने जीवन के हेमन्त-काल में, क्यों मैं वसन्त की कल्पना करता हूँ? अब वे सब मेरे जीवन में नहीं आ सकते, अब मैं एक और ही संसार का वासी हो गया हूँ, जिसमें सुमन नहीं प्रस्फुटित होते, स्मृतियाँ जागती हैं, जिसमें मदालस नहीं, विरक्ति-शैथिल्य भरा हुआ है मेरे चारों ओर अब भी वसन्त में अलसी और पोस्त के फूल खिलते हैं, हँसते हैं, नाचते हैं, फिर चले जाते हैं। मेरा हृदय उमड़ आता है; पर उसमें अनुरक्ति नहीं होती, उस रूप-सागर के मध्य में खड़ा होकर भी मैं अपनी सुदूरता का ही अनुभव करता हूँ, मानो आकाश-गंगा का ध्यान कर रहा होऊँ। जिस सृष्टि से मैं अलग हो गया हूँ, उसकी कामना मैं नहीं करता, उसमें भाग लेने की लालसा हृदय में नहीं होती। मेरा स्थान एक दूसरे ही युग में है, और उसी का प्रत्यवलोकन मेरा आधार है, उसी की स्मृतियाँ मेरा पोषण करती हैं।

वह वल्लरी अमर है, अनन्त है। जब मैं गिर जाऊँगा, तब भी शायद यह मेरे शरीर पर लिपटी रहेगी और उसमें बची हुई शक्ति को चूसती रहेगी।

पर जब इसका अंकुर प्रस्फुटित हुआ था, तब मैं क्षीण नहीं था। मेरे सुगठित शरीर में ताजा रस नाचता था; मेरा हृदय प्रकृति-संगीत में लवलीन होकर नाचता था; मैं स्वयं यौवन रंग में प्रमत्त होकर नाच रहा था...जब मेरी विस्तृत जड़ों के बीच में कहीं से इसका छोटा-सा अंकुर निकला, उसके पीले-पीले कोमल, तरल तन्तु इधर-उधर सहारे की आशा से फैले और कुछ न पाकर मुरझाने लगे, तब मैंने कितनी प्रसन्नता से इसे शरण दी थी, कितना आनन्द मुझे इसके शिशुवत् कोमल स्पर्श से हुआ था! उस समय शायद

वात्सल्य-भाव ही मेरे हृदय में सर्वोपरि था। जब वह बढ़ने लगी, जब उसके शरीर में एक नयी आभा आ गयी, तब उसके स्पर्श में वह सरलता, वह स्नेह नहीं रहा; उसमें एक नूतनता आविर्भूत हुई, एक विचित्र भाव आ गया, जिसमें मेरी स्वतन्त्रता नहीं रही। जब भी मैं कुछ सोचना चाहता, उसी का ध्यान आ जाता। उस ध्यान में लालसा थी, और साथ ही कुछ लज्जा-सी; स्वार्थ था और ही उत्सर्ग हो जाने की इच्छा; तृष्णा थी और साथ ही तृप्ति भी; ग्लानि थी और साथ ही अनुरक्ति भी! जिस भाव को आज मैं पूरी तरह समझ गया हूँ, उसका मुझे उन दिनों आभास भी नहीं हुआ था। उन दिनों इस परिवर्तन पर मुझे विस्मय ही होता रहता था—और वह विस्मय भी आनन्द से, ग्लानि से, लालसा से, तृप्ति से, परिपूरित रहता था!

मेरे चरणों के पास एक छोटा-सा चिकना पत्थर पड़ा था, जिसमें गाँव की स्त्रियाँ आकर सिन्दूर और तेल का लेप किया करती थीं। कभी-कभी वे अपने कोमल हाथों से सिन्दूर का एक लम्बा-सा टीका मेरे ऊपर लगा देती थीं, कोई-कोई युवती आकर सहज स्वभाव से मेरे दोनों ओर बाँहें फैलाकर मेरे उस सुडौल शरीर में अंक कर लेती थी, कोई-कोई मेरा गाढ़ालिंगन करके अपने कपोल मेरी कठिन त्वचा से छुआकर कुछ देर चुपचाप आँसू बहाकर चली जाती थी—मानो उसे कुछ सान्त्वना मिल गयी हो। मानव संसार की उन सुकोमल लतिकाओं के स्पर्श में, उनके परिष्वंग में, मुझे आसक्ति नहीं थी। कभी-कभी, जब कोई सरला अभागिनी मुझे अपनी बाँहों से घेरकर दीन स्वर से कहती, "देवता, मेरी इच्छा कब पूरी होगी?" तब मैं दयार्द्र हो जाता और अपने पत्ते हिलाकर कुछ कहना चाहता। न जाने वे मेरा इंगित समझतीं या नहीं। न-जाने उन्हें कभी मेरी कृतज्ञता का ज्ञान होता या नहीं। मैं यही सोचता रहता कि अगर मैं नीरस पीपल न होकर अशोक वृक्ष होता, तो अपनी कृतज्ञता तो जता सकता; उन प्रेम-विह्वलताओं के स्पर्श से पुष्पित हो, पुष्प-भार से झुककर उन्हें नमस्कार तो कर सकता! पर मैं यह सोचता हुआ मूक ही रह जाता, और वे चली जातीं?

पर उनके स्पर्श से मुझे रोमांच नहीं होता था, मैं अपने शिखर से जड़ों तक काँपने नहीं लगता था। कभी-कभी जब कोई स्त्री आकर मेरी आश्रिता इस अमरवल्लरी के पुष्प तोड़कर मेरे पैरों में डाल देती, तब मेरे मर्म पर आघात पहुँचता था; पर उससे मुझे जितनी व्यथा होती, जितना क्रोध आता, उसे भी मैं व्यक्त नहीं कर पाता था। मैं विश्वकर्मा से मूक प्रार्थना करने लगता—विश्वकर्मा मूक प्रार्थना भी सुन लेते हैं—कि उस स्त्री को कोई भी वैसी ही दारुण वेदना हो! वह मुझे देवता मानकर पुष्पों से पूजा करती थी, और मैं उसके प्रति इतनी नीच कामना करता था—किन्तु प्रेम के प्रमाद में बुद्धि भ्रष्ट हो जाती है!

कैसा विचित्र था वह प्रेम! अगर मैं जानता होता! अगर मैं जानता होता।

किन्तु क्या जानकर इस जाल में न फँसता? आज मैं जानता हूँ, फिर भी तो इस वल्लरी का मुझ पर इतना अधिकार है, फिर भी तो मैं इसके स्पर्श से गद्गद हो उठता हूँ!

प्रेम आईने की तरह स्वच्छ रहता है, प्रत्येक व्यक्ति उसमें अपना ही प्रतिबिम्ब पाता है, और एक बार जब वह खण्डित हो जाता है, तब जुड़ता नहीं। अगर किसी प्रकार निरन्तर प्रयत्न से हम उसके भग्नावशिष्ट खण्डों को जोड़कर रख भी लें तो उसमें पुरानी क्रान्ति नहीं आती। वह सदा के लिए कलंकित हो जाता है। स्नेह अनेकों चोटें सहता है, कुचला जाकर भी पुनः उठ खड़ा होता है; किन्तु प्रेम में अभिमान बहुत अधिक होता है, वह एक बार तिरस्कृत होकर सदा के लिए विमुख हो जाता है। आज इस वल्लरी के प्रति मेरा अनुराग बहुत है, पर उसमें प्रेम का नाम भी नहीं है—वह स्नेह का ही प्रतिरूप है। वह विह्वलता प्रेम नहीं है, वह प्रेम की स्मृति की कसक ही है।

अपने इस प्रेम के अभिनय का जब मैं प्रत्यवलोकन करता हूँ, तब मुझे एक जलन-सी होती है। प्रेम से मुझे जो आशा थी, वह पूर्ण नहीं हुई, और उसकी आपूर्ति के लिए मैं किसी प्रकार भी दोषी नहीं था। मुझे यहाँ प्रतीत होता है कि नियन्ता ने मेरे प्रति, और इस लता के प्रति, और उन अबोध स्त्रियों

के प्रति, जो मुझे देवता कहकर सम्बोधित करती थीं, न्याय नहीं किया। निर्दोष होते हुए भी हम अपने किसी अधिकार से, जिसका मैं वर्णन नहीं कर सकता, वंचित रह गये। जब इस भाव से, इस प्रवंचना के ज्ञान से, मैं उद्विग्न हो जाता हूँ, तब मुझे इच्छा होती है कि मैं वृक्ष न होकर मानव होता। इस तरह एक ही स्थान में बद्ध होकर न रहता, इधर-उधर घूमकर अपने प्रेम को व्यक्त कर सकता, और—और इस तरह भुजहीन असहाय न होता!

किन्तु क्या मानव-हृदय मेरी संज्ञा से इतना भिन्न है? क्या मानवों के प्रेम में और मेरे में इतनी असमानता है? क्या मानव में भी हमारी तरह मूक वेदनाएँ नहीं होतीं, क्या उनमें भी प्रेम के अंकुर का अँधेरे में ही प्रस्फुटन और विकसन और अवसान नहीं हो जाता? क्या वे प्रेम-विह्वल होकर अपने-आपको अभिव्यक्ति के सर्वथा अयोग्य नहीं पाते, क्या मैं उसमें लज्जा अनुरक्ति का और ग्लानि लालसा का अनुगमन नहीं करती? वे मानव हैं, हम वनस्पति; वे चलायमान हैं, हम स्थिर; पर साथ ही हम उनकी अपेक्षा बहुत दीर्घजीवी हैं, और हमारी संयम-शक्ति भी उनसे बहुत अधिक बढ़ी-चढ़ी है। उनका प्रेम सफल होकर भी शीघ्र समाप्त हो जाता है, और हममें प्रेम की जलन ही कितने वर्षों तक कसकती रहती है।

बहुत दिनों की बात है। उन दिनों मुझे इस वल्लरी के स्पर्श में मादकता का भास हुआ ही था, इसके आलिंगन से गुदगुदी होनी आरम्भ ही हुई थी उन दिनों मैं उस नये प्रेम का विकास देखने और समझने में ही इतना व्यस्त था कि आसपास होने वाली घटनाओं में मेरी आसक्ति बिलकुल नहीं थी, कभी-कभी विमनस्क होकर मैं उन्हें एक आँख देख-भर लेता था। वह जो बात मैं कहने लगा हूँ, उसे मैं नित्यप्रति देखा करता था, किन्तु देखते हुए भी नहीं देखना था। और जब वह बात खत्म हो गयी, तब उसकी ओर मेरा उतना ध्यान भी नहीं रहा। पर मेरे जाने बिना ही मुझ पर अपनी छाप छोड़ गयी, और आज मुझे वह बात नहीं, उस बात की छाप ही दीख रही है। मैं मानो प्रभात में बालुकामय भूमि पर अंकित पदचिह्नों को देखकर, निशीथ की नीरवता में उधर से गयी हुई अभिसारिका की कल्पना कर रहा हूँ!

मेरे चरणों पर पड़े हुए उस पत्थर की पूजा करने जो स्त्रियाँ आती थीं, उनमें कभी-कभी कोई नयी मूर्ति आ जाती थी, और कुछ दिन आती रहने के बाद लुप्त हो जाती थी। ये नयी मूर्तियाँ प्रायः बहुत ही लज्जाशील होतीं, प्रायः उनके मुख फुलकारी के लाल और पीले अवगुंठन से ढके रहते, और वे धोती इतनी नीची बाँधती कि उनके पैरों के नूपुर भी न दीख पाते! केवल मेरे समीप आकर जब वे प्रणाम करने को झुकतीं, तब उनका गोधूम-वर्ण मुख क्षण-भर के लिए अनाच्छादित हो जाता, क्षण-भर उनके मस्तक का सिन्दूर कृष्ण मेघों में दामिनी की तरह चमक जाता, क्षण-भर के लिए उनके उर पर विलुलित हारावली मुझे दीख जाती, क्षण-भर के लिए पैरों की किंकिणीयाँ उद्घाटित होकर चुप हो जातीं और मुग्ध होकर बाह्य-संसार की छटा को और अपनी स्वामिनियों के सौन्दर्य को निरखने लगतीं फिर सबकुछ पूर्ववत् हो जाता, अवगुंठन उन मुखों पर अपना प्रभुत्व दिखाने के लिए उन्हें छिपाकर रख लेते, हारावलियाँ उन स्निग्ध उरों में छिपकर सो जातीं, और नूपुर भी मुँह छिपाकर धीरे-धीरे हँसने लगते...

एक बार उन नयी मूर्तियों में एक ऐसी मूर्ति आयी, जो अन्य सभी से भिन्न थी। वह सबकी आँख बचाकर मेरे पास आती और शीघ्रता से प्रणाम करके चली जाती, मानो डरती हो कि कोई उसे देख न ले। उसके पैरों में नूपुर नहीं बजते थे, गले में हारावली नहीं होती थी, मुख पर अवगुंठन नहीं होता था, ललाट पर सिन्दूर तिलक नहीं था। अन्य स्त्रियाँ रंग-बिरंगे वस्त्राभूषण पहनकर आती थीं, वह शुभ्र वसना थी। अन्य स्त्रियाँ प्रातःकाल आती थीं; पर उसका कोई निर्दिष्ट समय नहीं था। कभी प्रातःकाल, कभी दिन में, कभी सन्ध्या को वही आती थी...जिस दिन उसका आना सन्ध्या को होता था, उस दिन वह प्रणाम और प्रदक्षिणा कर लेने के बाद मेरे पास ही इस अमरवल्लरी का सहारा लेकर भूमि पर बैठ जाती, और बहुत देर तक अपने सामने सूर्यास्त के चित्र-विचित्र मेघ-समूहों को, अलसी और पोस्त के पुष्पमय

खेतों को, और गाँव से आने वाले छोटे-से धूल-भरे पथ को देखती रहती...उसके मुख पर अतीत स्मृति-जनित वेदना का भाव व्यक्त हो जाता, कभी-कभी वह एक दीर्घ निःश्वास छोड़ देती...उस समय सहानुभूति और संवेदना में पत्ते भी सरसर ध्वनि कर उठते...वह कभी कुछ कहती नहीं थी, कभी कोई प्रार्थना नहीं करती थी। मुझे चुपचाप प्रणाम करती और चली जाती—या वहीं बैठकर किसी के ध्यान में लीन हो जाती थी। उस ध्यान में कभी-कभी वह कुछ गुनगुनाती थी, पर उसका स्वर इतना अस्पष्ट होता था कि मैं पूरी तरह समझ नहीं पाता।

पहले मेरा ध्यान उसकी ओर नहीं जाता था; किन्तु जब वह नित्य ही गोधूलि-वेला में वहाँ आकर बैठने लगी, तब धीरे-धीरे मैं उसकी ओर आकृष्ट होने लगा। जब सूर्य की प्रखरता कम होने लगती, तब मैं उसकी प्रतीक्षा करने लग जाता था—कभी अगर उसके आने में विलम्ब हो जाता, तो मैं कुछ उद्विग्न-सा हो उठता...

एक दिन वह नहीं आयी। उस दिन मैं बहुत देर तक उसकी प्रतीक्षा करता रहा। सूर्यास्त हुआ, अँधेरा हुआ, तारे निकल आये, आकाश-गंगा ने गगन को विदीर्ण कर दिया, पर वह नहीं आयी।

उसके दूसरे दिन भी नहीं, तीसरे दिन भी नहीं—बहुत दिनों तक नहीं। जब मैंने उसकी प्रतीक्षा करनी छोड़ दी, तब सन्ध्या के एकान्त में मैं अपनी उद्भ्रान्त मनोगति को इस अमरवल्लरी की ओर ही प्रवृत्त करने लगा...

जब मैं उसे बिलकुल भूल गया, तब एक दिन वह सहसा आ गयी। वह दिन मुझे भली प्रकार याद है। उस दिन आँधी चल रही थी, काले-काले बादल घिर आये थे, ठण्ड खूब हो रही थी। मैं सोच रहा था कि वर्षा आयेगी, तो अमरवल्लरी की रक्षा कैसे करूँगा। एकाएक मैंने देखा, उस धूलिधूसर पथ पर वह चली आ रही थी! वह अब भी पहले की भाँति अनलंकृत थी, उसका शरीर अब भी श्वेत वस्त्रों से आच्छादित था; पर उसकी आकृति बदल गयी थी, उसका सौन्दर्य लुप्त हो गया था। उसके शरीर में काठिन्य आ गया था, मुख पर झुर्रियाँ पड़ गयी थीं, आँखें धँस गयी थीं, होठ ढीले होकर नीचे लटक गये थे। जब उस पहली मूर्ति से मैंने उसकी तुलना की, तो मेरा अन्तस्तल काँप गया। पर मैं चुपचाप प्रतीक्षा में खड़ा रहा। उसने मेरे पास आकर मुझे प्रणाम नहीं किया, न इस वल्लरी का सहारा लेकर बैठी ही। उसने एक बार चारों ओर देखा, फिर बाँहें फैलाकर मुझसे लिपट गयी और फूट-फूटकर रोने लगी। उसके तप्त आँसू मेरी त्वचा को सींचने लगे...

मैंने देखा, वह एकवसना थी, और वह वस्त्र भी फटा हुआ था। उसके केश व्यस्त हो रहे थे, शरीर धूल से भरा हुआ था, पैरों से रक्त बह रहा था...

वह रोते-रोते कुछ बोलने भी लगी...

"देवता, मैं पहले ही परित्यक्ता थी, पर मेरी बुद्धि खो गयी थी! मैं जहाँ गयी, वहीं तिरस्कार पाया; पर फिर भी तुम्हारी शरण छोड़ गयी! मैं कृतघ्ना थी, चली गयी। किस आशा से? प्रेम—धोखा—प्रवंचना! प्रतारणा! उस छली ने मुझे ठग लिया, फिर—फिर—देवता, मैं पतिता, भ्रष्टा, कलंकिनी हूँ। मुझे गाँव के लोगों ने मार कर निकाल दिया, अब मैं—मैं निर्लज्जा हूँ! अब तुम्हारी शरण आयी हूँ, अकेली नहीं, कलंक के भार से दबी हुई, अपनी कोख में कलंक धारण किये हुए!"

उसका वह रुदन असह्य था, पर हमको विश्वकर्मा ने चुपचाप सभी कुछ सहने को बनाया है!

मुझ पर उसका पाश शिथिल हो गया, उसके हाथ फिसलने लगे, पर उसकी मूर्छा दूर न हुई। रात बहुत बीत गयी, उसका संज्ञा-शून्य शरीर काँपने लगा, फिर अकड़ गया.....वह मूर्छा में ही फिर बड़बड़ाने लगी—

"देवता हो? छली! कितना धोखा, कितनी नीचता! प्रेम की बातें करते तुम्हारी जीभ न जल गयी!

तुम्हारी शरण आऊँगी, तुम्हारी! वह कलंक का टीका नहीं है, मेरा पुत्र है! तुम नीच थे, तुमने मुझे अलग कर दिया। वह मेरा है, तुम्हारे पाप से क्यों कलंकित हो गया? तुम देवता हो देवता। मैं तुम्हारी शरण से भाग गयी थी। पर वह पाप—उसमें तो मेरा भी हाथ था? तुम्हारी शरण में मुझे शान्ति मिलेगी! मैं ही तो उसके पास गयी थी—कलंकिनी! पर वह अबोध शिशु तो निर्दोष है, वह क्यों जलेगा? क्यों काला होगा? देवता, तुम बड़े निर्दय हो। उसे छोड़ देना! मैं मरूँगी, जलूँगी, पर वह बचकर कहाँ जाएगा! देवता, देवता, तुम उसका पोषण करना।"

उसके शरीर का कम्पन बन्द हो गया, प्रलाप भी शान्त हो गया—पर कुछ ही देर के लिए!

धीरे-धीरे तारागण का लोप हो गया, आकाश-गंगा भी छिप गयी। केवल पूर्व में एक प्रोज्ज्वल तारा जगमगाता रह गया। पवन की शीतलता एकाएक बढ़ गयी, अन्धकार भी प्रगाढ़तर हो गया...उस महाशान्ति में एकाएक उसके शरीर में संजीवन आ गया, वह एक हृदय-विदारक चीख मारकर उठी, उठते ही उसने अपने एकमात्र वस्त्र को फाड़ डाला। फिर वह गिर गयी, उसके अंगों के उत्क्षेप बन्द हो गये, उसका शरीर शिथिल, निःस्पंद हो गया...

जब सूर्य का प्रकाश हुआ, तब मैंने देखा, वह मेरे चरणों में पड़ी है, उसका विवस्त्र और संज्ञाहीन शरीर पीला पड़ गया था, और उसके अंग नीले पड़ गये थे...उसके पास ही उसका फटा हुआ एकमात्र वस्त्र रक्त से भीगा हुआ पड़ा था—और उसके ऊपर एक मलिन, दुर्गन्धमय मांसपिंड...और वर्षा के प्रवाह में वह रक्त घुलकर, बहकर, बहुत दूर तक फैलकर कीचड़ को लाल कर रहा था...

कैसी भैरव थी वह आहुति!

क्या यही है मानवों का प्रेम!

शायद मेरी धारणा गलत है। शायद मेरे अपने प्रेम की उच्छृंखलता नें मेरी कल्पना को भी उद्भ्रान्त कर दिया है। मानव अल्पायु होकर भी इतने नीच हो सकते हैं, इसका सहसा विश्वास नहीं होता! पर जब मुझे ध्यान हो आता है कि मेरी जड़ें दो ऐसी बलियों के रक्त से सिक्त हैं, जिनके अन्त का एकमात्र कारण यही था, जिसे वे मानव-प्रेम कहते हैं, तब मुझे मानवता के प्रति ग्लानि होने लगती है। पर उन दोनों का बलिदान प्रेम की वेदी पर हुआ था, या उन मानवों के समाज की, या वासना की? वह स्त्री तो वंचित थी, उसने तो प्रेम के उत्तर में वासना ही पायी थी। पर उसका अपना प्रेम तो दूषित नहीं था, वह तो वासना की दासी नहीं थी। और समाज—समाज ने तो पहले ही उसे ठुकरा दिया था, समाज ने तो उससे कोई सम्बन्ध नहीं रखा था। और उस अज्ञात शिशु ने समाज का क्या बिगाड़ा था, वह वासना में कब पड़ा था?

मेरे नीचे उस पत्थर की पूजा करने कितनी ही स्त्रियाँ आती थीं, वे तो सभी प्रसन्नवदना होती थीं, उनकी बात मैं क्यों सोचता? मानव-प्रेम की असफलता का एक यही उदाहरण मैंने देखा था, उसी पर क्यों अपना चित्त स्थिर किये हूँ? वे जो इतनी आच्छादित, अवगुंठित, अलंकृत चपलाएँ वहाँ आती थीं और सहज स्वभाव से या कभी-कभी संभ्रम से मेरे सिन्दूर-तिलक लगाती और मेरा आलिंगन कर लेती थीं, उनके प्रणय तो सभी सुखमय होते होंगे, उनका प्रेम तो इतना विमूढ़ और विवेकहीन नहीं होता होगा? और फिर मानवों का तो प्रेम के विषय में आत्मनिर्णय करने का अधिकार होता है? उनके जीवन में तो ऐसा नहीं होता कि विधाता—या मनुष्य ही—जिस वल्लरी को उनके निकट अंकुरित कर दें, उसी से प्रणय करने को बाध्य हो जाना पड़े?

पर मैंने सुना है—गाँव से पूजा के लिए आने वाली उन स्त्रियों के मुख से ही सुना है—कि उनके समाज में भी इस प्रकार के अनिच्छित बन्धन होते हैं। एक बार मैंने देखा भी था—देखा तो नहीं था, किन्तु कुछ ऐसे दृश्य देखे थे जिससे मुझे इसकी अनुभूति हुई थी...

कभी-कभी, सन्ध्या के पक्षिरव-कूजित एकान्त में, मुझे एकाएक इस बात का उद्बोधन होता है कि मेरा जीवन—इतना लम्बा जीवन!...व्यर्थ बीत गया...इस वल्लरी के अनिश्चित बन्धन से—पर जो मुझे पागल कर देता है, मेरे हृदय में उथल-पुथल मचा देता है, मेरे शरीर को दर्द और व्यथा से विह्वल कर देता है, जिससे छूट जाने की मैं कल्पना भी नहीं कर सकता, उस बन्धन को अनिश्चित कैसे कहूँ? इस उद्बोधन की उग्रता को मिटाने के लिए मैं कितना प्रयत्न करता हूँ, पर वह जाती नहीं...मेरे हृदय में यह निरर्थकता का ज्ञान, यह जीने की इच्छा, यह संचित शक्ति का व्यय करने की कामना, किसी और भाव के लिए स्थान ही नहीं छोड़ती। मैं चाहता हूँ, अपने व्यक्तित्व को प्रकृति की विशालता में मिटा दूँ, इस निरर्थकता के ज्ञान को दबा दूँ और जैसा कभी अपने यौवन-काल में था, वैसा ही फिर से हो जाऊँ पर कहाँ एक बूढ़े वृद्ध की चाह और कहाँ विधाता का अमिट निर्देश! मैं बोलना चाहता हूँ—मेरे जिह्वा नहीं है; हिलना चाहता हूँ—मेरे पैर नहीं हैं; रोना चाहता हूँ—पर उसके लिए आँखें ही नहीं हैं तो आँसू कहाँ से आयेंगे...मैं चाहता हूँ, किसी से प्रेम कर पाऊँ—इतना विशाल, इतना अचल, इतना चिरस्थायी प्रेम कि संसार उससे भर जाये; पर मेरी अपनी विशालता, मेरी अपनी अचलता, मेरा अपना स्थायित्व इस कामना में बाधा डालता है! मैं प्रेम की अभिव्यक्ति कर नहीं सकता, और जब करना चाहता हूँ, तब लज्जित हो जाता हूँ...जितना विशाल मैं हूँ, इतनी विशाल धुरा अपने प्रेम के लिए कहाँ पाऊँ? और किसी अकिंचन वस्तु से प्रेम करना प्रेम की अवहेलना है...

यह अमरवल्लरी—इसमें स्थायित्व है, दृढ़ता है, पर यह चंचला भी है, और इसमें विशालता भी नहीं है—यह तो मेरे ही शरीर के रस से पुष्ट होती है!

एक स्मृति-सी मेरे अन्तस्तल में घूम रही है, पर सामने नहीं आती, मुझे उसकी उपस्थिति का आभास ही होता है। जिस प्रकार कुहरे में जलता हुआ दीपक नहीं दीख पड़ता, पर उससे आलोकित तुषारपुंज दीखता रहता, उसी तरह स्मृति स्वयं नहीं प्रकट होती, परन्तु स्मृति मेरे अन्तस्तल में काँप रही है।

उस स्मृति का सम्बन्ध इसी प्रेम की विशालता से था, इतना मैं जानता हूँ; पर क्या सम्बन्ध था, नहीं याद आता...

एक और घटना याद आती है, जिसने किसी समय एकाएक विद्युत् की तरह मेरे हृदय को आलोकित कर दिया था—पर इतने प्रदीप्त आलोक से कि मैं बहुत देर के लिए चकाचौंध हो गया था...

उन दिनों मेरी पूजा—या मेरे चरणस्थित देवता की पूजा—नहीं होती थी। जबसे वहाँ रक्त-प्रलिप्त देह और मांसपिंड पाया गया, तब से लोग शायद मुझसे डरने लगे थे। कभी-कभी सन्ध्या को जब कोई बटोही उधर से निकलता था, तब एक बार संभ्रम से मेरी ओर देखकर जल्दी-जल्दी चलने लग जाता था। दिन में कभी-कभी लड़के उस धूल-भरे पथ में आकर खड़े हो जाते और वहीं से मेरी ओर इंगित करके चिल्लाते, "भुतहा! भुतहा!" मैं उनका अभिप्राय नहीं समझता था, फिर भी उनके शब्दों में उपेक्षा और तिरस्कार का स्पष्ट भाव मुझे बहुत दुःख देता था...

क्या मानवों की भक्ति उतनी ही अस्थायिनी है, जितना उनका प्रेम। अभी उस दिन मैं गाँव के विधाता की तरह पूजित था, इतनी स्त्रियाँ मेरे चरणों में सिर नवाती थीं और प्रार्थना करती थीं, "देवता, मेरा दुःख मिटा दो!" मुझमें दुःख मिटाने की शक्ति नहीं थी, पर एक मूक सहानुभूति तो थी। मेरी अचलता उनकी मेरे प्रति श्रद्धा कम नहीं करती थी, बढ़ाती ही थी। पर जब उस स्त्री ने आकर मेरे चरणों में अपना दुःख स्वयं मिटा लिया, तब उनके हृदय से आदर उठ गया! इतने दिन से मैं दुःख की कथाएँ सुना करता था, देखा कुछ नहीं था। उस दिन मैंने देख लिया कि मानवता का दुःख कहाँ है, पर उस ज्ञान से ही मैं कलुषित हो गया! जब मैं दुःख जानता ही नहीं था, तब इतने प्रार्थी आते थे। अब मैं जान गया हूँ, तब वे दुःख-निवारण की प्रार्थना करने नहीं आते, मेरा ही दुःख बढ़ा रहे हैं।

भक्ति तो अस्थायिनी है ही—भक्ति और प्रेम का कुछ सम्बन्ध है। मैं अभी तक प्रेम ही को नहीं समझ पाया हूँ, यद्यपि इसकी मुझे स्वयं अनुभूति हुई है। भक्ति—भक्ति मैंने देखी ही तो है!

जब मेरे वे उन्माद के दिन बीत गये, जब मेरी त्वचा में कठोरता आने लगी, मेरी शाखाओं में गाँठें पड़ गयीं, तब मुझे प्रेम का नया उद्‌बोधन हुआ। मेरे बिखरे हुए विचारों में फिर एक नये आशा-भाव का संचार हुआ, संसार मानो फिर से संगीत से भर गया...

कीर्ति—अच्छी या बुरी—कुछ भी नहीं रहती। एक दिन मैंने अपनी सत्कीर्ति को धूल में मिलते देखा था, एक दिन ऐसा आया कि मेरी कुकीर्ति भी बुझ गयी। सत्कीर्ति का मन्दिर एक क्षण ही में गिर गया था, कुकीर्ति के मिटने में वर्षों लग गये—पर वह मिट गयी। लोग फिर मेरे निकट आने लगे; पूजा-भाव से नहीं, उपेक्षा से। गाँव की स्त्रियाँ फिर मेरे चरणों में बैठने लगीं; आदर से नहीं, दर्प से, या कभी थकी होने के कारण। बालिकाएँ फिर मेरे आसपास एकत्र होकर नाचने लगीं; न श्रद्धा से, न तिरस्कार से, केवल इसलिए कि घर से भागकर वहाँ आ जाने में उन्हें आनन्द आता था। मेरे टूटे हुए मन्दिर का पुनर्निर्माण तो नहीं हुआ, पर उसके भग्नावशेष पर चूना फिर गया!

पर उस खंडहर से ही नयी आशा उत्पन्न हुई!

जब प्रभात होता था, मेरा शिखर तोतों के समूह के एकाएक ही कूजित हो उठता था, शीतल पवन में मेरे पत्ते धीरे-धीरे काँपने लगते थे, न-जाने कहाँ से आकर कमलों की सुरभि वातावरण को भर देती थी, इस वल्लरी के शरीर में भी एक उल्लास के कम्पन का अनुभव मुझे होता था; जब सारा संसार एक साथ ही कम्पित, सुरभित, आलोकित हो उठता था, तब वह आती थी और उन खेतों में, जिनमें छटी हुई घास में, अर्धविस्मृत आलसी और पोस्त के फूलों का प्रेत नाच रहा था, बहुत देर तक इधर-उधर घूमती रहती थी। फिर जब धूप बहुत बढ़ जाती थी; जब उसका मुख श्रम से आरक्त हो जाता था, और उस पर स्वेद-बिन्दु चमकने लगते थे, तब वह हँसती हुई आकर मेरी छाया में बैठ जाती थी।

उसकी वेश-भूषा विचित्र थी। गाँव की स्त्रियों में मैंने वह नहीं देखी थी। वह प्रायः श्वेत या नीला आभरण पहनती थी, और उसके केश आँचल से ढके नहीं रहते थे। उसका मुख नमित नहीं रहता था, वह सदा सामने की ओर देखती थी। उसकी आँखों में भीरुता नहीं थी, अनुराग था, और साथ ही थी एक अव्यक्त ललकार—मानो व संसार से पूछ रही हों, “अगर मैं तुम्हारी रीति को तोड़ूँ, तो तुम क्या कर लोगे?”

वह वहाँ समाधिस्थ-सी होकर बैठी रहती, उसके मुख पर का वह मुग्ध भाव देखकर मालूम होता कि वह किसी अकथनीय सुख की आन्तरिक अनुभूति कर रही हो। मैं सोचता रहता कि कौन-सी ऐसी बात हो सकती है, जिसका स्मृतिमात्र इतनी सुखद है! कितने ही दिन वह आती रही, नित्य ही उसके मुख पर आत्म-विस्मृति का वह भाव जाग्रत होता, नित्य ही वह एक घण्टे तक ध्यानस्थ रहती और आकर चली जाती, पर मुझे उस पर परमानन्द के निर्झर का स्रोत न मालूम होता।

फिर एक दिन एकाएक भेद खुल गया—जिस परिहासमय देवता की उपासना मैंने की थी, वह भी उसी की उपासिका थी; परन्तु परिणाम हमारे कितने भिन्न थे!

एक दिन वह सदा की भाँति अपने ध्यान में लीन बैठी थी। उस गाँव से आने वाले पथ पर एक युवक धीरे-धीरे आया, और मेरे पीछे छिपकर उसे देखने लगा। उसका ध्यान नहीं हटा, वह पूर्ववत् बैठी रही। जब उसकी समाधि समाप्त हो गयी, तब वह उठकर जान लगी; तब भी उसने नवागन्तुक को नहीं देखा।

वह युवक स्मित-मुख से धीरे-धीरे गाने लगा—

चूनरी विचित्र स्याम सजिकै मुबारक जू
ढांकि नख-सिख से निपट सकुचाति है;

चंद्रमै लपेटि कै समेटि कै नखत मानो
दिन को प्रणाम किये रात चली जाति है!

वह चौंक कर घूमी, फिर बोली, "तुम–यहाँ!" उसके बाद जो-कुछ हुआ उसका वर्णन मैं नहीं कर सकता! वह था कुछ नहीं–केवल कोमल शब्दों का विनिमय, आँखों का इधर-उधर भटक कर मिलन और फिर नमन--बस! पर मेरे लिए उसमें एक अभूतपूर्व आनन्द था–न जाने क्यों।

कुछ दिन तक नित्य यही होता रहा। किसी दिन वह पहले आती, किसी दिन युवक, पर दोनों ही के मुख पर वह विमुग्धता का, आत्म-विस्मृति का भाव रहता था। जिस दिन युवक पहले आता, वह मेरी छाया में बैठकर गाता–

नामसमेतं कृतसंकेतं वादयते मृदुवेणुम्–
बहुमनुतेऽतनु ते तनुसंगतपवनचलितमपि रेणुम्!

और जिस दिन वह पहले आती, वह उन खेतों में घूमती रहती, कभी-कभी ओस से भीगा हुआ एक-आध तृण उठाकर दाँतों से धीरे-धीरे कुतरने लगती।

एक दिन वह घूमते-घूमते थक गयी, और मेरे पत्तों की सघन छाया में इस वल्लरी के बन्धन को मेखलावत् पहनकर बैठ गयी। युवक नहीं आया।

दोपहर तक वह अकेली बैठी रही–उसके अंग-अंग में प्रतीक्षा थी, पर व्यग्रता नहीं थी। जब वह नहीं आया, तब वह कहने लगी–न जाने किसे सम्बोधित करके, मुझे या इस वल्लरी को, या अपने-आपको, या किसी अनुपस्थित व्यक्ति को–कहने लगी–

"यह उचित ही हुआ। और क्या हो सकता था? अगर कर्त्तव्य भूल कर सुख ही खोजने का नाम प्रेम होता, तो–! मैं जो-कुछ सोचती हूँ, समझती हूँ, अनुभव करती हूँ, उसका अणुमात्र भी व्यक्त नहीं कर सकी–पर इससे क्या? जो कुछ हृदय में था–है–उससे मेरा जीवन तो आलोकित हो गया है। प्रेम में दुःख-सुख, शान्ति और व्यथा, मिलन और विच्छेद, सभी है, बिना वैचित्र्य के प्रेमी जी नहीं सकता...नहीं तो जिसे हम प्रेम कहते हैं, उसमें सार क्या है?"

वह उठी और चली गयी। मेरी छाया से ही निकल कर नहीं, मेरे जीवन से निकल गयी। पर उसके मुख पर मलिनता नहीं थी, अब भी वही आत्म-विस्मृति उसकी आँखों में नाच रही थी...

मेरे लिए उसका वहीं अवसान हो गया। उसके साथ ही मानवी प्रेम की मेरी अनुभूति भी समाप्त हो गयी। शायद प्रेम की सबसे अच्छी व्याख्या ही यही है कि इतने वर्षों के अन्वेषण के बाद भी मेरा सारा ज्ञान एक प्रश्न ही में समाप्त हो जाता है–"नहीं तो, जिसे हम प्रेम कहते हैं, उसमें सार क्या है?" किन्तु इतने वर्षों में जिस अभिप्राय को, जिस सार्थकता को, मैं नहीं खोज पाता था, वह उस स्त्री के एक ही प्रश्न में मुझे मिल गयी। उस दिन मैं समझने लगा कि अभिव्यक्ति प्रेम के लिए आवश्यक नहीं है...उसने कहा तो था, "जो कुछ मेरे हृदय में था–है–उससे मेरा जीवन तो आलोकित हो गया है।" मैं अपना प्रेम नहीं व्यक्त कर सका, मेरा जीवन एक प्रकार से न्यून, अपूर्ण रह गया, पर इससे क्या? इस दीप्तिमय आत्म-विस्मृति का एक क्षण भी इतने दिनों की व्यथा को सार्थक कर देता है!

मैं देखता हूँ, संसार दो महाशक्तियों का घोर संघर्ष है। ये शक्तियाँ एक-दूसरे से भिन्न नहीं हैं, एक ही प्रकृति के दो विभिन्न पथ हैं। एक संयोजक है–इसका भास फूलों से भौरों का मिलन में, विटप से लता के आश्लेषण में, चन्द्रमा से ज्योत्स्ना के सम्बन्ध में, रात्रि से अन्धकार के प्रणय में, उषा से आलोक के ऐक्य में, होता है; दूसरी शक्ति विच्छेदक है–इसका भास आँधी से पेड़ों के विनाश में, विद्युत से लतिकाओं के झुलसने में, दावानल से वनों के जलने में, शकुन्त द्वारा कपोतों के मारे जाने में होता है...कभी-कभी दोनों शक्तियों का एक ही घटना में ऐसा सम्मिलन होता है कि हम भौंचक हो जाते हैं, कुछ भी समझ

नहीं पाते। प्रेम भी शायद ऐसी ही घटना है...

कभी-कभी मुझे ऐसा मालूम होता है कि इतना कुछ देख और पाकर भी मैं वंचित ही नहीं, अछूत, परित्यक्त रह गया हूँ। मुझे बन्धुत्व की, साखाओं की कामना होती है; पर पीपल के वृक्ष के लिए बन्धु कहाँ है, समवेदना कहाँ है, दया कहाँ है; कभी पर्वत को भी सहारे की आवश्यकता होती है? मैं इतना शक्तिशाली नहीं हूँ कि बन्धुओं की कामना—उग्र कामना—ही मेरे हृदय के अन्तस्तल में न हो; किन्तु फिर भी देखने में मैं इतना विशाल हूँ, दीर्घकाय हूँ, दृढ़ हूँ, कि मुझ पर दया करने का, मेरे प्रति बन्धुत्व-भाव का ध्यान भी किसी को नहीं होता! उत्पत्ति और प्रस्फुटन की असंख्य क्रियाएँ मेरे चारों ओर होती हैं, और बीच में मैं वैसे ही अकेला खड़ा रह जाता हूँ, जैसे पुष्पित उपत्यकाओं से घिरा हुआ पर्वत-शृंग...

पर उसी समय मेरे हृदय में यह भाव उठता है कि मुझे यह दुखड़ा रोने का कोई अधिकार नहीं है। मैंने जीवन में सब-कुछ नहीं पाया, बहुत अनुभूतियों से मैं वंचित रह गया, पर जीवन की सार्थकता के लिए जो कुछ पाया है, वह पर्याप्त है। न जाने कितनी बार मैंने वसन्त की हँसी देखी है, पक्षियों का रव सुना है; न जाने कितनी देर मैंने मानवों की पूजा पायी है, न जाने कितनी सरलाओं की श्रद्धापूर्ण अंजलि प्राप्त की है, और उन सबसे अधिक न जाने कितनी बार मुझे इस अमरवल्लरी के स्पर्श में एक साथ ही वसन्त के उल्लास का, ग्रीष्म के ताप का, पावस की तरलता, शरद् की स्निग्धता का, हेमन्त की शुभ्रता का और शिशिर के शैथिल्य का अनुभव हुआ है, न जाने कितनी बार इसके बन्धनों में बंधकर और पीड़ित होकर मुझे अपने स्वातन्त्र्य का ज्ञान हुआ है! एक व्यथा, एक जलन, मेरे अन्तस्तल में रमती गयी है—कि मैं मूक ही रह गया, मेरी प्रार्थना अव्यक्त ही रह गयी—पर मुझे इस ध्यान में सान्त्वना मिलती है कि मैं ही नहीं, सारा संसार ही मूक है...जब मुझे अपनी विवशता का ध्यान होता है, तो मैं मानव की विवशता देखता हूँ; जब भावना होती है कि विश्वकर्मा ने मेरी प्रार्थना की उपेक्षा करके मेरे प्रति अन्याय किया है, तब मुझे याद आ जाता है कि मैं स्वयं भी तो इस सहिष्णु पृथ्वी की मूक प्रार्थना का, इसकी अभिव्यक्ति-चेष्टा का, नीरव प्रस्फुटन ही हूँ!

दिल्ली जेल, अक्टूबर, 1931

छाया

मैंने बहुत फाँसियाँ देखी हैं—उन्हें देखने का आदी-सा हो गया हूँ। जब मेरी ड्यूटी फाँसी पर लगती है, तब मुझे घबराहट नहीं होती, मेरा जी नहीं मिचलाता। अपना काम पूरा करता हूँ और खुशी-खुशी चला आता हूँ, दूसरी बार मुझे उसका खयाल भी नहीं होता। जैसा कहानियों में होता है, चलते-चलते ठिठक जाऊँ, खाना खाते-खाते चौंककर देखने लगूँ कि हाथों में खून तो नहीं लगा है, सोते-सोते स्वप्न में चिल्ला उठूँ, यह सब मुझे न होता है न कभी हुआ है। हाँ, उस एक फाँसी की याद मेरा भी दिल हिला देती है। इसलिए नहीं कि उसमें कोई खास बात थी—नहीं, वह भी और फाँसियों की तरह एकदम मामूली फाँसी थी...पर उसके पहले और बाद की एक-दो घटनाएँ ऐसी थीं—और वह कैदी जो उस दिन फाँसी देखने के लिए भेज आया था, उसके मुँह के भाव शायद और फाँसियों की तरह मैं उस फाँसी को भी भूल जाता, लेकिन उस कैदी की याद एकदम फाँसी की याद दिला देती है...कैदी की, फाँसी की और उन एक-दो घटनाओं की कहानी एक-दूसरे से ऐसी जुड़ी हुई है कि एक का ध्यान आते ही सारी कहानियाँ आँखों के सामने फिर जाती हैं—और उस लड़की के पत्र की, उस बेंत लगने के नजारे की, और उस क़ैदी के गाने की याद मेरे आगे नाच उठती है—

आसन तलेर माटिर परे लूटिए र'ब।
तोमार चरण धूलाय धूलाय धूसर ह'ब!

बाईस साल से जेल में वार्डरी करता हूँ, लेकिन ऐसी बात कभी नहीं देखी थी। और वार्डरों की तरह मैंने भी सब बदमाशियाँ की हैं, कैदियों को सिगरेट, तम्बाकू, सुलफा, गुड़, सब कुछ लाकर देता हूँ, चिट्ठी भी अन्दर-बाहर पहुँचा देता हूँ, मशक्कत में भी गड़बड़कर देता हूँ। नब्ज देखकर कैदियों की हर तरह से मदद करता हूँ, लेकिन पैसा लेकर। बिना पैसा गाँठे कभी किसी को एक बीड़ी तक नहीं दी। लेकिन उसकी आँखों में, आवाज में कुछ जादू था—मैं उसका सब काम बिना कुछ लिये कर देता था—और काम भी छोटा-मोटा नहीं, दफ्तर से चिट्ठियाँ तक चुरा लाता था...

मेरी औरत जेल की मेट्रन है, औरत होने की वजह से वह मुझसे ज्यादा गड़बड़ करती रहती है। लेकिन वह जब मेरी करतूतें सुनती तब घर में रार मच जाती..."इतने बड़े काम, और एक पैसा भी नहीं! किसी दिन फँस जाओगे, तो दोनों को सड़कों पर भूखे भटकना पड़ेगा।" कभी-कभी दस-दस दिन तक एक-दूसरे से बोलने की नौबत न आती...मैं वायदे करता, आगे से कभी ऐसा न करूँगा। लेकिन फिर, जब वह मुझसे कुछ काम कहता, मैं भेड़-बकरी की तरह दुबककर चुपचाप कर देता। जब वह खुश होकर कहता, "मंगतू, तुम्हारा कर्जा कैसे चुकाऊँगा?" तो मैं निहाल हो जाता, मेरी बाछें खिल जातीं...

उस दिन फिर मेरी और मेरी घर वाली की लड़ाई हो रही थी। इसी वक्त हेड वार्डर ने आकर बुलाया, "मेट्रन!" हम दोनों बाहर चले आये। मैंने पूछा, "क्या है?"

वह बोला, "एक औरत हवालात में आयी है, खून के मामले में। उसे बन्द करना है।"

मेट्रन जेल के भीतर चली गयी। मैंने हेड वार्डर से पूछा, "कैसी औरत है?"

"मैंने देखी नहीं। कहते हैं, इन्हीं बमबाजों में से है। पिस्तौल से तीन आदमी मार दिये, और चार जख्मी किये, फिर पकड़ी गयी।"

"नाम क्या है?"

"सुसमा या सुषमा, ऐसा ही कुछ है। लेकिन पुलिस वाले कहते हैं कि उसका असली नाम कुछ और है।"

मुझे दिलचस्पी बहुत हुई, लेकिन जनाने वार्ड में तो जा नहीं सकता था। मैंने सोचा, 'वह' वापस आएगी तो उससे पूछूँगा।

पर आठ बज गये, 'वह' नहीं आयी। मैं अन्दर अपनी ड्यूटी पर चला गया।

मेरी ड्यूटी चक्कियों पर थी। सबसे पहली जो कोठरी थी, उसमें वह कैदी रहता था। सारे जेल में वही एक 'पोलिटिकल' कैदी था। वैसे तो और भी पोलिटिकल' बहुत थे, लेकिन वे पिकेटिंग में तीन-तीन, छः-छः महीने की सजा लेकर आये थे, और दूसरी तरफ बैरकों में रहते थे। वही अकेला था जिसे दस साल की सजा हुई थी। मैंने सुना था, उसने कई खून किये हैं मगर सुल्तानी गवाह के पलट जाने से सबूत नहीं मिला, इसलिए दस ही साल सजा रह गयी। कुछ हो, वह बड़ा शान्त आदमी था, और अपनी धुन में मस्त रहता था। एक बार मैंने उससे पूछा, "अरुण बाबू, ये सब चिट्ठियाँ-विट्ठियाँ जो तुम मँगवाते हो, सो किसलिए?" तो वह हँसकर बोला, "मेरे दस से पन्द्रह साल हो जाएंगे, लेकिन एक बार सरकार की नाक में दम कर दूँगा।" मैंने बहुत पूछा, समझाकर कहो, पर वह हँसता ही रहा, और कोई जवाब नहीं दिया...

उसी की कोठरी के बाहर मैं बैठ गया—वहीं मेरी ड्यूटी थी।

जेल की ड्योढ़ी में नौ बजे तो मैंने सोचा, अभी दो घण्टे और बैठना पड़ेगा...इसी सोच से बढ़ता-बढ़ता न जाने कहाँ-कहाँ के चक्कर लगा आया, यह नौकरी कैसी बुरी है, अठारह रुपये के लिए सोना तक हराम हो गया है! इससे अच्छा होता, कहीं स्टेशन पर कुलीगिरी करता—पर उसमें भी तो रात की गाड़ियाँ देखनी पड़तीं। कहीं ताँगा चलाया करता—दिन-भर की सैर होती और रात को मजे से घर आकर सोता...इस नौकरी में ऊपर के आठ-दस रुपये मिलते हैं, उसमें भी मिल ही जाते, और इतनी चोरी, ऐसी लुक-छिप न करनी पड़ती। और न जाने ऐसी कितनी अनाप-शनाप बातें सोचता रहा...

एकाएक मैं चौंका। दूर पर कोई औरत गा रही थी—गा क्या रही थी एक बड़ी लम्बी तान लगा रही थी.....उस आवाज में कितनी मिठास, कितनी कसक थी! मैंने ध्यान से सुना—आवाज जनाने वार्ड से आ रही थी—पर पहले तो वहाँ गाने वाली नहीं थी...यह वही सुसमा या सुषमा है...पर उस गाने से मानो आकाश भर गया था—मैं कुछ सोच नहीं सका, चुपचाप सुनने लगा...

> वेदी तेरी पर माँ, हम क्या शीश नवायें!
> तेरे चरणों पर माँ, हम क्या फूल चढ़ायें?
>   खड्ग हमारे हाथों में है,
>   लोह मुकुट है सिर पर—
> पूजा को ठहरें माँ, या समर-क्षेत्र में जायें?

लय टूट गया। मुझे ऐसा मालूम हुआ, मानो धरती एक बार बड़े जोर से काँप कर रुक गयी हो। मैं चुप बैठा रहा, शायद इसी आशा में कि वह फिर गाएगी। और मुझे निराश भी नहीं होना पड़ा। गाना फिर शुरू हुआ, पर पहले और इसमें कितना फर्क था! पहला था मानो खुशी से भरा हुआ, उछलता हुआ

चला जा रहा हो, और यह—दबे हुए दर्द से, जलन से भरा हुआ...मानो एक गरीब की आह लम्बी हो-होकर एक तान हो गयी हो...

तन में तेरे चरणों की मैं धूमिल धूलि रमाये,
मन में तेरे सुख की आभा की मैं याद बसाये,
तुझे खोजती कहाँ-कहाँ पर भटकी मारी-मारी,
पर निष्ठुर तू पास न आया मैं रो-रोकर हारी!

मेरी जान तड़प गयी...मैं और सुन नहीं सका, कुछ बोलने को जी चाहा। मैंने पुकारकर कहा, "अरुण बाबू, गाना सुनते हो?" लेकिन कोई जवाब न आया। मैंने समझा, अरुणा बाबू सो गये होंगे, चुप होकर बैठा रहा...वह तान फिर आयी, पहले से भी अधिक ऊँची—उफ!

आज लगा जब मेरा पिंजर उसी व्यथा से जलने,
तब तू आया उसी राख को पैरों तले कुचलने!
भूला-भूला रहता, मैं भी समझा लेती मन को—
क्यों बिखराया फिर तूने आ गरीबिनी के धन को?

आह ठण्डी हो गयी। मैंने कहा, "अरुण बाबू!" कोई जवाब नहीं आया—आयी कहीं से धीरे-धीरे रोने की आवाज! मैंने कोठरी के पास जाकर देखा, वह कैदी दोनों हाथों से सींखचे पकड़े, उन पर सिर रखे, सिसक-सिसक कर रो रहा था। अचम्भे में आकर कहा, "क्या बात है, अरुण बाबू?"

उसने मुँह फेर लिया। मैंने फिर कहा, "छिः, अरुण बाबू, इतने बड़े होकर रोते हो?"

वह चुप हो गया। पाँच-सात मिनट चुप बैठा रहा। फिर बोला, "मंगतू यह कौन गा रहा था?"

मैंने जवाब दिया, एक नयी औरत आयी है, हवालात में। सुना है उसने तीन पुलिस वालों को गोली से उड़ा दिया है। फिर मैंने जो कुछ उसके बारे में सुना था, सब बता दिया। दो-एक मिनट चुप रहकर वह बोला, "उसका नाम क्या है जानते हो?"

"सुसमा या सुषमा, कुछ ऐसा ही है।"

उसने धीरे से कहा, "सुसमा!" और चुप हो गया।

मैंने पूछा, "अरुण बाबू, उसे जानते हो क्या?"

उसने तो कुछ देर जवाब नहीं दिया। फिर बोला, "वह मेरी बहिन है।"

मैंने कहा, "जभी तो।"

जभी तो क्या, इसका जवाब मुझे खुद भी नहीं मालूम था। इतना कह चुकने के बाद मेरी और कुछ कहने की हिम्मत नहीं पड़ी। उसी ने फिर पूछा, "मंगतू, तुम मेट्रन को जानते हो?"

मैंने कुछ हँसकर कहा, "हाँ, क्यों?"

"हँसते क्यों हो?"

"कुछ नहीं, वह मेरी घर वाली ही है।"

"अच्छा! तो मेरा एक काम करोगे?"

"क्या?"

"एक चिट्ठी उसे पहुँचानी होगी।"

मैंने चौंककर कहा, "मेट्रन को?"

"नहीं, उस—सुषमा को।"

इसका जवाब देने के पहले मैं कुछ देर सोचता रहा। उससे जब कहूँगा, चिट्ठी पहुँचा दो, तो वह क्या कहेगी? आगे ही लड़ाई होते-होते बची थी। पर मैं इन्कार भी नहीं कर सकता था। मैंने कहा, "काम

तो जोखिम का है।"

"मंगतू, यह काम तुम्हें जरूर करना पड़ेगा। मैं जन्म-भर तुम्हारा उपकार मानूँगा।"

"अच्छा, तुम लिखकर दे दो।"

उसने अँधेरे में ही चक्की के नीचे से एक कागज का टुकड़ा और एक पेन्सिल निकाली और कुछ लिखकर मुझे दे दिया। मैंने चुपके से उससे कागज लेकर जेब में रखा और अपनी जगह जाकर बैठ गया। सोचता रहा कि कैसे काम करना होगा।

आखिर ग्यारह भी बजे गये। दूसरा वार्डर आ गया, मैं उठकर घर पहुँचा। वह चटाई बिछाये बैठी थी, मुझे देखकर बोली, "खाना रखा है, जल्दी से खा लो।" मैंने चुपचाप खाना खाया। फिर जाकर बिस्तर पर बैठ गया और हुक्का पीने लगा। मेरी ओर देखती हुई बोली, "अब सोओगे भी या सारी रात गुड़गुड़ी बजाओगे?"

मैंने कुछ एक ओर सरककर कहा, "यहाँ आओ, तुमसे कुछ बात करनी है।"

वह चारपाई पर मेरे पास आकर बैठ गयी और बोली, "क्या?"

"वह जो नयी हवालातिन आयी है—सुषमा—वह गजब का गाती है।"

उसने भवें तानकर कहा, "तुमसे मतलब?"

मैंने देखा, बिस्मिल्ला ही गलत हुआ। बात बदलकर बोला, "यों ही। आज दो रुपये गाँठे हैं।" यह कहकर मैंने धीरे से जेब में रुपये खनका दिये।

देवी कुछ शान्त हुई। बोली, "कैसे?"

"उसी पोलिटिकल ने दिये हैं—एक चिट्ठी पहुँचाने के लिए। पर वह काम तुम्हें करना होगा।"

"क्या?"

"इसी सुषमा को एक चिट्ठी पहुँचानी है।" कहते हुए मैंने चिट्ठी जेब से निकाल ली।

उसने एक बार तीखी नजर से मेरी ओर देखा, फिर चिट्ठी मेरे हाथ से लेकर पढ़ने लगी।

मैंने कहा, "यह क्या करती हो?" किन्तु टोकते-टोकते मुझे खुद भी पढ़ने की चाह हुई। मैंने झुककर पढ़ा, सिर्फ दो-तीन सतरें लिखी हुई थीं।

"बहिन सुषमा—तुम्हारा गायन सुनकर मुझे कुछ याद हो आया। तुम शारदा को जानती हो—और उस नाव की दुर्घटना को?—अरुण।"

बायीं ओर कोन में लिखा था, "वाहक विश्वस्त है।"

पत्र पढ़कर देवी का कोप कम हो गया। बोली, "पहुँचा दूँगी। पर समझ में तो कुछ आया नहीं।"

मैंने कहा, "समझकर क्या करोगी? जिनका काम है वे जानें। पर सवेरे ही पहुँचा देना। शायद जवाब भी—"

सबेरे उठते ही वह भीतर चली गयी, और थोड़ी देर बाद वापस आ गयी। मैंने पूछा, 'क्यों?' उसने बिना जवाब दिये वही चिट्ठी लौटा दी। उसके एक कोने में लिखा था—"सुषमा शारदा को जानती है—और उस दुर्घटना को भी। विस्तार फिर।" मैंने कागज जेब में रख लिया। वह बोली, "दाम के हिसाब से काम तो कुछ भी नहीं था।" मैंने मन-ही-मन हँसकर कहा, "इससे हमें क्या मतलब? हम अपना काम पूरा करते हैं।" कहकर मैं फिर अपनी ड्यूटी पर चला। कोठरियाँ खोलकर कैदियों को बाहर कारखानों में पहुँचाना था।

सब कोठरियाँ खोलकर मैं उसकी कोठरी पर पहुँचा। दरवाजा खोलकर मैंने कहा, "अरुण बाबू, चलो कारखाने में।" कहते-कहते मैंने वह चिट्ठी उसके हाथ में दे दी। उनने कहा, "आज तबीयत ठीक नहीं, मैं काम पर नहीं जाऊँगा।"

"तो फिर डॉक्टर को रिपोर्ट करनी होगी।"

"कर दो।"

"वे अभी यहाँ आवेंगे।" कहकर मैंने आँख से इशारा किया।

वह बोला, "हाँ-हाँ, आने दो।" और मुस्कराया। मुझे तसल्ली हो गयी कि उसने इशारा समझ लिया है। मैं कोठरी बन्द कर डॉक्टर को बुलाने चला गया।

जब मैं डॉक्टर के साथ वापस आया तब वह कुछ चबा रहा था। हमें देखकर जल्दी से निगल गया। मैंने मन-ही-मन कहा, "ठीक है, चिट्ठी तो गयी।"

डॉक्टर ने कैदी से कहा, "जबान दिखाओ।"

कैदी ने जबान निकाल दी। डॉक्टर उसे देखने को झुका और बहुत धीरे-धीरे बोला, "अगर तुम चाहो तो मैं तुम्हारी मदद कर सकता हूँ।"

कैदी ने मुस्कराकर उसी तरह धीरे-धीरे उत्तर दिया, "मेरे पास कुछ नहीं है। और होता भी तो...।"

मैं मुँह फेरकर हँसा। डॉक्टर बोला, "कैदी बीमार नहीं है, बहाना करता है। साहब को रिपोर्ट करो।" कहकर वह चला गया।

मैंने कहा, "अरुण बाबू, तुमने अच्छा नहीं किया।"

उसने हँसकर जवाब दिया, "मुझे अब किसी की परवाह नहीं है।"

आधे घण्टे के बाद हेड-वार्डर और डिप्टी के साथ साहब आये। उन्हें देखकर कैदी उठा नहीं, वहीं बैठा रहा। साहब ने पूछा, "काम पर क्यों नहीं जाता?"

उसने शान्त भाव से उत्तर दिया, "तबीयत ठीक नहीं है।"

साहब ने कहा, "ट्वेंटी स्ट्राइप्स।" और चले गये। जाने पर मालूम हुआ—बीस बेंत का हुक्म दे गये हैं।

हेड-वार्डर उसे उसी वक्त ले गये। मैं सुन्न हुआ अपनी ड्यूटी पर बैठा रहा...

आधे घण्टे बाद वह वापस आ गया। शरीर पर सिर्फ एक लंगोट—वह भी लहू से भीग रहा था... हाथ में अपने कपड़े लिए, अकड़ता हुआ आया और कोठरी में चला गया। हेड-वार्डर ने कहा, "बंद कर दो।" वह हंसकर बोला, "काम पर तो नहीं गया।" हेड-वार्डर चला गया। मैं अपनी जगह जाकर बैठ गया, आज उससे बात करने की हिम्मत नहीं थी...

ग्यारह बजे ड्यूटी खत्म करने पर पहुँचा, तो देवी मुँह लटकाये बैठी थीं। मैंने पूछा, "आज उदास क्यों हो?" उसने मानो सुना ही नहीं। बोली, "आज जिसको बेंत लगे हैं, वही हैं अरुण बाबू?"

"हाँ!"

"बड़ा बांका जवान है।"

मैंने डरते-डरते कहा, "मैं तो सदा से कहता हूँ।"

"लेकिन तुम मर्दों की अक्ल का क्या इतबार?"

मैं चुप रहा। थोड़ी देर बाद मैंने पूछा, "तुमने कहाँ देखा?"

"जब बेंत लगाने लाये थे, तब।"

"फिर?"

"साहब आये थे, इसलिए मैं सब औरतों को लिये परेड कराने को अपने वार्ड के बाहर जंगले में खड़ी थी। सामने ही टिकटी खड़ी थी, उसी ओर हम देख रहे थे। इसी वक्त वह लंगोट बाँधे आया और अकड़कर टिकटी पर खड़ा हो गया। वह लड़की सुषमा उसको देखकर काँप गयी, फिर मेरे पास आकर बोली, "यह क्या हो रहा है?"

मैंने कहा, "बेंत लगेंगे।" वह बोली, "बेंत!" फिर सींखचों को पकड़कर खड़ी हो गयी। उसका मुँह लाल हो आया, पर वह कुछ बोली नहीं।

"फिर?"

"उसने भी सुषमा को देखा। देखकर चौंका, मुस्कराया, फिर एकटक देखता ही रहा। जितनी देर बेंत लगते रहे, दोनों हिले तक नहीं—वैसे ही एक-दूसरे की ओर देखते रहे। फिर जब वे उसे उतारकर ले गये, तब वह घूमी, और "भइया!" कह कर धरती पर बैठ गयी..."

"फिर मैंने उसे हिलाया, तब मानो स्वप्न से जागकर उठी, चुपचाप मेरे साथ अन्दर चली आयी। मैंने ढाढस देने को कहा, "बहिन, ऐसा होता ही रहता है।" उसने सिर झुकाये ही कहा, 'इस वक्त जाओ!' मैं चली आयी।"

मैं चुपचाप बैठ गया।

इसके बाद चार-पाँच दिन कुछ भी नहीं हुआ। मैं रोज रात को अपनी ड्यूटी पर जाता और पूरी करके चला आता...सुषमा का गाना रोज वहाँ सुनायी पड़ता था—

भूला-भूला रहता, मैं भी समझा लेती मन को—

क्यों बिखराया फिर तूने आ गरीबिनी के धन को?

मैं चुपचाप सुनता रहता था—और वह कैदी भी। उसके बाद वह कभी रोया नहीं। न मेरी ही हिम्मत पड़ी कि उससे बात करने जाऊँ...

पर पाँचवें दिन वह आयी और बोली—"दीखता है, दो रुपये में बहुत चिट्ठियाँ पहुँचानी पड़ेंगी; पर उस लड़की में कुछ अजब गुण है, ना करते नहीं बनता।"

मैंने मन-ही-मन कहा, मुझ ही पर ऐंठती थीं। प्रकट बोला, "क्यों—कोई और चिट्ठी है क्या?"

"हाँ, यह लो" कहकर उसने पाँच-छः लिखे हुए कागज मेरे हाथ पर रख दिये।

मैंने कहा, "यह चिट्ठी नहीं, यह तो चिट्ठा है।"

वह कुछ नहीं बोली, मैंने चिट्ठी जेब में रख ली।

कुतूहल बड़ी बुरी चीज है। जब से चिट्ठी मेरे हाथ में आयी, मैं यही सोचता रहा, कब वह जाय और मैं इसे पढ़ूं। उसके सामने पढ़ते डर लगता था—अपनी मर्दानी शान भी रखनी थी। उस दिन मैंने उसे अरुण की चिट्ठी पढ़ने से टोका था—बाद में खुद पढ़ ली, सो दूसरी बात है, मना तो कर दिया था न...

आखिर वह अपनी ड्यूटी पर गयी। मैं चिट्ठी लेकर पढ़ने बैठा। पढ़ते वक्त मुझे यह खयाल न था कि मैं अरुण बाबू से धोखा कर रहा हूँ। उनका काम तो इतना ही था कि चिट्ठी पहुँचा दूँ, किसी गैर के हाथ में न पड़े। मैं कोई गैर थोड़े ही था? और फिर जब पढ़कर मैं उसे अपने मन में ही रखता था, किसी से कहता नहीं था, पढ़ने में क्या हर्ज था?

खैर, मैंने बैठकर चिट्ठी तो पढ़ डाली। कुछ समझ आयी, कुछ नहीं, पर मैंने एक अक्षर भी न छोड़ा.....

सोमवार!

'भइया,

'उस दिन तुम्हारा पत्र पाकर मुझे कितना विस्मय हुआ, सो मैं ही जानती हूँ। शायद तुम्हें मेरे गाने की आवाज सुनकर भी इतना विस्मय न हुआ हो। मैं नहीं जानती थी कि तुम इसी जेल में हो—पर तुम तो शायद यह भी नहीं जानते थे कि मैं जीवित हूँ या नहीं...

'तुम्हें बहुत कुतूहल होगा, इसलिए पहले शारदा की ही कहानी कहूँगी। अपनी कहानी के लिए फिर भी बहुत समय मिलेगा। उस दिन, जब तुम और शारदा नाव में बैठकर झील के किनारे की गुफा में सामान इत्यादि छिपाने के लिए घुसे थे, समुद्र में ज्वार आने से झील का पानी चढ़ गया था—गुफा भर

गयी थी...उसके साथ नाव उलट गयी और तुम बाहर आये तो देखा शारदा का कोई पता नहीं है...वह सब मैं यहां बैठ स्मृति-पटल पर देख सकती हूँ, उसे दुहराने में कोई लाभ नहीं...पर शारदा डूबी नहीं थी। उसी टूटी नाव के एक तख्ते पर बहती हुई वहाँ से दस-बारह मील दूर किनारे लगी। दो दिन एक मछुए के झोंपड़े में रही, तीसरे दिन वहाँ से चलकर रात को अपने घर पहुँची। अभी घर के बाहर ही थी कि उसने घर से बहुत-से व्यक्तियों के रोने की आवाज सुनी। एकाएक किसी भयंकर आशंका से वह काँप गयी, कहीं अरुण का कुछ अनिष्ट तो नहीं हुआ...पर रोनेवालों में उसने अरुण का भी स्वर सुना, और शान्त होकर सोचने लगी—क्या यह रोना मेरे ही लिए तो नहीं है? कैसी विचित्र दशा थी वह! शारदा जीती-जागती बाहर खड़ी, और अन्दर लोग उसकी मृत्यु पर रो रहे थे।

'तुम जानते ही हो, शारदा कैसी विचित्र लड़की थी। इस दशा में उसने जो निर्णय किया, उसमें शारदा का व्यक्तित्व साफ झलकता है। उसने सोचा, जो काम आज कर रही हूँ, उसमें किसी-न-किसी दिन घर छोड़ना पड़ेगा—शायद जेल जाना पड़े, शायद मृत्यु का भी सामना करना पड़े। इन सबके लिए वह कितना दुःखमय दिन होगा! इससे तो कहीं अच्छा है, आज ही मैं गुम हो जाऊँ। ये तो मुझे मृत समझते ही हैं अब मेरा व्यक्तित्व कुछ नहीं रहेगा। शारदा का भूत ही सब काम करेगा—लोग पकड़ेंगे तो किसे? वारण्ट निकालेंगे तो किसके नाम?

'वहाँ खड़ी शारदा ऐसी-ऐसी बहुत-सी बातें सोचती रही। एक बार उसकी इच्छा हुई, भीतर जाकर अरुण से मिलूँ, उसे सारी कथा समझा दूँ। पर फिर और लोग भी देख लेते...और शायद अरुण भी उसकी बात न मानता...

'फिर, जैसा कि उसकी आदत है, उसने एकाएक निर्णय कर लिया। मुख मोड़कर वहीं से लौट गयी। शायद उसकी आँख में आँसू भी थे—मुझे याद नहीं है।

'अब उसे एक और चिन्ता हुई। वह जिस क्षेत्र में काम करती थी, उसमें तो सब अरुण के परिचित थे। वहाँ काम करना और अरुण से छिपना असम्भव था। क्षण-भर के लिए शारदा असमंजस में पड़ गयी। फिर उसने कहा, काम में हाथ डालकर छोड़ना शारदा का नियम नहीं है। अब जैसे हो, निभाना पड़ेगा।

'इसी दृढ़ निश्चय से वह कलकत्ते गयी। वहाँ उसने एक छोटी-सी समिति स्थापित की ओर काम करने लगी...वह जो मोटर में से एक स्त्री और दो युवकों ने गोली चलाकर तीन-चार पुलिसवालों को घायल किया था, उसकी नेत्री शारदा ही थी। उसके बाद जो कलकत्ते के पास ही एक बम-दुर्घटना हुई थी, उसमें भी शारदा बाल-बाल बच निकली थी। फिर पटने में जो रात में बम गिरा था, वह भी उसी का काम था। पर उसके बाद न जाने कैसे, पुलिस को उसका पता लग गया, उसके वारण्ट निकल गये—दो-तीन विभिन्न नामों से। तब उसको मालूम हुआ कि उससे निर्णय करने के समय एक छोटी-सी भूल हो गयी थी—नाम का भूत होने पर भी उसका शरीर स्थूल था, और उसके काम भूत के नहीं, मानवों के थे। उसके बाद वह एकदम लापता हो गयी—किसी ने उसका नाम नहीं सुना, न उसका काम ही। बस यहीं तक है शारदा की कहानी।

'अब अपनी कहानी कहूँ। तुम्हारे क्षेत्र में मैं बहुत देर तक काम करती रही। तुम्हारे पकड़े जाने से काम अस्त-व्यस्त हो गया था, इसलिए हमारा काम प्रायः संगठन का ही था। गाँव में छोटी-छोटी समितियाँ बनाकर और उनके मुखियाओं को दीक्षा देना, स्कूलों में छोटे-छोटे क्लब और यूनियन बनाकर उन्हें किताबें पढ़ाना, बाहर सैर करने ले जाकर संगठन इत्यादि के सिद्धान्त समझाने, शहर के मुहल्लों में वालंटियर दल स्थापित करके उन्हें चुपचाप फौजी शिक्षा देनी, मोटर और टैक्सी ड्राइवरों की यूनियनें बनाकर उन्हें उनका महत्त्व समझाना, यही हमारा विशेष काम था। मैं स्वयं तो खुल्लम-खुल्ला कर नहीं सकती थी, लेकिन देवदत्त, जयन्त, विश्वनाथ और उनके साथी बड़े उत्साह से मेरी सहायता करते रहे। (मैंने जो नाम

लिखे हैं, उनसे किनका आशय है, तुम समझ ही जाओगे।) जो मैं उन्हें बताती, वे उससे भी बढ़कर ही काम करते थे...

'जब हमारा संगठन पर्याप्त हो गया, तब हमने कुछ और अस्त्र मँगाने का विचार किया। इसके लिए धन की आवश्यकता थी, और वही प्राप्त करने के लिए मैं यहाँ आयी थी। पर यहाँ दुर्भाग्य से तुम्हारे 'चचा' (किनसे अभिप्राय है समझ लेना) ने मुझे देखा, और न जाने उन्हें क्या सन्देह हो गया...मैं बहुत भागी, पर जाती कहाँ? स्टेशन के पास ही पुलिस से सामना हो गया। मेरे पास दो रिवाल्वर थे और 36 गोलियाँ। मैंने सोचा, आज पुराने अरमान निकल लूँ। दो-दो बार मैंने रिवाल्वर खाली किये, तीसरी बार भरने का समय ही नहीं मिला...पर मुझे दुःख नहीं है, मेरे वार खाली नहीं गये।

'मेरा क्या निर्णय होगा, यह मैं जानती हूँ। झूठी आशाओं से मैं अपने को बेवकूफ बनाना नहीं चाहती। तुम भी मेरे विषय में कोई आशा मत बनाये रखना—इससे कोई लाभ नहीं होता। उलटे निराश होने पर व्यथा अधिक होती है।

'बुधवार।'

'यहाँ तक पत्र लिखकर मैं बहुत देर सोचती रही। कैसे-कैसे विचित्र विचार मन में आते हैं।

'भइया, क्या ही अच्छा होता अगर मैं किसी और स्थान में पकड़ी जाती और वहीं मेरा निर्णय हो जाता! कोई जान भी न पाता कौन थी, कहाँ से आयी थी...और शारदा—वह भी वहीं झील में डूबी रहती उसे निकलकर फिर लुप्त होना पड़ता। हम दोनों ही इस वर्तमान अतीत में छिपी रहतीं—इस प्रकार दुबारा जीकर तुम्हारे आगे न मरना पड़ता! कैसी सुखद, कैसी शान्तिप्रद मृत्यु होती वह!

'यहाँ आकर सम्भव था कि मैं चुपचाप अपना दण्ड भुगत लेती। किन्तु इस प्रकार, इसी जेल में तुम्हारे होते हुए बिना परिचय दिये मैं मर जाऊँ, इतनी शक्ति मुझमें नहीं है। परिचय के बाद दण्ड पाने पर तुम्हें कितना दुःख होगा, इसका कुछ अनुमान कर सकती हूँ। और शायद हम अब फिर मिल भी नहीं सकेंगे। उस दिन भी एक विचित्र संयोग से ही—जिस अवस्था में मैंने तुम्हें देखा था, उसे सौभाग्य कहना सौभाग्य का उपहास करना है—मैं तुम्हें देख पायी थी। अब सुषमा अन्धकार में लुप्त हो जाएगी, और अरुण देख भी न पाएगा।

'यह सब होते हुए भी मेरा मन कहता है कि तुम्हें मेरे परिचय दे देने के बाद मरने में जो दुःख होगा, वह इनकी अपेक्षा कहीं शान्तिकर होगा कि मेरी मृत्यु के बाद तुम यह जान पाओ कि मैं इसी जेल में रहकर, दण्ड पाकर, मरकर भी अपने को तुमसे छिपाती रही...

'भइया, मेरे सामने ही तुमने ममता और भावुकता को पीस डाला था और उनकी राख पर खड़े होकर एक महान् व्रत धारण किया था...अब तुममें दृढ़ता है, धैर्य है, शान्ति है। तुम इस कहानी को सुनकर दुःखित होओगे, पर विचलित नहीं, इसी विश्वास में मैंने पत्र लिखा है। अगर मुझे यह विश्वास न होता तो शायद मैं तुम्हारे पत्र का पहला उत्तर भी न देती...

'पर माता-पिता में यह धैर्य कहाँ, यह दृढ़ता कहाँ? हमारे दुःखों को देखकर उनकी ममता तो बढ़ती ही रहती है। उनके लिए शारदा को डूबी ही रहने देना— उसे जिलाकर फिर उनकी आँखों के आगे बुझाना मत! और सुषमा—सुषमा तो छाया थी—उनके लिए माता-पिता कहाँ, उसके लिए महत्त्व का भाव किसके हृदय में होगा? वह छाया थी—छाया की तरह किसी दिन छिप जाएगी...उसे कौन रोकेगा, अरुण?'

बस, सितार की टूटी हुई तार की तरह चिट्ठी यहाँ एकदम खत्म हो गयी। चिट्ठी पढ़ने से पहले मुझे जितना कुतूहल था, पढ़कर उससे कहीं बढ़ गया...यह शारदा कौन है, और सुषमा कौन? सुषमा छाया है—इसका क्या मतलब? मैं बैठा-बैठा इसी उलझने को सुलझाने में लगा था—इसी बीच में मुझे खयाल आया, इस चिट्ठी में तो बड़ी-बड़ी बातें लिखी हैं...बड़े पते की! अगर...

मेरे मन में जो खयाल आया—उससे मेरे तन में बिजली ही दौड़ गयी। अगर मैं यह चिट्ठी पुलिस को दे दूँ.....कितना इनाम...

फिर एकाएक उस कैदी का मुँह मेरे सामने आ गया—और उस लड़की का गाना मेरे कानों में गूँजने लगा—

आज लगा जब मेरा अन्तर उसी व्यथा से जलने—
तब तू आया उसी राख को पैरों-तले कुचलने!

मैं बैठा हुआ था, खड़ा हो गया। खड़े होकर मैंने जोर से कहा, "कमीने!" पर जो शर्म का समुद्र एकाएक उमड़ आया था, वह उतरा नहीं। मैंने फिर कहा, "कमीने! दगाबाज!" तब मन को कुछ शान्ति हुई।

मैं ड्यूटी पर तो चला गया, पर उस कैदी के सामने नहीं हुआ। मुझे अभी तक शर्म आ रही थी कि मैंने कमीनी बात सोची थी...वह चिट्ठी मेरी जेब में ही पड़ी रही। पर जब रात की ड्यूटी पर गया, तब मैंने देखा, वह रोज की तरह दरवाजे पर सींखचे पकड़े बैठा है। मैंने धीरे से कहा, "अरुण बाबू, यह लो!" उसने चुपचाप चिट्ठी लेकर दूर की बिजली की धीमी रोशनी में धीरे-धीरे पढ़ी। फिर बिस्तर में रख ली।

थोड़ी देर मैं चुपचाप खड़ा रहा। फिर न जाने कैसे एकाएक पूछ बैठा, "बाबू, शारदा कौन है?"

पूछकर मैं सहम-सा गया। उसने मेरी ओर देखा और फिर धीरे से कहा, मानो अपने-आपसे बातें कर रहा हो, "तुमने मेरी चिट्ठी पढ़ ली?"

मैंने कुछ नहीं कहा। कहता क्या?

उसने आप ही फिर कहा, "खैर, अब छिपाने में क्या रखा है? शारदा मेरी बहिन है।"

मैंने डरते-डरते पूछा, "तो यह—सुषमा?"

उसने बड़ी अजीब निगाह से मेरी ओर देखा। मुझे मालूम हुआ मानो मेरा अन्दर बाहर सब एक ही नजर में देख गया। फिर उसने बहुत ही धीरे से कहा, "शारदा और सुषमा—एक ही के दो नाम हैं..."

पहले मैं इस बात का पूरा मतलब ही नहीं समझा। फिर धीरे-धीरे जब समझ में आने लगा तब मैंने कहा, "अंय!" और उठकर बाहर चला आया। आते-आते जो आवाज आयी, उससे मैंने जान लिया कि वह चिट्ठी फाड़-फाड़कर खा रहा है...

बाहर वह गा रही थी—

तुझे खोजती कहाँ-कहाँ पर भटकी मारी-मारी—
पर निष्ठुर, तू पास न आया, मैं रो-रोकर हारी!

मेरी ड्यूटी वहाँ से बदलकर एक महीने के लिए ड्योढ़ी में लग गयी। यहाँ से जनाना वार्ड बिलकुल पास था। सुषमा का गाना कितना साफ सुन पड़ता था। कभी-कभी जेल के क्लर्क भी शाम को आकर बैठ जाते, और वह गाना सुनकर चुपके से चले जाते थे।...

एक दिन मैंने उसको देखा भी...और अब भूलूँगा नहीं—ऐसी सूरत थी वह!

शाम हो रही थी। मैं बैठा सोच रहा था, कब शाम हो और मुझे छुट्टी मिले। इसी वक्त किसी ने कहा,..."फाटक खोलो!" मैंने खोल दिया। आठ-दस पुलिस के सिपाही एक लड़की को लेकर अन्दर चले आये...मुझे किसी ने कहा नहीं, पर मैं देखते ही जान गया कि यही सुषमा है...

उसके दोनों हाथों में हथकड़ी लगी थी, पर कितनी शान से चलती थी वह! बाल खुले हुए थे—तन पर चौड़ी लाल किनारी वाली सफेद धोती थी। बड़ी-बड़ी आँखें थीं—एक बार उसने मेरी ओर देखा—ऐसे देखा मानो मैं उसके आगे होऊँ ही न, सिर्फ खाली हवा ही हो!—फिर भी मुझे मालूम हुआ कैसे उसने मेरी सब करतूतों—नयी-पुरानी, अच्छी-बुरी, सभी—को खुली किताब की तरह पढ़ लिया हो। मुँह पर उसके

हल्की-सी हँसी थी, ऐसी मानो कई सालों से वहाँ उसी तरह जमी हुई हो...

वे उसे अन्दर डिप्टी के दफ्तर में ले गये। मैं भी दबकर पीछे खड़ा हो गया।

डिप्टी ने वारण्ट देखकर कहा, "हैं?" फिर कुछ रुककर पूछा, "अपील करोगी?"

उसने हँसकर कहा, "नहीं।"

डिप्टी ने दया से उसकी ओर देखा, फिर कहा, "ले जाओ।"

सिपाही चले गये। थोड़ी देर बाद मेट्रन आयी उसे अन्दर ले जाने को। मैं उस वक्त तक चुपचाप उसी की ओर देख रहा था—मेट्रन के आने पर मैंने मुँह फेर लिया।

मेट्रन ने उससे पूछा, "क्यों सुषमा, क्या हुआ?"

"कुछ नहीं, फाँसी की सजा दी गयी है।"

"हैं!"

मैंने चुपचाप अन्दर का दरवाजा खोल दिया...वे दोनों अन्दर चली गयीं...मैंने देखा, मेट्रन की आँखों में भी आँसू हैं...

उस दिन सुषमा का गाना नहीं सुन पड़ा। उसके दूसरे दिन भी नहीं। तो तीसरे दिन...तीसरे दिन उसने नया गाना गाया...गाना क्या था, एक चिनगारी थी...एक जलता हुआ सन्देश था, न जाने किसको...

दीप बुझेगा पर दीपन की स्मृति को कहाँ बुझाओगे?
तारें वीणा की टूटेंगी—लय को कहाँ दबाओगे?
फूल कुचल दोगे तो भी सौरभ को कहाँ छिपाओगे?
मैं तो चली चली अब, तुम पर क्यों कर मुझे भुलाओगे?
तारागण के कम्पन में तुम मेरे आँसू देखोगे,
सलिला की कलकल-ध्वनि में तुम मेरा रोना लेखोगे।
पुष्पों में, परिमल समीर में, व्याप्त मुझी को पाओगे—
मैं तो चली चली पर प्रियवर! क्यों कर मुझे भुलाओगे?

इसके बाद वह रोज यही गाना गाने लगी...अपील की मियाद के सात दिन पूरे हो गये, उसने अपील नहीं की...फिर एक दिन सुना, मैजिस्ट्रेट आकर तारीख दे गये हैं—चौदह दिन बाद फाँसी हो जाएगी...

मेरी ड्यूटी ड्योढ़ी पर थी—मैं अन्दर नहीं जा पाता था। मेट्रन जाती थी, पर सुषमा 'कोठीबन्द' थी, वहाँ वह भी नहीं जा पाती थी...कई बार जी में होता, जा कर अरुण को या उसे देख आऊँ, पर ड्योढ़ी की ड्यूटी का एक हफ्ता-भर बाकी था। मैं जलता, छटपटाता, मन मसोसकर रह जाता...

आखिर मेरी बदली हो ही गयी। पर जब मैं उसकी कोठरी के पास ड्यूटी पर पहुँचा, तो आगे जाने की हिम्मत नहीं हुई। वह सुषमा का हाल पूछेगा—तौ मैं क्या कहूँगा?

पर एक जगह बैठा भी नहीं गया। मैं धीरे-धीरे टहलने लगा। उसने मुझे देख लिया और पुकारा "मंगतू!"

मैं चुपचाप उसके पास चला आया। उसने पूछा, "कहो, कैसा हाल है?"

मैंने अनमने-से होकर कहा, "अच्छा है।"

उसने फिर पूछा—'उदास क्यों हो?"

मैंनें जवाब नहीं दिया।

"उस सुषमा की भी कोई खबर है?"

मैंने फिर कुछ नहीं कहा। "नहीं" कहता तो कैसे और बताता तो क्या? सिर्फ एक बार उसकी ओर देख लिया।

वह मेरे मन की बात समझ गया। बोला, "उसे जो सजा हो गयी है, सो मुझे पता है। मैं उसके गाने से समझ गया था। कोई और खबर है?"

मैंने धीरे-धीरे कहा, "हाँ, उसने अपील नहीं की, तारीख लग गयी है।"

"कब?"

"अगले मंगल को।"

"बस छः ही दिन?"

"हाँ।"

इसके बाद वह बहुत देर चुपचाप रहा। कुछ सोचता रहा। फिर एक लम्बी साँस लेकर बोला, "साहब कब आएगा?"

सवाल पर मुझे कुछ अचरज-सा हुआ। मैंने कहा, "सोमवार को। क्यों?"

"यों ही। हाँ, एक चिट्ठी पहुँचाओगे?"

"वह कोठीबन्द है, काम मुश्किल है। पर देखो, शायद दाँव लग जाये।"

उसने एक छोटी-सी चिट्ठी दे दी। मैंने उसे जेब में डालते-डालते मन में कहा, "इसको नहीं पढ़ूँगा।"

मैं यह सोचता-सोचता घर पहुँचा कि कैसे कोठरी तक पहुँच पाऊँगा। वहाँ जाकर देखा, चूल्हा नहीं जला है—देवी गुस्से में भरी बैठी हैं। मैंने वर्दी उतारकर टाँगते हुए पूछा, "क्या बात है?"

वह झुंझलाकर बोली, "घर में आटा-दाल को पैसे नहीं हैं, ये लाट साहब की तरह आकर लग गये पूछने, 'क्या बात है?"

मैंने डरते-डरते कहा, "अभी उस दिन तो दो रुपये दिये थे, वे क्या हुए?"

ऐसी जगह सीधी बात का सीधा जवाब नहीं मिलता। वह और भी तेज होकर बोली, "तुम तो चाहते हो, मैं डायन बनकर रहूँ, हाथ में एक-एक चूड़ी भी न हो। उस दिन आठ आने की चूड़ियाँ ले लीं,—उसका भी हिसाब देना होगा कि क्या हुईं। वैसे ही क्यों नहीं कहते डूब मरूँ?"

जी में आया, कह दूँ, जा डूब मर, पर जी की बात जी में रख लेना मर्दों का काम ही है। मैं कुछ नहीं बोला। पर इससे वह शान्त नहीं हुई। बोली, "टुकुर-टुकुर देखते क्या हो? कुछ खाने की सलाह है कि नहीं?"

मैंने कहा, "मेरी जेब में शायद डेढ़ पैसा है—चाहो तो ले लो।"

वह आँखें छोटी करके मेरी ओर देखने लगी। फिर बोली, "अरुण बाबू ने जो दो रुपये दिये थे, वे क्या हुए?"

अब मैं समझा, मामला क्या है। पर एकाएक कोई बहाना न सूझा। फिर मैंने हिचकिचाकर कहा, "हेड वार्डर ने उधार माँगे थे, मैं इनकार नहीं कर सका।"

उसने कुछ जवाब नहीं दिया, पर साफ़ मालूम होता था कि उसे विश्वास नहीं हुआ।

खैर, मैं पानी का लोटा लेकर बाहर मुँह-हाथ धोने गया। वापस आकर देखा, मेरे कोट की तलाशी हो चुकी है, और वह हाथ में एक कागज का टुकड़ा लिए खड़ी है।

मैं उस पर कम ही गुस्सा करता हूँ, पर इतनी बेइतबारी मैं नहीं सह सका। मैंने पूछा, "यह क्या कर रही हो तुम?"

औरत की जात अजीब होती है, गलती अपनी और गुस्सा दूसरों पर! बोली, "क्यों जी, यह क्या है?"

मैंने कागज उसके हाथ से छीनकर पढ़ा—वह चिट्ठी थी।

'सुषमा!'

'दो दिन के मौन के बाद जब मैंने तुम्हें गाते सुना, तभी मैंने जान लिया था कि निर्णय हो गया

है...आज पक्का पता मिल गया...

'जिस अवस्था में तुम हो, उसमें मैं तुम्हें क्या लिखूँ? क्या सान्त्वना दूँ? हाँ, एक बार, तुम्हें देखने का प्रयत्न करूँगा—शायद सफल होऊँ।

'याद आता है, बहुत दिन हुए, एक बार तुमसे होड़ की थी कि किसका काम पहले समाप्त होगा। उस समय मुझे पूरी आशा थी कि मेरी जीत होगी। आज मैं सोच रहा हूँ, कौन जीतेगा?

—अरुण।'

पढ़ तो मैं गया, फिर मुझे शर्म आयी—और उस पर गुस्सा। पर मैं चिट्ठी लेकर बाहर चला गया—वह न जाने क्या बड़बड़ाती रही।

शाम को मैं भूखा ही ड्यूटी से कुछ पहले अन्दर चला गया। अभी लैम्प नहीं जले थे, पर सूरज डूब गया था। मैंने कोठियों के दो चक्कर लगाये, फिर जल्दी से उसकी कोठरी पर जाकर कागज दे दिया। उसने लेते ही कहा, "जवाब ले जाना।" मैंने कहा, "लिखो।" और हट गया। कोठियों के फिर तीन-चार चक्कर लगाये और आ गया। उसने एक कागज मेरे हाथ में दिया और बोली, "जबानी भी कह देना, होड़ के दो दिन बाकी हैं।" मैंने कहा, "अच्छा, नमस्कार!" उसने कुछ अचरज से, पर हँसकर, जवाब दिया, "नमस्कार!" मैं लपककर अपनी ड्यूटी पर चला।

पर काम नहीं बना। कोठियों के वार्डर ने पूछा, "कौन है?" मैं घबरा गया। वह चिट्ठी मेरे हाथ में थी—मैंने जल्दी से मुँह में डाल ली। उसने फिर पूछा, "कौन है?" मैंने कहा, "मैं हूँ, मंगतराम बार्डर। यों ही जरा घूमने आ गया था—अब ड्यूटी पर जा रहा हूँ।"

"अच्छा! मैं समझा, कोई कैदी है।"

मैंने ड्यूटी पर पहुँचकर ही साँस लिया। मैं वहीं बैठा रहा। जब खूब रात हो गयी, तब अरुण बाबू ने बुलाया, मंगतू!' मैं अन्दर चला गया। उसने पूछा, "कहो, क्या हुआ?" मैंने कहा, "पहुँचा तो आया।" उसने खुश होकर कहा, "अच्छा।"

मैं वहीं खड़ा रहा, गया नहीं। उसने पूछा, "कुछ और बात है क्या?"

मैंने कहा, "हाँ।"

"क्या?"

"जो जवाब लाया था—"

"जवाब भी ले आये क्या?"

"सुनो तो जो जवाब लाया था, वह—"

"उसका क्या हुआ?"

"जब मैं आने लगा तब वार्डर ने देखकर शोर मचा दिया।"

"फिर?"

"फिर मैं वह कागज खा गया।"

वह एक फीकी-सी हँसी हँसा। फिर बोला, "मैं तुम्हें कितनी बार खतरे में डाल चुका हूँ, मंगतू!"

मैंने कहा, "वह कोई बात नहीं है, अरुण बाबू। हाँ, एक जबानी सन्देशा है।"

"क्या?"

"कहने को कहा था कि अभी होड़ के दो दिन बाकी हैं।"

"अच्छा, जाओ।"

सोमवार को साहब आये, तो उनकी और अरुण बाबू की बहुत देर तक अंग्रेजी में बातें हुईं। मैं समझा तो कुछ नहीं, हाँ मालूम होता था कि अरुण बाबू कुछ समझा रहा है और साहब पहले तो आनाकानी

करता रहा, फिर अचम्भे में आया, फिर बोला, "आलराइट!" और डिप्टी को अंग्रेजी में कुछ समझाकर चला गया।

जब वे चले गये तो मैंने पूछा, "क्या बात हुई?"

वह बोला, "फाँसी देखने की इजाजत मिल गयी।"

रात को कुछ बादल घिर आये। बरसाती नहीं, वैसे ही छोटे-छोटे सफेद टुकड़े...मैं घर में गया और चुपचाप चारपाई पर लेट गया। देवी का कोप अभी खत्म नहीं हुआ था। मुझे इस तरह उदास मुख लेटा देख शायद वह कुछ पिघली। पर रुखाई से बोली, "क्या है?" मैंने जवाब दिया, "कल सुषमा को–" आगे नहीं बोल सका। वह चौंककर बोली, "हैं?" फिर मेरे पास आकर बैठ गयी। बहुत देर तक हम चुप बैठे रहे। मैंने देखा, वह चुपचाप रो रही थी शायद मेरे भी आँसू आ गये थे।...

मुझे रात-भर नींद नहीं आयी। सुबह पाँच बजे, तो मैं वर्दी पहनकर अन्दर चला गया। थोड़ी देर में साहब, मजिस्ट्रेट, डिप्टी, चीफ वार्डर वगैरह आ गये और चुपचाप कोठियों की ओर चले। मैं भी पीछे-पीछे चला। उसकी कोठी पर पहुँचे तो वह उठकर बैठी हुई धीरे-धीरे कुछ गा रही थी। साहब ने पूछा, "कुछ वसीयतानामा लिखाओगी?" वह जोर से हँसी और बोली, "मेरे पास दो रिवाल्वर ही थे, वे सरकार ने जब्त कर लिये। अब वसीयत के लिए कुछ नहीं है।"

कोठी खुली, वह बाहर चली आयी। चीफ वार्डर ने उसके हाथ पीठ के पीछे बाँध दिये। वह बराबर हँसती जा रही थी!

डिप्टी ने इशारे से मुझे बुलाया। बोला, "उस पोलिटिकल को ले आओ–हथकड़ी लगा करके लाना। समझे?"

मैंने सलाम किया और चाबी और हथकड़ी लेकर उधर चल पड़ा।

दूर से मुझे फिर उसके गाने की आवाज आयी–

'दीप बुझेगा पर दीपन की स्मृति को कहाँ बुझाओगे?'

मैंने अपनी जगह पहुँचकर कहा–"अरुण बाबू! जल्दी चलो!"

वह दरवाजे के आगे खड़ा आकाश की ओर देख रहा था। मैंने दरवाजा खोला तो बाहर आ गया। मैंने कहा, "बाबू, हथकड़ी लगाने का हुक्म हुआ है।" उसने चुपचाप दोनों हाथ बढ़ा दिये।

हम जल्दी-जल्दी फाँसी-घर की ओर चले। वहाँ पहुँचकर देखा, सब लोग एक कोने में खड़े हैं और सुषमा तख्ते पर खड़ी है। हम भी एक कोने में खड़े हो गये। सुषमा ने अरुण को देखा, उसके मुँह पर से जरा-सी देर के लिए मुस्कराहट चली गयी–बिजली की तरह दोनों की आँखों ने कुछ कहा, फिर सुषमा पहले की तरह मुस्कराकर धीरे-धीरे गुनगुनाने लगी–

'दीप बुझेगा पर दीपन की स्मृति को कहाँ बुझाओगे?'

अरुण का शरीर तन गया, उसने मुट्ठियाँ बड़ी जोर से बन्द कर लीं। फिर न बोला, न हिला–पत्थर की तरह खड़ा रहा...

जल्लाद सुषमा के मुँह पर टोपा पहिनाने लगा। वह बोली, "यह क्या है? मैं मुँह छिपाकर मरने नहीं आयी हूँ।"

जल्लाद साहब की ओर देखने लगा। साहब ने इशारे से कहा, "मत लगाओ।"

जल्लाद ने रस्सी उठाकर गले में लगा दी, और अलग हट कर खड़ा हो गया।

सुषमा ने अरुण की ओर देखकर मुँह खोला, मानो कुछ कहने को हो, फिर रुक गयी और मुस्करा दी।

जल्लाद ने साहब की ओर देखा। साहब ने धीरे से एक उँगली उठाकर फिर नीचे झुका दी...

तख्ता हट गया, रस्सी तन गयी...

साहब वगैरह जल्दी से वहाँ से हट गये, मानो शर्म से भाग गये हों...

अरुण घुटने टेक कर बैठ गया...आँखें बन्द कर लीं...मैं चुपचाप हथकड़ी पकड़े खड़ा रहा...

आठ-दस मिनट बाद वह उठा, और सीढ़ियाँ उतर कर गड्ढे के अन्दर चला गया...

जल्लाद ने सुषमा का शरीर उतार कर नीचे लिटा दिया था, हाथ खोल दिये थे। उसके अंग नीले होने लगे थे, पर अभी अकड़े नहीं थे...

अरुण झुककर बहुत देर तक उसके मुँह की ओर देखता रहा। फिर बहुत धीमी, काँपती आवाज में बोला, "शारदा, तुम्हारी जीत हुई..."

इसी वक्त डॉक्टर आया। अरुण को देखकर कुछ झेंप-सा गया, फिर चुपके से सुषमा की नब्ज देखने लगा। सिर हिलाकर बोला, "हूँ। इनको दफ्तर में ले जाओ—पब्लिक लेने आयी है।" यह कहकर चला गया।

अरुण भी मानो सपने में ही खड़ा हो गया। बोला—"शारदा, तुम तो डूब गयी थीं, अब तुम्हारी छाया ही को लेने आयी है पब्लिक!"

उसने हाथ उठाकर एक अँगड़ाई-सी ली, फिर मानो सपने से जाग पड़ा...उसका चेहरा देखते-देखते बदल गया.....आँखें बुझ-सी गयीं...

भर्राई हुई आवाज में वह बोला, "पब्लिक!"

उस एक ही लफ्ज को सुनकर मैं काँप गया...उसमें उसके जी की सारी कचोट—कई सालों की दबी हुई जलन—भरी हुई थी...

वह फिर बोला, "पब्लिक!"

फिर एक बड़ी डरावनी हँसी हँसा...और बोला, "चलो!"

मैंने ले जाकर उसे कोठरी में बन्द कर दिया...

इसके बाद मुझे उससे बोलने में कुछ डर-सा लगने लगा। मैं अपनी जगह बैठकर ड्यूटी देता और चला जाता...

एक हफ्ते बाद एक दिन सवेरे ही चीफ वार्डर आया और उससे बोला, "डिप्टी साहब का हुक्म है कि आपको कारखाने में काम पर जाना होगा।"

"काम पर जाये डिप्टी, और भाड़ में जाओ तुम! मैं कोई काम-वाम नहीं करूँगा।"

चीफ वार्डर चला गया। थोड़ी देर में डिप्टी आया और दरवाजा खुलवा कर अन्दर गया। बोला, "काम पर क्यों नहीं जाते?"

"मेरी मर्जी! मैं कुली नहीं हूँ।"

"तुम कैदी हो कैदी! कोई बड़े लाट नहीं हो! उस दिन के बेंत भूल गये?"

"नहीं, अच्छी तरह याद हैं। आपको भी बहुत दिन नहीं भूलेंगे।"

"मैं तुम्हारी सारी अकड़ निकाल दूँगा।"

"क्या कर लेंगे? बेंत लगवाएंगे? वह मैं खा चुका हूँ...बेड़ियाँ लगवाएँगे, वे भी छः महीने पहनी हैं...फाँसी दे लीजिएगा? वह मैं देख आया हूँ—उसमें बड़ा मज़ा है...बड़ा!"

डिप्टी ने उसका टिकट उठाया और उस पर कुछ लिख कर चला गया...

मैंने ताला बन्द करते हुए पूछा, "अरुण बाबू, यह क्या है?"

उसने हँसकर कहा, "कुछ नहीं; माफी बन्द और जब तक काम न करूँ कोठीबन्द।"

उस दिन से वह कोठरी से बाहर नहीं निकला। कभी-कभी जब मैं उसे समझाता तो वह हँसकर

कहता, "मंगतू, अब तो यहीं कटेगी। काम करने की तो मैंने क़सम खा ली!"

अब मैं उससे कुछ-कुछ डरने लगा हूँ। जिस अरुण को मैं पहले जानता था—उसमें और इसमें कितना फर्क है...मैं उसकी कोठरी से कुछ दूर ही बैठता हूँ और ड्यूटी पूरी करके चला जाता हूँ...कभी-कभी उसे देख-भर लेता हूँ.....

कभी-कभी गाता है। जब मैं उसे उस कोठरी के अँधेरे में बैठे धीरे-धीरे गाते सुनता हूँ...

भूला-भूला रहता, मैं भी समझा लेती मन को—
क्यों बिखराया फिर तूने आ गरीबिनी के धन को?

तब मेरे दिल में एक धक्का लगता है, मैं सोचने लग जाता हूँ, कितनी कमीनी यह नौकरी है, जिसमें मैं फँसा हूँ...और कैसे अजीब आदमी हैं ये पोलिटिकल कैदी।

पर सबने तरसाने वाली उसकी शक्ल होती है, जब बड़े सवेरे पौ फटने के वक्त वह आकर अपनी कोठरी के दरवाजे के सींखचे पकड़ कर बैठ जाता है और भूरे आकाश में फटे हुए दूध की तरह छोटे-छोटे सफेद बादल के टुकड़ों की ओर देखता हुआ गाने लगता है—

आसन तलेर माटिर पड़ि लूटिए रोबो,
तोमार चरण धूलस्य धूल धूसर होबो!

उस वक्त उसकी आवाज में ऐसी दबी हुई-सी आग होती है कि मेरा कलेजा दहक उठता है? मैं वहाँ से उठकर दूर जा बैठता हूँ कि वह आवाज मेरे कानों तक न पहुँचे...

पर उसके शब्दों से, उन गानों से, उस डरावनी हँसी से, उस टिकटी से; उस फाँसी के नज़ारे से, और उस अजीब औरत की हँसती आँखों से हटकर जाने को जगह नहीं है...शारदा की छाया को तो पब्लिक ने फूँक दिया, पर यह सुषमा की छाया जो हर वक्त मेरे पास रहती है, इससे छुटकारा कहाँ है?...

दिल्ली जेल, अक्टूबर, 1931

विवेक से बढ़ कर

Whence shall arise the shout of love, if it be not from the summit of sacrifice?

—Victor Hugo

आँधी तीन दिन से बन्द नहीं हुई थी। उस मरुस्थल से तीन दिन से पवन कभी क्रुद्ध साँप की तरह फुफकारता हुआ, कभी किसी प्रोषितपतिका की तरह साँय-साँय रोता हुआ बहा जा रहा था। उस मरु में उसका प्रवाह ऐसा अनवरुद्ध था कि तीन दिनों से लगातार पड़ रही बर्फ का एक टुकड़ा भी उसके आगे नहीं टिक पाया था। केवल उस लम्बी-सी नीची इमारत के कोने में, जहाँ पवन की चोट नहीं पहुँच पाती थी, बर्फ के मैले ढेरे जम गये थे, और उनसे मैला पानी बहा जा रहा था।...

काली-सी मरुभूमि, काला-सा आकाश, और बीच में उड़ती हुई बर्फ की चादर में लिपटी हुई वह काली-सी इमारत...भूमि और आकाश को देखकर उस स्थान की निर्जनता का अनुभव पूरी तरह नहीं हो सकता था, किन्तु उसके मध्य में, उस इमारत के भीतर से आने वाले क्षीण प्रकाश को देखकर एकाएक असीम सूनेपन की संज्ञा जाग्रत हो उठती थी।

वह इमारत थी रूस की साइबेरियन सीमा का एक पुलिस थाना। उस समय उसके अन्दर भी एक विचित्र तूफान मचा हुआ था—किन्तु उसकी भयंकरता को वही समझ सकता है, जिसने महीनों, आधे-पेट भोजन पर बिताये हैं, जिसने भूख, प्यास और सर्दी से अपने प्रियजनों को मरते देखा है, जिसने धनिकों की अनाचारिता देखी है, जिसने राजशक्ति की कोपदृष्टि सही है, और जिसने यह सब-कुछ देख-सुन और सह कर भी अपने पीड़ित बन्धुओं के लिए लड़ मरने का अपना निश्चय नहीं छोड़ा...

थाने के एक सिरे पर एक कोठरी के अन्दर एक युवक बन्द था। उसने चमड़े का एक कोट पहना हुआ था, और मोटे-मोटे बूट, किन्तु उसके दाहिने पैर में एक लोहे की जंजीर पड़ी हुई थी, जिसका दूसरा छोर दरवाजे के सीखचों से बँधा हुआ था। वह कोठरी के एक कोने में भूमि पर ही बैठा हुआ था और विमनस्क-सा होकर बाहर गरजते हुए तूफ़ान की ओर देख रहा था। कभी-कभी बर्फ़ के छोटे-छोटे टुकड़े अन्दर आ जाते और कभी-कभी पवन के झोंके से छत से टँगे हुए चरबी के लैम्प की शिखा काँप जाती थी।

उसके सामने एक पुलिस का अफसर बैठा था। वह कुछ सोच रहा था, किन्तु फिर भी कभी-कभी चौंककर बाहर की ओर देख लेता, और कभी अपने बन्दी के मुख की ओर...

एकाएक वह बोला, "देखो एण्टन, मैं तुम्हें एक रहस्य की बात बतलाता हूँ। तुम ज़रा आगे सरक आओ।"

बन्दी ने उपेक्षा से उत्तर दिया, "रहस्य की बात यही होगी न कि मैं बयान दे दूँ तो मुझे छोड़ दोगे?"

पुलिस-अफसर ने धैर्य से कहा, "नहीं। तुम अभी युवा हो, इसलिए प्रत्येक सरकारी नौकर को देश-द्रोही ही समझते हो। तुम्हारा विचार ग़लत है।" यह कहकर वह स्वयं आगे सरक आया और बोला,

"एण्टन, तुम प्योत्र वासिलीव को जानते हो?"

एण्टन ने कुछ मुस्कराकर कहा, "इतना कच्चा नहीं हूँ।"

"तुम्हें ऐसे विश्वास नहीं होगा। सुनो, मैं तुम्हारी बहुत-सी बातें जानता हूँ। तुम प्योत्र वासिलीव के दल में थे, और तुम्हारे साथ ही मैक्सिम और लियोन भी थे। ठीक है न?"

बन्दी ने फिर कोई उत्तर नहीं दिया।

"तुम, मैक्सिम और लियोन फिल्किस्क नगर में गवर्नर की हत्या करने के लिए भेजे गये थे और तुम्हीं ने यह कार्य किया भी। उसके बाद तुम रूस की ओर वापस जाते हुए पकड़े गये। ठीक है न?"

फिर भी कोई उत्तर नहीं मिला।

"तुम समझते होगे, ये बातें शायद मैक्सिम या लियोन ने मुझे बता दी हों। सुनो, एक बात और कहता हूँ। यह उन दोनों को नहीं मालूम है। वासिलीव ने एक बार पहले भी तुम्हें इधर भेजा था, और तुम क्रुस्कोव नाम से गये थे। क्यों?"

अबकी बार एण्टन ने विस्मित स्वर से कहा, "तो फिर क्या चाहते हो?"

पुलिस-अफसर हँसा। बोला, "अब शायद तुम मेरी बात सुनने को उद्यत होगे। सुनो! मैं वासिलीव का मित्र हूँ। मुझे तुमसे बहुत-कुछ सहानुभूति है—पर इस बात को अभी जाने दो। मैं इस समय तुम्हारी सहायता करना चाहता हूँ। शायद थोड़ी-बहुत सहायता कर भी सकता हूँ।"

बन्दी ने उत्सुक होकर पूछा, "क्या?"

"तुम तीन आदमी पकड़े गये हो। मैं जानता हूँ कि उस हत्या में तुम तीनों का हाथ था। लेकिन फिल्किस्क के थाने में जो रिपोर्ट है, उसमें दो ही आक्रमणकारियों के देखे जाने की बात लिखी है।"

"तो फिर?"

पुलिस-अफसर ने एक भेद-भरी दृष्टि से बन्दी की ओर देखते हुए फिर कहा, "तुम लोग तीन हो।"

बन्दी क्षण-भर उसकी ओर देखता रहा। शायद पुलिस-अफसर का आशय कुछ-कुछ उसकी समझ में आ गया। उसने व्यग्रता दिखाते हुए पूछा, "तो क्या किया जा सकता है?"

"मैं तुमसे सहानुभूति रखता हूँ। अगर मेरा वश होता, तो मैं तुम तीनों को छोड़ देता। लेकिन वैसा करने से मैं स्वयं पकड़ा जाऊँगा और तुम भी कहीं नहीं जा सकोगे। ठीक है न?"

"हाँ।"

"अपने आदर्श की पूर्ति के लिए जो सबसे लाभप्रद हो, वही हमें करनी चाहिए। तुम तीनों को नहीं छोड़ सकूँगा। इसीलिए पूछता हूँ, तुममें से किसका मूल्य सबसे अधिक है?"

एण्टन ने हँसकर कहा, "हम तीनों ही पाँच-पाँच हजार रूबल के हैं!"

पुलिस अफसर भी कुछ हँसा। फिर बोला, "वह बात नहीं। किसका छूट जाना सबसे अधिक लाभप्रद होगा, यही जानना चाहता हूँ।"

"जानकर क्या होगा?"

"उससे आगे जो कुछ करना होगा, वह मेरे वश में है। तुम केवल इतना बता दो, किसे निर्दोष लिख दूँ?"

एण्टन चुपचाप बाहर आँधी की ओर देखता रहा। कई क्षण बीत गये। पुलिस-अफसर ने कहा, "मैं उत्तर की प्रतीक्षा कर रहा हूँ।"

एण्टन मानो चौंका। फिर बोला, "मुझे सोच लेने दो—यह काम बहुत कठिन है।"

पुलिस-अफसर ने कहा, "अच्छा। मैं आधी रात बीते फिर आऊँगा। तब तक..." यह कहकर वह घूमा और किवाड़ के पास जाकर बोला, "सिपाही!"

दूर सिपाही के आने का ठपू! ठपू! स्वर सुन पड़ा। ताला खड़का, फिर दरवाजा कुछ खुल गया। एण्टन ने अफ़सर से पूछा, "आपका नाम क्या है, बताने की कृपा करेंगे?"

"हाँ-हाँ! मेरा नाम आन्द्रेइ मार्टिनोव है।" कहकर वह बाहर चला गया। ताला बन्द हो गया।

2

इस कोठरी में और एण्टन की कोठरी में कोई विशेष भेद नहीं था। अगर कोई भेद था तो इतना ही कि इस कोठरी का मुख पवन के वेग से बचा हुआ था। एक युवक उसमें धीरे-धीरे टहल रहा था। जब वह चलता तो उसके पैरों में पड़ी हुई जंजीर झनझना उठती थी, पर वह फिर भी ऐसे टहलता जाता था, मानो उसे ध्यान ही न हो।

एकाएक उसने रुककर, अपने सामने खड़े हुए पुलिस अफसर की ओर देखकर पूछा, "पर मार्टिनोव साहब, आपका विश्वास कैसे किया जा सकता है?"

मार्टिनोव ने कहा, "मैं यह जानता ही था कि मैं आसानी से विश्वास नहीं दिला सकूँगा। लेकिन शायद मेरे पास इसका भी एक साधन है। तुम वासिलीव की हस्तलिपि पहचानते हो?"

"कहिए?"

"अगर मैं अपने नाम लिखा हुआ वासिलीव का पत्र तुम्हें दिखाऊँ, तो विश्वास करोगे?"

"अगर-मगर की बात क्या करते हैं? जो दिखाना है दिखाइए, फिर बात होगी।"

मार्टिनोव हँसा। फिर बोला, "क्रान्तिकारी स्वभावतः ही टेढ़े होते हैं, सीधा जवाब क्यों देने लगें? खैर, यह देखो।" कहकर उसने जेब में से एक पत्र निकाला। उसमें दो ही तीन सतरें लिखी हुई थीं।

मैक्सिम ने पत्र अपने हाथ में ले लिया और पढ़ा। "बन्धु मार्टिनोव, हमारे एक मित्र क्रुप्स्कोव आपके प्रान्त में से होकर फिल्किस्क जा रहे हैं। आशा है आप उनसे मिल पाएँगे। अगर न भी मिल सकें, ऐसा प्रबन्ध कर दीजिएगा कि उन्हें यात्रा में कष्ट न होने पावे। कृतज्ञ हूँगा।"

मैक्सिम ने पत्र पढ़कर जिज्ञासा-भरी दृष्टि से मार्टिनोव की ओर देखा। मार्टिनोव बोला, "नीचे का नाम मैंने काट दिया था। लेकिन लिपि तो पहचानते हो न?"

मैक्सिम ने धीरे से कहा, "हाँ।"

थोड़ी देर दोनों चुप रहे। फिर मार्टिनोव बोला, "तो अब मुझे बता सकोगे?"

"आपने और दोनों से भी पूछा है?"

"तुम्हें अपना मत व्यक्त करने में उनकी राय से नहीं बाध्य होना चाहिए, इसलिए यह मत पूछो! तुम किसे सबसे मूल्यवान समझते हो यही बता दो।"

मैक्सिम चुप रहा। मार्टिनोव मानो अपने आपसे ही बोला, "और फिर सबको विश्वास दिलाना भी तो असम्भव है!"

मैक्सिम ने कहा, "हाँ, यह बात तो है। अच्छा।"

"तुम्हें शायद सोचने का समय चाहिए? मुझे कोई जल्दी नही है।"

"हाँ। कब तक समय दे सकते हैं?"

"आधी रात तक—अभी तीन घण्टे हैं।" कहकर मार्टिनोव बाहर चला गया। मैक्सिम ने टहलना बन्द कर दिया और धीरे-धीरे भूमि पर बैठ गया। बहुत देर तक उस कोठरी में कोई शब्द नहीं हुआ, केवल किसी अशान्त, चिरदुःखित प्रेत के सिसकने की तरह पवन का वह साँय-साँय ही बार-बार गूँजता और कुछ शान्त होकर फिर गूँज उठता...

3

एण्टन की कोठरी में अँधेरा था, चर्बी का लैम्प बहुत धीमा जल रहा था। वह कोठरी में खड़ा हुआ दीख नहीं पड़ता था, इसलिए सिपाही दरवाजे के पास ही खड़ा था, इधर-उधर घूमता नहीं था। कभी-कभी वह दरवाजे पर आकर पुकारता, "क़ैदी, सब ठीक है न?" और फिर बिना उत्तर पाये ही कुछ परे हटकर खड़ा हो जाता था। उसकी शिक्षा यहीं तक थी कि क़ैदी को पुकारते रहना चाहिए, यह बात नहीं कि उनसे कोई उत्तर भी प्राप्त करना चाहिए।

कभी-कभी जब बिजली चमकती, तो सारा आकाश जल उठता और उस मरु की निर्जनता आँखों के आगे उभर-सी आती।

उसके प्रकाश में दीख पड़ता था, एण्टन अपनी कोठरी के सींखचे दोनों हाथों से पकड़े, उन्हीं से मुँह बाहर निकाले खड़ा था। विक्षिप्त की भाँति वह एक पैर की एड़ी बार-बार उठाकर पटकता था, जिससे पैर की ज़ंजीर झनझना उठती थी। कभी-कभी वह बिल्कुल ही निश्चल हो जाता, किन्तु फिर अधिक उद्वेग से एड़ी पटकने लगता था और ज़ंजीर की झनझन पवन की साँय-साँय को डुबा देती थी...

एण्टन का बाह्य रूप देखकर यह भी नहीं जान पड़ता था कि वह क्या सोच रहा है। उसकी वह स्थिर दृष्टि, दबे हुए होंठ, और शरीर के उत्क्षेप यही कहते थे कि उसकी आत्मा किसी विचित्र भाव के फेरे में पड़कर, उद्भ्रान्त होकर बहुत दूर चला गया है और कठोर, अभेद्य बन्धनों में पड़कर छटपटा रहा है...किन्तु वह भाव क्या था, और वे बन्धन क्या थे, यह कहने का शायद उसके पास कोई साधन ही नहीं था। क्रान्तिकारी विचार-स्वातन्त्र्य और अभिव्यक्ति स्वातन्त्र्य के लिए लड़ते हैं, किन्तु इसमें ही उन्हें न जाने कितने विचारों का दमन करना पड़ता है, कितनी अभिव्यक्ति-चेष्टाओं को नष्ट कर देना होता है।

वे भाव...एण्टन के विशाल हृदय में उठते और दोनों में किसी एक चट्टान से टकराकर नष्ट हो जाते—मैक्सिम और लियोन...

वे भाव एण्टन के व्यक्तित्व के इतने अन्तरतम अंश थे कि शायद एण्टन स्वयं उन्हें न समझ सकता। उसने इतनी बातें, ऐसी बातें, पहले कभी नहीं सोची थीं, किन्तु उसे पहले कभी ऐसा अवसर भी तो नहीं आया था—मैक्सिम और लियोन की तुलना करने का उसने कभी प्रयत्न नहीं किया था...

यदि एण्टन उन भावों को लिखकर, उन्हें सामने रखकर, अपने मन को समझने की चेष्टा करता...

4

बहुत दिनों की बात थी। वसन्त के आगमन से उस गाँव के आसपास के बाग़ों से सेब के पेड़ फूलों से लद गये थे, यद्यपि उनमें पत्ते नहीं थे। इन्हीं पेड़ों की छाया में, झरने के किनारे थोड़ी-सी घास से हरी भूमि पर दो लड़के बैठे हुए थे—एण्टन और मैक्सिम...

मैक्सिम एक छोटी-सी किताब हाथ में लिये पढ़ रहा था। एण्टन उसकी ओर देखता और घास की पत्ती दाँतों से कुतरता चुपचाप बैठा था।

मैक्सिम ने पढ़ना स्थगित करके कहा, "एण्टन।"

"क्या है?"

"इस किताब में दो सिपाहियों की जो कहानी है, वह तुमने पढ़ी है?"

"हाँ। पिछले साल पढ़ी थी।"

"मैं भी सिपाही बनूँगा। और फिर बहुत बड़ी फ़ौज लेकर लड़ाई में जाऊँगा। तुम भी चलोगे न?"

"मैं बहुत फ़ौज लेकर नहीं लड़ूँगा। अकेला ही जार के पास जाऊँगा, और उससे काम माँगूँगा।"

"जैसे इस किताब में सिपाहियों ने किया था?"

"हाँ। लेकिन किताब में दो सिपाही थे।"

मैक्सिम ने कुछ सोचकर कहा, "तो मैं भी चलूँगा। लेकिन कहानी की तरह अगर कभी लड़ाई में मुझे चोट लग गयी तो?"

"तो मैं अकेला ही शत्रु को मार दूँगा और तुम्हें उठाकर पीट्रोग्रेड में ले आऊँगा।"

"और अगर तुम भी घायल हो गये तो?"

"तो क्या? तुम्हें तो उठाकर बचा ही लाऊँगा चाहे फिर मर ही क्यों न जाना पड़े।"

मैक्सिम मानो सन्तुष्ट हो गया। वह फिर अपनी किताब पढ़ने लग गया...

कॉलेज में अभी छुट्टी हुई थी। लड़के निकलकर अपने-अपने घरों की ओर जा रहे थे।

एण्टन और मैक्सिम एक साथ चले जा रहे थे। एण्टन कह रहा था, "आज ही चित्र शुरू कर दूँगा। एक महीने में तैयार हो जाएगा।"

मैक्सिम बोला, "तो क्या एक महीने तक मुझे रोज़ आकर बैठना पड़ेगा?"

"नहीं तो! तीन-चार दिन तो देर-देर तक बैठना पड़ेगा, इतनी देर में मैं छोटी ड्राइंग बना लूँगा। उसके बाद तैलचित्र बनाता रहूँगा, तुम्हें कभी-कभी आकर बैठ जाना होगा—थोड़ी-थोड़ी देर के लिए, ताकि मैं भूल न जाऊँ।"

"अच्छा। तो आज तो आरम्भ कर दोगे न?"

"हाँ, तुम्हारा चित्र बनाने के लिए अगर कॉलेज से गैरहाजिर भी रहना पड़े तो रहूँगा। लेकिन मैक्सिम, तुम भी वह कला क्यों नहीं सीखते?"

इस समय पीछे से किसी ने पुकारा, "मैक्सिम!"

मैक्सिम रुककर घूम गया और बोला, "लियोन, तुम कहाँ रह गये थे?"

तीनों साथ चलने लगे। लियोन बोला, "मैक्सिम, आज थियेटर देखने चलोगे न? एक बड़ा राजनैतिक खेल आया है, शायद दो-तीन दिन में सरकार उसे बन्द ही कर दे। मैंने दो टिकट ले रखे हैं।"

"अच्छा चलूँगा। एण्टन, चित्र फिर सही।"

एण्टन अप्रतिभ होकर बोला, "जैसी तुम्हारी मर्जी!"

थोड़ी देर तीनों चुपचाप चले। फिर एण्टन बोला, "अच्छा, मैं जाता हूँ।"

"कहाँ?"

"एक जगह चित्र बनाने जाना है, पचास रूबल तय हुए थे। अगर मिल जायें, तो माँ के लिए कुछ सुभीता हो सकेगा।"

मैक्सिम ने कुछ नहीं कहा। लियोन ने कहा, "एण्टन, तुमने वह किताब पढ़ ली, जो मैंने तुम्हें दी थी?"

"हाँ, लेकिन उसके बारे में फिर बात होगी।" कहकर सिर झुकाये हुए एण्टन लम्बे-लम्बे कदम रखता हुआ एक ओर चला गया।

मैक्सिम, एण्टन और लियोन को क्रान्तिकारी सभा में सम्मिलित हुए कई महीने हो गये थे। कई कारणों से लियोन को घर छोड़कर छिपकर रहना पड़ता था, क्योंकि उसके वारण्ट जारी हो चुके थे। वह कॉलेज तो छोड़ ही चुका था, अब नगर छोड़कर जाने को बाध्य हुआ था।

तीनों मित्र एक छोटे बगीचे में बैठे हुए थे। लियोन ने अपने जाने की बात सुनाकर पूछा, "मैक्सिम, तुम अब क्या करोगे?"

"मैं तो तुम्हारे साथ जाऊँगा।"

"नहीं, तुम यहीं रहो। एण्टन की सहायता करते रहना। उसे तुम्हारी मदद की बहुत जरूरत रहेगी। और तुम अभी तक सुरक्षित हो, क्यों मेरे साथ जाओगे? जब तक सुरक्षित रहकर काम कर सको, करो; व्यर्थ अपनी शक्ति कम कर देने से क्या लाभ? हाँ, अगर तुम्हारे भी वारण्ट निकले होते, तब दूसरी बात थी। क्यों, एण्टन! तुम इसे अपने साथ रखोगे?"

एण्टन ने दूसरी ओर देखते हुए कहा, "जो काम मैक्सिम मेरे साथ करता है, उसे मैं दूने उत्साह से करता हूँ।"

मैक्सिम फिर लियोन की ओर उन्मुख होकर बोला, "एक और बात भी है। घर पर मेरा रहना असम्भव हो रहा है।"

एण्टन ने आग्रह से कहा, "तो फिर मेरे पास आ जाना। मेरे स्टूडियो में बड़े आराम से रह सकोगे।"

मैक्सिम ने उत्तर नहीं दिया। किन्तु उसका मौन स्वीकृति-सूचक नहीं था।

एण्टन ने फिर कहा, "अब पहले की-सी हालत नहीं है। मैं अपनी चीज़ों से काफ़ी कुछ कमा लेता हूँ। और मेरी माँ भी प्रसन्न होगी। अगर हमारी हालत खराब भी होती, तो भी.....मैक्सिम तुम आ जाओगे न?"

मैक्सिम ने कुछ हठ के साथ कहा, "मैं तो लियोन के साथ जाऊँगा। नहीं तो वह भी यहीं रह जाये।"

एण्टन चुप हो गया। लियोन ने कुछ हँसकर कहा, "मैक्स, तुम बड़े जिद्दी हो।"

मैक्सिम ने समझ लिया कि लियोन उसे साथ ले जाएगा। उसके मुख पर प्रसन्नता झलक गयी।

संध्या के बुझते हुए प्रकाश में वोल्गा-तटस्थ ज़ारेव नगर के आसपास की दल-दल के प्रदेश में कीच से लथपथ दो युवक भागे जा रहे थे...उन दोनों के हाथ में बन्दूकें थीं, किन्तु उनके मुख पर शिकारी का हिंसा-भाव नहीं था बल्कि शिकार का त्रस्त, वेदना-पूर्ण भाव...

उनके पीछे कुछ दूर पर मशालें लिये हुए अनेक सैनिक आ रहे थे, बीच-बीच में कोई रुककर बन्दूक से फायर करता और फिर आगे बढ़ा चला आता...

एकाएक भागते हुए दो व्यक्तियों में से एक लड़खड़ाकर गिरा। गिरते हुए बोला, "एण्टन! तुम निकल जाओ! मैं तो..."

दूसरा व्यक्ति रुका और बोला, "मैक्सिम!"

कोई उत्तर नहीं मिला। एण्टन ने हाथ से बन्दूक फेंक दी और पीठ पर मैक्सिम को उठाकर दौड़ने लगा। एक बार अस्पष्ट स्वर में बोला, "मैक्सिम्, तुम्हें छोड़कर कैसे..." और फिर उन्मत्त, बेरोक, मशीन की तरह दौड़ता गया। उसके शरीर में मानो कोई दैवी शक्ति आ गयी थी, उसकी आँखों में दैवी तेज धधक रहा था, और शायद उसके अन्तस्तल में...

दलदल धीरे-धीरे पक्की धरती का रूप धारण कर रही थी...थोड़ी देर में एण्टन बिल्कुल सूखी ज़मीन पर पहुँच गया। उसने घूमकर देखा, सैनिकों की मशालें कहीं नहीं दीख पड़ती थीं। वह फिर आगे बढ़ने लगा, और थोड़ी देर में एक छोटे-से हरियाली-भरे और सुरक्षित स्थान में पहुँच गया। यहाँ उसने मैक्सिम को भूमि पर लिटा दिया और धीरे-धीरे उसका शरीर टटोलने लगा। गोली मैक्सिम की टाँग में लगी थी। एण्टन ने अपना कोट उतारा, फिर कमीज़, और उसके चिथड़े करके पट्टियाँ बनायीं। इनसे उसने घाव को बाँध दिया। फिर कोट की जेब से उसने एक छोटा-सा फ्लास्क निकाला और मैक्सिम का मुख खोलकर उससे लगा दिया।

मैक्सिम को इतना भी होश नहीं था कि फ्लास्क से ब्राण्डी का एक घूँट भर ले। किन्तु ब्राण्डी धीरे-धीरे उसके गले के नीचे उतर गयी। उसका शरीर कुछ काँपा, फिर उसने बहुत क्षीण स्वर में पुकारा, "लियोन!"

एण्टन बड़ी व्यग्रता से उसके मुख की ओर देख रहा था। मैक्सिम की पुकार सुनकर उसने एक लम्बी

साँस ली; और चुप हो रहा।

मैक्सिम ने फिर पुकारा, "लियोन, कहाँ हो?"

एण्टन ने धीरे से कहा, "मैक्सिम, यह मैं हूँ एण्टन।"

मैक्सिम ने आँखें खोलीं। बोला, "लियोन कहाँ गया?"

"लियोन पहले ही बचकर निकल गया था, अब तक तो ज़ारेव पहुँच गया होगा। तुम्हारी चोट कैसी है?"

मैक्सिम कुछ नहीं बोला। बहुत देर तक दोनों चुप रहे। फिर एण्टन ही बोला, "मैक्सिम!"

"क्या है?"

"लियोन तो बच गया है, तुम उदास क्यों होते हो?"

"लियोन निकल गया होगा, मुझे इसी की खुशी है। अब तुम क्या करोगे, एण्टन?"

एण्टन ने सहसा उत्तर नहीं दिया। फिर बोला, "मैक्सिम, तुम्हारी चोट कैसी है?"

"इतनी बुरी नहीं है। पर चल नहीं सकता।"

"तो कोई चिन्ता नहीं है। मैं तुम्हें उठाकर चलूँगा।"

"कहाँ?"

"बहिन हिल्डा के गाँव।"

"बीस मील—मुझे उठाकर!"

एण्टन ने कुछ मुस्कराकर कहा, "चार मील तो अभी उठाकर लाया हूँ—दल दल में। और फिर अब तो बन्दूकों का बोझ भी नहीं है।"

"क्यों, वे क्या हुईं?"

"तुम्हें उठाना था, इसलिए मैंने वही फेंक दीं। साथ ले तो आता, लेकिन तुम्हें उठाये निशाना तो लगा नहीं सकता था। इसलिए व्यर्थ था। लेकिन अभी रिवाल्वर तो है ही, कोई चिन्ता नहीं है।"

मैक्सिम थोड़ी देर चुप रहा। फिर बोला, "एण्टन, अगर तुमको सैनिक पकड़ लेते तो?"

एण्टन बोला, "तो तुम्हें पकड़वा देता और खुद भाग निकलता? मैक्स, तुम अभी बहुत-सी बातें नहीं जानते हो..." कहकर उसने मुँह फेर लिया।

बहुत देर तक फिर कोई नहीं बोला। फिर मैक्सिम ने मानो डरते-डरते कहा, "एण्टन, मुझे तुम्हारे प्रति कितना कृतज्ञ होना चाहिए..." कहते-कहते वह एण्टन के शरीर में एक कम्पन का अनुभव करके एकाएक रुक गया।

एण्टन ने व्यथा-विकृत, भर्रायी हुई आवाज में कहा, "मैक्स! मैक्स!" फिर बहुत धीमी आवाज में, जिसे मैक्स ने नहीं सुना, "होना चाहिए—बस, इतना ही!"

एण्टन ने बदलते हुए स्वर में कहा, "मैक्स, उठो, अब चलें। नहीं तो मेरा शरीर अकड़ जाएगा।"

उसने मैक्स को फिर कन्धे पर उठाया और चल पड़ा।

किन्तु अब उसकी चाल में वह दैवी उग्रता नहीं थी।

एण्टन ने धीरे-धीरे कोठरी के सीखचों से सिर हटाया और क्षितिज पर के क्षीण आलोक को देखने लगा। धीरे-धीरे बोला, "लियोन, तुम हमारे नेता हो, मुझसे अधिक समझदार, अधिक अनुभवी और तुम्हारे पास साधन भी बहुत हैं। लेकिन मैक्सिम भी बहुत काम कर सकता है..."

फिर एकाएक सिसककर, "मैक्स—मैं तुम्हें कितना प्यार करता हूँ।"

एण्टन दरवाजे से हटकर टहलने लगा। जंजीर फिर मुखरित हो उठी। "लियोन, मैं स्वार्थी नहीं हूँ!

तुम क्या समझोगे? और वासिलीव? अगर तुम फाँसी लग गये, तो भी वासिलीव क्या समझेगा—कि मैं स्वार्थी था? पर मैक्स, तुम्हें कितनी खुशी होगी—लेकिन मेरे प्रति न जाने क्या...तुम क्या कहोगे कि मैं अपने प्रति भी सच्चा नहीं हो सका?"

थोड़ी देर तक जंजीर के स्वर के अतिरिक्त शान्ति रही। फिर एण्टन कोठरी के बीच में खड़ा होकर बोला, "मैक्सिम, तुम ग़लत समझोगे...मैक्स!" और फिर वहीं भूमि पर बैठ गया।

5

मैक्सिम आप-ही-आप बोला, "लियोन, अगर तुम बच जाओगे तो कितना अच्छा होगा।"

वह उस समय से उसी प्रकार कोठरी के मध्य में भूमि पर बैठा हुआ था। किन्तु जो तूफ़ान एण्टन के अन्दर झकझोर कर रहा था, उसकी शायद मैक्सिम को कल्पना भी नहीं हो सकती थी। उसके युवा हृदय में विकल्प के लिए इतना स्थान नहीं था। उसके आगे यह समस्या नहीं थी कि कौन-सा प्रेम बड़ा होता है, और कौन-सा छोड़ा जा सकता है। उसे यह नहीं देखना था कि आदर्श की रक्षा के लिए प्रिय की हत्या करनी होगी, या प्रिय की रक्षा करके स्वार्थी कहलाना पड़ेगा। एण्टन की स्थिति असम्भव थी। अगर वह मैक्सिम की रक्षा करता, तो लियोन क्या समझता? यही कि एण्टन ने औचित्य पर विचार नहीं किया, केवल अपने प्रेम पर ही? और वासिलीव...किन्तु मैक्सिम को छोड़ देना—जो कि काम में लियोन से कम नहीं था, और इसके अतिरिक्त...

मैक्सिम ने इतनी दूर विचार नहीं किया था। उसके मन में बार-बार यही भावना उठती—एण्टन की अपेक्षा लियोन ने अधिक काम किया है। भविष्य में भी शायद लियोन ही अधिक काम करेगा। एण्टन बहुत लगन से काम करता था, पर एण्टन का परिचय उतना नहीं था, जितना लियोन का। और वासिलीव भी एण्टन की सहायता नहीं कर सकता—वह देश छोड़कर स्विज़रलैण्ड जा रहा था—रूस में उसका रहना असम्भव हो गया था।

इसके अतिरिक्त। किन्तु वह बात जब भी मैक्सिम के आगे आती, तो वह अपना ध्यान उस पर से हटाने की चेष्टा करता था। कभी-कभी वह बोल उठता, "नहीं, लियोन, इसलिए नहीं। केवल तुम्हारी जरूरत देखकर ही मैं सोचता हूँ। तुम्हारे प्रति मेरे जो भाव हैं, उन्हें निर्णय कार्य में नहीं आने दूँगा।" पर फिर भी, बार-बार उसका मन कहता, "लियोन तुम्हारा प्रिय है, उसको बचा लो!"

"एण्टन मुझे बहुत चाहता है। पर मैं क्या कर सकता हूँ? कृतज्ञता को क्या करूँ—आदर्श को कैसे भुलाऊँ?"

एक अव्यक्त कुतूहल मैक्सिम के हृदय में उमड़ रहा था। 'मार्टिनोव ने एण्टन से पूछा है? लियोन से पूछा है? वह किसका नाम बताएगा? नहीं। मेरा?...। और एण्टन? वह शायद मेरा ही नाम बताये...'

'मेरे लिए सोचना इतना कठिन नहीं है! लियोन!'

वह अव्यक्त कुतूहल मैक्सिम के मन में घूम रहा था, किन्तु वह उद्विग्न नहीं हो रहा था। वह कोठरी में लेट गया, और थोड़ी ही देर में सो गया।

6

थाने के अन्दर कहीं घण्टा बजा। एण्टन चौंका, और गिनने लगा—एक, दो, तीन, चार, ग्यारह, बारह! वह उठा और टहलने लगा। उसके हाथ में जो कागज़-पेन्सिल थे, वे उसने अपने कोट की जेब में डाल दिये।

दरवाज़ा खुला। मार्टिनोव अन्दर आया और बोला, "कहो एण्टन!"

एण्टन चुपचाप उसकी ओर देखता रहा। मार्टिनोव फिर बोला, "एण्टन, निर्णय कर लिया?"

"हाँ!"

"कैसा?"

"आप लियोन को छोड़ दें।" कहकर एण्टन ने मुँह दीवार की ओर फेर लिया।

मार्टिनोव ने पूछा, "एण्टन तुमने यह निर्णय किस आधार पर किया, यह पूछ सकता हूँ?"

एण्टन ने कोई उत्तर नहीं दिया। मार्टिनोव थोड़ी देर उसकी ओर देखता रहा, फिर बोला, "यह जेब में क्या है?"

एण्टन फिर भी कुछ नहीं बोला। मार्टिनोव ने धीरे से कागज़ उसकी जेब से निकाल लिया और लैम्प के पास जाकर देखने लगा।

वह मैक्सिम का एक छोटा-सा चित्र था।

मार्टिनोव ने कोमल स्वर में कहा, "एण्टन, मालूम होता है, तुमने यह निश्चय सहज ही नहीं किया।"

एण्टन ने धीरे से कहा, "शायद! पर यह अनिवार्य था।"

"यह चित्र—इसे मैं ले जाऊं? यह एक चिह्न रह जाएगा—तुम्हारा और मैक्सिम का।"

एण्टन ने भर्रायी हुई आवाज में कहा, "अच्छा!"

मार्टिनोव ने विस्मित किन्तु कोमल स्वर में कहा, "एण्टन! यह तुम्हें शोभा नहीं देता! अच्छा, मैं जाता हूँ। ईश्वर तुम्हें शान्ति दे!" वह फिर धीरे-धीरे बाहर चला गया।

जब दरवाजा बन्द हो गया, तब एण्टन अपने स्थान से हिला। उसने लैम्प बुझा दिया और फिर चुपचाप नीचे लेट गया। उसके बाद उसके मन में कितने तूफ़ान उठकर बैठ गये—यह पता नहीं...

7

"मैक्सिम! मैक्सिम! उठो!"

मैक्सिम उठ बैठा। मार्टिनोव ने पूछा, "मैक्सिम, क्या सोचा?"

"मैंने सोच लिया है। लियोन को छोड़ दो।"

मार्टिनोव ने पूछा, "तुमने एण्टन और लियोन की तुलना किस आधार पर की, यह बताओगे।"

"क्यों?"

"ऐसे ही। मैं पुलिस अफसर हूँ न, मनोविज्ञान का अध्ययन करता रहता हूँ। इसके अतिरिक्त सहानुभूति होने के कारण—"

"लियोन ज्यादा काम का आदमी है।"

मार्टिनोव ने स्थिर दृष्टि से मैक्सिम की ओर देखते हुए कहा, "तुम जानते हो, एण्टन का क्या मत है?"

मैक्सिम ने औत्सुक्य दिखाते हुए पूछा, "क्या?"

"अब मैं तुम्हारा निर्णय सुन चुका हूँ, अब बताने में कोई हानि नहीं है। लेकिन मुझे इसकी बहुत खुशी है कि तुम्हारी राय उससे मिलती है।"

मैक्सिम ने चौंककर कहा, "क्या?"

"उसने भी यही कहा था।"

मैक्सिम की आकृति बदल गयी। वह बहुत देर तक चुप रहा। फिर अपने आपसे ही बोला, "सच..."

मार्टिनोव ने पूछा, "मैक्सिम, क्या सोचने लग गये?"

"कुछ नहीं..."

"एण्टन ने तुम्हारा एक चित्र बनाया है—यह देखो।" कहकर मार्टिनोव ने मैक्सिम की ओर बढ़ा

दिया। मैक्सिम उसकी ओर देखता रहा, किन्तु उसे लेने के लिए उसने हाथ आगे नहीं बढ़ाया। कुछ देखकर उसने एक लम्बी साँस ली और बोला, "झूठ! एण्टन, तुमने बहुत झूठ बोला था!"

मार्टिनोव ने चित्र हटा लिया और बोला, "क्या है, मैक्सिम?"

"कुछ नहीं। इस वक्त आप चले जावें। मैं सोचना चाहता हूँ!"

मार्टिनोव धीरे-धीरे बाहर चला गया। उसे जाते देख मैक्सिम ने पुकार कर कहा, "सुनो, मार्टिनोव, एक बात पूछता हूँ।"

मार्टिनोव लौटा और बोला, "क्या?"

"लियोन से भी पूछा था?"

"क्यों?"

"लियोन से भी पूछा था?"

"क्यों?"

"उसने क्या राय दी थी?"

"तुम दोनों की राय मिलती है, इसलिए लियोन की राय का महत्त्व नहीं है। इसके अतिरिक्त...पूछकर क्या करोगे?"

"मैं—जानना चाहता था...अच्छा, शायद जानने से दुःख ही हो—जाने दो..." कहकर मैक्सिम ने मुँह फेर लिया।

मार्टिनोव एक लम्बी साँस लेकर बाहर चला गया।

8

पौ फट रही थी। पर बर्फ का गिरना अभी बन्द नहीं हुआ था...

एण्टन रात-भर सो नहीं सका था। वह अब दरवाजे के पास बैठा हुआ था। इसी समय मार्टिनोव भीतर आया और बहुत देर तक करुणा-भरी दृष्टि से एण्टन की ओर देखता रहा। एण्टन ने पूछा, "क्या है?"

मार्टिनोव ने दुःखित स्वर में कहा, "एण्टन, तुम ईश्वर में विश्वास करते हो?"

एण्टन ने विस्मित होकर पूछा, "क्यों?"

"कुछ नहीं। शायद तुम्हें प्रार्थना करनी हो।" कहकर मार्टिनोव ने एक तार एण्टन के आगे रख दिया। एण्टन ने तार उठाकर पढ़ा और बोला, "अच्छा!"

तार में लिखा था—"कोर्ट मार्शल की आज्ञा है—अभियुक्तों को फ़ौरन गोली से उड़ा दो। जनरल ब्रुसिलोव!"

एण्टन ने शान्त स्वर में पूछा, "फिर?"

मार्टिनोव कुछ बोल नहीं सका। एण्टन ने फिर पूछा, "कितने बज़े होगा?"

"सात बजे...सिपाही तैयार हो रहे हैं!" फिर कुछ रुककर "एण्टन, मेरे वश के बाहर की बात है...लियोन को ही बचा सका हूँ..."

"कुछ नहीं, चिन्ता नहीं है। मालूम होता है, मैक्सिम ने भी लियोन का नाम बताया होगा?"

"हाँ।"

"मैं पहले ही से जानता था।"

मार्टिनोव ने ध्यान से एण्टन की ओर देखकर चाहा, उसके भाव पहचान ले। किन्तु एण्टन के चेहरे पर निरीह शान्ति का जो परदा था, उसे मार्टिनोव नहीं भेद सका।

फिर उसने पूछा, "एण्टन, तुमने मैक्सिम का नाम क्यों नहीं लिया?"

एण्टन ने अन्यमनस्क-सा होकर उत्तर दिया, "किसी के मन में यह भाव उत्पन्न होने से कि रूस का एक भी क्रान्तिवादी स्वार्थी है, यही अच्छा है कि हम अपने अभिन्नतम मित्र का बलिदान कर दें।"

मार्टिनोव ने कहा, "मैं नहीं समझा।"

"विवेक से बढ़कर भी कोई प्रेरणा होती है।"

एण्टन ने इससे अधिक समझाकर कहने की जरूरत नहीं समझी। मार्टिनोव चला गया। एण्टन धीरे से बोला, "मैक्सिम, तुमसे क्या आशा करूँ..."

9

सूर्योदय हो रहा था। वायु बन्द हो गयी थी, किन्तु थोड़े बादल छाये थे, और धुनी हुई रुई की तरह कोमल बर्फ गिर रही थी।

थाने के पीछे, एक पर्णहीन वृक्ष के नीचे तख़्तों से बँधे हुए दो व्यक्ति खड़े थे–एण्टन और मैक्सिम। उनसे बीस कदम की दूरी पर आठ सिपाही बन्दूकें लिये खड़े थे और उनसे कुछ दूरी पर एक सार्जेण्ट। मार्टिनोव वहाँ नहीं था। वह एक बार आकर, करुणा-भरी दृष्टि से दोनों की ओर देखकर चला गया था।

सिपाहियों ने बन्दूकें तानी हुई थीं। मैक्सिम उन बन्दूकों की ओर देख रहा था। उसका मुख देखने से मालूम होता था कि उसने बड़े यत्न से आंखों को उधर फेर रखा है, मानो वह और किसी ओर देखने से डर रहा हो...

एण्टन मैक्सिम की ओर देख रहा था। उसकी दृष्टि में न जाने क्या-क्या भाव छिपे हुए थे–स्नेह, व्यथा, आशा, प्रेरणा...निराशा...

उसने पुकारा, मैक्सिम, बोलते क्यों नहीं?"

मैक्सिम ने उत्तर नहीं दिया। एण्टन ने फिर जल्दी-जल्दी भर्राये हुए स्वर में कहा, "मैक्सिम, मैक्सिम, तुम अन्याय कर रहे हो! मैं अधिक नहीं कह सकता हूँ–मैंने यही देखा है कि जो चीज़ अधिक प्रिय होती है, उसकी आहुति देने से उतना कष्ट नहीं होता जितना..."

मैक्सिम के मुख पर विद्रूप भाव देखकर एण्टन चुप हो गया। फिर एक विषाद-पूर्ण हँसी-हँसकर धीरे-धीरे बोला, "तुम–कोई भी–ठीक समझेगा, ऐसी मैंने आशा भी नहीं की थी।"

सिपाहियों में कुछ जाग्रति आयी। मैक्सिम और एण्टन ने प्रतीक्षा-पूर्ण नेत्रों से उनकी ओर देखा, फिर एक साथ ही बोल उठे, "रूस! क्रान्ति चिरजीवी हो!"

दिल्ली जेल, अक्टूबर, 1932

विपथगा

यह मानवी थी या दानवी, यह मैं इतने दिन सोचकर भी नहीं समझा पाया हूँ। कभी-कभी तो यह भी विश्वास नहीं होता कि उस दिन की घटना वास्तविक ही थी, स्वप्न नहीं। किन्तु फिर जब अपने सामने की दीवार पर टँगी हुई वह टूटी तलवार देखता हूँ, तो हठात् उसकी सत्यता मान लेनी पड़ती है। फिर भी अभी तक यह निर्णय नहीं कर पाया कि मानवी थी या नहीं...

उसके शरीर में लावण्य की दमक थी, मुँह पर सौन्दर्य की आभा थी, होंठों पर एक दबी हुई, विचारशील मुस्कान थी। किन्तु उसकी आँखें। उनमें अनुराग, विराग, क्रोध, विनय, प्रसन्नता, करुणा, व्यथा, कुछ भी नहीं था, थी केवल एक भीषण, तुषारमय, अथाह ज्वाला।

मनुष्य की आँखों में ऐसी मृतवत् जड़ता के साथ ही ऐसी जलन हो सकती है, यह बात आज भी मेरे गुमान में नहीं आती। किन्तु आज एक वर्ष बीत जाने पर भी, मैं जब कभी उसका ध्यान करता हूँ, उसकी वे आँखें मेरे सामने आ जाती हैं। उसकी आकृति, उसका वर्ण, उसकी बोली, मुझे कुछ भी याद नहीं आता, केवल वे दो प्रदीप्त बिम्ब दीख पड़ते हैं...रात्रि के अन्धकार में जिधर आँख फेरता हूँ उधर ही, स्फटिक मणि की तरह, नीले आकाश में शुक्र तारे की तरह, हरित ज्योतिमय उसके वे विस्फारित नेत्र निर्निमेष होकर मुझ पर अपनी दृष्टि गड़ाये रहते हैं...

मैं भावुक प्रकृति का आदमी नहीं हूँ। पुराने फ़ैशन का एकदम साधारण व्यक्ति हूँ। मेरी जीविका का आधार इसी पेरिस शहर के एक स्कूल में इतिहास के अध्यापक का पद है। मैं सिनेमा थियेटर देखने का शौकीन नहीं हूँ, न मेरा कविता में ही मन लगता है। मनोरंजन के लिए मैं कभी-कभी देश-विदेश की क्रान्तियों के इतिहास पढ़ लिया करता हूँ। एक-आध बार मैंने इस विषय पर व्याख्यान भी दिये हैं। इससे अधिक कुछ नहीं कर सकता, क्योंकि यह विदेश है। जब पढ़ने से मन उकता जाता है, तब कभी-कभी पुराने अस्त्र-शस्त्र के संग्रह में लग जाता हूँ। बड़ी मेहनत से मैंने इनका एक संग्रह किया है। जिस कटार से सम्राट पीटर ने अपनी प्रेमिकाओं की हत्या की थी, उसकी मूठ मेरे संग्रह में है; जिस प्याले में कैथराइन ने अपने पुत्र को विष दिया था, उसका एक खण्ड; जिस गोली से एक अज्ञात स्त्री ने आर्क-एंजेल के गवर्नर को मारा था, उसका खाली कारतूस; जिस घोड़े पर सवार होकर नेपोलियन मॉस्को से भागा था, उसकी एक नाल; और नेपोलियन की जैकेट का एक बटन भी मेरे संग्रह में है। ऐसा संग्रह शायद पेरिस में दूसरा नहीं है—शायद मॉस्को में भी नहीं था...

पर जो बात मैं कहना चाहता था, उससे भटक गया। हाँ, मैं भावुक प्रकृति का नहीं हूँ। मेरी रुचि इसी संग्रह में, या कभी-कभी क्रान्ति-सम्बन्धी साहित्य तक, परिमित है, और इधर-उधर की बातें मैं नहीं जानता। फिर भी उस दिन की घटना मेरे शान्तिमय जीवन में उसी तरह उथल-पुथल मचा गयी, जिस तरह एक उद्यान में झंझावात। उस दिन से न जाने क्यों एक अज्ञात, अस्पष्ट अशान्ति ने मेरे हृदय में घर कर लिया है। जब भी मेरी दृष्टि उस टूटी हुई तलवार पर पड़ती है, एक गम्भीर किन्तु भावातिरेक

से कम्पायमान ध्वनि मेरे कानों में गूँज उठती है :

"दीप बुझता है तो धुआँ उठता है। किन्तु जब हमारे विस्तृत देश के भूखे, पीड़ित अनाश्रित कृषक-कुटुम्ब सड़कों पर भटक-भटककर हेमावृत धरती पर बैठकर अपने भाग्य को कोसने लगते हैं, जब उनके हृदय में सुरक्षित आशा की अन्तिम दीप्ति बुझ जाती है, तब एक आह तक नहीं उठती। न जाने कब तक वह बुझी हुई राख पड़ी रहती है–पड़ी रहेगी!–किन्तु किसी दिन, सुदूरभविष्य में, किसी घोर झंझा से, उसमें फिर चिनगारी निकलेगी। उसकी ज्वाला–घोरतम, अनवरुद्ध, प्रदीप्त ज्वाला!–किधर फैलेगी, किसको भस्म करेगी, किन नगरों और प्रान्तों का मान-मर्दन करेगी–कौन जाने?"

मुझे रोमांच हो आता है, मैं मन्त्रमुग्ध की तरह निश्चेष्ट होकर उस दिन की घटना पर विचार करने लग जाता हूँ...

रात्रि के आठ बज रहे थे। मैं मॉस्को में अपने कमरे में बैठा लैम्प के प्रकाश में धीरे-धीरे कुछ लिख रहा था। पास में एक छोटी मेज पर भोजन के जूठे बर्तन पड़े थे। इधर-उधर दीवार पर टँगी या अंगीठी पर रखी हुई मेरे संग्रह की वस्तुएँ थीं।

बाहर वर्षा हो रही थी। छत पर से जो आवाज आ रही थी, उससे मैंने अनुमान किया कि ओले भी पड़ रहे हैं, किन्तु उस जाड़े में उठकर देखने की सामर्थ्य मुझमें नहीं थी। कभी-कभी लैम्प के फीके प्रकाश पर खीझने के अतिरिक्त मैं बिल्कुल एकाग्र होकर दूसरे दिन पढ़ने के लिए 'सफल क्रान्ति' पर एक छोटा-सा निबन्ध लिख रहा था।

'सफल क्रान्ति क्या है? असंख्य विफल जीवनियों का, असंख्य निष्फल प्रयत्नों का, असंख्य विस्मृत आहुतियों का, अशान्तिपूर्ण किन्तु शान्तिजनक निष्कर्ष!'

(उन दिनों मैं मॉस्को के एक स्कूल में अध्यापक था। वहीं इतिहास पढ़ाने में और कभी-कभी क्रान्ति-विषयक लेख लिखने में तथा पढ़ने में मेरा समय बीत जाता था। क्रान्ति का अर्थ मैं समझता था या नहीं, यह नहीं कह सकता। आज मैं क्रान्ति के विषय में अपनी अनभिज्ञता को ही कुछ-कुछ जान पाया हूँ।)

एकाएक किसी ने द्वार खटखटाया। मैंने बैठे-ही-बैठे उत्तर दिया, "आ जाओ!" और लिखने में लगा रहा। द्वार खुला और बन्द हो गया। फिर उसी अविरल जलधारा की आवाज़ आने लगी–कमरे में निःस्तब्धता छा गयी। मैंने कुछ विस्मित होकर आँख उठायी और उठाये ही रह गया।

बहुत मोटा-सा ओवरकोट पहने, सिर पर बड़े-बड़े बालों वाली टोपी रखे, गले में लाल रूमाल बाँधे, दरवाजे के पास खड़ी एक स्त्री एकटक मेरी ओर देख रही थी। उसके कपड़े भीगे हुए थे, टोपी में कहीं-कहीं एक आध ओला फँस गया था। पैरों में उसने घुटने तक पहुँचने वाले बड़े-बड़े भद्दे रूसी बूट पहन रखे थे, जो कीचड़ में सने हुए थे। ऊपर टोपी और नीचे रूमाल के कारण उसके मुँह का बहुत थोड़ा भाग दीख पड़ता था। इस प्रकार आवृत होने पर भी उसके शरीर में एक लचक, और साथ ही एक खिंचाव का आभास स्पष्ट होता था, मानो कपड़ों से ढँक कर एक तने हुए धनुष की प्रत्यंचा सामने रख दी गयी हो। आँखें नहीं दीखती थीं, किन्तु उन होंठों की पतली रेखा देखने से भावना होती थी कि उसके पीछे विद्युत की चपलता के साथ ही वज्र की कठोरता दबी हुई है...

मैं क्षण-भर उसी की ओर देखता रहा, किन्तु वह कुछ बोली नहीं। मैंने ही मौन भंग किया, "कहिए, क्या आज्ञा है?" कोई उत्तर नहीं मिला। मैंने फिर पूछा, "आपका नाम जान सकता हूँ?"

उसने धीरे-धीरे कहा, मानो प्रत्येक शब्द में तौल-तौल कर रखा हो, "मैंने सुना था कि क्रान्तिकारियों से आपको सहानुभूति है, और आपने इस विषय पर व्याख्यान भी दिये हैं। इसी सहानुभूति की आशा से आपके पास आयी हूँ।"

मैं काँप गया। मेरी सहानुभूति की चर्चा बाहर होती है, और क्रान्तिकारियों तक को इसका ज्ञान है, फिर मुझमें और क्रान्तिकारियों में भेद क्या है? कहीं यह मॉस्को के राजनैतिक विभाग की जासूस तो नहीं है? मेरी नौकरी...शायद साइबेरिया की खानों में आयु-भर...पर अगर यह जासूस होती, तो ऐसी दशा में क्यों आती? ऐसे बात क्यों करती? इससे तो साफ़ सन्देह होने लगता है...जासूस होती तो विश्वास उत्पन्न करने की चेष्टा करती...पर क्या जाने, विश्वास उत्पन्न करने का शायद इसका यही ढंग हो, सम्भल कर बात करनी होगी।

मैंने उपेक्षा से कहा, "आप साफ-साफ कहिए, बात क्या है? मैं आपका अभिप्राय नहीं समझा।"

वह बोली, "मैं क्रान्तिकारिणी हूँ। मुझे अभी कुछ धन की आवश्यकता है। आप दे सकेंगे?"

"किस लिए?"

वह कुछ देर के लिए असमंजस में पड़ गयी, मानो सोच रही हो कि उत्तर देना चाहिए या नहीं। फिर उसने धीरे-धीरे ओवरकोट के बटन खोले और भीतर से एक तलवार–रक्तरंजित तलवार!–निकाली। इतनी देर में उसने आँख पल-भर भी मुझ पर से नहीं हटायी। मुझे मालूम हो रहा था, मानो वह मेरे अन्तर्तम विचारों को भाँप रही हो। मैं भी मुग्ध होकर देखता रहा...

वह बोली, "यह देखो! जानते हो, यह किसका रक्त है? कर्नल गोरोव्स्की का! और उसकी लोथ उसके घर के बाग में पड़ी हुई है।"

मैं भौंचक होकर बोला, "हैं? कब?"

"अभी एक घण्टा भी नहीं हुआ। उसी की तलवार, इन हाथों ने उसी के हृदय में भोंक दी। तुम पूछोगे, क्यों? शायद तुम्हें नहीं मालूम कि स्त्री कितना भीषण प्रतिशोध करती है।"

"तुम यहाँ क्यों आयीं?"

"मुझे धन की जरूरत है। मॉस्को से भागने के लिए।"

"मैं तुम्हारी सहायता नहीं कर सकता। तुम हत्यारिणी हो।"

वह एकाएक सहम-सी गयी, मानो उसे इस उत्तर की आशा न हो। फिर धीरे-धीरे एक फीकी, विषादमय हँसी हँस कर बोली, "बस, यहीं तक थी तुम्हारी सहानुभूति। इसी क्रान्तिवाद के लिए तुम व्याख्यान देते हो, यही तुम्हारे इतिहासों का निष्कर्ष है!"

"मैं क्रान्तिवादी हूँ, पर हत्यारा नहीं हूँ। इस प्रकार की हत्याओं से देश को लाभ नहीं, हानि होगी। सरकार ज्यादा दवाब डालेगी, मार्शल-लॉ जारी होगा, फाँसियाँ होंगी। हमारा क्या लाभ होगा?"

"तुम क्रान्ति को क्या समझते हो, गुड़ियों का खेल!" यह कहती हुई वह मेरी मेज़ के पास आकर खड़ी हो गयी। मेज पर पड़े हुए काग़ज़ों को देखकर बोली, "यह क्या, सफल क्रान्ति! असंख्य विफल जीवनियों का...विस्मृत आहुतियों का निष्कर्ष!"

वह ठठाकर हँसी। 'सफल क्रान्ति! जानते हो, क्रान्ति के लिए कैसी आहुतियाँ देनी पड़ती हैं?"

मैं कुछ उत्तर न दे सका। मैं उसे वह लेख पढ़ते हुए देख कर झेंप रहा था।

वह फिर बोली, "तुम भी अपने आपको क्रान्तिवादी कहते हो, हम भी। किन्तु हमारे आदर्शों में कितना भेद है! तुम चाहते हो, स्वातन्त्र्य के नाम पर विश्व जीत कर उस पर शासन करना, और हम!–हम इसी की चेष्टा में लगे हैं कि अपने हृदय इतने विशाल बना सकें कि विश्व उनमें समा जाये!"

मैंने किसी षड्यन्त्र में भाग नहीं लिया है–क्रान्तिवाद पर लेक्चर देने के अतिरिक्त कुछ भी नहीं किया है, फिर भी मैं अपने सिद्धान्तों पर आक्षेप नहीं सह सका। मैंने तन कर कहा, "तुम झूठ कहती हो। मैं सच्चा साम्यवादी हूँ। मैं चाहता हूँ कि संसार में साम्य हो, शासक और शासित का भेद मिट जाय। लेकिन इस प्रकार हत्या करने से यह भी सिद्ध नहीं होगा। जिसे तुम क्रान्ति कहती हो, उसके लिए अगर

यह करना पड़ता हो, तो मैं क्रान्ति का विरोध करूँगा, उसे रोकने का भरसक प्रयत्न करूँगा। इसके लिए अगर प्राण भी—"

"क्रान्ति का विरोध करोगे, उसे रोकोगे तुम? सूर्य उदय होता है, उसको रोकने की चेष्टा की है? समुद्र में प्रलयं-लहरी उठती है, उसे रोका है? ज्वालामुखी में विस्फोट होता है; धरती काँपने लगती है, उसे रोका है? क्रान्ति सूर्य से भी अधिक दीप्तिमान, प्रलय से भी अधिक भयंकर, ज्वाला से भी अधिक उत्तप्त, भूकम्प से भी अधिक विदारक है...उसे क्या रोकोगे!"

"शायद न रोक सकूँ। लेकिन मेरा जो कर्त्तव्य है, वह तो पूरा करूँगा।"

"क्या कर्त्तव्य? लेक्चर झाड़ना?"

"देश में अपने विचारों का निदर्शन, अहिंसात्मक क्रान्ति का प्रचार!"

"अहिंसात्मक क्रान्ति! जो भूखे, नंगे, प्रपीड़ित हैं, उनको जाकर कहोगे, चुपचाप बिना आह भरे मरते जाओ। रूस की भयंकर सर्दी में बर्फ के नीचे दब जाओ, लेकिन इस बात का ध्यान रखना कि तुम्हारी लोथ किसी भद्रपुरुष के रास्ते में न आ जाय। रोते हुए बच्चों से कहोगे, माता की छातियों की ओर मत देखो, बाहर जाकर मिट्टी-पत्थर खाकर भूख मिटाओ और अत्याचारी शासक तुम्हारी ओर देखकर मन-ही-मन हँसेंगे, और तुम्हारी अहिंसा की आड़ में निर्धनों का रक्त चूस कर ले जाएँगे। यही है तुम्हारी शान्तिमय क्रान्ति, जिसका तुम्हें इतना अभिमान है।"

"अगर शासक अत्याचार करेंगे, तो उनके विरुद्ध आन्दोलन करना भी तो हमारा धर्म होगा।"

"धर्म? वही धर्म, जिसे तुम एक स्कूल की नौकरी के लिए बेच खाते हो? वही धर्म, जिसके नाम पर तुम स्कूल में इतिहास पढ़ाते समय इतने झूठ बकते हो?"

मैंने क्रुद्ध होकर कहा, "व्यक्तिगत आक्षेपों से कोई फायदा नहीं है। ऐसे तो मैं पूछ सकता हूँ, तुम्हीं ने कौन बड़ा बलिदान किया है? एक आदमी को मार कर भाग आयीं, यही न?"

मुझे उस पर बड़ा क्रोध आ रहा था। किन्तु जिस तरह वह छाती के बटनखोले हाथ में तलवार लिये, दानवी की तरह खड़ी मेरी ओर देख रही थी, उसे देख कर मेरा साहस ही नहीं पड़ा कि उसे निकाल दूँ। मैं प्रश्न पूछ कर उसकी ओर देखने लगा। मुझे आशा थी कि वह मुझ पर से दृष्टि हटा लेगी, मेरे प्रश्न का उत्तर देते घबरायेगी, क्रुद्ध होगी। किन्तु यह सब कुछ भी नहीं हुआ। वह धीरे से कागज हटा कर मेरी मेज़ के एक कोने पर बैठ गयी, और तलवार की नोक मेरी ओर करती हुई बोली, "मैंने क्या किया है, सुनोगे तुम? मैंने बलिदान कोई बड़ा नहीं किया, लेकिन देखा बहुत-कुछ है। मेरे पास बहुत समय है—अभी गोरोव्स्की का पता किसी को नहीं लगा होगा। सुनोगे तुम?"

पहले मैंने सोचा, सुनकर क्या करूँगा? अभी लेख लिखना है, कल स्कूल भी जाना होगा, और फिर पुलिस—इसे कह दूँ, चली जाय। लेकिन फिर एक अदम्य कौतूहल, और अपनी हृदयहीनता पर ग्लानि-सी हुई। मैंने उठकर अंगीठी में कोयले हिलाकर आग तेज़ कर दी, एक और कुर्सी उठाकर आग के पास रख दी, और अपनी जगह बैठकर बोला, "हाँ, सुनूँगा। आग के पास उस कुर्सी पर बैठकर सुनाओ, सर्दी बहुत है।"

वह वहीं बैठी रही, मानो मेरी बात उसने सुनी ही न हो। केवल तलवार एक ओर रख कर, कुछ आगे की ओर झुक कर आग की ओर देखने लगी। थोड़ी देर देखकर चौंक कर बोली, "हाँ, सुनो। मैंने घर में आरामकुर्सी पर बैठकर यन्त्रालयों में पिसते हुए श्रमजीवियों के लिए साम्यवाद पर लेख नहीं लिखे हैं। न मैंने मंच पर खड़े होकर कृषकों को जबानी स्वातन्त्र्य-युद्ध की मरीचिका दिखलायी है। मैंने घर-बार, माता-पिता, पति तक को छोड़ कर धक्के-ही-धक्के खाये हैं। सौभाग्य बेचकर अपने विश्वास की रक्षा की है। स्वत्व बचाने के लिए पिता की हत्या की है और—और अपना स्त्री-रूप बेचकर देश के लिए भिक्षा

माँगी है—और आज फिर माँगने निकली हूँ।"

मेरे मुँह से अकस्मात् निकल गया, "किससे?"

इस प्रश्न से मानो उसकी विचार-शृंखला टूट गयी। तलवार की ओर देखती हुई बोली, "यह फिर बताऊँगी—वह मेरे अन्तिम—मेरे एकमात्र बलिदान की कहानी है।"

विश्वास और स्वत्व की रक्षा—पिता की हत्या—मुझे कुछ भी समझ नहीं आया।

"मेरे पिता पीटर्सबर्ग में पुलिस-विभाग के सदस्य थे। मेरे पति भी वहाँ राजनैतिक विभाग में काम करते थे। कुटुम्ब में, वंश में एक मैं ही थी जिसने क्रान्ति का आह्वान सुना.....फिर भी, कितने विरोध का सामना करना पड़ा पहले-पहले जब मैं क्रान्तिदल में आयी, तो लोग मुझ पर सन्देह करने लग गये। न जाने किस अज्ञात शत्रु ने उनसे कह दिया, इसका पिता पुलिस में है, पति राजनैतिक विभाग में, इससे विनाश के अतिरिक्त और क्या आशा हो सकती है? मैंने देखा, इतनी कामना, इतनी सदिच्छा होते हुए भी मैं अनादृता, परित्यक्ता-सी हूँ...मेरे पति को भी मेरी वृत्तियों का पता लगा। फलस्वरूप एक दिन मैं चुपचाप घर से निकल गयी—उन्हें भी नौकरी छिन जाने का डर था! उसके बाद—उसके बाद भी परीक्षा का प्रश्न उठा! पति को छोड़ देने पर भी मुझे सदस्य नहीं बनाया गया—परीक्षा देने को कहा गया। कितनी भयंकर थी वह!"

क्षणभर आग की ओर देखने के बाद फिर उसने कहना शुरू किया : "मैं और चार और व्यक्ति पिस्तौल लेकर एक दिन सायंकाल को निकोलस पार्क में बैठ गये। उस दिन उधर से पीटर्सबर्ग की पुलिस दो बन्दियों को लेकर जाने वाली थी। इसी पर वार करके बन्दियों को छुड़ाने का काम हमारे सुपुर्द हुआ था। यही मेरी परीक्षा थी।"

"हम रात तक वहीं बैठे रहे। नौ बजे के लगभग पुलिस के बूटों की आहट आयी। हम सावधान हो गये। किसी ने पूछा, 'कौन बैठा है?' हमने उत्तर नहीं दिया, गोलियाँ दागनी शुरू कर दीं। दो मिनट के अन्दर निर्णय हो गया—हमारे तीन आदमी खेत रहे, पर हमें सफलता प्राप्त हुई। बन्दी मुक्त हो गये। हम चारों शीघ्रता से पार्क से निकल कर अलग हो गये।"

मैं बहुत ध्यान से सुन रहा था। ऐसी कहानी मैंने कभी नहीं सुनी थी—पढ़ी भी नहीं थी...मैंने व्यग्रता से पूछा, "फिर?"

"दूसरे दिन—दूसरे दिन मॉस्को में अखबार में पढ़ा, बन्दियों को लेकर जाने वाले अफसर थे—मेरे पिता।"

उस छोटे-से कमरे में फिर सन्नाटा छा गया। वर्षा अब भी हो रही थी। मैं विमनस्क-सा होकर छत पर पड़ रही बूँदें गिनने की चेष्टा करने लगा।

उसने पूछा, "और कुछ भी सुनोगे?"

मैंने सिर झुकाकर उत्तर दिया, "मैंने तुम लोगों पर अन्याय किया है। वास्तव में तुम्हें बहुत उत्सर्ग करना पड़ता है। मैं अभी तक नहीं जान पाया था।"

"हाँ, यह स्वाभाविक है। एक अकेले व्यक्ति की व्यथा, एक आदमी का दुःख हम समझ सकते हैं। एक प्राणी को पीड़ित देखकर हमारे हृदय में सहानुभूति जगती है—एक हूक-सी उठती है...किन्तु जाति, देश, राष्ट्र! कितना विराट् होता है। इसकी व्यथा, इसके दुःख से असंख्य व्यक्ति एक साथ ही पीड़ित होते हैं—इसमें इतनी विशालता, इतनी भव्यता है कि हम यही नहीं समझ पाते कि व्यथा कहाँ हो रही है, हो भी रही है या नहीं।"

"ठीक है। तुम्हें बहुत दुःख झेलने पड़ते हैं। किन्तु इस प्रकार अकारण दुःख झेलना, चाहे कितनी ही धीरता से झेला जाय, बुद्धिमत्ता तो नहीं है।"

"हमारे दुःख प्रसव-वेदना की तरह हैं, इसके बाद ही क्रान्ति का जन्म होगा। इसके बिना क्रान्ति की चेष्टा करना, क्रान्ति से फल-प्राप्ति की आशा करना विडम्बना-मात्र है।"

"लेकिन हर आन्दोलन किसी निर्धारित पथ पर ही चलता है, ऐसे तो नहीं बढ़ता?"

"क्रान्ति आन्दोलन नहीं है।"

"सुधार करने के लिए भी तो कोई आदर्श सामने रखना होता है?"

"क्रान्ति सुधार नहीं है।"

"न सही। परिवर्तन ही सही। लेकिन परिवर्तन का भी तो ध्येय होता है।"

"क्रान्ति परिवर्तन भी नहीं है।"

मैंने सोचा, पूछूँ, तो फिर क्रान्ति है क्या? किन्तु मैं बिना पूछे उसके मुख की ओर देखने लग गया। वह स्वयं बोली, "क्रान्ति आन्दोलन, सुधार, परिवर्तन कुछ भी नहीं है; क्रान्ति है विश्वासों का, रूढ़ियों का शासन की और विचार की प्रणालियों का घातक, विनाशकारी, भयंकर विस्फोट इसका न आदर्श है, न ध्येय, न धुर। क्रान्ति विपथगा है, विध्वंसिनी है, विदग्ध कारिणी है!"

"ये तो सब बातें हैं। कवियों वाला शब्द-विन्यास है। ऐसी क्रान्ति से हमें मिलेगा क्या?"

वह हँसने लगी। "क्रान्ति से क्या मिलेगा? कुछ नहीं। जो कुछ है, शायद वह भी भस्म हो जाएगा। पर इससे यह नहीं सिद्ध होता कि क्रान्ति का विरोध करना चाहिए। हमें इस बात का ध्यान भी नहीं करना चाहिए कि हमें क्रान्ति करके क्या मिलेगा।"

"क्यों!"

"कोढ़ का रोगी जब डॉक्टर के पास जाता है, तो यही कहता है कि मेरा रोग छुड़ा दो। यह नहीं पूछता कि इस रोग को दूर करके इसके बदले मुझे क्या दोगे! क्रान्ति एक भयंकर औषध है, यह कड़वी है, पीड़ाजनक है, जलाने वाली है, किन्तु है औषध। रोग को मार अवश्य भगाती है। किन्तु इसके बाद, स्वास्थ्य-प्राप्ति के लिए जिस पथ्य की आवश्यकता है, वह इसमें खोजने पर निराशा ही होगी, इसके लिए क्रान्ति को दोष देना मूर्खता है।"

मैं निरुत्तर हो गया। चुपचाप उसके मुख की ओर देखने लगा। थोड़ी देर बाद बोला, "एक बात पूछूँ?"

"क्या!"

"तुम्हारा नाम क्या है?"

"क्यों?"

"यों ही। कुतूहल है।"

"पिता ने जो नाम दिया था, वह उस दिन छूट गया, जिस दिन विवाह हुआ। पति ने जो नाम दिया था, उसे मैं आज भूल गयी हूँ। अब मेरा नाम मेरिया इवानोवना है।"

कुछ देर हम फिर चुप रहे। मैंने तलवार की ओर देखते हुए पूछा, "यह—यह कैसे हुआ?"

उसके उन विचित्र नील नेत्रों की सुषुप्त ज्वाला फिर जाग उठी। वह अपने हाथों की ओर देखती हुई बोली, "वह बहुत वीभत्स कहानी है।" फिर आप-ही-आप, "नहीं, रक्त नहीं लगा है।"

कुतूहल होते हुए भी मैंने आग्रह नहीं किया। इतनी देर में मैं कुछ-कुछ समझने लगा था कि इस स्त्री (या दानवी?) से अनुनय-विनय करना व्यर्थ है, इस पर उसका कुछ भी प्रभाव नहीं पड़ेगा। मैं चुपचाप इसी आशा में बैठा रहा कि शायद वह स्वयं ही कुछ कह दे। मुझे निराश भी नहीं होना पड़ा।

वह आग की ओर देखती हुई धीरे-धीरे बोली, "तो सुनो! आज जो-कुछ मैं कह रही हूँ, वह मैंने कभी किसी से नहीं कहा। शायद अब किसी से कहूँगी भी नहीं। जब मैं तुम्हारा पता पूछकर यहाँ आयी, तब मुझे ज़रा भी ख्याल नहीं था कि तुमसे कुछ भी बातें करूँगी। केवल धन माँगकर चले जाने की इच्छा

से आयी थी। अब–मेरा खयाल बदल गया है। मुझे धन नहीं चाहिए। मैं–"

"क्यों?"

"मैं अपना काम करके मॉस्को से भाग जाना चाहती थी। किन्तु अब नहीं भागूँगी।"

"और क्या करोगी?"

"अभी एक काम बाकी है। एक बार और भिक्षा माँगनी है। उसके बाद–"

वह एकाएक रुक गयी। फिर तलवार की धार पर तर्जनी फेरती हुई आप-ही-आप बोली, "कितनी तीक्ष्ण धार है यह!"

मैंने साहस करके पूछा, "भिक्षा की बात तुमने पहले भी कही थी, और बलिदान की भी। मैं कुछ समझ नहीं पाया था।"

"अब कहने लगी हूँ, तो सब-कुछ कहूँगी। अब लज्जा के लिए स्थान नहीं रह गया है। स्त्रीत्व तो पहले ही खो दिया था, आज मानवता भी चली गयी! और फिर–आज के बाद–सब कुछ एक हो जाएगा। पर तुम चुपचाप सुनते जाओ, बीच में रोकना नहीं।"

मैं प्रतीक्षा में बैठा रहा। वह इस तरह निरीह होकर कहानी कहने लगी, मानो स्वप्न में कह रही हो–मानो मशीन से ध्वनि निकल रही हो।

"तुमने माइकेल क्रेस्की का नाम सुना है?"

"वही जो पीटर्सबर्ग में पुलिस के तीन अफसरों को मार कर लापता हो गये थे?"

"हाँ, वही। वह हमारी संस्था के प्रधान थे।" यह कहकर उसने मेरी ओर देखा। मैं कुछ नहीं बोला, किन्तु मेरे मुख पर विस्मय का भाव उसने स्पष्ट देखा होगा। वह फिर कहने लगी, "वह कल यहीं मॉस्को में गिरफ्तार हो गये हैं।"

क्षण-भर निःस्तब्धता रही।

"पर उनको गिरफ्तार करके ले जाने पर भी पुलिस को यह नहीं पता लगा कि वह कौन है। वह इसी सन्देह पर गिरफ्तार किये गये थे। कि शायद क्रान्तिकारी हों। मुझे इस बात की खबर मिली, तो मैंने निश्चय किया कि जाकर पता लगाऊँ! मैं यह साधारण गँवार स्त्री की पोशाक पहनकर पुलिस विभाग के दफ्तर में गयी। वहाँ जाकर मैंने अपना परिचय यही दिया कि मैं उनकी बहिन हूँ, गाँव से उन्हें लेने आयी हूँ! तब तक पुलिस को उन पर कोई सन्देह नहीं हुआ था। लेकिन इधर-उधर से–पीटर्सबर्ग से भी–पूछताछ हो रही थी।"

"पहले तो मैंने सोचा कि पीटर्सबर्ग से अपने साथियों को बुला भेजूँ, उनसे मिलकर उन्हें छुड़ाने का प्रयत्न करूँ। लेकिन इसके लिए समय नहीं था–न जाने कब उन्हें पीटर्सबर्ग से उत्तर आ जाय। मैं अकेली सिवाय अनुनय-विनय के कुछ नहीं कर सकती थी...उफ! अपनी अशक्तता पर कितना क्रोध आता था। मैं दाँत पीसकर रह गयी...जब तक ऐसे समय में अपनी असमर्थता, निस्सहायता का अनुभव नहीं होता, तब तक क्रान्ति की आवश्यकता भी पूरी तरह से नहीं समझ आ सकती।"

मेरी ओर देख और मुझे ध्यान से सुनता पाकर वह बोली :

"फिर–फिर मैंने सोचा, जो कुछ मैं अकेले कर सकती हूँ, वह करना ही होगा! अगर गिड़गिड़ाने से उन्हें छुड़ा सकूँ तो यह करना होगा, चाहे बाद में मुझे फाँसी पर भी लटकना पड़े। मैंने निश्चय कर लिया–मेरी हिचकिचाहट दूर हो गयी। कल ही शाम को मैं जनरल कोल्पिन के बंगले पर गयी। उस समय वहाँ कर्नल गोरोव्स्की भी मौजूद था। पहले तो मुझे अन्दर जाना ही नहीं मिला, दरबान ने जो कुछ ऐसे मेरे पास था, तलाशी में निकालकर रख लिया। बहुत गिड़गिड़ा कर मैं अन्दर जा पायी।"

"पहले जनरल कोल्पिन ने मुझे देखकर डाँट दिया। फिर न जाने क्या सोच कर बोला, 'क्यों, क्या

बात है?' मैंने अपनी गढ़ी हुई कहानी कह सुनायी कि मेरा भाई निर्दोष था, पुलिस ने यों ही उसे पकड़ लिया। जनरल साहब बहुत बड़े आदमी हैं, सब कुछ उनके हाथ में है, जिसे चाहें उसे छोड़ सकते हैं...मैं उसके आगे रोयी भी, उसके पैर भी पकड़े—उसके, जिसकी मैं ज़बान खींच लेती!"

"वह चुपचाप सुनता रहा। जब मैं कह चुकी तब भी कुछ नहीं बोला, थोड़ी देर बाद उसने आँख से गोरोव्स्की को इशारा किया। कुछ कानाफूसी हुई। गोरोव्स्की ने मुझे कहा, 'इधर आओ, तुमसे कुछ बात करनी है।' मैं उसके साथ दूसरे कमरे में चली गयी। वहाँ जाकर वह बोला, 'देखो, अभी सब-कुछ हमारे हाथ में है, पर कल के बाद नहीं रहेगा। हमें उसे अदालत में ले जाना होगा। फिर..."

"यह कहकर वह चुप हो गया। मैंने कहा, 'आप मालिक हैं, जैसा कहेंगे मैं करूँगी।' वह बोला, 'जनरल साहब तुम्हारे भाई पर दया करने को तैयार हैं—एक शर्त पर।' मैंने उत्सुक होकर पूछा, 'क्या?' वह मेरे बहुत पास आ गया। फिर धीरे-धीरे बोला, 'मेरिया इवानोव्ना, तुम अपूर्व सुन्दरी हो'..."

वह बोलते-बोलते चुप हो गयी। मैंने सिर उठाकर उसकी ओर देखा, उसकी आँखें विचित्र ज्योति से चमक रही थीं। वह एकाएक मेज पर से उठकर मेरे सामने खड़ी हो गयी। बोली, "जानते हो, उसकी क्या शर्त थी? जानते हो? ऐसी शर्त तुम्हें स्वप्न में भी न सूझेगी...यही एक शर्त थी, यही एकमात्र बलिदान था, जिसके लिए मैं तैयार होकर नहीं गयी थी..."

वह फिर चुप हो गयी दोनों हाथों से अपनी कमीज़ का कालर और गले का रूमाल पकड़कर कुछ देर मेरी ओर देखती रही। फिर एकाएक झटका देकर कमीज़ और रूमाल फाड़ती हुई बोली, "देखो, अध्यापक! ऐसा सौन्दर्य तुमने कभी देखा है?"

उसका मुख, जो कि रूमाल और टोपी से ढका हुआ था, अब एकदम स्पष्ट दीख रहा था। उसके नीचे उसका गला और वक्ष खुला हुआ था...उसका वह अपूर्व लावण्य, वह प्रस्फुटित सौन्दर्य, अधरों पर दबी हुई विषादयुक्त मुस्कान, हेमवर्ण कण्ठ और वक्ष...ऐसा अनुपम सौन्दर्य सचमुच मैंने पहले नहीं देखा था...मेरे शरीर में बिजली दौड़ गयी—फिर मैंने दृष्टि फेर ली...

किन्तु उसकी वह आँखें—विस्फारित, निर्निमेष...उनका वह तुषारकणों की तरह शीतल प्रदीपन... उनमें विराग, क्रोध, करुणा, व्यथा की अनुपस्थिति...वह शुक्रतारे की हरित ज्योति...।

"यह है बलि! यह स्त्री का रूप है माइकेल क्रेस्की की मुक्ति का मूल्य!"

मैंने चाहा, कुछ कहूँ, चिल्लाऊँ, पर बहुत चेष्टा करने पर भी आवाज नहीं निकली।

उसने, उस नर-पिशाच गोरोव्स्की ने, मेरे पास आकर कहा, 'मेरिया इवानोव्ना, तुम अपूर्व सुन्दरी हो—तुम्हारे लिए अपने भाई को छुड़ा लेना साधारण-सी बात है..., मुझ पर मानो बिजली गिरी। क्षण-भर मुझे इस शर्त का पूरा अभिप्राय भी न समझ आया। फिर समुद्र की लहरों की तरह मेरे हृदय में क्रोध उमड़ आया। मेरा मुख लाल हो गया। मैंने कहा, 'पापी! कुत्ते!' और तीव्र गति से बाहर निकल गयी। किन्तु पीछे उसकी हँसी और ये शब्द सुनायी पड़े—'कल शाम तक प्रतीक्षा है, उसके बाद—'

"बाहर ठण्डी हवा में आकर मेरी सुध कुछ ठिकाने आयी। मैं शान्त होकर सोचने लगी, मेरा कर्त्तव्य क्या है? माइकेल क्रेस्की का गौरव अधिक है या...उन्हें मर जाने दूँ? कभी नहीं! छुड़ाऊँ तो कैसे? इसी आशा में बैठी रहूँ कि शायद पुलिस को पता न लगे? प्रतारणा! कहीं वे उन्हें पहचान गये तो...! पीटर्सबर्ग से किसी को बुलाऊँ? पर उसके लिए समय कहाँ है! अकेली क्या करूँगी? वह शर्त...!"

"प्रधान, हमारा कार्य, देश, राष्ट्र! इसके विरुद्ध क्या? एक स्त्री का सतीत्व...! मैंने निर्णय कर लिया। शायद मुझसे गलती हुई; शायद इस निर्णय के लिए संसार, मेरे अपने क्रान्तिवादी बन्धु, मेरे नाम पर थूकेंगे; शायद मुझे नरक की यातना भोगनी पड़ेगी...पर जो यातना मैंने निर्णय करने में सही है, उससे अधिक नरक में भी क्या होगा?"

वह फिर ठहर गयी। अबकी बार मुझसे नहीं रहा गया। मैंने अत्यन्त व्यग्रता से पूछा, "क्या निर्णय किया है?"

"अभी यहीं से जनरल कोल्पिन के घर जाऊँगी। पर सुनो, अभी मेरी कहानी समाप्त नहीं हुई। आज छः बजे मैं कर्नल गोरोव्स्की के घर गयी। मेरे जाते ही वह हँसकर बोला, 'मेरिया, तुम जितनी सुन्दर हो, उतनी ही बुद्धिमती भी हो। इज्जत तो बार-बार बिगड़कर भी बन जाती है, भाई बार-बार नहीं मिलते।' मैंने सिर झुकाकर कहा, हाँ, आप साहब से कहला भेजें कि मुझे उनकी शर्त मंजूर है।"

"वह उस समय वर्दी उतार कर रख रहा था। बोला, 'तुम यहीं ठहरो, मैं टेलीफोन पर कहे देता हूँ।' वह कोने में टेलीफोन पर बात करने लगा। उसकी पीठ मेरी ओर थी। मुझे एकाएक कुछ सूझा...मैंने म्यान में से उसकी तलवार निकाल ली–दबे-पाँव जाकर उसके पीछे खड़ी हो गयी। टेलीफोन पर बातचीत हो चुकी–गोरोव्स्की उसे बन्द करके घूमने को ही था कि मैंने तलवार उसकी पीठ में भौंक दी! उसने आह तक नहीं की–अनाज की बोरी की तरह भूमि पर बैठ गया। फिर मैंने उसकी लोथ उठाकर खिड़की से बाहर डाल दी–और भाग निकली।"

मैंने पूछा, "तुम्हारे इन हाथों में इतनी शक्ति!"

वह हँस पड़ी, बोली, "मैं क्रान्तिकारिणी हूँ–यह देखो!"

उसने तलवार उठायी, एक हाथ से मूठ और दूसरे से नोक थामकर बोली, "यह देखो!" देखते-देखते उसने उसे चपटी ओर से घुटने पर मारा–तलवार दो टूक हो गयी! उसने वे दोनों टुकड़े मेरी मेज पर रख दिये।

मैंने पूछा, "अब–अब क्या करोगी?"

"अब कोल्पिन के यहाँ जाऊँगी। क्रेस्की को छुड़ाऊँगी। उसके बाद? उसके बाद–"

उसने अपनी जेब में हाथ डालकर एक छोटा-सा रिवाल्वर निकाला। "यह भी गोरोव्स्की के यहाँ से मिल गया।"

"पर–इसका क्या करोगी?"

"प्रयोग!" कहकर उसने उसे छिपा लिया।

इसके बाद शायद चार-पाँच मिनट फिर कोई न बोला। मैंने उसकी सारी कहानी का मन-ही-मन सिंहावलोकन किया। उसमें कितनी वीभत्सता, कितनी करुणा थी! और उसका दोष क्या था? केवल इतना ही कि वह क्रान्तिकारिणी थी! एकाएक मुझे एक बात याद आ गयी। मैंने पूछा, "तुमने कहा था कि तुमने पहले भी भिक्षा माँगी थी–इसी प्रकार की। वह क्या बात थी, बताओगी?"

वह अब तक खड़ी थी, अब फिर मेज पर बैठ गयी। बोली, "वह पुरानी बात है। उन दिनों की, जब मैं पीटर्सबर्ग से भागी थी। अकेली नहीं, साथ में एक लड़की भी थी–तुमने पॉलिना का नाम सुना है?"

"हाँ, सुना तो है। इस समय याद नहीं आ रहा कि कहाँ।"

"वह नोव्गोरोड में पकड़ी गयी थी–वेश्याओं की गली में–और गोली से उड़ा दी गयी थी।"

"हाँ, मुझे याद आ गया। उसके बाद बहुत शोर भी मचा था कि यह क्यों हुआ, लेकिन कुछ पता नहीं लगा।"

"हाँ। उस दिन मैं भी नोव्गोरोड में थी–उसी घर में! हम दोनों वहाँ रहती थीं। एक वेश्या के यहाँ ही। वहीं, नित्य-प्रति रात को लोग आते थे, हमारे शरीरों को देखते थे, गन्दे संकेत करते थे, और हम बैठी सब-कुछ देखा करती थीं। वहाँ, जब चूसे हुए नीबू की तरह बीमारियों से घुले हुए वे पूँजीपति साफ-साफ कपड़े पहनकर इठलाते हुए आते थे–उफ्! जिसने वह नहीं देखा, वह पूँजीवाद और

साम्राज्यवाद का दूरव्यापी परिणाम नहीं समझ सकता! धन के आधिक्य से ही कितनी बुराइयाँ समाज में आ जाती हैं—इसको जानने के लिए वह देखना जरूरी है!

"फिर वे आसपास की कोठरियों में चले जाते थे...किसी-किसी में अँधेरा हो जाता था...फिर..."

थोड़ी देर वह चुप रही। फिर बोली, "कभी-कभी उनमें एक-आध नवयुवक भी आता था—शान्त, सुन्दर, सुडौल...उनके आने पर वह घर और उसमें रहने वाले—कितने विद्रुप, कितने बीभत्स मालूम होने लगते थे...किन्तु शायद अगर वे न आते, तो हमारी वहीं मृत्यु हो जाती—इतना ग्लानिमय दृश्य था वह!

"यही थे हमारे सहायक, हमारे सहकारी...हमें पीटर्सबर्ग से जो ऐलान बाँटने के लिए आते थे, वे हम इन्हें दे देती थीं—ये उन्हें बाँट आते थे। नोव्गोरोड में हमने अपनी संस्था की शाखा इसी तरह बनायी। फिर नोव्गोरोड् से आर्कएंजेल, फिर जेरोस्लावल, फिर पीटर्सबर्ग और फिर वापस नोव्गोरोड्...आर्कएंजेल में तीन गवर्नरों की हत्या हुई; जेरोस्लावल में राजकर्मचारियों के घर जला दिये गये, नोव्गोरोड् में पुलिस के कई अफसर मारे गये। फिर—पॉलिना पकड़ी गयी, और मैं मॉस्को में आ गयी..."

"पर वह पकड़ी कैसे गयी?"

'वे मुहल्ले जिनमें रहते थे, रात ही को खुलते थे...दिन में वे वैसे ही पड़े रहते थे, जैसे विस्फोट के बाद ज्वालामुखी का फटा हुआ शिखर...पर उस दिन जरूरी काम था—पॉलिना मोटा-सा कोट पहन, मुँह ढँककर बाहर निकली। उसकी जेब में कुछ पत्र थे और एक पिस्तौल, और पत्र पहुँचाने जा रही थी। इसी समय—"

घड़ी में टन्! टन्! ग्यारह बज गये। वह चौंककर उठी और बोली, "बहुत देर हो गयी—अब मैं जाती हूँ।"

"कहाँ?"

"कोल्पिन के यहाँ—अन्तिम भिक्षा माँगने।"

उसने शीघ्रता से अपने कोट के बटन बन्द किये और उठ खड़ी हुई। मैं भी खड़ा हो गया।

मैंने रुक-रुककर कहा, "स्वातन्त्र्य-युद्ध में बहुत सिरों की बलि देनी पड़ती है।" मानो मैं अपने आपको ही समझा रहा होऊँ।

वह बोली, "ऐसे स्वातन्त्र्य-युद्ध में सिर अधिक टूटते हैं या हृदय—कौन कह सकता है?"

मैं चुप होकर खड़ा रहा। वह कुछ हँसी, फिर बोली, "जीवन कैसा विचित्र है, जानते हो, अध्यापक? मैं आयी थी धन लेकर विलुप्त हो जाने, और चली हूँ, स्मृति-स्वरूप वह बोकर—वह अशान्ति का बीज!"

जिधर उसने संकेत किया था, मैं उधर देखता ही रह गया। लैम्प और आग के प्रकाश में लाल-लाल चमक रही थी—उस टूटी हुई तलवार की मूठ!

सहसा किवाड़ खुलकर बन्द हो गया। मेरा स्वप्न टूट गया—मैंने आँख उठा कर देखा।

वर्षा अब भी हो रही थी—ओले भी पड़ रहे थे। किन्तु वह—वह वहाँ नहीं थी। या अकेला मैं—और वह अशान्ति का बीज!

वह बीज कैसे प्रस्फुटित हुआ, यह फिर कहूँगा। अभी उस दिन की घटना पूरी कहनी है।

वह चली गयी। पर मैं फिर अपना लेख नहीं लिख सका...एक बार मैंने कागजों की ओर देखा, 'सफल क्रान्ति!' दो शब्द मेरी ओर देखकर हँस रहे थे...विस्मृत आहुतियों का शान्ति-जनक निष्कर्ष!' प्रवंचना! मैंने वे कागज फाड़कर आग में डाल दिये। फिर भी शान्ति नहीं मिली। मैं सोचने लगा, इसके बाद वह क्या करेगी? कोल्पिन के घर में...माइकेल क्रेस्की तो शायद मुक्त हो जाएँगे...किन्तु उसके बाद?

उस उद्धार के फलस्वरूप आनन्द, उल्लास, गौरव—कहाँ होंगे? वहाँ होगी व्यथा, प्रज्वलन, पशुता का ताण्डव! जहाँ स्वतन्त्रता का उद्दाम आह्वान होना चाहिए, वहाँ क्या होगा?—एक स्त्री-हृदय के टूटने की

धीमी आवाज!

मैंने जाकर लैम्प बुझा दिया। कमरे में अँधेरा छा गया। केवल कहीं-कहीं अंगीठी की आग से लाल-लाल प्रकाश पड़ने लगा, और उसमें कुर्सी की टाँगों की छाया एक विचित्र नृत्य करने लगी। मैं उसे देखते-देखते फिर सोचने लगा—इसी समय कोल्पिन के घर में न जाने क्या हो रहा होगा...मेरिया वहाँ पहुँच गयी होगी...शायद अब तक क्रेस्की मॉस्को की किसी गली में छिपने के लिए चल पड़े हों... वह क्या सोचते होंगे कि उनका उद्धार कैसे हुआ? मेरिया की बात उन्हें मालूम होगी? शायद वहाँ उनका मिलन हो जाय—किन्तु कोल्पिन क्यों न होने देगा? मेरिया के बलिदान की बात शायद कोई न जान पाएगा—किसी को भी मालूम नहीं होगा...असीम समुद्र में बहते हुए एकाएक बुझ जाने वाले दीप की तरह उसकी कथा वहीं समाप्त हो जाएगी—और मैं उसका नाम तक नहीं जान पाऊँगा। कैसी विडम्बना है यह!

घड़ी में बारह बजे। मैं चौंका : एक अत्यन्त वीभत्स दृश्य मेरी आँखों के आगे नाच गया। कोल्पिन और मेरिया...उस दृश्य के विचार को भी मैं नहीं सह सका मैंने उठकर किवाड़ खोल दिये और दरवाजे के बीच में खड़ा होकर वर्षा को देखने लगा। कभी-कभी एक-आध ओला मेरे ऊपर पड़ जाता था, किन्तु मुझे उसका ध्यान भी नहीं हुआ। मैं आँखें फाड़कर रात्रि के अन्धकार में वर्षा की बूँदे देखने की चेष्टा कर रहा था...

पूर्व में जब धुँधला-सा प्रकाश हो गया, कब मेरा वह जाग्रत स्वप्न टूटा। तब मुझे ज्ञान हुआ कि मेरे हाथ-पैर सर्दी से संज्ञा-शून्य हो गये हैं। मैंने मानो वर्षा से कहा, 'वहाँ जो कुछ होना था, अब तक हो चुका होगा।' फिर मैं किवाड़ बन्द कर अन्दर जाकर लेट गया और अपने ठिठुरे हुए अंगों को गर्मी पहुँचाने के लिए कम्बल लपेटकर पड़ रहा...

उस दिन की घटना यहीं समाप्त होती है; पर उसके बाद एक-दो घटनाएँ और हुईं, जिनका इससे घनिष्ठ सम्बन्ध है। वह भी यहीं कहूँगा।

इसके दूसरे दिन मैंने पढ़ा, "कल रात को जनरल कोल्पिन और कर्नल गोरोव्स्की दोनों अपने घरों में मारे गये। जनरल कोल्पिन की हत्या एक स्त्री ने रिवाल्वर से की। उनको मारने के बाद उसने उसी रिवाल्वर से आत्मघात कर लिया। कर्नल गोरोव्स्को घर में तलवार से मरे पाये गये। कहा जाता है कि उनकी अपनी तलवार और रिवाल्वर दोनों गायब हैं। जिस रिवाल्वर से जनरल कोल्पिन की हत्या की गयी, उस पर गोरोव्स्की का नाम लिखा हुआ है, इससे अनुमान किया जाता है कि गोरोव्स्की और कोल्पिन की घातक यही स्त्री है। पुलिस जोरों से अनुसंधान कर रही है, लेकिन अभी इसके रहस्य का कुछ पता नहीं लगा है।"

क्रेस्की का कहीं नाम भी नहीं था।

यह रहस्य आज भी नहीं खुला। हाँ, इसके कुछ दिन बाद मैंने सुना कि माइकेल क्रेस्की पीटर्सबर्ग के पास पुलिस से लड़ते हुए मारे गये...

वह रहस्य दबा ही रह गया। शायद माइकेल क्रेस्की को स्वयं भी कभी यह नहीं ज्ञात हुआ कि वे मॉस्को से उस दिन आधी रात के समय क्यों एकाएक छोड़ दिये गये...

किन्तु अशान्ति का जो बीज मेरे हृदय मे बोया था, वह नहीं दब सका। जिस दिन मैंने सुना कि माइकेल क्रेस्की मारे गये, उस दिन मेरी धमनियों में रूसी रक्त खौल उठा...क्रेस्की के कारण नहीं, किन्तु मेरिया के शब्दों की स्मृति के कारण। मैंने अपने स्कूल में एक व्याख्यान दिया, जिसमें जीवन में पहली बार विशुद्ध हृदय से मैंने क्रान्ति का समर्थन किया था...

इसके बाद मुझे रूस से निर्वासित कर दिया गया, क्योंकि क्रान्ति के पोषकों के लिए रूस में स्थान

नहीं था!

आज मैं पेरिस में रहता हूँ। मॉस्को की तरह अब भी मैं अध्यापन का काम कर रहा हूँ, किन्तु अब उसमें मेरी रुचि नहीं है। आज भी मैं क्रान्ति-विषयक पुस्तकों का अध्ययन करता हूँ, किन्तु अब पढ़ते समय मेरा ध्यान अपनी अनभिज्ञता की ओर ही रहता है। आज भी मेरा वह संग्रह उसी भाँति पड़ा है, किन्तु अब उसकी सबसे अमूल्य वस्तु है वह टूटी हुई तलवार! हाँ, अब मैंने व्याख्यान देना छोड़ दिया है—अब एक विचित्र विषादमय अशान्ति, एक विक्षोभमय ग्लानि, मेरे हृदय में घर किये रहती है...

ज्वालामुखी से आग निकलती है और बुझ जाती है, किन्तु जमे हुए लावा के काले-काले पत्थर पड़े रह जाते हैं। आँधी आती है और चली जाती है, किन्तु वृक्षों की टूटी हुई शाखें सूखती रहती हैं। नदी में पानी चढ़ता है और उतर जाता है, किन्तु उसके प्रवाह से एकत्रित घास-फूस, लकड़ी किनारे पर सड़ती रह जाती है। वह टूटी तलवार उसके आवागमन का स्मृतिचिह्न है। जब भी इस ओर देखता हूँ, दो धधकते हुए निर्निमेष वृत्त मेरे आगे आ जाते हैं, मैं सहसा पूछ बैठता हूँ, "मेरिया इवानोव्ना, तुम मानवी थीं या दानवी, या स्वर्ग-भ्रष्टा विपथगा देवी?"

दिल्ली जेल, सितम्बर, 1931

एक घंटे में

प्रभाकर जब अपने बड़े कोट के नीचे भरा हुआ 45 बोर का रिवाल्वर लगाकर जेब में पड़े हुए गोलियों के बटुए को हाथ से छूकर, एक बार शीशे में अपना प्रतिबिम्ब देखकर चलने लगा, तब रजनी ने शीशे में उसके प्रतिबिम्ब की ओर उन्मुख होकर कहा, "कब लौट आओगे?"

प्रभाकर ने शीशे में पड़ते हुए रजनी के प्रतिबिम्ब की ओर दृष्टिपात करके कहा, "अभी घण्टे-भर में चला आऊँगा। क्यों, भूख बहुत लगी है क्या?"

रजनी ने कहा, "नहीं, वैसे ही—" कहकर चुप हो गयी।

प्रभाकर ने धीरे से पुकारा, "रजनी!" और एक बार शीशे की ओर मुस्कराकर खटाखट सीढ़ियों से नीचे उतर गया।

रजनी दीर्घ निःश्वास छोड़कर उठी और किवाड़ की सांकल लगाकर फिर अपने स्थान पर बैठ गयी।

उसके सामने दो पुस्तकें खुली पड़ी थीं। एक हैरल्ड लास्की की कम्युनिज्म और दूसरी भवभूति का उत्तररामचरित। प्रभाकर के चले जाने के बाद उसने पहली पुस्तक बन्द कर दी, और उत्तररामचरित के श्लोक धीरे-धीरे गुनगुनाने लगी।

किन्तु उसका मन नहीं लगा। थोड़ी ही देर में उसका ध्यान फिर उस दर्पण की ओर चला गया, और वह उसमें अपना गम्भीर, कुछ करुण, और कुछ चिन्तित मुख देखती हुई न जाने किस विचार में लीन हो गयी।

प्रभाकर और रजनी का विवाह हुए दो वर्ष से अधिक हो गया था। किन्तु विवाह-सुख किसे कहते हैं, यह उसे कभी नहीं ज्ञात हुआ। उसे तो अभी तक यही अनुभव होता रहा कि एक सिपाही का जीवन कितना कठोर हो सकता है।

रजनी अच्छे और धनी घर की बेटी थी, इसलिए उसकी 'ट्रेनिंग' भी वैसी ही थी और उसके विचार भी वैसे ही। पति के घर में आकर उसने देखा जिन सिद्धान्तों को वह अब तक अटल समझती आयी थी, उनका यहाँ ज़रा भी मान नहीं था। यहाँ राजा की शक्तिमत्ता में, सरकार की निष्पक्षता में, धन की सत्ता में, कुछ भी श्रद्धा नहीं थी— यहाँ निर्धनों और अछूतों की ही पूछ होती थी, यहाँ मजदूर और किसान ही सबसे बड़ी शक्ति गिने जाते थे। पहले तो रजनी को इससे बड़ा आघात पहुँचा। वह लड़कियों के एक कॉलेज की पढ़ी हुई थी, और उसके मन में वही अहम्मन्यता का भाव था जो कि प्रायः ऐसे कालेजों की लड़कियों में होता है। घर की संस्कृति से यह भाव नष्ट नहीं पुष्ट ही हो गया था। यहाँ आकर जब उसने ये रंग-ढंग देखे, तब पहले तो उसके मन में साधारण विरोध-भाव उत्पन्न हुआ। किन्तु पति से तर्क करने पर जब वह बार-बार हारने लगी, तब उसका भाव एक दृढ़ विद्रोह में परिणत हो गया। वह प्रत्येक बात में पति के मत का खण्डन करती और अपने मत की पुष्टि के लिए कालेज में पढ़ी हुई किताबों में सन्दर्भ दिखाया करती। प्रभाकर उन सब वारों को सहज ही सह लेता और हँसी-हँसी में रजनी

के तर्कों का खण्डन कर देता। रजनी जब अप्रतिभ होकर चुप हो जाती तब प्रभाकर उसके पास आकर धीरे से एक चपत लगाकर कहता, "रजनी, अभी तुम बहुत बदलोगी—बहुत! तुम्हारे घरवालों ने तो तुम्हारा अचार डाले रखा था—कभी बाहर की हवा भी नहीं लगने दी!" इससे रजनी का क्षोभ बहुत-कुछ मिट जाता था, किन्तु पूर्णतया नहीं। वह चुप होकर चली जाती थी।

प्रभाकर के माता-पिता मर चुके थे। वह एक छोटे-से घर में अकेला ही रहता था। वह लाहौर के एक कालेज में लेक्चरर था, और ग्वाल-मण्डी में किराए के एक छोटे-से मकान में रहता था। प्रातःकाल उठकर वह कालेज के लिए अपने नोट तैयार करता, फिर कुछ राजनीति की पुस्तकें पढ़ता, और नौ बजे कालेज चल देता। उसके बाद रात तक रजनी को उसके दर्शन होते। कभी-कभी लौटने पर रजनी उससे पूछती, "इतनी देर तक कहाँ रहते हो?" तो वह हँसकर उत्तर देता, "आज विद्यार्थियों की एक सभा में लेक्चर देने चला गया, इसलिए देर हो गयी।" या "आज अमुक मिल के मजदूरों ने बुलाया था।"—कभी-कभी रजनी क्षुब्ध होकर निश्चय करती कि आज वे आएँगे तो उनसे बोलूँगी नहीं, किन्तु जब दिन-भर का थका-मांदा प्रभाकर बगल में मोटी-मोटी किताबों का गट्ठर दबाये घर आता और सीढ़ियों के ऊपर आकर रजनी को देखते ही उसकी मुखश्री खिल उठती और वह उल्लास-भरे स्वर में पुकारता, "रजनी!" तब वह किसी तरह भी नहीं रुकती थी...बल्कि प्रायश्चितस्वरूप दूसरे दिन सवेरे जब प्रभाकर राजनीति और अर्थनीति की किताबें लेकर पढ़ने बैठता, तब वह चुपचाप उसके पास आकर बैठ जाती, कोई किताब सामने खोलकर रख लेती और गम्भीर मुखमुद्रा बनाकर उसकी ओर देखा करती। बीच-बीच में जब यह कनखियों से पति की ओर देखती, तब प्रभाकर ठठाकर हँस पड़ता था, और रजनी भी विवश होकर मुस्करा देती थी। प्रभाकर कहता, "रजनी, तुम भी इन्हें पढ़ डालो, बहुत-सी नयी बातें जान जाओगी।"

रजनी कभी भूलकर भी इन किताबों में रुचि नहीं दिखाती थी। वह कहती, "उंह, इनको पढ़कर क्या होगा? कालेज में थोड़ा पढ़ आयी थी, उसी से रोज आपस में लड़ाई हो जाती है!" फिर शीघ्र ही दोनों किसी निगूढ़ विषय पर बहस करने लग जाते...

किन्तु जब प्रभाकर कालेज चला जाता, तब रजनी उन्हीं पुस्तकों को निकालकर बड़े ध्यान से पढ़ती थी। केवल इस बात का ध्यान रखती थी कि पति के आने से पहले उसका स्वाध्याय समाप्त हो जाये।

धीरे-धीरे उसका विचार-क्षेत्र भी विस्तृत होता जा रहा था। उसे बहुत-सी बातें समझ में आने लगी थीं, जो कि कालेज में और घर में उससे छिपाकर रखी जाती थीं और जिन्हें सुनना भी वह पहले पाप समझती थी। साथ-ही-साथ उसके पुराने विश्वास भी बहुत से मिटते जाते थे। ज्यों-ज्यों उसको अपनी पुरानी भूलों का ज्ञान होता जाता था, त्यों-त्यों उसकी अहम्मन्यता भी मिटती जाती थी। किन्तु इतने दिनों की लड़ाइयों और इतने दिनों से किये गये मान को याद करके वह अपने पति से इस बात को छिपाती थी कि उसका मन कितना परिवर्तित हो गया है।

एक दिन सन्ध्या के समय वह अपने कोठे के घर पर बैठी—नीचे की दुकानों में जलती गैसों-लैम्पों और उनके प्रकाश में जगमगाते हुए फलों की कतारों की ओर देख रही थी। प्रभाकर अभी तक नहीं लौटा था!

धीरे-धीरे रात हो गयी। लेकिन प्रभाकर नहीं आया। रजनी की चिन्ता बढ़ने लगी वह एक किताब लेकर वहीं बैठ गयी और पढ़ने लगी।

लगभग ग्यारह बजे प्रभाकर ने दरवाजा खटखटाया और कोमल स्वर में पुकारा, "रजनी!"

रजनी चौंककर उठी और नीचे जाकर प्रभाकर को लिवा लायी। दोनों चुपचाप अपने पढ़ने के कमरे में जाकर खड़े हो गये, कुछ बोले नहीं। प्रभाकर ने धीरे-धीरे कोट उतारा और कुरसी पर बैठ गया।

रजनी क्षण-भर उसकी ओर देखती रही। फिर बोली, "खाना नहीं खाओगे?"

"आज खा आया हूँ।"

"कहाँ?"

प्रभाकर बिना कुछ उत्तर दिये मुस्करा दिया। रजनी ने कहा, "अच्छा, चलकर मुँह-हाथ तो धो लो, बिल्कुल गर्द से सने हो।"

प्रभाकर ने कहा, "तुम चलो, सोओ, मैं अभी आया।"

रजनी को जान पड़ा, अवश्य ही कोई असाधारण बात हुई है। स्नेह से बोली, "दिन भर कहाँ रहे?"

प्रभाकर ने टालते हुए कहा, "कितना थक गया हूँ!"

रजनी ने आकर उसका हाथ पकड़ लिया और बोली, "उठो, चलो, यहाँ बैठे रहने की जरूरत नहीं है।" कहकर वह धीरे-धीरे प्रभाकर को खींचने लगी। प्रभाकर उठ खड़ा हुआ और कोट को उठाकर कन्धे पर रखने लगा।

रजनी बोली, "इसे यहीं पड़ा रहने दो न, कल सम्भाल लूँगी!" कहकर उसने कोट खींच लिया। कोट जमीन पर गिर पड़ा। किसी ठोस वस्तु के गिरने का 'ठक्' शब्द हुआ। रजनी ने कहा, "यह क्या है?" और प्रभाकर के रोकते-रोकते कोट की जेब में हाथ डाल दिया।

प्रभाकर कहने को हुआ, "कुछ नहीं है।" किन्तु रजनी के मुख की ओर देखकर चुप रह गया।

रजनी का मुख फीका पड़ गया था, किन्तु बड़े यत्न से उसने अपने को वश में किया और कोट उठाकर अपने कमरे की ओर चल पड़ी। प्रभाकर भी सिर झुकाकर उसके पीछे-पीछे चला।

कमरे में पहुँचकर रजनी ने कोट की जेब में से दो पिस्तौलें और कुछ गोलियाँ निकालीं, और उन्हें ले जाकर अपने कपड़ों में छिपा दिया। फिर प्रभाकर के पास आकर बोली, "ये तुम क्यों लाये?"

प्रभाकर ने सहसा कोई उत्तर नहीं दिया। फिर बोला, "मैं क्रान्तिकारी दल में सम्मिलित हो गया हूँ।"

रजनी क्षण-भर स्थिर दृष्टि से प्रभाकर की ओर देखकर बोली, "तुम्हें अपने अलावा और किसी का भी ध्यान है?"

प्रभाकर फिर भी चुप रहा।

रजनी ने कहा, "जाओ। इस वक्त मैं कुछ नहीं करना चाहती!"

प्रभाकर चला गया।

इसके बाद सप्ताह-भर रजनी पति से नहीं बोली। प्रभाकर को भी उससे बोलने का साहस नहीं हुआ। वह स्वयं खाना पकाकर खाता और कालेज चला जाता। बीच-बीच में वह कभी-कभी रजनी की ओर करुण और स्नेह भरी दृष्टि से देख लेता था, किन्तु बोलता कुछ नहीं था। रजनी कभी इशारे से भी उसके स्नेह का उत्तर या स्वीकृति नहीं देती थी।

आठवें दिन फिर प्रभाकर बहुत देर तक नहीं आया। लगभग बारह बजे रात को उसने आकर किवाड़ खटखटाये, किन्तु रजनी को पुकारा नहीं। ऊपर आकर वह अपने कमरे में खड़ा होकर इधर-उधर से पुस्तकें, कागज, कुछ कपड़े इत्यादि समेट कर जमीन पर रखने लगा।

रजनी चुपचाप खड़ी देखती रही।

प्रभाकर जब अपना काम कर चुका, तब एक अंगड़ाई लेकर खड़ा होकर बोला, "रजनी, अब भी नहीं बोलोगी?"

उसके स्वर में न जाने क्या था, रजनी को ऐसा प्रतीत हुआ मानो वह विदा माँग रहा हो। उसने कहा, "अब भी क्या?"

प्रभाकर बोला, "रजनी, मैं इतने दिन तक तुमसे कहने का साहस नहीं कर सका...।"

रजनी बोली, "ऊपर चलो, वहाँ बात करेंगे!" कहकर प्रभाकर को सोने के कमरे में ले गयी और किवाड़ बन्द कर लिए।

प्रभाकर ने बिना भूमिका के कहा, "रजनी, मुझे घर छोड़कर भागना पड़ेगा... मेरे नाम वारंट निकल गया है..."

आज इस घटना को छः मास बीत गये। इन छः महीनों में रजनी ने कितने परिवर्तन देखे थे...

आज दिवाली थी, किन्तु रजनी के घर दीया नहीं जला था। दिन-भर उसने खाना भी नहीं खाया था। इससे पहली रात किसी ने प्रभाकर को बाजार में देखा था और पहचानकर पीछा किया था, इसीलिए प्रभाकर को चक्कर काटकर आना पड़ा था और आज दिन-भर वह घर से बाहर नहीं निकला था। किन्तु शाम तक भूखी रहने के बाद जब रजनी ने कहा, "कितनी फीकी दीवाली रहेगी!" तब एकाएक प्रभाकर बोला, "मैं बाहर जाता हूँ।"

"क्यों?"

"काम है।"

क्या काम है, रजनी समझ गयी। उसे खेद भी हुआ कि उसने ऐसी बात क्यों कही। वह बोली, "अब बैठे रहो, यहीं से दूसरों की दीवाली देख लेंगे। तुमने तो दूसरों को सुखी करने का व्रत लिया है न!"

प्रभाकर ने रजनी के मुख की ओर ऐसे देखा मानो कुछ पूछ रहा हो, "इसमें कुछ व्यंग्य तो नहीं है?" किन्तु रजनी के मुख पर स्नेह का भाव देखकर उसे कुछ चोट पहुँची। वह बोला, "नहीं रजनी, हमें अपनी दीवाली भी अवश्य मनानी होगी। मैं मिठाई-विठाई लिये आता हूँ, तुम बैठो।"

रजनी चुप होकर बैठ गयी। प्रभाकर रिवाल्वर इत्यादि से लैस होकर चल दिया। रजनी अपनी पढ़ाई छोड़कर सामने पड़े हुए दर्पण में मुँह देखती हुई न जाने क्या-क्या सोचने लगी।

उसे अपने विवाहित जीवन की घटनाएँ याद आने लगीं, और उन घटनाओं की कटुता या प्रियता के अनुसार उसके मुख पर आलोक और छाया का एक चंचल नृत्य होने लगा। किन्तु आलोक क्षणिक और छाया स्थायी होती थी। बीच-बीच में वह पास टँगी हुई घड़ी की ओर देख लेती थी।

आध घण्टे से अधिक हो गया। रजनी की विचार-तरंग शान्त नहीं हुई।

इसी समय घर से कुछ ही दूर पर धड़ाके का शब्द हुआ—'ठाँय! ठाँय! ठाँय!' फिर कुछ रुककर दो बार और—'ठाँय! ठाँय!' रजनी चौककर उठ खड़ी हुई। लपककर उसने सीढ़ियों का निचला किवाड़ बन्द कर लिया। इस अनैच्छिक क्रिया के बाद वह फिर अपने कमरे के मध्य में आकर खड़ी हो गयी। उसका मन अनियंत्रित होकर दौड़ने लगा।...

यह ठाँय-ठाँय क्यों? कहीं वही तो नहीं हुआ जिसकी आशंका थी...अब क्या होगा? पुलिस घर पर आ जायेगी।...

इसी बीच फिर चार-पाँच बार लगातार धड़ाके हुए, फिर कुछ देर के बाद एक, फिर एक और... फिर शान्ति...

अगर वे बन्दी हो गये—या आहत, या...रजनी की कल्पनाभूमि पर पड़े हुए खून से लथपथ एक शरीर के चित्र के सामने आकर एकाएक रुक गयी...

उसने प्रबल मानसिक यत्न से अपना मन उधर से हटा लिया। और अपने कर्त्तव्य पर विचार करने लगी। अब मुझे क्या करना होगा?

रजनी को सहसा उस रात की याद आ गयी, जब उसने प्रभाकर के साथ घर छोड़ा था।

सप्ताह-भर के मौन के बाद जब एक दिन प्रभाकर ने आकर कहा, "रजनी, मुझे घर छोड़कर भागना

पड़ेगा, मेरे नाम वारंट निकल गया है।" तब रजनी चकित होकर रह गयी थी। बहुत देर चुप रहकर बोली थी, "और मैं?"

प्रभाकर जानता था कि यह प्रश्न जरूर होगा, किन्तु उसके पास इसका कोई उत्तर नहीं था। वह थोड़ी देर चुप रहकर बोला, "अभी तो तुम घर पर चली जाओ, फिर कुछ दिनों में मैं प्रबन्ध कर दूँगा।"

रजनी ने कहा, "एक बात कहती हूँ, ध्यान से सुनो। मुझे साथ ले चलोगे?"

अत्यन्त विस्मित होकर प्रभाकर बोला, "तुम्हें रजनी?"

"हाँ, मुझे। मैं तुम्हारी मदद नहीं करूँगी, कर भी नहीं सकती। लेकिन तुम्हारे काम में दखल भी न दूँगी। चाहे जैसे जीवन व्यतीत करना पड़े, तुम्हें उलाहना नहीं दूँगी। तुम इतना भी विश्वास कर लो कि तुम्हारी जो बातें जान जाऊँगी वे किसी से कहूँगी नहीं। इसके अलावा और क्या करना होगा, बता दो। देखूँ, कर सकती हूँ कि नहीं।"

प्रभाकर गम्भीर होकर बोला, "रजनी, यह कोई साधारण निर्णय नहीं है। लेकिन अगर तुम इतना करने को तैयार हो तो मैं तुम्हारा कहना टाल नहीं सकता। सच बात कहता हूँ कि मुझे तुमसे इतनी भी आशा नहीं थी। इतना भी कुछ कम नहीं है। लेकिन तुम्हें बहुत कष्ट होगा।"

रजनी ने मानो बात अनसुनी करके कहा, "एक बात समझ लो। मैं साथ रहूँगी और गूँगी-बहरी होकर रहूँगी। इतनी बात तुम्हारे फायदे की है। लेकिन मैं तुमसे सहमत नहीं हूँ, तुम्हारे आदर्शों में किसी प्रकार की सहायता नहीं करूँगी। मुझसे इस प्रकार की कोई आशा न रखो। कभी अगर तुम्हें अपने काम में मेरी मदद की आवश्यकता पड़ी और मैंने इनकार कर दिया, तो यह न कहना कि मैंने धोखा दिया और निष्क्रिय पड़ी रही। यह शर्त मानते हो?"

प्रभाकर ने कुछ सोचकर कहा, "अच्छी बात है, मानता हूँ।"

"तो चलो!"

निर्णय कर चुकने के बाद रजनी ने किसी प्रकार की देरी नहीं की। एक घण्टे के अन्दर-अन्दर दोनों घर छोड़कर एक विराट् शून्य की ओर चल पड़े थे।...

आज ठाँय-ठाँय सुनकर उसे एकाएक इन बातों की याद आ गयी। उसने मन-ही-मन में कहा, "मैं कुछ भी करने को बाध्य नहीं हूँ। क्यों न यहीं बैठी रहूँ? मुझे क्या मतलब?"

इस निर्णय पर उसका गतिशील मन नहीं रुक सका। वह फिर सोचने लगी, अगर मैं पकड़ी गयी तब क्या होगा?' उसकी कल्पना में अखबारों की खबरें नाचने लगीं—'अमृतसर में गोली चल गयी', 'एक क्रान्तिकारी बंदी (या हत!)' 'वीर या (शायद वीरगति!) क्रान्तिकारी की पत्नी घर से गिरफ्तार....'

रजनी ने धीरे से कहा, "और अभी यहाँ पर एक रिवाल्वर और कई गोलियाँ पड़ी हैं...!"

फिर वह सोचने लगी...

उसका घर एक छोटी-सी गली में था। पहली मंजिल की सीढ़ियों के दोनों ओर दो कमरे थे, और दूसरी मंजिल पर एक। सीढ़ियों पर एक दरवाजा नीचे था, एक पहली मन्जिल पर; और दूसरी मंजिल की छत में लोहे के सीखचों का एक दरवाजा था। छत में ही एक छोटा-सा चौकोर सुराख था, जिसमें झाँकने से सीढ़ियों के दरवाजे और सीढ़ियों से ऊपर आता हुआ कोई भी व्यक्ति दीख पड़ता था।

रजनी ये सब बातें एक ही तरंग में सोच गयी। फिर किसी अतर्क्य प्रेरणा से वह दूसरे कमरे में गयी और बक्स खोलकर टटोलने लगी। उसने रिवाल्वर निकाला और चुपचाप भर लिया। बाकी गोलियाँ निकालकर आँचल में डाल लीं।

निचला दरवाजा वह पहले ही बन्द कर आयी थी। अब उसने पहली मंजिल पर भी सांकल चढ़ा दी और दौड़कर छत पर चली गयी। वहाँ उसने लोहे ही चौखट बन्द कर दिया और सूराख के पास रिवाल्वर

लेकर बैठ गयी।

फिर एकाएक उसके मुँह से निकल गया, "यह मैं क्या करने लगी हूँ?..."

यह भाव बहुत देर नहीं रहा। क्षण-भर बाद उसने रिवाल्वर की नली सूराख से निकाली दी और चौकन्नी होकर बैठ गयी।

अभी दो मिनट भी न बीते थे कि किसी ने किवाड़ खटखटाया। रजनी और सम्भलकर बैठ गयी और सूराख से नीचे देखने लगी। उसने कोई उत्तर नहीं दिया, इसी प्रतीक्षा में बैठी रही कि पुलिस वाले किवाड़ तोड़ें या और कुछ आयोजन करें।

किवाड़ बड़े जोर से खटखटाये जाने लगे। रजनी ने फिर भी कोई उत्तर नहीं दिया! उसकी नसें इतनी तन गयी थीं कि शायद वह उत्तर देना चाहती तो आवाज भी नहीं निकलती...

एकाएक रजनी चौंकी। यह तो पुलिस वालों का स्वर नहीं था—यह तो उसका चिर-परिचित स्वर था—

'कल्याणी, किवाड़ खोलो!'

रजनी उठकर नीचे पहुँची तो उसकी टाँगे लड़खड़ा रही थीं...पर वह नीचे चली गयी। दाहिने हाथ में थामे हुए रिवाल्वर को पीछे छिपाकर उसने किवाड़ खोला, और बोली, "आ गये?"

प्रभाकर ने देखा, उसकी आवाज भर्रायी हुई है। उसने किवाड़ बन्दकर लिये और ऊपर आकर पूछा, "क्या है रजनी? स्वर्ण-मन्दिर में तो खूब धूम है, आतिशबाजी छूट रही है। मैं तुम्हें नहीं ले जा सका, लेकिन मिठाइयाँ ले आया हूँ।"

रजनी ने विमूढ़-सी होकर प्रभाकर की ओर देखा, और बोली, "आतिशबाजी!" कहते-कहते उसने हाथ का रिवाल्वर भूमि पर बिछी हुई दरी पर रख दिया और स्वयं बैठ गयी।

प्रभाकर ने एकाएक उसके पास बैठकर स्नेह से पूछा, "यह क्या है, रजनी?"

रजनी ने धीरे से अपना सिर प्रभाकर के कन्धे पर टेक लिया और धीरे-धीरे रोने लगी।

प्रभाकर उसके सिर पर हाथ रखकर चुपचाप बैठा रहा।

थोड़ी देर बाद जब रजनी उठ बैठी तो प्रभाकर ने पूछा, "क्यों?"

रजनी बोली, "दीवाली मनानी है। दिये जलाऊँगी।"

प्रभाकर ने कृतज्ञता-पूर्वक कोमलता से उसका हाथ दबाते हुए कहा, "और मैं भी अपनी गृह-लक्ष्मी की पूजा करूँगा।"

दिल्ली जेल, जून, 1932

गृहत्याग

Let us rise up and part : no one will know.
Let us go seaward as the great winds go.
Full of blown sand and foam : what
help is here?

—स्विन्नबर्न

"कितने भोले थे हम—जो सच्चे दिल से इस शिक्षा को अपना कर सन्तुष्ट हो गये!" कह कर बूढ़े ने एक बहुत लम्बी साँस ली और उठ खड़ा हुआ। खड़े होकर एक बार उसने अपने चारों ओर देखा, फिर धीरे-धीरे खिड़की के पास जाकर चौखट पर बैठ गया, और घुटने पर ठोड़ी टेककर धीरे-धीरे कुछ गुनगुनाने लगा।

खिड़की के बाहर कोई बहुत सुन्दर दृश्य हो, यह बात नहीं थी। वह घर जिसकी कोठरी में वृद्ध बैठा था, मद्रास नगर की एक बहुत छोटी, बहुत गन्दी गली में था, और उस कोठरी तक सूर्य का प्रकाश कभी नहीं आ पाता था... उस खिड़की के बाहर का दृश्य—एक तंग गली, जिसके दोनों ओर नालियाँ बह रही थीं, जिसमें छोटे-छोटे श्यामकाय बच्चे खेल रहे थे इसमें ऊपर एक पकौड़ी की दुकान थी जिसमें एक तेल के कड़ाहे के पास बैठी एक बुढ़िया धीरे-धीरे कुछ गा रही थी...कभी-कभी वह रुककर कीच से लथपथ लड़कों को धमकी देती थी, जिससे वे दूर भाग जाते थे और फिर नाली की कीच में कूद पड़ते थे...

बूढ़ा इसी दृश्य को देख रहा था—या इसी दृश्य में किसी सुदूर प्रदेश की कल्पना किये बैठा था...और वह धीरे-धीरे गुनगुनाता जाता था, मानो तेल से उठते हुए धुएँ से बातचीत कर रहा हो।

कमरे में वृद्ध अकेला ही था—बहुत अकेला। इतना अधिक अकेला कि उसे अपने वहाँ होने का भी ज्ञान नहीं था—उसके मुख से शब्द बिना आयास के या नियंत्रण के निकलते जान पड़ते थे और ऐसा प्रतीत होता था कि वह स्वयं उन्हें सुन नहीं रहा—न समझ ही रहा है...

"कितने भोले थे हम—इतने बड़े जीवन में हम एक इतनी बात भी नहीं जान पाये कि स्वत्व क्या है...हमारे लिए वह एक सैद्धान्तिक चीज थी, हम उसकी परिभाषा कर सकते थे...किन्तु हमने उसका उपभोग कभी नहीं किया, न हमें उसकी कुछ अनुभूति ही है...

"कारखाने के निर्दय कार्यक्रम से समय बचाकर हमने किताबें माँग-माँगकर पढ़ना शुरू किया, तो क्या पढ़ें? वही हृदय को जलाने वाली शिक्षा—जिसके सिद्धान्त बचपन से ही हमारे वक्ष-स्थल पर अमिट अक्षरों में खुद गये थे। हम, जो जन्म के समय से वंचित, छलित, विवस्त्र, विवृत और विदग्ध थे, पढ-लिखकर भी यही सीखे कि सम्पत्तिहीन होकर भी हमें शिकायत नहीं करनी चाहिए—क्योंकि जिन अधिकारों से हम वंचित रह गये, वे व्यक्तिगत होने ही नहीं चाहिए, वे समाज में ही अभिहित होने चाहिए...अभी तक

हम बाध्य होकर निर्धन और वंचित थे, अब हमें शिक्षा मिली कि इस दशा में रहना मनुष्य मात्र का कर्त्तव्य है!..."

बूढ़ा कुछ देर तक रुक गया, फिर एकाएक बोला, "कितने भोले थे हम!"

इसी समय खिड़की के नीचे कुछ कोलाहल हुआ, पकौड़ी वाली बुढ़िया का कर्कश स्वर सुन पड़ा, फिर एक लड़के के रोने की चीख...

"बुढ़िया ने मेरा खिलौना तोड़ दिया!"

वृद्ध एकाएक चौंका। उसने खिड़की के बाहर झाँककर पुकारा, "आ बेटा, मैं तुझे दूसरा खिलौना दूँगा!"

लेकिन वह लड़का रोता हुआ भाग गया था।

बूढ़े की बात सुनकर पकौड़ीवाली बुढ़िया चिल्लाकर बोली, "अरे कौन है यह खिलौनोंवाला? छोकरे को और बिगाड़ रहा है! खिलौने देने चला है—पहले अपने मुँह के दाँत तो गिन ले!"

गली में खड़े हुए सब लड़के, जो अब तक सशंक दृष्टि से बुढ़िया को देख रहे थे, उसकी इस बात पर सब खिलखिला कर हँस पड़े।

वृद्ध ने उठकर खिड़की बन्द कर दी और अन्धकार में एक बड़ी लम्बी साँस ली।

फिर उसने दियासलाई से एक बहुत छोटा-सा दीपक जलाया और एक ओर आले में रखकर उसके सामने खड़ा हो गया। उसकी ओर देखता हुआ बोला, "क्यों रे, कल भी तुझे जलानेवाला कोई होगा, या नहीं?"

क्षण-भर वृद्ध ने अपने आप ही सिर हिलाया और "तुझमें स्नेह नहीं है!" कह कर वहाँ से चला। एक कोने से एक मिट्टी का घड़ा और पीतल का कमण्डल लेकर वह कोठरी से बाहर निकल पड़ा।

सीढ़ियों से उतरकर वह एक छोटे-से आँगन में पहुँचा। यहाँ पर नल से नीचे उसने घड़ा रख दिया और स्वयं पास के चबूतरे पर बैठकर पानी की बहुत पतली धार की ओर देखने लगा।

घड़े में पड़ते हुए पानी की 'घहर घहर घर!' सुनते-सुनते उसे अपना तिरस्कार भूल गया और उसके मुख पर खिंचाव कुछ ढीला हो गया।

उसके विचारों की तरंग फिर बहने लगी—"हमने अपने 'घोर नारकीयगत जीवन का कुछ भी प्रतिकार नहीं किया, प्रतिवाद तक नहीं! प्रबुद्ध होकर भी हमने कोई चेष्टा नहीं की कि जिन वस्तुओं से हम सदा वंचित रहे, उन्हें अब स्वयं प्राप्त करें, या दूसरों को ही दिलाएँ...उलटे हम स्वयं इसी सिद्धान्त का प्रचार करने लगे कि किसी व्यक्ति का किसी वस्तु पर कोई स्वत्वाधिकार नहीं है, कभी-कभी संघ और समाज का है...

"किन्तु हमारा सिद्धान्त मिथ्या थोड़े ही था? हमारा मन कभी-कभी कठोर-कठोर यन्त्रणा से निकलकर अदम्य और उद्दण्ड भाव से स्वत्व-कामना करने लगता है, एक स्वत्व विशेष का—लेकिन इस आन्तरिक प्रेरणा का प्रज्वलन विवेक-बुद्धि की शीतलता को मिथ्या नहीं करता...शायद वह प्रेरणा बिल्कुल मरीचिका—"

बूढ़ा फिर एकाएक रुक गया, क्योंकि एक छोटी-सी, कोई सात-आठ वर्ष की बालिका, उस घड़े के पास आकर खड़ी हो गयी थी, और अपनी हथेली नल पर रखकर पानी इधर-उधर छिटका रही थी। बूढ़े ने उसे देखकर कहा, "छोटी, घड़ा भर लेने दे। फिर मैं ही पानी उड़ाकर दिखाऊँगा।"

वह बालिका नल से हटकर बूढ़े के पास आकर खड़ी हो गयी। बोली, "बूढ़े बाबा, तुम्हारा नाम ही गंगाधर है?"

"हाँ, क्यों?"

"ऐसे ही। पिता कुछ बात कर रहे थे।"

वृद्ध ने बालिका का हाथ थामते हुए पूछा, "क्या?"

बालिका उसके और पास चली आयी और बोली, "बाबा, तुम हमारा घर छोड़कर चले जाओगे?"

वृद्ध ने प्रश्न से समझ लिया कि बालिका गृहस्वामी की लड़की है। उसने उसका नाम बहुत बार पुकारा जाता सुना था, किन्तु उसे देखा कभी नहीं था! उसने कुछ देर चुप रह कर कहा, "हाँ, मुझे जाना ही पड़ेगा। कल चला जाऊँगा।"

"क्यों गंगाधर, तुम्हें हमारा घर अच्छा नहीं लगा?"

वृद्ध ने एकाएक जवाब नहीं दिया। फिर टालते हुए बोला, "देखो, तुम्हारी शकल से तुम्हारा नाम बता सकता हूँ। तुम्हारा नाम कनकवल्ली है—क्यों ठीक है न?"

बालिका हँसकर बोली, "उंह, पिता से सुन लिया होगा!" "फिर एकाएक गम्भीर होकर कहने लगी, "तुमने बताया नहीं, तुम्हें हमारा घर अच्छा नहीं लगता?"

वृद्ध ने उदास होकर कहा, "बहुत अच्छा लगता है।"

"नहीं, तुम मुँह बनाकर कह रहे हो। तुम्हें अच्छा नहीं लगता।" बालिका ने कहा।

वृद्ध ने बालिका का मन रखने के लिए कहा, "नहीं, नहीं। मैंने मुँह इसलिए बनाया है कि मुझे यह घर छोड़कर जाना पड़ेगा! मैं जाना नहीं चाहता।"

"तो फिर क्यों जाते हो? यहीं रहो न?"

वृद्ध ने फिर थोड़ी देर चुप रहकर कहा, "कनक, मेरे पास किराया देने को पैसे नहीं हैं, इसीलिए जाना पड़ेगा।"

बालिका थोड़ी देर गम्भीर मुद्रा से उसकी ओर देखती रही, फिर बोली, "तुम यहीं बैठे रहना, मैं अभी आती हूँ।"

"अच्छा।"

"कहीं जाना मत!" कहकर बालिका भाग गयी।

थोड़ी देर बाद वृद्ध ने देखा, वह लौटी आ रही है। उसकी दोनों बाँहों पर, पीठ पर, हाथों में, सिर पर कई तरह के बाँस और लकड़ी के खिलौने लदे हुए थे। वृद्ध उसको देखकर मुस्कराने लगा।

वह पास आकर बोली, "ये देखो मेरे खिलौने!"

वृद्ध ने बहुत धीमे स्वर में पूछा, "ये क्यों ले आयीं?"

बालिका ने कुछ अप्रतिभ होकर पूछा, "क्यों, तुम्हें अच्छे नहीं लगे?"

वृद्ध बालिका को अपनी ओर खींचते हुए बोला, "कनक, ये खिलौने मेरे ही बनाये हुए हैं!"

कनक ने बड़े विस्मय और अविश्वास के स्वर में कहा, "सच? फिर आप-ही-आप बोली, "जानते हो, मैं ये सब क्यों लायी हूँ?"

वृद्ध कुछ नहीं बोला, चुपचाप उसकी ओर देखता रहा।

"इन्हें बेच डालो। फिर उन पैसों से घर का किराया दे देना।" कहकर कनक ने सब खिलौने गंगाधर के पैरों में डाल दिये।

गंगाधर की आँखों में आँसू भर आये...उसने भर्राई हुई आवाज में कहा, "कनक, ये खिलौने उठाकर ले जाओ।"

कनक रुआंसी हो गयी और गंगाधर के मुख की ओर देखती रही।

वृद्ध ने यह देखकर फिर स्नेह के स्वर में कहा, "कनक, ये रख आओ, फिर मैं तुम्हें एक चीज दिखाऊँगा। बड़ी अच्छी चीज है!"

कनक ने धीरे-धीरे खिलौने उठाये और चली गयी। वृद्ध गंगाधर उठा और घड़े को हटाकर कमण्डल भरने लगा। जब वह भर गया, तब वह दोनों को चबूतरे पर रखकर कनक की प्रतीक्षा करने लगा।

कनक आयी, तो आते ही बोली, "क्या दिखाओगे?"

गंगाधर बोला, "मेरे साथ आओ।" और घड़ा तथा कमण्डल उठाकर अपने कमरे की ओर चला। कनक बोली, "कमण्डल मुझे दे दो, मैं ले चलती हूँ!" और वृद्ध से कमण्डल लेकर उसके पीछे-पीछे सीढ़ियाँ चढ़ने लगी। कभी उसके हाथ से पानी छलक जाता, तो हँस पड़ती।

गंगाधर ने कमरे में पहुँचकर घड़ा यथास्थान रख दिया। कनक ने कमण्डल भी उसके पास रख दिया।

गंगाधर बोला, "आओ देखो।" कहकर दिया उठाकर कमरे के एक कोने में गया। सामने चादर से ढँका हुआ एक बड़ा-सा ढेर था। उसने चादर उठा ली और फिर बोला, "यह देखो, कनक!"

कनक ने देखा, उस ढेर में बाँस और लकड़ी के पचासों खिलौने रखे हुए थे—हाथी, घोड़े, बन्दर, हाथ-पैर हिलाने वाले आदमी, गाड़ियाँ, पक्षी...वह थोड़ी देर के लिए स्तम्भित हो गयी। फिर बोली, "इतने खिलौने!"

गंगाधर हँस पड़ा। बालिका ने पूछा, "तो फिर इन्हें क्यों नहीं बेच देते?"

वृद्ध बोला, "आजकल लोग विदेशी खिलौने ही मोल लेते हैं, इनकी बिक्री ही नहीं होती। इसीलिए मैंने बनाना बन्द कर दिया है, और अब घर छोड़ रहा हूँ।"

"ये सब तुमने बनाये हैं?"

"सब!"

"तुमने सीखा कहाँ? मुझे भी सिखा दो! कैसे अच्छे खिलौने हैं?"

गंगाधर उदास भाव से बोला, "हाँ, बुरे नहीं हैं।"

बालिका का मन किसी दिशा में चला गया था। उसने पूछा, "गंगाधर, तुम बहुत दिन से हमारे घर में रहते थे?"

"हाँ, मुझे पच्चीस साल हो गये हैं।"

"अरे, तब तो मैं थी ही नहीं। तब तुम्हें घर अच्छा लगता था?"

गंगाधर उसके इस भोले अहंकार पर हँस पड़ा।

"तुम तब से ही खिलौने बनाते थे?"

"नहीं। पहले मैं लड़कों को पढ़ाया करता था। फिर..."

"लड़कों को पढ़ाने से तो यह काम अच्छा है न? मैं तो यही करूँ...।"

गंगाधर ने एक लम्बी साँस ली और चुप हो गया।

"गंगाधर, तुम तो रोने लगे?"

"नहीं, मैं एक बात याद कर रहा था। सुनो, तुम्हें अपनी कहानी सुनाऊँ! बहुत अजीब है, लेकिन तुम्हें सारी समझ नहीं आएगी।"

"क्यों नहीं। माँ जब कहानी कहती है, तो मैं समझ लेती हूँ!"

बिना किसी प्रेरणा के दोनों फिर खिड़की के चौखटे पर बैठ गये और गंगाधर खिड़की खोलते हुए बोला, "तो सुनो!"

गंगाधर धीरे-धीरे, बिना बालिका की ओर देखे, अपनी कहानी कहने लगा। पच्चीस वर्षों में उसे तमिल भाषा का बहुत ज्ञान हो गया था और लड़की से उसने बातचीत तमिल में ही की थी। अब वह अपनी कहानी भी तमिल में ही कह रहा था। किन्तु बीच में कभी-कभी जब आवेश में आ जाता, तब तमिल छोड़कर एकाएक हिन्दी बोलने लगता था—और कितनी परिष्कृत, परिमार्जित हिन्दी! फिर

एकाएक चौंककर पूछता, "कनक, तुम क्या समझीं?" और उसके एकाग्र भाव को देखकर हँस पड़ता था। इसके बाद कथाक्रम पुनः चल पड़ता...।

"मैं जब बहुत बच्चा था, तब कानपुर में रहता था। बहाँ एक कारखाने में मेरे पिता मजदूरी करते थे; और मैं जब आठ साल का हुआ, तब मुझे भी उसी कारखाने में लगा दिया गया। मैं सुबह से शाम तक—दस-दस घण्टे लगातार सूत के गोले बनाया करता था...घुमते-घुमाते हाथ थक जाते थे, पेशियाँ जड़ हो जाती थीं, पर फिर भी हाथ मशीन की तरह चलते जाते थे...शाम को जब छुट्टी मिलती, तब मैं इतना थका हुआ होता था कि उठकर घर भी नहीं जा सकता था। पिता आते और उठाकर ले जाते थे। वे खुद इतने थके होते थे कि मैं अपने को उनकी गोद में देखकर लज्जित हो जाता था...पर करता क्या?"

गंगाधर ने कनक की ओर देखा। वह सहज सहानुभूति में बोली, "तो क्या दिन-भर में खेलना नहीं मिलता था? खिलौने..."

गंगाधर एक विषादपूर्ण मुस्कराहट के साथ कहने लगा, "वह भी कहता हूँ, सुनती जाओ।"

"हमें प्रातःकाल छह बजे ही काम पर चले जाना पड़ता था, इसलिए सवेरे तो कुछ खेलना मिलता ही नहीं था। शाम को छह बजे के क़रीब मैं घर पहुँचता तो थोड़ी देर तो फटी हुई चटाई पर लेटा रहता था। भूख लगती थी तो इतना भी नहीं होता था कि रोकर रोटी माँग लूँ—चुपचाप पड़ा हुआ गली हुई छत की ओर देखा करता था कि बरसात में पानी से बचने के लिए कहाँ सोऊँगा...लेकिन जब सात बजने को होते थे, तब नीचे गली में बहुत-से लड़कों का क्रीड़ा-रव सुनकर मुझसे नहीं रहा जाता था, अपने थके-मांदे शरीर को किसी प्रकार मैं गली में ले जाता और उन लड़कों के खेलों में अपने को भुला देने का प्रयत्न करता था..."

"हमारे पास कोई खिलौने नहीं थे, कोई भी चीज ऐसी नहीं थी जिसे हम अपना कह सकते। जब हमारा भाग्य बहुत ही अच्छा होता था, और आधे दिन की छुट्टी मिल जाती थी, तब हम सड़कों के किनारे की घास में लोटकर नदी के किनारे की रेत में घर बनाकर और आपस में लड़कर ही अपना मनोरंजन कर लेंते थे। और जब ऐसा सुयोग नहीं मिलता था, तब...सड़कों की धूल में लोटकर, कूड़े के ढेरों में से सिगरेट की डिबिया निकालकर, किताबों की दुकानों के बाहर से फटे-पुराने अखबारों के चित्रों का कलन करके ही हम अपनी आत्मा की भूख मिटाया करते थे!"

वृद्ध ने एक बार कनक की ओर ध्यान से देखा और फिर कहने लगा, "और जो चीज सबको मिल जाती है, अपने आत्मीयों का प्रेम—मुझे वह भी नहीं मिला। पिता को काम से ही छुट्टी नहीं मिलती थी, और माता मुझे बोध होने के पहले ही मर गयी थी...कनक, तुम्हारी माता हैं न?"

कनक ने कहा, "माँ मुझे बहुत प्यार करती है!"

गंगाधर ने यह सुना या नहीं, इसमें सन्देह है। उसका ध्यान बहुत दूर कहीं चला गया था। वह तमिल को छोड़कर हिन्दी में ही गुनगुनाने लग गया था।

"शायद अपनी बाल्यकालीन स्थिति के कारण, अपनी शिक्षा के दोष—या गुण?—के कारण, मेरी दशा बाद में ऐसी हो गयी...संघ-स्वत्व का प्रचार करते-करते मानो पैरों के तले से धरती खिसक जाती है, अपने सब तर्क भूल जाते हैं, अपना आत्म-विश्वासजनित सन्तोष नष्ट हो जाता है, संसार सूना हो जाता है—केवल एक विराट् आशंका से, एक भैरव प्रशान्ति से, एक उद्भ्रान्त कामना से आकाश व्याप्त हो उठता है—जिन मनश्चेष्टाओं को हम अब तक छिपाते आ रहे हैं, वे एकाएक प्रलयंकर वेग से सामने आती हैं, एक ही आकांक्षा—स्वप्नेच्छा—कि इस विशाल विश्व में कम से कम एक वस्तु तो ऐसी हो जिस पर हमारा एकान्त स्वत्व हो, जिसे हम अपनी कह सकें...हमारे निरीह, निःस्नेह, नीरव हृदयों में कभी-कभी जो उथल-पुथल मच जाती है, कनक, तुम क्या समझीं?"

कनक हँसकर बोली, "तुम बोल रहे थे, तो तुम्हारे मुँह पर दिये का प्रकाश बहुत काँपता मालूम होता था, मैं वही देख रही थी। अब कहानी नहीं सुनाओगे?"

"मैं क्या कह रहा था? हाँ, कि हमारे पास खिलौने नहीं थे। जब मैं तेरह साल का हुआ, तब मेरे पिता मर गये। उसके बाद..."

कनक ने गंगाधर के घुटने पर हाथ रखकर कहा, "गंगाधर, तुम तो बहुत रोये होगे?"

"नहीं, रोने का समय नहीं मिला। मेरे पास पैसे नहीं थे, पाँच आने रोजी मिलती थी। जब पिता मर गये तब मैंने वह काम छोड़कर आदमी का काम शुरू किया। काम में हाथ-पैर टूटने लगते थे, पर पैसे ज्यादह मिलते थे—दस आने रोज़। मेरी एक बहिन भी थी, मुझसे साल-भर छोटी। उसे भी अब कारखाने में काम करना पड़ा—उसे चार आने रोज़ मिलते थे। पर वह उसी साल हैजे से मर गयी, मैं अकेला रह गया।"

कनक ने क्षण-भर के लिए अपना चिबुक गंगाधर के घुटने पर रख दिया। वृद्ध फिर कहने लगा :

"मैंने फिर वह घर भी छोड़ दिया जिसमें रहता था। उसके बाद कारखाने के बाहर ही कहीं छप्पर में सो रहता था, और दिन-भर में पेट भरने के लिए दो आने भर खर्च करता था। बाक़ी पैसे बचा-बचाकर मैं एक शिल्पशाला में भरती हुआ, और दो साल तक काम सीखता रहा। फिर मैंने मजदूरी छोड़ दी और उसी स्कूल में नौकर हुआ। यहीं मैंने पढ़ाई की और बढ़ती भी पायी...इसी तरह मैं कालेज में भरती हुआ और मैंने बी.ए. भी पास कर लिया।"

"बी.ए. क्या, चौदहवीं जमात को ही कहते हैं न?"

गंगाधर हँसा और बोला, "हाँ।"

"मैं तो अभी दूसरी में ही पढ़ती हूँ।"

गंगाधर फिर हँसा और बोला, "इस समय तक मेरे विचारों में बहुत बदली हो गयी थी। मैं अब अमीरों से डरता नहीं था, उनसे घृणा करता था। मुझे विश्वास हो गया था कि अपने देश की सरकार और अमीरों से लड़ाई किये बिना मुझ जैसे मजदूरों का कोई भला नहीं होगा। और मैं यह भी समझता था कि ग़रीबी का एक ही इलाज है कि सब पूँजी संघ को दे दी जाय—संघ जानती हो?"

"नहीं।"

"मतलब यह था कि पूंजी पर, रुपये-पैसे पर, सबका बराबर-बराबर हक़ हो; एक आदमी दूसरे को भूखा मारकर अमीर न हो जाय। मैंने यह लड़ाई छेड़ने के लिए और भी आदमी इकट्ठे कर लिये, वे भी मेरी ही तरह विश्वास रखते थे और मेरी ही तरह ग़रीबी से उठे हुए थे।"

गंगाधर फिर हिन्दी में कहने लगा, "हमारी दीक्षा यही थी कि 'प्रत्येक को उसकी पात्रता के अनुसार मिले।' हमारा प्रयत्न भी यही था कि हरेक को यथोचित दें और हमें इस बात का अभिमान था कि हम अपने अधिकार से अधिक कुछ नहीं माँगते। अब अपनी इस कारातुल्य कोठरी की छोटी परिधि में, एक नीरस और निरानन्द शान्ति में मुझे यह स्पष्ट दीख पड़ता है कि हममें एक बड़ी भारी त्रुटि थी—जीवन में एक स्थान पर आकर हम इस सिद्धान्त को भूल जाते थे...इस स्थान पर हमारे लिए यह असह्य होता था कि हम किसी के भी द्वितीय हों—चाहे वह संसार का सर्वश्रेष्ठ व्यक्ति ही क्यों न हो। वहाँ पर हम सदा प्रथम होना चाहते हैं—या फिर होते ही नहीं—हमारा अस्तित्व ही मिट जाता है..." फिर एकाएक, तमिल में, "कनक अगर तुम्हारे माता-पिता तुम्हें प्यार न करें, कोई भी न करे, तो तुम क्या करो?"

कनक ने प्रश्न पर विस्मित होकर कहा, "क्यों न करें, मैंने कोई बुरा काम किया है?"

गंगाधर एक फीकी हँसी हँसकर बोला, "ठीक है। तुम्हारी कल्पना के बाहर की बात है।" फिर वह अपने अभ्यस्त साधारण स्वर में कहने लगा, "दो साल ऐसे ही बीत गये। फिर एक दिन एकाएक मेरे

सब साथी पकड़े गये—पुलिस को मालूम हो चुका था कि हम क्या करना चाहते हैं; और हममें से किसी ने पता दिया था कि कौन-कौन आदमी हैं। अकेला मैं ही बचा रहा—और मैं भी एक स्थान पर नहीं रह सका, कभी बंगाल, कभी महाराष्ट्र; मैं सब जगह भागा फिरता था कि पुलिस मुझे भी न पकड़ ले। लेकिन कहीं कोई सहायक नहीं मिलता था, हर जगह झूठ बोलकर, धोखा देकर ही मैं अपने-आपको रक्षित रख सकता था। बंगाल और महाराष्ट्र दोनों में ही मेरे सिद्धान्त के आदमी थे, पर वे मुझे जानते नहीं थे और बाहर के लोगों से डरते-बचते थे। अगर कभी कोई आश्रय भी दे देता था, तो वैसे जैसे किसी बाजारू कुत्ते को एक टुकड़ा डाल देता है...

"मैं बहुत दिनों से इसी बात का भूखा था जो मुझे नहीं मिलती थी। मैं संसार से अलग होकर नहीं रहना चाहता था—क्यों चाहता? अपना स्थान जो मैंने इतने परिश्रम से प्राप्त किया था, क्यों छोड़ देता? मैं उनमें से नहीं था जो वन्य फूल की तरह अज्ञात, अदृष्ट, नामहीन रहकर ही जीवन व्यतीत करने में संतुष्ट होते हैं— मैं और कुछ चाहता था...मैंने बहुत-कुछ सहा था, स्नेह की कामना करते हुए भी उनके अभाव में प्रसन्न था, घृणा का सामना किया था, पर यह उपेक्षा मैं नहीं कर सका! मैं संसार का प्रतिद्वन्द्वी होकर रह लेता, परित्यक्त होकर नहीं रहा जाता था! कनक, तुम सुन रही हो न?"

"हाँ, सुनती हूँ। पर जल्दी-जल्दी कहो, नहीं तो पिता मारेंगे।"

"अच्छा! सब ओर से धक्के खाते-खाते तंग आ गया। पर हताश नहीं हुआ। मेरे लिए तिरस्कार नयी वस्तु नहीं थी—मेरी स्वाभाविक स्थिति ही यही थी कि मैं समाज की उपेक्षा का, घृणा का, तिरस्कार का पात्र रहूँ! अगर कोई मुझसे स्नेह करता, तो वही अपवाद होता—अस्वाभाविक और अस्थायी और भ्रान्ति-मय!

"मैंने फिर यही निश्चय किया कि किसी से कुछ आशा नहीं करूँगा, अपने कार्य के अतिरिक्त किसी से कोई सम्पर्क नहीं रखूँगा। इसीलिए मैं पागलों की तरह अपने-आपको अपने काम में खो देने का प्रयत्न करने लगा। मैं रोज़ यह प्रार्थना किया करता कि मुझमें इतनी शक्ति, इतनी दृढ़ता हो कि मैं समाज की, मैत्री की, स्नेह की कमी और आवश्यकता का कभी अनुभव न करूँ, प्रत्युत उसकी उपेक्षा करता हुआ, उसकी ईर्ष्या का पात्र होकर चला जाऊँ!

"पर यह बात भी नहीं हो सकी। मेरा काम भी तो ऐसा ही था कि नित्य ही लोगों से मिलना पड़ता, भिक्षा माँगनी पड़ती...मैं स्नेह नहीं माँगता था, तो भी यह अपने-आपसे नहीं छिप सकता था कि उसको पाने का अधिकारी होकर भी मैं वंचित हूँ।"

"बहुत दिनों तक मैं भरसक प्रयत्न करता रहा, देखते हुए भी अन्धा बना रहा...फिर एक दिन एकाएक मेरी सहनशीलता टूट गयी। किस कारण, यह नहीं कहूँगा। मैं एकाएक उठा, और जिस कोठरी में सोया था, उसका किवाड़ खोल कर बाहर निकल गया। बाहर वर्षा हो रही थी, उसकी ठण्डी बूँदों से मेरा दिमाग़ कुछ स्थिर हुआ तो मैं सोचने लगा, कहाँ जाऊँ? संसार में ऐसा कोई नहीं था, जिसके पास जाकर मैं किसी अधिकारी से कह सकता, "मुझे स्थान दो!"

कनक अपनी बड़ी-बड़ी आँखें वृद्ध पर गड़ाकर बोली, "क्यों, तुम्हारे कोई सखा नहीं थे?"

"मेरे सखा? मेरे मित्र? कनक, गरीब का दुनिया में कोई सखा नहीं होता..."

गंगाधर क्षण-भर के लिए चुप हो गया, फिर कहने लगा, "पहले तो मेरे जी में आया, इन सबों को चिढ़ाऊँ, गाली दूँ, मारूँ, इन सबका गला घोंट डालूँ, ताकि अगर वे मेरे प्रति स्नेह नहीं कर सकते तो मुझसे शत्रुता ही करें, इस प्रकार स्तिमित होकर न रह जायें! फिर उसी वक्त मैंने अनुभव किया, वह केवल जी की जलन है, इसके आगे झुकना नीचता होगी। इसलिए मैंने अपने-आपको उस पुराने संसार से अलग कर देने का निश्चय कर लिया। सुन रही हो न, कनक?"

"हाँ, हाँ, फिर क्या हुआ?"

"फिर मैं यहाँ चला आया। इस बात को आज पच्चीस साल हो गये हैं! मेरा असली नाम अनन्त था, पर यहाँ आकर मैंने अपना नाम गंगाधर रखा, और खिलौने बनाकर बेचने लगा। पहले मरे खिलौने बहुत चलते थे, पर अब धीरे-धीरे उनकी क़द्र घट गयी है। अब तो जिधर देखो, विलायती मोटर गाड़ियों, हवाई जहाजों और गुड़ियों की धूम है। इसीलिए मेरा यह हाल हो गया है!"

"पर मेरे पास तो ऐसे ही खिलौने हैं!"

गंगाधर ने एक लम्बी साँस लेकर कहा, "हरएक लड़की कनकवल्ली तो नहीं होती!"

कनक इस सीधी-सादी प्रशंसा से प्रसन्न हो गयी। बोली, "अगर मुझे पहले मालूम होता तो मैं और खिलौने भी ले लेती।"

वृद्ध हँस पड़ा। फिर कहने लगा, "अब कहानी समाप्त करता हूँ, तुम घर चली जाना। अब मेरी यह दशा हो गयी है कि मैं इस घर का किराया भी नहीं दे सकता। इसीलिए अब छोड़कर जा रहा हूँ।"

"कहाँ जाओगे?"

"पता नहीं।"

"क्या करोगे?"

"पता नहीं।"

"फिर वापस आओगे?"

"पता नहीं।"

बालिका हँसने लगी। बोली, "कुछ पता भी है?"

गंगाधर फिर हिन्दी में बातें करने लगा। "चला तो जाऊँगा, पर वह भूख कहाँ मिटेगी? अब मैं बूढ़ा हो गया, अब बदलना मेरे लिए सम्भव नहीं है। और फिर मेरी भूख तो नयी नहीं है, लाखों वर्षों की संस्कृति और मनश्चालन से उत्पन्न एक प्रवृत्ति है। पृथ्वी पर मनुष्य का आविर्भाव हुए करोड़ों वर्ष हो गये, और इन करोड़ों वर्षों से बिना किसी बाधा के हमारे हृदयों में व्यक्तिगत स्वत्व का भाव जाग्रत रखा गया है। और उससे भी पूर्व जब हमारे पुरखों ने अभी मनुष्यत्व नहीं प्राप्त किया था, तब भी यह स्वत्व-भाव पशुओं में था... इन असंख्य वर्षों से जो भाव हमारे मन में घर किये हैं, जिसकी रूढ़ि असंख्य वर्षों से हमारे मन को बाँधे हुए है, उसे विवेक के एक क्षण में, एक दिन में, एक वर्ष में—एक समूचे जीवन में भी समूल उखाड़ फेंकना हमारे लिए सम्भव नहीं है। विवेक द्वारा स्वत्व-भाव को दबाकर भी हम इस अस्फुट आकांक्षा के विद्रोह को दबा नहीं सकते...।"

बालिका इतनी देर से चुप बैठी थी। अब बोली, "गंगाधर!"

"क्या है, कनक? मेरी बात नहीं समझी? मैं बीच-बीच में अपनी भाषा बोलने लग जाता हूँ।"

"एक बात कहूँ—मानोगे?"

"कहो?"

"हमारा घर छोड़कर मत जाओ।"

"क्यों? और फिर रहूँ कैसे?"

"मैं पिताजी से कहूँगी, वे किराया कम कर लें, या न ही लें। तुम खिलौने बनाया करना और बेचा करना। मैं भी मदद करूँगी। बोलो, रहोगे न?"

गंगाधर उसके इस आग्रह का सहसा उत्तर न दे सका। उसने मुँह खिड़की से बाहर कर लिया, ताकि कनक उसकी आँखों के आँसू न देख सके।

बहुत देर तक दोनों ऐसे ही चुप बैठे रहे।

फिर गंगाधर बोला, “कनक, तुमने आज से पहले मुझे क्यों नहीं कहा? तब शायद...”

“आज से पहले मुझे कभी इधर आना ही नहीं मिला। आज जब पिताजी ने कहा कि तुम चले जाओगे, तब मैं तुम्हें देखने चली आयी थी।”

“तुम मुझे क्यों रहने को कहती हो?”

“मुझे तुम्हारे खिलौने, और तुम्हारी कहानियाँ, और तुम बहुत अच्छे लगते हो।”

वृद्ध एक लम्बी साँस लेकर चुप रहा। थोड़ी देर बाद कनक ने फिर पूछा, “गंगाधर, रहोगे न?” कहकर वह अपना कपोल धीरे-धीरे वृद्ध के घुटने पर मलने लगी।

गंगाधर का हृदय द्रवित हो गया। वह बोला, “कनक, पता नहीं, अब रह सकूँगा कि नहीं...पर तुम इतना कहती हो, तो यत्न करूँगा...”

“नहीं, ऐसे नहीं। वायदा करो, नहीं जाओगे!”

वृद्ध चुप रहा। कनक फिर बोली, “मेरी बात नहीं मानोगे? कह दो, नहीं जाओगे!”

“अच्छा, जैसे तुम कहो।”

“नहीं, कहो, वायदा करता हूँ, नहीं जाऊँगा।

“अच्छा, वायदा करता हूँ, नहीं जाऊँगा। लो, अब तुम दौड़कर घर चली जाओ, बहुत देर हो गयी है।”

“अच्छा कल फिर आऊँगी। तुम जाना मत।” कहकर बालिका भाग गयी।

गंगाधर खिड़की की चौखट पर सिर रखकर बैठ गया, उसका दुबला शरीर अन्तर्दाह से हिलने लगा। इसी समय उसने दूर पर एक स्त्री का क्रुद्ध स्वर सुना, “क्यों री, चुड़ैल, कहाँ गयी थी?” और उसके बाद ही कनक के रोने की आवाज...

वह एकाएक उठकर दीपक के पास आकर खड़ा हो गया। बोला, “मैं किस विडम्बना में अपने-आपको भुला रहा हूँ। पचास वर्ष तक जो नहीं मिल सका, उसके मोह में आज भी पागल हो रहा हूँ। और आज भी, वह कहाँ मिला है? एक बच्चे का अस्थायी चापल्य...अगर कल वह चली गयी, या विमुख हो गयी, या भूल ही गयी, तो? गंगाधर, तुम पागल हो गये हो। तुम्हारे हृदय में, तुम्हारी नस-नस में, जो जीवन की तीक्ष्णता नाच रही है, उसको तुम एक सामान्य और क्षण-भंगुर आनन्द में कैसे भुला दोगे? तुम्हें चाहिए कि एक अशान्तिमय उपद्रव—या कुछ नहीं! हटाओ इस मोह-जाल को!”

“गंगाधर ने एक बहुत लम्बी साँस लेकर चारों ओर देखा, फिर एक काग़ज़ के टुकड़े पर पेन्सिल से तमिल अक्षरों में लिखा, “मेरे सब खिलौने कनकवल्ली के लिए हैं,” और उसे खिलौनें के ढेर पर रख दिया। फिर किवाड़ से बाहर एक बार सीढ़ियों की ओर झाँककर देखा, फिर वापस आकर दिये के सामने खड़ा हो गया।

गंगाधर एक क्षण दिये की ओर देखता रहा, फिर फूँक से उसे भी बुझाकर टूटे हुए स्वर में बोला, “अब आगे अँधेरा है, अनन्त!”

दिल्ली जेल, जुलाई, 1932

अभिशापित

अंगारे लाल-लाल चमक रहे थे; किन्तु फिर भी उस छोटी-सी झोंपड़ी में बैठा हुआ व्यक्ति जाड़े से काँप रहा था। रात बहुत बीत गयी थी, उस झोंपड़े में दीया तक नहीं जल रहा था। अंगारों के क्षीण किन्तु अरुण प्रकाश में झोंपड़े में पड़ी प्रत्येक वस्तु ने एक अद्भुत, अलौकिक रूप धारण किया था। एक कोने में पड़ी हुई थाली ऐसी चमक रही थी मानो कोई निशाचर अपनी आरक्त आँखें खोले किसी शिकार की प्रतीक्षा में बैठा हो। और दूसरे कोने में शायद कपड़ों का एक गट्ठर पड़ा था।

बाहर घनघोर वर्षा हो रही थी। छप्पर से कभी-कभी थोड़ा-सा पानी अन्दर चू पड़ता था। वह जहाँ गिरता, वहाँ एक धब्बा-सा पड़ जाता। लाल प्रकाश में वह रक्त-कुण्ड-सा प्रतीत होने लगता। झोंपड़े में बैठा हुआ व्यक्ति चौंक कर उसकी ओर देखता, और फिर अपने विचारों में लीन हो जाता।

उस व्यक्ति के शरीर पर एक फटी कमीज और एक पाजामे के अतिरिक्त कुछ भी नहीं था। क्षण-भर वह निस्तब्ध बैठा रहता, फिर एक दीर्घ निःश्वास छोड़ कर काँप उठता और आग की ओर सरक जाता।

रात्रि की निविड़ता बढ़ती जा रही थी और अंगारों का प्रकाश क्षीणतर होता जाता था; किन्तु वह व्यक्ति आग की ओर विस्मय-विस्फारित नेत्रों से देखता हुआ बैठा था, और उसमें एक भयानक अरुण दीप्ति काँप रही थी। उसमें अमानुषिकता का, उदासीनता का, और जड़ता का एक विचित्र भाव था जैसे हिमगह्वर में ठिठुरते हुए भूखे एकाकी भेड़िए की आँखों में होता है।

अंगारों की दीप्ति राख से धीरे-धीरे आवृत हो जाती थी, किन्तु उस व्यक्ति के हृदय से शायद कोई भार उठता जा रहा था। उसका झुका हुआ शरीर ठिठुरने पर भी धीरे-धीरे सीधा हो रहा था। ऐसा विदित होता था मानो उसके अन्दर कोई घोरतम परिवर्तन हो रहा हो। और उसकी टक्कर की चोट से, उसकी प्रतिक्रिया से, उसका हृदय कम्पित ही गया हो।

एकाएक उसके जड़प्राय शरीर में स्फूर्ति आ गयी। उसने अंगारों को हिलाकर पुनः दीप्त कर दिया। झोंपड़े में फिर प्रकाश हो गया। वह व्यक्ति धीरे-धीरे, मंत्र के उच्चारण की तरह, कुछ कहने लगा—'तुम अविश्वस्त हो, तुम सन्दिग्ध हो; तुमने एक कार्य में हाथ बँटाया था, किन्तु तुम अयोग्य गिने गये और तिरस्कृत कर निकाल दिये गये...।

'तुम विश्वास के अपात्र हो! तुम्हारे मुँह पर कालिख पुत गयी है! अब तुम कभी भी उस महान् कार्य में भागी नहीं हो सकते। तुम जहाँ जाओगे, मृत्यु की छाया की तरह अपरिहार्य यह कलंक तुम्हारा पीछा करेगा कि तुम पर लोग विश्वास नहीं कर सके...।"

"तुम...तुम भ्रष्ट प्रतिमा की तरह कलंकित, अभिशापित...अभिशापित...अभिशापित...हो।'

एकाएक झोंपड़े के कोने में पड़ा वह गट्ठर हिला उसमें से एक मुख—एक स्त्री-मुख, बाहर निकल आया। एक चिन्तित, स्नेह-प्लावित स्वर ने पूछा, "भइया, क्या सोच रहे हो? अब सो जाओ।"

वह व्यक्ति चौंका और उस गट्ठर की ओर देखकर क्षण-भर चुप खड़ा रहा। फिर उसने कहा—उसकी

वाणी में वेदना और प्रेरणा का विचित्र सम्मिश्रण था, "यहाँ आओ।"

वह कपड़ों का गट्ठर उठा और पास चला आया। उसने स्नेह-भाव से एक हाथ उस व्यक्ति के कन्धे पर रख दिया और बोला, "क्या है, लियांग?"

"देखो, शै-वा, हम विश्वास के योग्य नहीं समझे गये और इसी से मैं क्रुद्ध होकर यहाँ चला आया हूँ; पर यह अविश्वास असह्य है। मैं तुम्हारे आगे इस आग को साक्षी करके प्रण करता हूँ कि अपने को विश्वास के योग्य सिद्ध करूँगा, नहीं तो—नहीं तो—अपने देश न लौटूँगा—न अपना नाम ही धारण करूँगा। और शै-वा, तुम मेरी एकमात्र सहायक होगी...।"

शै-वा ने अपना सिर धीरे से लियांग के कन्धे पर रख दिया, कुछ उत्तर न दे सकी।

कहीं से रोने का अत्यन्त अस्फुट स्वर सुन पड़ा...।

थोड़ी देर में आग बुझ गयी।

2

हांकाउ नगर में अन्धकार फैला था। नगर के मुख्य चौक में बहुत भीड़ थी। स्त्री-पुरुष, बच्चे एकत्र हो रहे थे...और बीच में कहीं-कहीं, कीच से लथपथ फटी वर्दियाँ पहने, कुछ सशस्त्र और अनेक निहत्थे सैनिक चिल्ला रहे थे।

दूर क्षितिज के ऊपर मलिन-सी लाल ज्योति थी, और उसमें से धुएँ के पहाड़-से उठ रहे थे। आकाश में काले-काले बादल छाये थे, कभी-कभी कोई भूखे शेर की तरह गुर्रा उठता था। हवा नहीं चल रही थी; किन्तु वातावरण में मानो दबी हुई विद्युत के कम्पन का अनुभव होता था और नागरिकों की वह भीड़ चिन्तित होकर उस लाल दीप्ति की ओर देख रही थी। सैनिक चिल्ला रहे थे, "वह है हमारा संकेत! क्रान्ति! क्रान्ति!" चौक के आस-पास के घरों से शोर हो रहा था, "मारो! मारो! भूखी प्रजा की जय हो!"

किन्तु प्रजा? निःस्तब्ध खड़ी थी... वह केवल चिन्तित दृष्टि से उस रक्त-संकेत की ओर देख रही थी। उसका पूरा आशय उसके उन्मत्त मस्तिष्क के अन्दर अभी तक नहीं समा पाया था। बादल गरज रहे थे, अग्नि का क्षीण 'धू-धू' शब्द सुन पड़ रहा था, वातावरण काँप रहा था, सैनिक क्रान्ति का आह्वान कर रहे थे, पर प्रजा...प्रजा एक बुझी चिता की तरह, एक मूर्च्छित कामना की तरह, फ़ालिज मारे जड़मति मस्तिष्क की तरह एक निराकार, निरीह, संज्ञाहीन, किन्तु अशान्ति से उत्क्षिप्त प्रेत की तरह विमूढ़ निस्तब्ध खड़ी थी।

किन्तु उस निराकार शून्य से कोई भावना जागने को हो रही थी, उस मृत सागर में कोई निश्चय प्रस्फुटित हो रहा था। फ़ौलाद की तरह अभेद्य उस खोपड़ी में व्यथा-ज्योति की किरण धीरे-धीरे प्रविष्ट हो रही थी।

फ़ौलाद की तरह ही वह तन्द्रा सहसा टूट गयी—अन्तर्दीप्ति सहसा धधक उठी! पुरुष जागे, स्त्रियाँ जागीं, श्रमिक जागे, नागरिक जागे, सोता हुआ एक समूचा राष्ट्र सहसा जाग उठा और गरजा, "क्रान्ति!"

वह निरुद्देश्य समुद्र एकाएक किसी अदृष्ट प्रेरणा से एक ओर उमड़ पड़ा—उसी लाल दीप्ति की ओर!

चौक खाली हो गया! केवल एक ओर एक दुकान के आगे, दस-बाहर व्यक्ति रह गये। उनके मुख पर चिन्ता थीं और साथ ही किसी महान् उद्देश्य की आभा भी, और वे धीरे-धीरे बातें कर रहे थे।

एक कह रहा था, "बन्धुओं, क्वोमिङताङ की यह सभा, आज एक महत्त्वपूर्ण कार्य का निर्णय करने को सम्मिलित हुई है। आप जानते ही होंगे कि लियांग चिचाओ—जिनकी विद्वत्ता और सद्बुद्धि पर हमें इतनी आशाएँ थीं, आज के कार्य के लिए..."—यह कहते हुए उसने लाल दीप्ति की ओर इङ्गित किया—"संचालक नियुक्त किये गये थे। किन्तु कुछ दिनों से यह प्रतीत हो रहा था कि वह काम समुचित

रूप से नहीं करते। पिछली सभा में इसकी आलोचना भी हुई थी...।"

श्रोता उत्सुक होकर सुन रहे थे। एक बोल उठा, "उन पर जो आक्षेप किया गया था, वह अनुचित था। वह सर्वथा–"

पहला ही व्यक्ति अधिकारपूर्ण स्वर से फिर बोला, "आप ध्यान से सुनें, मुझे रोकें नहीं।" दो-तीन और व्यक्ति भी बोले, "प्रधान की बात सुनो!"

"उस समय कुछ लोगों के मन में यह भाव था–अब भी है– कि लियांग का कथन ठीक था और इस कार्य का उपयुक्त अवसर नहीं आया था। किन्तु अब जो नयी घटना हुई है, उससे प्रतीत होता है..."

"क्या? क्या?"

"कि आक्षेप झूठा नहीं था। लियांग कल सन्ध्या से लापता हैं, उनकी बहिन भी! कहा जाता है कि वे मंचूरिया की ओर भाग गये हैं।"

"जिस व्यक्ति ने आक्षेप किया था, वह बोला, "सच?"–फिर सिर झुकाकर बैठा रहा।

क्षण-भर तक कोई नहीं बोला। फिर प्रधान ने कहा, "जो कायर सिद्ध होते हैं, विश्वास के अपात्र होते हैं, उनकी विद्वत्ता किस काम की? उनके लिए दुःख या सम्वेदना न होनी चाहिए। वे राष्ट्र के शत्रु हैं, राष्ट्र की आह उन्हें लगेगी, अभिशाप की तरह मृत्यु-पर्यन्त उनका पीछा करेगी..."

किसी ने कहा, "हमें अपने बन्धुओं को सूचित कर देना चाहिए।"

सब बोल उठे, "हाँ! अवश्य।"

वर्षा होने लगी। सब लोग उठ खड़े हुए। प्रधान ने कहा, "मैं सूचना दे दूँगा।"

लोग चले गये, केवल प्रधान वहाँ खड़ा रह गया। एक बार चारों ओर देख कर विचारपूर्ण स्वर से वह बोला! "लियांग, लियांग, कितना भीषण कार्य मैं कर रहा हूँ; पर बाध्य हूँ–क्या करूँ? तुम मेरे मित्र थे, पर मैं क्रान्ति का दास हूँ। और शै-वा शै-वा! तुम एक कायर की बहिन थीं, नहीं तो–नहीं तो अब क्रान्ति के...अभिशाप के आगे मैं...।"

दूर पर एक धड़ाका हुआ। वह लाल दीप्ति एकाएक फटकर आकाश में बिखर गयी, क्षण-भर आकाश धधकते हुए लाल तारों से भर गया; फिर अन्धकार, बादलों की गुर्राहट, प्रजा का कोलाहल...।

क्रान्ति के उपकरण...

"बहिन, तुमने सुना?"

"क्या हुआ?"

"युवान शिकाई को सम्राट ने वापस बुला लिया है, और राष्ट्र का सेनापति नियुक्त किया है।"

प्रातःकाल का समय था। जापान के सुन्दर प्रदेश में, फूजीयामा की छाया में, सारा गाँव मानो सुख-स्वप्न ले रहा था। बाल-रवि कि किरणों में फूलों के समुद्र हँस रहे थे। दूर के घरों के प्रांगण में कहीं-कहीं मयूरों के जोड़े धीरे-धीरे आपस में चोंच रगड़ कर अपना स्नेह व्यक्त कर रहे थे।

किन्तु उस घर का रूप और घरों से विभिन्न था। वह कच्चा था और उसका प्रांगण बहुत छोटा-सा और पुष्पविहीन था। घर स्वच्छ था; किन्तु उसमें कहीं भी अलंकार का कोई चिह्न न था।

प्रांगण में दो व्यक्ति खड़े थे। दोनों साधारण श्रमिकों के कपड़े पहने थे, और पुरुष के हाथ में एक बेंत-सा था, जिसका सहारा लेकर वह खड़ा था। पास में ही वह स्त्री खड़ी थी, उसके हाथ मिट्टी में सने थे, उसके मुख पर विचारशीलता का भाव था।

कुछ रुककर वह बोला, "मालूम होता है अब सम्राट् का पतन शीघ्र ही हो जाएगा।"

"क्यों?"

"जब एक व्यक्ति अविश्वसनीय कहकर निकाल दिया जाय, तब उसे अकारण बुलाना कमजोरी है।"

"हाँ—और भी समाचार है।"

"क्या?"

"हांकाउ में घोर संग्राम हो रहा है; किन्तु क्रान्तिकारी पीछे हट रहे हैं। और— और उनके प्रधान वू सूंग लापता हो गये हैं।"

"वू सूंग लापता? वू सूंग...तब क्या क्रान्तिकारी हार जाएंगे?"

पुरुष ने मुट्ठियाँ बाँधते हुए कहा, "यह नहीं होगा!...लीना, लीना, हम यहाँ बैठे नहीं रह सकेंगे.. .चलो चलें, हम भी..."

"लेकिन—लेकिन—हम...क्या कर सकते हैं?"

दोनों के सिर सहसा झुक गये। उसी समय घर के भीतर से किसी ने पुकारा, "आज क्या काम में खाना-पीना भी भूल गये?" दोनों व्यक्ति चौंके और अन्दर चले गये।

अन्दर उस कमरे में तीन व्यक्ति और बैठे थे—एक वृद्ध, एक युवक और एक युवती—उनके चेहरों के साम्य से प्रतीत होता था कि वे पिता और सन्तान हैं।

"काशेई, जो बाहर से आया था, आते ही बोला, "आज बहुत-से नये समाचार हैं।"

वृद्ध और दोनों सन्तान उत्सुक होकर बोले, "क्या?"

काशेई ने अपना वृत्तान्त सुना दिया। सुनने में सब लोग इतने तन्मय थे कि सामने पड़ी हुई चाय की ओर किसी का भी ध्यान नहीं गया।

वृद्ध ने रहस्यपूर्ण मुद्रा से कहा, "दरवाजा बन्द कर दो।" काशेई किवाड़ बन्द करते हुए बोला, "कहो दादा तुंगफू, क्या है?"

वृद्ध धीरे-धीरे बोला, "मैंने पता लगा लिया है।"

"क्या? क्या? कब?"

"डॉक्टर टोकियो में ही हैं। और उनकी पत्नी..."

चारों श्रोता व्यग्रता से बोले, "हाँ—हाँ..."

"बीमार हैं, इसलिए वापस नहीं जा सकते। वे शीघ्र ही जाने का प्रबन्ध कर रहे हैं।"

काशेई ने एक बार अपनी बहिन की ओर भेद-भरी दृष्टि से देखा। आँखों में ही कुछ बात हुई, फिर बहिन ने सम्मतिसूचक सिर हिला दिया।

काशेई बोला, "दादा, मुझे पता बता दो, मैं उनसे मिलूँगा।"

"क्यों?"

"दादा, तुम सब-कुछ जानते हुए भी पूछते हो? मैं चीन जाना चाहता हूँ। वहाँ हमारी जरूरत है, वहाँ क्रान्तिकारी..."

आवेश में आकर काशेई चुप हो गया। फिर उसकी बहिन बोली, "दादा, हम यहाँ आ गये हैं; किन्तु अब देश से अलग रहना असम्भव है। विशेष कर जब देश संकट में हो...लेकिन हम यहाँ ऐसे फँसे हैं एकदम अजनबी हैं। कभी शहर में जाना पड़े तो आफत आ जाती है। कभी-कभी सोचती हूँ, अगर आप न होते तो..."

"वाह लीना! तुम भी कैसी बातें करती हो.."

युवक बोला, "पिता! बहिन ठीक कहती है। हम तो यहाँ बस गये हैं, यहाँ रहकर काम चला लेते हैं; किन्तु ये नये आये हैं, क्रान्ति के दिनों में तो यहाँ सरकार इन पर सन्देह करेगी। और ये वापस भी नहीं जा सकेंगे। इनको मिलकर बात कर लेनी चाहिए। डॉक्टर अनुभवी आदमी है, कुछ तो बताएंगे ही।"

वृद्ध ने कुछ सोचकर कहा, "ठीक कहते हो बेटा!" फिर अपनी पुत्री की ओर उन्मुख होकर बोला,

"ता, जा, मेरे काग़ज़ उठा ला।"

'ता' गयी और कुछ काग़ज़ ले आयी। वृद्ध उन्हें देखकर धीरे-धीरे काशेई से बातें करने लगा। लीना और 'ता' उठकर वहाँ से चली गयीं।

टोकियो नगर की रंग-बिरंगी रोशनियों में काशेई चुपचाप चला जा रहा था। आज उसके शरीर पर वे श्रमिक के वस्त्र नहीं थे। वह विलायती ढंग का सूट पहने हुए था, और उसके हाथ में एक छोटा-सा बेंत था।

लोग उसके मुख की ओर देखते, फिर उसके वस्त्रों की ओर, और फिर मुँह फेर कर मुस्करा देते। वह किसी की ओर देखता नहीं था; किन्तु किसी अज्ञात शंका से उसे इस बात का अनुभव होता और वह लज्जित-सा होकर बढ़ चलता।

वह सड़क ऐसी नहीं थी जिस पर रात के समय कोई भी भद्र पुरुष जाता हो; क्योंकि वहाँ पर पुरुषों की 'सभ्यता' रात्रि में नग्न ताण्डव करती थी। काशेई एक गली में हो लिया। कुछ दूर चलकर वह किवाड़ के आगे रुक गया। उसने ध्यान से किवाड़ पर लिखे हुए नम्बर को देखा, और फिर उसे खटखटाने लगा।

अन्दर से किसी ने कहा, "आता हूँ।"

किवाड़ खुला। नाटे-से पुरुष ने आकर पूछा, "कहिए।"

"मुझे डॉक्टर सुन वेन से मिलना है।"

उसने तीव्र दृष्टि से काशेई की ओर देखकर पूछा, "आपका नाम?"

"मैं उनके लिए पत्र लेकर आया हूँ। उसे पहुँचा दो!"—कहकर काशेई ने पत्र दे दिया।

किवाड़ बन्द हो गया। थोड़ी देर बाद फिर खुला और उसी व्यक्ति ने आकर कहा, "आइए।"

काशेई आगे हो लिया। किवाड़ फिर बन्द हो गया। दोनों अँधेरे में धीरे-धीरे सीढ़ियाँ चढ़ने लगे।

वह कमरा बहुत बड़ा नहीं था। एक कोने में छोटा-सा लैम्प जल रहा था और उस पर रंगीन काग़ज़ का शेड लगा था। लैम्प के आगे की चारपाई पर एक स्त्री लेटी थी, और पास ही एक प्रौढ़ खड़े थे। काशेई ने उन्हें देखते ही पहचान लिया और बोला, "डॉक्टर सुन!"

डॉक्टर ने घूमकर गम्भीर स्वर में पूछा, "आपको तुंगफू ने भेजा है?"

"हाँ!"

"कहिए।"

"मैं आपके पास आदेश प्राप्त करने आया था। मैं वापस जाकर..."

"आप कहाँ से आये हैं? पहले आप क्या करते थे?"

काशेई ने बहुत देर तक कोई उत्तर नहीं दिया, सिर झुकाये खड़ा रहा। फिर बोला, "खेद है कि मैं आपकी बात का पूरा उत्तर नहीं दे सकता। इतना ही कह सकता हूँ कि मैं चीन का उच्छिष्ट हूँ और मेरा कोई नाम या घर नहीं है।"

डॉक्टर ने कुछ अचरज से काशेई की ओर देखा और फिर बोले, "तो आप मुझसे किस सहायता की आशा करते हैं?"

"मैं चीन लौट जाना चाहता हूँ। अगर आप इस कार्य में मेरी सहायता कर सकें तो।"

"धन द्वारा?"

"नहीं, यात्रा का प्रबन्ध। मैं अजनबी हूँ।"

डॉक्टर गम्भीर होकर कुछ देर सोचते रहे, फिर बोले, "देखिए, आप मुझे अपने विषय में कोई बात बताने को तैयार नहीं हैं। तुंगाफू ने भी इतना ही लिखा है कि आप चीन से आये हैं और विश्वस्त हैं; किन्तु उसे भी आपकी पूर्व-कथा नहीं मालूम है। ऐसी दशा में...मैं आपकी केवल आर्थिक सहायता कर

सकता हूँ। आप बुरा न मानें, हम सहसा अपने को जोखिम में नहीं डाल सकते।"

काशेई ने फिर सिर झुका लिया। थोड़ी देर बाद बोला, "आप ठीक कहते हैं। मैं भी क्रान्तिकारी हूँ और स्वयं इस बात को जानता हूँ...अच्छा अनुमति दीजिए, मैं जाता हूँ।"

"आर्थिक सहायता करने को मैं..."

"नहीं, ऐसी दशा में आपको किसी प्रकार की सहायता नहीं करनी चाहिए। मैं स्वीकार भी नहीं कर सकता।"

डॉक्टर कुछ देर खड़े उधर ही देखते रहे जिधर काशेई गया था। फिर शय्यारूढ़ स्त्री से बोले, "यह व्यक्ति, चरित्रवान् जान पड़ता था, अवश्य ही कभी सफल होगा। किन्तु अभी नहीं, अभी नहीं...।"

इसी समय उस नाटे भृत्य ने प्रवेश किया। डॉक्टर ने कहा—"काओटी! हमें इस स्थान से हट जाना चाहिए। कौन जाने...।"

"कहाँ चलना होगा?"

"जहाँ स्थान मिल जाय। इसी सप्ताह चीन चलना है...।"

शय्यारूढ़ स्त्री की मुख-मुद्रा खिल उठी। उसने कहा—"...घर...घर..."—और फिर चुप हो गयी।

3

"लीना? क्या सोच रही हो?"

लीना ने चौंककर कहा, "कुछ नहीं!"—किन्तु उस विषादपूर्ण मुख पर एक हल्की-सी लाली दौड़ गयी।

ताकिफू ने बड़े आग्रह से फिर पूछा, "कुछ तो अवश्य सोच रही थीं!"

लीना फिर क्षण-भर संकोच करके बोली, "मैं अपने देश की बात सोच रही थी।...हमारे एक योग्य नेता थे वू सुंग—वह न जाने कहाँ लापता हो गये हैं...।"—कहते-कहते लीना रुक गयी।

उसने फिर पूछा, "लीना, यह वू सुंग कौन हैं?"

"कौन हैं से तुम्हारा क्या अभिप्राय है, ता? वह हांकाउ में एक कालेज के प्रोफ़ेसर थे।"

"नहीं, लीना! मेरी ओर देखो। जो मैं पूछती हूँ, उसका जवाब दो!"

"क्या?"

क्षण-भर ता लीना की आँखों की ओर देखती रही। फिर बोली, "लीना, जो मैं समझती हूँ, वह ठीक है न?"

लीना ने फिर धीरे-धीरे सिर झुका लिया। थोड़ी देर बाद बोली, "नहीं।"

ता ने हँसकर कहा, "नहीं तो जाने दो। मैं समझ तो गयी ही।"

इसी समय प्रांगण के फाटक से आवाज आयी, "लीना! ताकिफू! किवाड़ खोलो!"

ता ने फाटक खोला तो काशेई अन्दर आ गया। उसका मुख देखकर लीना ने चिन्तित स्वर से पूछा, "क्या हुआ?"

"कहता हूँ।"—कहकर काशेई चुप हो गया और उसकी ओर देखने लगा। ता संकेत समझ गयी और बोली, "पिताजी अन्दर प्रतीक्षा कर रहे होंगे, मैं जाती हूँ।"—यह कहकर वह चली गयी।

"लीना! लीना! वही हुआ जिसका भय था।"

"क्या!"

"डॉक्टर साहब ने पूछा, तुम कौन हो? कहाँ से आये हो? मैंने कोई उत्तर नहीं दिया?"

"फिर?"

"फिर क्या? उन्होंने वही किया जो ऐसी दशा में हम करते। जवाब दे दिया।"

"फिर? अब क्या करना होगा?"

"अब कहीं से सहायता की आशा करना व्यर्थ है। यहाँ भी अधिक देर नहीं रहना चाहिए—तुंग़फू ने हमारा इतना सत्कार किया है, पर उसके पास भी तो हमारे पक्ष में कोई प्रमाण नहीं है...हमें अपने पैरों खड़े होना होगा...।"

"तो फिर कोई उपाय सोचा है?"

बहुत देर चुप रहकर काशेई बोला, "एक सोचा तो है; पर...।"

"पर?"

"शायद तुम उसे उचित न समझो!"

"फिर भी कहो तो?"

काशेई लीना के पास आकर खड़ा हो गया और उसके दोनों कन्धों पर हाथ रखकर कहने लगा, "जब मैं डॉक्टर के यहाँ से चला आ रहा था, तब शहर में इश्तिहार बंट रहा था, उसकी एक प्रति मैं भी ले आया हूँ।" उसने जेब से एक पत्र निकाला और लीना के हाथ में दे दिया। लीना ने उसे धीरे-धीरे पढ़कर कहा, "मैं इसका और अपने कार्य का कोई सम्बन्ध नहीं समझती।"

काशेई बोला, "लीना! जापान-सरकार को चीन में भेजने के लिए जासूस चाहिए। हम चीन के उच्छिष्ट शायद इस काम के योग्य हो सकेंगे। सरकार हमें चीन पहुँचा देगी। फिर..."

"लेकिन फिर हम निकल नहीं पाएँगे और निकल भी गये तो कहाँ आश्रय मिलेगा?"

"क्रान्ति में किसे किसका आश्रय? कहीं लड़ लेंगे, अगर जीत गये तो आश्रय मिल ही जाएगा, अगर हार गये तो फिर आश्रय को करना ही क्या है?"

लीना एक विषादपूर्ण मुस्कान से बोली, "यह तो ठीक है; किन्तु अगर कुछ कर लें तो अच्छा ही है।"

"और क्या कर सकते हैं?"

"तुंग़फू की सम्मति क्यों न ली जाय?"

"वह शायद इसका विरोध करेंगे।"

"निर्णय तो हमारे ही हाथ में है। उनकी बात सुनकर भी हम जो उचित समझें कर सकते हैं।"

"जैसा कहो।"

क्षण-भर दोनों चुप रहे। फिर लीना ने बड़े कोमल स्वर में पूछा, "भैया, सफल होने की कोई आशा भी है?"

न जाने काशेई ने क्या उत्तर दिया, उत्तर दिया भी या नहीं। सांध्यरवि की अन्धकार-मिश्रित लालिमा में काशेई का मुख स्पष्टतया नहीं दीखता था और पक्षी-रव के कारण कुछ सुन भी नहीं पड़ता था। अगर उसने कोई उत्तर दिया भी तो वह प्रकृति की चित्र-विचित्र विशालता में कहीं खो गया, जैसे शून्य के प्रवाह में अनेकों जीवनियाँ खो जाती हैं।

4

लोग क्रान्ति की उपमा प्रलय से देते हैं। किन्तु क्रान्ति की लपट के बीत जाने के बाद जिस प्रकार एक समूचा देश भग्न-जीवनियों से, उत्पादित सम्बन्धों से, दीन, जीर्ण, भूखे, आहत, निराश मानव-स्तूपों से भर जाता है, उसकी उपमा प्रलय में कहाँ है? उस जीवित व्यथा-सागर के आगे प्रलय की अखण्ड निस्तब्धता क्या रह जाती है?

पेकिंग में आतंक छाया हुआ था। क्रान्ति की लपट पेकिंग तक नहीं आयी थी। हांकाउ से परास्त

होकर नानकिंग की ओर चली गयी थी, किन्तु फिर भी पेकिंग में आतंक छाया हुआ था। जिस निर्दयता से युवन शिकाई ने उपद्रवों का दमन किया था, जिस प्रकार क्रान्तिकारियों के सिर काट-काटकर नगरों और गाँवों की गलियों में लटका दिये गये थे, उसकी कथाएँ सुनकर ही पेकिंग की आलस्य-प्रिय, सुखपालित प्रजा के प्राण सूख गये थे; और आज वही युवान शिकाई राष्ट्रसचिव होकर पेकिंग में प्रवेश कर रहा था। चीन की बागडोर एक उच्छृंखल साहसिक के हाथों दी जा रही थी। प्रजा दिन गिन रही थी कि कब सुन यात सेन लौट आयें। चारों ओर लोग कह रहे थे, "डॉक्टर सुन वेन आ रहे हैं! डॉक्टर सुन वेन आ रहे हैं! चीन के उद्धारक आ रहे हैं!" किन्तु प्रतीक्षा के ज्वर में प्रलाप कर रही प्रजा को कोई विश्वस्त सूचना नहीं मिलती थी।

बिजली गिरने से पहले वातावरण की जैसी दशा होती है, उत्तप्त, कम्पायमान, अव्यक्त अशान्ति से पूर्ण पेकिंग का वातावरण वैसा ही हो रहा था। पर बिजली—बिजली अभी गिरी नहीं थी, और आकाश आच्छन्न भी नहीं प्रतीत होता था।

फिर एकाएक ज्वालामुखी के विस्फोट की तरह समाचार आने लगे, "युवान शिकाई के मुख्य सहायक टैंक शाओ द्रोही हो गये।" "डॉक्टर सुन वेन आ गये!" "युवान शिकाई ने क्रान्तिकारियों से सन्धि कर ली।" प्रजा उद्भ्रान्त होकर सोचती ही रह गयी कि किसका विश्वास किया जाय और किसका नहीं।

मध्याह्न का समय था; किन्तु पेकिंग की गलियों में अन्धकार था। एक गली में होकर एक पुरुष चला आ रहा था और उसके पीछे-पीछे एक स्त्री। दोनों के मुख उदास; किन्तु सशंक थे, और वे बड़ी तेज़ गति से युवान शिकाई के महल की ओर अग्रसर हो रहे थे।

पुरुष ने धीरे से अपनी सहगामिनी से कहा, "लीना! युवान शिकाई के अधीन होकर न जाने क्या-क्या करना पड़ेगा!"

लीना बोली, "सम्भव है...किन्तु अपना स्थान सुदृढ़ करके हम क्रान्ति की रक्षा कर सकेंगे।"

काशेई ने विचारपूर्ण स्वर में कहा, "लीना, अगर हमें कोई पुराने मित्र मिल गये तो..."

"भैया, अब इधर-उधर की सम्भावनाएँ सोचने का समय नहीं है! अपना ध्येय—अपना ध्येय...बस..."

5

"राष्ट्रपति युवान की जय!"

युवान शिकाई के महल का विस्तृत प्रांगण प्रजागण की भीड़ से भरा हुआ था। चारों ओर महल की अटारियों पर युवान की सेना अफ़सर और अन्य सहायक बैठे हुए थे। इन्हीं में एक ओर काशेई और लीना भी बैठे थे। दोनों विलायती कपड़े पहने हुए थे और उनकी टोपी माथे पर खिंची हुई थी, जिससे उनका मुख स्पष्ट नहीं दीख पड़ता था।

प्रांगण के मध्य में एक ऊँचे मंच पर युवान शिकाई बैठा था। उसके चारों ओर अन्य राज्याधिकारी खड़े थे। सब लोगों की आँखें इसी मंच की ओर लगी हुई थीं।

काशेई को अनुभव हुआ, लीना बड़े जोर से उसकी भुजा को दबा रही है। उसने लीना के मुख की ओर देखा। लीना एकाग्र होकर मंच पर खड़े किसी व्यक्ति की ओर देख रही थी। काशेई ने उसकी दृष्टि का अनुसरण किया।

काशेई भी चौंककर बोला, "लीना! लीना! यह तो वू सुंग हैं।"

लीना के विस्फारित नेत्रों में आँसू आ गये थे, वह कुछ बोल नहीं सकी, केवल मन्त्र-मुग्धा की तरह उस व्यक्ति की ओर देखती रह गयी।

शायद उनकी दृष्टि की तीक्ष्णता उसके अन्तस्तल में चुभ गयी। उसने भी आँख उठाकर देखा और

देखता ही रह गया। उसके मुख से दो-चार अस्फुट शब्द ही निकल पाये–फिर उसने घृणा से मुँह फेर लिया। लीना और काशेई ने भी सिर झुका लिया और जब तक उत्सव होता रहा, इसी प्रकार बैठे रहे। आत्म-विस्मृति की मात्रा इतनी बढ़ गयी थी कि जब उत्सव समाप्त होने पर राष्ट्रपति युवान का जयघोष हुआ, तब वे उसमें भाग लेना भी भूल गये।

6

"काशेई! मुझे मालूम हुआ है कि युवान शिकाई का मुख्य सहायक यह टैंगशाओ ही है। सुना है कि वह वास्तव में प्रजातन्त्रवादियों से सहानुभूति रखता है, पर जहाँ तक मैं जानती हूँ, वह युवान का आदमी है।"

"वह है कौन? कुछ मालूम हुआ?"

"नहीं। जब युवान हांकाउ से लौटा, तब यह व्यक्ति उसके साथ आया। उससे पहले यह कौन था, कहाँ से आया, कोई नहीं जानता।"

"फिर! वह रहता कहाँ है, जानती हो?"

"हाँ, मैं पूरा पता लगा लायी हूँ। उसके घर के रास्ते, उसका शयनागार इत्यादि सब..."

"अच्छी बात है, तो अब..."

"भइया, मैं सोच रही हूँ कि इस प्रकार का काम करने से हानि होगी।"

"क्यों?"

"अगर हम पकड़े गये तो युवान को क्या उत्तर देंगे?"

"युवान को स्वयं ऐसा सन्देह है कि टैंग की सहानुभूति क्रान्तिकारियों से भी है। हमारे कहने पर..."

"एक और बात है।"

"क्या?"

"यह काम कौन करेगा?"

"मैं!"

"नहीं। इसे मेरे हाथ सौंप दो।"

"क्यों?"

"मैं वहाँ का पूरा पता जानती हूँ, तुम वहाँ अनभिज्ञ होगे। और..."

"और क्या?"

"कुछ नहीं, इतना ही पर्याप्त है।"

काशेई ने लीना का हाथ थामकर कहा, "लीना, तुम मुझसे कुछ छिपा रही हो?"

लीना ने सिर झुका लिया।

काशेई ने बड़े आग्रह से पूछा, "लीना बताओगी नहीं?"

लीना सिर झुकाए ही बोली, "मुझे तुम्हारे अनिष्ट की कल्पना बार-बार होती है, न जाने क्यों?"

"नहीं लीना, यह भी सच नहीं है।"

लीना बहुत देर तक फिर चुप रही। फिर शीघ्रता से कहने लगी, "मुझे टैंग के व्यक्तित्व के बारे में कुछ मालूम हुआ है, वह तुम्हारा एक पुराना मित्र है। इसीलिए शायद तुम मोह में पड़कर...।"

"वह कौन है, लीना?"

लीना ने क्षण-भर काशेई की ओर देखा, फिर बोली, "वू सुंग!"

काशेई ने धीरे से कहा, "तभी तो...तभी तो..."

"क्या?"

"कुछ नहीं! मैं समझ गया, पर तुमने मुझसे क्यों नहीं कहा?"

"वू सुंग तुम्हारे मित्र थे..."

"पर लीना, यहाँ मैत्री का प्रश्न नहीं हो सकता और फिर तुम भी तो वू सुंग को..."

"भइया, उस बात को जाने दो! लेकिन यह काम मैं ही करूँगी।"

"क्यों?"

"मुझे प्रतीत होता है कि इस काम में मैं अधिक दृढ़ हूँगी।"

"क्यों, लीना, तुम्हें मेरा विश्वास नहीं है?"

"है! पर..."

"पर क्या?"

"यह सब तर्क मैं नहीं जानती; मेरा मन कहता है और मैंने निश्चय कर लिया है...मेरा आग्रह रहने दो।"

काशेई चुपचाप लीना की ओर देखता रहा, उसने 'हाँ' या 'न' कुछ भी नहीं कहा। किन्तु लीना ने समझ लिया कि काशेई उसका आग्रह नहीं तोड़ सकेगा।

7

दिन-भर की उड़ी हुई धूल से आकाश भर गया था और अपराह्न की धूप में पीला प्रतीत हो रहा था। नदी का चौड़ा पाट, मन्थर-गति पीले जल के कारण ऐसा प्रतीत हो रहा था मानो पृथ्वी माता के शरीर पर किसी विराट् फोड़े से पीप बही जा रही हो।

संसार में वसन्त का राज्य था; किन्तु चीन में अभी तक शिशिर की जड़ता छायी हुई थी। और स्थानों में रंगों की विचित्र छटा छा रही थी; किन्तु चीन मानो क्रान्ति-ज्वर के एक ही आक्रमण की भीषणता से पीला पड़ गया था।

पेकिंग के एक पीले-से घर में दस-बारह व्यक्ति सम्मिलित थे। कुछ ने युवान शिकाई की सेना की वर्दी पहनी हुई थी। सभी की मुख-मुद्रा रहस्य से भरी हुई थी, मानो वे किसी अत्यन्त गोपनीय विषय पर विचार कर रहे हों।

एक, जो कि अपनी मुद्रा से सम्मिलित व्यक्तियों का नेता जान पड़ता था, कह रहा था—"बन्धुओ! उसके विषय में हमें शीघ्र ही निर्णय कर लेना चाहिए। वह विद्वान् है और उसमें प्रतिभा है, उसे हम भुला नहीं सकते..."

एक सदस्य बोला, "टैंगशाओ, आप कोई क्रियात्मक मत भी तो दीजिए!"

"देश-द्रोह के प्रति हमारा क्या भाव हो सकता है?"

"लेकिन, उसके पास उसके द्रोही होने का क्या सबूत है?"

"मैं उसे बहुत देर से जानता हूँ। पहले उसने मेरे साथ काम किया था। और उसकी बहिन भी...उसकी बहिन.."

"उसकी बहिन क्या, वू सुंग?"

किवाड़ धड़ाके से खुला। लोगों ने घूमकर देखा—एक चीनी गाउन पहने हुए एक सुन्दरी हाथ में पिस्तौल लिये खड़ी थी। उसके धधकते हुए अचल अनिमेष नेत्र टैंगशाओ की ओर घूर रहे थे।

उसके बिना टैंगशाओ के मुख से आँख हटाये फिर कहा—और उसकी वाणी में असि-धार-सा तीक्ष्ण तिरस्कार था :

"उसकी बहिन क्या, वू सुंग?"

वू सुंग हिला नहीं। धीरे-धीरे बोला, "उसकी बहिन भी विश्वासघातिनी थी।"

"वू-सुंग तुम झूठे हो! तुम्हें शर्म आनी चाहिए! तुम एक क्रान्तिकारी दल का नेतृत्व छोड़कर एक क्रान्ति के शत्रु की दासता करनेवाले, एक वीर की प्रतिष्ठा पर झूठा लांछन लगानेवाले, उसकी हत्या का आयोजन करनेवाले, तुम किसी को विश्वासघाती कह सकते हो—तुम, जो कि स्वयं मित्रघाती, प्रणयघाती, देशघाती हो!"

टैंगशाओ उसी प्रकार शान्त भाव से बोला, "मैं एक स्त्री की गालियों का उत्तर नहीं देना चाहता। मैं जिस उद्देश्य से युवान की सेना में भरती हुआ था, उसे मैं नहीं जानता हूँ..."

"क्या उद्देश्य था, जरा मैं भी तो सुनूँ!"

"मैं तुम्हारे आगे जवाब देने को बाध्य नहीं हूँ। किन्तु इधर आओ, मैं तुम्हें दिखा देता हूँ...देखकर फिर अगर तुम लज्जा से डूब मरो, तो..."

किसी ने पूछा, "यह वू सूंग कौन है?"

किन्तु उस हलचल में मानो यह प्रश्न सुना ही नहीं गया।

वह स्त्री बेधड़क आगे चली आयी। टैंगशाओ ने उसे एक दरवाजे के पास ले जाकर दरवाजा खोल दिया। खोलते-खोलते बोला, "हम सब सशस्त्र हैं, तुम कहीं भाग नहीं सकतीं।"

स्त्री ने दरवाजे पर पैर रखते ही देखा—सामने लगभग चालीस वर्ष का एक व्यक्ति खड़ा था। दरवाजे में टैंगशाओ को देखते ही वह बोला, "क्या है, टैंग?"

स्त्री ने एक बार सिर से पैर तक उस व्यक्ति को देखा।

उसके अंग शिथिल पड़ गये, पिस्तौल उसके हाथ से गिर गया। उसने टूटे हुए स्वर में कहा, "डॉक्टर सुन...यात...सेन!"—और फिर बैठ गयी।

टैंग ने पूछा, "अब क्या कहती हो?"

कोई उत्तर नहीं मिला! टैंग ने कहा, "देश द्रोही लियांग चिचाओ की बहिन—उर्फ लीना शेई, मैं तुम्हें प्रजातन्त्र के नाम पर बन्दी करता हूँ।"

वह स्त्री हिली भी नहीं, सिर झुकाये बैठी गुनगुनाती रही—"वू सुंग, वू सुंग! मैं कुछ नहीं समझ पाती।"

8

महल के एक बड़े कमरे में युवान शिकाई और काशेई बैठे हुए थे। उनके आगे मेज पर कुछ कागज पड़े थे। बात करते-करते युवान बार-बार उन्हें उठाकर पढ़ लेता था।

काशेई ने पूछा, "कहिए, और क्या आज्ञा है?"

"हाँ, अभी टैंगशाओ की बात बाक़ी रह गयी। मुझे उसके बारे में बहुत-से समाचार मिले हैं।"

काशेई उत्सुकता से बोला, "क्या?"

"परसों जब वह लापता हो गया, तभी मैंने उसके पीछे चर भेजे थे। अब मालूम हुआ कि वह शंघाई में पहुँच गया है।"

"और कुछ?"

"हाँ! यह भी मालूम हुआ है कि वह वास्तव में हांकाउ में क्वोमिङताङ दल का प्रधान था—वू सुंग—जो वहाँ के बलवे के बाद लापता हो गया था। और...," काशेई प्रतीक्षा में चुप बैठा रहा। उसकी ओर देखकर युवान फिर बोला, "और यह भी मालूम हुआ कि उस दिन डॉक्टर सुन यात सेन छिपकर उसके घर में

ठहरे थे।"

"सुनयात सेन! टैंगशाओ के घर में!"

थोड़ी देर तक दोनों चुप रहे। फिर काशेई धीरे से बोला "मुझसे गलती हुई..."

"क्या कहा?"

"कुछ नहीं, मैं अभी तक टैंगशाओ को आपका विश्वस्त व्यक्ति समझता था।"

"गलतियाँ सबसे होती हैं, लेकिन अब तुम्हारी क्या राय है?"

काशेई चुप रहा। युवान फिर बोला, "मैंने शंघाई में अपने चरों को सूचना दी है। मालूम हुआ है कि उसने वहाँ पर सुंगचाओ जेन के नाम से घर लिया है और वहीं रहता है।"

"तो आप क्या करना चाहते हैं?"

"मैंने उन्हें लिख भेजा है कि उसका पता लगते ही उसे..."

युवान ने एक कुटिल हँसी हँसकर एक अँगुली धीरे से अपनी गर्दन पर फेर दी।

काशेई चुपचाप देखता रहा।

युवान फिर बोला, "पहले मैंने एक और चाल सोची थी; पर शायद उसमें देर लगती, इसलिए..."

"वह क्या चाल थी?"

"मैंने सोचा था,"—युवान कुछ हिचकते हुए बोला—"मैंने सोचा था कि तुम्हारी बहिन लीना वहाँ जाय और—और टैंग—यानी वू सुंग—को...लीना बहुत सुन्दरी है। ...पर वह है कहाँ?"

काशेई दूसरी ओर देखते हुए बोला, "वह बाहर गयी हुई है...नानकिंग में कुछ पता लगाने। वहाँ मालूम हुआ कि क्वोमिङताङ का एक बड़ा दल बन रहा है। पर यह तो बताइए, वू सुंग का निर्णय कब तक हो जायगा?"

"तीन दिन में, या चौथे दिन अवश्य...।"

काशेई बोला, "अच्छा, अब अनुमति दें, मैं जाकर काम देखूँगा।"

"अच्छा, पर लीना कब वापस आएगी?"

काशेई बोला, "पता नहीं!" और जल्दी से बाहर चला गया।

बाहर आते काशेई ने एक लम्बी साँस ली और धीरे से बोला, "उफ! कितना अन्तर है, कितना! लीना, तुम कहाँ हो? और मैं...मेरा सिर कैसा घूमता है..."

फिर वह धीरे-धीरे प्रांगण के द्वार की ओर चल दिया।

प्रांगण में शान्ति थी। भृत्यगण अपना-अपना काम करते चले जा रहे थे, किसी ने काशेई की ओर नहीं देखा। समृद्धि के कुछ ही दिनों में वे देशव्यापी क्रान्ति को भूल गये थे, फिर किसी एकाकी व्यक्ति के अन्तस्तल की क्रान्ति की ओर उनका ध्यान कैसे पहुँचता?

9

रात्रि...

गगन की नीलिमा धूल के सम्मिश्रण से मैली हो गयी थी। तारागण कहीं नहीं दीख पड़ते थे, केवल इधर-उधर कहीं-कहीं धुएँ के स्तम्भ खड़े हो रहे थे। वे इतने अचल खड़े थे कि भावना होती थी मानो धूसर आकाश को गिरने से उन्हीं ने थाम रखा हो।

आकाश के मध्य में एक बड़ा-सा पीला अस्फुट बिम्ब दीख पड़ता था; शायद यह धूल से आवृत चन्द्रमा का मुख था।

काशेई अपने घर के कमरे में तीव्र गति से चक्कर लगा रहा था—अंगीठी से मेज तक, मेज से किवाड़

तक, किवाड़ से फिर वापस अंगीठी की ओर। उसके हाथ अनियन्त्रित-से होकर खुलते और बन्द हो जाते थे। कभी-कभी वह चलते-चलते रुक जाता और एक हाथ की हथेली को दूसरे के घूंसे से पीटकर फिर और द्रुत गति से चलने लगता। कभी-कभी घड़ी की ओर देख लेता।

उसके शरीर पर कोट इत्यादि नहीं था। वह रेशमी कमीज और ब्रिचिस पहने था, और उसके सिर पर एक बड़ा-सा रंगदार रूमाल बँधा था।

एकाएक वह रुक गया और क्षण भर एकाग्र होकर कमरे के लैम्प की ओर देखता रहा। इतने समय में मानो उसके मुख पर से बादल हट गये हों, उसकी चिन्तन मुद्रा अब दृढ़ निश्चय में परिणत हो गयी थी।

उसने मानो लैम्प से कहा, "अपनी मूर्खता के प्रतिकार का और कोई उपाय नहीं है उसे बचाना है।" फिर शीघ्रता से मेज पर से कुछ काग़ज़ उठाकर जेब में रखे। फिर मेज़ के दराज में से चमड़े के बटुओं में बन्द दो पिस्तौलें लेकर पेटी में खोंस लीं। फिर उसने एक बार खिड़की से बाहर नगर की बत्तियों की ओर देखा और धीरे-धीरे बोला, "पेकिंग! मैं लीना को यहाँ खो चला हूँ, अब शंघाई में शायद स्वयं खो जाऊँगा; पर एक नामहीन पुरुष और उसकी बहिन की तुम्हें क्या परवाह है, तुम जो चवालीस करोड़ व्यक्तियों के प्राण हो।"

फिर वह घूमा और खटाखट सीढ़ियों से नीचे उतर गया।

10

उस अस्पष्ट ज्योत्स्ना में पृथ्वी पीली-सी प्रतीत हो रही थी; आकाश भी पीला-पीला जान पड़ता था। दोनों के रंगों में इतनी समता थी कि क्षितिज का पता नहीं लगता था; यह भी नहीं जान पड़ता था कि कहाँ पृथ्वी की सीमा का अन्त और आकाश का प्रारम्भ होता है।

और उस विश्वव्यापी पाण्डुता में, स्वयं पीला-सा प्रतीत हो रहा, किन्तु एक भीमकाय काले घोड़े पर सवार, काशेई शांघाई की ओर बढ़ा चला जा रहा था—उसकी आँखें पथ की ओर नहीं, अपने सामने शून्य में किसी स्थिर ध्रुव पर लगी हुई थीं।

नियति का प्रतिद्वन्द्वी, निराश न होते हुए भी निरीह, कामना-रहित होते हुए भी दुर्जेय...

शांघाई...

एक चौड़ी सड़क के दोनों ओर बड़ी-बड़ी अट्टालिकाएँ थीं। सड़क पर ट्राम-गाड़ियाँ दौड़ रही थीं और उनमें प्रत्येक देश और राष्ट्र के लोग चढ़-उतर रहे थे। किन्तु उस सड़क और उसके दोनों ओर की गलियों में शराबखानों और जुआघरों की भरमार थी, और उनमें गन्दे, विकृत, रुग्ण व्यक्ति बैठे हुए थे। इन्हीं की ऊपरी मंजिलों के छोटे-छोटे झरोखों में रंगे हुए चेहरों वाली अनेकों स्त्रियाँ, उनके मुखों पर एक स्थिर, अचल मुस्कान चिपकी हुई थी और उनकी आँखों में कुम्भीपाक की वीभत्सता एक लालसापूर्ण आह्वान की ओट में नाच रही थी।

कवियों ने सन्ध्या का जो भी वर्णन किया है, शांघाई की सन्ध्या पर कोई भी लागू नहीं होता। पक्षियों का कूजन, आकाश की लालिमा, शान्ति और लवलीनता की अनुभूति—शांघाई में कुछ भी नहीं था। शांघाई की सन्ध्या कृत्रिम और कर्कश रव से, कृत्रिम और कठोर प्रकाश से, कृत्रिम सुख और विषय-लिप्सा से भरी हुई थी। मनुष्य-रचित सभ्यता की विराट् चक्की में नैसर्गिकता पिस चुकी थी और उसकी धूल से अस्वाभाविक और वीभत्स लालसाओं की तृप्ति के लिए उपकरण तैयार किए जा रहे थे।

नैसर्गिकता के प्रेत के उस नृत्य-प्रांगण में रात्रि की प्रगति की ओर किसी का भी ध्यान नहीं था। ज्यों-ज्यों रात बीतती जाती थी, त्यों-त्यों बड़ी सड़क सूनी होती जाती थी, और उसका प्रकाश बुझता जाता

था; किन्तु उन गलियों में प्रकाश बढ़ता जा रहा था, उनकी आकीर्णता भी बढ़ती जाती थी। उस प्रेत का नर्त्तन अधिक अनियन्त्रित, उन्मत्त होता जा रहा था।

एकाएक उस बड़ी पक्की सड़क पर घोड़े की टाप सुनायी पड़ी—टप-टप! टप-टप! टप-टप!

एक भीमकाय घोड़े पर एक सवार...उसकी आँखों में उग्र तपस्या की और घोर संशय की छाया साथ-ही-साथ नाच रही थी। घोड़ा अवरुद्ध गति से चला जा रहा था, उसका और सवार का शरीर कीच में सना हुआ था, घोड़े के मुँह से फेन गिर रहा था, और कभी-कभी उसकी गर्दन एकाएक नीचे झुक जाती थी; किन्तु सवार लगाम को झटका देता और घोड़ा फिर सिर उठाकर दौड़ चलता। मालूम होता था उस सवार की अन्तर्दीप्ति उसे और उसके घोड़े को किसी वृहत् उद्देश्य से प्रेरित कर रही थी और वे बाध्य होकर बढ़े जा रहे थे। सवार के वक्ष पर जो पीतल का चिह्न था, वह कभी-कभी जगमगा उठता था, मानो आन्तरिक दीप्ति के प्रकोप की छाया उसमें झलक उठी हो।

वह सड़क इतनी सूनी थी कि किसी का ध्यान भी घुड़सवार की ओर आकृष्ट नहीं हुआ। जब वह उन प्रकाशमय गलियों को पार करके एक अँधेरी गली में घुसा, तब उसने देखा— एक कोने में छिपे हुए चार-पाँच व्यक्ति चौंके और फिर शीघ्र ही अन्तर्ध्यान हो गये।

पर वह उनका अनुसन्धान करने के लिए नहीं रुका। कुछ आगे जाकर उसने एकाएक घोड़े की लगाम खींची और घोड़े के खड़ा होने से पहले ही कूदकर अलग हो गया। घोड़े ने दीनता से एक बार सवार की ओर देखा और फिर सिर उठाकर एक बार एक हिचकी ली, और लड़खड़ाकर गिर गया।

सवार ने उसकी ओर भी नहीं देखा। वह एक ओर सीढ़ियाँ चढ़ गया और एक खुले किवाड़ पर पहुँचा। उसने धीरे से कहा, "शायद देर हो गयी है!"—और फिर दौड़कर अन्दर जा पहुँचा।

एक छोटे कमरे में एक दिया टिमटिमा रहा था। उसके अस्पष्ट प्रकाश में भूमि पर पड़ा हुआ खून से लथपथ एक शरीर और उसके सिरहाने खड़ी हुई एक श्वेत-वसना स्त्री दीख पड़ती थी— उसके हाथ शायद बँधे हुए थे।

काशेई दौड़ा हुआ आ रहा था, दरवाजे पर एकाएक रुक गया। बिजली से विक्षिप्त व्यक्ति की तरह एक बार उसने चारों ओर देखा, फिर भर्रायी हुई आवाज में बोला, "वू सुंग, मुझे देर हो गयी, और लीना! तुम..."

उसका शरीर एकाएक ढीला पड़ गया, मुख पर से वह दीप्ति बुझ गयी—वह काँपकर आगे की ओर गिर पड़ा।

11

जब काशेई की आँखें खुलीं, तब प्रकाश हो रहा था। घर में बहुत भीड़ लग रही थी, और आलोचना का हुल्लड़ मचा हुआ था।

काशेई ने सिर कुछ एक ओर घुमाकर कहा—"लीना!"

"क्या है भैया?"

"कुछ नहीं, यह भीड़ क्या है?"

लीना ने एक हाथ काशेई के मस्तक पर रख दिया, कुछ बोल नहीं सकी।

काशेई ने आँखें बन्द कर लीं।

किन्तु आलोचना बन्द नहीं हुई। कोई कह रहा था, "इसी ने खून किया है! इसी ने!"

"पर इसके तो सेना का बैज लगा हुआ है?"

"वह औरत कौन है?"

"तो क्या सैनिक खून नहीं करते?"

"यह युवान शिकाई का आदमी होगा।"

"वह जरूर इसकी प्रेमिका है।"

लीना का हाथ काँप गया। काशेई चौंका और विकृत मुद्रा से बोला, "लीना, ये सब क्या बक रहे हैं?"

उसने उठने का प्रयत्न किया; किन्तु एक आह भरकर रह गया, "कितना थक गया हूँ!"

दर्शकों में से फिर एक ने कहा, "यह देखो, क्या है?"

मेज़ पर से एक कागज उठाकर वह पढ़ने लगा– "लियांग चिचाओ, उर्फ काशेई, देशद्रोही..."

काशेई का शरीर फिर हिला, वह उछलकर खड़ा हो गया और लीना का हाथ थामकर बोला– "चलो!"

लीना चुपचाप उसके साथ हो ली। उसकी आकृति देखकर किसी को उन्हें रोकने का साहस नहीं हुआ। वे बाहर चले गये।

जब पुलिस वहाँ पहुँची, तब उन दोनों की खोज आरम्भ हुई; किन्तु उनका कोई पता नहीं मिल सका।

12

"शांघाई, मार्च, 1912

"आज सवेरे छः बजे नगर की मुख्य सड़क के पास एक गली में एक सनसनी फैला देनेवाली घटना का पता चला है। कहा जाता है कि सुंगचाओ जेन नामक व्यक्ति के घर के बाहर एक मरा हुआ घोड़ा पाया गया, जिसे देखकर लोगों को कौतूहल हुआ और वे घर के भीतर चले गये। वहाँ सुंगचाओ का मृत शरीर पड़ा हुआ था और उसके पास एक स्त्री की गोद में एक और व्यक्ति बेहोश पड़ा था। लोगों के पहुँचने पर वे दोनों भाग गये। बहुत खोज करने पर भी इनका कोई पता नहीं चल सका। सुंगचाओ की हत्या तलवार से या कटार से की गयी मालूम होती है। उसके शरीर पर दस-बारह घाव हैं। मृत्यु का कारण उसके सिर का घाव बताया जाता है।

"बाद की खबर :

"सवेरे की घटना के विषय में बहुत-सी और बातों का पता चला है, जिससे हत्या का निमित्त कुछ स्पष्ट होने लगा है। घर की तलाशी में जो कागज़ मिले, उनसे विदित होता है कि सुंगचाओ वास्तव में हांकाउ के क्रान्तिकारी दल क्वोमिङ्ताङ का नेता वू सुंग था, जो कि हांकाउ के उपद्रव के बाद से ही लापता हो गया था। यह भी मालूम हुआ है कि उसके बाद यह व्यक्ति टैंगशाओ के नाम से युवान शिकाई की सेना में भी रहा, किन्तु भेद खुल जाने पर भागकर शांघाई में आया और सुंगचाओ जेन के नाम से रहने लगा।"

"यह भी पता चला है कि जो स्त्री और पुरुष लापता हो गये, वे भी हांकाउ के ही हैं। पुरुष का असली नाम लियांग चिचाओ है जो कि हांकाउ की क्योमिङ्ताङ से, वू सुंग के कहने पर निकाल दिया गया था। स्त्री इसकी बहिन थी। ये दोनों व्यक्ति भी युवान शिकाई की सेना में चर का काम करते थे। अनुमान किया जाता है कि पेकिंग में इस स्त्री ने वू सुंग की हत्या का प्रयत्न किया था, किन्तु सफल नहीं हुई और बन्दी करके यहाँ लायी गयी थी। यहाँ शायद क्रान्तिकारी उसके अभियोग का निर्णय करनेवाले थे। सुंगचाओ के घर से जो कागज मिले हैं, उनसे इस अनुमान की पुष्टि होती है।

"अगर यह अनुमान सत्य है तो यह सम्भव है कि लियांग चिचाओ अपनी बहिन को छुड़ाने के लिए अथवा युवान की आज्ञा से शांघाई आया हो और सुंगचाओ की हत्या करके अपनी बहिन को ले गया हो। यह व्यक्ति पेकिंग से आया था, इसका सबूत घोड़े की गर्दन पर लगा हुआ पेकिंग-सेना का चिह्न है।

"पुलिस अनुसन्धान कर रही है, किन्तु यहाँ यह भावना है कि युवान के कार्य में कोई अनुचित हस्तक्षेप नहीं करना चाहिए, क्योंकि विदेशी राष्ट्र उससे मित्र भाव रखना चाहते हैं।"...

13

सीक्यांग नदी में पानी बढ़ रहा था। वर्षा की बड़ी-बड़ी बूंदें जब नदी की सतह पर पड़तीं, तब नदी का पानी उछल पड़ता था, मानो उन बूँदों का स्वागत कर रहा हो।

नदी के किनारे, पतली कीच में, दो सवार सरपट चले जा रहे थे—एक पुरुष और एक स्त्री। दोनों के चेहरों पर व्यथा के भाव थे और उनके कपड़े अस्त-व्यस्त थे। स्त्री के केश खुले थे, किन्तु गीले और कीच से सने होने के कारण वे भारी हो गये थे और उस आँधी में इधर-उधर उड़ते नहीं थे, केवल कन्धे पर पड़े थे और घोड़े की गति के साथ उठते और गिरते रहते थे।

वे दोनों थे लियांग और शै-वा, किन्तु उनकी मुख-मुद्रा में कितना परिवर्तन आ गया था! इन छः मास के अनुभवों ने उनकी आकृति में अन्धेर मचा दिया था, और वे एक-दूसरे का सम्बोधन भी किसी नये नाम से कर रहे थे।

"साइसुन! हम नानकिंग कब पहुँचेंगे?"

"शायद दो दिन में, पर तुम पेकिंग जाना अधिक उचित समझती हो या नानकिंग?"

"मैं क्या बताऊँ? हम लोग अब क्या करेंगे, इसी पर सब कुछ निर्भर करता है।"

थोड़ी देर तक दोनों चुप रहे। फिर स्त्री ने पूछा—"क्या सोच रहे हो?"

"कुछ नहीं! एक दिन की, याद आ रही है।" फिर थोड़ी देर रुककर—"उस दिन की, जब हांकाउ से..."

"भैया, यह सब क्यों सोचते हो? अब भविष्य में क्या करना है, यही सोचना है।"

"अब हम शायद कुछ नहीं कर सकते। सिवाय..."

"सिवाय क्या?"

फिर कुछ रुककर—"मैं पेकिंग जाऊँगा और वहाँ युवान को..."

"क्यों?"

"और हम कुछ नहीं कर सकते। उस अभिशाप से छूटने का हमारे पास कोई उपाय नहीं है।"

"भैया! भैया! निराश न होओ! अब भी हम विश्वास प्राप्त कर सकेंगे, अपने नाम से यह दाग़ हटा सकेंगे..."

साइसुन एक विद्रूप हँसी-हँसकर बोला, "शायद! पर दाग़ हटने से पहले हम ही हट जाएँगे।"

दोनों बिल्कुल चुप हो गये। रात्रि की प्रलयान्वित अशान्ति में उनके हृदयों की प्रज्वलनमय अशान्ति छिप गयी।

रात्रि पानी बरसा रही थी, उनके हृदय आँसू बरसा रहे थे। रात्रि के पानी से नदी का प्रवाह बढ़ता जा रहा था, किन्तु आँसू बह-बहकर उसके आशा-निर्झर को सुखाये जा रहे थे।

अभिशाप की छाया...नियति का प्रवाह...

14

युवान ने अपनी शक्ति पुष्ट कर ली। 'प्रजातन्त्र' के आदर्श को वह भुला चुका था, पार्लियामेण्ट तोड़ दी गयी थी और राज-कार्य का भार युवान ने अपने हाथों में ले लिया।

अब महल में अनेक परिवर्तन हो गये थे। कोई व्यक्ति सहसा भीतर नहीं जा पाता था, न कोई बिना

आज्ञा के युवान के आगे प्रार्थना कर सकता था। अब युवान प्रजातन्त्र के संचालक मात्र नहीं रह गये थे, वे अब सम्राट पद के अभिलाषी थे।

उस दिन भी, जब दस बजे युवान की अन्तरंग कमेटी की सभा आरम्भ हुई, तब महल के बाहर सैनिक पहरा था। जिस समय वह व्यक्ति दौड़कर पहरे के पार निकलकर महल के अन्दर घुस गया, तब सैनिक स्तब्ध रह गये और उसे रोक नहीं सके, किन्तु फिर भी उसका पीछा करने और लोगों को सावधान करने में उन्हें देर नहीं लगी।

जब तक वह व्यक्ति सभा-भवन में पहुँचा, तब तक वह सैनिकों से घिर चुका था। एक बार उसने चारों ओर देखा, फिर जेब से पिस्तौल निकालकर मध्य में बैठे हुए युवान शिकाई की ओर चार-पाँच फ़ायर किए। एक गोली युवान के कान के पास होकर चली गयी, किन्तु उसके लगी कोई भी नहीं।

फिर किसी ने उस व्यक्ति का हाथ पकड़ लिया। उसने शीघ्रता से हाथ छुड़ाया और अन्तिम फ़ायर अपने मस्तिष्क पर कर लिया।

सभा में शोर मच गया था। उस व्यक्ति के पास आकर युवान शिकाई बोला, “अरे काशेई!”

काशेई ने तिरस्कारपूर्वक कहा, “नहीं काशेई नहीं, द्रोही, घातक, अभिशापित-अभिशापित-अभि...”

फिर एकाएक उसका शरीर निःस्पन्द हो गया।

वे उसे उठाकर बाहर ले गये।

15

शव उठाये आठ सैनिक दौड़े जा रहे थे, लोग उत्सुक होकर निकट आते, किन्तु सैनिकों के—युवान शिकाई के सैनिकों के डर से पीछे हट जाते थे।

जब वह वीभत्स जुलूस चौक से कुछ आगे निकला, तो उसे रुक जाना पड़ा। सड़क पर भीड़ लगी हुई थी, उसके मध्य में खड़ी एक स्त्री परचे बाँट रही थी और साथ-साथ कहती जाती थी, “वीरो, क्रान्ति की रक्षा करो!”

सैनिकों ने शव को नीचे रख दिया और भीड़ में घुसे। एक ने भीड़ में किसी से परचा छीनकर पढ़ा, उसके नीचे लियांग चिचाओ के हस्ताक्षर थे। उसने अपने साथियों से कहा—“बन्दी कर लो!”

सैनिकों ने स्त्री को बन्दी कर लिया और उसे लेकर वापस चल पड़े। लियांग का शव सड़क पर पड़ा रह गया। लोगों की भीड़ भूखे कौओं की तरह उसको घेरकर खड़ी हो गयी।

स्त्री के विषादपूर्ण किन्तु उद्धत चेहरे को देखकर कुछ व्यक्ति हँस रहे थे। एक कह रहा था, “यह अवश्य ही युवान शिकाई की गुप्तचर है, हमे फँसा आयी थी!” दूसरे ने उत्तर दिया, “हाँ, नहीं तो ऐसा हो सकता है कि कोई सड़कों पर परचे बाँटे?” तीसरा बोला, “इसका दण्ड केवल मृत्यु-दंड है। बन्दूक़ से उड़ा दी जाएगी!”

स्त्री उपेक्षा से उनकी ओर देख रही थी। उसके लिए मानो वे थे ही नहीं। किन्तु वह शव के पास पहुँची, तब उसके मुँह से एक चीख निकल गयी। “लियांग! लियांग! हमारा प्रायश्चित्त पूरा हो गया! और वू सुंग का अभिशाप! अब...।”

उसने यत्न से अपने को वश में किया और धीरे-धीरे कदम रखती हुई आगे बढ़ गयी।

एक सैनिक ने पूछा, “यह कौन था, तुम जानती हो?”

स्त्री ने विमनस्कता से उत्तर दिया, “हाँ, वह मेरा भाई लियांग”—फ़िर एकाएक चौंककर—“नहीं-नहीं, वह कुछ नहीं...केवल अभिशापित...।”

वह चली गयी, लोग देखते रह गये...एक ने कहा, “ऊँह, कोई पगली होगी...।”

उसी वर्ष के दिसम्बर मास में युन्नान प्रान्त में विद्रोह हुआ। जनवरी में दो और प्रान्त भी युवान के विरुद्ध उठ खड़े हुए। अन्य प्रान्त भी युवान से विमुख हो गये। मार्च में युवान की स्थिति इतनी बुरी हो गयी कि उसके मित्रों ने उसे राज्य छोड़कर भाग जाने का परामर्श दिया। अप्रैल में उसके मित्रों ने उसे द्रोही कहकर उसका तिरस्कार किया। इसी मास में कैंटन में...स्वतन्त्र प्रजातन्त्र स्थापित हुआ। जून के आरम्भ में युवान की मृत्यु हो गयी।

इस प्रकार शै-वा की भविष्यवाणी पूर्ण हुई, किन्तु उस समय तक चीन लियांग चिचाओ और उसकी बहिन को भुला चुका था! अविश्वास के अभिशाप का एक भाग यह भी है कि लोग अभिशापित व्यक्ति को शीघ्र भूल जाते हैं। अत्यन्त आह्लाद और अत्यन्त पीड़ा में चमक उठता है—और खो जाता है।

मेरिया एक हाथ से कार्मेन को उठाये है—उसका दूसरा हाथ आगे बढ़ता है, मानो सहारे के लिए! ओंठ कुछ उठकर खुलते हैं, मानो पुकार के लिए—और मिगेल के लड़खड़ाकर गिरे हुए शरीर को रौंदती हुई भीड़ चली जाती है, चली जाती है, चली जाती है...

इसका भी अन्त होगा। सभी कुछ का अन्त होगा। और नयी चीज़ें होंगी, जो इससे विभिन्न होंगी। अच्छी हों, बुरी हों, ऐसी तो नहीं होंगी। वह देश के अमर शहीदों में से होगी या अपमानित परित्यक्त वेश्या, सब एक ही बात है—ऐसे तो नहीं होगी, ऐसे खड़ी तो नहीं रहेगी...जैसे अब खड़ी है। एक हाथ से कार्मेन का शव लटक रहा है, और दूसरा मानो सहारे के लिए आगे बढ़ा है, शरीर और मुँह एक दर्प से उठा हुआ है, जो टूटता भी नहीं, आँखें एक भावातिरेक को लेकर भरी हुई हैं, और यह चित्र मानो शब्दहीन, रक्तहीन, जीवहीन, अत्यन्त श्वेत पत्थर का खिंचा हुआ उस जनहीन मैदान में खड़ा है...

यह क्या किसी कुछ का संकेत नहीं है—कुछ नश्वर, कुछ अमर, कुछ अच्छा, कुछ बुरा, कुछ सच्चा, कुछ झूठा, कुछ मूक, कुछ व्यंजक, कुछ अतिशय विकराल...

एक हाथ पर मरे हुए प्रेम का बोझ लिये, दूसरे हाथ से किसी चिर-विस्मृत मृत प्रेम को भीड़ में से बुलाती हुई, आँखों से भव को फाड़ती हुई, एक सन्देशवाहिनी पीड़ा...

घोड़े गुजर जाते हैं। मनुष्य गुजर जाते हैं। भीड़ गुज़र जाती है। प्रमाद गुज़र जाता है। पर आशा—आशा—विभ्राट, भूख—भूख—रिक्तता, वेदना—वेदना—पराजय, बिखरी हुई प्रतिज्ञाएँ, यह है क्रान्ति की गति। प्रलय लहरी क्यूबा में—जैसे वह अन्यत्र गुज़री है, वैसे वह सर्वत्र गुज़रेगी—विद्रोह...

किन्तु कोई जानता नहीं। कोई देखता नहीं। कोई सुनता नहीं। कोई समझता नहीं। मेरिया की अनझिप आँखें—कैसांड्रा का अभिशाप...

मुलतान जेल, 1932

पगोदा वृक्ष

उस वृक्ष में पत्ते नहीं थे।

उसकी यह विशेषता थी—विधवा के हृदय की तरह उसमें विस्फोट धीरे-धीरे वृद्धिगत नहीं होता था, उसके लिए वसन्त की वासना के कोमल अंकुर नहीं फूटते थे, न बाल-लीलामयी मधुर झकोरें आती थीं, न नवयौवन के चिकने पत्ते ही निकल पाते थे...केवल वर्ष में एक बार किसी उमस-भरे दिन की वेदना में, प्रगल्य यौवन के उन्मद सौरभ से भरे, हल्के पीले हृदय वाले श्वेत तारक-फूल, एकाएक ही उसके सर्वांग पर छा जाते थे—उसकी नंगी बीभत्स शाखें एकाएक ही अदृश्य हो जाती थीं...

जीवन! वे मानो प्रौढ़ावस्था के फूल! वसन्त में, जब और सब वृक्ष फूल रहे होते, तब उसमें केवल आगे से चपटे बड़े-बड़े कठोर पत्ते पकते हुए दीखते—मानो सजीले सामन्तों की पाँत में एक बूढ़ा शूद्र-पुत्र... और ग्रीष्म में मरुस्थल की लप-लपाती गर्म साँस से बचने के लिए सब पेड़ सजाव-सिंगार छोड़कर मोटी हरी चादर ओढ़ चुके होते, तब उसके पके पत्ते एक-एक करके झर जाते, मानों नंगी निरीह शाखों ने पल्ला झाड़कर मरुभूमि के दस्यु को दिखा दिया हो कि हम निःस्व हैं...केवल जब वर्षा के दौंगरे आकाश के कसैले रोष को शान्त कर देते थे, तब वृक्ष की चिरसंचित आत्मग्लानि द्रवित होकर फूट पड़ती थी—विराट वेदना सुन्दर ही होती है—और उस वृक्ष की वेदना पुष्पित हो उठती थी, और वह मानो अपने आन्तरिक सौन्दर्य के उन्मेष से लजाकर स्वयं उसमें छिप जाता था—यह सौन्दर्य के आवरण में और नंगा हो जाता था...मानो किसी बुड्ढ़े ने संसार की तिरस्कारभरी दृष्टि से लज्जित होकर अपने को यौवन के आवरण में लपेट लिया हो।

या किसी विधवा के हृदय में एकाएक प्रेम का पूर्ण विकास हो उठा हो...

अभी वह दिन नहीं आया था। वसन्त समाप्त हो चुका था, ग्रीष्म भी पार हो चुका था, पर उन्मेष का दिन आया था—वृक्ष के पत्ते गिर गये थे, पर फूल नहीं आये थे।

साँझ हो रही थी। आकाश में बादल के छोटे-छोटे टुकड़े मंडरा रहे थे। उनमें एक औछा सौन्दर्य था, शक्तिहीन और दर्पहीन—वे बरस चुके थे। और वे मानो एक प्रकार के छिछोरेपन से जमुना के जल में, अपना रंगीन प्रतिबिम्ब देखकर मुस्करा रहे थे...

उस वृक्ष की नंगी शाखों-तले एक स्त्री बैठी हुई थी। वह एक स्थिर दृष्टि से बादलों की ओर देख रही थी, और शून्य भाव से एक पद की निरर्थक आवृत्ति किए जा रही थी—'प्रीतम, इक सुमिरिनिया मोहि देहि जाहु।' धीरे-धीरे अन्धकार होता जा रहा था, किन्तु उसे इसका बिल्कुल ध्यान नहीं था। वह मानो हमारे संसार से परे कहीं विचर रही थी, उसके लिए मानो हमारे काल की गति थी ही नहीं...

उसकी सफेद धोती धुँधले प्रकाश में कुछ नीली-सी जान पड़ रही थी, और उसके मुख का वेदना-विकृत भाव भी एक फीकी मुस्कराहट का भ्रम उत्पन्न हर देता था। और जिस मुद्रा में वह बैठी हुई थी, उससे किसी भी दर्शक के हृदय में मूर्तिमती प्रतीक्षा की भावना जाग्रत हो जाती, यद्यपि उसने

कई वर्षों से किसी की प्रतीक्षा नहीं की थी–प्रतीक्षा का विचार भी नहीं किया था–क्योंकि वह कई वर्षों से विधवा थी...

यह उसका नित्यक्रम था–नित्य ही सन्ध्या को वह अपने छोटे-से मकान–या झोंपड़े–के इस बगीचे में आकर बैठ जाती थी और कभी-कभी घण्टों बैठी रहती थी। जब वह इस प्रकार आत्मविस्मृत हो जाती, तब उसे अपनी दैनिक प्रार्थना का ध्यान नहीं रहता...तब तो किसी आकस्मिक शब्द से–किसी पशु के रंभाने से, या कभी वायु के झोंके से ही वह चौंककर उठती थी और भीतर चली जाती थी...

आज भी यही दशा थी। उसके बैठे-ही-बैठे रात भी होने को आयी, जो बादल बिखरे हुए थे, वे नयी शक्ति पाकर पुनः आकाश में छा गये–धीरे-धीरे एक अत्यन्त कोमल, निःशब्दप्राय वर्षा भी होने लगी, पर उसका ध्यान भंग नहीं हुआ। जब वायु के एक झोंके ने उसकी धोती के एक छोर को हिलाकर मानो कहा, 'उठो!' तब वह उसके गीलेपन से चौंकी, और एक बार मानो जाड़े से काँपकर, पेड़ से सहारे खड़ी हो गयी और जल्दी-जल्दी अपने झोंपड़े की ओर चल दी। वह वृक्ष मानो सत्सर्ग-भरी आवाज से बादलों से कहने लगा, "भिगो लो तुम भी मेरी नग्नता को!"

2

वह विधवा थी–उसका नाम था सुखदा। जब से उसका विवाह हुआ, तब से ही वह उस झोंपड़े में रहती थी। उसके विवाह को आज बारह वर्ष हो चुके थे–जिनमें से आठ उसने वैधव्य में काटे थे। विधवा हो जाने के बाद भी उसने वह घर नहीं छोड़ा–छोड़कर कहीं जाने को कोई स्थान ही नहीं था। वह समाज की ही नहीं, व्यक्तिमात्र की परित्यक्ता थी, समाज की शरण की ही नहीं, किसी व्यक्ति के स्नेह से भी वंचिता थी, उसका अपना कोई नहीं था। जिस झोंपड़े में वह रहती थी, उसकी सफ़ाई इत्यादि करने के लिए एक बुढ़िया नित्य सवेरे आती थी, और दो घण्टे बाद चली जाती थी। सुखदा का संसार से कोई सम्बन्ध था तो इतना ही। वह अपना गुजारा कैसे करती थी, कोई नहीं जानता। स्त्रियाँ किस प्रकार गृहस्थी चलाती हैं, यह न आज तक किसी ने जाना है, न जानेगा। हमारे वैज्ञानिक तो कहते हैं कि स्वयंचालित यंत्र असम्भाव्य है।

सुख़दा का पति देहली में काम करता था। वह नित्य सवेरे ही झोंपड़े से चल पड़ता, और कुछ-एक खेत पार करके मेरठ से देहली जाने वाली सड़क को जमुना के पुल के पास ही पा लेता। उन दिनों सुखदा दूर से जमुना-पुल की ओर देखकर, उस पर रेंगते हुए चींटी-से आकारों को देखती हुई अपने पति को चीन्हने का प्रयत्न किया करती। और, इसी प्रकार जब उसके लौटकर आने का समय होता, तब भी वह पुल उसे खोजा करती।

इसका कारण था। पति की अनुपस्थिति में उसे कोई कष्ट या क्लेश होता हो, या वियोग की पीड़ा उसके लिए असह्य हो, यह बात नहीं थी। वर्ष-भर पति के साथ रहकर भी उसने इतनी घनिष्ठता नहीं उत्पन्न की थी, जितने कालेज के लड़के-लड़कियाँ सप्ताह-भर में कर लेते हैं...उसका और उसके पति का जीवन मानो दो अलग और समानान्तर दिशाओं में बह रहे थे, और वे निकट नहीं आ पाते थे। इसीलिए, वह अपने पति के पतित्व का अनुभव एक खास दूरी पर करती थी–जब वह उसके निकट आता, तब वह सुखदा के लिए बिल्कुल अजनबी हो जाता। जब वह घर में होता, तब सुखदा के हृदय में उसके प्रति एक उद्वेग, एक प्रकार की झुंझलाहट के अतिरिक्त कोई भावना नहीं होती थी। जब वह दूर पुल पर होता, तब सुखदा अपने हृदय को यह समझाया करती कि 'वह तेरा पति है' स्वच्छन्द, शीतल निरपेक्षता से जैसे कोई बच्चे को इशारे से चिड़िया दिखाकर बताये–'यह अबाबील है।'

उसे स्वयं कभी-कभी उससे अत्यन्त कष्ट होता था। पतिव्रत्य के जो संस्कार उसे मिले थे, वे उसे

कभी-कभी अत्यन्त दुःखी कर डालते थे। वह इस निरपेक्षता को दूर करने की चेष्टा भी करती थी, किन्तु इसमें मुख्य अड़चन होता था स्वयं उसका पति। उसमें भी ऐसी ही एक उपेक्षा थी—मानो किसी दिन उसे बैठे-बैठे विचार आया हो, 'मेरे घर में बहू नहीं है', और इस न्यूनता को पूरा करने के लिए उसने एक बहू झोंपड़े में ला रखी हो!

इसी प्रकार सुखदा के दाम्पत्य जीवन के चार वर्ष बीते। (ऐसे भी हैं, जिनका सारा जीवन यों ही बीतता है!) उस समय तक एक विराट दुःखांत नाटक के लिए पूरा उपक्रम हो चुका था। किन्तु मुख्य मात्र की अकाल-मृत्यु के कारण वह खेला नहीं जा सका। सुखदा अकेली रह गयी। ट्रेजेडी के अंकुर से भरा हुआ उसका जीवन केवल एक विषाद से भरा रह गया—एक विषाद, जिसकी नीरसता में एक हल्का किन्तु मधुर रस था...

जिसके आधार पर उसने आठ वर्ष बिता दिये थे। नित्य ही जब वह अपने छोटे-से स्वच्छ बगीचे में आकर बैठती तब मानो उसे इस रस का एक घूँट मिल जाता था। जिस वृक्ष के नीचे वह नित्य बैठती थी, वह उसके पति का लगाया हुआ था। वह इसे मद्रास से लाया था। यद्यपि सुखदा के इस वृक्ष-तले बैठने का कारण यह नहीं था, तथापि वह नित्य ही इस बात का स्मरण कर लिया करती थी। क्षण-भर के लिए उसे यही विश्वास हो जाता था कि वह पति की स्मृति के लिए ही वहाँ बैठी है...इस विश्वास से उसके हृदय की पुरानी अशांति, वह अनौचित्य की भावना, मिट जाती थी...

3

यदि दुःख की अनुपस्थिति को, अनुभूति की अचेतना को, सुख कह सकते हैं, तो सुखदा सुखी थी। यदि—! किन्तु वह स्वयं सोचा करती, क्या मेरे जीवन का उद्देश्य यही है? उस वृक्ष-तले बैठकर जब वह जमुना का कम्पित वक्ष देखती, तब उसके हृदय में सदा यही प्रश्न उठता, 'क्या हमारा जीवन बालू पर के मिटाये हुए चिन्ह से अधिक कुछ भी नहीं है?' पर इस प्रश्न से उसके शान्ति नहीं भंग होती थी, यद्यपि विषाद कुछ गहरा हो जाता था। उसके हृदय से मानो अशान्ति की क्षमता नष्ट हो गयी थी—समुद्र मानो तूफान लाना भूल गया था...

वह जो नित्य नियमपूर्वक प्रार्थना किया करती थी, वह किसी आन्तरिक अशान्ति की प्रेरणा से नहीं, वह केवल एक नियम-भर था—या उससे कुछ ही अधिक। कभी वह इस विषय पर सोचती थी, तो एक ही बात का निश्चय कर पाती थी—उसे ईश्वर के अस्तित्व में विश्वास था—बस। वह अपनी आत्मा से पूछती कि वह प्रार्थना क्यों करती है, तो यही उत्तर मिलता था कि सबसे सरल पथ यही है—कुछ लाभ हो या न हो, उससे क्या...किन्तु फिर भी अपने वैधव्य के आठ वर्षों में एक दिन भी उसका नियम भंग नहीं हुआ था— और वह कल्पना भी नहीं कर सकती थी कि इस नियम को भंग कर दे...

आज जब वर्षा होने लगी और वह चौंककर उठी, तब उसे याद आया कि वह अपनी प्रार्थना भी भूल गयी है, और वह दौड़ी हुई इस त्रुटि को पूरा करने गयी।

झोंपड़े में प्रवेश करके उसने एक दीपक जलाया, और उसे झोंपड़े के एक कोने में ले गयी। उसे एक छोटे-से आले में रखकर वह घुटने टेककर बैठ गयी, उसकी आँखें बन्द हो गयीं...और कुछ ही क्षण में वह इस संसार से परे कहीं पहुँच गयी...

एक अभूतपूर्व घटना घटी। किसी ने किवाड़ खटखटाये। सुखदा का ध्यान भंग हो गया, उसने चौंककर कहा, "कौन!"

कोई उत्तर नहीं आया, पर किवाड़ पहले से भी जोर से खटखटाये जाने लगे।

सुखदा क्षण-भर सोचती रहीं खोलूँ या न खोलूँ? इस असमय में कौन आया है? एकाएक हिन्दू समाज

के कानूनों का एक पुलिन्दा ही उसकी आँखों के आगे से हो गया—समय, परिस्थिति, एकान्त, विधवा, और सबसे बड़ी चीज हिन्दू धर्म की नाक—लज्जा...

उसके प्रश्न का बुद्धि ने कोई उत्तर नहीं दिया। किन्तु किसी अज्ञात प्रेरणा से उसने उठकर किवाड़ खोल दिया, और गम्भीर स्वर में पूछा, "कौन है?"

एक युवक ने आगे बढ़कर धीमे स्वर में कहा, "मैं हूँ, बहिनजी! आपको नमस्कार करता हूँ।"

सुखदा विस्मय में कुछ बोली नहीं। स्थिर भाव से उसके मुख की आरे देखती रही। मुख की ओर देखते ही देखते उसने बहुत-सी बातें देख लीं।

युवक के शरीर पर कपड़े अधिक नहीं थे, एक धोती, जो घुटनों तक बंधी हुई थी, गले में एक फटी कमीज़। हाथ में एक छोटी-सी पोटली-सी थी। सुखदा ने यह भी देखा कि युवक के शरीर पर के कपड़े वर्षा से नहीं, किसी अधिक गंदले पानी से भीगे हुए थे और हाथ की पोटली प्रायः सूखी थी...वस्त्रों से वह बिल्कुल साधारण गौंवार मालूम होता था, किन्तु उसका मुख मानो किसी आवरण के भीतर से भी कह रहा था, मैं पढ़ा-लिखा हूँ, सभ्य हूँ, संस्कृत हूँ...

सुखदा को चुप देखकर युवक फिर बोला, "बहिनजी, मुझे यहाँ रात भर के लिए आश्रय मिल सकता है?"

सुखदा सहसा उत्तर नहीं दे सकती। फिर उसने अत्यन्त गम्भीर स्वर में कहा, "आप कौन हैं, मैं जानती भी नहीं।"

"मैं एक बिल्कुल साधारण व्यक्ति हूँ। कष्ट में होने के कारण रात-भर के लिए आश्रय माँगता हूँ—इससे अधिक आप क्या जानना चाहती हैं?"

"आप स्वयं समझ सकते हैं," फिर कुछ हिचकिचा कर, "मैं विधवा हूँ, और यहाँ अकेली रहती हूँ।"

युवक ने सहानुभूति के स्वर में कहा, "अच्छा" और चुप रह गया।

"आप और कहीं नहीं जा सकते?"

युवक एक अत्यन्त सरल-सी हँसी हँसकर बोला, "नहीं।"

सुखदा को वह हँसी अच्छी नहीं लगी। वह उसे समझ नहीं सकी। उसने सन्देह के स्वर में पूछा, "क्यों? आप आये कहाँ से हैं?"

"जमुना-पार से आया हूँ।"

"देहली से?"

"जी हाँ।"

"तो यहाँ कैसे आये? सड़क तो इधर नहीं आती। पुल के पास ही कहीं क्यों नहीं ठहरे?"

"मैं पुल पर से नहीं आया।"

"तो?"

"यहीं सामने—तैरकर आया हूँ।"

"हैं? जमुना तैरकर! आज—अभी?"

युवक फिर हँसकर चुप रह गया

थोड़ी देर बाद सुखदा बोली, "आपने अपना जो परिचय दिया है, उससे मेरा सन्देह बढ़ना ही चाहिए।"

युवक का चेहरा उतर गया। वह बोला, "ठीक है।"

थोड़ी देर फिर दोनों चुपचाप एक-दूसरे को देखते रहे। दोनों मानो एक-दूसरे का माप ले रहे थे। फिर युवक ने मानो अन्दर-ही-अन्दर किसी निश्चय पर पहुँचकर कहा, "आप मुझे थोड़ी देर के लिए अन्दर

आने दें, तो आपको सन्तोष हो जाएगा।"

सुखदा कुछ कह भी नहीं पायी थी कि युवक भीतर चला आया। तब सुखदा भी धीर-धीरे झोंपड़े के मध्य की ओर चली। एक ओर एक छोटी-सी चौकी पड़ी थी, उसी की ओर इशारा करके युवक से बोली, "बैठ जाइए।"

युवक क्षण-भर खड़ा ही रहा, फिर बैठ गया। सुखदा उससे कुछ दूर पर खड़ी रही।

"आप क्या जानना चाहती हैं, जिससे आपको सन्तोष हो जाय।"

सुखदा ने बिना किसी कौतूहल के कहा, "आप स्वयं ही कुछ बताना चाहते हैं, मैंने तो कुछ नहीं पूछा।"

युवक ने एक तीव्र दृष्टि से उसकी ओर देखा, और बोला, "अच्छा, ऐसे ही सही। तो सुनिए। मैं दो-तीन साल से इसी प्रकार मारा-मारा फिरता हूँ। आमतौर पर तो अपना कुछ-न-कुछ प्रबन्ध रहता ही है, और काम चल जाता है। किन्तु कभी-कभी हमारी दशा बहुत बुरी हो जाती है—हमारे लिए इस विराट् ब्रिटिश साम्राज्य में कहीं पैर रखने को भी स्थान नहीं रहता! तब हम इधर-उधर मारे-मारे फिरते हैं, कि कहीं कुछ समय के लिए हमें आश्रय मिल जाय, और फिर हम अपना अस्तित्व मिटाकर, एक नया और मिथ्या रूप धारण करके ही उस साम्राज्य में स्थान पाते हैं, जिसमें हमारी सच्चाई के लिए स्थान नहीं..."

सुखदा रोककर कहने को हुई, "आपकी बात मुझे तो कुछ भी समझ नहीं आयी।" किन्तु जब यह कहने के लिए उसने मुँह खोला, तब अपना प्रश्न सुनकर उसे स्वयं आश्चर्य हुआ—"आप खाना खा चुके हैं?"

युवक ने मुस्कराकर कहा, "हाँ कल शाम को तो खाया था।"

सुखद झोंपड़े के एक सिरे के ताक की ओर जाती-जाती बोली, "तो अब तब क्यों नहीं बताया था? इतना तो मैं कर ही सकती हूँ।"

उसने ताक में कुछ रोटी, साग और केले निकाले, और फिर बोली, "साग ज़रा गरम कर लाऊँ।" यह कहकर, बिना उत्तर की प्रतीक्षा किए हुए, वह झोंपड़े के पिछली ओर सटे हुए एक छोटे-से छप्पर के नीचे चली गयी।

युवक चौकी पर घुटने समेटे हुए बैठा था। जब उसने छप्पर की ओर से फूँकने की आवाज सुनी, तब उसने अपनी ठोड़ी को अपने घुटने पर टेक दिया और चुप-चाप झोंपड़े में पड़ी वस्तुओं को देखने लगा।

एक कोने में, एक छोटे-से लकड़ी के बक्स पर, आठ-दस किताबें पड़ी थीं। युवक के मन में एक क्षीण कौतूहल हुआ कि उठाकर देखे क्या पुस्तकें हैं, पर उसके शरीर पर एक सम्मोहिनी थकान छायी हुई थी, वह नहीं उठा। बक्स से हटकर उसकी आँखें दिये वाले आले की ओर पहुँची। उसने देखा, आले के ऊपर, एक लकड़ी के तख्ते पर, एक छोटी-सी धातु की प्रतिमा रखी है, जिसके कुछ अंश उस अप्रत्यक्ष प्रकाश में चमक रहे हैं। प्रतिमा के पैर शायद फूलों से ढके हुए थे। युवक के मन में प्रश्न हुआ कि किसकी प्रतिमा है, किन्तु यह प्रश्न बिल्कुल बौद्धिक था, इसमें स्वाभाविक कौतूहल नहीं था। उसकी आँखें उस प्रतिमा से भी हट गयीं। वह छत की ओर देखने लगा। छत पर किसी चीज़ का एक छोटा-सा गोल प्रतिबिम्ब पड़ रहा था। युवक ने ज़रा घूमकर देखा, वह एक छोटे शीशे से प्रतिबिम्बित हो रहा दीये का प्रकाश था। उसी शीशे के पास ही एक लकड़ी की कंघी पड़ी थी, और शीशे के कुछ ऊपर, किसी गाढ़े रंग के गिलाफ़ में कोई वाद्य टंगा हुआ था। पास ही टंगी हुई गज़ से युवक ने अनुमान किया कि वह बेला या सारंगी होगी। उसे कुछ विस्मय हुआ। वह अब घुटनों पर सिर टेककर सोचने लगा, इस छोटे-से झोंपड़े में इतनी संस्कृति!

छप्पर की ओर से साग के गरम होने का 'छिम-छिम-छ-छ-छिम-छिम' स्वर आ रहा था। एक बहुत क्षीण प्रतीक्षा के, और अपने शरीर की थकान की बढ़ती हुई किन्तु अभी तक मधुर अनुभूति के साथ ही साथ युवक के मन में यह प्रश्न भी उठा कि क्या यह स्त्री गाती भी होगी...स्वर तो बड़ा मधुर है, और वेदना के सहवास ने उसे एक कम्पित निखार दे दिया है...

4

सुखदा जब रोटी झोंपड़े में आयी, तब पहले तो वह सीधी युवक के सामने चली आयी, किन्तु फिर एकाएक ठिठक गयी।

युवक उसी प्रकार, घुटनों पर सिर टेके, बिल्कुल निश्चल पड़ा था—उसकी साँस बिल्कुल नियमित रूप से चल रही थी।

वह सो रहा था!

सुखदा थाली लिए खड़ी सोचने लगी, 'क्या करूँ? इसे जगाऊँ या सोने दूँ? वह सो भी रहा है या कुछ सोच ही रहा है?' इसका निश्चय करने के लिए उसने धीमे स्वर में कहा, "मैं बड़ी देर से थाली लिए खड़ी हूँ।"

कोई उत्तर नहीं मिला। सुखदा फिर असमंजस में पड़ गयी। उसकी आँखें हठात् युवक के शरीर की आलोचना करने लगीं। युवक ने अपने पैरों पर अपनी पोटली रख ली थी, जिसे वह बायें हाथ से थामे हुए था। दाहिने हाथ से उसने बायें हाथ की कलाई पकड़ ली थी और इस प्रकार घिरे हुए अपने घुटनों पर सिर रखे बैठा था। उसकी तनी हुई भुजाओं की पेशियाँ उभर रही थीं, किन्तु फिर भी ऐसा जान पड़ता था, वे भूखी हैं। फटी हुई कमीज में से कन्धे के नीचे का कुछ अंश दीख पड़ता था। पीठ यों झुकी हुई थी, मानो किसी दिक्पाल की पीठ हो...

देख-भाल कर सुखदा की दृष्टि फिर उसी पोटली पर जा पड़ी। इसमें क्या है? अवश्य कोई मूल्यवान वस्तु होगी, नहीं तो वह क्यों उसे हाथ में लिए रहता—क्यों सोते समय भी न छोड़ता? सुखदा उसे ध्यान से देखने लगी। उसे भास हुआ, उसमें एक तो काला-सा चारखाने का कोट है और उसके अन्दर कुछ लिटा हुआ है। क्या?

कहीं यह व्यक्ति चोर या हत्यारा तो नहीं है?

इसे जगा का बाहर निकाल दिया जाये?

आश्रय दिया जाय?

रोटी-पानी?

धमकाने पर यदि वार कर बैठे?

पर इतना भोला क्यों मालूम होता है?

बाढ़ में जमुना तैर कर पार कर आया है?

कपड़े अभी तक गीले ही हैं!

फिर भी सो रहा है!

पागल है?

सुखदा ने धीरे से थाली ज़मीन पर रख दी और छप्पर की ओर लौट गयी। वहाँ से एक जलती हुई अंगीठी ले कर आयी और युवक के पास ही रख कर फिर खड़ी हो गयी। क्षण-भर वह अनिश्चय में खड़ी रही, फिर उसने युवक के कन्धे पर हाथ रख कर कहा, "उठिए।"

युवक नहीं उठा।

सुखदा ने उसे धीरे से हिलाया। युवक ने सोते ही सोते कहा, "क्या है, उमा?" और फिर चौंक कर जाग पड़ा। जागते ही कुछ लज्जित स्वर में बोला, "मैं कुछ अनाप-शनाप तो नहीं बक गया?"

सुखदा ने गम्भीर भाव से कहा, "नहीं तो, क्यों?"

'मैं सो गया था, मुझे ऐसा मालूम हुआ कि मैंने सोते-सोते कुछ कहा था।'

सुखदा ने अपने स्वर को स्वाभाविक रखने की चेष्टा करते हुए कहा, "नहीं।" फिर बोली, "खाना तैय्यार है, आप खावें।" कह कर थाली उसके सामने रख दी।

युवक ने कृतज्ञतापूर्वक कहा, "मैंने आपको बहुत कष्ट दिया। पर इतना सन्तोष मुझे है कि जहाँ तक हो सकता, मैं किसी को कष्ट न देने की चेष्टा करता हूँ।" यह कह कर वह सिर झुकाये धीरे-धीरे खाना खाने लगा।

सुखदा बोली, "आपके कपड़े सुखाने के लिए अंगीठी भी ले आयी हूँ। वह पोटली मुझे दे दें, मैं उन्हें सुखा देती हूँ।"

युवक ने जल्दी से कहा, "नहीं-नहीं, उसे सुखाने का कष्ट न करें!" किन्तु उसके कहते-कहते सुखदा ने पोटली खोल ही तो डाली।

एक कोट था, उसके अन्दर लिपटी हुई एक गाँदी टोपी, और टोपी के अन्दर—एक रिवाल्वर!

सुखदा ने जल्दी से उसे भूमि पर रख दिया, और कुछ सहमकर युवक की ओर देखने लगी। युवक ने कोमल स्वर में कहा, "इसे मुझे दे दें।"

सुखदा निश्चल खड़ी रही। वह सोचने लगी, इससे अभी कह दूँ, चला जाय? यह सोचते ही सोचते उसने कहा, "आप अपने बदन पर के कमड़े भी सुखा लें।"

युवक कुछ झिझकते हुए बोला, "पर मेरे पास और पहनने को कुछ नहीं है।"

इसका उत्तर स्पष्ट था, किन्तु सोचने लगी, जब मैं यहाँ से निकाल ही रही हूँ, तब क्यों अधिक दया दिखाऊँ? इसलिए उसने यह नही कहा कि मैं और कपड़े दे सकती हूँ। वह युवक के पास से हट कर दिये के पास चली गयी और स्थिर दृष्टि से प्रतिमा की ओर देखने लगी। देखते-देखते वह न जाने किस विचार में लीन हो गयी। उसे युवक का ध्यान ही न रहा।

युवक जब खाना खा चुका, तब उसने सुखदा की ओर देखा। किन्तु उसे इस प्रकार तल्लीन देख कर वह बोला नही, स्वयं उठकर दबे-पाँव छप्पर की ओर चला गया। वहाँ जाकर हाथ धो कर वह लौटा तो उसने देखा, सुखदा जहाँ खड़ी थी, वहीं घुटने टेके बैठी है, किन्तु हाथ जोड़े हुए नहीं...उसे कुछ कहने का साहस नहीं हुआ। युवक फिर लौट कर छप्पर में चला गया और वहाँ से सुखदा के उठने के स्वर की प्रतीक्षा करता हुआ वह बाहर होती हुई वर्षा का स्वर सुनता हुआ बैठा रहा...

5

भीतर से सुखदा ने पुकारा, "आप कहाँ हैं?"

युवक ने चौंक कर कहा, "आया!" और झोंपड़े के भीतर चला गया।

उसके अन्दर आते ही सुखदा ने प्रश्न किया, "आपका नाम क्या है?"

एक क्षण, बहुत छोटे-से क्षण के बाद युवक ने उत्तर दिया, "मेरा नाम दिनेश है।" उस क्षण में उसने देख लिया कि विधवा के स्वर में विरोध या वैमनस्य तो नहीं, किन्तु एक प्रकार का वचबद्ध दूरत्व, एक स्वरक्षात्मक कठोरता अवश्य है। रिवाल्वर की ओर इंगित करके, "यह क्या है?"

उत्तर में एक प्रश्न-भरी दृष्टि मानो कहती हो, क्या आप नहीं जानतीं?

"यह क्यों?"

"आत्मरक्षा के लिए।"

"किस से? सच क्यों नहीं कहते, हत्या के लिए?"

"कभी नहीं। मैं हिंसा को घोर पाप समझता हूँ।"

"आप पुलिस से बचते फिरते हैं—मफ़रूर हैं?"

"यही समझ लीजिए।"

"तो आप मेरे पास क्यों आये?"

"शरण माँगने।"

"मेरे पास क्यों?"

"मैंने नदी पार की, तो यही स्थान पहले दीखा। और मुझे राह नहीं मालूम थी।"

"आपने नदी क्यों पार की—पुल से क्यों नहीं आये?"

"पुलिस ने मेरा पीछा किया था—मैं और किसी प्रकार बच नहीं सकता था। इसलिए कोट उतार कर जमुना में कूद पड़ा।"

"तो पुलिस यहाँ भी आ सकती है?"

"हाँ; सम्भव है। पर मैं अँधेरे में कूदा था, उन्हें कुछ अनुमान नहीं होगा कि कहाँ कूदा—या कूदा भी था कि नहीं। और फिर, ऐसी बाढ़ में जमुना पार कर लेना भी आसान नहीं, वे शायद समझें कि डूब गया होगा या नीचे बह गया होगा।"

"अगर आप यहाँ पकड़े जायँ, तो मुझे भी दण्ड मिल सकता है?"

"हाँ। मुझे आश्रय देना जुर्म है। और अगर आप मुझे गिरफ्तार करा दें तो बहुत कुछ लाभ भी हो सकता है।"

सुखदा ने युवक की ओर तीव्र दृष्टि से देखा, किन्तु उसके मुख पर तिरस्कार का भाव न था। वह थोड़ी देर चुप रही। फिर एकाएक बोली, "आपने यह सब मुझे क्यों बताया? अनजाने में—"

"आपने पूछा था। मैं झूठ भी बोल सकता था, पर आपको धोखे में रखने की इच्छा नहीं हुई।"

"डरे नहीं?"

"नहीं। विश्वासघात आसान नहीं है—विशेषतः वहाँ जहाँ विश्वास हो।"

"तो, आपने मेरी अनुमति प्राप्त करना ज़रूरी समझा? आप जानते हैं, मैं अकेली हूँ, आपको यहाँ से निकाल नहीं सकती।"

"आपका जो अभिप्राय है, उसकी मैंने कल्पना भी नहीं की।"

"क्यों?"

"अगर आप निकाल दें तो मैं बाहर भी रात बिता सकता हूँ। कष्ट होगा, पर कष्ट मात्र पर्याप्त नहीं है।"

"क्या मतलब? विशेष परिस्थिति में आप मेरी इच्छा के विरुद्ध भी यहाँ रहते?"

"हाँ, यदि व्यक्तिगत कष्ट या प्राणों के बचाव के अतिरिक्त और कारण होता तो—"

"अगर मैं लड़ती तो—क्या मार डालते?"

युवक ने थोड़ी देर सोचकर, अधिक गम्भीर होकर कहा, "शायद—नहीं।"

"शायद! निश्चय नहीं है?"

"आप स्त्री हैं, इसलिए शायद नहीं। पर परिस्थिति भी कुछ चीज़ होती है—हम कल्पना नहीं कर सकते।"

"अच्छा!" कहकर सुखदा धीरे-धीरे इधर-उधर टहलने लगी।

थोड़ी देर बाद उसने कठोर स्वर में कहा, "अपने कपड़े पहन लो।"

विस्मय से—"क्यों?"

"मैं तुम्हें आश्रय नहीं दे सकती—तुम जाओ!"

एक क्षण के अंश-भर के लिए युवक अप्रतिभ हो गया, किन्तु फिर बोला, "आपकी जो आज्ञा!"

वह चुपचाप कोट में रिवाल्वर लपेटने लगा।

सुखदा ने कहा, "इसे पहन क्यों नहीं लेते?"

"वर्षा हो रही है, रिवाल्वर भीग जायगा।"

"हूँ।"

एक क्षण चुप। फिर युवक ने पूछा, "सड़क किधर मिलेगी, यह बता दें।"

"यहाँ से बायें हाथ चलते जाना। थोड़ी दूर जा कर एक-दो खाली खेत आएँगे, वहाँ से फिर बायें मुड़ जाना—बस।"

फिर थोड़ी देर निस्तब्धता। युवक की पोटली तैयार हो गयी। उसे बगल में लेकर वह बोला, "अच्छा, अब आज्ञा दें। आपने जो भोजन दिया है, उसके लिए धन्यवाद। और आपने आश्रय देने से पहले जो प्रश्न पूछे, उन्हें तो अब भूल ही जावें—"

"हूँ" से अधिक सुखदा कुछ भी नहीं कह सकी।

युवक चल पड़ा। वह झोंपड़े के किवाड़ पर पहुँच गया, पर सुखदा किवाड़ खोलने या बन्द करने को भी आगे नहीं बढ़ी।

युवक ने किवाड़ खोला, और बाहर होकर उसे पुनः बन्द करने के लिए मुड़ा। तब, एकाएक सुखदा ने वहीं से पूछा, "उमा कौन है?"

युवक चौंक पड़ा। किवाड़ को थामे-थामे बोला, "कौन उमा?"

"उमा, कोई भी उमा।"

"उमा—थी। मेरी बहन का नाम था।" कहकर युवक ने किवाड़ बन्द कर दिया।

6

सुखदा अब तक मन्त्रमुग्ध-सी खड़ी थी, अब चौंकी। एकाएक उसके मन में दो प्रश्न हुए, "मैंने यह क्या पूछा? मैंने उसे क्यों निकाल दिया?"

अपने शरीर पर से उसका नियन्त्रण मानो एकाएक टूट गया—उसका रेशा-रेशा चौकन्ना होकर किसी को खोजने लगा—उसके अंग-प्रत्यंग में यह अनुभूति हुई कि बाहर गिरती हुई वर्षा की बूँदें दबे स्वर से कह रही हैं, समय बीता जा रहा है—बीता जा रहा है...

सुखदा कमान की तनी हुई प्रत्यंचा की तरह उछल कर किवाड़ पर पहुँची और उसे खोल कर, आँखें फाड़-फाड़ कर, बाहर के सजीव और चलायमान अन्धकार को चीर कर देखने की चेष्टा करने लगी...

कहीं कुछ नहीं दीख पड़ा...सुखदा ने आवाज दी—"कहाँ चले गये?" पर उत्तर नहीं मिला...उसने फिर पुकारा, "दिनेश, चले आओ! लौट आओ, तुम्हें आश्रय मिलेगा!"

उत्तर में वही, वर्षा की बूँदों की अपरिवर्त्त नूतनता...

सुखदा लौट आयी। झोंपड़े के मध्य में आकर उसके अन्धे पाँव एकाएक रुक गये, और धम् से भूमि पर बैठ गयी।...

मैंने उसे क्यों निकाल दिया? मैंने उसे वापस क्यों बुलाया?

मैंने उसे पहले ही क्यों भीतर आने दिया? अब उसने आवाज सुनी होगी या नहीं—

अब लौट कर आ सकता है?

सुखदा ने देखा, उसके हाथ काँप रहे थे। क्यों, यह स्वयं नहीं सोच सकी। वह एकाएक लज्जित हो गयी, और उठकर दिये के नीचे, प्रतिमा के आगे, घुटने टेक कर बैठ गयी। प्रतिमा के पास से ही उसने एक छोटा-सा फ्रेम उठाया, और क्षण-भर उसमें जड़े हुए फोटो को देखती रही। उसके मुँख ने एक पवित्र किन्तु नीरस मुद्रा धारण की, उसकी आँखें बन्द हो गयीं, वह अस्पष्ट शब्दों में शायद प्रार्थना करने लगी...

आकाश में से किसी की ध्वनि आयी, "आपने मुझे बुलाया था?"

सुखदा के हाथ से फ्रेम गिर पड़ा। उसने उसे जल्दी से उठाकर यथास्थान रख दिया। फिर वह धीरे-धीरे किवाड़ पर गयी और उसे खोल कर एक ओर खड़ी हो गयी।

दिनेश ने फिर पूछा, "आपने मुझे क्यों बुलाया है?"

सुखदा ने धीरे से कहा, "आप रात-भर यहाँ ठहर सकते हैं।"

युवक सहसा अन्दर नहीं आया। बोला, "नहीं, आप आवेश में आकर कोई ऐसा काम न करें, जिसे करने के बाद आपकी अन्तरात्मा आपको कोसे मैं तो—"

"आप चले आइए, मैं सोच चुकी।"

युवक अन्दर चला आया। सुखदा ने किवाड़ बन्द किया, फिर एक कोने की ओर जाकर, बिस्तर बिछाते हुए बोली, "आप थके हुए होंगे, सो जाइए।"

बिस्तर बिछा कर, एक बार झोंपड़े के चारों ओर दृष्टि डाल कर वह पिछले छप्पर की ओर जाने लगी।

युवक अब तक चुपचाप खड़ा था। उसे जाती देख कर बोला, "और आप?"

"मैं भी सो जाऊँगी, छप्पर में बहुत स्थान है।"

"नहीं, यह नहीं हो सकता। मैं छप्पर में चला जाता हूँ।"

"नहीं, आप अतिथि हैं—ऐसा नहीं हो सकता।"

"मैं शरणागत हूँ। आप मेरे लिए इतना कष्ट न करें।"

"आप मेरे अतिथि हैं, और आपको मेरे प्रबन्ध में हस्तक्षेप नहीं करना चाहिए।"

युवक धीमे स्वर में, कुछ डरते-डरते बोला, "आप मुझे विवश न करें, नहीं तो मैं आपका आतिथ्य स्वीकार नहीं कर सकूँगा।"

सुखदा क्षण-भर चुप रह गयी। फिर उसने कहा—"जैसी आपकी इच्छा!" और दो-तीन कम्बल इत्यादि निकालकर युवक को दे दिये। युवक उन्हें लेकर छप्पर में चला गया।

सुखदा धीरे-धीरे उस झोंपड़े में टलहने लगी। थोड़ी देर बाद उसने सुना, युवक बिल्कुल निश्चिन्त और निःस्वप्न नींद की नियमित साँसें ले रहा है। तब वह छप्पर से कुछ हट कर झोंपड़े के दूसरी ओर जाकर टहलने लगी। ज्यों-ज्यों रात बढ़ती जाती थी, त्यों-त्यों उसकी टहलने की गति अधिक तीव्र होती जा रही थी...

वर्षा कुछ देर के लिए बन्द हो गयी थी, इसलिए सुखदा बहुत दबे-पाँव चल रही थी, ताकि दिनेश की नींद न भंग होने पावे...

7

उसके भीतर एकाएक ही कुछ जाग उठा—या कुछ टूट गया। जिस प्रकार उन्मत्त व्यक्ति के ऊपर ठंडा पानी पड़ने से उसका खुमार एकाएक टूट जाता है— या उसकी साधारण चेतना जाग उठती है। उसे मालूम हुआ, अब वह जो कुछ कर रही थी, एक नशे में कर रही थी...बाह्य वस्तुओं की अनुभूति उसे

होती थी, पर नहीं होती थी। इंद्रियाँ अपना काम करती थीं, किन्तु मस्तिष्क उनकी भाषा को कुछ काल के लिए भूल गया था—या समझता ही नहीं था—और दिनेश के सो जाने के कुछ क्षण बाद ही उसने जागकर अपने सामान्य कर्म आरम्भ कर दिये थे—अब वह एक अपूर्व चेतना से धधक उठा था...

उसके मन में रौरव मचा हुआ था...प्रश्नों का तूफ़ान इतने जोरों से उठा हुआ था कि वह एक प्रश्न को दूसरे से अलग भी नहीं कर पाती थी। मानो उसका समूचा मस्तिष्क विद्रोही हो गया हो, और हजारों नयी माँगें उपस्थित कर रहा हो—मांगें जो एक-दूसरी से मिलकर एक विराट् कोहराम हो गयी थीं—एक उद्दीप्त ललकार का रूप लेकर पूछ रही थीं—'तूने क्या किया?'

सुखदा इस रौरव से घबरा उठी। उसने दिये की बत्ती को सरकाकर तेज कर दिया और फिर प्रार्थना करने बैठ गयी।

'ईश्वर, मुझे शान्ति दे! मेरे मन में जो रौरव मचा हुआ है, इसका शमन कर दे, ताकि मैं जान पाऊँ कि मैं क्या चाहती हूँ। मुझे सद्बुद्धि दे...

'मैंने अच्छा किया या बुरा, मैं नहीं जानती—इसमें संसार का लाभ है या हानि, मुझे नहीं मालूम...पर मैं यह भी नहीं जानती कि मैंने अपनी आत्मा से विश्वासघात किया है या नहीं—यही मुझे बता दे! यदि मैंने किसी मोह में पड़कर, जान-बूझकर बुरा किया है, तो मुझे दण्ड दे, मुझे उससे शान्ति मिलेगी...यदि मैंने ऐसा नहीं किया, तो भी कर दे—मुझे शान्ति मिलेगी...

'ईश्वर! इस अनिश्यच को दूर कर दे—क्षण-भर, एक अत्यन्त छोटे क्षण-भर के लिए प्रकट होकर मेरी प्रार्थना का उत्तर दे दे!'

पर कहाँ? यदि ईश्वर प्रत्येक प्रार्थना की अत्यन्त सूक्ष्म काल में ही पूर्ति कर डाले, तो कुछ ही दिनों में उसका अस्तित्व ही मिट जाय! उसका अस्तित्व ही इस बात पर निर्भर करता है कि आकांक्षा के समय कुछ न मिले, उपभोग के समय दारिद्र्य हो, विरक्ति में लोभ हो; कि वे याचना के समय दीवालिया और समृद्धि के समय दयालु हों...

जब उस मूर्तिमती प्रतीक्षा की काफी उपेक्षा करके भगवान् अपनी सर्वशक्तिमत्ता दिखा चुके, तब सुखदा चुप हो गयी और कुछ सोचने लगी...किन्तु प्रार्थना में वह जिस प्रकार अपने भावों का उच्चारण कर रही थी, उसी प्रकार अब भी करती रही।

'प्रपीड़ित को क्या आश्रय न दिया जाय? पर वह तो हत्या भी कर सकता है! आत्मरक्षा क्या हत्या है? पर और भी तो संसार बसता है, उनकी भी तो आत्मरक्षा होती है। अत्याचार का विरोध नहीं करना चाहिए? पर अत्याचार का विरोध अत्याचार से नहीं होता।

'इसका निश्चय मैं नहीं कर सकूँगी—बड़े-बड़े नहीं कर सके...

'मैंने पहले उसे निकाल दिया था। वह मुझसे आश्रय माँगता था, पर उसे मेरे जीवन की क़द्र नहीं? कहता था, स्त्री पर हाथ नहीं उठाऊँगा—कहता था कि उसके भी आदर्श हैं...पर अगर मैं उसका विरोध करती, तो शायद मुझे मार डालता!

'मैंने क्या डरकर आश्रय दिया? मैंने उसे निकाल दिया था, फिर बुलाया।

'क्यों?'

'उमा कैसी थी, उसके बारे में कल पूछूँगी। उसे कितना याद करता होगा?'

'कहता था, मेरी बहिन थी। अगर बहिन न हो तो? अगर...'

इससे आगे वह नहीं सोच सकी, एकाएक उठ खड़ी हुई। अगर क्या? अगर उमा उसकी प्रेमिका रही हो! सुखदा को यह विचार असह्य प्रतीत हुआ। वह तीव्र गति से इधर-उधर टहलने लगी...यह कभी नहीं हो सकता—उसकी प्रेमिका नहीं हो सकती! नहीं हो सकती—वह ऐसा नहीं हो सकता!

सुखदा इस विचार को मन से हटा नहीं सकी, न स्वीकार ही कर सकी! वह उन्मत्त की भाँति चलती रही, इधर से उधर, उधर से इधर, किन्तु पाँव दबी चाँप से पड़ रहे थे...

उसका मुँह लाल हो आया—फिर पीला पड़ गया। खड़ी हो गयी। प्रतिमा के पास पड़ा हुआ फ्रेम उठाकर वह उसकी ओर देखने लगी और बोली, "क्या मैं पापिनी हूँ? मैंने अपना व्रत तोड़ा है? तुम्हारे प्रति अपने कर्त्तव्य को भूल गयी हूँ। नहीं तो क्यों मुझे वह विचार असह्य होता—असह्य है?"

"पर अगर तुम हत्यारे होते और मैं तुम से घृणा करती होती, तो क्या मैं तुम्हें निकाल देती?"

किसी तिरस्कार-भरी हँसती आवाज ने उसके कानों में कहा, 'तो दिनेश क्या तेरा पति है?'

फिर वह आरक्त मुद्रा, वही उन्मत्त चाल, इधर से उधर, उधर से इधर...

उसके रक्त में विद्रोह जाग रहा था। यह कैसा अत्याचार है—कैसे बन्धन? वह क्या मेरा बन्धु नहीं? वह क्या मानव नहीं? अगर मैं विधवा हो गयी हूँ, समाज ने मुझे जूठन की तरह अलग फेंक दिया है, तो मैं समाज के एहसान से मुक्त हूँ! मैं अपना कर्त्तव्य जो समझूँगी, करूंगा!

और पति?

इसमें क्या अनौचित्य है? अगर उसे आश्रय देना मेरा धर्म था, तो वैधव्य उसमें क्यों बाधक हो—पति भी क्यों हो?

फिर वही तिरस्कार की हँसी—वही उन्मादक प्रश्न—'तू उससे प्रेम करती है?'

सुखदा ने चित्र वहीं रख दिया, हाथ से बत्ती दबाकर दीपक बुझा दिया, और फिर बड़ी तीव्र गति से टहलने लगी...उसके पैरों की दबी हुई चाँप में भी एक ललकार थी—अपने को, या मानवता को, न जाने...

यही है मानवता का जीवन—यह अन्धकार में अशान्ति, उन्माद में जलन, विश्वास में अनिश्चय, सम्पन्नता में विद्रोह, रात्रि की प्रशान्त गति में यह अपूर्ति और ललकार...

8

बादल फट रहे थे। रात बीत चुकी थी।

अभी उषा के प्रकाश का भास नहीं होता था, किन्तु मानो अन्धकार का रंग बदल गया था।

सुखदा थक गयी थी। उसके उन्माद की पराकाष्ठा धीरे-धीरे ढीली पड़कर बहुत उतर आयी थी।

वह झोंपड़ी की किवाड़ खोलकर देहरी पर बैठ गयी और बाहर देखले लगी।

दूर पर जमुना के विशाल वृक्ष का कुछ अंश दीख रहा था। उसका जल पहले-सा क्षीण 'सर-सर-सर' छोड़ अब खेतों को लांघता हुआ एक दर्प-भरा 'झूल-झूल-झूल' गुर्राता हुआ चला जा रहा था...उससे कुछ इधर दो वृक्षों के आकार कुछ स्पष्ट से नज़र आते थे, जिनकी ओर सुखदा देख रही थी। इन्हीं में से एक वह पगोदा वृक्ष था, जिसके नीचे उसने इतनी बार अपने हृदय की परीक्षा ली थी...

सुखदा को एकाएक ऐसा ज्ञात हुआ, उस वृक्ष के नीचे कोई खड़ा है। वह ध्यान से उसकी ओर देखने लगी, उसे ऐसा प्रतीत हुआ कि कोई अपनी आँखों पर हथेली की आड़ दिये, दूर कहीं देखने का प्रयत्न कर रहा था...पर, देर तक देखने पर भी जब वह आकार हिला-डुला नहीं, तब सुखदा की दृष्टि उस पर से हटकर बहुत दूर पर जगमगाती हुई जमुना के पुल की लैम्पों की ओर गयी...उस पर कई-एक लैम्पें चलती हुई नज़र आ रही थीं—देहली से मेरठ की ओर। सुखदा ने सोचा, 'ये मोटरें होंगी', और फिर उन्हें भूल गयी। वह फिर उस वृक्ष की ओर देखने लगी—पर अब वह आकार, जिसकी ओर उसका ध्यान पहले आकृष्ट हुआ था, वहाँ नहीं था।

न जाने क्यों, सुखदा का ध्यान एकाएक फिर दिनेश की ओर गया। उसकी आन्तरिक अशान्ति,

जो कुछ क्षीण हो पड़ी थी, फिर धधक उठी—वही प्रश्न फिर उसके मन में नाचने लगा—'मैंने क्या किया...मुझे क्या हो गया...

वह उठकर अन्दर गयी। दबे-पाँव छप्पर के पास जाकर उसने देखा, वहाँ खाली कम्बल पड़े थे—दिनेश नहीं था!

उसका हृदय धक् से होकर रह गया। उसे ऐसा जान पड़ा, उसके मस्तिष्क पर फ़ालिज पड़ गया है...उसकी आन्तरिक अशान्ति भी मानो स्तिमित हो गयी...

पता नहीं कैसे, वह छप्पर से कुछ दूर तक चलकर आयी, और खूंटी से सारंगी और गज़ लेकर फिर पूर्ववत् देहरी पर आ बैठी। उसका शरीर क्या कर रहा है, यह वह स्वयं नहीं जानती थी...

उसकी उँगलियाँ गज़ को इधर-उधर चलाने लगीं, तारों से दो-चार टूटे से, अनमिल स्वर निकलने लगे...धीरे-धीरे उनका प्रकार बदलता गया—और थोड़ी देर बाद वे एक प्रकार के संगीत में परिणत हो गये—एक संगीत जिसमें उत्कंठा और रोना मिले हुए थे, जिसमें एक विराट् भव्यता के साथ ही एक भयंकर निरर्थकता फूटी पड़ती थी...वैसे ही जैसे किसी सम्पूर्ण जीवनी में सब कुछ रहने दिया गया हो, केवल एक उद्देश्य निकाल दिया गया हो...

थोड़ी देर बाद नदी में कहीं एक 'छड़ाप्!' शब्द हुआ, किन्तु सुखदा ने उसे सुनकर भी नहीं सुना। इस शब्द का कुछ अर्थ हो सकता है, यह विचार उसके स्तिमित मन पर नहीं उदित हुआ। वह उस समय अपने ही संगीत की निरर्थकता में बही जा रही थी...

उसका मन जगा तब, जब उसने सामने से बहुत-से बूटों की चाँप सुनी, और आँख उठाकर देखा कि कई एक सशस्त्र पुलिस के सिपाही और अफ़सर उसकी ओर बढ़े चले आ रहे हैं।

एक हाथ में सारंगी और दूसरे में गज़ लिये वह धीरे-धीरे उठकर खड़ी हो गयी।

एक सिपाही ने उसके मुख पर टार्च का तीक्ष्ण प्रकाश डालते हुए कड़ककर पूछा, "कौन है तू? क्या नाम है?"

सुखदा ने शान्त भाव से कहा, "मेरा नाम सुखदा है।"

"तेरे घर में और कौन है?"

"मैं अकेली हूँ।"

सिपाही घर में घूस आये, सुखदा किवाड़ के एक तरफ खड़ी रही। सिपाहियों ने क्षण-भर में झोंपड़े को देख डाला, और छप्पर में घुसे। घूसते ही एक ने पूछा, "यहाँ कौन सोया था?"

"मैं सोती हूँ।"

"और उसमें कौन सोता है, तेरा खसम?" सिपाही ने झोंपड़ेवाले बिस्तर की ओर इंगित करके पूछा।

"वहाँ कोई नहीं सोता है, मैं विधवा हूँ।"

उसके इस शान्त उत्तर को सुनकर यदि सिपाही कुछ लज्जित हुआ, तो उसने इसे प्रकट नहीं होने दिया।

इसी समय दो अंग्रेज अफ़सर भी आ पहुँचे। सिपाही दोनों ओर हटकर खड़े हो गये। अफ़सर ने पूछा, "तलाशी ली?"

"जी हाँ, कुछ नहीं मिला।"

"अच्छा, तुम लोग बाहर रहो, हम इससे बात करेंगे।"

सिपाही बाहर चले गये, सुखदा चित्रवत् खड़ी रही। जब सब सिपाही बाहर हो चुके, तब अफ़सर सुखदा के सामने खड़ा होकर बोला, "तुम जानता है, तुमको कितना सजा मिल सकता है?"

"मैंने क्या किया है?"

"तुमने एक मफ़रूर आदमी का मदद किया है। तुम्हारे पास इधर रात को सूर्य्यकान्त नाम का एक डाकू और खूनी आदमी रहा है—जिसको पकड़ने का पाँच हजार रुपया इनाम है।"

"आप भूलते हैं। यहाँ कोई नहीं आया। मैंने इस नाम को सुना भी नहीं।"

कहते हुए सुखदा सोच रही थी, 'तो उसका असली नाम सूर्यकान्त था।

"हूँ। सब मालूम पड़ जाएगा।"

अब दूसरा अफ़सर बोला, "देखो, हमको सब पता लग गया है। हमको जमुना में उसका लाश मिला है—वह पार जाने को था, डूब गया। तुम्हारे घर के बाहर उसके पैर का निशान भी हैं। तुम सच बता देगा तो छूट सकता है, नहीं तो...

सुखदा का हृदय धड़कने लगा। उसकी लाश! तो वह वापस भी तैर कर ही गया—क्यों? सुखदा को एकाएक याद आया, उसने वह 'छड़ाप्!' का शब्द सुना था...उस समय पुल पर से मोटरें चली आ रही थीं—ऐसे समय में...

इस पीड़ा में, इस धड़कन में, एक विचित्र शान्ति थी...वह रात-भर की कसक, वह जलन और अशान्ति, और उनसे उत्पन्न हुए भूतकाल के दृश्य, सब एक साथ ही बुझ गये, उसे ऐसा मालूम हुआ, सैकड़ों वर्षों की थकान के बाद उसे शय्या पर लेट जाने का सौभाग्य प्राप्त हुआ हो...

उसे चुप देखकर पुलिस अफ़सरों ने सोचा उस पर कुछ प्रभाव पड़ा है। उन्होंने कहा, "हाँ जल्दी कहो, जो कुछ कहना है। हम पूरा कोशिश करेगा कि तुम छूट जाओ।"

सुखदा ने दृढ़ स्वर में कहा, "मुझे कुछ नहीं कहना है। मैंने सूर्य्यकान्त का कभी नाम भी नहीं सुना है।"

अफ़सर ने कुछ क्रुद्ध होकर कहा, "अच्छा, तुम गिरफ्तार है।" फिर उसने आवाज दी, "सिपाही!"

दो सिपाही अन्दर आये। अफसर ने कहा, "इसको गिरफ्तार करके ले चलो।"

"अच्छा, हुजूर," कहकर सिपाही आगे बढ़े।

सुखदा ने कहा, "मुझे तैयार होने के लिए पाँच मिनट का समय दीजिए।"

अफ़सरों ने आपस में इशारा किया, फिर एक बोला, "अच्छा, हम दो मिनट दे सकता है।"

सिपाही रुक गया।

सुखदा ने कहा, "आप बाहर जावें।"

अफ़सरों ने घूरकर उसकी ओर देखा, पर फिर बाहर जाते-जाते बोले, "दो मिनट से ज्यादा नहीं मिलेगा जल्दी करो।"

सुखदा ने किवाड़ बन्द कर लिया। छप्पर से एक लोटा पानी लेकर उसने मुँह धोया, फिर एक चादर निकालकर कन्धों पर डाल ली। एक बार धीरे-धीरे दृष्टि फिराकर उसने सारे झोंपड़े को देख डाला। इन सबका अब कौन रखवाला होगा?

वह उस आले के पास गयी, जिसमें प्रतिमा रखी थी, और वहाँ से उसने अपने पति का चित्र उठाया। उस फ्रेम में से निकालकर क्षण-भर देखती रही, फिर धीरे-धीरे फाड़ने लगी...दो, चार, आठ...सैकड़ों टुकड़े करके उसे प्रतिमा के पास ही रख दिया।

फिर उसने लकड़ी के बक्स पर पड़ी किताबों में से दो-तीन चुनकर धोती के छोर में लपेट लीं।

क्षण-भर वह झोंपड़े के मध्य में अनिश्चित खड़ी रही।

और क्या करना है? एक बार फिर उसने चारों ओर दृष्टि दौड़ाकर देख लिया—यह उसकी विदा थी।

उसकी दृष्टि चौकी पर जाकर रुकी। रात की बुझी हुई अंगीठी उसके सामने पड़ी थी।

सुखदा को याद आया, उसके पास कुल दो मिनट का समय था। वह क्षण-भर अनिश्चित खड़ी रही,

फिर एकाएक प्रार्थना के लिए झुक गयी। अपने देवता के आगे नहीं अपने पति के फटे हुए चित्र के आगे नहीं, किन्तु उस चौकी के आगे, जिस पर दिनेश—या सूर्य्यकान्त—बैठे-बैठे सो गया था। उसने घुटने जमीन पर टेक दिये और सिर को धीरे से चौकी पर नवा दिया...

उस अपने जीवन के अपूर्व एक मिनट में उसने किससे क्या प्रार्थना की, कौन जाने...किन्तु जब वह उठी, तब मानो उसके प्राणों को तूफान बैठ गया था...उसकी आत्मा के सभी संस्कार, अच्छे या बुरे, नये या पुराने, एक पुरानी केंचुल की तरह झड़ गये थे, वह निरावरण हो गयी थी...सुखदा के मुँख पर एक शान्ति थी—उस शान्ति में वैराग्य की, त्याग की भावना स्पष्ट थी, किन्तु वह त्याग वैधव्य की भाँति मलिन या उद्विग्न नहीं था...

9

किन्तु जब वह किवाड़ खोलकर वापस आयी, तब एकाएक उसके हृदय पर मानो कोई दैवी प्रकाश छा गया...उसे किसी दिव्य ज्ञान की एक रेखा ने कहा, 'ये झूठे हैं!

सूर्य्यकान्त मरा नहीं, वह मर सकता ही नहीं था... यह विचार भी असम्भव था—असम्भावना से भी अधिक असम्भव...

वह ज्ञान-रेखा कह रही थी, 'ये झूठे हैं! वह नहीं मरा! तुम्हारे कर्म की सफाई के लिए यह आवश्यक नहीं है कि उसकी मृत्यु हो गयी हो!'

सुखदा इस ज्ञान के प्रकाश के आगे यह सोच ही नहीं सकी कि उसे कैसे पुलिस के कथन पर विश्वास हो गया—चाहे क्षण-भर के लिए ही...जब उसे याद आया कि यह समाचार सुनकर ही उसकी आत्मा की पीड़ा के साथ-साथ शान्ति का अनुभव हुआ था, तब उसका हृदय लज्जा से भर गया...

वह धीरे-धीर झोंपड़े के सामने वाले पगोदा वृक्ष की ओर अग्रसर हो रही थी। पुलिस वाले उसे बाहर आया देखकर इकट्ठे हो रहे थे। वह उनकी उपेक्षा करती हुई, वृक्ष की ओर देखती हुई चल रही थी।

वह रुकी। एकाएक उसका हृदय एक अदम्य सुख से, एक ज्वलन्त उल्लास से भर आया।

यही जीवन का चरम उद्देश्य था—सृष्टि का चरम साफल्य, अनुभूति का अन्तिम विकास—सुख की अन्तिम पराकाष्ठा...पीड़ा का, उत्कट पीड़ा का ज्ञान—ऐसी पीड़ा का, जो कि स्वयं अपनी इच्छा से, अपने हाथों की स्वागत भावना से, अपने ऊपर ली गयी है...यह आत्म-निछावर की चेतना...

सुखदा को ऐसा प्रतीत हुआ, उसका वर्षों का वैधव्य और उससे पूर्व की जीवित मृत्यु, आज एकाएक अपनी सीमा पर पहुँच गये हैं—समाप्त हो गये हैं, और वह आज एक नयी स्त्री, एक नयी शक्ति हो गयी है...

उसने एक बार अपने छोटे-से बगीचे के चारों ओर दृष्टि दौड़ायी। वह जमुना के विशाल वक्ष को छूती हुई फिर उसी पगोदा वृक्ष पर आकर रुक गयी। क्षण-भर सुखदा स्थिर दृष्टि से उसकी ओर देखती रही, उसके मुख पर एक शान्त-स्निग्ध हँसी छा गयी...

फिर उसने कहा, "चलो!" और विस्मित सिपाहियों के आगे अभिमान-भरी मुद्रा से चल पड़ी।

रात-रात में पगोदा वृक्ष ने पुरानी केंचुल उतार फेंकी थी—या नये वस्त्र धारण कर लिये थे। आज उसकी कालिमा का चिन्ह भी कहीं नज़र नहीं आता था, वह फूलों से भरा हुआ, सौन्दर्य से आवृत, सौरभ से झूम रहा था।

उस समय उषा का प्रकाश नभ में फूट रहा था।

मुलतान जेल, अक्टूबर, 1933

एकाकी तारा

ऐसा भी सूर्यास्त कहाँ हुआ होगा...उस पहाड़ की आड़ में से सूर्य का थोड़ा-सा अंश दीख पड़ रहा है, और उसके ऊपर आकाश में, बहुत दूर तक फैली हुई एक लम्बी वारिदमाला लाल-लाल दीख रही है, मानो प्रकृति के बालों की लाल-लाल लटें...

या, जैसे सूर्य को फाँसी लटका दिया हो, और किसी अज्ञात कारण से फाँसी की रस्सी खून से रंगी गयी हो...प्रतीची की विशाल कोख भी तो मानो सूर्य को लील लिए जा रही हो...

सूर्यास्त हो गया है। पर वह स्त्री या युवती—उसी प्रकार निश्चल खड़ी, स्थिर दृष्टि से पश्चिमी आकाश को देख रही है...आसपास के सुरम्य दृश्यों की ओर सामने बहती हुई छोटी-सी पहाड़ी नदी के स्वच्छ अन्तर की ओर, सामनेवाले पहाड़ की तलहटी से आती हुई बीन की अत्यन्त कम्पित, क्षीण ध्वनि की ओर, उसका ध्यान नहीं जाता ...वह अत्यन्त एकाग्र हो, समाधिस्थ हो, पश्चिम आकाश को देख रही है...मानो इसी पर उसका जीवन निर्भर करता है, मानो वह आकाश में बिखरे हुए रक्त को पीकर शक्ति प्राप्त करना चाहता है; किन्तु जीवन न पाकर विष ही पाती है, फिर भी छोड़ नहीं सकती, मूर्च्छित भी नहीं होती...

सान्ध्य आकाश में थोथे सौन्दर्य के अतिरिक्त कुछ नहीं होता...किन्तु जो अपने हृदयों में ही एक काल्पनिक संसार बसाये हुए उसे देखने आते हैं, जिनके अन्दर एक थिरकती हुई किन्तु अस्फुट प्रसन्नता होती है, या जो भीतर-ही-भीतर किसी गहरी वेदना से झुलस रहे होते हैं, उनकी तीखी अनुभूतियाँ उस आकाश में अपने ऐसे अरमानों का प्रतिबिम्ब पा लेती हैं, उनके लिए संसार की सम्पूर्ण विभूतियाँ, कोमलतम भावनाएँ उसमें केन्द्रित हो जाती हैं—उस प्रदोषा के आकाश में...

वह देख रही है, और देखती जाती है...इस दृश्य को उसने सैकड़ों बार देखा है, उन दिनों भी जब उसमें थोथे सौन्दर्य के अतिरिक्त कुछ नहीं था, (उसके जीवन में भी ऐसे क्षण थे—वह जो आज समझती है कि उस पर काल का बोझ अनगिनत वर्षों से पड़ा हुआ है!) और उन दिनों भी, जब वह उससे संसार की समग्र व्यथा और वेदाना का प्रतिबिम्ब देख पायी है...पर वेदना का चिन्तन भी मदिरा की तरह होता है, ज्यों-ज्यों उन्माद बढ़ता जाता है, त्यों-त्यों उसकी लालसा तीखी होती जाती है...

वह उस उन्माद के पथ पर बहुत दूर अग्रसर हो गयी है। एक परदा उसकी आँखों के आगे छा गया है, और एक सूर्यास्त के छायापट के आगे । पर इन तीनों पटों की आड़ से भी उसकी तीव्र दृष्टि आकारों को भेदती हुई चली जा रही है, देख रही है, पढ़ रही है, जीवन के नग्न सत्यों को...

इस भीषण शिक्षा से चौंक कर, कभी-कभी उसकी दृष्टि एक दूसरी ओर फिरती है—उसके हाथ की ओर, जिसमें वह एक छोटा-सा पुरजा थामे हुए है। वह पढ़ना नहीं जानती, पर आह! कितनी तीव्र वेदना से, कितनी मर्मभेदी उत्कंठा से, वह उस पुरजे पर लिखी हुई दो-चार सतरों को देखती है, मानो उसके नेत्रों की ज्वाला से ही पत्र का आशय जगमगा कर हृदय में समा जाएगा...

वह पढ़ना नहीं जानती, पर पत्र में क्या लिखा है, वह पढ़वा कर सुन आयी है... भाई की तारीख

परसों की लगी है—रात के नौ बजे...' बस, इतना ही तो लिखा है।

आज ही तो वह परसों है—आज ही तो रात को वह नौ बजेंगे...

और फिर वह पहले की भाँति, सूर्यास्त से वही शिक्षा ग्रहण करने लग जाती है...

वह है कौन?

अपना नाम वह स्वयं नहीं जानती। जब वह बहुत छोटी थी, तब शायद उसके माता-पिता ने उसका कोई नाम रखा था। पर जबसे वह अनाथिनी हुई, जबसे वह अपने भाई के साथ घर से निकल कर भीख माँगने लगी, जब एक दिन उसके भाई ने उसे शक्कर के नाम से नमक की एक फाँकी खिला दी, और उसकी मुखाकृति देख हँस-हँस कर उसे चिढ़ाने लगा, "लूनी! लूनी" तब से वह अपना नाम लूनी ही जानती है...

न-जाने कैसे वे भीख माँगते-माँगते शहरों में पहुँच गये थे पर पहाड़ों और जंगलों में रहने वाले वे उन्मुक्त प्राणी वहाँ के वातावरण को नहीं सह सके, कुछ ही दिनों बाद भाई-बहन दोनों फिर पहाड़ों में लौट आये और गूजरों के यहाँ चरवाहे बनकर रोटी का गुजारा करने लगे...लूनी दिन-भर ढोर चराया करती, और उसका भाई एक चट्टान पर बैठ कर गाया करता या कभी-कभी कुछ पढ़ा करता...लूनी नहीं जानती कि वह पढ़ना कब और कहाँ सीख गया, कैसे सीख गया।

कभी-कभी वह सुबह नींद खुलने पर देखती, उसके भाई का पता नहीं है—वह दो-तीन दिन तक गायब रहता, फिर कुछ नयी किताबें लेकर लौट आता। पहली बार जब वह लापता हुआ तब लूनी कितनी घबरा गयी थी—पागल हो गयी थी...इतनी कि जब वह लौट कर आया, तब उसे उलाहना भी न दे पायी, उसे लज्जित-सा देख कर उससे चिपट गयी थी और खूब रोयी थी...

अब वह भाई लौट कर नहीं आएगा—अब उससे चिपट कर रोने का भी सौभाग्य लूनी को नहीं प्राप्त होगा...

उसके बाद, कितने दिन बीत गये थे! लूनी का भाई उसे अधिकाधिक प्रेम करता जाता था...पर साथ-ही-साथ दूर भी हटता जा रहा था। क्योंकि उसमें वह स्वयंभूति का भाव कम होता जा रहा था, और उसमें एक गम्भीर, विचारवान्, सचेष्ट स्निग्धता आती जा रही थी। लूनी उसे समझती थी और नहीं समझती थी, उसका स्वागत करती थी और उससे खीझती थी...

दूर हटते-हटते एक दिन वह भाई उसके पास से बिल्कुल ही चला गया—दिनों के लिए नहीं, बरसों के लिए...

जब वह लौट कर आया, तब लूनी नहीं थी, या स्मृति-भर रह गयी थी। वह एक सम्पन्न गूजर के घर बैठ गयी थी। वह उसकी विवाहिता भी नहीं थी, उसकी रखैल भी नहीं थी। लूनी ने अपने-आप को मानो उसे दान कर दिया था, उसे अपना दान देकर विदा कर दिया था और स्वयं अकेली रह गयी थी! कभी-कभी जब वह स्वयं अपनी परिस्थिति पर विचार करती, तब उसे जान पड़ता, उसके दो शरीर हैं जो एक-दूसरे के ऊपर खड़े हैं। एक में उसकी सम्पूर्ण आत्मा, उसका अपनापन, बसा हुआ है और लूनी के भाई की आराधना में लीन है और दूसरा, निचला, केवल एक लाश-भर है। कभी-कभी दुरुपयोग से या शारीरिक अत्याचारों से पीड़ित होकर यह लाश ऊपर की आत्मा के पास फ़रियाद करती थी, तो उसमें एक क्षीण व्यथा-सी जागती थी, अन्य कोई उत्तर नहीं मिलता था...जैसे कोई दान दी हुई गाय का कष्ट देख कर यही सोच कर रह जाता है कि अब मुझे इसका कष्ट निवारण करने का अधिकार नहीं रहा!

जब वह भाई लौट कर आया, तब लूनी उसे अपने पास ठहरा तो क्या, उसके सामने भी नहीं हो सकी! वह चुपचाप चला गया—परिस्थिति देख कर वह लूनी की मनःस्थिति भी समझ गया था। दूसरे दिन जब लूनी अवसर पाकर अपने पुराने आसन पर—उसी चट्टान पर, जहाँ वह आज बैठी है—गयी, तब उसका भाई वहाँ बैठा उसकी प्रतीक्षा कर रहा था। लूनी के हृदय के किसी अज्ञात कोने में यह भाव

जाग्रत हुआ कि अब भी कोई उसे समझता है, और इसी भाव से स्तिमित होकर उसने अपना सिर भाई की गोद में रख दिया, रो भी नहीं पायी, पड़ी रह गयी...भाई ने भी उसे पुकारा नहीं, थोड़ी देर चुप रह कर फिर धीरे-धीरे गाने लग गया। उस गाने का प्रवाह अर्थ के बोझ से मुक्त था, इसलिए वह लूनी के सारे मनोमालिन्य को बहा ले गया...जब उसने पुनः जाग्रत होकर अपनी कथा कह देने को सिर उठाया, तब कथा कहने की आवश्यकता ही नहीं रही थी! उसका भाई ही न जाने क्या-क्या अनोखे विचार उसे सुना गया था जो उसने समझे नहीं, जो उसे याद भी नहीं रहे किन्तु जिनकी छाया उसी स्मृति के परदे के पीछे सदा नाचती रही है...

आज वह चट्टान पर बैठी यही रही है, और सूर्यास्त के छायापट से परे देख रही है...

क्या देख रही है? उसी भाई की आज तारीख पड़ी है, उसी भाई को रात के नौ बजे फाँसी मिलेगी!

अँधेरा हो गया है। तलहटी में, चीड़ के वृक्षों के झुरमट में छिपे हुए छोटे-से गाँव में, कहीं आठ खड़के हैं। प्रशानत वातावरण में, इतनी दूर का स्वर स्पष्ट सुन नहीं पड़ता है...लूनी के सामने, पहाड़ की चोटी के पास, सान्ध्यतारा अकेला जगमगा रहा है। ज्यों-ज्यों आकाश में इधर-उधर तारे प्रकट होते जा रहे हैं, त्यों-त्यों यह भी अधिकाधिक प्रोज्ज्वल होता जा रहा है, मानो अपने एकछत्र राजत्व में विघ्न होते देख कर उत्तेजित हो रहा हो...और लूनी जिस एक घटना पर चिन्तन करने आयी है, उसे सोच नहीं पाती, उसका मन निरन्तर उससे अन्य विषयों की ओर झुकता है, और उन्हीं पर जमने का प्रयत्न करता है...वह तारों की प्रतिस्पर्धा को देखकर उसी में अपने को भुला रही है–भुलाने का यत्न कर रही है...

उसका जीवन भी एक अनन्त प्रतिस्पर्धा ही रहा है–एक प्रतियोगिता, जिसमें वह अकेली ही रही है...और वह सान्ध्यतारे को देखकर सोच रही है कि इस संसार में भी मैं कितनी सुखी रही हूँ! प्रकृति में लड़ाई ही लड़ाई संहार की संहार है, किन्तु वह कितनी निर्मल है–उस पर कैसी विराट् नैसर्गिक भव्यता छाई हुई है, जिसके सौन्दर्य में हम सुखी को सकते हैं...मैं अपने इस संसार में सुखी थी–इस छोटे-से संसार में, जो कि उसी साम्राज्य का एक अंश है, जिसके विरुद्ध मेरा भाई लड़ता है, जिसके विनाश पर वह तुला हुआ है...वह क्यों लड़ता? क्यों सुखी नहीं हो सकता? इसमें उसका दोष है या राजा का? यह उसकी प्रकृति का विकार है या राजत्व में अन्तर्हित कोई प्रगूढ़ न्यूनता? यदि लोगों की आत्माएँ अपने को सौन्दर्य से घिरा पाकर भी सुखी नहीं होतीं, केवल इसलिए कि उनके शरीर पर एक अपार शक्ति का बन्धन–राज्य–है, तो यह उनकी कमी है या उनके ऊपर के राजत्व की?

यह आकाश के असंख्य तारों की जो टिमटिमाहट है, यह क्या अपने अस्तित्व का उन्मत्त उल्लास है, या विद्रोह की जलन?

शायद दोनों!

लूनी को याद आया, यहीं एक दिन उसके भाई ने कहा था...उसकी स्मृति के पीछे जिन वचनों की छाया चिरकाल से नाच रही थी, जिन शब्दों का अभिप्राय वह अभी तक नहीं समझ पायी थी, वे एकाएक सामने आ गये, उसकी समझ में समा गये–सुख या दुःख ऐसे नहीं होते। राज्य–बाह्य नियन्त्रण–सुख भी नहीं देता। इन दोनों का उद्भव मनुष्य के भीतर छिपी किन्हीं आन्तरिक शक्तियों से होता है। राज्य तो केवल एक शक्ति का ज्ञान देता है, एक भावना को जगाता है, एक उत्तरदायित्व की संज्ञा को चेता देता है...फिर वह दायित्व राज्य के संघटन में पूर्ण होता है, या उसके विरोध में, इसका निर्णय करनेवाली परिस्थितियाँ राज्य के नियन्त्रण में न कभी आयी हैं, न कभी आएंगी...मुझमें वह दायित्व जागा है, पर उसे चुकाने के लिए हमारे पास साधन नहीं, उसके पोषण के लिए सामग्री नहीं, इसलिए हम दुःखी और अशान्त हैं, इसीलिए लड़ते हैं और लड़ना चाहते हैं...

ये निर्णय करने वाली शक्तियाँ क्या हैं? क्या उसके हृदय में स्वार्थ था, जिसके लिए वह लड़ा?

जिसके लिए वह आज प्राणदण्ड का भागी हुआ?

ऐसे खिंचाव के समय इस घोर एकान्त ने लूनी को उद्भ्रान्त कर दिया था—या शायद उसकी सूक्ष्म बुद्धि को और भी पैना कर दिया था। सूर्यास्त के पट पर उसने देखा, उसके भाई के कार्यों का एक प्रमुख कारण वह स्वयं थी। उसके भाई के आदर्शों का एक स्रोत उसके लिए सुख-कामना थी! क्यों? क्या वह ऐसे विद्रोह द्वारा सुख प्राप्त करना चाहती थी—प्राप्त कर सकती थी? क्या भाई को खोकर उसे सुख मिलेगा? नहीं, पर उसके भाई ने जो कुछ देखा, वह उसके दृष्टिकोण से नहीं, अपने दृष्टिकोण से देखा—या शायद देखा ही नहीं, केवल एक चिरन्तन सहज बोध के कारण, जो उसकी वसीयत में प्राचीनकाल से था—उस समय से, जब कि पृथ्वी पर मानव-जाति का अस्तित्व ही नहीं था, उसके पुरखा वन-मानुषों का भी नहीं, जब विवाह में जाति और वर्ण-विभेद नहीं थे, जब 'पति-पत्नी' और 'भाई-बहिन' एक ही स्वरक्षात्मक आर्थिक क्रिया की दो कलाएँ थीं...

लूनी ने भी यह सब अपनी बुद्धि से नहीं, एक सहज चेतना से ही अनुभव किया, और यह अनुभव उसके बौद्धिक क्षेत्र में नहीं आ पाया, उसकी बुद्धि केवल एक ही निरर्थक-सी बात कहकर रह गयी—"वह विद्रोही है..." कुछ एक दिनों के बौद्धिक शासन के इस निर्णय के आगे उसकी चिरन्तन अराजकता से उत्पन्न वह पहली अनुभूति व्यक्त न हो पायी...

"वह विद्रोही है। और कुछ काल में वह मूर्तिमान विद्रोही होकर मर जाएगा..."

लूनी अपनी थकी हुई झुकी हुई गर्दन उठाकर आकाश की ओर देखने लगी। उसकी प्रगाढ़ नीलिमा को बाँधने वाली आकाशगंगा का धुँधलापन भी चमक रहा था...यह आकाशगंगा है, या प्रकृति के उत्तम आँसू-भरे हृदय की भाप, या विश्व-पुरुष के गले में फाँसी...

रात! तारे—तारे तारे! लूनी के मन में एक विचार उठा, मैं इन्हें देख रही हूँ, वह भी एक बार तो इन्हें देख ही लेगा और पहाड़ों की याद कर लेगा... तारे क्षण-भर झपक लेंगे, जब जागेंगे, तब मैं इन्हें अपलक ही देख रही हूँगी, पर वह—?

एक हल्की-सी चीख, या गहरी-सी साँस...

लूनी के मन की दशा इस समय ऐसी विकृत हो रही थी कि इस अशान्तिमय विचार के बीच ही में उसे अपनी छोटी-सी लड़की—नहीं, उस सम्पन्न गूजर और लूनी की लाश की सन्तान—की याद आ गयी, और साथ ही उसके पिता की...वे शायद इस समय लूनी को खोज रहे होंगे। बेटी अनुभव कर रही होगी, आज मुझे वह पागल प्यार देनेवाली कहाँ है? और पिता सोच रहा होगा, उसका दिमाग़ कुछ खराब हो रहा है, वक़्त-बे-वक़्त जंगलों में फिरती है! जब लूनी वापस पहुँचेगी—पर लूनी तो यहीं रहेगी, वापस तो उसकी लोथ ही जाएगी!—तब पिता उसकी विवशता पर अपनी भूख मिटाएगा, और बेटी अपनी विवशत के कारण भूखी रह जाएगी! और—और वह, जिसके लिए लूनी आज इस चट्टान पर बैठी है, वह मर जाएगा!

लूनी फिर सान्ध्यतारे की ओर देखने लगी। फिर उसका मन भागा—वर्तमान के विचार से दूर, भूतकाल की ओर! उस दिन की ओर, जब वह शहर में भीख माँगते-माँगते उकताकर, शहर के अन्तक प्रदेश में आकर किसी साल के या युकलिप्टस के वृक्ष के नीचे आ पड़ते, और पेड़ की पत्तियों में अपने परिचित वनों की सृष्टि किया करते...उस दिन की ओर, जब वे एकाएक, मूक संकेत में ही एक-दूसरे के हृदय की प्यास को समझकर, एक-दूसरे का हाथ थामे शहर से निकल पड़े अपने पहाड़ों के पथ पर. ..उस दिन की ओर, जब न जाने कहाँ से पकड़कर उसका भाई एक सुन्दर जल-मुरगाबी लाया, और लूनी का करुण अनुरोध, "इसे छोड़ दो!" सुनकर क्षण-भर विस्मित रह गया, और फिर उसे उड़ाकर धीरे-धीरे हँसने लगा...उस दिन की ओर, जब न-जाने कैसे दोनों को एकाएक अपने पुरुषत्व और स्त्रीत्व का ज्ञान

हुआ, दोनों अपने-अपने अकेलेपन का अनुभव करके ज़ोर से चिपट कर गले मिले और फिर लज्जित-से होकर अलग हो गये...उस दिन की ओर, जब भाई ने आकर उल्लास-भरे स्वर में कहा, "देख लूनी मैं गीत लिखकर लाया हूँ।" और उसके विस्मित प्रश्न का उत्तर दिये बिना ही गाने लगा...उस दिन की ओर जब उसने कहा, "लूनी, अब मैं बहुत कुछ पढ़ गया हूँ, अब मैं तुम्हें सुखी करने के लिए लड़ूँगा" और रात में लापता हो गया...इसके बरसों बाद के उस दिन की ओर, जब उसके 'पति' ने उसे एक पत्र लाकर दिया और उपेक्षा से पूछा, "तेरा कोई भाई भी है? उसी का है!" और उसके पूछने पर कि पत्र में क्या है, इतना-भर बता दिया कि वह आएगा...उस दिन लज्जा और ग्लानि की ओर, जिस दिन वह अपने भाई के सामने न हो सकी, और वह बाहर ही से लौटकर चला गया...उस दिन की ओर, जब वह चट्टान पर उसकी गोद में सिर रखकर बरसों से जोड़ा हुआ कलुष धो आयी...उस दिन की ओर, जब वह फिर विदा लेकर चला गया, लूनी को सुखी करने के लिए ...उस भयंकर दिन की ओर, जिसमें लूनी से किसी ने कहा कि उसका भाई पकड़ा गया है और यह नहीं बता सका कि कहाँ और किस जुर्म में...उस दिन की ओर जब उसका घोर अनिश्चय दूर करने को समाचार आया यह कि भाई को प्राण दण्ड की आज्ञा हुई है...उस दिन की ओर, जब उसे भाई का अपने हाथों लिखा पत्र आया, जिसे उसने कई बार पढ़ा कर सुना, और कंठस्थ करके भी पूरा नहीं समझ पायी...और अन्त में, वामन-अवतार के पग की तरह, सम्पूर्ण सृष्टि को रौंदकर वह लौटा आया, टिक गया, उसके हृदय के कोमल-तम अंश पर, जहाँ उसने भाई के जीवन की स्मृति को छिपा रखा था—उसी जीवन की, जो अभी थोड़ी देर में नष्ट हो जाएगा और अपनी स्मृतियों को बिखेर जाएगा, जिसका स्थान शीघ्र ही अनझरे आँसू ले लेंगे...

लूनी की दृष्टि एक बार चारों ओर घूमकर लूनी के आसपास बिखरी हुई विभिन्न फूलों की रूपराशि और गन्ध को, नदी पर थिरकते हुए धुँधले-से आलोक को, तलहटी के चीड़ वृक्षों से उठती हुई अज्ञात साँसों को, सामने के पहाड़ पर काँपती हुई बीन की तान को और पहाड़ की स्निग्ध श्यामलता को पी गयी; फिर एक अव्यक्त प्रश्न से भरी हुई वह दृष्टि उठी सान्ध्यतारे की ओर, और आकाश की शून्य विशालता की ओर. ..उसका वह अव्यक्त प्रश्न एक थरथराती हुई प्रतीक्षा-सा बन गया...

आकाश में दो बड़े-बड़े सफ़ेद आकार चले जा रहे थे—शायद बगुले...पर इनके पंख कितने बड़े-बड़े जान पड़ते हैं—जैसे सारस के हों...

और उनकी गति कितनी प्रशान्त...मानो मृत्यु की तरह, मानो जीवन के अवसान की तरह, निःशब्द...

नीचे गाँव में से कहीं घण्टा खड़कने की ध्वनि आयी...लूनी तनकर बैठ गयी, उसकी ऐन्द्रिक चेतना अपनी पराकाष्ठा पर पहुँच गयी, किन्तु साथ ही उसके आगे, लूनी के शरीर-भर में, अँधेरा भर गया...

तलहटी में कहीं चौंककर फटी हुई वेदना के स्वर में टिटिहरी रोयी, 'चींहूँ! चींहूँ!' मानो अपने घोंसले पर काँपती हुई अज्ञात छाया को देखकर, एकाएक भयभीत वात्सल्य और स्वरक्षात्मक साहस से भरकर तड़प उठी हो और उस छाया को ललकार रही हो...

लूनी का शरीर, उसकी आत्मा, शिथिल होकर झुक गयी...उसे जान पड़ा एक निराकार छाया उसके पास खड़ी है और उसे स्पर्श कर रही है—उसे जान पड़ा वहाँ कुछ नहीं है, वह अकेली हो गयी है, लुट गयी है, क्वारी ही विधवा हो गयी है...

उसने देखा, शून्य में आकाश-गंगा—विश्वपुरुष के गले की फाँसी—को छूता हुआ वृश्चिक का डंक ही उसका एकमात्र सहचर रह गया है—दक्षिण के आकाश में जिधर देवताओं का लोक है...

मुलतान जेल, अक्टूबर, 1933

क्षमा

जब मैं तुम्हारी कोठरी के आगे से जाया करूँ, तब तुम मेरी ओर ऐसी दृष्टि से मत देखा करो। मैं तुम्हारे पास नहीं आता, तुमसे बोलता नहीं, हो सकता तो तुम्हारी ओर देखता भी नहीं। पर जब सब बन्द हो चुके होते हैं, तब मेरी कोठरी खोली जाती है और मुझे घूमने को कहा जाता है, तब मुझे एकाएक अपने जीवन की निरर्थकता दीख पड़ने लगती है। मैं डरता नहीं, घबराता नहीं, कुछ भी नहीं, केवल अशान्त हो जाता हूँ, अनिश्चय से भर जाता हूँ...इसीलिए, जाते-जाते एक बार तुम्हारी कोठरी के आगे आकर, बिना रुके ही एक बार तुम्हारी ओर देख लेता हूँ।...

तुम मेरी ओर ऐसी दृष्टि से मत देखा करो। मैं नहीं चाहता कि तुम्हें यह ज्ञान भी हो कि मैंने तुम्हारी ओर देखा। मैं तुमसे आँख नहीं मिलाना चाहता। इसलिए नहीं कि मैं तुमसे झिझकता हूँ–केवल इसलिए कि मैं समझ नहीं सकता कि तुम मुझसे कैसे आँख मिला सकोगे। मेरी ओर देखकर, मेरी उन्हीं आँखों में जिन्होंने आठ साल तक अखण्ड आग्रह और स्नेह से तुम्हारा पथ देखा है, उन्हीं आँखों में अपनी आँखें गड़ाकर, तुम कैसे मेरा सामना कर सकोगे? तुम्हारा हृदय कैसा उद्वेलित हो उठेगा?

झूठ! जब तुम मुझसे धोखा कर ही गये, तब भी मैं तुमसे क्यों आशा करता हूँ कि तुम लज्जित हो सकोगे? लज्जा तो तब आती जब तुम मुझे अब भी उसी दृष्टि से देखते! पर अगर ऐसा होता, तो तुम क्या मुझसे धोखा कर सकते!

तुमने सचमुच धोखा किया है। तुम्हें मैंने किस काम के लिए रुपये दिये थे, तुमने कहाँ खर्च कर दिये? मेरे वे अभागे साथी वहाँ प्रतीक्षा में बैठे रहे, और रुपया उन्हें नहीं पहुँचा, और वे प्रतीक्षा करते-करते पकड़े भी गये, उन्हें दण्ड भी मिल गया...और तुम तब भी रुपया लेकर नहीं पहुँचे...न मेरे पास लौटकर ही आये...

बताओ, अगर थोड़े से रुपये के लिए ही तुम्हारा मन विचलित हो सकता था, तो तुम इन आठ वर्षों तक क्यों न पथ-भ्रष्ट हुए? क्यों तुम तब तक विश्वास बढ़ाते गये, मेरे हृदय में स्थान करते गये, क्यों तुमने मुझ पर ऐसा अधिकार जमाया कि मेरा हृदय उसी प्रकार सम्पूर्णतः तुम्हारा हो गया, जिस प्रकार मेरा मस्तिष्क सम्पूर्णतः देश का था? अगर तुम्हें जाना ही था, और इस प्रकार जाना था, तो तुम क्यों मेरे इतनी पास आये थे?

यह कैसी कमज़ोरी है कि इतना कुछ होते हुए भी मैं तुम्हें ही सम्बोधन करके लिखे जा रहा हूँ। जिस समय मुझे तुम्हारे धोखे का पूरा विश्वास हो गया, उसी समय मुझे चाहिए था कि तुम्हें हृदय से निकालकर फेंक दूँ, तुम्हें ऐसा भूल जाऊँ कि कहीं तुम्हारा चिह्न तक न रह जाये! और यहाँ मैं तुम्हीं को सम्बोधन करके लिखे जा रहा हूँ–रो रहा हूँ...

मुझे, न जाने क्यों, अभी तक विश्वास नहीं होता कि तुम मुझसे विश्वासघात कर सकते हो। शायद इतने वर्षों से तुम्हारा विश्वास करते-करते इसी का अभ्यास हो गया है–अब मैं उसे तोड़ नहीं पाता!

तुम, तुम वहाँ कोठरी में बैठे-बैठे क्या सोचा करते हो, ये सब प्रलयंकर विचार तुम्हारे भी मन में उठते हैं, या नहीं? अगर तुमने सचमुच विश्वासघात किया है, तो नहीं उठते होंगे। विश्वासघाती हृदय में इनकी क्षमता ही नहीं हो सकती...

पर मुझे देखकर तुम्हारी आँखें क्यों जल उठती हैं, वह क्या है? उसे क्या समझूँ, अभिनय?

नहीं हो सकता...

तुमने हिम्मत कर ही डाली!

जब मैं तुम्हारी कोठरी के आगे से जा रहा था, तब—आज तुमने आँख उठा कर देखा नहीं, सिर झुकाये ही आवाज़ दी—भइया!

यह क्या है—तुमने मुझे बुलाया! विश्वासघाती होकर भी तुम ऐसा कर सकते हो? तुम्हारी वाणी में क्या था? उस समय मुझे आश्चर्य ने पागल कर दिया, नहीं तो मैं समझ पाता।

शायद तुम्हारी वह पुकार, उसकी ध्वनि का उतार-चढ़ाव, उसका कम्पन, वह एक ही शब्द मेरे जीवन की एक अखण्ड ज्योतिमय स्मृति हो जाता! 'भइया!

मैं उत्तर नहीं दे सका, कोठरी के दरवाज़े पर ही जाकर खड़ा हो गया। तुमने फिर कहा, "पास आओ।"

मैं पास क्यों नहीं गया? क्या इस डर से कि कहीं तुम्हारी आँखों में विश्वासघात न देख पाऊँ?

मैंने तुम्हारी ओर देखे बिना ही कहा, "कहो!"

"भइया, मुझसे नाराज़ हो?"

यह प्रश्न! मैंने झूठे विस्मय के स्वर में कहा, "अच्छा?"

आठ साल तक तुम्हें प्यार किया था, आज तुम्हें इस स्वर में कहा, बिच्छू के डंक के समान एक शब्द, "अच्छा!"

तुम फिर बोले, "उसी रुपये वाली बात से। मैं सफ़ाई देना चाहता हूँ।"

मैंने उपेक्षा के स्वर मे कहा— "ईश्वर जानता है कि मेरे हृदय में उपेक्षा थी या क्या! आज नौ साल हो चुके, मैंने तुमसे कभी किसी बात की सफ़ाई माँगी है?"

क्या एक ही चोट काफी नहीं थी जो मैंने यह दूसरा प्रहार किया?

पर इससे तुम स्थिर हो गये। बोले, "भइया, मेरी बात सुने बिना ही तुमने निर्णय कर लिया? अगर मैं दोषी भी हूँ, तो तुम इतना अन्याय करोगे?"

"अन्याय! ग़ैरों से न्याय-अन्याय हो सकता है। तुम्हारे और मेरे बीच में भी न्याय के फैसले खड़े हो सकते हैं?"

मैंने फिर एक शब्द कहा—शब्द नहीं एक ध्वनिमात्र—"हूँ!"

फिर वह कहानी की तरह कहने लगा—शायद वह समझ गया कि मैं बिना इच्छा जताये भी उसकी बात सुन लूँगा...कहने लगा :

"तुमने मुझे रुपये दिये थे, मैं लेकर चला। तुम्हें मैंने बताया नहीं, जहाँ तुमने जाने को कहा था, वहाँ जाते हुए राह में मेरा घर भी पड़ता था, जहाँ मेरी माँ और बहिन भी रहती थीं। मैं उनसे मिलने गया था। सोचा था कि मिल लूँगा, उन्हें थोड़ी-सी सान्त्वना दे आऊँगा, और फिर अपने काम में लग जाऊँगा। लेकिन—

तुम इतनी देर रुक रहे थे—इसी आशा से न कि मैं आग्रह से पूछूँ—"लेकिन क्या?" मैंने नहीं पूछा, दृढ़ होकर चुपचाप खड़ा रहा...तुमने न्याय माँगा था, मैं न्याय ही दूँगा, कठोर न्याय...यह प्यार का स्थान नहीं है...

तुम फिर कहने लगे—"लेकिन मैंने जो सोचा था, वह नहीं हो पाया...मैं खोजते-खोजते पहुँचा तो

मेरी माँ अपने घर में नहीं, उसी घर के नये मालिक की अनुकम्पा से मिले हुए एक अस्तबल के कोने में पड़ी कराह रही थी—और बहिन शशिकला उसके पास खड़ी रो रही थी..."

"माँ को कई सालों से दमे की बीमारी थी—जब मैं घर से निकला था तभी बहुत थी, बाद में तो उसका ऐसा हाल हो गया कि कभी जब दौरा आता तो साँस भी नहीं ले सकती...तब शशि उसके पास बैठ कर खूब रोती, खूब रोती...

""घर में एक फूटी कौड़ी भी नहीं थी। मुझे अभी तक पता नहीं लगा कि वे गुजारा कैसे करती थीं...शशि दो-दो तीन-तीन दिन भूखी रह जाती, और चार पैसे जोड़ कर तम्बाकू ले आती। अब माँ को बहुत कष्ट होता, तो उसके पास तम्बाकू भरवा कर धुआँ दिया करती...बिचारी के पास यही एक इलाज करने की सामर्थ्य थी..."

"मैं पहुँचा तो माँ को न्युमोनिया भी हो गया था। दमे के कारण श्वास नहीं आती थी, उस पर न्युमोनिया हो गया था, और बिचारी शशि ने कमरे में तम्बाकू का धुआँ कर दिया था। मैं कहने को हुआ, 'माँ, शशि, मैं आ गया हूँ।' पर 'माँ' भी पूरा कहते नहीं बना!"

"जब मैंने माँ माथे पर धीरे से हाथ रखा, तब उसने आँखें खोलीं। आँखें खुलीं, तब शायद उनमें भर्त्सना थी। किन्तु खुलते-खुलते ही उठ गयी। माँ ने एक फीकी हँसी-हँसी—नहीं वह हँसी भी नहीं थी, केवल ओठों की खिंची हुई रेखा कुछ ढीली हो गयी थी—फिर उसने आँखें बन्द कर लीं और टूटे स्वर में बोली, 'मैं जियूँगी!"

"शशि से मैंने बात भी नहीं की। कहा कि तम्बाकू बाहर फेंक दो, खिड़कियाँ खोल दो, और माँ को अपना कोट उढ़ाकर उल्टे-पाँव बाहर निकल गया।"

"डाक्टर ने आकर देख, तो कुछ बोला नहीं। मुझसे कहा, 'बाहर चलो, दवाई ले आना।' बाहर आकर उसने बताया कि कोई आशा नहीं है। मैंने कहा, 'उसका हौसला तो बहुत है जीना चाहती है।' वह बोला—यह अच्छी बात है, पर फिर भी—"

"मैं दवाई लाया, साँस के लिए आक्सीजन लाया, बिछाने-ओढ़ने के लिए कपड़े लाया, माँ के भी और शशि के भी...और तुम्हारे दिये हुए रुपये खर्च होते गये..."

मैंने फिर तुम्हें रोक कर कहा, "क्या यही किस्सा कहना था?" तब तुमने उत्तर भी नहीं दिया, अधिकार-भरी मुद्रा से हाथ उठाकर मुझे रोक दिया और कहते गये। आठ साल के अभ्यास से तुम मुझे बूली करना खूब सीख गये हो! तुम फिर कहने लगे :

"चार दिन तक मैं सोया नहीं, बराबर माँ के सिरहाने बैठा रहा। बिचारी शशि...मुझसे बातें करना चाहती, पर चुप हो जाती कि माँ के विश्राम में विघ्न न हो...चुपचाप मेरी ओर देखा करती—मैं कहता, दवा लाओ, पानी लाओ, आग जला कर पानी गर्म कर दो, पैर ढंक दो, तो चुपचाप वैसा करके फिर पैताने आकर बैठ जाती और मेरे मुँह की ओर देखा करती, बोलती भी नहीं...एक दिन मैंने उसकी दृष्टि से आहत होकर कहा, 'शशि, क्या देखती हो? मेरी ओर ऐसे मत देखा करो, नहीं तो मैं चला जाऊँगा।' तब उसने दूसरी ओर देखना आरम्भ किया, बोली कुछ नहीं। मैंने फिर कहा, 'शशि, ऐसे पागल हो जाओगी, जाकर सो रहो। मैं माँ के पास बैठा हूँ, तब वह बोली, 'और तुम नहीं सोओगी?' मैंने फिर मना कर, धमका कर और यह वचन दे कर कि दूसरे दिन मैं सोता रहूँगा और वह जगेगी, उससे स्वीकार करा लिया। वह उसी कमरे में ज़मीन पर बिस्तर बिछा कर यह कह कर लेट गयी कि ज़रूरत हो तो उसे जगा लूँ, नहीं तो अच्छा नहीं होगा... थोड़ी देर में माँ सो गयी। उसकी रुकती साँस की गति से मुझे एकाएक ध्यान हुआ कि शशि सो रही है। मैं कान लगा कर उसका नियमित श्वासोच्छ्वास सुनने को हुआ। पर उसकी साँस सुन ही नहीं पड़ रही थी। न जाने मुझे क्या ध्यान हुआ, मैं उठ कर उसके पास गया। वह सोयी

नहीं थी, छत की ओर दृष्टि जमाये, बड़ी-बड़ी आँखें किए रो रही थी, चुप-चुपा, चुप-चाप...मैंने पूछा 'शशि यह क्या?' तब उसने आँखें बन्द कर लीं। मैंने फिर पूछा तो बोली, 'माँ अच्छी हो जाएगी तो तुम चले जाओगे।' मैंने कहा, 'शशि, इस वक्त नहीं—मुझे अभी मत कोसो... फिर हम दोनों चुप हो गये और वह मेरे घुटने पर हाथ रख सो गयी..."

दूसरे दिन माँ की तबीयत कुछ अच्छी थी, शशि भी खुश जान पड़ती थी...सवेरे ही शशि ने मुझसे कहा, 'आज तुम सोओ। कल सवेरे उठना।' मैंने बहाना करने को कहा, 'आज बदली है, अच्छा लगता है। ठहर कर सोऊँगा'। पर वह नहीं मानी। मैं जाकर लेट गया। समझा था कि नींद नहीं आएगी, पर थोड़ी ही देर में बादलों की गड़गड़ाहट सुनते-सुनते सो गया।

"जब नींद टूटी तब शाम के पाँच बजे थे। मैंने शशि को छेड़ने की इच्छा से पूछा, 'शशि, सवेरा हो गया न, अब उठूँ?' कोई उत्तर नहीं मिला। मैंने उठकर देखा, शशि कमरे में नहीं थी। माँ के पास गया तो देखा, सो रही है। मैंने झुककर फिर देखा—

"माँ वहाँ नहीं थी। उनका शरीर नीला पड़ गया था, साँस बन्द थी...जब माँ बीमार थीं तब मैं जाने कहाँ घूमता रहा, और जब मैं सो रहा था तब माँ मुझे छोड़ कर चली गयीं—

"मुझे याद आया कि शशि वहाँ नहीं है। मैंने पुकारा, 'शशि! शशि! उत्तर नहीं मिला। मैं उसे ढूँढ़ने बाहर निकला—बाहर बड़े जोरों से वर्षा हो रही थी... मैंने देखा, छोटे-से आंगन में शशि पड़ी भीग रही है और उसके माथे से खून बहकर पानी को रंग रहा है। मैं उसे उठाकर अन्दर लाया, वह बेहोश थी। मैंने उसे बिस्तर पर लिटाया, कमरे में आग जलाई और उसके हाथ-पैर मलने लगा कि होश आ जाय...

"रात तक होश नहीं हुआ। मैं चाहता था डॉक्टर को बुलाऊँ, पर शशि को छोड़ कर कैसे जाता? रात को दस बजे शशि हिली, और कुछ देर में आँखें खोल कर शून्य दृष्टि से मेरी ओर देखने लगी। बोली, 'माँ'—और चुप।...मैंने अब सिर पर गीली पट्टी बाँधी और डॉक्टर बुलाने चला।

"डॉक्टर ने दावाइयाँ दीं। शायद माँ के बारे में पूछना चाहता था, पर वहाँ उसे पड़ी देखकर समझ गया, और बोला, 'मुझे बहुत खेद है—मैंने कुछ कहे बिना उसे दरवाजा दिखा दिया। वह चला गया।

"मैंने शशि को दवा पिलायी। अब उसे होश आ गया, तब मैंने पूछा, 'शशि माँ क्या—" आगे नहीं कह सका। शशि बोली बहुत धीरे से, 'सुनो!' मैं और पास झुक गया। 'माँ ने पूछा था, देव कहाँ है? मैंने कहा, सो रहा है, जगा दूँ? बोली, नहीं, ऐसे ही ठीक है। फिर धीरे-धीरे मुस्कराने लगी। मुस्कराते-मुस्कराते ही—'बस' मैंने कुछ देर बाद पूछा, 'फिर? तुम बाहर कैसे गयीं?' वह बोली, 'मुझसे कमरे में नहीं रहा गया। तुम्हें जगा भी नहीं सकी—तुम इतनी देर सोये नहीं थे—बाहर ही निकल गयी...फिर पता नहीं क्या हुआ...'

"रात में शशि को बड़े जोर से बुखार चढ़ आया। अभी पौ भी नहीं फटी थी कि वह अनाप-शनाप बकने लगी। मैंने बहुत शान्त करने की कोशिश की, पर वह यह नहीं समझती थी कि मैं उसके पास हूँ, या मैं कौन हूँ। बहुत देर तक तो मैं उसे होश लाने की चिन्ता में था, अब निराश होकर मैं उसका प्रलाप सुनने लगा..."

"वह क्या कह रही थी? अगर वह प्रलाप था तो...पर प्रलाप में भी कोई इतना तीखा उलाहना दे सकता है? वह कह रही थी, 'अब माँ अच्छी हो गयी। अब तुम चले जाओ। अब मैं भी अच्छी हूँ। चले जाइए। देखो, तुम्हारा काम बिगड़ गया—"

"मैं बहुत नहीं सुन सका। मैंने जोर से पुकारा, 'शशि'! उसका प्रलाप बन्द हो गया। मैं समझा कि उसे होश होने को है। मैंने फिर जोर से पुकारा, 'शशिकला!' पर वह फिर पहले की भाँति प्रलाप करने लग गयी।

"मुझसे सहा नहीं गया। मैं अब तक देखता आया था, सहता आया था। माँ की मृत्यु से भी मेरी आँखों में आँसू नहीं आये थे, केवल मैं और भी अधिक यन्त्रवत् होकर काम करने लगा था...इस छोटी-सी बात ने बंध तोड़ दिये। मैं भूमि पर बैठ कर, शशि की चारपाई की बांह पर सिर रख कर, फूट-फूट कर रोने लगा...

"शशि जाग पड़ी। जो काम इतने मनाने पर भी नहीं हुआ था, वह निस्सहायता की एक चीख ने कर दिया।

"वह बड़े शान्त स्वर में बोली, 'इधर आओ।' मैं पास गया तो बोली, 'मेरे पास लेट जाओ!' मैं लेट गया। फिर बोली, 'एक बात सुनोगे? नाराज न होना।' मैंने कहा 'कहो।' फिर मुझे आँख बन्द कर लेने को कह कर उसने मेरे कान में धीरे से कहा, 'तुम चले जाओ।' मैंने विस्मित होकर पूछा, 'कहाँ शशि?' उसने और भी धीरे से कहा, 'तुम्हारे काम में विघ्न होता होगा—मैं जानती हूँ।' मैं चौंक कर चारपाई पर उठ बैठा। मुझे मालूम हुआ कि क्षणभर में सब कुछ उबल गया है कि कुछ रहा ही नहीं है! मैं शून्य दृष्टि से खिड़की की ओर देखता, जड़वत् बैठा रहा। शशि थोड़ी देर चुप रह कर कोमल स्वर में बोली, 'नाराज हो गये न!' मैं उत्तर भी नहीं दे सका। मैंने केवल उसके माथे पर हाथ रख दिया—यह जताने को कि नाराज नहीं हूँ। उसने मेरा हाथ अपने दोनों तप्त हाथों से बड़े ज़ोर से पकड़ लिया...

"वह फिर बोली, 'तुम समझते हो, मैं बिल्कुल भोली हूँ। मैं सब जानती हूँ। जब माँ थी, तब मैंने कुछ नहीं कहा—अब कहती हूँ कि तुम अपना काम—कि अगर तुम्हारे काम में अड़चन पड़ती हो तो जाओ। अभी चले जाओ। बोलो, जाते हो न?' मैंने बहुत हिम्मत करके कहा, 'और तुम' वह धीरे से मुस्करायी और बोली, 'मैं अच्छी हूँ।' और कहो तो जल्दी से और भी अच्छी होकर बताऊँ?

"मैंने अविश्वास-भरी दृष्टि से उसकी ओर देखा। वह बोली, 'देखो, अब मैं शान्त हूँ। अब बोला मत...

"हम दोनों चुप बैठे रहे। वह स्थिर दृष्टि किए न जाने क्या देखती या सोचती रही। मैंने अनुभव किया, उसका बुखार कुछ कम हो रहा है—सवेरा हो गया था। उसने कहा, 'अब मैं अच्छी हूँ, तुम जाकर डॉक्टर को बुला लाओगे न?' मैंने प्रसन्न होकर कहा, 'अच्छा।' वह फिर बोली, 'एक और बात मानो।' मैंने पूछा, 'क्या?' तो बोली, 'अगर तुम्हें कहीं काम हो तो चले जाओ। शाम तक लौट आना।' फिर मेरे मुख की ओर देखते हुए, 'तब तक मैं बिल्कुल अच्छी हो जाऊँगी।

"मैं शशि का-सा बुद्धिमान नहीं था, क्योंकि मैंने उसे भोली समझा था। उसने कैसा धोखा दिया—तुम्हारे दिये रुपयों में से जो बचे थे, वे लेकर मैं देने चला। डॉक्टर से कहता गया कि शशि को दवाई दे दें। सोचा था कि शाम तक लौट आऊँगा। और यह भी सोचता जाता था कि माँ का दाह-कर्म करना है...जिसका मुझे अब तक ध्यान नहीं आया था...पर जब वहाँ पहुँचा तब क्या हुआ, तुम जानते ही हो...लोग गिरफ़्तार हो चुके थे, मैं भी बच ही गया—घर के चारों ओर पहरा पड़ा हुआ था...

"शशि ने कहा था, शाम तक लौट आऊँ। मैं शाम को नहीं लौटा—या कम से कम शशि के पास नहीं लौटा। जब सन्ध्या को छः बजे घर आया, तो देखा, शशि चुपचाप पड़ी है, उसके खुले नेत्र छत की ओर देख रहे है, मुख पर एकाग्र पीड़ा का भाव है...मैं उसकी निश्चलता देख कर डर गया...माँ की निश्चलता मुझे याद आ गयी...मैं लपक कर पास गया तो शशि भी चली जा चुकी थी। उसके सिरहाने एक बोतल उल्टी पड़ी थी, उस पर लेबिल लगा था, 'विष'। मैंने उठाकर देखा छाती में मलने का तेल था—यानी तेल की खाली बोतल थी—तेल कुछ लुढ़क गया था और कुछ...काम आ चुका था...शशि के सिरहाने पर एक काग़ज के टुकड़े पर लिखा रखा था, 'तुम अभी चले जाओ। मेरे कारण तुम्हारे काम में विघ्न नहीं होगा। मैं दुःखी नहीं हूँ, सच्चे दिल से कहती हूँ। भगवान तुम्हें सफल करें।' बस!

'मैं परचा हाथ में लिये-लिये घर से बाहर निकला, और भागा! स्टेशन पर जा कर वहाँ से चल दिया,

तुम्हारे पास आने को। फिर मैं कैसे पकड़ा गया, और क्या हुआ, यह सब तुम्हें पता है...बाद में शायद पुलिस ने ही माँ और शशि का दाह-कर्म किया। मैं एक बार उनके जीवन से निकल आया और दूसरी बार उनकी मृत्यु से, पर डर से नहीं...

"हाँ, जो रुपया बचा था वह अब भी है। मैंने ज़मा कर दिया था, अब भी तुम मंगवा सकते हो।"

तुम चुप हो गये। सारी कहानी कहकर यह भी नहीं पूछा कि "सुन ली?"

मैं भी नहीं बोल पाया। थोड़ी देर में मैं घूम कर लौटने को हुआ, तब तुमने कहा, "भइया, मैं दोषी हूँ, मुझे क्षमा कर दो!" और सिर झुकाये बैठे रहे। मैं जब कोठरी के जंगले के पास आया, तब भी वैसे ही बैठे रहे। मैंने कठोर स्वर में कहा, "उठो!" तो चुपचाप खड़े हो गये। मैंने कहा, "पास आओ।" तो आगे आ गये। "और पास, बिल्कुल!" तो जंगले से माथा टेक लिया। मैंने हाथ से झटक कर ठोड़ी ऊपर उठा दी, तब तुम आँखें ही नीची किए रहे। तब मैंने कठोरता का अभिनय छोड़ दिया। धीरे से आगे बढ़ कर, तुम्हारा मुँह चूम लिया...

पागल! पागल! तुम्हारा कोई ऐसा भी अपराध है जिसे मैं क्षमा ने कर सकूँ–विश्वासघात के सिवाय–जिसे मैं क्षमा न कर सकूँ।

दिल्ली जेल, फरवरी, 1933

अंगोरा के पथ पर

"हज़ारों मील के घेरे से एकत्र हुए लाखों प्राणियों के सूखे हुए कण्ठ से एक ही भैरव, तृषित पुकार उठ रही है–" "शान्ति! शान्ति!" और युद्ध अपनी प्रकाण्ड गति से चला जा रहा है, शान्ति नहीं मिलती।'

"और यहाँ स्मर्ना नगर के लाखों प्राणी तड़प-तड़प कर चिल्ला रहे हैं "आग! आग!" पर नगर जलता जा रहा है और कोई बुझाने वाला नहीं मिलता..."

स्मर्ना की बन्दरगाह के पास एक छोटे-से मकान में बैठा एक युवक मेज़ पर झुका हुआ लिखता जा रहा है। जलते हुए नगर का धुआँ वहाँ तक पहुँचने लगा है, भयंकर गर्मी है, पर वह युवक अत्यन्त एकाग्रभाव से लिखे जा रहा है...

"हम ग्रीक हैं, विजेता हैं, यूरोपियन सभ्यता के प्रवर्त्तक हैं...पर हम मानवता के दीक्षा-गुरु होकर भी पशु हैं, पशु...हम, जो संसार में सुख और शान्ति की स्थापना के लिए उत्तरदायी हैं, हम अब भी अपने आदर्श के लिए सिकन्दर की घृणित प्रतिमा स्थापित किए हुए हैं, अब भी साम्राज्य के स्वप्न पर असंख्य मानव-जीवनियों की आहुति दे रहे हैं..."

'आज जब तुर्कों ने हमारा मर्मस्थान पहचान कर हम पर प्रहार किया है, हमारी सेना के थ्रेस प्रान्त में चले जाने का पता पाकर स्मर्ना पर आक्रमण कर दिया है, उसमें आग लगा दी है, तब हम कहते हैं, यह नीचता है, कायरता है! हम पर धोखे से वार किया गया है, यह अन्याय है! हमारी असहाय प्रजा के घरों में आग लगायी जा रही है, यह घोर नृशंसता है! पर जब हम विजयी थे, तब हमने क्या किया था? इसी युद्ध में तो, हमारे राजा कांस्टैंटाइन चले थे अंगोरा के पथ पर, सम्राट का पद ग्रहण करने! अप्रैल से अगस्त तक, चार मास में, न जाने हमारी सेना ने क्या-क्या अत्याचार किए...थ्रेस से लेकर सकरिया नदी तक, हम बराबर तुर्कों के घर जलाते गये, और यूनानियों को सेना में भरती करते गये...

'मैं भी तो इन्हीं साम्राज्य के भूखे, विजयोन्मत्त सैनिकों में भरती हुआ था, मैंने भी तो अंगोरा के पथ पर बढ़ती हुई सेना को देखकर अपना घर बार छोड़ा था और आरोरा को साथ लेकर चल पड़ा था–मेरे भी तो पैर दर्प के मारे पृथ्वी पर नहीं पड़ते थे!

"पर सकरिया नदी की हार! तुर्कों ने साम्राज्य का स्वप्न तोड़ दिया– कांस्टैंटाइन भाग गया–हमारी सेना छिन्न-भिन्न हो गयी, और मेरी आँखें–खुलीं! मैंने भी देखा, हम क्या कर रहे हैं।"

युवक क्षण-भर के लिए रुका, और सिर उठा कर उसी एकाग्र दृष्टि से छत की ओर देखता कुछ देर तक न जाने क्या सोचता रहा। फिर उसके मुख पर का एकाग्र भाव और भी कठोर होकर दृढ़ निश्चय के भाव में परिणत हो गया। कुछ देर वह इसी प्रकार बैठा रहा, फिर उसने ज़ोर से सिर झटका और फिर लिखने लगा...

'कार्ल ने मुझे दिखा दिया, हम क्या कर रहे हैं...फिर मेरा सारा गर्व और स्पर्द्धा न जाने कहाँ उड़ गये। और ग्लानि, ग्लानि, ग्लानि से अन्तर भर गया...

'आज, वह ग्लानि मिट गयी है। आज तुर्कों ने हमसे बदला ले लिया है। कांस्टैंटाइन पराजित होकर लौटा, तब पैरिस में सन्धि की बातचीत हो रही थी, पर हमारा देश इतने पर भी नहीं माना था। पुरानी सरकार ने पद-त्याग किया, नयी सरकार ने फिर जनरल हेजानेस्टीज़ को आक्रमण करने की आज्ञा दी और वह थ्रेस में सैन्य-संग्रह करने लगा...स्मर्ना भी खाली कर दिया गया...और उसी का यह फल है...

'मैं अभी अपनी डायरी लिख रहा हूँ, शायद शाम तक यह, यह घर, और मैं भी, इसी भयंकर ज्वाला में भस्म हो जायेंगे...पर फिर भी, मैं जिस तथ्य पर पहुँचा हूँ, उसे यहाँ लिख रहा हूँ...अगर मैं इस आग से बच कर निकल गया तो यही प्रतिज्ञा मेरे जीवन की पथ-दर्शक रहेगी...और अगर नहीं–तो मेरी वेदना की यह लपट भी इस आग में मिल कर मेरे निश्चय की साक्षी हो!

मैं एंटनी स्टेरास, आयु सत्रह वर्ष आज 14 सितम्बर, 1922 को, अपने देश और विश्वास को साक्षी लेकर प्रतिज्ञा करता हूँ, कि भविष्य में कभी भी किसी साम्राज्यवादी लक्ष्य के लिए हथियार नहीं उठाऊँगा–कि मेरे जीवन का ध्येय साम्राज्यवाद से अनवरत युद्ध करके, उसे छिन्न-भिन्न कर, साम्य पर आश्रित लोकतन्त्र की स्थापना करना ही होगा, चाहे–"

एकाएक कमरे में दो और व्यक्तियों ने प्रवेश किया–एक पुरुष और एक लड़की। उन्हें देख कर युवक ने सकपकाकर अपनी डायरी बन्द कर दी और बोला, "आरोरा तुम आ गयीं!"

जो लड़की थी, वह दौड़कर उस युवक से चिपट गयी। बोली, "टोनी, टोनी मुझे आशा नहीं थी कि फिर भी मिलेंगे!"

युवक ने उसे ज़ोर से दबा लिया और पुरुष की ओर देखता हुआ बोला, "कार्ल अब हमें क्या करना है?"

तीनों बैठ गये। कार्ल ने पूछा, "एंटनी, क्या लिख रहे थे?"

"उहूँ, कुछ नहीं। डायरी लिख रहा था।"

आरोरा हँसने लगी। "डायरी! चारों तरफ आग लगी हुई है, और तुम्हें डायरी लिखना सूझता है?"

"और क्या करूं?"

कार्ल गम्भीर होकर बोला, "सुनो टोनी, आज बहुत खबरें हैं।

एंटनी, औत्सुक्य से, "क्या?"

'पुरानी सरकार पद-त्याग करने से पहले आज्ञा दे गयी थी कि स्मर्ना से ग्रीक सेना हट जाय। और हमारे सब साथी कियोस टापू में चले गये थे। उनमें से कुछ और आगे बढ़कर मिटिलीनी टापू पर जा पहुँचे है। वहाँ पर मेरे दोनों साथी भी अब अपने संघ का प्रचार करने लगे हैं। अपनी सेना के कर्नल प्लास्टेरास ने भी सेना का अलग संगठन धीरे-धीरे आरम्भ कर दिया है। पर वहाँ से आगे एथेंस कैसे जाना होगा, यह किसी को नहीं सूझता...'

"फिर?"

"वहाँ टापू की बन्दरगाह पर मेरे मित्र हैं। अगर उनसे बातचीत हो सके, तो वे किसी-न-किसी तरह एथेंस से ही या इधर-उधर से जहाज बुलवा देंगे–चाहे बाद में पता लगने पर उन्हें कोर्टमार्शल ही कर दिया जाय। पर उन तक कोई पहुँचे तब न...और कोई तो जानता नहीं..."

"चिट्ठी भेजकर भी काम नहीं चल सकता?"

"शायद ही चले–इतने बड़े काम के लिए पत्र का विश्वास कोई नहीं करेगा...पर चिट्ठी भी तो नहीं भेजी जा सकती..."

तीनों चुपचाप बैठे सोचने लगे...थोड़ी देर बाद कार्ल बोला, "सुना है, एक अमरीकन जहाज यहाँ से जाने वाला है–"

फिर थोड़ी देर चुप...

कार्ल बोला, "कुछ तो सोचना ही होगा—मैं बाहर जाता हूँ।"

आरोरा ने कहा, "अभी? और यह आग—"

कार्ल जल्दी से बोला, "यह अभी बहुत दूर है, मैं लौट आऊँगा।" और उठकर चल दिया। एंटनी कहता ही रह गया, "सुनो तो!"

आरोरा बोली, "टोनी डायरी दिखाओ, मैं पढ़ूँगी, क्या लिखा है।"

"नहीं, वह कुछ नहीं है—"

"मैं जानती हूँ, तुम कवि हो गये हो—"

"अच्छा, आज की मत पढ़ो, पुरानी पढ़ लो—"

"नहीं, मैं सब पढ़ूँगी—"

"नहीं, तुम्हें मेरी कसम—"

"अच्छा, देखूं तो—" कहकर आरोर ने डायरी उठा ली, और खोलकर पढ़ने लगी। एंटनी भी पास बैठ गया और देखने लगा।

"18 जुलाई। हमारा राष्ट्र दिग्विजयी है। हम मैसिडोनिया और थ्रेस के स्वामी हैं, हमने अनातोलिया को भी जीत लिया है, अब अंगोरा को भी जीत लेंगे...हमारा पुराना ग्रीक साम्राज्य फिर से स्थापित होगा—हम सिकन्दर के वंशज फिर पूछेंगे, बताओ और कहाँ तक पृथ्वी है जिसे हम जीत लावें..."

एंटनी ने रोक कर कहा, "आरोरा, यह बकवास है, इसे मत पढ़ो।"

आरोरा ने दो-चार पन्ने उलट दिये;

"29 जुलाई। हम अंगोरा से कुल साठ मील दूर हैं—कुल साठ मील! पर कार्ल न जाने क्यों अधिकाधिक उदास होता जा रहा है— वह कहता है कि हम अपनी ही हानि कर रहे हैं। कहता है कि सिकन्दर पागल था—अपने राष्ट्र को दूर-दूर तक फैलाता गया, पर उसकी रक्षा नहीं कर सका—व्यर्थ ही इतने प्राण नष्ट किए—एक अपनी व्यक्तिगत तृप्ति के लिए...वह कहता है कि सबको स्वतन्त्र होने का अधिकार है, कि एक देश पर दूसरे देश का अधिकार स्थापित करना नीचता है और अन्याय की सीमा है..."

"अभी दो मास हुए, तब मैं कार्ल को जानता भी नहीं था। कार्ल ग्रीस से सेना के साथ-साथ आया है, मैं अनातोलिया में भरती हुआ हूँ। वह चार साल से सेना में है, मैं आज से दो ही मास पहले अपने पिता के खेत पर काम करता था और बच्चों की तरह आरोरा के साथ खेला करता था। पर फिर भी कार्ल सेना से और युद्ध से घृणा करता है, और मैं उसका विरोध नहीं कर सकता—उसकी बात मानता जाता हूँ। उसमें इतनी सच्चाई मालूम होती है..."

आरोरा ने फिर कुछ पन्ने उलट दिये...

"30 अगस्त। पराजय! पराजय! हमारा खोया हुआ साम्राज्य स्वप्न! आज आठ दिन से मुँह भी नहीं धो सका हूँ—निरन्तर मार्च, मार्च, मार्च...दिन में दो पड़ाव, रात में एक पड़ाव, कभी आराम नहीं मिलता...और बिचारी आरोरा रोती नहीं, पर मेरी ओर ऐसे देखती है...।"

आरोरा ने रुक कर एंटनी की ओर देखा, वह एकाग्र होकर बैठा था। आरोरा फिर पढ़ने लगी;

"पता नहीं, कितने दिन ऐसे ही और चलना है—भूखे, प्यासे, खून और कीच से सने, कुछ आहत, कुछ अन्धे, और स्त्रियाँ...और पराजित, पिटे हुए, हारे हुए, भगोड़े...

"कार्ल कहा करता था, हमारी हार हो तो मुझे दुःख नहीं होगा। तब हम लोग उसे गालियाँ देते थे,—कि देश का शत्रु है...पर जब से हार हुई है, तब से वह कुछ बोलता नहीं, चुप-चाप इधर से उधर भागा फिरता है—लोगों को पानी देता, कभी किसी को सहारा देता, कभी किसी को ढाढ़स बँधाता...हम

एक पड़ाव चलते हैं तो उतनी देर में उसे आते-जाते चार-पाँच पड़ाव की मार्च करनी पड़ जाती है...उसने वर्दी उतार कर फेंक दी है, पर फिर भी पानी की बोतलों के मारे बोझ कुछ कम नहीं है...

"आज डायरी लिखने की फुरसत मिली है—पर क्या लिखूँ? जब जीवन में कुछ नहीं था—तब लिखने को कितनी बातें थीं! और आज—जीने वाले को लिखने से क्या?"

आरोरा का मुख भी किसी पूर्व-स्मृति के कारण गम्भीर हो गया था।

उसने फिर अन्यमनस्क भाव से एक पन्ना उलटा और पढ़ने लगी :

"2 सितम्बर : अभी तक हमारी सेना ही भाग रही थी, अब बढ़ते हुए तुर्कों के आगे अनातोलिया की सारी ग्रीक प्रजा...आज हमारी संख्या पन्द्रह हजार से भी अधिक है—अनातोलिया का प्रान्त ही समुद्र की तरह उमड़ कर स्मर्ना की ओर बहा जा रहा है—पुरुष, स्त्री, लड़के, लड़कियाँ, दूधमुंहे बच्चे...और साथ में घोड़े खच्चर, गधे—सब सामान से लदे हुए—कहीं पुरुष ही छकड़े में रोगियों, गर्भवती स्त्रियों, बच्चों और रोटी-पानी को लादे खींचे चले जा रहे हैं...

"यह है हमारे साम्राज्य-स्वप्न का प्रतिघात!"

"हम खेती को, बागों को, अपनी प्यारी अंगूर की बेलों के कुंजों को—सभी को रौंदते हुए चले जा रहे हैं—पर दिग्विजय के पथ पर नहीं—हम भाग रहे हैं। साम्राज्य नहीं, उसका उच्छिष्ट भी नहीं, हम उसी के भयंकर प्रतिघात से बचकर भाग रहे हैं...

"शैतान के चार सहायक हैं : कलह, अकाल, हिंसा और मृत्यु। और ये चारों अपना उग्रतम रूप धारण किए, हमारे इस अभागे समूह में नृत्य कर रहे हैं...कोई भूख से या श्रम से क्लान्त होकर गिर पड़ता है, तो उसे भी उठाने वाला नहीं मिलता—लोग उसे रौंदते हुए चले जाते हैं...भद्र लोगों के आदर्शों के लिए यह स्थान नहीं है—यह मानव की प्राचीनतम असभ्य और असंस्कृत वासनाओं का संघर्ष है...जो बातें युद्ध और क्रान्ति में भी नहीं होती वे यहाँ हैं—यह जीवन का, आत्म-रक्षा की घोर चेष्टा का, नंगा नाच है...युद्ध बीभत्सता और क्लेश से पूर्ण होता है, क्रान्ति विराट् और भैरव होती है, पर हमारा मानव-जीवन इससे भी अधिक विराट् और भैरव है, इससे भी अधिक बीभत्स और क्लेशपूर्ण और उग्र..."

आरोरा ने आँसू-भरी आँखों से एंटनी की ओर देखा। यह अब भी उसी प्रकार एकाग्र होकर बैठा था। आरोरा ने धीरे से कहा, "सुन रहे थे या और कुछ सोच रहे हो?"

एंटनी ने एक बार "हूँ?" किया, और बिना उत्तर दिये उसी प्रकार चिन्तित बैठा रहा...आरोरा क्षण-भर देखती रही, फिर बोली, "एंटनी कहो भी, क्या सोच रहे हो?"

एंटनी एकाएक उठकर खड़ा हो गया। बोला, "आरोरा, चलो ऊपर चलें!"

आरोरा ने विस्मित होकर कहा, "छत पर? वहाँ तो धुआँ बहुत होगा"

"चलो!" कहकर और बिना उत्तर की प्रतीक्षा किए, एंटनी ऊपर जाने लगा। आरोरा भी उसके पीछे-पीछे चल दी।

2

बाहर, बन्दरगाह पर...

गर्मी से उन्मत्त हुए फौजी घोड़े इधर-उधर भाग रहे थे, अनातोलिया से और जलते हुए नगर से भागकर एकत्र हुए असंख्य प्राणियों को रौंदते चले जा रहे थे...माताएँ रोती थीं, "मेरा बच्चा..." तो भीड़ की भयभीत और भयानक चीत्कार "आग! आग!" में वह करुण पुकार खो जाती थी। और भीड़ चिल्लाती थी—"आग! आग!" तो उस भयंकर ज्वाला की धू! धू! में वह स्वर लीन हो जाता था...

नगर के अन्दर जलते हुए शरीरों की दुर्गन्ध से वायुमण्डल भर रहा था...

एक ओर बहुत-से व्यक्तियों ने न जाने कहाँ से एक तुर्क लड़के को पकड़ लिया था—कोई कह रहा था—"इसने ग्रीक लड़कियों से छेड़छाड़ की"—लोग उसे पीट रहे थे—देखते-देखते वह गिर गया, कुचला गया—उसकी हड्डी-पसली तोड़ डाली गयी, दो-चार लोगों ने उसके टूटे हुए और खून की कीच में सने अवयव उठाकर हिला-हिलाकर भीड़ को दिखाने आरम्भ किए...

और भीड़ के छोर पर, एक भव्य इमारत में बहुत-से लोग जुआ खेल रहे थे,—छज्जे पर खड़ी तीन-चार वेश्याओं ने कपड़े उतारकर फेंक दिए थे और रूमालों से पसीना पोंछती जा रही थीं और हँसती जा रही थीं, उस भीड़ की ओर देखकर...

भीड़ कभी उधर देखकर लालसापूर्ण पुकार करती थी, कभी दाँत पीसती थी...

और जुआ, चोरी, षड्यन्त्र, लालसा, भूख, डर, हिंसा, आग और धुएँ के इस निर्लज्ज ताण्डव के साथ नाचती हुई स्मर्ना बढ़ी जा रही थी—किधर?

कभी-कभी नगर की ओर से भीड़ का एक अंश उस असह्य ताप के कारण बन्दरगाह की ओर हटने लगता था, तब उसके दबाव के कारण घाट के सिरे पर एकत्र हुए लोग पानी में गिरते जाते थे और डूब जाते थे—कोई बचाने वाला नहीं था। जहाज कुछ तो विदेशी राष्ट्रों के थे, कुछ अपनी रक्षा के लिए घाट पर से हट गये थे...

और क्रूर आग और हृदयहीन समुद्र के बीच में फँसी तीन लाख प्रजा के बीच से होकर कार्ल पिसता हुआ चला जा रहा था—पागल की तरह, उन्मत्त निश्चय से उग्र...

घाट के सिरे पर खड़ा होकर वह अपनी टोपी उतारकर हिलाने लगा। जब एक हाथ थक गया तब दूसरे हाथ से, और फिर लौटकर पहले हाथ से...थोड़ी देर बाद कुछ दूर पर खड़े एक व्यापारी जहाज़ से एक डोंगी उतरी, और धीरे-धीरे पास आने लगी...

इसी समय भीड़ में से उठी, एक विचित्र हुंकार—न जाने विजय की, या क्रोध की, या क्या...

कार्ल घूमकर फिर भीड़ में घुसने लगा...

थोड़ी ही देर में उसने इस शोर का कारण जान लिया...

तुर्की सेनाधिपति ने फ़र्मान निकाला था कि सत्रह वर्ष से पैंतालीस वर्ष तक आयु के पुरुषों को छोड़कर सभी व्यक्ति स्मर्ना से बाहर जा सकेंगे—और जो पुरुष रह जाएंगे, वे युद्ध के बन्दी समझे जाएंगे और उनसे काम लिया जाएगा...

कार्ल क्षण-भर खड़ा कुछ सोचता रहा, फिर धीरे-धीरे लौटने लगा...

3

एंटनी और आरोरा छत पर खड़े थे। यहाँ गर्मी और धुआँ और भी अधिक थे, और दुर्गन्ध भी अत्यन्त उग्र थी। पर एंटनी बिना इनकी परवाह किए छज्जे पर झुका हुआ अग्नि का ताण्डव देख रहा था। उसके मुख पर का भाव अभी तक उसी प्रकार चिन्तित और एकाग्र था। आरोरा कभी उसके मुख की ओर देखती, कभी आग की ओर...

दोनों बहुत देर तक ऐसे ही खड़े रहे—आग की लाल लपटों में रक्त निराशा के न जाने कितने स्वप्न देखते खड़े रहे...फिर, एकाएक एंटनी बोला, "आरोरा कार्ल से विवाह करोगी?"

आरोरा चौंककर, क्रुद्ध, दुःखित, व्यथित स्वर में बोली, "क्या?"

एंटनी ने फिर कहा, मानो बिल्कुल साधारण-सा प्रश्न पूछ रहा हो, "कार्ल से शादी करोगी?"

आरोरा कुछ देर बोली नहीं। फिर एंटनी के पास आकर अत्यन्त दीन स्वर में बोली, "मैंने तुम्हारा क्या बिगाड़ा है..."

एंटनी ने एक विचित्र दृष्टि से उसकी ओर देखा। फिर कोमल स्वर में बोला "नहीं आरोरा, कुछ और मत समझो,...अगर ग्रीस के लिए यह करना पड़े, तो करोगी?"

"तुमको क्या हो गया है, टोनी?"

एंटनी फिर चुप हो गया। थोड़ी देर बाद, आग की ओर देखता हुआ बोला, "आरोरा, मुझे इस आग के तट पर भविष्य का एक स्वप्न दीखा था–सुनोगी?"

आरोरा कुछ नहीं बोली। एंटनी अपने-आप कहने लगा, "मैंने देखा है, हमारा तुम्हारा विवाह नहीं होगा। हम सब मर जाएंगे। और एक साथ नहीं मरना होगा–तुम कहीं और, कार्ल कहीं और, मैं कहीं और..."

"फिर?"

"फिर मेरे भीतर कुछ कहता है, आरोरा तुम्हारी नहीं है, क्रान्ति की है। उसे जाने दो..."

एंटनी फिर चुप हो गया...

आरोरा बोली, "तुम तो पागल हो–गर्मी से सिर फिर गया है..." फिर उसके कन्धे पर हाथ रखकर बोली, "अब नीचे नहीं चलोगे?"

"अभी–अभी ठहरो, मुझे कुछ और देखना है, उससे आगे..."

आरोरा बिल्कुल चुप और निश्चल हो गयी। दोनों फिर लाल आग में भविष्य के चित्र देखने लगे–एंटनी लाल क्रान्ति के चित्र, और आरोरा...

नीचे थके हुए स्वर में कार्ल की आवाज़ आयी, "टोनी कहाँ गये?"

एंटनी चौंका, और दोनों नीचे चले।

कार्ल ने दोनों को देखकर पूछा, "छत पर क्या हो रहा था?"

एंटनी ने जल्दी से कहा, "कुछ नहीं, हम आग देख रहे थे। कैसी भयंकर है! क्यों, आरोरा?"

आरोरा एक काँपती हुई, अस्वाभाविक हँसी हँसकर बोली, "हाँ..."

कार्ल ने वह हँसी सुनकर एक बार तीव्र दृष्टि से आरोरा की ओर देखा और बोला, "तुम थक गयी हो, लेट जाओ।"

आरोरा ने मानो सुना ही नहीं। एंटनी ने पूछा, "कोई समाचार है?"

"हाँ, तुम्हारे काम का है।"

"क्या?"

"तुर्की सरकार का फ़रमान है कि सत्रह वर्ष से कम आयु के पुरुष स्मर्ना से बाहर जा सकते हैं।"

"फिर?"

"तुम्हारी आयु 17 साल की है–'और आरोरा भी जा सकती है..."

"पर–"

आरोरा ने कहा, "और तुम, कार्ल?"

"मैं क्या? दुनिया बहुत बड़ी है...टोनी, चुप क्यों हो गये?"

टोनी फिर चुप रहा। आरोरा फिर वही अस्वाभाविक हँसी-हँसकर बोली, "उसका दिमाग़ खराब हो गया है–उसे बुलाओ मत!"

कार्ल ने सहानुभूति-भरे स्वर में कहा, "और तुम, आरोरा, तुम भी तो बहुत चंचल हो रही हो।"

एकाकए टोनी लपका और बोला, "समझ गया! मेरा स्वप्न ठीक है, ठीक !"

कार्ल ने कुछ विस्मय से, मुस्कराकर पूछा, "क्या है, टोनी?"

आरोरा ने भी चौंककर भीत स्वर में कहा, "क्या?"

टोनी पर एक विचित्र, अलौकिक उन्माद छाया हुआ था...वह उसी अनागत-दर्शी भाव से बोला,

"सुनो, कार्ल! मैं जो कहता हूँ, ध्यान से सुनो! मेरे पास सेना का पासपोर्ट है, अपने नाम और आरोरा के नाम का। उसमें मेरी आयु 17 साल लिखी है।"

"हाँ, तो फिर?"

"तुम समझे नहीं? तुम वह लेकर मिटिलीनी चले जाओ, और—"

"पागल! तुम्हारा और आरोरा का हक छीनकर मैं भागूँगा?"

आरोरा बैठी हुई थी, खड़ी हो गयी, पर कुछ बोल न सकी।

एंटनी ने फिर कहा, "कार्ल, ऐसे भावुक मत होओ! मैं तुम्हें अपनी जान ले कर भागने को थोड़े ही कहता हूँ? क्रान्ति का भी तो उत्तरदायित्व है..."

"नहीं, मैं नहीं मानूँगा। तुम और आरोरा चले जाओ—"

"कार्ल, सुनो! मैं बहुत छोटा हूँ, पर मैंने भी तुम्हारे साथ युद्ध देखा है, हार देखी है, हजारों लोग मरते देखे हैं—केवल तलवार से नहीं, भूख-प्यास से और प्लेग से और इस भयंकर आग से भी...मैं समझता हूँ कि मरना क्या है और जीना क्या...पर यह बताओ, अगर एक कांस्टैंटाइन के स्वप्न के लिए लाखों प्राणियों की आहुति उनकी इच्छा के विरुद्ध दी जा सकती है, तो क्या लाखों प्राणियों के सुख के लिए एक आदमी इच्छापूर्वक नहीं मर सकता? तुम्हारे ऊपर क्रान्ति निर्भर करे, और तुम एक जीवन का मोह करो? छिः!"

कार्ल विस्मित होकर एंटनी का नया रूप देख रहा था, बोला, "आरोरा भी तो है..."

आरोरा ने तनकर कहा, "आरोरा भी तो मरना जानती है, डरती नहीं।

एंटनी बोला, "नहीं, आरोरा की बात नहीं है। वह तुम्हारे साथ जा सकती है।"

आरोरा ने मुँह फेर लिया था। यह बात सुनकर वह तीखे स्वर में बोली, "ठीक है, आरोरा जा सकती है।"

इस बात के पीछे कितना तीक्ष्ण व्यंग्य, कितनी मार्मिक वेदना थी, एंटनी नहीं समझा। प्रसन्न होकर बोला, "आरोरा, तुम्हें मंजूर है न? कार्ल, तुम्हें भी मानना ही पड़ेगा..."

"नहीं मानूँगा। तुम दोनों चले जाओ, मैं तुम्हें एक पत्र दे देता हूँ, वह ले जाना। मिटिलीनी में—"

"तुम्हीं ने नहीं कहा था कि पत्र से काम नहीं हो सकेगा?"

कार्ल चुप रह गया। एंटनी फिर बोला, "कार्ल, यह हँसी नहीं है। तुम्हें यह बात शोभा नहीं देता। मेरा क्या है? अभी कल मैं साम्राज्यवाद के लिए लड़ रहा था। पर तुम—तुम्हारा ग्रीस के लिए बहुत मूल्य है। बोलो, जाते हो कि नहीं? मैं कहे देता हूँ, तुम नहीं जाओगे तो मैं यहीं आग में जलकर मर जाऊँगा—यहाँ से टलूँगा नहीं!"

कार्ल कुछ कह नहीं सका, मुँह फेरकर खिड़की से बाहर देखने लगा...आरोरा ने उसी तीक्ष्ण स्वर में कहा, "ठीक है!"

एंटनी ने कहा, "कार्ल, तुम सब ठीक-ठीक करके तैयार हो जाओ—कल ही उस अमरीकन जहाज़ से चले जाओ।"

कार्ल का विरोध प्रायः परास्त हो चुका था। बोला, "अगर पासपोर्ट का धोखा पकड़ा गया तो? उस फ़ोटो से भी तो—"

"कैसे पकड़ा जाएगा? मुझे यहाँ कौन जानता है? और ग्रीक ग्रीक को धोखा नहीं देगा, ऐसा भी मेरा विश्वास है...फ़ोटो को धुएँ से थोड़ा काला कर लेना—बस!"

थोड़ी दे बाद एंटनी ने फिर कहा, "कार्ल, तुम तैयार हो जाओ! मैं ऊपर जाता हूँ।"

कार्ल ने एक बार आरोरा की ओर देखा और बोला, "मैं ज़रा नीचे जा रहा हूँ, अभी आ जाऊँगा।" और जल्दी से उतर गया है

कार्ल घर से बाहर निकलकर कहीं गया नहीं, घर के सामने ही एक चौंतरे पर लेट गया और आकाश की ओर देखने लगा।

सन्ध्या हो गयी थी। पर जैसे दिन-भर धुएँ के कारण सूर्य नहीं दीख पाया था, उसी प्रकार रात का पता नहीं लगा—केवल जो ज्वाला दिन में कुछ पीली-सी दीख पड़ती थी, वह अब रक्त के उबाल की तरह लाल-लाल दीखने लगी, और धुएँ का मैलापन कुछ और काला हो गया...

क्रान्ति और युद्ध के, जीवन और मरण के, तेज और मालिन्य के, लाल और काले के इस सम्मिश्रण को देखकर कार्ल भी न जाने क्या सोचने लगा...

4

एंटनी कुछ देर तक अनिश्चित-सा कमरे के मध्य में खड़ा रहा, फिर आरोरा के पास गया। आरोरा भूमि पर बैठ गयी थी। एंटनी ने कहा, "आरोरा, अब तो तुम चली जाओगी!"

"हाँ, चली जाऊँगी।"

स्वर में कुछ ऐसी कठोरता थी, कि एंटनी एकाएक घुटनों पर बैठ गया और आरोरा का हाथ अपने हाथों से लेकर बोला, "आरोरा, क्या है?"

"कुछ नहीं!"

कोमल स्वर में, "मुझसे नाराज़ हो गयीं?"

"नाराज़ क्यों होऊँगी? मुझे तो प्रसन्न होना चाहिए न—कि तुम अपना स्वार्थ भूल कर मेरी रक्षा कर रहे हो?"

एंटनी जो बात इतनी तक नहीं समझा था, वह एकाएक समझ गया। कुछ देर भौचक्का होकर आरोरा की ओर देखता रहा, फिर बोला, "आरोरा, तुम अन्याय मत करना—अभी हमारे पास झगड़ने का समय नहीं है। अभी थोड़ी देर तक तुम मुझे अपना टोनी मत समझो—समझ लो कि मैं केवल एक ग्रीक सैनिक हूँ। और तुम मेरी आरोरा नहीं—ग्रीस की एक वालंटियर हो...फिर बताओ, तुम क्या ग्रीस को छोड़ दोगी?"

आरोरा कुछ नहीं बोली।

एंटनी ने फिर कहा, "आरोरा, हम फिर मिलेंगे। तुम कार्ल के साथ चली जाओ, क्रान्ति हो जाने दो। मैं फिर छूट कर आ जाऊँगा—या आयु कम होने के कारण, या फिर सन्धि हो जाने के बाद..."

आरोरा ने अविश्वास के स्वर में कहा, "हूँ!"

"सन्धि अवश्य होगी। ये तीन लाख भूखे-प्यासे आदमी बहुत दिन युद्ध नहीं चलने देंगे। फिर तुम और मैं सुख से रहेंगे। तुम कहोगी तो फिर अनातोलिया लौट आवेंगे...तुम कुछ ही दिन के लिए तो जाओगी—ताकि कार्ल मिटिलीनी पहुँच सके..."

एंटनी चुप होकर आरोरा के मुँख की ओर देखने लगा, पर आरोरा ने कोई उत्तर नहीं दिया। एंटनी ने पूछा, "मानती हो न?"

अब की बार कम्पित स्वर में आरोरा ने कहा, "मुझे सोचने दो—जाओ!"

एंटनी, तरुण फिलासफर किन्तु स्त्री-प्रकृति से अनभिज्ञ, चुपचाप अपनी डायरी उठा कर छत पर चला गया।

उसके जाते ही आरोरा खिल-खिलाकर हँसी—फिर वह हँसी पागल के उन्मत्त अट्टहास-सी हो गयी...

बाहर कार्ल ने सुना, और मन-ही-मन बोला, "दीखता ही था...हिस्ट्रीरिया..." फिर वह उठकर भीतर चला आया।

पर छत पर बैठा एंटनी बहुत दूर विचरण कर रहा था, उसने वह हँसी नहीं सुनी।

5

रात बहुत जा चुकी थी, पर कार्ल और एंटनी दोनों जाग रहे थे। आरोरा थक कर शान्त हो गयी थी, और फिर सो गयी थी, यद्यपि उसकी नींद शान्त नहीं थी—वह बार-बार चौंकती थी, और हाथ-पैर पटकती थी, मानो छटपटा रही हो। जब ऐसा होता तब दोनों एक बार चिन्तित दृष्टि से उसकी ओर देखते, और फिर बातें करने लग जाते।

वे दोनों भविष्य के लिए मनसूबे बाँध रहे थे...मिटिलीनी पहुँचकर कार्ल क्या करेगा, कहाँ जायगा, एंटनी कहाँ उसे मिलेगा, पत्र-व्यवहार कैसे हो सकेगा, इत्यादि...कार्ल ने एक-दो कपड़े और कुछ कागज़ इत्यादि एक कम्बल में लपेट कर यात्रा की तैयारी कर ली थी।

एकाएक आरोरा एक हल्की-सी चीख़ मार कर उठ बैठी, और आँखें फाड़-फाड़ कर सब ओर देखने लगी। एंटनी ने पास जाकर प्यार से कहा, "क्या है इरी?"

आरोरा पहले तो उससे चिपट गयी, किन्तु तत्काल ही उसने उसे परे धकेल दिया। एंटनी विस्मय के कारण कुछ बोल नहीं सका।

थोड़ी देर बाद आरोरा ने अस्वाभाविक स्वर में कहा, "तुमसे एक बात कहनी है।"

इस बात का अभिप्राय समझ कर कार्ल स्वयं उठ कर दूसरे कमरे में चला गया।

आरोरा ने पूछा, "टोनी, तुम अवश्य ही मुझे भेज दोगे?

एंटनी ने हाथ उसकी ओर बढ़ाते हुए कहा, "क्यों, क्या है, आरोरा?"

"बताओ, ज़रूर भेजोगे?"

रुक-रुक कर, "मेरे खयाल में तुम चली आओ तो सभी के लिए अच्छा है।"

"हूँ। तुमने अपना पासपोर्ट पढ़ा है?"

"हाँ, क्यों?"

आरोरा कुछ देर तक नहीं बोली। उसके चेहरे से ज्ञात होता था कि वह कुछ कहने के लिए साहस का संचय कर रही है...फिर उसने जल्दी-जल्दी कह डाला, "मैं कल कार्ल से विवाह करूँगी!"

"क्या?"

आरोरा ने फिर, प्रत्येक शब्द पर ज़ोर देकर दुहराया, "मैं—कल—कार्ल—से—विवाह—करूँगी!"

एंटनी को इतना विस्मय हुआ कि वह कुछ बोल नहीं सका। उसने चुपचाप कार्ल के कम्बल पर पड़ी पासपोर्ट उठायी और उसे अन्यमनस्क होकर देखता रहा...

उस पर लिखा था, "एंटनी स्टेरास, और उसकी प्रेमिका, आरोरा" इत्यादि। एंटनी इस वाक्य को चार-पाँच बार पढ़ गया, पर उसे मानो उसका अभिप्राय ही नहीं समझ आया, उससे आरोरा की बात का सम्बन्ध निकालना तो दूर...

आरोरा बोली, "मैं एंटनी स्टेरास की प्रेमिका हूँ। मेरी और उसकी सगाई हो चुकी है।"

एंटनी ने उसी विस्मय के स्वर में कहा, "पर—"

आरोरा ने हाथ उठाकर उसे रोक दिया। बोली, "एंटनी की प्रेमिका कार्ल के प्रति प्रणयिनी का व्यवहार नहीं करेगी।"

अब एंटनी को समस्या समझ आयी। वह घबराया हुआ-सा कभी पासपोर्ट की ओर, कभी आरोरा की ओर देखने लगा।

आरोरा फिर बोली, "इसलिए मैं कल कार्ल के साथ विवाह कर लूँगी।"

एंटनी बहुत देर तक सिर झुकाये न जाने क्या सोचता रहा। क्रान्ति और जीवन के जिस संघर्ष को

वह अब तक पूर्णतया नहीं समझ पाया था, वह एकाएक उसके सामने आ गया। उसके सामने उसके गत जीवन के बहुत-से चित्र नाच गये—अलग-अलग नहीं, एक ही दीप्त छाया-पट पर...

किंतु साथ ही उसी दृश्य को घेरे हुए उसके चारों ओर, आग की लपटें...और उन लपटों में से धुएँ की तरह निकलते हुए, व्यथा और भूख से विकृत लाखों मानव-मुख...

न जाने क्यों उसके मन में एक शब्द-समूह—निरर्थक शब्द-समूह—नाचने लगा, "तीन लाख, तीन लाख, आरोरा..."

उसने सिर उठाया और तन कर खड़ा हो गया। उसकी आँखों में व्यथा नहीं थी, आनन्द नहीं था, विजय नहीं थी, उत्सर्ग नहीं था, था एक उन्मत्त अभिमान दर्प...

बोला, "ठीक है, यही होगा।" फिर एकाएक घूम कर लम्बे-लम्बे कदम रखता हुआ छत पर चल दिया...

आरोरा भूमि पर बैठ गयी...बैठ गयी ऐसे जैसे गिलास के लुढ़कने से उसमें का दूध बिखर गया हो—और फूट-फूट कर रोने लगी। हिस्टीरिया ने जिस व्यथा को दबा दिया था, वह और भी अधिक वेगवती होकर बह निकली।

कार्ल अन्दर आया, और किंकर्त्तव्यविमूढ़ होकर चुपचाप आरोरा के पास खड़ा रहा।

और आरोरा रोती रही...

और एंटनी छत पर बैठ कर ज्वाला के प्रकाश में डायरी लिए बैठा लिखे जा रहा था, पागल की तरह, मानो उसका जीवन उस लिखने पर निर्भर करता हो...

6

वह भयंकर ज्वाला जो अनेक अकाल-मृत्युओं का कारण हुई थी, अनेक अकाल प्रसवों का भी कारण हुई...

कार्ल आरोरा हो लेकर जिस पथ पर धीरे-धीरे चला जा रहा था, उस पर उसने पाँच-छः प्रसविनी स्त्रियाँ पड़ी देखीं...

पता नहीं, किस भावना से प्रेरित होकर आरोरा ने कहा, "यह अच्छा शकुन है..."

कार्ल ने एक बार चुपचाप उसकी ओर देखा, और चलता गया। वह मन ही मन आरोरा की मनःस्थिति समझने का प्रयत्न कर रहा था, पर समझ नहीं पाता था।

उनका विवाह हो चुका था। उसी भीड़ में फँसे हुए एक वृद्ध पादरी ने उनका विवाह-संस्कार कर दिया था।

एंटनी उनके विवाह पर भी नहीं गया था, अब उनके साथ बन्दरगाह पर भी नहीं आया। वे उसके पासपोर्ट पर जा रहे थे, इसलिए उसका साथ आना ठीक नहीं था, क्योंकि शायद कोई पहचान का आदमी मिल जाता...यही कह कर वह स्वयं रह गया था। आरोरा ने उसे साथ बुलाने का बिल्कुल आग्रह नहीं किया, और कार्ल ने भी यह सोचकर कि इस प्रकार वियोग का दुःख कम हो जायगा कोई बाधा नहीं की। आरोरा ने चलते समय एंटनी से विदा भी नहीं ली—यद्यपि कार्ल उन्हें अवसर देने के लिए परे हट गया था...एंटनी ने कहा, "आरोरा, ऐसे ही चली जाओगी?" तब आरोरा ने बिना उसकी ओर देखे ही उत्साह-हीन स्वर में कहा था, "ऐसे ही नहीं—क्रान्ति की रक्षा करने जाऊँगी!" और तीव्र गति से बाहर निकल गयी थी...

बन्दरगाह पर स्त्रियों, बच्चों, लड़कों और वृद्धों की कतारें खड़ी थीं। आठ-दस तुर्की सैनिक उनका या उनकी पासपोर्ट का निरीक्षण कर रहे थे। जिसकी आयु के विषय में उन्हें सन्देह होता, उसे वे अलग

कर लेते थे, और बाक़ी उनकी अनुमति लेकर सामने जुटी हुई अमरीकन डोंगियों में बैठकर जहाज़ों की ओर चले जा रहे थे...

कार्ल और आरोरा भी उसी क़तार में जा कर खड़े हो गये और बिना उत्साह, बिना औत्सुक्य के जहाजों के मस्तूलों की ओर देखने लगे...

7

एंटनी फिर छत पर खड़ा था। आग अब बहुत पास आ गयी थी, एंटनी के माथे पर उसके ताप से जो स्वेद-बिन्दु उत्पन्न होते, साथ ही उसी के ताप के कारण सूखते भी जा रहे थे...

उसके एक हाथ में लिफ़ाफ़ा था और दूसरे में एक छोटा-सा पत्र...

"तुमने मेरा अपमान किया है, मैं इसीलिए तुम्हें छोड़कर चली जा रही हूँ।" क्रोध में जा रही हूँ–ऐसे ही वियोग सह्य हो सकेगा। बाद–बहुत बाद–रो लेंगे, जब क्रान्ति हो चुकेगी।

"लिफ़ाफ़े में अपने बालों की एक लट काटकर रख जाती हूँ। मैं क्रान्ति की हूँ, तो इसे तो रख ही लेना।"

पत्र एंटनी के हाथ से गिर पड़ा। उसने लिफ़ाफ़ा में से वह सुनहरी लट निकाली और विमनस्क भाव से बार-बार उसे अपनी उँगली पर लपेटने और खोलने लगा...

फिर एकाएक रुक कर उसने पत्र उठाया, उसमें लट लपेट कर लिफ़ाफ़े में डाली और लिफ़ाफ़ा अन्दर की जेब में रख लिया...

फिर वह उतर कर घर में आया, और डायरी लेकर लिखने बैठ गया...

"जीवन तीव्र और अनवरुद्ध गति से आगे बढ़ता जा रहा है, और मैं मूर्ख की तरह उसके साथ क़दम मिलाकर चलने की निष्फल चेष्टा कर रहा हूँ...पैदल आदमी सरपट दौड़ते घोड़े से क़दम मिलायें..."

"पर क्या? जीवन के साथ नहीं चल सकता, तो जिधर की गति है उस दिशा में तो जा सकता हूँ, मैंने आरोरा को स्वेच्छा से जाने दिया है–स्वयं भेजा है...

"प्राण अभी तक रोते हैं, "आरोरा, आरोरा!" पर मैंने उसे छोड़ दिया है–इतना ही नहीं, वह भी मुझे छोड़ कर चली गयी है...

"मैंने अपने सामर्थ्य के परे हाथ बढ़ाया था–पर बिना सामर्थ्य के परे हाथ बढ़ाये क्रान्ति नहीं हो सकती...

"मेरा जीवन सम्पूर्ण हो गया है। आरोरा, मैं तुमसे विदा लेता हूँ। पर–अब तुम मेरी कौन हो जिससे विदा लूँ?

"नहीं, अभी मेरा एक काम बाकी है– अभी क्रान्ति सम्पूर्ण नहीं हुई...मैं बलिदान कर चुका हूँ, पर अभी प्रसाद नहीं मिला..."

8

आग स्मर्ना नगर का विनाश करके बुझ चुकी थी।

क्रान्ति की ज्वाला मिटिलीनी टापू से बढ़ती हुई ग्रीस-भर में फैल चुकी थी। कांस्टैंटाइन देश को छोड़कर भाग गया था। हवाई जहाज़ आकर नयी सरकार के फ़रमान बाँट गये थे...

किन्तु आग से बचे हुए लोग अभी स्मर्ना में पड़े विधि के विधान की प्रतीक्षा कर रहे थे...

और क्रान्ति की ज्वाला से बचे हुए क्रान्ति-शत्रु अभी तक षड्यन्त्र रच रहे थे...

और विजयी तुर्क, विजय से सन्तुष्ट न होकर, बन्दरगाह पर एकत्र होकर पानी में काँटे डाल रहे

थे—डूबे हुए ग्रीक शवों को खींच-खीचकर निकालने के लिए—उनके शरीरों पर आभूषण, धन, कपड़े तक उतार लेने के लिए...

नभ में उषा नाच रही थी।

एंटनी बन्दरगाह पर पोर्ट-भवन के बाहर खड़ा एक फ़ेहरिस्त देख रहा था जो कि उसी वक्त लगायी गयी थी। यह क्रान्ति-पक्ष की आहुतियों की सूची थी।

एंटनी के पैरों में साँकलें पड़ी हुई थीं—वहा तुर्की का युद्ध-बन्दी था और भाग कर यहाँ आया था। एंटनी का शरीर थकान से चूर हो रहा था, मुख क्लेश और दुःख से पीला पड़ गया था—वह स्मर्ना से अंगोरा की सड़क पर और क़ैदियों के साथ कुली के काम में लगाया गया था। एंटनी का अपना कोई नहीं था, जिसकी वह चिन्ता करता, पर इतने दिनों से कार्ल का कोई समाचार नहीं आया था...और आरोरा का पता नहीं था...

एंटनी की दृष्टि एक नाम पर अटक गयी, पर न जाने क्यों उसे कोई धक्का नहीं लगा, विस्मय भी नहीं हुआ...

"एंटनी स्टेरास, मिटिलीनी के विद्रोह के समय हवाई जहाज़ के गिर जाने से, 2 अक्टूबर।"

एंटनी ने शून्य भाव से कहा, "कार्ल..." और फिर निरुद्देश्य-सा आगे पढ़ने लगा...

"नामहीन मृत्युएँ :

"कियोस द्वीप में, सैनिक बारक में, एक पुरुष, आयु लगभग 23, मृत्यु का कारण अज्ञात... मैसिडोनिया में—थ्रेस में...सालोनिका बन्दरगाह पर—"

एंटनी चौंककर रुक गया—फिर एक साँस में तेजी से पढ़ गया :

"एक युवती, आयु लगभग सत्रह वर्ष, कपड़ों में एक पुराना पासपोर्ट है जिसमें एंटनी स्टेरास का नाम लिखा हुआ है। युवती के शरीर पर आठ गोलियों के घाव हैं। सालोनिका में हेजानेस्टीज की सेना के कुछ बचे एकतन्त्रवादियों ने जो गुप्त ट्रिब्युनल खड़ा किया था, यह उसी का काम है। ये व्यक्ति अब कोर्टमार्शल कर दिये गये हैं।"

एंटनी धीरे-धीरे वहाँ से हटकर घाट के सिरे आ गया...यहाँ उसकी ओर ध्यान देने वाला कोई नहीं था, केवल पाँच-सात तुर्क पानी से मुर्दे निकाल रहे थे...

एंटनी ने जेब में से अपनी डायरी निकाली। क्षण-भर उसकी ओर देखता रहा। फिर उसने वह पृष्ठ निकाला जहाँ उसने अपनी प्रतिज्ञा लिखी थी, और एक बार प्रतिज्ञा पढ़ गया—"मैं, एंटनी स्टेरास, प्रतिज्ञा करता हूँ..."

फिर एकाएक बोला, "एंटनी स्टेरास तो मर चुका!"

और डायरी समुद्र में फेंक दी।

फिर उसने जेब में से एक लिफ़ाफ़ा निकालकर उसमें से बालों की एक लट निकाली। नवोदित सूर्य्य की किरणों में उसका सुनहलापन और भी अधिक शोभित हो गया था। एंटनी कुछ देर उसे सूंघता रहा। फिर उसने उसका एक बाल निकाला, और उसे सूर्य्य के सामने रखकर क्षण-भर देखता रहा—और फिर छोड़कर समुद्र की ओर उड़ा दिया...

इसी प्रकार एक के बाद एक, एक के बाद एक, बाल...

जब सब समाप्त हो गये, तब धीरे से बोला, "मेरी आरोरा गयी, अब क्रान्ति की आरोरा है..."

आकाश में हवाई जहाज़ मंडरा रहा था, उससे परचे गिराये जा रहे थे। दो-चार लोग चिल्ला रहे थे, "सुनो, सुनो, ग्रीस के सब राजबन्दी छूट गये..."

एंटनी ने एक लम्बी साँस ली, धीरे-धीरे नगर पार कर बड़े फाटक पर पहुँचा। यहाँ उसने एक बार

घूमकर स्मर्ना नगर के भग्नावशेषों को देखा, फिर अभिमान से सिर ऊँचा उठाकर साँकल झनकाता हुआ आगे चल पड़ा—उसी पथ पर जिस पर से वह एक बार पहले दिग्विजय का भक्त और साम्राज्य का आकांक्षी होकर गुज़रा था, और जिस पर अब उसके लिए एकमात्र आशा तुर्कों के हाथ प्राण-दण्ड की आशा थी—तुर्की राज्य की राजधानी अंगोरा के पथ पर...

मुलतान जेल, मई, 1933

कड़ियाँ

प्रभात तो नित्य ही होता है, किन्तु ऐसा प्रभात! सत्य को जान पड़ रहा है, उसने वर्षों बाद ऐसा प्रभात देखा है—शायद अपने जीवन में पहली बार देखा है। उसमें कोई नूतनता नहीं है, कोई विशेषता नहीं है, और वह चिर-नूतन है, अत्यन्त विशिष्ट है...

आज उसे दिल्ली से मेरठ ले जाएंगे, वहाँ से उसकी कल रिहाई होनी है। सत्य तीन वर्ष से दिल्ली जेल में पड़ा है। उसे कांग्रेस-आंदोलन के सम्बन्ध में सज़ा हुई थी—एक सभा का प्रधानत्व ग्रहण करने के लिए। उस दिन से वह वहाँ बैठा अपने दिन गिन रहा था—और अपनी मशक़्क़त कर रहा था। उसके लिए प्रभात में कोई विशेषता नहीं होती थी। जेल में प्रभात क्या है? मशक़्क़त करने का एक और दिन।

पर आज! आज वह जेल से निकल कर लारी में बैठा है। वह पुलिस वालों से घिरा हुआ है, पर जेल की दीवारों से बाहर तो है! वह अभी तक क़ैदी है, पर कल तो नहीं रहेगा! और कल...कल उससे कौन-कौन नहीं मिलने आएगा! तीन वर्ष तक वह अकेला पड़ा रहा है, पर कल! जो उसे तीन वर्ष से भूले हुए हैं, कल उन्हें याद आएगा कि उनका एक मित्र कभी जेल गया था और अब ख्याति पाकर निकला है! कल वे उसे घेर-घेर कर कहेंगे, तुम्हारे बिना हमारा जीवन निस्सार था। तुम देश के उद्धारकर्ताओं में से एक हो—भारत माता के सुपुत्र। तुम्हारी देश को बहुत आवश्यकता है। और वह गौरव से कहेगा, अभी मैं और बीस दफे जेल जा सकता हूँ—जाऊँगा। अभी तो मैं कर ही क्या पाया हूँ।

क्योंकि जो कोई नैतिक जुर्म करे, वह तो दोषी ही होता है, पर जो राजनैतिक कार्य करे, उसका तो गौरव बढ़ना ही चाहिए...

सत्य प्रभातकालीन सूर्य में यही गौरव का स्वप्न देख रहा है। इसीलिए उसे जान पड़ता है, ऐसा प्रभात कभी नहीं हुआ! क्योंकि आज तो सूर्य मानो उसी के तेज से चमक रहा है—मानो उसी का पथ आलोकित करने को निकला है।

लारी चली। कोटले के पास से घूमकर वह जमुना के किनारे हो ली। वह सामने बिजली घर है—अरे, यह कहाँ तक पानी भर आया है! सुना तो था कि नदी में बाढ़ आयी है, पर इतना पानी! सड़क से कुछ ही दूर रह गया है, तमाम खेत भर रहे हैं, मकई गल-गलकर गिर रही है—बेचारे किसान अपने फूस के छप्पर उठा-उठाकर सड़क पर ले आये हैं...

हाय ग़रीबी! देखो, ये लोग कैसे डिब्बों में भरे आचार की तरह भिंच रहे हैं...और आसपास ही इनके पशु खड़े हैं...लड़के-लड़कियाँ रो रही हैं—खाने को नहीं है—और कभी जब कोई भाग्यशालिनी माँ अपनी बच्ची को एक रोटी का टुकड़ा ऐसे लाकर देती है, मानो स्वर्ग की सारी विभूति छीन लायी हो और उसे दे रही हो, तब दूसरे भूखे बच्चों की मुग्ध आँखों के आगे ही कोई कुत्ता आकर उस टुकड़े को छीन ले जाता है! उसमें टुकड़े की रक्षा करने की शक्ति नहीं है—भूखा मानव भूखे कुत्ते से भी कमज़ोर होता है...

पर इनका जीवन कितना सरल होता है! दिन-भर भूखे रहते हैं, दुःख झेलते हैं, रोते-कलपते हैं, किन्तु

जब रात को सोने लगते हैं, तब शान्त और सन्तुष्ट! इनका जीवन कैसा सदा प्रेम से भरा रहता होगा—इनके जीवन में तो एक ही भावना होती होगी—प्रेम की। लोभ, मोह और क्रोध के लिए इनमें स्थान कहाँ होगा? और मैं इनकी सेवा करूँगा, इनका स्नेह पाऊँगा...

अब छूटकर इन्हीं पीड़ितों की सेवा करनी है। अब की ऐसा यत्न करूँगा कि अपने राजनैतिक कार्य के साथ-साथ कुछ समाज-सेवा भी कर सकूँ। बाढ़ से इन लोगों को उबारने के लिए चन्दा इकट्ठा करना होगा...

लारी तेज़ गति से चली जा रही है मेरठ की ओर, और सत्य का मन उससे भी तेज़ गति से चला जा रहा है मेरठ से भी आगे के भविष्य की ओर...

यह क्या है? वह कौन है?

सत्य देखता है—एक अधेड़ उम्र का आदमी, नंगे-बदन, हाथ में लाठी लिए दौड़ा जा रहा है, और बीच-बीच में एक बीभत्स हँसी-हँसकर कहता जाता है, "वह पाया! तेरी—!" और उससे कोई आठ-दस गज़ आगे एक देहाती युवती है—भय, पीड़ा, लज्जा, करुणा और एक अवर्ण्य भावना—एक बलिदान या अभिमान या दोनों की मुद्रा का एक जीवित पुंज लहंगे की परिमा में सिमट कर भागा जा रहा है। भागा जा रहा है जान लेकर। ओढ़नी का पता नहीं कैसे लहंगे का बोझ सम्भाले हुए है—जब वह उछलती है, तो लहंगा कुछ उठ जाता है, घुटने तक उसकी टाँगे दीख जाती हैं—टाँगे भी पतली, बरसों की भूखी!—और पैर में चाँदी के कड़ों के नीचे खून लग रहा है, पर वे थमते नहीं—ज़मीन पर भी टिकते नहीं, शिकार और शिकारी का अन्तर कम नहीं होता..

लारी उस युवती से आगे निकल गयी है—सत्य गर्दन मोड़ कर देख रहा है...

यह क्या लाठी फेंकेगा? वह औरत है, या दानवी? एक उछाल सत्य ने देखा, अब की क्षण-भर के लिए घुटनों से भी बहुत ऊपर तक लहंगा उठ गया है—वह कूद पड़ी है जमुना की बाढ़ में—वह गिरी—ओफ़। यह तो काँटों की एक बड़ी झाड़ी में गिरी और धँस गयी—जब तक निकलने की चेष्टा करेगी, तब तक पानी और कीच में डूब जाएगी?—कैसी घुट-घुटकर।—और काँटे...

पर अब कुछ नहीं दीखता। लारी आगे निकल आयी है। केवल लारी के पहियों से उठी हुई धूल। और सरकंड़े के झुरमुट। और लम्बे-लम्बे घने झाऊ। और कहीं-कहीं थोड़े-से नरसल। और एक अर्जुन के पेड़ पर से उड़ा जा रहा नीलकंठ। और जमुना का प्रवाह—एक साथ ही क्षुद्र और गम्भीर, प्रशान्त और उद्वेगपूर्ण।

लारी जमुना को पार कर रही है।

2

कहाँ गया वह उत्साह? कहाँ गया वह प्रभात का सौन्दर्य? कहाँ गयी वह तीन वर्षों के बाद छूटने की उत्तेजना?

सत्य निष्प्रभ-सा लारी में बैठा है। उसकी तनी हुई शिराएँ धीरे-धीरे ढीली पड़ रही हैं, और साथ-ही-साथ उसकी उत्तेजना और उसका उल्लास भी ठंडे होते जा रहे हैं। जिस गौरवपूर्ण सार्वज़निक जीवन की उसने कल्पना की थी, उसमें इसके लिए स्थान नहीं था—इस अनियन्त्रित उन्माद के लिए, जीवन के प्रति ऐसे उपेक्षापूर्ण त्याग के लिए—इस विशेष प्रकार की पीड़ा के लिए। और सबसे बढ़कर इस भयंकर निस्सहायता के लिए, जिसका उसने आज लारी में बैठे-बैठे अनुभव किया, जिसके कारण उसे वह रोमांचकारी दृश्य देखना पड़ा...

वह कौन था? वह कौन थी? वह क्या था? सत्य इन प्रश्नों पर अपनी बुद्धि की कुल शक्ति खर्च कर चुका है, पर उसकी समझ में कुछ नहीं आया। और जब तक वह समझ नहीं लेगा, उसे चैन नहीं मिलेगा...

नशा उतर गया है, उल्लास बैठ गया है, उत्तेजना ठंडी पड़ गयी है, पर नशे के बाद बदन टूटता है, उल्लास के बाद थकान आती है उत्तेजना के बाद मूर्च्छा। सत्य के हाथ बहुत थोड़े-थोड़े काँप रहे हैं, और उसका मन उद्वेग से भर रहा है।

वह जो मैंने देखा, वह क्या हो रहा था? उसका और उसका क्या सम्बन्ध था? उस आदमी का मुँह जिस भाव से विकृत हो रहा था, वह क्रोध की ज्वाला थी, या वासना की, वह उसके शरीर पर अपनी क्रोधाग्नि शान्त करना चाहता था, या कामाग्नि? क्यों? वह कुमारी थी, या विवाहिता? (विधवा तो नहीं थी...)

जासूसों के संशयों की भाँति अनेक चलचित्र सत्य के सामने से एक-एक करके जा रहे थे। वह उसकी स्त्री है, वह सती है, पर उसका पति उस पर सन्देह करता है। नहीं, वह असती है, और पकड़ी गयी है। वही किसी और की स्त्री है, और उसके पास प्रेम का प्रस्ताव लिये आयी है, यह धमका रहा है। वह अविवाहिता है, यह उसका प्रेमी; उसने विश्वासघात किया है, यह बदला ले रहा है। वह इसे प्रेम नहीं करती, यह ईर्ष्या करता है...

नहीं, उसका दोष नहीं है। उसका पिता उसकी शादी और कहीं करना चाहता है, वह आज्ञा मान लेती है, इसलिए इसे क्रोध आ गया है। तभी तो उस लड़की के मुँख पर ऐसा विचित्र भाव था—जिसमें साथ ही भय और करुण, ग्लानि और पीड़ा, और वह बलिदान और अभिमान का सम्मिश्रण हो रहा था।

यह तो तब भी हो सकता है, यदि वह बिल्कुल अबोध बाला ही हो, प्रेम-व्यापार से अपरिचित, और वह कामी अपनी वासना की तृप्ति के लिए उसे अकेली पाकर पकड़ने दौड़ा है। यह भी हो सकता है—उसके मुख पर जो हिंस्र भाव था, वह क्रोध भी हो सकता है और उग्र तीप्त काम-लिप्सा भी। और उस लड़की का...

उसका मुख, वह फटी-फटी-सी आँखें...

सत्य अपनी आँखें मूंद कर उस दृश्य का पुनर्निर्माण करने का यत्न करता है। पर, कल्पना में उसे उस लड़की की मुख क्यों नहीं दीखता? वह सामने जमुना का बढ़ा हुआ गंदला पानी—वह सरकंडों के झुरमुट—ये कंटीली झाड़ियाँ—वह पीछे लाठी लिये दौड़ा आ रहा है—वह कूदी—उसके अस्त-व्यस्त कपड़े और बिखरे बाल—उड़ता हुआ लहंगा—सब कुछ दीखता है, पर मुख क्यों नहीं याद आता? सत्य खीझकर आँखें खोलता है, फिर बन्द करके केवल उसके मुँख पर ध्यान केन्द्रित करता है। पर वहाँ तो शून्य-ही-शून्य दीखता है, मुख नहीं। वह प्रकम्पित चोली, वह लहंगा—

नहीं, लहंगा-वहंगा कुछ नहीं सोचूँगा! वह मुख!

सत्य फिर चेष्टा करता है। उसके लिए, वह बहुत धीमे स्वर में उस मुख की एक-एक विशेषता का वर्णन करता है, और उसे ध्यानावस्थित करके एक मूर्त्त आकार देने की चेष्टा करता है।

बिखरे हुए केश, रंग न सांवला, न गोरा, कुछ सांवलेपन की ओर अधिक, गठन न सुन्दर, न कुरूप, किन्तु एक अनिवर्चनीय लुनाई लिये हुए, भँवें मानो एक-दूसरे को छूने के लिए बाँहें फैला रही हों, आँखें तो सोची ही जा सकती हैं, शब्दों में बंध नहीं सकतीं, नाक छोटी-सी थी, ओठ खुले, निचला ओठ कुछ भरा हुआ, कोने खिंचे और कुछ नीचे झुके हुए, कोने के पास—क्या तिल? और ठोड़ी—

खाक-धूल! सत्य का कल्पना-क्षेत्र तो वैसा ही शून्य है! वह उसके मुख के एक-एक अंग की एक-एक खूबी का बखूबी वर्णन कर सकता है, पर उसके मूर्त्त चित्रण में उसकी कल्पना शक्ति जवाब दे जाती है!

वह झुँझला कर सोचता है, इस विषय को भुला दूँगा। वह मुँह फेरकर सड़क पर भागती हुई लारी के इंजन के बानेट (शीर्ष) पर लगे हुए गरुड़ चिह्न की ओर देखने लगता है। वह पीतल का गरुड़ पंख फैलाए हुए ऐसा सन्नद्ध खड़ा है, जैसे किसी शिकार पर झपट पड़ने की क्रिया में ही रुक गया हो।

या, जैसे वह स्त्री–बाढ़ के पानी में अधडूबी झाड़ी में कूदते समय थी–तना हुआ शरीर, फैले हुए डैने की तरह लहंगा, नंगी टाँगें...

छिः!

मानो संसार में उन नंगी टाँगों के अतिरिक्त कुछ रह ही न गया हो–क्यों बार-बार मेरी दृष्टि के आगे वे ही आ जाती हैं? क्या इन दो-तीन वर्षों के दूषित वातावरण ने मेरे मन को भ्रष्ट, पतित, व्यभिचारी बना दिया है? मेरे मन को, जिसे अभी देश का इतना कार्य करना है, जो भारतमाता का सुपुत्र होने का दावा करता है?

और सत्य का–भारतमाता के सुपुत्र सत्य का–ढीठ मन फिर भागा। अब की बार बड़ी दूर। सैकड़ों मीलों की मंज़िल मारकर, सैकड़ों दिन का व्यवधान पार कर। तब जब सत्य ने नया-नया बी.ए. पास किया था और छुट्टियों के लिए कश्मीर जा रहा था। और किस सम्बन्ध से वह इतनी दूर भागा, यह वही जाने। सत्य तो नहीं जानता–अभी इस पर ध्यान देने की फ़ुरसत भी कहाँ? वह तो अभी कुछ और ही दृश्य देख रहा है। वह नहीं देख रहा, दृश्य स्वयं ही बाढ़ की तरह उमड़ता हुआ उसकी चेतना को परिप्लावित कर रहा है...

3

मुज़फ़्फ़राबाद की तलहटी में दोपहर।

जेहलम और कृष्णगंगा दोनों ही में बाढ़ आयी है। दोनों ही के पुल खतरे से है। जो लोग एबटाबाद से कश्मीर आते हैं, वे यहीं पर दोनों नदियाँ पार करते हैं किन्तु पुल खतरे में होने के कारण आजकल लारियाँ उन्हें पार नहीं कर सकतीं, इसलिए एबटाबाद की ओर से आने वाले यात्री दोनों पुल पैदल पार करते हैं और दुमेल में दूसरी लारियों में बैठकर कश्मीर जाते हैं। और जो लारियाँ कोहाला होकर आती हैं, वे इन यात्रियों को लेने के लिए दुमेल में रुकी रहती हैं।

सत्य जिस लारी में आया है, वह रात को दुमेल पहुँची थी और एक दिन दुमेल ही में प्रतीक्षा में रुकेगी। सत्य को कोई जल्दी नहीं थी, इसलिए वह इस प्रोग्राम का विरोध नहीं कर रहा है।

वह रात को अपनी छोटी दूरबीन, दो-तीन कम्बल, कमीज़, निकर और तौलिया लेकर दुमेल में जेहलम का पुल पार करके दोनों नदियों के संगमस्थल के ऊपर त्रिकोण में बसी हुई बस्ती मुज़फ़्फ़राबाद में घुस गया था। उसे आशा थी, कहीं रात काटने का प्रबन्ध हो जाएगा। जब उसे निराशा हुई, तब वह सड़क पर से नीचे उतरकर कृष्णगंगा के तट पर पहुँचा। वहीं वह बिस्तर लगाने के योग्य कोई स्थान ढूँढ़ रहा था, तो उसने देखा, वहाँ से कुछ ही दूर पर एक छोटे-से स्रोत के पास, जिसमें किसी वन्य-वृक्ष की आगे निकली हुई छाल पर से होकर मोतियों की लड़ी-सी पानी की धार आ रही थी, दो-चार बड़ी-बड़ी सिलें जोड़कर एक चबूतरा-सा बनाया गया। उसने मन-ही-मन सोचा, 'मुसलमानों की पाकगाह होगी', और वह उसी पर कम्बल बिछाकर पड़ गया।

वह थी कल की बात। सुबह वह उठा, तो देखा, उस झरने पर कई-एक स्त्रियाँ पानी भरने के लिए जमा हो रही हैं। उसे उठा देखकर उन्होंने लम्बे-लम्बे घूँघट तान लिये। सत्य थोड़ी देर उन्हें देखता रहा, फिर उठकर घूमने लगा और आसपास लगी हुई जंगली झरबेरियाँ बीन-बीनकर खाने लगा...

अब तीसरे पहर वह दोबारा सो कर उठा है। जंगली अखरोट के पेड़ों से छन कर आती हुई धूप में दोपहर-भर सोने से उसके शरीर में एक अपूर्व मस्ती छा गयी है। वह उठकर नदी के किनारे पर बैठा है और नहाने का निश्चय करके भी आलस किए जा रहा है–वह मस्ती इतनी मधुर मालूम हो रही है...

सत्य जहाँ बैठा है, वहाँ से कृष्णगंगा के श्याम और जेहलम के मटमैले पानी का संगम दीख पड़ता

है। कृष्णगंगा के परली पार सत्य देख रहा है, पाँच-सात गूजरियाँ क्रीड़ा कर रही हैं। सत्य को उनके मुख स्पष्ट नहीं दीखते, पर फिर भी वह उन्हें अच्छी तरह देख सकता है।

सत्य कपड़े उतार चुका है और पानी में घुस गया है। वह किनारे के पास ही जल में बैठ गया है, उसका सिर-भर पानी के बाहर है। दूर से श्यामल पानी में शायद वह बिल्कुल ही अदृश्य हो जाए।

गूजरियाँ भी नहाने की तैयारी कर रही हैं। उन्होंने परस्पर हँसी करते-करते कपड़े उतार फेंके हैं, और रेत पर लेटी हुई धूप सेक रही हैं।

सत्य पानी में बैठा हुआ उन्हें देख रहा है। वह अपना स्नान भूल गया है, किनोर से दूरबीन उठाकर देख रहा है। उसे क्षीण-सा ज्ञान है कि वह अच्छा नहीं कर रहा है, पर साथ ही यह विचार उसे प्रोत्साहन दे रहा है कि वह परले पार से नहीं दीखता। और फिर जब वे खुलेआम नहा रही हैं, तो अनेक लोग उन्हें देख रहे होंगे, वह अकेला थोड़े ही है!

सत्य, तू कब तक ऐसा बैठा रहेगा? अपने जीवन की जिन दबी हुई शक्तियों को तू आज उन्मुक्त कर रहा है, वे कहीं तुझे ही न कुचल डालें...

उँह! वह देखो, गुजरियों के साथ दो छोटी-मोटी लड़कियाँ हैं, कितने तीव्र स्वर से हँस रही हैं! सत्य को जान पड़ता है, या भ्रम होता है कि वह नदी के प्रवाह-मर्मर के ऊपर उस तीखे स्वर को सुन सकता है।

वह एक युवती उठकर चट्टान पर खड़ी हुई है और सूर्य की ओर उन्मुख होकर अंगड़ाई ले रही है मानो कोई वनसुन्दरी सूर्य को ललकार रही है—तू सुन्दर है या मैं? उसने कन्धे पर अपना काला पैरहन रखा हुआ है, जिसके मुकाबले में उसका शरीर अत्यन्त गोरा जान पड़ रहा है।

बहुत देख लिया। वे शक्तियाँ तुझे नहीं छोड़ेंगी। तेरी मानवता पुकार रही है—तेरी दासताबद्ध स्वाभाविक! कामनाएँ अत्यधिक नियन्त्रण के कारण और अधिक बलवती-होकर फूट निकली हैं! तू संभल—इस अपूर्व उत्तेजना को दबा डाल!

और यह सोचते-सोचते उसने दूरबीन किनारे पर रखी, एक लम्बी साँस ली और फिर गोता लगा गया। जब उसका सिर पानी से बाहर निकला, तब वह आधी से अधिक नदी पार कर आया था। उसने पानी में उछलकर साँस ली। उसकी आँखों ने तब तक वह चट्टान खोज ली...

वह चौंकी—उसके ओठ कुछ खुलकर फिर एक भय और विस्मय की चीख को पी गये—उसका मुख क्षण ही में भय, लज्जा, शायद पीड़ा और एक साथ ही कोमल और कठोर अभिमान की छाया दिखा गया। उसी क्षण में उसने हाथ तनिक ऊपर उठाये और एड़ियों पर सध गयी। अगले क्षण सत्य ने देखा, मानो एक बड़ा-सा काला गरुड़ अपने डैने फैलाए उस चट्टान पर मंडरा रहा है—वह युवती पानी में कूद पड़ी है और बैठ गयी है, और उसका काला पैरहन पानी पर तैर रहा है। और उसी क्षण में सत्य झेंपा हुआ, लज्जित, पानी में ही पसीना आ रहा है।

सत्य लड़खड़ा कर गिरा। सैकड़ों मील, सैकड़ों दिन का व्यवधान पार करते हुए—मुज़फ़्फ़राबाद से मेरठ...

सत्य, भारतमाता का सुपुत्र, आवेश में आकर लारी में ही खड़ा हो गया है। पुलिसवाले चौंककर उसकी ओर देखते हैं। वह घोर लज्जा का अनुभव कर रहा है—उसके माथे पर पसीना आ गया है।

और जिस चेहरे की कल्पना करने की चेष्टा में उसने इतनी शक्ति लगा दी थी, इतनी शक्ति लगाकर भी असफल रहा था, वह उसके सामने नाच रहा है। एक अकेला नहीं, हज़ारों। सत्य को देख पड़नेवाला कुल वायुमण्डल ही सहस्रों वैसे चेहरों से भर गया है—वही बिखरे केश, मिलती भँवें, अनुपम आँखें, भरे ओठ, वही विचित्र मुद्रा। भय, लज्जा, पीड़ा, करुणा, ग्लानि। वह कोमल और कठोर बलिदान या अभिमान।

यह सब उसकी उत्तेजना की उठान में नहीं, किन्तु तब, जब भारतमाता का सुपुत्र आत्म-ग्लानि का पुंज बनकर फिर बैठ गया है।

जिस चीज को मैं समझता था कि मैंने अपने आदर्श जीवन में भुला दिया है, वह अभी तक मेरे भीतर उग्र रूप में विद्यमान है—भारतमाता के सुपुत्र! देश के उद्धार कर्ता! छिः-छिः!

4

रिहा तो हर हालत में होना ही था, किन्तु सत्य जिस सुख और गौरव की कल्पना कर रहा था, उसका अणुमात्र भी उसे नहीं प्राप्त हुआ। जब भीड़-की-भीड़ लोगों की उसे लेने आयी, जब उसके 'इष्ट-मित्र' (जो तीन वर्ष तक उसकी स्मृति को हृदय में छिपाए बैठे थे) उसे बढ़ावा देते हुए खींचकर ले गये और लारी में बिठा-कर देहली चलने को हुए—उसके नाम के नारे लगाते हुए—तब सत्य को ऐसा प्रतीत हुआ, वह बच नहीं सकेगा, लज्जा से वहीं धँस जाएगा। उसके जी में आया, चिल्लाकर कहूँ—मैं अत्यन्त नीच, घृणित, पतित हूँ, मुझे धक्के दे-देकर निकालो— नहीं, फिर वापस जेल भेज दो! मैं इसी योग्य हूँ। उसे जान पड़ा, अगर यह नहीं कहूँगा, तो जल जाऊँगा, ज्वालामुखी की तरह फट पड़ूँगा।

पर उसने कहा नहीं। उसके मुँह से बोल निकला। केवल जब किसी ने पूछा—"आपको अभी से देश की चिन्ता लग गयी?" और सत्य ने देखा कि पूछने-वाले की मुद्रा में व्यंग्य का नहीं, श्रद्धा का-सा भाव है, तब उसने ग्लानि और क्रोध की पराकाष्ठा में, उसी को छिपाने के लिए, जैसा भी सूझा, अच्छा-बुरा, भद्दा मज़ाक करना शुरू किया, और फिर ऐसा चला कि बस रुकने में ही नहीं आया।

पर जमुना के पुल के पास पहुँचते-पहुँचते फिर वही हाल। सत्य चुप—गुम-गुम। लोग बात करते हैं, तो उत्तर नदारद—मानो सुना ही नहीं।

पुल पार करते ही सत्य ने कहा, "लारी रुकवाओ, उतरूंगा।"

दोस्तों ने विस्मित होकर कारण पूछा तो—किसी से इधर मिलने जाना है। शाम तक नहीं रुक सकता।

कोई साथ चले? नहीं, अकेले जाएँगे। प्राइवेट काम है।

लीडर के सौ खून माफ। सत्य को उतारकर लारी आगे बढ़ी। सत्य जल्दी-जल्दी बेला रोड पर चलने लगा। न-जाने किस आशा में उसने इस पर कोई विचार नहीं किया था। वह चलता जा रहा था और उसकी आँखें आसपास किसी परिचित चिन्ह की तलाश में फिरती थीं!

ये रहे नरसल—और वह रहा झाऊ—वह सामने सरकण्डे का झुरमुट—मकई का तो कहीं नाम-निशान भी नहीं दीख पड़ता, वह तो बिल्कुल बैठ गयी है। अब तक तो सड़ गयी होगी। और यह—

सत्य ठिठक गया।

यह सामने वही कँटीली झाड़ी है। आसपास कहीं कोई दीख पड़ता। दूर पर फूस के छप्पर पड़े हैं, पर उनके पास-पड़ोस में कोई मानवीय आकार नहीं दीखता। क्या करूँ। उतरकर देखूँ, झाड़ी में क्या है? अगर कुछ होता भी, तो अब तक कौन छोड़ेगा? शायद खून के कतरे—

नहीं, कुछ नहीं है। स्वप्न में भले ही आग देखी हो, दिन में उसका धुआँ भी नज़र आता।

सत्य बैठा है। संसार अपनी अभ्यस्त गति से चला जा रहा है, पर सत्य के लिए नहीं। उसके लिए सृष्टि मर चुकी है। अब रह गया है वह और एक वायदा। एक वायदा जो कि पूरा नहीं हुआ। न होगा। न हो सकता है। वह अब वैसा ही है, जैसे कोई प्रेमिका मिलने का वचन देकर मर गयी हो और उसका अभिसारी प्रतीक्षा में बैठा रहे। दिन, महीनों, बरसों नहीं; अनन्त काल तक प्रतीक्षा में बैठा रहे...दिन ढल गया है, जमुना का गंदला पानी सान्ध्या धूप में ताँबे-सा दीख पड़ता है, और नरसल ऐसे, जैसे ताँबे को

जंग लग गया हो; हवा चलने लगी है, और उससे पानी वृद्धिगत होते हुए 'घर्र-घर्र' शब्द के साथ ही नरसल और झाऊ की दर्द-भरी सरसराहट मिल गयी है; दूर कहीं से पक्षियों के रव से न छिपा सकने वाली पड़कुलिया की पुकार कह रही है, 'तू-ही-तू!' पर इस परिवर्तन में सत्य का संसार अपरिवर्तित खड़ा है—पत्थर पर खिंचे हुए चित्र की तरह जड़!

वह जो बुड्ढा चला आ रहा है, सत्य ने उसे नहीं देखा; पर वह सत्य की ओर आ रहा है, बात करना चाहता है।

"बाबूजी, यहाँ क्या कर रहे हो?"

सत्य ने चौंककर कहा, "क्यों?"

"बाबूजी, यहाँ मत बैठो, यह जगह अच्छी नहीं है।"

"क्यों?"

"क्या बताएँ बाबूजी, यहाँ तो कल गाँव के नाम बट्टा लग चला था।"

सत्य जानता था कि यह भ्रम है पर उसे मालूम हुआ, पानी से एक पुकार उठ रही है—'हाय मोहे बचइयो!' वह सम्हलकर बैठ गया और बोला, "क्या बात हुई?"

"बात कुछ नहीं, खेत के बारे में कुछ झगड़ा हो गया था, उसी से लड़ाई हो गयी—"

"सो कैसे?"

बुड्ढे ने खंखार कर पूछा, "बाबूजी, आप तमाखू पीते हैं?" और जवाब पाकर थोड़ी देर चुप रहकर कहने लगा, "हमारे गाँव में एक ही बड़े किसान हैं, बाकी हम तो सब ग़रीब लोग हैं। ये आसपास के सब खेत उनके ही हैं। हमारा तो कहीं एक आध खेत होगा। जब बाढ़ आयी, तो हम सब अपने छप्पर इधर सड़क पर ले आये। एक ग़रीब घर का छप्पर भी बह गया था। वे रात-भर भीगते बैठे रहे थे। उसके घर में एक लड़का बेराम था। उसकी माँ रोती थी। बाप तो कहीं काम को गया हुआ था। घर में मर्द कोई था नहीं, एक अकेली बहू थी—उससे यह रोना देखा नहीं गया। वह सास से बोली कि मैं थोड़े झाऊ और नरसल ले आती हूँ, बच्चे के लिए छपरिया छा लेंगे। वह उठकर—"

"तो और किसी ने उन्हें जगह नहीं दी?"

"और कहाँ से देते! वे सब तो आप भीग रहे थे—छप्परों में जगह कहाँ थी? हाँ, तो वह हंसुई लेकर चल दी। पता नहीं, किधर गयी। हमने थोड़ी देर बाद सुना कि उसकी चौधरी के बेटे से रार हो गयी है! वह पूछा रहा है कि मेरे खेत से मकई काट रही है? तो वह जवाब देती है कि मैं नरसल काटने आयी हूँ। वह गाली देता है कि साली, झूठ बोलती है, तो वह कहती है कि ज़बान सम्भालकर बात करो। वह और गाली देता है तो वह माँ-बहन की याद दिला देती है।"

"पर मकई तो वैसे ही गल गयी, काम तो आती नहीं—?"

"बाबूजी अपनी चीज़ सड़े तो, गले तो, अपनी ही है।"

"पर—" कहकर सत्य चुप हो गया। बुड्ढा फिर कहने लगा—"हाँ तो, थोड़ी देर में दोनों चुप हो गये—हम सोचते रहे कि क्या हुआ है। तब बहू लौट आयी—थोड़े से नरसल काट लायी थी—उसमें दो-चार पौधे शायद मकई के भी थे।"

"फिर?"

"हमने बहू की सास से कहा कि उसे समझा दे, गाँव के चौधरी से रार करना अच्छा नहीं होता। बहू कुछ नहीं बोली। घूँघट काढ़कर छपरिया छाने बैठ गयी। हमने समझा कि बात ख़तम हो गयी है!"

"फिर?"

"तब भोर होने वाला था। बरसात बन्द हो चुकी थी। धूप निकल आयी, तब हम बाहर निकलकर

बदन सुखाने लगे। पर वे सास-बहू बैठी रहीं—बहू अभी तक अपना काम किये जा रही थी। तभी हमने सुना, सास बड़े ज़ोर से चीख़ पड़ी! बच्चा एक बार छटपटा कर मर गया...

"हम धीरे-धीरे उसके पास गये कि समझाएँ दिलासा दें। बहू ने काम करना बन्द कर दिया, सन्न-सी वहीं बैठ रही। हम भी कुछ कह नहीं पाये थे, अभी चुप ही थे कि चौधरी का बेटा एक लाठी लिये आया और उसे देखकर बोला—"क्यों री, तू ही चुराकर लायी थी न मकई?" और कहते-कहते लाठी से उसकी बनायी हुई अधूरी छपरिया को बिखेर दिया। उसमें एक-आध पौधा मकई का दीख पड़ा, तो लाठी से बहू को धकेलते हुए बोला, "अब क्यों बोल नहीं निकलता?" और गन्दी गाली दी। तब बहू ने घूँघट हटा दिया और बोली—"चौधरी, अपना काम करो, ग़रीबों को सताना अच्छा नहीं।"

"चौधरी और भी गर्म हुआ। गालियाँ देने लगा और एक लाठी भी बहू की टाँग में जमा दी। बहू हमारी ओर देखकर बोली, "तुम लोग देखते नहीं हो?" पर हम सब ऐसे घबरा गये थे कि हिल-डुल भी न सके, बोले भी नहीं। इतनी देर में उसने एक लाठी और मारी। बहू हटकर बची तो, पर उसके पैर में चोट लगी। तब वह भागी और चौधरी उसके पीछे-पीछे।"

"फिर?"

"हम वहीं बैठे रह गये—फिर क्या हुआ, हमने नहीं देखा—"

सत्य को ऐसा हुआ, कहूँ, "मैंने देखा! मैंने देखां" पर वह चुपचाप सुनता रहा।

"जब हमने फिर देखा, तो चौधरी इसी जगह खड़ा था। और वह वहीं झाड़ी में डूब रही थी। हमने मिलकर उसे निकाला, वह बेहोश थी। उसके कई जगह चोटें थीं, खून बह रहा था।"

"फिर?"

"फिर हम उसे अस्पताल में ले गये। वहाँ पड़ी है। अभी तक होश नहीं आया। बचेगी नहीं।"

बुड्ढा चुप हो गया। थोड़ी देर बाद सत्य ने पूछा—"और चौधरी?"

"चौधरी क्या?" प्रश्न में ऐसा विस्मय था, मानो सत्य का प्रश्न उठ ही नहीं सकता—उसका उत्तर इतना स्वतःसिद्ध है! हाँ, चौधरी क्या? चौधरी कुछ नहीं। वह तो चौधरी है ही।

बहुत देर मौन रहा। बुड्ढे ने देखा, सत्य चुप है, न जाने किस विचार में लीन है। वह निराश-सा होकर वृद्धों के प्रति संसार की उपेक्षा का विचार करके चला गया।

सूर्यास्त हो गया। अँधेरा हो गया। तारे निकल आये। पक्षियों का रव बन्द हो गया। पानी की घरघराहट और गम्भीर हो गयी, पर सत्य का पत्थर में खिंचा हुआ संसार नहीं पिघला—नहीं पिघला।

एक पत्थर का बुलबुला था, ठोस, अपरिवर्तित, मुर्दा। किन्तु बुलबुला होने के कारण वह जीवन की निरन्तर परिवर्तनशीलता, विचित्रता, रंगीनी और क्षुद्र नश्वरता का द्योतक बना रहता था। वह चिह्न था अनुभूति का, प्रेम का, उत्साह का, किन्तु उसकी वास्तविकाता थी, छलना, वेदना, वज्र कठोरता, मानव के जीवन का नंगापन...

वह बुलबुला फूट गया है, इसलिए उसका भेद खुल गया है। सत्य भी देख सकता है कि वह जीवन का सौन्दर्य नहीं, उसके पीछे निहित कठोरता है, वह पत्थर है जो नहीं पिघलेगा, नहीं पिघलेगा।

5

कहीनी जीवन की प्रतिच्छाया है, और जीवन स्वयं एक अधूरी कहानी है, अधूरी कहानियों का संग्रह है, एक शिक्षा है, जो आयु-भर मिलती रहती है और कभी समाप्त नहीं होती। हमारी कहानी का भी सच्चा अन्त तो यही है। मुजफ़्फ़राबाद वाली बात भी अधूरी, जमुना किनारे की बात भी अधूरी, देशसेवा की बात भी अधूरी, जीवन ही अधूरा रह गया है...पर, जिस प्रकार किसी लेखक की मृत्यु के बाद छपी हुई

अधूरी कहानियों को पढ़कर भी उसके जीवन की प्रगति का एक पूरा चित्र खींचा जा सकता है, उसी प्रकार संसार की अपूर्ण विशालता में, विशाल अपूर्णता में भी एक तथ्य मिलता है, एक प्रवाह, एक तारतम्य, एक किसी निश्चित, परिपूर्ण फलन की ओर अग्रसर होती हुई अचूक प्रगति...

सत्य का स्पप्न बिखर गया है। उसकी दबी हुई कामनाएँ और लिप्साएँ दबी ही रह गयी हैं। सत्य की बुद्धि ने उन्हें बाँध कर कुचल डाला है, फूटने नहीं दिया। पर उन्होंने भीतर-ही-भीतर फैल कर सत्य की मानसिक प्रयोगशाला में ने जाने कौन-कौन से अभूतपूर्व रसायन तैयार किए हैं, और वे रसायन न जाने किन-किन शक्तियों से लदे हैं, सत्य को किधर धकेल ले जाएंगे! उसके कौन-कौन से आदर्श तोड़ेंगे। उसकी मेहनत से संचित की हुई, या दबाई हुई, किन-किन गुप्त स्मृतियों को उखाड़ फेंकेंगे, नंगा कर देंगे। उसकी किन-किन सदभिलाषाओं को, उच्चतम आकांक्षाओं, उत्सर्ग–चेष्टाओं की व्युत्पत्ति पतित-से-पतित, गर्हित-से-गर्हित, जघन्यतम धातुओं से सिद्ध कर देंगे। प्रेम-जीवन के किस-किस कमल का उद्भव वासना-सर के किस गंदले कीच से कराएंगे...

और यह सारी विराट् क्रिया मानव के लिए एक अपूर्णता ही रह जाएंगे, जिसे वह समझ कर भी नहीं समझेगा। वह इसकी तरतमता को नहीं समझ पाएगा। जैसे ऑक्सीजन और हाइड्रोजन को मिलाकर जलायें–एक धड़ाका होता है और हम देखते हैं, न ऑक्सीजन है न हाइड्रोजन। उसे हम विस्फोट कहते हैं। पानी बनने की इस क्रिया में हम उसकी अनिवार्य परात्परता नहीं देखते–हम यही समझते हैं कि दोनों गैसों की जीवनी अधूरी रह गयी–एक विस्फोट में उलझ कर खो गयी।

ऐसा ही विस्फोट सत्य के जीवन में भी हुआ; पर हमारी कहानी का वह अंग नहीं है, क्योंकि हमारी कहानी की सम्पूर्णता विस्फोट के पूर्व के इस अधूरेपन में ही है। उस विस्फोट का इस प्रारम्भ से कोई सम्बन्ध नहीं था, फिर भी जीवन की विशाल असम्बद्धता में वे दोनों एक ही क्रिया की दो अभिन्न कलाएँ थीं।

इस घटना के दो वर्ष बाद सत्य की मृत्यु हो गयी। मृत्यु नहीं हुई, हत्या हुई। संयुक्तप्रान्त में जो किसान-विद्रोह हुआ, उसके प्रपीड़ित, अज्ञात, नाम से घबराने वाले, बल्कि नामहीन अगुओं में से सत्य भी एक था। उसी सिलसिले में एक गाँव में 'शान्ति स्थापना' के समय पुलिस के हाथों गोली से वह मारा गया। किसी ने यह भी न जाना कि भारतमाता के उस सुपुत्र का समाधि-स्थल कहाँ रहा।

यह भी अपूर्ण कहानी है। किन्तु इन अनेक टूटी-फूटी कड़ियों को जोड़ देने पर जीवन-शृंखला पूरी हो जाती है। यह और बात है–कि इन कड़ियों को जोड़ देने की शक्ति मानव में नहीं है–कि इसके लिए हमारे जीवन-संघर्ष की अपेक्षा कहीं अधिक ताव की, कहीं अधिक प्रोज्ज्वल भट्टी की आवश्यकता है।

मुलतान जेल, नवम्बर, 1933

कैसांड्रा* का अभिशाप

प्यासे खजूर के वृक्षों की छोटी-सी छाया उस कड़ाके की धूप में मानो सिकुड़ कर अपने-आप में, या पेड़ के पैरों तेले, छिपी जा रही है। अपनी उत्तप्त साँस से छटपटाते हुए वातावरण से दो-चार केना के फूलों की आभा एक तरलता, एक चिकनेपन का भ्रम उत्पन्न कर रही है, यद्यपि है सब ओर सूनापन, प्यासापन, रुखाई...

उन केना के फूलों के पास ही, एक छींट के टुकड़े से अपने कन्धे ढँके हुए, मेरिया बैठी है। उससे कुछ ही दूर भूमि पर एक अखबार बिछाये उसकी छोटी बहन कार्मेन एक रूमाल काढ़ रही है। वे दोनों अपने-अपने ध्यान में मस्त हैं, किन्तु उनका ध्यान एक ही विषय को दो विभिन्न दृष्टियों से देख रहे हैं...यद्यपि वे स्वयं इस बात को नहीं जानतीं कि उनके विचार एक-दूसरे के कितने पास मंडरा रहे हैं– यद्यपि मेरिया उसे कभी स्वीकार नहीं करेगी, क्योंकि वह इसे अपने हृदय का गुप्ततम रहस्य समझती है...

कार्मेन की आँखें उसके हाथ की रूमाल पर लगी हुई हैं। वह उस पर लाल धागे से एक नाम काढ़ रही है, जो मेहंदी के रंग से उस पर लिखा हुआ है– मिगेल! नाम के चारों ओर एक बेल काढ़ी जा चुकी है और बेल के ऊपर एक लाल झंडा।

मेरिया अपने पास की किसी चीज को अपने चर्मचक्षुओं से भी नहीं देख रही है। केना के फूलों के आगे जो खजूर के दो-चार झुरमुट-से हैं, उनके आगे जो छोटे-छोटे नये गन्ने के खेत हैं, उनके भी पार कहीं जो स्पष्ट किन्तु अदृश्य सत्यताएं हैं, उन्हीं पर उसकी आंखें गड़ी हैं....

वहाँ है तो बहुत कुछ। वहाँ मार-काट है, हत्या है, भूख है, प्यास है, विद्रोह है, पर मेरिया उसे देख ही नहीं रही। वह तो वहाँ एक स्वप्न की छाया देख रही है। एक स्वप्न, जो टूट चुका है, किन्तु बिखरा नहीं; जो बद्ध हो चुका है, किन्तु मरा नहीं है...

वह मिगेल को याद कर रही है; मिगेल, जो जेल में बैठा है; मिगेल, जो...

पर क्या मन को उलझाने के लिए कोई स्पष्ट विचार आवश्यक ही है? क्या कवि कविता लिखने से पहले उसे लिखने के विचार में और उसके अनुकूल झुकाव में ही इतना तल्लीन नहीं हो सकता कि कविता की अभिव्यक्ति एक अकिंचन, आकस्मिक, द्वैतीयिक वस्तु हो जाय? तभी तो मेरिया भी उसकी

---

*एपोलो के वरदान से कैसांड्रा को भक्तिव्यदर्शिता प्राप्त हुई थी, किन्तु उसकी प्रणय-भिक्षा को ठुकराने पर एपोलो ने उसे शाप दिया कि उसकी भविष्यवाणी पर कोई विश्वास नहीं करेगा। ट्राय के युद्ध के समय, और उसके बाद एगामेम्नन की स्त्री बनकर, भावी घोर दुर्घटनाओं को देखकर वह चेतावनी देती रही, किन्तु ट्रायवालों ने उसे पागल समझकर बन्द कर रखा और एगामेम्नन ने भी उसकी उपेक्षा की। कैसांड्रा का अभिशाप यही है कि वह भविष्य देखेगी और कहेगी, किन्तु कोई उसका विश्वास नहीं करेगा।

—ले. मुलतान जेल 1933

याद में तल्लीन हो रही है, उसे याद ही नहीं कर रही, उसे याद करने की अवस्था में ही ऐसी खो गयी हैं कि वह याद सामने नहीं आती...

मेरिया और कार्मेन साधारणतया इस समय घर से बाहर नहीं बैठतीं। एक तो धूप-गर्मी, दूसरे विद्रोह के दिन, तीसरे घर का काम; और सबसे बड़ी, सबसे भयंकर बात यह कि उन दिनों वेश्याएँ ही दिन-दहाड़े बाहर निकलती हैं या वे कुलवधुएं जो भूख और दारिद्र्य से पीड़ित होकर दिन में ही अपने-आप को बेच रही हैं—चोरी से नहीं, धोखे से नहीं, धर्मध्वजियों की कामलिप्सा से नहीं (इन सब सभ्यता के अलंकारों के लिए उन्हें कहाँ अवकाश?) किन्तु, केवल छः आने पैसे के लिए, जिसमें वे रोटी भर खा सकें...। मेरिया विधवा है, कार्मेन अविवाहिता, और दोनों ही अनाथिनी और दरिद्र, किन्तु वे अभी... वे अभी वहाँ तक नहीं पहुँचीं, वे अभी घर में बैठकर अपने टूटते अभिमान में लिपटकर रो सकती हैं, इसलिए किसी हद तक स्वाधीन हैं...आज वे बाहर बैठी हैं तो इसलिए कि आस-पास आने-जाने वालों को देख सकें, और आवश्यकता पड़ने पर पुकार सकें, क्योंकि आज वे एक अतिथि की प्रतीक्षा कर रही हैं...

दोनों ही उद्विग्न हैं, क्योंकि प्रतीक्षा का समय हो चुका है। पेड़ों की छाया अपना लघुतम रूप प्राप्त करके अब फिर हाथ-पैर फैलाने लगी है। शायद पेड़ों के चरणों में आसन पाने से निराश होकर उस प्राची दिशा की ओर बढ़ने लगी है, जिससे सूर्य का उदय हुआ था—शायद इस भावना से कि जो सूर्य को काँख में दाबकर रख सकती है, वह क्या उसे आश्रय नहीं देगा? अतिथि के आने की बेला, बहुत देर हुए, हो चुकी है, पर मेरिया और कार्मेन दोनों अपने कामों, या कामों की निष्क्रियता में, ऐसी तन्मय दीख रही हैं कि दोनों ही एक-दूसरे को धोखा नहीं दे पातीं और व्यक्त हो जाती हैं।

कार्मेन कहती है, "बहन, देखो, यह ठीक बन रहा है?... तुम सोच क्या रही हो?"

और, मेरिया बिना उसके प्रश्न का उत्तर दिये ही स्वयं पूछती है, "हाँ कार्मेन, तू तो कम्युनिस्ट है न पक्की?"

"मैं जो हूँ सो हूँ, तुम यह बताओ कि तुम सोच क्या रही थीं?"

"मैं? मैं क्या सोचूँगी? तू ही तो अपने झंडे में इतनी तल्लीन हो रही है कि कुछ बात नहीं करती।

"मैं झण्डे में, और तुम इस नाम में क्यों न?" कहकर कार्मेन शरारत से हँसती है।

"चुप शैतान!"- हँसकर मेरिया एकाएक गम्भीर हो जाती है...

और कार्मेन भी चुप रहती है, कभी-कभी बीच-बीच में कनखियों से उसकी ओर देखकर कुछ कहने को होती है, पर कहती नहीं।

गन्ने के खेत के इधर एक व्यक्ति आता दीख रहा है। मेरिया स्थिर उत्कंठा से देखने लगी है। कार्मेन ने उधर नहीं देखा, किन्तु किसी अलौकिक बुद्धि से वह भी अनुभव कर रही है कि उसकी बहन व्यग्रता से कुछ देख रही है और वह भी एक तनी हुई प्रतीक्षा-सी में अपना काम कर रही है...

जब वह व्यक्ति पास आ गया, तो मेरिया ने उठकर हाथ से उसे इशारा किया और कार्मेन से बोली, "कार्मेन, तू भीतर जा। मैं बात करके आऊँगी।"

कार्मेन एक बार मानो कहने को हुई, "मैं भी रह जाऊँ?" फिर उस वाक्य को एक चितवन में ही उलझाकर चली गयी।

"कहो, सेबेस्टिन, मिलने को क्यों कहला भेजा था?"

"तुम्हारे लिए समाचार लाया हूँ। कोई सुनता तो नहीं?"

"नहीं।"

"फिर भी, धीरे-धीरे कहूँ। मिगेल का समाचार है।"

मेरिया चुप। उसके चेहरे पर उत्कंठा भी नहीं दीखती।

“वह मैटांजास की जेल में है।”

“यह तो मैं भी जानती हूँ।”

सेबेस्टिन स्वर और भी धीमा करके बोला, “वह वहाँ से निकलकर अमरीका जाने का प्रबन्ध कर रहा है।”

मेरिया फिर चुप। पर, अब की उत्कंठा नहीं छिपती।

“उसे धन की जरूरत है।”

“फिर?”

सेबेस्टिन सन्दिग्ध स्वर में बोला, “यही मैं सोच रहा हूँ। मेरा जो हाल है, सो देखती हो। अभी तीन दिन से रोटी नहीं खायी और तुमसे भी कुछ कह नहीं सकता। और, और यहाँ कौन बच रहा है—सभी भूखे मर रहे हैं। माँगू किससे?”

मेरिया थोड़ी देर चुप रही। फिर बोली, “कितना धन चाहिए?”

सेबेस्टिन ने एक बार तीव्र दृष्टि से उसकी ओर देखा, फिर कहा, “क्या करोगी पूछकर—बहुत!”

“फिर भी कितना?”

“लाओगी कहाँ से? अगर सौ डालर चाहिए तो?”

“सौ चाहिए?”

तनिक विस्मय से, “अगर दो सौ डालर चाहिए—तीन सौ?”

“तीन सौ डालर चाहिए?”

अब विस्मय को छिपाकर उदासीनता दिखाते हुए, “नहीं, चाहिए तो इससे भी अधिक-कम-से-कम पाँच सौ डालर खर्च होंगे। बड़ी जोखिम का काम है... पर इन बातों से क्या लाभ? हो तो कुछ सकता ही नहीं... तुम पूछती क्यों हो?”

मेरिया चुप है। उसके मुख पर अनेक भाव आते हैं और जाते हैं। सेबेस्टिन उन्हें पढ़ नहीं पाता और सोचता है—यह औरत बड़ी गहरी मालूम पड़ती है, मुझसे बहुत-कुछ छिपाये हुए है, जिसका मैं अनुमान भी नहीं कर पाता...

मेरिया एकाएक बोली, “यहाँ कोई बैंकर है? कोई अमरीकन?”

“हाँ, है तो। क्यों?”

“गिरवी रखेंगे?”

“क्या? शायद कोई खरी चीज़ हो तो रख लें—पर आज-कल गिरवी से बेचना अच्छा, क्योंकि मिलेगा बहुत थोड़ा। पर क्या तुम गिरवी रखना चाहती हो? अभी तो तुम्हारा खर्च चलता होगा?”

मेरिया ने उत्तर नहीं दिया, कुछ देर सोचने के बाद पूछा, “उसे निकालने में कितने दिन लगेंगे?”

“दिन क्या? सब प्रबन्ध तो है, धन भिजवाते ही वह निकल जायगा।”

“यहाँ से मैटांजास भिजवाओगे?”

“प्रबन्ध करने वाले यहीं हैं। उन्हीं को देना होगा। उनके पास धन पहुँचते ही वे कर लेंगे, ऐसा मुझसे कहा है।” सेबेस्टिन ने एक दबी हुई अनिच्छा-सी से कहा, मानो अधिक रहस्य खोलना न चाहता हो।

“हूँ!”

मेरिया फिर किसी सोच में पड़ी गयी। थोड़ी देर बाद उसने उतरे हुए चेहरे से फीके स्वर में कहा, “शायद मैं पाँच सौ डालर का प्रबन्ध कर सकूँ। तुम—रात को आना!”

“तुम! पाँच सौ डालर!”

“हाँ! मेरा विश्वास है कि कर सकूँगी! पर निश्चय नहीं कह सकती—तुम रात को आना।”

"पर–"

"अभी जाओ, रात को आना। अभी बस, अभी बस! मैं कुछ सोचना चाहती हूँ–मेरा स्वास्थ्य ठीक नहीं है।" कहकर मेरिया मुड़कर घर की ओर चली।

"अच्छा मैं जाता हूँ, बिदा!" कहकर सेबेस्टिन चलने लगा; किन्तु जब मेरिया अन्दर चली गयी, तब वह रुककर, उसकी ओर देखकर बोला, "मेरिया, तुम्हारे पास इतना धन कैसे? यह तो अँधेरे में तीर लग गया है।"

फिर, धीरे-धीरे उसके मुख पर विस्मय या आग्रह का भाव मिट गया , उसका स्थान लिया एक लज्जा या विक्षोभ के भाव ने। पर जब सेबेस्टिन फिर गन्ने के खेत की ओर चला, तब वह भाव मिट गया था–तब वह था पहले-सा ही शान्ति-प्राय, किंचित विस्मित...

खजूरों की लम्बी छाया, अब ठीक केना की क्यारी पर छा रही थी; मानो अनन्त पथ पर चलते हुए भी, उसके तरल चिकनेपन के भ्रम में पड़कर थोड़ी देर के लिए प्यासी छाया अपनी आँखें ही ठण्डी कर रही हो...

2

अब वे दिन नहीं रहे, जब मेरिया की गिनती सैकड़ों से आरम्भ होती थी– वे भी नहीं, जब वह अकेली इकाई को इकाई समझने लगी थी... अब तो, यदि डालर इकाई है तो उसकी गिनती सेंट से आरम्भ हो जाती है और सेंट ही में सम्पूर्ण हो जाती है। और, वह देगी पाँच सौ डालर–अपनी गिनती की असंख्य सम्पत्ति!

मेरिया के माँ-बाप, सेंटियागो के पहाड़ी प्रदेश में बड़े जमींदार थे। यद्यपि उनकी समृद्धि को बीते वर्षों हुए जान पड़ते हैं, तथापि मेरिया को कभी-कभी यह विचार आता है, अभी कल ही तो वे दिन थे।

हवाना शहर के आसपास, देहात में, मेरिया के पिता की बहुत-सी जमीन थी जिसमें गन्ने बोये जाते थे; किन्तु कुछ वर्षों से, जब से अमरीका के चीनी के व्यापारियों और मजदूरों तक ने क्यूबा से चीनी के आयात का विरोध किया और देशभक्ति की आड़ लेकर लड़ने को तत्पर हुए जब से अमरीकन सरकार ने उनका मान रखने के लिए और अपनी छूंछी जातिभक्ति या देशभक्ति की शान रखने के लिए, क्यूबा से आनेवाली चीनी के आयात पर कर बढ़ा दिया, तब से धीरे-धीरे उनकी जमीन घटने लगी और उनका साहस भी टूटने लगा–मेरिया को वह दिन याद है (यद्यपि बहुत दूर से, ऐसे जैसे पिछले जीवन के सुख-दुःख याद आ रहे हों!) जब उसके पिता ने आकर एक दिन थके हुए स्वर में मेरिया की माँ से कहा, "रोजा, हम लुट गये हैं,–दीवालिया हो गये हैं..."

उस बात को दो वर्ष हो गये। उसके बाद ही वह दिन भी आया, जब सेंटियागो में उनका मकान भी बिक गया और वे एक साधारण परिवार बनकर हवाना आये–मजदूरी करने के लिए...। वह दिन भी, जबकि मेरिया का पिता एक दिन गन्ने के खेत की निराई करते-करते लू लगने से मर गया और उसके कुछ ही दिन बाद मेरिया की माँ भी–जो सब कष्ट और क्लेश सहकर भी अभिमान की चोट को नहीं सहार सकी थी।

तब से मेरिया और कार्मेन उस घर में रहती हैं। वे दोनों मजदूरी नहीं करतीं–अब मजदूरी करने से उतना भी नहीं मिलता, जितने के उसमें नित्य कपड़े ही घिस जाते हैं, खाने की कौन कहे... इसलिए, मेरिया अब कभी-कभी किसी अमरीकन यात्री के यहाँ एक-आध दिन सेवा करके कुछ कमा लेती है और उसी पर तोष कर लेती है। इस सेवा में, कभी-कभी उसे अपने मन से छिपना पड़ता है–तब, जब किसी यात्री को सूझता है कि मेरिया तो सुन्दरी है। तब मेरिया डरती नहीं, छिपती नहीं, सह लेती है और अपना

वेतन कमा लेती है; क्योंकि नैतिक तन्त्र तो काल को और परिस्थिति के बनाये होते हैं और प्रत्येक काल में जैसे ऊँचाई की एक सीमा-सी होती है, वैसे ही निचाई की भी। और, मेरिया समझती है कि वर्तमान परिस्थिति में, वह कम-से-कम पतित नहीं है, जूठी नहीं है...

सीपी जब समुद्र में पड़ी होती है, तब उसकी गति अबाध होती है और वह अस्पृश्य; जब वह तीर पर पड़ी सूखती है, तब लोग उसके बाह्य आकार को छू लेते हैं, सहला लेते हैं, पर उससे उसके अन्दर छिपा हुआ जीव आहत नहीं होता, वैसा ही अस्पृश्य रहता है। फिर एक दिन ऐसा भी आ सकता है, जब सूखे उत्ताप से छटपटा कर, सीपी अपना बाह्य कठोर कवच खोल देती है, तब लोग उसके भीतर से मुक्तामणि लूट ले जाते हैं, तब उसका कवच कहीं पड़ा रहता और उसके जीव को कौए नोच ले जाते हैं।

मेरिया विधवा थी पर पवित्र थी—अछूती थी। उसका विवाह उसके पिता ने अपने पड़ोस के एक उच्चकुल के निकम्मे युवक से कर दिया था, जो विवाह के कुछ ही दिन बाद मर गया था। उसके बाद ही मेरिया के माता-पिता सकुटुम्ब हवाना आये और दोनों लड़कियों को छोड़ परलोक सिधारे थे—जहाँ शायद चीनी पर विदेशी कर नहीं लगता था। तब पहले कुछ दिन मेरिया ने मजदूरी भी की थी, पर फिर यात्रियों की टहल करने लगी थी। यात्री उससे अधिक कुछ नहीं माँगते थे—अधिक से अधिक एक मुस्कान, हाथों का स्पर्श, एक कोमल सम्बोधन...इतने के लिए वह इनकार नहीं करती थी, उपेक्षा से देती थी, और अपनी मजूदरी ले जाती थी। इससे आगे उसके भी एक कठोर कवच था, तीर-पड़ी सीपी की तरह, और वह सोचती थी कि उसका कौमार्य सदा ऐसा ही अक्षत रहेगा...

एक बार, ऐसा हुआ था कि वह इस गीत को बदलने लगी थी—वह अपने को उत्सर्ग करने लगी थी। अपनी ओर से तो वह उत्सर्ग हो भी चुकी थी, शायद स्वीकृत भी; पर यदि ऐसा हुआ था, तो न वह उत्सर्ग चेष्टा ही व्यक्त हुई थी और न उसकी स्वीकृति ही!

वह पिछले साल की बात है। तब मिगेल उसके पड़ोस में रहता था। वह स्वयं गरीब था और मजदूरी करता था, किन्तु वह मेरिया के छिपे अभिमान को समझता था। कभी-कभी वह मेरिया की अनुपस्थिति में आता, कार्मेन से बातचीत करता और उसके लिए खाने-पीने का बहुत-सा सामान छोड़ जाता। कार्मेन स्वयं खाती, तो मिगेल कहता, "रख लो, बहन के साथ खाना।" और कार्मेन इस उपदेश का औचित्य देखकर इसे स्वीकार कर लेती। इसी प्रकार, मिगेल हर दूसरे दिन कुछ भेंट छोड़ जाता, जिससे दोनों बहनों का एक दिन का खर्च बच जाता...तब एक दिन मेरिया ने उसे मना करने के लिए उसका सामना किया था और तब से फिर सामना कर सकने के अयोग्य हो गयी थी—बिक गयी थी...

मेरिया मिगेल से बात बहुत कम करती। वह आता और कार्मेन से बातें करता, हँसता-खेलता और मेरिया उनकी तरुण माता की तरह ही उन्हें देखा करती... पर कई बार उसे विचार होता, मिगेल के कार्मेल के साथ खेलने में एक प्रेरणा है, उसकी बातचीत में आग्रह, उसकी हँसी में एक सहानुभूति, जो कार्मेन को दी जाकर भी उसकी ओर आती है, उसी के लिए है... तब वह लज्जित भी होती, पुलकित भी; और एक विषण्ण आन्नद से और भी चुप हो जाती... और यह सब इसलिए कि उसकी अपनी सब प्रेरणाएँ, अपने सब आग्रह, अपनी सब सहानुभूति एक ही रहस्यपूर्ण अभिव्यक्ति में मिगेल की ओर जा चुकी थी...

मिगेल में प्रतिभा थी और प्रतिभावान व्यक्ति कभी एक स्थिर, व्यक्तिगत प्रेम नहीं पाता—चाहे अपने व्यक्ति-वैचित्र्य से उसका अनुभव करने के अयोग्य होता है, चाहे भाग्य द्वारा ही उससे वंचित होता है। मिगेल और मेरिया भी ऐसे ही रहे। मिगेल हवाना के एक गुप्त मजदूर-दल का अगुआ था—इस बात का पता लग जाने पर उसके नाम वारंट निकल गये और वह भाग गया। इस बात को भी छः मास हो गये—और, अब तो मिगेल महीने-भर से मैटांजास के फ़ौजी जेल में पड़ा है। उसे पता नहीं क्या होगा—शायद बिना मुकदमे के ही वह फाँसी लटका दिया जायेगा। क्योंकि अब है मैकाडो का राष्ट्रपतित्व,

जो कि अमरीकन छत्रच्छाया से भी बुरा है, क्योंकि मैकाडो दास ही नहीं, वह अधिकार-प्राप्त दास है। इसलिए अधिकारी से अधिक क्रूर और हृदयहीन है... आज, अगस्त 1933 में, जब प्रजा पहले ही भूखी मर रही है, तब उसके बचे-खुचे जीविका के साधन भी छीने जा रहे हैं; और इतना ही नहीं जो इस भूखी मृत्यु का विरोध करते हैं, उन्हें सबसे पहले चुन-चुनकर मारा जा रहा है। हाँ, सभ्यता और प्रगति!

मेरिया ने मिगेल को अपनाया नहीं था, शायद इसीलिए मिगेल का एक चिह्न मेरिया के पास सदा रहता है—उसकी द्वादशवर्षीया बहन। मेरिया का प्रेम मौन था, कार्मेन का स्नेह अत्यन्त मुखर क्योंकि वह प्रेम नहीं था, वह था एक पूजा-मिश्रित अधिकार—वैसा ही, जैसा किसी बच्चे के मन में अपने देवता के प्रति होता है। कार्मेन न हर समय मिगेल का नाम जपती थी; हरेक परिस्थिति में उसके मुख पर एक ही प्रश्न आता था कि "इसमें मिगेल को कैसा लगता?" यहाँ तक कि जब वह रूखा—सूखा खाना खाने बैठती, तब सर्वोत्तम खाद्य वस्तु का (बहुधा तो एक ही वस्तु होती!) एक अंश निकालकर उसे एक अलग पात्र में रखकर पूर्वस्थ मैटांजास की ओर उन्मुख होकर कहती, "यह मिगेल के लिए है"...मेरिया हँसती, "पगली!" पर कार्मेन के कर्म से, उसे ऐसा जान पड़ता है कि मिगेल की एक सरुण साँस उसके पास से, उसकी किसी लट को किंचित्मात्र कम्पित करती हुई, शायद उसके श्रुतिमूल को छूती हुई चली गई...वह जरा पीछे झुक जाती है—विश्रान्ति की मुद्रा में क्षणभर पलकें मींचकर एक छोटी-सी सांस लेती, और फिर प्रकृतिस्थ हो जाती; भोजन का अधिक मधुर जान पड़ने लगता और मेरिया को एकाएक ध्यान आता कि कार्मेन उसकी कितनी अपनी, कितनी अत्यन्त प्रिय है... पता नहीं, वह कार्मेन का अधिकृत प्रेम है, या मेरिया के हृदय में मिगेल की अनुपस्थिति के रिक्त को पूरा करने वाला और अन्ततः मिगेल पर आश्रित भाव—पर मेरिया उसे कार्मेन पर बिखेरती है और बड़ी आत्मविस्मृति से (या शायद आत्म-विस्मृति के लिए ही?) बिखेरती है...

कार्मेन इसे जानती है। वह छोटी है, अबोध है, अपने इष्टदेव की पूजा में, अपनी वीर-पूजा में खोयी हुई है, पर मेरिया को जानती है। वह जानती है कि उसका देवता मेरिया का कुछ है और मेरिया सर्वथा उसकी, और उसे इससे ईर्ष्या नहीं होती। प्रेम किसी-न-किसी प्रकार के प्रतिदान का इच्छुक होता है—चाहे वह प्रतिदान कितना ही वंचक और मारक क्यों न हो—इसीलिए प्रेम में ईर्ष्या होती है। पर पूजाभाव, विशेषतः वीर-पूजा में प्रतिदान की इच्छा नहीं होती, इसीलिए उसमें विरोध की भावना भी नहीं होती। एक पुजारी अपने देवता के अन्य उपासकों से एक समीपत्व ही अनुभव करता है। और, फिर कार्मेन यह भी तो समझती है कि वह स्वयं मेरिया की कितनी अपनी है क्योंकि वह देखती है, मेरिया के जीवन का कोई भी रिक्त अगर भरा है तो कार्मेन से ही, मेरिया ने मानो अपने प्राणसूत्र के सब तन्तु सब ओर से समेट कर उसी में लपेट दिये हैं और उसी की आश्रित हो रही है... कार्मेन यह तो समझ सकती नहीं कि मेरिया की जीवन-लता कितनी अधिक उसके सहारे की आकांक्षी है, वह इसीलिए कि उसके भीतर कहीं घुन लग रहा है, जो उसकी शक्ति को चूसे जाता है और उसे बाह्य आश्रय के लिए बाध्य कर रहा है। कार्मेन समझती है कि मेरिया का उसके प्रति सच्चा स्नेह है, और वह वास्तव में है भी सच्चा और विशुद्ध—किन्तु वह स्वयम्भूत नहीं है, वह एक रिक्त की प्रतिक्रया है... जैसे, जब पैर में कहीं जूता चुभता है, तब उस चुभन से उस स्थान की रक्षा के लिए एक फफोला उठता है, और स्नेह से भरता है। वह फफोला भी सच्चा होता है और स्नेह भी, पर वह स्वाभाविक होकर भी स्वयंभूत नहीं होता, वह एक बाह्य कारण से, एक रिक्ति की या पीड़ा की प्रतिक्रिया से उत्पन्न होता है...

इसे कार्मेन भी नहीं जानती, मेरिया भी नहीं जानती। क्योंकि जो स्वयं जीने की क्रिया में व्यस्त होते हैं, उन्हें जीवन के स्रोतों को अन्वेषण करने का समय नहीं होता, शयद प्रवृत्ति भी नहीं...

मेरिया और कार्मेन के इस पाँच डालर मासिक के—साढ़े सात आने रोज के—जीवन में एक व्यक्ति और

भी उलझा हुआ है। वास्तव में उलझा ही हुआ है, क्योंकि मिगेल तो उसका एक स्वाभाविक अंग है और यह व्यक्ति है एक पहेली, एक उलझन भी, जो विभिन्न अवस्था में शायद सुलझायी भी जा सकती, और जो किसी भी अवस्था में उनके जीवन का आवश्यक अंग नहीं हुई और न होगी...यह व्यक्ति है सेबेस्टिन।

वर्तमान युग की गिनती में सेबेस्टिन से दोनों बहनों का परिचय बहुत दिन से है। वह भी किसी समय समृद्ध था, उसकी पत्नी मोटर में बैठती थी, उसके बेटे अभिजनों के स्कूल में पढ़ते थे... पर अब वह भी मजदूरी करता है और दिन-भर खून-पसीना एक करके भी अपना खर्च नहीं चला सकता—विशेषतः इसलिए कि अपनी स्त्री का तुषारमय, उलाहने-भरा मौन उससे नहीं सहा जाता, उसे देखकर वह कई बार किसी भयंकर आग से भर जाता है और बिल्कुल हृदयहीन एक मारक शस्त्र की तरह हो जाता है—अनुभूति, दया, आचार-ज्ञान तक से परे, उठे हुए खांडे की तरह, जो गिर ही सकता है, और जिसके गिरने को नीति-शास्त्र नहीं नियन्त्रित कर सकता।

वह मिगेल का सखा था, सहयोगी था, विश्वासपात्र था। मिगेल के साथ सामान्य दारिद्र्य में बँधा था। और मिगेल, इस बँधन को ही सबसे बड़ा बन्धन समझता था और इसी के कारण सेबेस्टिन का विश्वास करता था। पर मिगेल अकेला था और स्वच्छन्द, सेबेस्टिन अपनी गृहस्थी के बन्धनों में बँधा हुआ और सुरक्षित था। इसलिए मिगेल मित्रता में पूर्णतया बंध जाता था, और सेबेस्टिन उससे घिर कर भी उसके भीतर एक आत्मनिर्णयाधिकार बनाये रखता था...

मेरिया से मिगेल ने सेबेस्टिन का भी परिचय कराया था। मेरिया उन दोनों व्यक्तियों का अन्तर देखती थी, किन्तु सेबेस्टिन के प्रति मिगेल का आदर-भाव देख कर अपने विचारों को दबा लेती थी। मिगेल उसका कुछ नहीं था, किन्तु उसके बिना जाने ही उसका मन इस निश्चय पर पहुँच चुका था कि जो कुछ मिगेल का निजी है, वही उसका भी है।

मिगेल चला गया, बन्दी भी हो गया। मेरिया के जीवन में इससे कोई विशेष परिवर्तन प्रकट नहीं हुआ—सिवा इसके कि अब बहनों को जो कुछ खाने-पीने को प्राप्त होता है, वह मेरिया की अपनी कमाई का फल होता है, क्योंकि सेबेस्टिन उनकी कुछ सहायता नहीं कर सकता—वह स्वयं इसका आकांक्षी है! सेबेस्टिन और मेरिया अब कभी-कभी मिलते हैं, बस! कभी मेरिया सेबेस्टिन के घर का स्मरण करके, उसे अपने यहाँ रोटी खिला देती है। तब सेबेस्टिन कृतज्ञ तो होता है, पर उसके हृदय में स्वभावतः ही यह भाव उदय होता है कि इन बहनों के पास आवश्यकता से अधिक धन है, नहीं तो ये क्यों मुझे खिलातीं—कैसे खिला सकतीं? बेचारे सेबेस्टिन के अब वे दिन नहीं थे, जब वह सोचे, मैं किसी को खिला सकता हूँ। और उसका यह भाव, उसकी कृतज्ञता के पीछे छिपा होने पर भी, मेरिया को दीख जाता था। तब वह विषण्ण-सी होकर, सेबेस्टिन के चरित्र को समझने की चेष्टा करती थी। वह उसके बहुत पास पहुँच जाती थी, किन्तु पूर्णतया हल नहीं कर पाती थी; सेबेस्टिन उसके लिए एक उलझन रह जाता था, जो सुलझ सकती है, यद्यपि अभी सुलझी नही; जो एक पहेली है। जसका हल है तो, पर अभी प्राप्त नहीं हुआ...

तब वह सान्त्वना के लिए जाती थी—अपने चिर अभ्यस्त कवियों के पास नहीं—उस चिर अभ्यस्त कविता के जीवन-राहु, आँधी पानी-धुएँ के पैगम्बर कार्ल मार्क्स की शरण में! क्योंकि, उस समय उसकी मनःस्थिति कोमल कविता के अनुकूल नहीं होती थी, वह चाहती थी एक भैरव कविता, उच्छल लहरी की तरह एक ही भव्य गर्जन में सब कुछ डुबोनेवाली, घोर विनाशिनी...

वह कार्मेन को बुलाकर पास बिठा लेती और उसके साथ पढ़ने लगती। कार्मेन के उत्साहशील तरुण हृदय को मिगेल ने पूरा कम्युनिस्ट बना दिया था। वह कार्ल मार्क्स के नाम पर किसी समय कुछ भी पढ़ने को प्रस्तुत थी। उसकी इस तत्परता में वही व्यग्र भावुकता थी, वही सहज स्वीकृति, जिसका मार्क्स प्राणशत्रु था, पर उससे क्या? मार्क्स उसकी बुद्धि को पुष्ट कर सकता था, पर उसकी स्वाभाविक चंचलता को नहीं।

मेरिया भी मार्क्स को अपने मस्तिष्क से नहीं, अपने हृदय से पढ़ती थी। कार्मेन जब देखती कि मेरिया किस प्रकार उसके उच्चारण में ही लीन हुई जा रही है, उसके तर्क की ओर नहीं जाती केवल उसकी विराट् विध्वंसिनी प्रेरणा में बही जा रही है, तब मेरिया के भाव को प्रतिबिम्बित करता हुआ एक रोमांच-सा उसे भी हो जाता था, एक कंपकंपी-सी उसके शरीर में दौड़ जाती थी—वैसी ही, जैसी किसी अनीश्वरवादी मूर्तिपूजक हृदय में, किसी भव्य मन्दिर में आरती को देख-सुन कर हो उठती है।...जब मेरिया पढ़ चुकती थी, तब कार्मेन अकस्मात् कह उठती, "मिगेल के पढ़ाने में तो यह ऐसा नहीं होता था—"

मेरिया पूछती, "क्या?" तो कार्मेन से उत्तर देते न बनता! वह मन-ही-मन कल्पना करती, कहीं विजन समुद्र-तट पर बने हुए गिर्जाघर में समवेत गान हो रहा हो और लहरों के नाद से मिल रहा हो... और इस भाव को कह नहीं पाती थी, एक खोयी-सी मुस्कान मुस्करा देती थी!

आज, सेबेस्टिन के जाने के बाद भी यही हुआ। मेरिया पढ़ने लगी और कार्मेन चुपचाप सुनने। किन्तु मेरिया से बहुत देर तक नहीं पढ़ा गया। उसने उकता कर पुस्तक रख दी और बोली, "फिर सही।"

कार्मेन ने धीरे से पूछा, "मेरिया, आज तुम्हें कुछ हो गया है? बताओ सेबेस्टिन क्या कहता था?"

मेरिया जैसे चौंकी। बोली, "कुछ तो नहीं?"

उस स्वर में कुछ था, जिसने कार्मेन को झकझोर कर कहा, "पास आ!" कार्मेन आयी और मेरिया की गोद में सिर रखकर बैठ गयी। मेरिया ने उसे पास खींच लिया और उसे गले से लिपटाये बैठी रही... कभी-कभी कार्मेन को मालूम होता, मेरिया वहाँ नहीं है, तब वह सिर उठाकर मेरिया का मुँह देखना चाहती, पर मेरिया उसे और भी जोर से चिपटा लेती, सिर उठाने न देती थी...

ऐसे ही धीरे-धीरे संन्ध्या हो गयी। खजूर के पेड़ों के पीछे सारा वायुमंडल स्वर्णधूलि से भर-सा गया, जिसमें गन्ने के खेत अदृश्य हो गये। जो क्षितिज दोपहर में बहुत दूर जान पड़ रहा था, अब मानो बहुत पास आ गया, यानी खजूर के वृक्षों के नीचे ही घोंसला बनाने को आ छिपा। दूर कहीं, अमरीकन राजदूत भवन से घण्टे का स्वर सुन पड़ने लगा और नगर से शोर भी एकाएक बहुत पास जान पड़ने लगा...

कार्मेन, मेरिया की गोद में बहुत चुप पड़ी थी। मेरिया ने पूछा, "कार्मेन, सो गयी क्या?" तब कार्मेन ने गोद में रखा हुआ सिर, मेरिया के शरीर से रगड़कर हिला दिया और झूठमूठ के रूठे स्वर में बोली, "तुम बताती तो हो नहीं।"

"ओ, वह?" कहकर मेरिया फिर चुप हो गयी। थोड़ी देर बाद बोली, "कार्मेन, तुझसे एक बात पूछनी है; न, उठ मत, ऐसी ही पड़ी रह!"

कार्मेन ने विस्मय से कहा, "क्या आज रोटी नहीं खानी है?"

"खा लेंगे। तू सुन तो!"

"हाँ, कहो।"

"कार्मेन जानती है, जब माँ मरी, तब हमें बिलकुल अनाथ नहीं छोड़ गयी?"

मेरिया ने गम्भीर स्वर में ऐसी मुद्रा में यह प्रश्न किया, जैसे उत्तर की भी अपेक्षा नहीं और ऐसे ही कहती चली। कार्मेन चुपचाप सुनने लगी।

"वह मुझे थोड़े-से गहने सौंप गयी थी। बहुत तो नहीं थे, पर आजकल के जमाने में उतने ही बहुत होते हैं। कुछ तो हमारे वंश की परम्परा में ही चले आ रहे थे, कुछ माँ ने तेरे विवाह के लिए बनवाये थे।"

"मेरे? और तुम्हारे लिए नहीं?"

"हाँ, मेरे भी थे, सुन तो। यह सब वह सौंप गयी थी, और सम्भालकर रखने को भी कह गयी थी। इसके अलावा एक मोती भी है, जो मिगेल ने दिया था।"

"मिगेल ने? उसके पास था?"

"हाँ। उसे उसकी बुआ दे गयी थी। पर, तू ऐसे प्रश्न पूछेगी, तो मैं बात नहीं कहूँगी!"

मेरिया फिर कहने लगी, "यह सब मैंने एक बर्तन में रखकर दाब दिये थे कि कहीं गुम न हो जायें। आज उन्हें निकालने की सोच रही हूँ। मिगेल ने मँगवाये हैं।"

"पर वह तो कैद है न?"

"हां, वह वहाँ से निकलकर अमरीका जाएगा। इसलिए जरूरत है।"

"अच्छा, जभी मुझे भगाकर बातें कर रही थीं। हाँ, तो निकाल लाओ, रखे कहाँ हैं?"

मेरिया ने इस प्रश्न की उपेक्षा करके कहा, "जो वंश के हैं, और जो तेरे विवाह के लिए बने थे, उन पर मेरा अधिकार नहीं है।"

कार्मेन सिर को झटककर उठ बैठी, कुछ बोली नहीं, मेरिया के मुख की ओर देखने लगी।

मेरिया ने देखा कि कार्मेन को यह बात चुभ गयी है, पर वह कहती गयी, "वे तेरे हैं, इसीलिए तुझसे पूछना था कि उन्हें बिकवा दूँ?"

कार्मेन ने आहत स्वर में कहा, "मुझसे पूछती हो?"

मेरिया ने जान-बूझकर उस स्वर को न समझते हुए, फिर पूछा, "हाँ बता तो।"

"मैं नहीं बताती—" कार्मेन की आँखों में आँसू भर आये। उसने मुंह फेर लिया, मेरिया उसकी मनुहार करने लगी। एक दृश्य हुआ, जिसे न देखना, देखकर न कहना ही उचित है।

तब कार्मेन ने रोकर कहा, "मैं कभी मना करती?"

मेरिया एकाएक शिथिल हो गयी।

3

सन्ध्या घनी हो गयी।

कार्मेन अपनी बहन की प्रतीक्षा में बैठी थी। अन्धकार हो रहा है, इसलिए उसने पढ़ना छोड़ दिया है, पर अभी बत्ती नहीं जलायी। आवश्यकता भी क्या है? तेल बचेगा! और, इस कोमल अन्धकार में बैठकर सूर्यास्त के पट पर अपने स्वप्नों का नृत्य देखना अच्छा लगता है।

कार्मेन ने बहुत दिनों से इस प्रकार अपने-आपको प्रकृति की प्रकृतता में नहीं भुलाया—उसका जीवन ऐसा हो गया है कि इसके लिए अवसर नहीं मिलता; इसलिए जब अवसर मिल भी जाता, तब उस स्वप्न-संसार से लौटकर आने की चोट के भय से वह उधर जाती ही नहीं, पर आज, इतने दिनों बाद न जाने क्यों, उसे बड़ी प्रसन्नता हो रही है। शायद एकाएक मिगेल के निकलने की सम्भावना के कारण, शायद इस अनुभूति से कि आज उसकी बहन के प्यार में सदा से अधिक कुछ था—कोई वस्तु नहीं, किन्तु एक प्रकार की विशिष्टता का कोई सूक्ष्म भेद... कार्मेन एक विचित्र, अदम्य त्याग-भावना से भरी सान्ध्य नभ को देख रही है। देख नहीं रही, प्रतिबिम्बित कर रही है। नभ के प्रत्येक छाया-परिर्वतन के साथ-ही-साथ उसके प्राणों में भी मानो एक पर्दा बदलता है।

सूर्यास्त के बाद का रंग जाने कैसा कलुष लिये लाल-लाल, मैला-सा हो रहा है... उसे देखकर कार्मेन के मनःक्षेत्र में किसी अँधेरे विस्मृत कोने में एक विचार, या छाया, या कल्पना आ रही है...वह आकाश उसे ऐसा लग रहा है, जैसे वन में किसी रहस्यपूर्ण नैश-उत्सव की अपनी आग से दीप्त, उसे प्रतिबिम्बित करती हुई, किसी भैरव देवता की विराट्, चमकती हुई, काली प्रस्तर-मूर्ति की खुली-खुली, चपटी-चपटी, फैली हुई छाती...

कार्मेन सोचती है कि वे दोनों बहनें उस देवता की रक्षिता हैं, यद्यपि वह देवता बड़ा विकराल है... पर, मेरिया अभी तक आयी क्यों नहीं?

हम सान्ध्य आकाश की छटा को एक स्वतन्त्र विभूति मानते हैं, पर वह है क्या? वह है किसी अन्य के, किसी अस्त हुए आलोक की प्रतिच्छाया-मात्र...

और, हम समझते हैं, सन्ध्या में एक आत्मभूत, आत्यन्तिक सौन्दर्य है, पर वहाँ वैसा कुछ नहीं है... हम सन्ध्या में देखते हैं—केवल अपने अन्तर का प्रतिबिम्ब, अपनी बुझी हुई आशाओं-आकांक्षाओं का स्फूर्तिमान कंकाल...

नहीं तो, यह कैसे होता कि जिस सान्ध्य आकाश में कार्मेन को ऐसा भव्य चित्र दीखता है, उसी में चालीस मील दूर मेटांजास के फौजी जेल में बैठे मिगेल को इतना बीभत्स चित्र दीखता है...

चार-पाँच खेमे गड़े हैं, जिनके आस-पास कंटीले तार का जंगला लगा हुआ है। उसके भीतर-बाहर, दोनों ओर सशस्त्र सिपाहियों का पहरा है और उससे कुछ दूर एक और खेमा लगा है, जिसके बाहर बैठे सिपाही गाली-गलौज कर रहे हैं। उसके सामने ही तीन-तीन बन्दूकों को मिलाकर बनाये हुए चार-पाँच कुन्दले हैं। और उनसे आगे प्रशान्त खेत और पश्चिमीय क्षितिज...

एक खेमे के बाहर मिगेल खड़ा है। उसे बाहर निकलने की अनुमति नहीं है, किन्तु पहरे वाले सिपाही की दया से वह कुछ देर के लिए बाहर का दृश्य देखने निकला है। वह उन बन्दूकों के कुन्दले की अग्रभूमि से, और खेतों के मौन से पार के सान्ध्य आकाश को देख रहा है और सोच रहा है...

इसी दिशा में चालीस मील दूर हवाना है, वहाँ उसका सब कुछ है। कुल चालीस मील; पर चालीस मील! वह सोचता है, यदि आज मैं छूटकर हवाना पहुँच सकूँ तो क्या कुछ कर सकूँगा...न जाने वहाँ क्या परिस्थिति है—बहुत दिनों से समाचार नहीं आया है, विद्रोह की इतनी तैयारियाँ थीं और शायद उसका आरम्भ भी हो गया हो...जिस विद्रोह को जगाने में उसने इतना यत्न किया, जिसके लिए वह यहाँ भी आया, उसी में वह भागी नहीं हो सकेगा—हाय वंचना!

वह चाहता है, तीव्र गति से इधर-उधर चल कर अपने अन्दर भरते हुए इस अवसाद को कुछ कम कर ले; पर, उसे तो वहाँ निश्चल खड़ा रहना है। उसे तो हिलना भी नहीं, वह तो वहाँ खड़ा भी है तो एक सिपाही की अनुकम्पा से, मैकाडो के सिपाही की अनुकम्पा से... हाय परवशता!

उसके मन में विचार उठता है, आज रात ही इसका अन्त करना है। वह अकेला ही है, अकेला ही यत्न करेगा। वह इस बन्धन का अन्त आज ही रात में करेगा—मुक्ति के लिए प्राणों पर खेल जाएगा। प्राण तो जाते ही हैं—शायद पहले मुक्ति मिल जाय। एक सिपाही ने उसे सहायता का वचन दिया है, वह उसे कंटीले तार के पार तक जाने देगा। उसके आगे मिगेल का अधिकार है। उसके पास एक पिस्तौल है। वह यदि निकल कर भाग न सकेगा, तो अपना अन्त तो कर सकेगा। यदि शत्रु की गोली से भी मरेगा, तो उस कंटीले तार के उस पार तो मरेगा! उस कंटीले तार की रेखा ही उसके लिए जीवन और मरण की विभाजक रेखा हो रही है, मुक्ति का संकेत—हाय दासता!

बुद्धि उसे कहती है, ये विचार तुझे विचलित कर देंगे। युद्ध में निश्चय हो जाने के बाद विकल्प नहीं करना चाहिए—वह तो उससे पूर्व की बातें हैं...तब वह कहीं पढ़ी हुई कविता की दो-चार पंक्तियाँ दुहराता है और सूर्यास्त को देख कर, वही बीभत्स कल्पनाएँ करने लगता है...

यह वही आकाश है, वही आलोक का छायानर्तन... वही कलुषमयी लाली, वही फीका-फीका मैलापन... पर मिगेल क्या देखता है! जैसे रोगिणी क्षितिज का रक्तमिश्रित रजस्राव... या, जैसे कालगति से किसी विकाराल जन्तु के प्रसव के बाद गिरे हुए फूल... अपनी कल्पना की बीभत्सता से बही मचमचा जाता है, पर वह आती है और आती है।...और इतना ही नहीं, वह यह भी सोचने लगता है कि वह विकराल जन्तु क्या होगा, जिसके प्रसव के ये फूल हैं—वह क्रूर, भयंकर, नामहीन, आतंक...

वह तो बहुत दूर है यहीं हवाना के अन्तिम में उसी सूर्यास्त को एक और व्यक्ति देख रहा है-

सेबेस्टिन।

वह अपने घर में अकेला है, यद्यपि उसके पास ही उसकी स्त्री और बच्चे हैं, और उसकी स्त्री उसे कुछ कह रही है। वह कुछ सुन नहीं रहा, उसे आज अपनी स्त्री के चुभ जाने वाले शब्दों का भी ध्यान नहीं, वह उससे भी अधिक चुभने वाली बातों पर विचार कर रहा है...वह विश्वासघात की तैयारी कर रहा है; वह जानता है कि यह भयंकर पाप, अत्यन्त नीचता होगी, वह इस पर लज्जित भी है; किन्तु किसी अमर शक्ति से बँधा हुआ-सा वह यह अनुभव कर रहा है कि यह होगा अवश्य, उससे होगा और वह सब-कुछ देखते हुए भी अन्धा होकर इसे करेगा...

क्या करेगा? कुछ भी तो नहीं। किसी के पास आवश्यकता से अधिक धन है, उसे ले लेगा, उनके लिए जिन्हें उसकी आवश्यकता है—अपनी बीवी और बच्चों के लिए...यह कोई पाप है? और फिर, उसने इसके लिए योजना तो बनायी नहीं, उसे कब आशा थी कि मेरिया धनी है—उसने तो पता लगाने के लिए प्रश्न पूछा था...मेरिया स्वयं ही कहती है...भाग्य उसे कुछ देता है, तो वह न लेनेवाला कौन? वह झूठा, दगाबाज, आत्मवंचक। अब उसे दीखता है, वह कुछ हो, वह एक अप्रतिरोध प्रेरणा से बँधा हुआ है...। और उसके लिए, यदि कहीं क्षमा नहीं तो उसकी प्रेरणा से अवश्य मिलेगी...

सारा आकाश, सारी सृष्टि, आग के लाल प्रतिबिम्ब और काले-काले धुएँ से भरी हुई है! तब वही कहाँ से एक शीतल आत्मा ले आवे, वही कहाँ से आदर्श पुरुष हो जाय, वही कहाँ उस लाल प्रतिज्योति और उस काले धुएँ से बच कर जा पहुँचे।

और वह अकेला ही उसे नहीं देख रहा, यहीं हवाना शहर में, उसी सूर्यास्त में, अनेक व्यक्तियों को क्या कुछ दीख रहा है...

यहाँ हवाना का वह अंश रहता है, जिसे कभी उसका अंश गिना नहीं जाता, किन्तु जिस पर उसका अस्तित्व निर्भर करता है...जो हवाना की गरीबी का निकेत है, किन्तु जो हवाना की सम्पत्ति को बनाता है...यहाँ वे पुरुष हैं जो दिन-भर मजदूरी करके एक मास में उतना कमा पाते हैं, जितना अमरीकन मजदूर एक घण्टे में, जिसके भले के नाम पर इन लोगों को पीसा जा रहा है और जो स्वयं किसी और के लिए पिसेंगे? यहाँ वे औरतें भी हैं, जो दिन-भर और आधी रात भर सिलाई का काम करती हैं और एक दर्जन कमीजें सीकर पाँच आने वेतन पाती हैं, या जो अपने शरीर को बेच कर उसके मूल्य में कुछ आने पैसे और कोई मारक रोग पाकर, कृतज्ञ भी हो सकती हैं...यहाँ वे लड़के भी हैं, जो अपने माता-पिता का पेट भरने—माता-पिता के पेट का खालीपन कम करने के लिए वह भी करने को तैयार रहते हैं, जिसके विरुद्ध समस्त मानवता चिल्लाती है—

वे सब, सूर्यास्त को देख नहीं रहे हैं, पर सूर्यास्त उनकी आँखों के आगे है। उन्हें कुछ-न-कुछ दीखता भी है, उनके पास इतना समय नहीं कि रुककर उसे देखें, उस पर विचार करें, पर उनकी अशान्ति में सूर्यास्त के प्रति एक भाव जाग रहा है...

वही कलुषपूर्ण लाल-लाल, मैला-सा आकाश... उनके मन में ऐसा है, जैसे क्रोध की पिघली हुई आग उबल-उबल कर बैठ गयी हो; ऊपर सतह पर छोड़ गयी हो एक धूसर-सी, जली-बुझी-सुलगती-सी एक कुढ़न की आग...

उनके हृदय में भी, कुढ़न की आग-सी उठ रही है... वे समझते हैं, उनमें क्रोध की ज्वाला है, पर क्रोध करने के लिए शक्ति की आवश्यकता होती है, और वे हैं निर्बल और अपनी निर्बलता से परिचित। वे कुढ़ ही सकते हैं, जैसे कि वे अब तक करते रहे हैं...

आज वे जो तैयारी कर रहे हैं, वह क्रोध नहीं, वह भी कुढ़न की आग ही है। तभी तो वे ऐसे चुप-चुप से हैं, यद्यपि वे विद्रोह की तैयारी में हैं; उसी के लिए निकल भी पड़े हैं...उनके प्रतिनिधियों का एक

दल जा रहा है महल और फ़ौजी बारकों की ओर, और दूसरा दल चला है विद्रोह के द्रोहियों की तलाश में, पर उनकी प्रेरणा क्रोध नहीं, उनकी प्रेरणा है केवल भूख...उन्हें फ़ौज से सहायता की आशा है, पर वे पुलिस से डर भी रहे हैं, क्योंकि वे जानते हैं कि पुलिस के जत्थे भी विद्रोहियों की खेज में हैं। और क्योंकि उनके हृदय में डर है, इसीलिए वे सोच भी सकते हैं, तैयारी भी कर सकते हैं, भविष्य की ओर उन्मुख भी हो सकते हैं...

सन्ध्या बहुत घनी हो गयी...

4

कार्मेन मेरिया से पूछ रही थी, "बड़ी देर कर दी?" कि सेबेस्टिन ने पुकार कर पूछा, "आ जाऊँ?"

मेरिया ने कन्धे पर से चादर उतार कर रखी और कार्मेन से बोली, "ले, देख!"

कार्मेन व्यग्रता से उस हंड़िया को खोल कर, उसके भीतर मोमजामे में लिपटे हुए आभूषणों को निकाल कर देखने लगी। सेबेस्टिन ने दबे विस्मय से पूछा, "इन्हे कहाँ से लायी?"

मेरिया एक छोटी-सी सन्तुष्ट हँसी हँसी। फिर कार्मेन से बोली, "कार्मेन, तू इन्हें ले जाकर सो, हम जरा बातें कर लें।"

कार्मेन चली गयी तो मेरिया ने धीमे स्वर में सेबेस्टिन से पूछा, "पर्याप्त होंगे?"

"होने तो चाहिए। तुम्हें मूल्य का कुछ अनुमान है?"

"पाँच सौ से तो कहीं ज्यादा के हैं।"

"हां, पर आजकल तो बहुत घाटे पर देने पड़ेंगे। और, आज तो बहुत ही कम।"

"आज कोई खास बात है?"

"हां, पर वह ठहर कर बताऊँगा। तो, ये मैं ले जाऊँ?"

मेरिया ने कुछ हिचकिचाते हुए कहा, "हाँ।" सेबेस्टिन ने समझा, शायद सन्देह के कारण हिचकिचा रही है। ऐसी अवस्था में उसने चुप रहना ही उचित समझा। मेरिया बोली, "मैं ले आऊँ?" और भीतर चली गयी।

वहाँ से लौट कर आते, उसे केवल आभूषण लाने में जितनी देर लगनी चाहिए थी, उससे अधिक लगी। क्योंकि उसे एक बार फिर कार्मेन से पूछना था कि आभूषण देखकर उसकी राय बदल तो नहीं गयी, उसे बताना था कि कौन किसका था, उसे और कुछ नहीं तो मिगेलवाला मोती उसके हाथों गले में पहनकर दिखाना भी था, उसे मोती रखने का आग्रह सुनकर उसे टालना भी था और फिर सब आभूषण दे डालने के लिए उसकी प्रसन्न स्वीकृति पर उसे चूमना भी था और उसके शरारत-भरे इस कथन पर कि "तुम्हारे मिगेल के लिए तो है।" एक हलका सा मीठा चपत लगाकर तब कहीं बाहर आना था।

सेबेस्टिन ने चुपचाप गहने लेकर वस्त्रों में कहीं रख लिये। तब बोला, "कोशिश करूँगा, आज ही धन का प्रबन्ध हो जाय, एक-दो अमरीकन बैंक हैं, जो रात में भी काम करते हैं—बल्कि रात में ही काम करते हैं।"

"हाँ।"

थोड़ी देर चुप्पी रही। फिर मेरिया एकाएक बोली, "हाँ, यह तो बताओ, वह खास बात क्या थी?"

"अरे, मैं तो भूल ही चला था इतनी जरूरी बात! यहाँ फौजवालों और विद्यार्थियों के साथ मिलकर लोगों ने कल बड़े सवेरे विद्रोह कर देने का निश्चय किया है।"

"हैं! कल? अभी पिछले निश्चय को दस ही दिन तो हुए हैं!"

"हाँ, अब भी आशा बहुत है। फौज सारी विद्रोही है, मैकाडो के पक्ष में पुलिस ही होगी। अगर कहीं मार-काट हुई भी तो थोड़ी ही। अकस्मात् ही कहीं हो जाय, नहीं तो जितनी होगी, हवाना शहर के बाहर

ही होगी।"

"पर घुड़सवार पुलिस भी तो सशस्त्र हैं, और खुफ़िया?"

"हाँ, उनसे आशंका है। पर वे हैं कितने?"

"जितने भी हों।"

"देखा जाएगा!" कहकर सेबेस्टिन ने बिदा माँगी और चला। चलते-चलते न जाने क्या सोचकर एकाएक रुक गया और बोला, "मेरिया, इन आभूषणों में से कोई एक-आध रखना हो तो रख लो।"

"कौन-सा?"

मेरिया ने इस प्रश्न का उत्तर विधि पर डालते हुए कहा, "जो भी हो! पर, कोई भी क्यों रखना, जितना धन मिले, सब भेज देना। क्या पता, उसे अधिक की जरूरत पड़ जाय—ऐसे समय लोभ नहीं करना चाहिए।"

"हाँ, यह बात तो है।" कहकर सेबेस्टिन जल्दी से चला गया। मेरिया वहीं खड़ी-खड़ी बाहर अन्धकार की ओर देखकर कुछ सोचने लगी, कुछ देखने लगी, तभी कार्मेन की आवाज आयी, "सोने नहीं आओगी?"

उसके ऊपर एक कोमल उदासी छा गयी।

मेरिया कोहनी टेके एक करवट लेटी हुई थी, किन्तु सिर उठाये हुए, उसे हथेली पर टेककर। और कार्मेन उससे चिपट कर उसकी छाती में मुँह छिपाये पड़ी थी!

समाचार मेरिया सुन चुकी थी। दोनों ने यह निश्चय कर लिया था कि कल उन्हें क्रान्ति-विद्रोह में मिल जाना होगा; यद्यपि कैसे करना होगा, यह वे नहीं सोच सकी थीं।

और, इस निश्चय पर पहुँच जाने के बाद, जो विचार-रहस्य-गर्भित मौन छा गया था, उसी में दोनों पर वह उदासी छा गयी थी, न जाने क्यों...

कार्मेन देख रही थी क्रान्ति की विजय का स्वप्न, और उस स्वप्न की भव्यता में उसे एक कंपकंपी-सी आती थी, एक रोमांच-सा होता था, किन्तु मेरिया और मिगेल की उस विजय पद छायी हुई छाया और मेरिया का इस समय का घनिष्ठ समीपत्व उसे उदासी के उस नशे में से बाहर नहीं निकलने देता था...

मानो मेरिया के शरीर में से, किसी अज्ञात मार्ग से, उसका प्रगाढ़ नैराश्य कार्मेन में प्रविष्ट हो रहा था। क्योंकि मेरिया के हृदय पर नैराश्य की छाया थी; ऐसा नैराश्य, जो अपनी सीमा पर पहुँचकर नष्ट हो गया है, भाव नहीं रहा, एक आदत-सी हो गयी और इसलिए स्वयं मेरिया को भी दृश्य नहीं होता।

कार्मेन ने किसी गहरी छाया के दबाव का अनुभव करके, धीरे से कहा, "कुछ गाओ!"

मेरिया ने दूरस्थ भाव से कहा, "आज तो जी नहीं करता कार्मेन! कल सुन लेना।"

"कल तो... " कहकर कार्मेन एकाएक चुप हो गयी। जिस छाया से वह बच रही थी, वह तनिक और भी गहरी हो गयी...

बहुत देर बाद, कार्मेन एकाएक चौंकी। मेरिया की आँखों से एक आँसू उसके गाल पर गिरा था—एक अकेला, बड़ा-सा, गर्म...

उसके चौंकते ही मेरिया ने जोर से उसे अपने से चिपटा लिया और बार-बार घूंटने लगी...

मेरिया का भाव कार्मेन समझ नहीं सकी, किन्तु फिर भी, यह अतिरेक अच्छा-सा लगा...वह मेरिया के मानसिक संसार में प्रविष्ट नहीं हो सकी, किन्तु मेरिया के शरीर के इस दबाव का प्रतिदान देने लगी...उस श्रोता की तरह, जो किसी कलाकार गायक का गान सुनते हुए, स्वयं गाने की क्षमता न रखकर भी अपने को भूलकर गुनगुनाने और ताल देने लगता है...

तब न जाने कितनी और देर बाद, मेरिया भी बहुत धीमे स्वर में गाने लगी—एक अंग्रेजी कविता का टुकड़ा, जो उसने अपने समृद्ध जीवन में कभी सीखा था...

मस्ट ए लिटल वीप, लव,

फूलिश मी!
एण्ड सो फ़ाल एस्लीप, लव,
लव्ड बाई दी...[1]

और उन्हें इस व्यवहार में लीन देखकर रात चुपके-चुपके तीव्र गति से भागने लगी, मानो उन्हें धोखा देने के लिए, मानो ईर्ष्या से...

और मेरिया और कार्मेन बार-बार चौंक-सी जातीं और थोड़ी देर बातें कर लेतीं और फिर चुप हो जातीं, और कार्मेन दो-चार झपकियाँ सो भी लेती... कभी-कभी एकाध आँसू गिर जाता तो दोनों ही अपने आँसू-भरे हृदयों में सोचतीं, किसका था? और, फिर अपने को छिपाने के लिए बातें करतीं, या आलिंगन करतीं और इसी चेष्टा में वही प्रकट हो जाता जो वे छिपा रही थीं... तब वे इसी अतिशय समीपत्व की वेदना से घबरा कर आगे देखने लगतीं—भविष्य की ओर। मेरिया किधर और कार्मेन किधर... उनके पथ विभिन्न थे और प्रतिकूल, किन्तु न जाने कैसे अपने अन्त में वे मिल जाते थे—एक खारी बूँद में, एक दबाव में, एक साँस में, एक तपे हुए मौन में, या इन सभी की अनुपस्थिति की शून्यता में!

प्रतीक्षा की रातों को प्रतीक्षक का भाव ही लम्बी बनाता है किन्तु यदि उनसे वह भी न हो, तो वे रातें कैसे कटे—अन्तहीन ही न हो जायं!

5

रात में आग फट पड़ी है।

जलती हुई पृथ्वी को रौंदते हुए, काल के घोड़े दौड़े जा रहे हैं... और उनके मुँह से पिघली हुई आग का फेन गिर रहा है, उनके फटे-फटे नथुनों में से ज्वाला की लपटें निकल रही हैं... और काल-पुरुष मृत्यु के धुएँ में घिरा बैठा है, घोड़ों को ढील देता जा रहा है और शब्दहीन किन्तु सदर्प आज्ञापना से कह रहा है, "बढ़ो-रौंदते चले जाओ" और पृथ्वी की लाली और काल-पुरुष के प्रयाण की लाली के साथ उषा के जलते हुए आकाश की लाली मिल रही है—

हवाना में विद्रोह हो गया है।

उसमें बुद्धि नहीं है—अशान्ति को कहाँ बुद्धि? उसमें संगठन नहीं है—रिक्तता का कैसा संगठन? उसमें नियन्त्रण नहीं है—भूख का क्या नियन्त्रण? उसकी कोई प्रगति भी नहीं—विस्फोट की किधर प्रगति?

विद्रोह इन सबसे परे है... वह मानवता के स्वाभाविक विकास का पथ नहीं, वह उसके अस्वाभाविक संचय के बचाव का साधन है, उसकी बाढ़ का रेचन... वह ज्वार की तरह बढ़ रहा है।

उसका घात है—

इधर जहाँ मैकाडो के महल के आगे इतनी बड़ी भीड़ इकट्ठी हो रही है, जहाँ महल लूट लिया गया है, जहाँ महल का सब सामान यथावत् पड़ा है, केवल खाद्य पदार्थ लूटे जा रहे हैं, और बिखर रहे हैं;

इधर जहाँ बहुत-से निहत्थे लोगों ने किसी सृमद्ध राज-कर्मचारी के एक घर से एक मोटा-सा सुअर निकाला है और उसे कच्चा ही काट-काट कर, नोच-नोच कर खा रहे हैं; भूनने के लिए भी नहीं रुक सकते, तद्यपि आग पास ही जल रही है;

---

1. थोड़ा-सा रोऊँगी-
भोली मैं!
और तब सोऊँगी,
तेरे प्यार में...

इधर जहाँ कई एक कर्मचारी अपने अच्छे-अच्छे वस्त्र फेंककर अपने नौकरों के फटे मैले-कुचैले कपड़े पहन रहे हैं कि वह भी इस गन्दी शून्यता में छिप सकें;

इधर जहाँ बीसियों नंगे लड़के, महलों के पीछे जमे हुए कूड़े-कर्कट की ढेर में से टुक्कड़ बीन-बीन कर खा रहे हैं—वही टुक्कड़, जिन्हें वहाँ के कौए भी न खाते थे;

इधर जहाँ पुरुषों की भीड़ में अनेक अच्छी-बुरी स्त्रियाँ और वेश्याएँ तक उलझ रही हैं, पर किसी को ध्यान नहीं कि वे स्त्रियाँ भी हैं;

इधर जहाँ पाँच-चार विद्रोही सैनिकों के साथ जुटी हुई विद्यार्थियों और नव-युवकों की भीड़ केना के फूल और खजूर की डालियाँ तोड़-तोड़कर, उछाल-उछाल कर चिल्ला रही है, और मैकाडो के पलायन की खुशी में अपना ध्येय, कर्त्तव्य और योजनाएँ भूल गयी है; पागल हो गयी है...

इधर जहाँ शोर हो रहा है, पर शोर की भावना से नहीं; नाच हो रहा है, पर नाच की भावना से नहीं; झगड़ा हो रहा है, पर झगड़े की भावना से नहीं; हत्या हो रही है, पर हत्या की भावना से नहीं; बदले लिये जा रहे हैं, पर बदले की भावना से नहीं...

इधर जहाँ क्रान्ति हो रही है, पर बिना उसे क्रान्ति समझे हुए, बिना उसे किए हुए ही...

और उसका प्रतिघात...

उधर जहाँ मैकाडो के कर्मचारियों की स्त्रियाँ व्यस्त-वस्त्रों में किन्तु मुँह को चित्र-विचित्र पंखों की आड़ में छिपाये, मोटरों या गाड़ियों में बैठ-बैठकर भाग रही हैं;

उधर जहाँ मैकाडो की पुलिस, मैकाडो के भाग जाने पर भी अपने पुलिसपन की धुन में मदमस्त, स्त्री-पुरुष-बच्चा जो सामने आ जाता है उसी को पीटती हुई बढ़ी जा रही है।

उधर जहाँ खुफ़िया पुलिस के सिपाही एक छोटे-से लड़के से उसके विद्रोही पिता का पता पूछ रहे हैं और उसकी प्रत्येक इन्कारी पर कैंची से उसकी एक-एक उँगली काटते जाते हैं;

उधर जहाँ उन्हीं का एक समूह लोगों को पकड़-पकड़कर समुद्र में डाल रहा है, जहाँ शार्क मछलियाँ उन्हें चबाती हैं;

उधर जहाँ विद्रोहियों के नाखूनों के नीचे तप्त सुए चुभाये जा रहे हैं; और तपी हुई सलाखों से उनकी जननेन्द्रियाँ जलायी जा रही हैं;

उधर जहाँ घुड़सवार पुलिस के सिपाहियों ने एक ग्यारह-बारह साल की लड़की को पकड़ लिया है, और किसी पाशव उद्देश्य से उसके कपड़े फाड़ रहे हैं; उन सिपाहियों में से एक कहता है, "छोड़ दो, अभी बच्ची है।" दूसरा वीभत्स हँसी हँसकर कहता है, "क्यूबा में तो बारह साल की लड़की को..."

उधर जहाँ सेबेस्टिन मेरिया के गहनों को बेच आया है, अपनी स्त्री को संतुष्ट कर आया है और स्वयं अपने हृदय से आत्मग्लानि मिटा कर अपने को निर्दोष मानकर, धीरे-धीरे एक गली में टहलता हुआ सोच रहा है कि यदि उसकी स्त्री न होती तो वह मेरिया को ठगने की बजाय उससे विवाह ही कर लेता, क्योंकि ठगी निर्दोष होकर भी ठगी ही है...

और उधर जहाँ मिगेल, जो रात-भर एक चुराये हुए घोड़े को दौड़ाता हुआ सैटियागो से हवाना आया है, जिसका घोड़ा गोली से मर चुका है और जिसकी टांग भी गोली लगने से लंगड़ी हो गयी है और खून से भरी पट्टी में लिपटी हुई है। मिगेल मेरिया और कार्मेन को घर में न पाकर हवाना की सूनी-सूनी गलियाँ पार करता हुआ जा रहा है, देखने कि कहाँ क्या हो रहा है, यह सोचता हुआ कि कोई परिचित या विश्वासी मिल जाय तो पता ले कि मेरिया और कार्मेन कहाँ हैं, कि बन्धुओं के और विद्रोह के समाचार क्या हैं, और नगर को एकाएक यह क्या हो गया है। मिगेल, जिसका चेहरा पीड़ा से नहीं, पीड़ाओं से विकृत है; जिसका अधनंगा बदन भूख का नहीं, अनेक बुभुक्षाओं का साकार पुंज है... जो थकान से नहीं, अनेक

थकानों में चूर है और गिरता-पड़ता भी नहीं, गिरता ही चला जाता है...और मेरिया और कार्मेन, जो इस भयंकर ज्वार के घात में भी नहीं, प्रतिघात में भी नहीं, वे कहाँ, किस अपूर्व ओर स्वच्छन्द समापन की ओर जा रही हैं? इस रौद्ररस-प्रधान नाटक की मुख्य कथा से अलग होकर, किस अन्तर्कथा की नायिका बनने, किस विचित्र प्रहसन की नटी बनने, विधि की वाम रुचि की कौन-सी पुकार का उत्तर देने, कौन सी कमी पूरी करने?

इस व्यापक तूफान के बाहर भी कहीं कुछ है?

कहाँ?

क्या?

6

मेरिया और कार्मेन स्त्रियाँ हैं, जाति-दोष से ही वे प्रतिघात पक्ष की हैं, पर अपनी शिक्षा और अपनी रिक्तताओं के कारण उनमें विद्रोह जागा हुआ है, इसलिए वे उधर नहीं जा सकतीं...तभी तो वे कहीं दीख नहीं पड़तीं, न उस लुटी हुई भीड़ में, न उस लूटने वाली भीड़ में; न उस भूखी भीड़ में, न उस भूखा रखने वाली भीड़ में... वे उस क्रान्ति में नहीं मिलतीं, क्योंकि वे उसकी संचालिका नहीं हैं, वे केवल संदेश-वाहिका हैं...

मानव बनाता है, विधि तोड़ती है। मानव अपने सारे मनसूबे बाँधता है रात में अँधेरे में छिपकर; विधि उन्हें छिन्न-भिन्न करती है दिन में, प्रकाश में, खुले, परिहास-भरे दर्प से। मेरिया और कार्मेन ने, बहुत रो-धोकर रात में निश्चय किया था कि दिन में वे भी क्रान्ति में खो जाएंगी, कार्मेन ने छिपे उत्साह से और मेरिया ने छिपी निराशा से, किन्तु दोनों ने ही दृढ़ होकर... पर, दिन में उन्हें कुछ नहीं दीखा, वे नहीं सोच पायीं कि क्या करें...उन्होंने क्रान्ति की गति के बारे में जो कुछ सीखा था, वह मिगेल से सीखा था, पर मिगेल वहाँ था नहीं। उसके साथी उनके अपरिचित थे, और जो परिचित थे भी, वे मिल नहीं सकते थे। तब, वे क्या करतीं—कैसे उसके संगठन में हाथ बटातीं? उनके पास कोई साधन नहीं था—यदि था, तो उन्हें ज्ञात नहीं था। वे अपनी एक ही प्रेरण पहचानती थीं—अपना निश्चय, और उसी को लेकर वे क्रान्ति करने निकल पड़ी थीं...

यह कोई नयी बात नहीं है। संसार में नित्य ही, हजारों और लाखों व्यक्ति कुछ करने निकलते हैं, बिना जाने कि क्या; और कुछ कर जाते हैं, बिना जाने कि क्या या कैसे या क्यों! यह तो सामान्य जीवन में ही होता है, जहाँ आदमी की सामान्य बुद्धि काम कर सकती है, तब क्रान्ति में क्यों नहीं सौ-गुना और सहस्र-गुना अधिक होगा...जो क्रान्ति करते हैं, उनमें कोई इना-गिना होता है जो जानता है कि वह क्या कर रहा है; यदि कोई कुछ जानते हैं तो इतना ही कि वे कुछ कर रहे हैं, कुछ करना चाहते हैं, कुछ करेंगे...और इतना भी बहुत है; क्योंकि अधिकांश तो इतना भी नहीं जानते कि वे कुछ कर भी रहे हैं, इतना भी नहीं कि कुछ हो रहा है! वे तो एक भीड़ के भीड़पन के नशे में खोकर, नींद में चलने वाले रोगी की तरह, एकाएक चौंक कर जागते हैं और तब वे जानते हैं कि कुछ हो गया है; अब जो है, वह पहले नहीं था, वह अब नहीं हैं...जो कुछ हो चुका होता है, वह एक प्रगूढ़ आवश्यकता के कारण होता है। प्रायः परिस्थितियों की अनियन्त्रणीय प्रतिच्छवि होती है, जो सर्वसाधारण के भले के लिए ही क्रियाशील होती है; पर यह सब दूसरी बात है, बल्कि यह तो यही सिद्ध करती है कि सर्व-साधारण का उसके करने में कोई हाथ नहीं होता...

हाँ, तो मेरिया और कार्मेन एक ऐसी आन्तरिक माँग को लेकर, अपने जीवन की किसी छिपी हुई न्यूनता को, किसी और भी छिपी हुई प्रेरणा को आज्ञापना से पूरी करने के लिए निकल पड़ी थीं। वह

था उषा के तत्काल बाद ही, और अब तो दिन काफी प्रकाशमान हो चुका था, धूप में काफी गर्मी आ गयी थी...

उन्होंने हवाना की गलियों में आकर देखा—कहीं कोई नहीं था। वे इधर-उधर ढूँढ़ती फिरीं, पर सभी लोग किसी अज्ञात अफवाह के उत्तर में इतने सवेरे ही कहीं गुम हो गये थे...

केवल कहीं गली में दो-चार लड़कियाँ और बूढ़ी औरतें उन्हें मिलीं, और वे उनके साथ हो लीं। और वे धीरे-धीरे हवाना के बन्दरगाह की ओर उन्मुख होकर चलीं कि और कहीं नहीं तो वहाँ पर लोग अवश्य मिलेंगे, क्योंकि उसके सब ओर हवाना का अभिजात वर्ग और उनका सहायक—राजकर्मचारी, अफ़सर, सिपाही, पुलिसवाले, व्यापारी—इस विराट् प्रपंच के स्तम्भ-बसते हैं।...

वे क्रान्तिकारिणी नहीं थी—उनमें क्या था, जो क्रान्तिकारी कहा जा सकता है? वे एक निश्चय, और जीवन के प्रति एक भव्य विस्मय का भाव लेकर चल पड़ी थीं! उनमें वह क्रूर प्रचार-भाव नहीं था, जिससे क्रूसेडर लड़ा करते थे, या इस्लाम के मुजाहिद। यदि प्रचार की कोई भावना उनमें थी तो वैसी ही, जैसी तिब्बत में होकर चीन जाते हुए बौद्ध प्रचारक कुमारगुप्त के हृदय में...

जिधर वे जा रही थीं, उधर बहुत शोर हो रहा था और उसको सुन-सुनकर वे और भी तीव्र गति से चलती जाती थीं, उन दो-एक बूढ़ी स्त्रियों में भी किसी प्रकार का जोश जाग रहा था...

आगे-आगे कार्मेन उछलती हुई जा रही थी—जैसे सूर्य के सात घोड़ों के आगे उषा...बीच-बीच में, कभी वह किलकारी भरकर कहती थी, "क्रान्ति चिरंजीवी हो!" और मानो क्रान्ति की सत्यता के आगे इस नारे की क्षुद्रता के ज्ञान से, एकाएक-चुप हो जाती थी—तब तक, जब तक कि उसकी आत्मविस्मृति उसे फिर नारा लगाने की ओर प्रेरित नहीं कर देती थी। बुड्ढियाँ चुप थीं—शायद इसलिए कि उन्हें क्या, उनके सात पुरखाओं को भी क्रान्ति का पता नहीं रहा था...

और मेरिया? वह इस परिवर्तन और अशान्ति में भी अपना वैधव्य नहीं भूली थी। वह कार्मेन के साथ-साथ चलने का प्रयत्न कर रही थी, किन्तु फिर भी बिना जल्दी के एक भव्य मन्थरता लिये हुए। उसमें कार्मेन का उत्साह, सुख, यौवन की प्रतीक्षमान चुनौती नहीं थी! न उन बुड्ढियों का उदासीन, विवश स्वीकृतिभाव, उसमें था एक सन्तुष्ट अलगाव, मानो वह कहीं और हो, कुछ और सोच रही हो, कोई और जीवन जी रही हो, उसने मानो इस जीवन की सम्पूर्णता पा ली थी...

क्यों?

उसके जीवन में आरम्भ से ही वंचना रही थी, लगातार आज तक; तब फिर सन्तोष कहाँ था?

यह जीवन का अन्याय (या एक क्रूर न्याय!) है कि उन्हीं की वंचना सबसे अधिक होती है, जो जीवन से सबसे अल्प माँगते हैं। मेरिया ने कभी जीवन से कुछ नहीं माँगा, इसीलिए वह इतनी वंचिता रही है कि उसे कुछ भी नहीं मिला... किन्तु शायद इसीलिए वह आज वंचना में इतनी सन्तुष्ट है कि सोचती है, वह सफल हो चुकी है, जीवन पा चुकी है और जी चुकी है।

उसने अपना कुछ—अपना सब-कुछ!—मिगेल को नहीं तो मिगेल के नाम पर दे दिया है...

वह विधवा है। मिगेल उसका कोई नहीं। पर...

उसका जीवन सम्पूर्ण हो गया है। उसके जाने, मिगेल उसकी सहायता से छूट गया है, अमरीका चला गया है, आकर क्यूबा को स्वाधीन और सुशासित कर गया है। इसके अलावा और कुछ हो ही नहीं सकता —क्या उसने अपना सब-कुछ इसी उद्देश्य से नहीं दे दिया?

विधवा मेरिया! तेरी फूटी आँखें, फूटी बुद्धि, फूटे भाग्य! चलो दोनों, देखो, सम्पूर्णता से भी आगे कुछ है...

गली से सड़क, सड़क से चौराहे पर आकर वे एकाएक रुक गयी हैं।

चौराहे के आगे ही हवाना महल के सामने का खुला मैदान है। वहाँ बहुत-सी भीड़ इकट्ठी हो रही

है, इकट्ठी हो चुकी है, और फिर भी लोग सब ओर से धँसे चले आ रहे हैं। कोई कुछ कर नहीं रहा—क्रान्ति में कौन क्या करता है?—पर सब धँसे आ रहे हैं, मानो स्वाधीनता यहीं बिखरी पड़ी है और वे उसे बटोरकर ले जाएँगे। और कोई जानता नहीं कि वे किसलिए वहाँ आ रहे हैं, केवल और लोगों के उपस्थित होने के कारण वे भी यहाँ आ जुटते हैं...

यहाँ क्या होगा? कुछ नहीं होगा, मानवता अपनी मूर्खता का प्रदर्शन अपने ही को करेगी, और फिर झेंप कर स्वयं लौट जाएगी। या अपने ही से पिटी हुई—सब लोग कहेंगे कि क्रान्ति सफल हो गयी; या दूसरों से—तब लोग जानेंगे कि प्रति-क्रान्ति की जीत रही। और दोनों अवस्थाओं में वे उस ध्येय को नहीं पायेंगे, जिसके लिए उनमें अशान्ति उठ रही थी। क्योंकि अभी उनमें उसे प्राप्त करने की शक्ति नहीं है। वे स्वाधीनता के किसी एक नाम से दासता का कोई एक नया रूप ले जाएंगे!

मेरिया स्तिमित-सी होकर खड़ी देख रही है। ये सब भाव उसके हृदय में से होकर दौड़े जा रहे हैं। उसका व्यथा से निर्मल हुआ अन्तर बहुत दूर भविष्य को भेद कर देख रहा है, यद्यपि वह वर्तमान नहीं देख पाता। उसके मन में एक निराश प्रश्न उठ रहा है, जिसे वह कह नहीं सकती; एक प्रकांड संशय, जिसका वह कारण नहीं समझती। उसका हृदय एकाएक रोने लगा है, यद्यपि वह यही जानती है कि उसे इस समय आह्लाद से भर जाना चाहिए, इस नवल प्रभात में, जब उसका देश जागकर स्वतन्त्र हो रहा है।

एक थी कैसांड्रा जिसकी दिव्य-दृष्टि अभिशप्त थी, जिसके फलस्वरूप उसकी भविष्यवाणी का कोई विश्वास नहीं करता था...एक है मेरिया, जो इतनी अभिशप्त है कि स्वयं ही अपनी दृष्टि पर विश्वास नहीं कर पाती... उसे कुछ समझ ही नहीं आता, वह पागल की तरह देख रही है...

नहीं तो, वह तो सफल हो चुकी है, सम्पूर्ण हो चुकी है, उसे अब क्या? वह तो सन्तुष्ट है, प्रसन्न है।

वह मुड़कर, कार्मेन को आँखों से खोजती है। कार्मेन उससे कुछ ही दूर खड़ी किसी से बात कर रही है।

क्या कह रही है? उस व्यक्ति को सुनाकर कार्ल मार्क्स के कुछ वाक्य दुहरा रही है, जिसे उन दोनों ने इकट्ठे पढ़ा था। और मेरिया को अनुभव होता है, कार्मेन प्रयत्न कर रही है कि उन वाक्यों को मेरिया की तरह बोले...वह व्यक्ति उपेक्षा से, तिरस्कार से, शायद क्रोध से या भय से या किसी मिश्रित भाव से, सुन रहा है, क्योंकि वह मैकाडो की पुलिस का आदमी है, (होने दो!) कार्मेन की ध्वनि सुनकर मेरिया आनन्द से और आह्लाद से भर जाती है, उसका सारा निराशावाद और असन्तोष निकल जाता है...क्या हुआ यदि वह कुछ नहीं है, वह कुछ नहीं पा सकी, वह रोती रही, वह अनाथिनी, अभागी, वंचिता रही है? उसके दो हैं, जो ऐसे नहीं, और उसी के कारण ऐसे नहीं—कार्मेन और मिगेल... कार्मेन, जिसे उसने सुखी रखा और जो उसके पास खड़ी है; मिगेल, जिसे उसने छुड़ाया है और जो इस समय अमरीका के पथ पर होगा...ओ स्वतन्त्र, स्वाधीन क्यूबा, तुझे मेरे ये दो उपहार हैं; और मेरा जीवन अब सफल और सम्पूर्ण हो चुका है—

मेरिया का गला घुटता है, वह चीख भी नहीं सकती, झपटती है—

उस व्यक्ति ने जेब से रिवाल्वर निकालकर कार्मेन पर गोली चला दी है, कार्मेन बिना खींची हुई साँस को छोड़े भी, ढेर हो गयी है...

7

वहाँ उसके आस-पास, एक छोटा-सा घेरा खाली हो गया है।

वह उसके मध्य में खड़ी है। वह एक स्वप्न में आयी थी, एक स्वप्न में झुकी थी, अब एक स्वप्न में खड़ी है। एक मरा हुआ स्वप्न उसकी बाँह में लटक रहा है; मरा हुआ, किन्तु रक्त-रंजित, अभी

गर्म...और उसकी बाँह उसके सिर पर धरी हुई है, मानो सिर से कह रही हो, "ठहर, अभी यहीं रह..."

कहीं से उसी व्यक्ति की कर्कश हँसी सुन पड़ती है, पर सहमी हुई भीड़ में कोई नहीं है, जो इस समय भी उसे चुप करा दे! और मेरिया के सिर पर से तूफान बहा जा रहा है, निःशब्द भैरव, निरीह तूफान. ..पर उसका सिर झुका नहीं, उसकी आँखें झपकी नहीं। वह स्थिर, शून्य, जड़, स्वप्न-दृष्टि से सामने देख रही है, नींद में भीड़ के मुखों में कुछ पढ़ रही है, उन मुखों में लगी हुई आँखों में, जो उसकी बाँह से लटकते हुए अभी तक गर्म रक्त-रंजित स्वप्न को देख रही है, किन्तु जो मेरिया की फटी आँखों से मिलती नहीं...

मेरिया टूट गयी है, पर अभी जीती है, और सामने देख रही है... सामने जहाँ भीड़ स्तब्ध हो रही है...

यह सब क्षण-भर में—क्षण-भर तक! तब भीड़ में कुछ फैलता है जो भय से हजार गुना त्वरगामी जान पड़ता है, और भीड़ भागती है—इधर-उधर, जिधर हो... कहाँ को न जाने; किससे, न जाने; पर यहाँ से कहीं अन्यत्र, इस स्वप्निल स्त्री-रूप की छाया से बाहर कहीं भी, जहाँ संसार का अस्तित्व हो...

स्वप्न टूटता है। मेरिया उस भगदड़ में देखती है—एक भूखा, लगड़ा, अधनंगा शरीर, एक प्यासा, थका हुआ, व्यथित मुख, जो उसके देखते-देखते क्षण-भर में ही अत्यन्त आह्लाद और अत्यन्त पीड़ा में चमक उठता है—और खो जाता है।

मेरिया एक हाथ से कार्मेन को उठाये है—उसका दूसरा हाथ आगे बढ़ता है, मानो सहारे के लिए! ओठ कुछ उठकर खुलते हैं, मानो पुकार के लिए—और मिगेल के लड़खड़ाकर गिरे हुए शरीर को रौंदती हुई भीड़ चली जाती है, चली जाती है, चली जाती है...

इसका भी अन्त होगा। सभी कुछ का अन्त होगा। और नयी चीजें होंगी, जो इससे विभिन्न होंगी। अच्छी हों, बुरी हों, ऐसी तो नहीं होंगी। वह देश के अमर शहीदों में से होगी या अपमानित परित्यक्त वेश्या, सब एक ही बात है—ऐसे तो नहीं होगी, ऐसे खड़ी तो नहीं रहेगी... जैसे अब खड़ी है। एक हाथ से कार्मेन का शव लटक रहा है, और दूसरा मानो सहारे के लिए आगे बढ़ा है; शरीर और मुँह एक दर्प से उठा हुआ है, जो टूटता भी नहीं; आँखे एक भावातिरेक को लेकर भरी हुई है; और यह चित्र मानो शब्दहीन, रक्तहीन, जीवहीन, अत्यन्त श्वेत पत्थर का खिंचा हुआ उस जनहीन मैदान में खड़ा है...

यह क्या किसी कुछ का संकेत नहीं है—कुछ नश्वर, कुछ अमर; कुछ अच्छा, कुछ बुरा; कुछ सच्चा, कुछ झूठा; कुछ मूक, कुछ व्यंजक; कुछ अतिशय विकराल...

एक हाथ पर मरे हुए प्रेम का बोझ लिये, दूसरे हाथ से किसी चिर-विस्मृत मृत प्रेम को भीड़ में से बुलाती हुई, आँखों से भव को फाड़ती हुई, एक सन्देशवाहिनी पीड़ा...

घोड़े गुजर जाते हैं। मनुष्य गुजर जाते हैं। भीड़ गुजर जाती है। प्रमाद गुजर जाता है। पर आश—आशा—विभ्राट; भूख—भूख—रिक्तता; वेदना—वेदना—पराजय; बिखरी हुई प्रतिज्ञाएँ, यह है क्रान्ति की गति। प्रलय-लहरी क्यूबा में—जैसे वह अन्यत्र गुजरी हैं; वैसे वह सर्वत्र गुजरेगी—विद्रोह...

किन्तु कोई जानता नहीं। कोई देखता नहीं। कोई सुनता नहीं। कोई समझता नहीं। मेरिया की अनझिप आँखें—कैसांड्रा का अभिशाप...

मुलतान जेल, 1933

कोठरी की बात

मुझ पर किसी ने कभी दया नहीं की, किन्तु मैं बहुतों पर दया करती आयी हूँ। मेरे लिए कभी कोई नहीं रोया, किन्तु मैंने कितनों के लिए आँसू बहाये हैं, ठंडे, कठोर, पत्थर के आँसू...

किन्तु इसके विपरीत, कितने ही भावुक व्यक्तियों ने मेरे विषय में काव्य रचे हैं, कितने ही मेरे ध्यान में तन्मय हो गये हैं, पर मैं कभी किसी की ओर आकर्षित नहीं हुई, मेरी भावना किसी व्यक्ति के व्यक्तित्व में नहीं बँधी, मुझे कभी आत्म-विस्मृति और तन्मयता का अनुभव नहीं हुआ...

क्योंकि मैं सदा दूसरों पर विचार करती आयी हूँ; और मेरा निर्णय, मेरा न्याय, सदा ही कठोर रहा है, यद्यपि पक्षपातपूर्ण नहीं; नपा-तुला रहा है, पर दया से विकृत नहीं...

मुझमें जीवन नहीं है, किन्तु मैं जीवन देने की उतनी ही क्षमता रखती हूँ जितनी उसे छीन लेने की, विनष्ट करने की। मेरा काम है तोड़ना; मेरा आविष्कार ही इसलिए हुआ है; किन्तु जब मैं बनती हूँ, तब जो कुछ मैं बनाती हूँ, वह अखण्ड अजेय होता है। मैं स्वयं पत्थर की हूँ, वज्रत्र-हृदय हूँ, इसलिए मेरी रचनाएँ भी वज्र की सहिष्णुता रखनेवाली होती हैं...

मैं हूँ एक नगण्य वस्तु, सभ्यता के विकास का एक बड़े यत्न से छिपाया हुआ उच्छिष्ट अंश, जो उसी सभ्यता में अपनी कुढ़न के अत्यन्त अकिंचन कीटाणु फैलाता जाता है, बिना जाने ही नहीं बल्कि जान-बूझकर अपने से छिपाये गये साधनों द्वारा, चुपचाप, चोरी-चोरी किसी भावी, व्यापक, चिरन्तन, घोर आतंकमय जीवन-विस्फोट के लिए...

मैं हूँ मुक्ति का साधन एक बन्धन—मैं संसार के किसी भी राज्य के किसी भी जेल की एक छोटी-सी कोठरी हूँ...

मैं जहाँ हूँ, वहाँ से कभी हिली नहीं। एक बार, कभी किसी ने मुझे बना दिया था, तब से मैं वैसी ही चली आ रही हूँ। कभी-कभी लोग आकर मेरे अलंकार-भूषण बदल जाते हैं अवश्य; मुझे नयी कड़ियाँ, नयी शृंखलाएं, और नये पट दे जाते हैं, मेरे मुख और वक्ष पर नया आलेप कर जाते हैं, पर इससे मौलिक और प्रत्यक्ष एक-रूपता नहीं बदलती—वैसे ही जैसे स्त्री के आचरण और अलंकार बदल देने पर भी उसका आन्तरिक रूप वही रहता है... पर ऐसा होते हुए भी मैंने दुनिया देखी है और देखती हूँ, दुनिया के अनुभव सुने हैं और सुनती हूँ; और इसके अतिरिक्त अपने प्रगाढ़ अकेलेपन में मैंने एक और शक्ति पायी है—मैं आत्माएँ पढ़ती हूँ। मेरे पास जो आता है, मैं उसे आर-पार देख, पढ़ और समझ लेती हूँ...

कभी सोचती हूँ, मेरा जीवन एक निष्प्राण पत्थर की बनी हुई वर-वधू का-सा है; क्योंकि मेरे अपने स्थान से टले बिना ही अनेकों लोग मेरे पास से हो जाते हैं, अपना गूढ़तम निजत्व मुझ पर व्यक्त कर जाते हैं, और लुटकर, कुछ सीखकर, अवश्य पुनः आने का या कभी फिर आने का नाम न लेने का निश्चय करके चले जाते हैं; और मैं अपना अपरिवर्त्त अनन्त-यौवन लिये, उसी भाँति निर्लिप्त और अजेय और सम्पूर्णतः अनासक्त, उन्हें जाने देती हूँ और अग्रिम आगन्तुक की प्रतीक्षा करने लग जाती हूँ...

और जब याद आता है किसी भी नवागन्तुक के लिए मुझे सजाया और साफ किया जाता है, मेरा प्रत्यंग धोया और अलिप्त किया जाता है, मेरे धातु के आभूषण चमकाये जाते हैं, और जब प्रति सन्ध्या को आकर मेरे कपाट और ताले खड़का कर मानो घोषित करते हैं कि 'वस्तु अच्छी है', तब तो मुझे स्वयं यह विश्वास हो जाता है कि मैं वर-वधू ही हूँ ओर मैं लज्जा से सकुचा जाती हूँ, कुंठित होकर पहले से भी अधिक छोटी और घिरी हुई जान पड़ने लगती हूँ, मेरा दम घुटने लगता है...तभी तो कभी-कभी मेरे कैदियों को एकाएक ध्यान आ जाता है कि वे बद्ध हैं, या कि उनके बन्धन एकाएक अधिक संकुचित और कठारे हो गये हैं; और वे 'कुछ' कर डालने के लिए तड़फड़ाने लगते हैं...

कभी सोचा करती हूँ, मेरा आदिम पिता, मेरा अत्यन्त पूर्वज, कौन था? क्योंकि कोई व्यक्ति यदि संसार की कुत्सा और घृणा का पात्र है तो वही... तब जान पड़ता है कि मेरा एकमात्र सम्भव आदिम निर्माता स्वयं ईश्वर है (यदि वह है तो) क्योंकि मैं अत्यन्त प्राचीन काल से किसी-न-किसी रूप में संसार में चली आ रही हूँ; संसार की प्रत्येक वस्तु, प्रत्येक घटना, प्रत्येक आकार, प्रत्येक अनुभूति, मेरा ही कोई छिपा हुआ या विकृत रूप हैं...मैं ही वह आदिम समुद्र थी जिससे सृष्टि की उत्पत्ति हुई, मैं ही ईडन-उद्यान की परिधि थी, मैं ही उस आदिम धूम्रपुंज का आकार थी जिससे तारे और ग्रह और नक्षत्र और अन्य भौतिक आकार उत्पन्न हुए...यदि संसार में पहले प्रज्ञा और माया थीं, तब मैं माया का अन्धकार थी; यदि पहले-पहल लिलिथ को बनया तो मैं लिलिथ के कांचन कचों की एक लट थी जिसके द्वारा वह युवकों के हृदय बाँधती थी और घोंट देती थी...

किन्तु ये सब विचार मिथ्या हैं, आत्मप्रवंचना हैं। मैं वास्तव में कुछ नहीं हूँ; केवल एक समय एक मिथ्या डर, ज्यामिति के आकारों की भाँति एक काल्पनिक रेखा-जाल जिसे समाज ने पत्थर में खींच दिया है. ..यही मेरे अन्तर्विरोध का हल है। मैं कुचलती हूँ तो उद्दीप्त भी करती हूँ; दबाती हूँ तो स्वयं उपेक्षित भी होती हूँ; आतंक फैलाती हूँ तो पराजित भी होती हूँ...मैं सब-कुछ हूँ जो लोग मुझे बना देते हैं; और वास्तव में मैं हूँ 'कुछ' अपरिवर्त्त, तुषार-शीतल, निष्प्राण...

मैं बाँधती हूँ, पर निर्ष्क्रिय रहकर, न्याय करती हूँ तो निरीह होकर। मैं चुप रहती हूँ—पर कभी-कभी उस मौन के विरुद्ध किस कारण मेरा सारा अस्तित्व उठ खड़ा होता है? तब चुप रहना मुझे स्वयं चुभता है, सालता है, मैं चाहती हूँ कि फटकर खुल जाऊँ, एक मार्ग बना दूँ, पर कहाँ... मैं रो भी नहीं सकती और यही सोचकर और भी रोना आता है—कि मैं रोने से वंचित इसलिए हूँ कि मेरी सम्पूर्णता ही एक जड़ीभूत, प्रस्तर-खचित आँसू है!

इस विक्षोभ से मेरे कहाँ-कहाँ घाव हो गये है...और इतने कि मैं गिना भी न सकूँ, न इंगित कर सकूँ। घाव की स्थिति तो तब बतायी जा सके जब उसकी वेदना की कोई सीमा हो। वह तो इतनी फैली हुई है कि सर्वत्र एक ही घाव की पीड़ा जान पड़ती है...

पर, बिना स्थिति बता सकने के भी, मुझे कभी-कभी याद आ जाता है कि कैसे कभी कहीं कोई घाव हुआ था... और तब फिर मैं सोचने लगती हूँ...

यह वेदना क्यों होती है? मैं काम करके थक जाती हूँ पर याद नहीं आता कि यह कब से होने लगी और कैसे... संसार की बहुत-सी वेदनाएँ इसी प्रकार की होती हैं। जब कोई आत्मीय मरता है, तब हम उसे याद करके रोते हैं, पर शीघ्र ही आत्मीय की स्मृति तो खो जाती है, किन्तु एक कोमल-सी कसक रह जाती है। हम रोते रहते हैं, पर पीड़ा के उद्रेक से नहीं, केवल अभ्यास के वश... और फिर ये वेदनाएँ लुप्त भी इसी भाँति हो जाती हैं। तब हमें उनकी सत्यता में ही सन्देह होने लगता है। जिस प्रकार मूल

कारण के लुप्त हो जाने के बाद भी हमारे मन में उसकी भावना देर तक रहती है, जैसे लम्बी यात्रा के बाद जहाज से उतरने पर भूमि डगमगाती हुई जान पड़ती है। जब हमें ध्यान होता है कि भूमि नहीं डगमगा रही, केवल अभ्यास का भ्रम है; तब हम जहाज के डगमगाने को भी भ्रम समझने लगते हैं। उसी भाँति जब हमें एक दिन ज्ञान होता है जिस पीड़ा की अनुभूति से हम रो रहे हैं, वह चिरकाल से वहाँ नहीं है, तब हमें इस बात में ही सन्देह होने लगता है कि वह कभी थी भी...

पर—

यह मानव-हृदय की कमजोरी है, या सभ्यता से उत्पन्न एक गहरा विषण्ण दुःखवाद या पीड़ा की व्यापकता और सार्वजनिक अनुभूति कि जहाँ हम आन्नद को एक भंगुर भावना मानते हैं, वहाँ पीड़ा को अवश्यम्भावी और चिरन्तन समझते हैं...

मुझे याद आता है...

पर, उसे कहने के पहले यह कहूँ कि मैं कहाँ हूँ, कैसी हूँ, और मेरे पास-पड़ोस में कौन है...

मैं अन्धी हूँ, मुझे साधारण दृष्टि से कुछ नहीं दीखता। इसीलिए, साधारण वस्तुओं के साधारण रूपाकार का वर्णन मैं नहीं कर सकती... मुझे दीखती हैं, विभिन्न आकारों के किसी श्याम आवरण में लिपटी हुई आत्माएँ—जिन्हें आकार-भेद के अनुसार हम विभिन्न नाम देते हैं...

मेरे तीन ओर मुझ-सी ही अनेक कोठरियाँ हैं, और चौथी ओर एक ऊँचा परकोटा जिसकी आत्मा मानो विद्रूप से हँस रही है... और इसके बाहर विस्तृत मरु, जिसमें कहीं-कहीं सरकंडे का एकाध झुरमुट, कहीं करील की एक सूखी-सी झाड़ी, या कहीं दो-चार खजूर खड़े हैं, ऐसी मुद्रा में मानो मरू से कह रहे हों : हम दीन हैं, पर झुकते नहीं; हम झुकते नहीं, पर अत्यन्त दीन और दुखी हैं...ग्रीष्म में, जब यहाँ उत्तप्त लू बहती है, रेत उड़-उड़कर खजूरों से उलझती है मानो मरु ने उन दीनों को कुचलने के लिए सेना भेजी हो, तब कुछ उत्तप्त कण आकर मेरे आश्रित कैदी को भी झुलसाते हैं; वैसे ही जैसे रणोन्मत्त सैनिक प्रतिद्वन्द्वी के पास-पड़ोस में बसे हुए लोगों का भी विनाश कर देते हैं, क्योंकि विनाश-भावना औचित्य नहीं देखती... तब मैं स्वयं आहत होकर अपने आश्रित की रक्षा करती हूँ। मेरा शरीर लू की तपन से नहीं, अपने आन्तरिक विक्षोभ से उत्तप्त हो जाता है, और मैं उद्देश्य-भ्रष्ट हो जाती हूँ—अपने आश्रित का भला करने की भावना लेकर उसके अनिष्ट का साधन होती हूँ... और शीतकाल में...किन्तु शीत और ग्रीष्म केवल मात्रा के भेद हैं, हम सब रहते तो वहीं हैं और हमारे परस्पर सम्बन्धी भी...यदि चन्द्रमा आकाश में आकर मेरे बाल रूप पर अपनी सम्मोहिनी ज्योत्सना का आवरण डालकर, मुझे सुन्दर और आकर्षक तक बना देता है, तो क्या इससे मैं कोठरी नहीं रहती? क्या मैं उसी प्रकार लोगों को बाँधती और तोड़ती नहीं?... और, मेरे इन दो-चार सीखचों के बाहर विस्तीर्ण आकाश या प्रच्छन्न मेघमंडल होने से क्या मेरे बन्धन ढीले या अधिक कठिन हो जाते हैं? क्या दृष्टि की सीमा, या अन्य इन्द्रियों की सीमा ही प्राणों की गुणानुभूति की सीमा है?...

हाँ तो, मुझे याद आता है...

वह बहुत पुरानी बात है—मेरी बाल्य स्मृतियों में से एक...यद्यपि उससे पहले मेरे पास कई लोग आ चुके थे, तथापि उसमें कुछ था जिसने एकाएक मुझे चौंका दिया, जिसमें मैंने कुछ देखा जिसके कारण मैं उसे भूल नहीं सकी... उसके पहले, एक ऐसा आया था जो मानो किसी के प्राण उधार लेकर आया था। इसके प्राणों का कोई मूल्य नहीं था—वीरोचित उपेक्षा के कारण नहीं, किसी गूढ़ अक्षमता के कारण, जीवन-शक्ति के किसी भीतरी अपघात के कारण...यह उन व्यक्तियों में से था जो कुछ भी कर सकते हैं, किन्तु अपनी प्रेरणा से नहीं, सक्रिय होकर नहीं, केवल काल-गति के पुतले बनकर...इनमें अपनी नीति, अपना आचार,

अपन चारित्र्य, कुछ नहीं होता, वे मानो जीवन-ज्वार पर तैरते हुए घास-फूस होते हैं। उन्हें अपने किसी कार्य के लिए दोषी भी नहीं ठहराया जा सकता और क्षमा भी नहीं किया जा सकता; वे स्वयं कुछ भी नहीं करते, किन्तु समाज के सच्चे शत्रु वही होते हैं...इनमें आरम्भ में तो थोड़ी-बहुत अनुभूति होती है, शायद वे कभी-कभी यह भी देखते हैं कि वे किधर बहे जा रहे हैं, पर इस ज्ञान के पीछे बतलाने की प्रेरणा नहीं होती। वे देखकर खिन्न हो लेते हैं, और फिर, उसी खेद की प्रतिक्रिया में पहले से अधिक गिर जाते हैं, और यह प्रक्रिया बराबर होती रहती है, तब तक जब तक कि उनमें यह अनुभूति भी सर्वथा नष्ट नहीं हो जाती, और वे बिलकुल पाषाणहृदय नहीं हो जाते...

और एक और भी आया था...जिसे भूलना ही क्षमा है, और जिसकी स्मृति उसका सबसे बड़ा दंड है, क्योंकि वह महदाकांक्षी था, संसार पर अपनी छाप बिठाना चाहता था, पर उसके लिए जो त्याग करना पड़ता, उससे घबराता था...महत्वाकांक्षा ने उसे विद्रोह की ओर प्रेरित किया था, किन्तु जब महदाकांक्षी ने ही विद्रोह का मूल्य उससे माँगा तब उसने न केवल किये को ही विनष्ट किया, प्रत्युत औरों के भी, जो कि महदाकांक्षी न होकर भी त्याग करने को तैयार थे... वह अपना पुरस्कार यह समझता था कि वह लोगों की स्मृति में जीवित रहे, किन्तु आज उसे याद रखना उसकी सत्यता को याद रखना, उसका सबसे बड़ा दण्ड है...

किन्तु मैं उसे याद रखने का यत्न करना नहीं चाती। वह संसार का कार्य है, जो दण्ड देता है। मैं दण्ड नहीं देती, न पुरस्कार देती हूँ; मैं केवल विचार करती हूँ, निर्णय करके रह जाती हूँ...ये व्यक्ति आते हैं और मेरे वज्रवक्ष पर बनते या टूटते हैं, और मैं संसार को जता देती हूँ कि उन पर क्या हुआ...मैं उनके भग्नावशेषों को पुनः जोड़ती नहीं, उन्हें छिपाती भी नहीं...

जिसे याद करती हूँ उसकी बात कहूँ...

परिधियाँ, बन्धन व्यक्तियों को अधोगामी बनाते हैं, किन्तु कुछ ऐसे भी होते हैं जो उसकी स्फूर्तिदायिनी उत्तेजना के बिना जी ही नहीं सकते... जिसकी मैं बात कहने लगी हूँ, वह इसी दूसरी श्रेणी में था... उसका नाम था सुशील। इस नाम से यह नहीं सिद्ध होता कि उसमें शील का आधिक्य या न्यूनता थी, यह केवल यही जताता है कि उसके पिता को शील की आवश्यकता थी—वे क्रोधी, सहसा बिगड़ उठनेवाले, और सहसा ही शान्त हो जानेवाले, प्रायः संसार के प्रति एक विक्षुब्ध चिड़चिड़ापन लिये किन्तु कभी-कभी अत्यन्त प्रसन्न; साधारणतः अपनी संतान को उपेक्षापूर्ण सीमा में बाँधकर रखनेवाले किन्तु कभी-कभी, या किसी-किसी सम्बन्ध में, बहुत स्वच्छन्दता दे देनेवाले या छीन लेनेवाले, व्यक्ति थे... सम्भवतः उनका मन उन्हें कोसा करता था कि उनमें गम्भीरता की, एकरूप शील की कमी है, और इसीलिए उन्होंने उसका नाम सुशील रखा था...हम सभी अपनी न्यूनता को अपनी कृतियों द्वारा छिपाने की चेष्टा करते हैं...

सुशील स्वभावत विद्रोही था। किन्तु जो 'स्वभावतः विद्रोही' होते हैं, उनकी विद्रोह-चेष्टा बौद्धिक नहीं होती, उसका मूलोद्भव एक भावुकता से होता है। कभी वह भावुकता बौद्धिक विद्रोह से परिपुष्ट भी होती है, तब वह विद्रोही अपनी छाया देश और काल पर बिठा जाता है। पर बहुधा ऐसा नहीं होता, बहुधा भावुक विद्रोही समय के किसी बवंडर में फँसकर खो जाते हैं—क्योंकि भावुकता स्वयं एक बवंडर है...हाँ तो, सुशील अपने घर के नियमित अत्याचार से और अनियमित आकस्मिक दुलार में, अधिकाधिक विद्रोही होता जाता था, क्योंकि घर का वातावरण उसे स्थैर्य नहीं देता था बल्कि ज्वालामुखी-सी एक विस्फोटक निश्चेष्टा—जो एक दिन फट पड़ी! सुशील घर से भाग निकला, और इधर-उधर सच्चे-झूठे विद्रोहियों में फँसकर मेरे पास आ गया...

लोग समझते हैं कि जो नवयुवक जेल में आते हैं, वे स्वेच्छा से, एक बौद्धिक प्रेरणा से आते

हैं...झूठ! वे आते हैं एक अनिवार्यता के वश, जिस पर उनका किंचिन्मात्र भी नियन्त्रण नहीं है! अगर कोई प्रौढ़ व्यक्ति आवे, तब तो यह बात सम्भव है, किन्तु युवकों के आने का कारण, उनका आवाहन करने वाली प्रेरणा, उनके मस्तिष्क से नहीं आती! वह आती है एक अज्ञात मार्ग द्वारा, और आती है उन युवकों के घरों से, माता-पिता से और उनकी परिस्थिति से, उनके समाज की उनसे मिलनेवाली (या बहुधा न मिलनेवाली) स्त्रियों से—विशेषतः उनकी बहनों से...सुशील से कोई पूछता कि वह क्यों विद्रोही हुआ, उससे तर्क करता कि उसका मार्ग लाभकर नहीं है, तो उसकी बुद्धि शायद इसके समुचित उत्तर न दे पाती, किन्तु उसका हृदय अवश्य पुकार उठता "नहीं! मैंने इस मार्ग का ग्रहण इसलिए नहीं किया कि यह अधिक लाभकर है, प्रत्युत इसलिए कि मेरे वास्ते और कोई मार्ग है ही नहीं...यदि मेरे कार्य से देश को लाभ होता है, तो अच्छा है, पर मैंने यह मार्ग इसलिए नहीं ग्रहण किया, मैं यदि विद्रोही हूँ तो बस इसीलिए कि मेरी प्रकृति यह माँगती है मेरी जीवन-शक्ति की वही निष्पति है...और उसके हृदय का कथन बिल्कुल सच होता...मैं जानती हूँ! मैं अपनी सूक्ष्म-दृष्टि से देखती हूँ—उसके जीवन के कुछ-एक दिन—कुछ-एक क्षण...एक वह क्षण में जिसमें उसकी विस्फारित आँखें रात में दिये के प्रकाश से, उसके माता-पिता के बीच एक छोटे-से, अत्यन्त प्राचीन, अत्यन्त साधारण किन्तु अत्यन्त महत्वपूर्ण और गोपनीय दृश्य को देखती हैं—अच्छी आँखें, क्योंकि वे मन के पट पर जो कुछ लिखती हैं, मन उसे पढ़ नहीं पाता।...वह लिखावट उसी भाँति मन के एक कोने में पड़ी रहती है जैसे किसी पुरातत्ववेत्ता के दफ्तर में कोई ताम्रपट, जिसकी लिपि से वह अभ्यस्त नहीं है, और जिसे किसी दिन वह एक कोष की, और अन्य लिपियों की सहायता से एकाएक पढ़ लेता है... फिर एक वह क्षण जब वह और उसकी बहिन पास-पास लेटे हुए किसी विचार में निमग्न हैं—शायद अपने उस समीपत्व के पवित्र, रहस्यमय सूख में, और जब उसके पिता एकाएक आकर उसे उठा देते हैं, फटकारते हैं कि वह अपनी बहिन के पास क्यों लेटा है, और एक ऐसी क्रुद्ध, सन्देहपूर्ण, जुगुप्सा-मिश्रित ईर्ष्यावाली और इतनी विषाक्त दृष्टि से उनकी ओर देखते हैं कि उसके मन में कोई परदा फट जाता है, उसे एक कोष मिल जाता है, जिससे पहला दृश्य भी सुलझ जाता है, और अन्य अनेकों दृश्य और शब्द और विचार अपना रहस्य सहसा उस पर बिखरा देते हैं, जिनके बोझ से वह दब जाता है, जिनकी तीखी गन्ध से उसका मानसिक वातावरण असह्य हो उठता है, और वह एक अंधेरे कोने में बैठकर रोता है और निश्चय करता है कि अब कभी बहिन के पास खड़ा भी नहीं होऊँगा...और वह क्षण जब यह देखकर कि उसकी बहिन ने भी ऐसा ही निश्चय किया है, और बहिन की अकथ्य मर्मव्यथा समझकर, वह एक साथ ही अपना और उसका निश्चय तोड़कर उसके गले लिपटकर रोता है और उसे भी रुलाता है... और वह क्षण—पर ये तीन क्षण ही प्रखर प्रकाशक हैं, किसी व्यक्ति का इतना जीवन देखकर ही मैं उसके जीवन का इतिहास लिख सकती हूँ—उसके जीवन की घटनाओं का नहीं, समूचे जीवन का, उसकी प्रगति का, मानसिक प्रेरणाओं का, उसके उद्देश्य का...

जब वह मेरे पास आया था, तब उसे पक्का निश्चय था कि उसके जीवन के कुछ-एक दिन बाक़ी रह गये हैं, किन्तु उसे फाँसी नहीं मिली, नहीं मिली... तब धीरे-धीरे, जो शक्ति उसे ढकेलकर वहाँ तक लायी थी, वह बिखर गयी, उसका स्थान लिया एक विक्षोभ ने, एक थकान ने, एक अश्रुहीन उद्रेकहीन रुआंसेपन ने, जिसमें कभी-कभी तूफान की तरह एक पागलपन आ जाता है। यह पागलपन मानो उसके जीवन का आधार था, उसकी परिवर्त्तनहीन समरूपता को तोड़कर कुछ दिन के लिए उसे शान्त कर देता था... यानी अशान्त कर देता था—क्योंकि जीवन और अशान्ति एक ही क्रिया के दो नाम हैं। शान्ति तो उस तूफान के पहले होती थी—वह बिल्कुल ही निर्लिप्त, बिल्कुल निरीह, एक गतिमान अचेतना-सा हो जाता था, शिथिल किन्तु घातक, जैसे दलदल...उस तूफान में वह उन्मत्त होकर मेरे वक्ष पर सिर पटक-पटक कर कहता था, 'मैं पागल हो जाऊँ! पागल हो जाऊँ! यदि मैं इस जीती मृत्यु से नहीं बच

सकता, तो इसकी अनुभूति ही नष्ट हो जाय! शरीर को जितने कष्ट मिलें, मिलें; आत्मा की पीड़ा—अच्छा ही है; पर इस नीरस विशेष शून्यता का अनुभव करनेवाली मन : शक्ति मर जाय! मर जाय! मर जाय! पर व्यथा पर यदि विचार किया जाय, तो वह भी कुछ पिघल जाती है... वह इस बात को समझता कि उसके असह्य कष्ट का कारण जीवन का विशेषाभाव है, और इसी समझ के कारण वह उसके आगे टूटता नहीं था...चिन्तन से उसे पीड़ा होती थी, किन्तु पीड़ा उसे चिन्तन का आधार देती थी...

और इसीलिए वह पागल नहीं हुआ... इसीलिए, जब वह तूफान आकर उसे अशान्त करके चला जाता था, तब वह उन्मद दानव की भाँति उस छोटी-सी कोठरी में टहलने लगता था—एक सिरे से दूसरे सिरे तक, एक, दो, तीन, चार, पाँच कदम फिर वापस, एक, दो, तीन, चार, पाँच, फिर लौटकर एक, दो, तीन...और इसी तरह वह सारी रात बिता देता, तब उसकी टाँगें थक जातीं, वह एकाएक रुककर भूमि पर बैठ जाता, और चुपचाप मन-ही-मन रोने या कविता करने लगता... उसका एक शब्द भी बाहर नहीं निकलता, एक छाया भी उसके मुख पर व्यक्त नहीं होती, वह मानो किसी अदृश्य समुद्र के भाटे की भाँति धीरे-धीरे उतर जाती और निश्चल हो जाती—उस समय तक जब कि दूसरा तूफ़ान पुनः उसे न उठावे... पर मैं उसे देखती भी थी और सुनती भी थी केवल मैं ही उसके नस-नस में उसके प्राणों से भी अधिक अभिन्नता से व्याप्त थी...

वह सोचा करता था... एक चित्र, एक कल्पना...कहीं पर्वत की उपत्यका में, एक काठ का झोपड़ा, एक खुली हुई खिड़की। उसके सामने, रीछ का चर्म बिछा हुआ है, जिसके पास चौकी पर वह बैठा है। और उसके आगे, चर्म पर बैठी है—कौन? वह सुशील के घुटने पर सिर टेके हुए है, उसके केश बिथुरे हुए हैं। दोनों स्थिर दृष्टि से सामने बुझती हुई आग को देख रहे हैं। सुशील धीरे-धीरे उसके ललाट पर अपनी ठोड़ी टेक देता है, और उसके बिथुरे केशों को और भी बिखेरकर उसमें अपना शीश, अपने स्कन्ध, और उसका शीश, सभी लपेट लेता है... उसका मन कहता है, "इनके सौरभ में ही खो जाऊँ, इन्हीं में घुटकर चाहे मर भी जाऊँ..."

यह दृश्य न जाने सुशील को कैसा कर देता था! मानो उसे बेधता था; मानो उसका अप्रतिहत मौन साँय-साँय करके सुशील के कानों में कहता, 'तुम्हारा जीवन कितना सूना है—जैसे रेगिस्तान में अनभ्र अमावस्या की रात! जिसके तारों का असंख्य अनुपात और अकिंचन प्रकाश उसकी शून्यता और आलोकहीनता को दिखाता ही भर है...'

तब फिर वह मेरे कपाट के पास आकर, सीखचों को दोनों हाथों से पकड़कर और भिंची हुई मुट्ठियों पर सिर टेककर बाहर देखने लगता। तब फिर उसका मन भागता—उसके जीवन के गुप्ततम विचारों-भावों और आकांक्षाओं की ओर, और मैं फिर उन्हें पढ़ती, चुपचाप...

'आकाश... निर्बाध आकाश...नील, हरित, शुभ्र, श्याम का विस्तीर्ण प्रसार—हा मेरी कल्पना के पर्वत और झरने और शिलाखण्ड और चीड़ के वृक्ष और काही के बिस्तर, और हा यह लोहे के सीखचों में से दीखता मरु, उसकी सीमा पर धुँधले-से सरकंडे के झुरमुट, नीरस करील की सूखी हुई झाड़ियाँ और यह रुग्ण आकाश!...'

वह निकम्मा था, फिर भी निकम्मा नहीं बैठ सकता था। उसका मन सदा किसी विचार में लगा रहता—कभी भूत की ओर, कभी भविष्य की, कभी वर्तमान का विश्लेषण करता हुआ, किन्तु सदा निरत. ..और इस अनवरत चेष्टा का कारण केवल वहाँ का जीवन ही नहीं था, केवल उसका स्वभाव ही नहीं था। मैं, सूक्ष्मदर्शी मैं भी कुछ दिन भुलावे में रही थी, किन्तु अन्त में मैंने देख ही लिया कि उसके भीतर एक और प्रेरणा छिपी है, उसके भीतर कहीं बहुत गहरे तल में, कहीं जहाँ प्रेम का प्रकाश भी नहीं पहुँच

पाता...

यह मैंने कैसे जाना? एक दिन सन्ध्या के समय वह अकेला बैठा था, बिल्कुल शान्त, निश्चल; और बाहर देख रहा था। उस समय सान्ध्य-प्रकाश फीका पड़ चुका था, और उदय होने वाले चाँद की पीली पूर्वज्योति रुग्ण न रहकर दीप्तिमान-सी जान पड़ने लगी थी। सुशील बिल्कुल शान्त बैठा था, किन्तु मेरे भीतर किसी संज्ञा ने कहा कि जिस प्रकार समुद्र के बहुत नीचे अत्यन्त शीत स्रोत गतिमान होते हैं, उसकी भाँति उसके शान्त बाह्य पट के नीचे कुछ दौड़ रहा है... वह शान्ति किसी तल्लीनता की शान्ति थी, इसलिए मैंने चुपचाप उसके प्राणों में झाँककर देखा, बहुत गहराई तक? इतनी दूर तक कि यदि वह तल्लीन न होता तो चौंककर प्रातः कुमुद की भाँति एकाएक बन्द हो जाता, छिप जाता, डूब जाता, मुझे अपने हृदय का रहस्य न देखने देता...जो मैंने अनजाने में देख लिया!

सुशील बहार झाँक रहा था। मरुभूमि के उस सूखे पट पर एक छाया चली जा रही थी—मरु को चीरती हुई किसी बादल के टुकड़े की छाया की भाँति—और (सुशील के लिए) उतनी ही निःसत्त्व! घघरी पहने हुए एक स्त्री, सिर पर एक छोटा-सा मटका और बाँह के नीचे एक टोकरी दाबे...सुशील उसी को देख रहा था, और उसका हृदय किसी अज्ञात कारण से धड़क रहा था, बिल्कुल निष्काम होकर, उस स्त्री के प्रति बिना कोई भी भाव अच्छा या बुरा धारण किए हुए...

मैं उसे देख रही थी और सब-कुछ समझ रही थी। पर, एकाएक उसने मुँह फेर लिया...मैंने सुना (उसके मुख से नहीं, उसके मस्तिष्क के भीतर) मेरे लिए कोई आधार आवश्यक है...मेरे सखा-बन्धु सब मर चुके हैं। एक तुम हो, तुम भी कितनी दूर, अनुपगम्य...और एक है यह छाया! मैं तुम्हारी ओर ही उन्मुख हूँ, फिर भी ऐसा जान पड़ता है, उस छाया के बिना जी नहीं सकता..., फिर थोड़ी देर चुप रहकर, धीरे-धीरे...गाने लगा—

'मिथ्या कथा, के बोले ये भोलो नाइ?
के बोले ये खोलो नाइ
स्मृतिर पिंजर द्वार?'...

मैंने पूछा, यह 'तुम' कौन है? उसकी मुझे झाँकी मिली, जिसमें मैं उसे पहचान नहीं पायी! शायद सुशील की बहिन, शायद वही नामहीन आकार जिसे लेकर वह बिथुरे बालों की वह कल्पना करता था, शायद कोई और...इसलिए मेरी उस प्रश्न-भरी दृष्टि का उत्तर नहीं मिला...

कभी सोचती हूँ, संसार में कभी किसी प्रश्न का उत्तर मिलता भी है? जो प्रश्न एक बार पूछा जावे, वह क्या कभी भी अपना उत्तर पाकर सम्पूर्णता में लीन हो सकता है?

प्रश्न जब पूछा जाता है, तब वह आकाश में फैल जाता है...उसका उत्तर कितनी भी शीघ्रता से दिया जाय, प्रश्न और उत्तर में कुछ अन्तर रह ही जाता है। प्रश्न अबाध गति से अनन्त की ओर बढ़ता जाता है, और उत्तर उसी की गति से उसका पीछा करता जाता है...वे सदा निकट रहते हैं, किन्तु केवल निकट—वे कभी मिलकर और एक होकर सम्पूर्ण, सम्पन्न समाप्त नहीं होते...

पर, इससे शायद जीवन को स्थायित्व, नित्यता मिलती है, शायद इसके कारण ही जीवन की द्रोही-शक्ति मृत्यु के बाद तक अपरिवर्त्त रहती है, क्योंकि मृत्यु उसे पकड़ नहीं पाती...हाँ, तो उस प्रश्न का उत्तर मैंने कभी नहीं पाया। उसके बाद बहुत अवसर भी नहीं मिले। एक दिन मैंने देखा, उसके भीतर कुछ अधिक चहल-पहल है। उस दिन उसने भूख-हड़ताल आरम्भ कर दी...

उसके बाद...उसके हृदय में ऐसे तूफ़ान उठने लगे कि मैं भी घबरा जाती! मैं जो पत्थर की हूँ, जो अनुभूतिहीन हूँ, मैं उन भावनाओं की चोट नहीं सह सकती, जिन्हें वह लेटा-लेटा नित्य-प्रति अपने मन में फेरा करता। कई-एक मास बीत जाने के बाद, कभी-कभी मैं डरते-डरते उसके कोमल-तर विचारों की

आहट पाकर, क्षण-भर में कान लगाकर सुनती, एक-आध अभूतपूर्व उद्भावनाएँ चुरा लेती, अपने वज्रकोष में संचित करके रख लेती...मुझ जैसे प्राणहीन पत्थरों से ही विकास गति में पड़कर मानव बने हैं, तब किसी दिन मेरे कण-कण के भी बन जाएंगे; उन्हीं भविष्यत् प्राणियों के लिए मैं ये भावनाएँ एकत्र किया करती...

सदियों पहले, जब मैं किसी पहाड़ का एक अंश थी, तब बहुत-से प्राकृतिक दृश्य देखा करती थी, उन्हीं की स्मृति से एक कल्पना मुझे सूझती है। कभी, जब वायु-मंडल अत्यन्त स्वच्छ होता है, पर आकाश में दो-एक छोटे-छोटे बादल के टकुड़े मंडरा रहे होते हैं, ऐसी सान्ध्य में सान्ध्य तारे के आलोक से एक कोमल धवल दीप्तिमंडल बन जाता है। श्वास की भाँति चंचल और स्वप्न की भाँति विचित्र। उसकी दीप्तिमंडल के छायानृत्य की भाँति सुशील के मुख पर विचार विवर्त्तन होता रहता, और मैं उसे देखती।

"मैं कैदी हूँ–तीन चार वर्षों से मैंने किसी स्वतन्त्र व्यक्ति का मुख नहीं देखा–ये जेल के कर्मचारी तो मुझसे भी अधिक कैद हैं! और यदि जीता रहा तो दस वर्ष और नहीं देखूँगा। मैं सब ओर बन्धनों से, सीखचों से, पशु-बल से घिरा हुआ हूँ। कोई मुझसे मिल नहीं सकता, कोई मुझसे बात नहीं कर सकता; मैं सदा इन्हीं सीखचों से घिरा और बन्द रहता हूँ।...

"मैं प्राणिमात्र का उपासक हूँ, पर मुझे हिंसावादी कहते हैं। मैं संसार को दबाव और अनुचित प्रभुत्व से मुक्त करना चाहता हूँ, पर मेरा नाम आतंकवादी है।

"मैं जनशक्ति का सेवक हूँ, इसलिए सर्वथा अकेला हूँ।

"इस विराट् षड्यन्त्र के विरुद्ध, अपने अकेलेपन से घिरे हुए मैंने, क्या अस्त्र ग्रहण किया है? विस्तीर्ण और दुर्जेय पशु-बल से, सूक्ष्म किन्तु अजेय आत्मा की रक्षा के लिए, एक युक्ति की है?

"भूख-हड़ताल!"

और फिर, एक दूसरी बार :

"मैं निहिलिस्ट नहीं हूँ, मैं रोमांटिक नहीं हूँ। मुझे आत्मपीड़न में ऐन्द्रयिक सुख नहीं मिलता, मुझे गौरव का उन्माद भी नहीं हुआ है। पर मेरी परिस्थिति में एक ऐसी अपरिवर्त्त, तुषारमय, अमोघ अनिवार्यता है कि मुझे और कोई उपाय सूझता ही नहीं, जिससे कुछ लाभ हो सके...

"मैं एक महीने से भूखा हूँ–भूखा तो नहीं हूँ, क्योंकि भूख चार-पाँच दिन में ही मर गयी थी–एक महीने से मैंने कुछ नहीं खाया। जब मैंने खाना छोड़ा था, तब भी यही सब सोचकर छोड़ा था, तब भी अपने जीवन का मूल्य आंक लिया था। पर ज्यों-ज्यों दिन बीतते जाते हैं, ज्यों-ज्यों जीवन की शक्ति क्षीणतर होती जाती है ,त्यों-त्यों उसका महत्त्व क्यों बढ़ता जाता है? इस हीन दशा में आकर मुझे जान पड़ता है, मैंने पहले कभी जीवन का अनुभव ही नहीं किया! यद्यपि अब मेरे जीवन में क्या है? दिन में दो बार, बहुत-से कैदी और नम्बरदार आकर मेरे क्षीण शरीर पर अपनी शक्ति की परीक्षा करते हैं, डाक्टर मेरे बिस्तर और मुँह पर थोड़ा दूध बिखेर जाता है, और मैं थका पड़ा रहता हूँ! हाय जीवन!

"पर जब तक हम मरते नहीं, तब तक जीवन नहीं जाता। मैं यहाँ बन्द हूँ, मेरे आसपास सनसनाती हुई शिशिर की हवा बह रही है, पर..."

और फिर भी...

"बाहर मैं देख सकता हूँ, अनभ्र आकाश में चन्द्रमा की ज्योति...दूर पर, शुभ्र आकाश के पट पर श्याम, स्पष्ट और भीमकाय एक सन्तरी खड़ा है, और उसके हाथ की बन्दूक पर लगी हुई संगीन ज्योत्स्ना में चमचमा रही है... लोहे की छड़ी से सीमित मेरे 'अनन्त' आकाश में एक साथ ही दो वस्तुएँ चमक रही हैं–ऊपर प्रकृति का सर्वोत्तम रत्न चन्द्रमा, और नीचे उसका उपहास करती हुई मानवीय शिल्प की सर्वोत्तम कृति, वह हिंसा का निमित्त, संगीन...

"दूर, जेल की दीवारों से बाहर, मैं देख सकता हूँ एक छोटा-सा ऊजड़ भूमि का टुकड़ा—एक काव्यबद्ध सहरा मरुस्थल...उसके सिर पर खजूरों के छोटे-से झुरमुट में कहीं से एक क्षीण-सी आवाज रहट चलने की आ रही है; बाहर कहीं लड़के खेल में चिल्ला रहे हैं, और चन्द्रमा के छलिया प्रकाश में मुझे जान पड़ता है कि उस भूमि को पार करती हुई एक बैलगाड़ी जा रही है...और इस सबके ऊपर वह एक संगीन चमचमा रही है...

"मानवता और प्रकृति एक-दूसरे के सामने खड़े हो रहे हैं। मानवता की एक ललकार है किन्तु उसमें डर का भाव निहित है; प्रकृति का भाव सम्पूर्ण उपेक्षापूर्ण है, किन्तु उस उपेक्षा में एक कविता, एक प्रशान्त भव्य विराट् तत्त्व है..."

बुझते समय दीपक का आलोक सहसा दीप्त हो उठता है, किन्तु दीपक आजीवन उसी प्रखरता दीप्ति से नहीं जल सकता। मरणासन्न मानव का मानसिक जीवन पहले से अधिक गतिमान हो जाता है, किन्तु मानव आजीवन उसी तल पर नहीं रह सकता, एक दिन सुशील बेहोश हो गया, और बहुत देर तक रहा ... जब उसे होश हुआ, तब उसने जाना कि अब उसका विद्रोह शान्त होनेवाला है, क्योंकि उसकी दासता मिटनेवाली है... तब, एकाएक ही, वह बहुत थके हुए प्राणी की तरह मेरे वक्ष पर सिर टेककर रोया...

पागल! पागल! किन्तु कितना स्नेहपूर्ण पागल! रोया जीवन के लिए नहीं, मुक्ति के लिए नहीं, उन रहस्यपूर्ण आकारों के लिए नहीं, रोया इसलिए कि वे उसे मेरे पास से ले जाएंगे; कि उसे अपनी अन्तिम निद्रा और अन्तिम (या सर्वप्रथम?) जागृति मेरी छाती पर नहीं प्राप्त होगी, रोया कि वह मुझसे बिछुड़ जाएगा...

मैं पत्थर, कठोर पत्थर! और अपनी जड़ता के ज्ञान से ही, अपनी गति विवशता से ही, मैं उस दिन पिघल जाने के कितना निकट आ गयी... पर पत्थर कविता-कहानी के बाहर कभी नहीं पिघलता, मैं भी पिघल नहीं सकी, उसके भस्म कर देनेवाले आँसुओं से भी नहीं...

किन्तु मैंने जो किया, वह उसमें कहीं अधिक व्यथापूर्ण, कहीं अधिक यातनाभिभूत था—मैं उन आँसुओं को पी गयी...

उन्हीं की ज्वाला से, मेरा वक्ष अभी झुलसा हुआ है। पर वह उन्हें देखने को नहीं है, वह मुझे अकृतज्ञ समझता हुआ ही चला गया...

स्मृति भी मानो अफ़ीम की तरह का एक सम्मोहक विष है, वह एक विचित्र, थकी हुई-सी तन्द्रा लाती है, और ज्यों-ज्यों हम उसके आगे नमित होते जाते हैं, त्यों-त्यों विष का प्रभाव द्रुततर होता जाता है और फिर सोते समय एकाएक वह पूरा हो जाता है, भीतर कुछ नष्ट कर डालता है...

मैं कह चुकी हूँ कि मैं कुछ नहीं हूँ और सब-कुछ हूँ। प्रत्येक व्यक्ति मुझमें अपने प्राणों का, अपनी भावना का, प्रतिरूप पाता है। मैं कृष्ण-मन्दिर नहीं हूँ, न दासता की संकेत हूँ। मैं हूँ केवल एक दर्पण किन्तु काले शीशे का दर्पण...मुझमें प्रत्येक व्यक्ति अपनी आत्मा-भर देखता है, बिल्कुल यथा-तथा; बिना किसी भी प्रकार के परिवर्तन या गोपन—चेष्टा के—आत्मा की नग्नता में, निवारणता में बाह्य आडम्बर और दर्प और प्रतिभा और शक्तिमत्ता की हीनता में...नंगे सत्य की तरह अकोमल और कृष्णकाय...

एक और बात कहती हूँ! वह मेरे पास बहुत दिन नहीं रहा, किन्तु मेरे पास आने से पहले भी वह कुछ काल तक जेल में रह चुका था। वह आया ही, तो मैंने देखा, उसने अपने भीतर एक छोटी-सी मंजूषा अलग बन्द कर रखी है; और वह समझता है, उसमें बहुमूल्य वस्तुएँ हैं; वह समझता है, वे परकीय आँखों से अत्यन्त सुरक्षित हैं... पर मैंने पहले-पहल उन्हीं की परीक्षा ली, और मैंने देखा, उनमें महत्त्वपूर्ण वस्तु कोई नहीं है—यदि किसी भावना की प्राचीनता और अनिवार्यता ही उसे महत्त्वपूर्ण नहीं बना देती तो।

मैंने देखकर और जाँचकर कहा, "कायर!"

यह बात मेरे अतिरिक्त कोई नहीं जानता था। संसार उसे एक सच्चा वीर, एक नेता, पौरुष की सम्पूर्णता का पुरुष समझता था। किन्तु मैंने देखा–

मेरी ललकार, उसके प्राणों ने सुन ली। हमारे बाह्य आकार अपनी चेतनाएँ खो चुके हैं, इसलिए परस्पर व्यवहार नहीं कर सकते, किन्तु हमारे प्राण अब भी वह क्षमता रखते हैं, और स्वतन्त्र रूप से अपना व्यवहार जारी रखते हैं। तो उसके प्राणों ने उत्तर दिया, "मैं कायर नहीं हूँ। मैं कायर शरीर में बसनेवाली वीर आत्मा हूँ। मैं शारीरिक कष्ट से डरता हूँ, पर मुझमें नैतिक बल है।"

मैंने कहा, "तुम किसी प्रकार के भी आघात से डरते हो। तुम जो विद्रोही बने हो, उसका कारण कोई नैतिक विशालता या बौद्धिक विश्वास या शारीरिक बल नहीं है, उसका कारण है केवल आघात के डर की प्रतिकिया-मात्र!"

उसके प्राण, मानो किसी अभौतिक चादर से अपने को ढाँपने को प्रयत्न करते हुए बोले, "नहीं! मैं इसलिए नहीं रोता कि मैं अपने आघात से डरता हूँ; मेरी खिन्नता का कारण है कि मैं इतना कुछ तोड़ता और विनष्ट करता हूँ, इतनों को इतने भयंकर आघात पहुँचाता हूँ... "

मैं हँसी। उसके प्राणों ने भी अनुभव किया कि उस हँसी में एक कठोरता है। वह आखिर एक पत्थर की ही हँसी तो थी! मैंने कहा, "तुम कायर ही नहीं, झूठे भी हो!" पर वह अपने में इतना लीन था, अपने को धोखा देने में इतना पटु कि उसने सुना नहीं, कोई लम्बी-चौड़ी स्कीम लेकर उसी पर विचार करने लगा...मैंने फिर कहा, "जो आज के दिन इसलिए रोते हैं कि उनके हाथों से पाप हो रहे हैं, कल इसलिए रोयेंगे कि उनकी आत्मा भूखी मर रही है! क्योंकि स्वस्थ और सक्षम पुरुष को रोने का समय कहाँ है? मैं यह अनुभव से कहती हूँ, क्योंकि मेरी आत्मा भी रूग्ण और भूखी है... " पर इसने यह भी नहीं सुना...

एक और दिन की बात है, मैंने देखा, वह मेरे मध्य में चुप खड़ा है। मैंने यह भी देखा, उसके प्राणों पर एक परदा छाया हुआ है—यानी वह किसी विषय में फिर आत्मप्रवञ्चना कर रहा है...

मैंने उसके विचार पढ़े। वह अपनी ओर से अब भी क्रान्ति के विषय में विचार कर रहा था। किन्तु उनका धरातल सत्यता से इतनी दूर, बौद्धिक बारीकियों में इतना उलझा हुआ, और मानव जाति के प्रति ऐसी विमुख उपेक्षा से पूर्ण था कि मैंने अपना साधारण नियम तोड़कर उन्हें बिखेर दिया और कहा, "युवक, वह धोखा है, उधर मत देखो, उतनी दूर! अपने सामने, अपने पास, अपने सब ओर देखो, उसमें मिल जाओ! तुम्हारा जन्म पृथ्वी की अक्षय कोख से हुआ है, तुम्हारा पोषण भी आकाश से नहीं, धरती से ही हो सकता है... शक्ति, प्रेरणा, सूर्य की प्रखर दीप्ति, आकाश से आती है अवश्य, किन्तु केवल धरती को जीवन का एक आधार देने के लिए ... "

उसने सुना, पर माना नहीं। मैंने देखा, उसके नख अकारण और अकामतः मेरे वक्ष पर लिख रहे हैं, 'गेट दी बिहाइंड मी, सेटन'...हा अन्याय! पर मेरा विचारकर्त्ता कौन है?

तब वह दिन भी आ गया जब वह अपने पापों के लिए नहीं, अपनी भूख के लिए रोया...

वह स्नान कर चुका था। हाथ में शीशा लिये हुए, वह स्थिर दृष्टि से उसमें अपने प्रतिबिम्ब को देख रहा था। उसका शरीर तना हुआ, सिर कुछ पीछे मुड़ा हुआ, आँखें अर्धनिमीलित, उसकी मुद्रा में कुतूहलपूर्ण पर्यवेक्षण के अतिरिक्त कुछ नहीं था, किन्तु मैंने जाना, उसका हृदय दर्पण में प्रतिबिम्बित अपनी छाया का आलिंगन कर रहा था, एक कोमल लालसा से कह रहा था, "मैं तुम्हें चाहता हूँ, मैं तुम्हें प्रेम करता हूँ... " और एक डर से घबरा रहा था—"तुम नष्ट हो जाओगे, व्यर्थ खो जाओगे, आपूर्ति में मर जाओगे... "

मैंने सहसा उसे रोककर कहा, "युवक! तुम में एक ही शक्ति, एक पौरुष-प्रेरणा है, जो अपनी निष्पत्ति माँगती है। वह विद्रोह से भी मिल सकती है, और इस—इस प्रेम से भी; पर दोनों से नहीं! प्रेम की शक्ति

उस नागिन के सिर की तरह है; जो उसे एक बार देख लेता है, वह फिर जड़ हो जाता है..." मैंने यह नहीं सोचा कि यदि ऐसा है, तो फिर मेरी शिक्षा का क्या लाभ है? वह तो उस मूर्ति को देख चुका है, जिसके प्रति अन्धा रहना अन्धेपन से बचे रहना है...

मैंने उसे 'प्रेम' तो कहा, पर वह प्रेम नहीं था, वह थी एक और शक्ति जो अन्धकार से उत्पन्न होती है, और जो अधिकार पा लेने पर अन्धकार की ओर, शून्यत्व की ओर, अधोगमन की ओर खींचती है...

जाने दो। कोई अन्धा है, तो हमारे रो-रोकर अपनी आँख फोड़ लेने से उसे कुछ दीखेगा नहीं। उसके अन्धेपन को ही फलने दो, उसकी वही गति है। और जिनके आँखें हैं-

वे एक तरह से अलग हैं—

इस अलगाव का पता सहसा नहीं लगता, क्योंकि निर्बलताओं में बँधे इस संसार में हम निर्बलताएँ ही देखते हैं, और निर्बलता के क्षण में आँखें होने या न होने से कोई विशेष भेद नहीं होता...

सच्चे विद्रोही, और साधारण व्यक्ति में एक बहुत बड़ी समानता है—एक समानता जिससे उनकी आत्यन्तिक विभिन्नता प्रखर दीप्ति से चमक जाती है—कि विद्रोही अपनी कमजोरी के क्षण में वह इच्छा करता है जोकि साधारण व्यक्ति अपनी शक्ति के चरम विकास में—मुक्ति की, बचाव की, छुटकारे की इच्छा, इस झंझट से, इस उलझन से, इस प्रपीड़न और यातना और अपवित्रता से भरे जीवन और संसार से निकल भागने की तीव्र भयंकर, आत्मा को झुलसानेवाली इच्छा...

क्योंकि, विद्रोही अपनी सारी दीप्ति और तेज अपने भीतर से पाता है, और उसी की आंच पर संसार को परखता है, और साधारण व्यक्ति अपनी प्रेरणा संसार से पाता है और उसकी आंच पर स्वयं परखा जाता है...

और, साधारण व्यक्ति एक व्यक्ति, एक इकाई होता है जो अपने आपको खोजती हुई अपनी निष्पत्ति की ओर बढ़ती है, किन्तु खोयी रहती है संसार की समष्टि में; विद्रोही होता है एक समष्टि में छिपी हुई प्रेरणा, एक विराट् समूह में वितरित शक्ति, किन्तु होता है अत्यन्त आत्म-सन्निहित और अकेला...

ऐसा भी, एक आया था मैंने उसे देखा, परखा, और जाना; मुझे मालूम हुआ, यही है मेरे जीवन का पूरक, यही है जिसके लिए मैं बनी थी और जिसकी प्रतीक्षा में इतनी देर तक जड़वत् मुग्ध खड़ी थी...फिर मुझे ध्यान आया, कैसा है मेरा यह प्रणय, जो अपने वाञ्छित को कष्ट ही कष्ट दे सकता है, जिसका असमापन ही उसकी सफलता है, क्योंकि उसी में सुख है! पर उसे कोई पीड़ा नहीं हुई, कोई कष्ट नहीं हुआ। उसमें इतनी निर्वैयक्तिकता थी कि उसे व्यक्तिगत अनुभूति मानो थी ही नहीं, और इसीलिए मैं उसका आदर करके भी प्यार नहीं कर सकती—पवन की गति को कौन प्यार कर सकता है?

वह राजनैतिक खून के मामले में आया था, किन्तु यदि मैंने किसी को अहिंसा का मूर्तिमान् स्वरूप कहाने लायक देखा है तो उसी को। उसकी आत्मा ने कभी हिंसा नहीं की, कभी अत्याचार नहीं किया, यद्यपि उसके हाथों से अवश्य ही कई मृत्युएँ हुई होंगी और उसाके जैसी शक्तिमती घृणा (यद्यपि बिल्कुल बौद्धिक, विषयाश्रित घृणा का अनुभव करने वाले कम ही होंगे...

मानव समझते हैं, अहिंसा एक नकारात्मक परिस्थिति है—हिंसा का न करना मात्र। वे यह नहीं समझते कि संसार में कोई भी नकारात्मक परिस्थिति कभी नहीं टिक सकती—हिंसा न करना, पीड़ा न पहुँचाना, घृणा न करना बिल्कुल निरर्थक, नहीं असम्भव है, तब तक जब तक कि हम शान्ति नहीं फैलाते, सुख नहीं देते, प्रेम नहीं करते; शक्ति अपने को बाँधने में नहीं, अपने को सीमाओं से उन्मुक्त करने में है...

वह भी मेरे पास से चला गया—या यह कहूँ कि नहीं गया? क्योंकि उसे फाँसी के लिए ही निकालकर ले गये थे...

यह एक भयंकर स्मृति में—मुझे याद है कि मुझे उस समय भी ध्यान हुआ था कि यह पहला व्यक्ति

है जो मेरे वक्ष पर अपना नाम नहीं लिख गया है; उससे पूर्व जितने आये थे, वे सभी अपना नाम कोयले से, या पेंसिल से, या नाखून से ही खोद-खोदकर लिख गये थे, किन्तु उसने ऐसा नहीं किया...शायद उसे परवाह नहीं थी कि उसे कोई स्मरण करता है या नहीं; या शायद अपने प्रकाण्ड आत्मविश्वास में वह जानता था कि उसे मेरे वक्ष पर यह छोटी-सी छाप छोड़ जाने की आवश्यकता नहीं; या शायद विद्रोही की संसार के प्रति अवज्ञा के कारण ही—एक अन्तिम अवमानना की तरह...
एक अन्तिम स्मृति...

वह भावुक था, किन्तु उसका मोह टूट चुका था, वह खट्टा हो गया था। इतना नहीं कि उसके लिए जीवन निस्सार हो जाय, इतना नहीं कि वह निरीह होकर पाप करने में प्रवृत्त हो जाय, पर इतना अवश्य कि उसके पुराने नैतिक आदर्श बिखर जायं, और नये आदर्श उनका स्थान लें—आदर्श, जो वास्तव में किसी प्रकार की भी आदर्शवादिता के शत्रु हैं ...

ऐसा था मानो उसके लिए संसार के मुख पर पहना हुआ कोई छद्ममुख उतर गया हो, या मानो उसका मनःक्षेत्र एकाएक विस्तृत होकर मानवीय चेतना से परे की—ऊपर और नीचे दोनों ओर परे की—अनुभूत शक्ति पा गया हो, और इतना ही नहीं, उस अनुभूति को वह पहले की अपेक्षा कम काल में प्राप्त कर लेने में समर्थ हो गया हो...

उसका नाम था दिनमणि। वह आया था केवल दो दिन के लिए, किन्तु मैं उसे नहीं भूलती। जब वह उठकर बाहर चल दिया, तब उसने लौटकर मेरी ओर देखा भी नहीं, चुपचाप चला गया। मैंने सोच, क्या है? जब मुझे याद करनेवाले आते हैं तब भूलनेवाले भी होने चाहिए, जब मेरे प्रति एक पूजाभाव रखनेवाले होते हैं, तब ऐसे उपेक्षाभाव रखनेवाले भी तो होने चाहिए...पर नहीं, दूसरे दिन मैंने देखा—यानी एक शारीरिक अनुभूति से अनुभव किया—कि वह दूर पर, बड़ी दीवार के बाहर, बैठा है—उसी स्थान पर जहाँ कभी सुशील आँख लगाये रहता था, किसी एक छाया के लिए, जहाँ आकर वह छाया कभी-कभी संभ्रम की दृष्टि से मेरी ओर देख लेती थी और सुशील को एक सुखद शान्ति दे जाती थी ...

दिनमणि को वहाँ बैठे देखकर मुझे जिज्ञासा हुई कि यह क्यों आया है? तब मैं उसकी आत्मा से मूक वार्त्तालाप करने लगी, और मैंने जाना कि वह कितना थका हुआ है, किन्तु हारता नहीं है। संसार में आकर वह अनुभव कर रहा है कि वह संसार से बाहर है, किन्तु उसे छोड़ता नहीं...मैंने पूछा, "दिनमणि, तुम्हें क्या हो रहा है?"

उसकी आत्मा ने उत्तर नहीं दिया, केवल एक आँख-भर मेरी ओर देख दिया...उसका सिर, उसका मन, उसकी समूची आत्मा एक दबी हुई, स्पन्दनयुक्त, और कभी-कभी तीखी हो जानेवाली, एक अद्भुत पीड़ा से दुख रही थी।

हमारा वार्तालाप होने लगाः

मैंने पूछा, "तुम सुखी क्यों नहीं थे?"

"यह देखो, संसार का खोखलापन... इधर, और उधर, और इधर—" उसने आँखों-ही-आँखों से संसार का फेरा करते हुए कहा—"यह देखो, इसकी झूठी प्रशंसा और निस्सारता, और यह देखो मेरी मौन ग्लानिपूर्ण लज्जा, जिससे मैं इसे सहे जाता हूँ, और जो इसलिए अधिकाधिक होती जाती है कि मुझे बड़े यत्न से इसे चुपचाप सहना पड़ता है, ताकि मैं किसी को कष्ट न पहुँचाऊँ...यद्यपि मेरा हृदय चाहता है इस पर आक्रमण करना, इसका विध्वंस करके, इसे तहस-नहस करके जला डालना..."

"तुम अपने सच्चे भावों को छिपाकर चुपचाप यह सहते हो, यह क्या ढोंग नहीं है?"

"है। किन्तु ढोंग हमेशा ही दुर्बलता नहीं होता—कई बार यह शक्ति का और बड़ी गहन शक्ति का द्योतक होता है, और ऐसी अवस्था में जो ढोंगी नहीं होता वह कायर और दगाबाज होता है...मैं कहता

हूँ, सच्चाई अमाया, जितनी बार नैतिक बल से उत्पन्न होती है, उतनी ही बार नैतिक दुर्बलता, कायरता से भी... ”

“पर, यदि ऐसा है, तो तुम्हें संसार को देखकर पीड़ा क्यों होती है? वह पीड़ा तो ढोंग नहीं है... ”

“नहीं। वह इसलिए है कि मैं अपने विश्वास में दृढ़ होकर भी उस तक पहुँच नहीं पाता! क्योंकि, जो जीवन मैंने देखा है, उसने मेरे प्राणों को ही नहीं, संसार को ही निरावरण कर दिया है... उसकी खून से लथपथ और बीभत्स कुरूपता के प्रति मैं आँखें बन्द नहीं कर पाता... ”

“यह कब से? तुम क्या सदा से ऐसे थे?”

“नहीं। जब मैं जेल गया, (पाँच वर्ष हुए) तब ऐसा नहीं था; तब सब-कुछ भिन्न था—यद्यपि यह नहीं है कि संसार बदल गया है, याकि मैं ही बहुत बदला हूँ। केवल उसी अज्ञात क्रिया द्वारा वह पहले की तरुण आवेगपूर्ण उद्धतता जैसे खो गयी है, वह अपने सम्पूर्ण, सदर्प आत्म-गौरवमय विश्वास, उन कुछ-एक सिद्धान्तों में विश्वास जिनके लिए मैंने त्याग और संग्राम किया था—मानो नष्ट हो गया है। आज वह सब-कुछ नहीं है; आज मैं सोच सकता हूँ, किन्तु उन सच्चे विचारकों की भाँति जो समझते हैं कि प्रत्येक प्रश्न के एक से अधिक पहलू होते हैं, और इतना ही नहीं, उन अनेक पहलुओं को देखते भी हैं...और जितना भी सोचता हूँ, उतना ही सन्देह विकल्प बढ़ता है...”

“तुम्हारी इस प्रगति को कोई समझता है?”

“मैं तो समझता हूँ।”

मैंने फिर पूछा, “संसार समझता है?”

दिनमणि की आत्मा एक फीकी हँसी हँसी। “संसार! संसार में मेरा व्यवहार ऐसा है कि मानो मैं आज जो कहता हूँ उसे यह पाँच वर्ष बाद सुनता है—मेरे और संसार के मध्य में एक आलोक तथ्य की भांति सदा उन पाँच वर्ष का अन्तर रहेगा जो मैंने जेल में बिताये हैं...”

मैं और प्रश्न नहीं पूछ सकी। चुपचाप दिनमणि को देखने लगी, और सोचने लगी कि ऐसी समस्याओं का कभी हल होगा या नहीं...संसार में, शासन-संस्थाएँ बदलती ही रहेंगी, विधान भी बदलते ही रहेंगे...साथ-ही-साथ स्वाधीनता के आदर्श भी बदलते रहेंगे, तब सदा ही पूर्ण स्वाधीनता में कुछ न्यूनता रहेगी, उसे पूरी करने के लिए उद्धत और मनचले युवक भी उठते ही रहेंगे,...बाह्य प्रश्नों का, राजनैतिक समस्याओं का हल तो अनेक बार होगा और फिर होगा, किन्तु मानव हृदय की वह समस्या, यह ऊर्ध्वगति या पागलपन, कब कैसे मिटेगा—यह तो सदा ऐसा ही बना रहेगा, यही तो मानव-हृदय की स्पंदन-गति है जिसके बिना वह नहीं चलेगा...

तब तो, मुझे कभी मुक्ति नहीं मिलेगी? मैं सदा ही दूसरों को पीड़ा देकर अपने पीढ़ीं के बोझ को चुकता करती रहूँगी, किन्तु कभी कर नहीं पाऊँगी, बूढ़ी और कमजोर होती जाऊँगी, किन्तु मरूँगी नहीं—अभिशप्त टाइथोनस की भाँति कुढ़-कुढ़कर रह जाऊँगी—निर्दय अमरत्व एक मात्र मुझे ही सालेगा...

एकाएक मैंने सुना, दिनमणि बिलख-बिलखकर रो रहा है और अपने से एक निराश प्रश्न पूछ रहा है, “मैं क्यों यहाँ आया, मैं यहाँ क्या करने आया...” ओह, वह रात्रि की घोंट देनेवाली नीरवता, ओह, उस प्रश्न की यन्त्रणा...उसके लिए भी और मेरे लिए भी, जिसे याद आ रहा है कि मैं अमर हूँ, और मेरे अमरत्व का बोझ मुझ पर से उठ नहीं सकता...

दिनमणि उठा। एक बार उसने अत्यन्त स्थिर दृष्टि से मेरी ओर देखा—देखता रहा। फिर एक भयंकर अभिशापमय स्वर में बोला, “मैं नहीं आऊँगा, नहीं आऊँगा, इधर उन्मुख नहीं होऊँगा! प्रत्येक प्रेरणा मुझे इधर धकेलती है (क्यों धकेलती है? क्यों चाहता हूँ कि संसार से लौट जाऊँ अपने कारावास में?) पर मैं नहीं आऊँगा, मैं जीते रहकर ही अपनी मृत्यु-यंत्रणा भोगूँगा...”

और चला गया।

मैं चुप रही, शान्त रही। पत्थर हूँ—पत्थर रही... पर, मैंने इतने जीवन में जो कुछ अनुभव प्राप्त किया है, वह विद्रोह कर उठा... तब मैंने कहा ही तो—विवश होकर कहा...

"पागल! पागल! नहीं आओगे, अपनी माता के पास नहीं आओगे, जो तुम्हें सत्य देती है और प्यार करती है; जो निर्दय और कठोर घृणा से तुम्हें संसार में धकेलती है कि तुम काम करो और दुःख भोगो और लड़ो और फिर उसके पास लौट आओ उसके अकेलेपन में...उस माँ के पास नहीं आओगे?... "

पर वह चला गया—उस समय उसने कुछ नहीं सुना। पर मैं अपनी बात पूरी कर डालने के लिए बोलती गयी—क्योंकि मैं जानती हूँ कि कोई अपने मन में निश्चय नहीं कर सकता कि वह मेरे पास आएगा या नहीं...यह निश्चय मैं करती हूँ, और मेरी सहायक होती है मानव-हृदय की भूख... दिनमणि ने आज नहीं सुना, पर किसी दिन उसके प्राण ही उसे यह सुनाएंगे...

मैं कहकर चुप हो गयी। और निविड़ रात्रि में तारों द्वारा बढ़ाये हुए अन्धकार की ओर उन्मुख होकर सोचने लगी—उस तारापट में अपना भी एक अमर आँसू गूँथने लगी, जो कि मेरी जीवनी का सार और मेरी कहानी का सबसे गूढ़तम सत्य, उसका अन्त है; एक आँसू जो नीरवता में बोलता है, अन्धकार में चमकता है, विस्मृति में जागता है और जो नियति के वक्ष पर लिखता है मेरी एकमात्र स्मरणीय बात, मेरा एकमात्र सन्देश...

कि मैं कहती हूँ, तुम आओगे मेरे पास, और फिर जाओगे और फिर आओगे; तुम—और तुम—और तुम...

कि मैं कहती हूँ, तुम आओ। मैं तुम्हारा आह्वान करती हूँ, दुर्निवार आह्वान! जब तुम लौटोगे, तो एक आहत और रुग्ण आत्मा लेकर; तब मैं हसूँगी और तुम रोओगे; पर मेरी हँसी बद्ध नियति का नैराश्यवाद होगा, और तुम्हारे रोने में नवजीवन की अनुभूति का रस...मैं हँसूँगी जैसे प्रसूतिकाल में मरती हुई माता वह सुख-समाचार सुनकर हँस उठती है, एक उन्मत्त और दुःख-भरी हँसी; तुम रोओगे जैसे नवजात शिशु संसार की असह्य सजीवता और ज्योति को देखकर एकाएक रो उठता है...

कि मैं कहती हूँ यही मैंने अपने पत्थर के जीवन में सीखा है, पत्थर के आँसू में खींचा है, और पत्थर की कठोरता से तुम्हें सिखाऊँगी...

दिल्ली जेल, 1934

परिशिष्ट-1

रचनाकार : अज्ञेय का जीवन वृत्त

नाम	—	सच्चिदानन्द वात्स्यायन
	—	बचपन का नाम—सच्चा
	—	ललित निबन्धकार नाम—कुट्टिचातन
	—	रचनाकार नाम—अज्ञेय
	—	(जैनेन्द्र-प्रेमचन्द का दिया गया नाम है—अज्ञेय)
	—	व्यन्ती देवी—पण्डित हीरानन्द शास्त्री
1911	—	(7 मार्च) जन्म कुशीनगर (कसया) जिला देवरिया (उ. प्र.) में एक पुरातत्त्व-उत्खनन शिविर में।
1915	—	बचपन, लखनऊ में, संस्कृत मौखिक परम्परा से शिक्षा का आरम्भ
1929	—	श्रीनगर एवं जम्मू में, संस्कृत, फारसी और अंग्रेजी की प्रारम्भिक शिक्षा
1921	—	उडुपी (नीलगिरि) में मध्वाचार्य-संस्थान में यज्ञोपवीत संस्कार।
1925	—	नालन्दा एवं पटना में स्वर्गीय काशीप्रसाद जायसवाल रायबहादुर हीरालाल और स्व. राखालदास बन्द्योपाध्याय का सम्पर्क मिला।
	—	स्व. राखालदास बन्धोपाध्याय से बंगला सीखी।
	—	सन् 1921 में माँ के साथ जलियाँवाला काण्ड की घटना को लेकर पंजाब-यात्रा के फलस्वरूप देशभक्ति का संकल्प और अंग्रेजी साम्राज्यवाद के प्रति विद्रोह की भावना।
	—	पंजाब से 1925 में प्राइवेट हाईस्कूल की परीक्षा उत्तीर्ण की।
1927	—	इण्टर-साहित्य क्रिश्चियन कॉलेज, मद्रास।
1929	—	बी. एस-सी. फारमन कॉलेज, लाहौर से प्रथम श्रेणी में प्रथम।
	—	मद्रास में अंग्रेजी के प्रोफेसर एण्डरसन के साथ टैगोर-मण्डल की स्थापना।
	—	लाहौर में अमेरिकी प्रोफेसर जे.बी. बनेड एवं प्रोफेसर डोनियल से सम्पर्क।
	—	लाहौर में क्रान्तिकारी जीवन का श्री गणेश हिन्दुस्तान रिपब्लिकन पार्टी से जुड़े चन्द्रशेखर आजाद, भगवतीचरण वोहरा, सुखदेव के सम्पर्क में आने पर हुआ।
	—	पहली कहानी 1924 में पंजाब की यात्रा के फलस्वरूप अंग्रेजी साम्राज्यवाद के प्रति विद्रोह भावना का जन्म।
1936	—	क्रान्तिकारी जीवन
	—	हिन्दुस्तान रिपब्लिकन आर्मी में सक्रियता

— वहीं पर देवराज, कमलकृष्ण एवं वेदप्रकाश नन्दा से परिचय
— 1930 में भगतसिंह को छुड़ाने का प्रयत्न। लेकिन भगवतीचरण वोहरा के एक घटना में शहीद हो जाने के कारण योजना का स्थगन।
— दिल्ली में हिमालियन टॉयलेट फैक्ट्री में बम बनाने का कार्य क्रान्तिकारी मित्रों के साथ आरम्भ किया, जिसकी परिणति अमृतसर में ऐसी ही फैक्ट्री कायम करने के सिलसिले में 15 नवम्बर, 1930 में देवराज एवं कमल कृष्ण के साथ गिरफ्तारी में हुई।
— एक महीने लाहौर जेल में। तत्पश्चात् अमृतसर की हवालात में बन्द रहे।
— 1931 में अन्य मुकदमा जो 1933 तक चला। दिल्ली जेल में कालकोठरी में बन्द रहे। इसी बीच 'चिन्ता' काव्य एवं 'शेखरः एक जीवनी' यहीं पर सृजित हुआ। साथ ही 'भग्नदूत' की कविताओं का प्रकाशन।
— सन् 1933 में अपने घर में नजरबन्द। घर लौटने पर छोटे एवं माता की मृत्यु पर दुःख तथा पिता की नौकरी से सेवानिवृत्ति।
— क्रान्तिकारी जीवन में 'रावी' के तट पर छलांग लगाने से घुटने की टोपी उतर गयी जिसकी पीड़ा जीवन-भर झेलते रहे।

1936 — जीवन में आजीविका की तलाश। 'सैनिक' अखबार आगरा में श्री कृष्णदत्त पालीवाल के साथ साल भर 'सैनिक' के सम्पादक मण्डल में रहे।
— इसी समय किसान आन्दोलन में सक्रिय रहे।
— इसी अवधि में रामविलास शर्मा, प्रकाशचन्द्र गुप्त, भारतभूषण अग्रवाल, प्रभाकर माचवे तथा नेमिचन्द्र जैन से परिचय हुआ।

1937 — पण्डित बनारसीदास चतुर्वेदी के आग्रह पर 'विशाल भारत' में गये। लगभग डेढ़ वर्ष वहाँ रहे। यहीं पर पुलिनसेन, बुद्धदेव वसु एवं आचार्य हजारीप्रसाद द्विवेदी के साथ बलराज साहनी से परिचय में आये।
— व्यक्तिगत कारणों से 'विशाल भारत' छोड़कर पिता के पास बड़ौदा रहे।
— विदेश जाने का कार्यक्रम युद्ध छिड़ जाने के कारण स्थगित करना पड़ा और रेडियो में नौकरी कर ली। इस दौरान साहित्य के अनेक पक्षों से गहन-सम्पर्क हुआ। सन् 1937 में ही 'विपथगा' का प्रकाशन हुआ।

1940 — जुलाई 1940 में सिविल पद्धति से बंगाली युवती सन्तोष से विवाह। अनमन होने से अगस्त 1940 में ही सन्तोष से अलग हो गये। सन् 1946 में पूरी तरह विवाह-विच्छेद।

1941 — 'शेखरः एक जीवनी' का प्रकाशन। हर ओर विरोध और प्रशंसा का दौर।

1942 — दिल्ली में अखिल भारतीय फासिस्ट विरोधी सम्मेलन का आयोजन एवं प्रगतिशील लेखक संघ के सदस्यों में कृश्नचन्दर एवं शिवदान सिंह के साथ। इसी सम्मेलन में प्रगतिशील गुट से अलगाव।
— इसी वर्ष 'आधुनिक हिन्दी साहित्य' का सम्पादन।

1943 — 'तार सप्तक' का सम्पादन। हिन्दी आलोचना में भूचाल।
— सेना में नौकरी—असम—बर्मा फ्रंट पर नियुक्ति।

1944 — 'शेखर : एक जीवनी' के दूसरे भाग का प्रकाशन 'परम्परा' का प्रकाशन।

1945 — सेना की नौकरी से मुक्ति पाने का आवेदन जो 1946 में स्वीकृत। 'कोठरी की बात'

का प्रकाशन।

1946 — गुरुदासपुर पंजाब में पिता की मृत्यु से भारी धक्का।

— मेरठ साहित्य परिषद् की स्थापना।

— 'इत्यलम्' 'प्रियजन डेज एण्ड अदर पोयम्स' एवं जैनेन्द्र के उपन्यास 'त्यागपत्र' का 'दि रिजिग्नेशन' नाम से अंग्रेजी अनुवाद का प्रकाशन।

1947-55 — इलाहाबाद और फिर दिल्ली से 'प्रतीक' पत्रिका सम्पादन। दिल्ली ऑल इण्डिया रेडियों में कार्य। इसी काल में 'बाबरा अहेरी' 'नदी के द्वीप' 'अरे यायावर रहेगा याद' तथा 'जयदोल' का प्रकाशन, सांस्कृतिक स्थलों का भ्रमण।

— 'दूसरा सप्तक' का 1951 में सम्पादन।

— मानवेन्द्र राय के साथ गहन सम्पर्क तथा प्रभाव।

— अंग्रेजी पत्रिका 'वाक्' का सम्पादन।

1955-56 — यूनेस्को की ओर से भारत-भ्रमण। कपिला मलिक से विवाह।

1957-58 — जापान-भ्रमण। जेन-बुद्धिज्म का प्रभाव।

— इन्द्रधनु रौंदे हुए का प्रकाशन। कुछ समय तक इलाहाबाद में निवास।

1958-60 — 'तीसरा सप्तक' का 1959 में सम्पादन।

— यूरोप-भ्रमण एवं 'पिएर-द क्विर' के मठ में एकान्तवास।

1961-64 — 'आँगन के पार द्वार' काव्य-संग्रह पर साहित्य अकादेमी, दिल्ली से पुरस्कार।

— कैलिफोर्निया विश्वविद्यालय में भारतीय संस्कृति एवं साहित्य के प्रोफेसर।

— 'अपने अपने अजनबी' उपन्यास का प्रकाशन।

— इस बीच अमेरिकी कवियों के सहयोग से हिन्दी कवियों और अपनी कविताओं के अनुवाद किये।

1964-1971— 'दिनमान' साप्ताहिक का सम्पादन।

— इसी बीच आस्ट्रेलिया, पूर्वी यूरोप के देशों, सोवियत यूनियन एवं मध्य यूरोप के देशों की यात्रा एवं व्याख्यान।

— 1969 में 'दिनमान' से अलग हो गये। तत्पश्चात् कुछ समय तक बर्कले विश्वविद्यालय में विजिटिंग प्रोफेसर।

1977 — सन् 1971-72 में जोधपुर विश्वविद्यालय में 'तुलनात्मक-साहित्य' के प्रोफेसर।

— 1973-74 में जयप्रकाश नारायण के अनुरोध पर 'एवरी मेन्स वीकली' का सम्पादन।

— दिसम्बर 1973 में 'नया प्रतीक' का प्रकाशन-सम्पादन। अल्मोड़ा के पास उत्तर वृन्दावन में श्रीकृष्ण प्रेम आश्रम में कुछ समय निवास।

— 1976 में छह माह के लिए हाइडेलबर्ग-जर्मनी के विश्वविद्यालय में अतिथि प्रोफेसर।

— आपातकाल का गहरा विरोध तथा उद्विग्नता।

1977-80 — प्रमुख हिन्दी दैनिक 'नवभारत टाइम्स' का सम्पादन।

— 'कितनी नावों में कितनी बार' कविता-संग्रह पर 'भारतीय ज्ञानपीठ पुरस्कार,।

— 1979 में पुरस्कार राशि के साथ अपनी राशि जोड़कर 'वत्सल निधि' की स्थापना—1980 में।

— 'चौथा सप्तक' का सम्पादन।

1980-87 — 'वत्सल निधि' के तत्त्वावधान में प्रतिवर्ष लेखन-शिविरों, हीरानन्द शास्त्री व्याख्यानों एवं

रायकृष्णदास व्याख्यानों का आयोजन।

– 'जन जानकी यात्रा' एवं 'भागवत भूमि यात्रा' का आयोजन। जिसमें प्रमुख लेखक सम्मिलित होते रहे।
– 1983 में स्त्रुगा-यूगोस्लाविया के कविता-सम्मान 'गोल्डन रीथ' से सम्मानित।
– 1984 में हालैण्ड के 'पोयट्री इंटरनेशनल' में भागेदारी।
– 1985 में साहित्य अकादेमी के शिष्ट मण्डल में चीन-यात्रा।
– 1986 में फ्रेंकफर्ट पुस्तक मेले में शिरकत।
– 1987 में 'भारत-भारती' सम्मान की घोषणा।
– भारत-भवन, भोपाल में आयोजित 'कवि-भारती' समारोह में भागेदारी।
– 4 अप्रैल, 1987 की सुबह, दिल्ली में देहावसान।

परिशिष्ट-2

कृतित्व

कविता

1.	भग्नदूत	वी.एच. वात्स्यायन, लाहौर	1933
2.	चिन्ता	सरस्वती प्रेस, बनारस	1942
3.	इत्यलम	प्रतीक प्रकाशन, दिल्ली	1946
4.	हरी घास पर क्षण भर	प्रगति प्रकाशन, दिल्ली	1949
5.	बावरा अहेरी	भारतीय ज्ञानपीठ, काशी	1954
6.	इन्द्रधनु रौंदे हुए ये	सरस्वती प्रेस, बनारस	1947
7.	अरी ओ करुणा प्रभामय	भारतीय ज्ञानपीठ, काशी	1959
8.	पुष्करिणी	साहित्य सदन, झाँसी	1959
9.	आँगन के पार द्वार	भारतीय ज्ञानपीठ, काशी	1961
10.	पूर्वा (भग्नदूत, इत्यलम, हरी घास पर क्षणभर का संकलन)	राजपाल एंड संज, दिल्ली	1965
11.	सुनहले शैवाल	अक्षर प्रकाशन, नयी दिल्ली	1966
12.	कितनी नावों में कितनी बार	भारतीय ज्ञानपीठ, काशी	1967
13.	क्योंकि मैं उसे जानता हूँ	भारतीय ज्ञानपीठ, काशी	1970
14.	सागर मुद्रा	राजपाल एंड संज, दिल्ली	1970
15.	पहले मैं सन्नाटा बुनता हूँ	राजपाल एंड संज, दिल्ली	1974
16.	महावृक्ष के नीचे	राजपाल एंड संज, दिल्ली	1977
17.	नदी की बाँक पर छाया	राजपाल एंड संज, दिल्ली	1981
18.	सदानीरा (दो खंडों में)	नेशनल पब्लिशिंग हाउस, दिल्ली	1984
19.	ऐसा कोई घर आपने देखा है	नेशनल पब्लिशिंग हाउस, दिल्ली	1986
20.	मरुस्थल	प्रभात प्रकाशन, दिल्ली	1995

नाटक

1.	उत्तर प्रियदर्शी	अक्षर प्रकाशन, दिल्ली	1967

संग्रह

1.	विपथगा	भारती भंडार, लीडर प्रेस, इलाहाबाद	1937
2.	परम्परा	सरस्वती प्रेस, बनारस	1944
3.	अमर वल्लरी और अन्य कहानियाँ	सरस्वती प्रेस, बनारस	

4.	कड़ियाँ तथा अन्य कहानियाँ	सरस्वती प्रेस, बनारस	
5.	कोठरी की बात	प्रतीक प्रकाशन, दिल्ली	1945
6.	शरणार्थी	शारदा प्रकाशन, बनारस	1948
7.	जयदोल	प्रगति प्रकाशन, नयी दिल्ली	1951
8.	ये तेरे प्रतिरूप	राजपाल एंड संज, दिल्ली	1961
9.	सम्पूर्ण कहानियाँ (दो खंडों में)	राजपाल एंड संज, दिल्ली	1975

उपन्यास

1.	शेखरः एक जीवनी खंड-1	सरस्वती प्रेस, बनारस	1941
	शेखरः एक जीवनी खंड-2	सरस्वती प्रेस, बनारस	1944
2.	नदी के द्वीप	सरस्वती प्रेस, बनारस	1951
	(Trans. Island in the Stream)		1971
3.	अपने-अपने अजनबी	भारतीय ज्ञानपीठ, काशी	1961
	(Trans. To each his Stranger)		1967/82
4.	बारह खंभा-संयुक्त कृति दस अन्य लेखकों के संग एक प्रयोग		
5.	छाया मेखल	प्रभात प्रकाशन, दिल्ली	
6.	बीनू भगत	प्रभात प्रकाशन, दिल्ली	

डायरी/यात्रा

1.	भवंती	राजपाल एंड संज, दिल्ली (64-70)	1972
2.	अंतरा	राजपाल एंड संज, दिल्ली (70-74)	1975
3.	शाश्वती	राजपाल एंड संज, दिल्ली (75-79)	1979
4.	शेषा	प्रभात प्रकाशन, दिल्ली	1995
5.	अरे यायावार रहेगा याद	सरस्वती प्रेस, बनारस	1953
6.	एक बूँद सहसा उछली	भारतीय ज्ञानपीठ, दिल्ली	1960

निबन्ध/गद्य

1.	त्रिशंकु	सरस्वती प्रेस, बनारस	1945
2.	सबरंग		1946
3.	आत्मनेपद	भारतीय ज्ञानपीठ, काशी	1960
4.	हिन्दी साहित्य : एक आधुनिक परिदृश्य	अभिनव भारती, ग्रन्थमाला कलकत्ता	1967
5.	सबरंग और कुछ राग		1969
6.	आलवाल	राजकमल, दिल्ली	1971
7.	लिखि कागद कोरे	राजपाल एंड संज, दिल्ली	1972
8.	अद्यतन	सरस्वती विहार, दिल्ली	1977
9.	जोग लिखी	राजपाल एंड संज, दिल्ली	1977

10.	संवत्सर	नेशनल पब्लिशिंग हाउस, दिल्ली	1978
11.	स्रोत और सेतु	राजपाल एंड संज, दिल्ली	1978
12.	व्यक्ति और व्यवस्था	नेशनल पब्लिशिंग हाउस, दिल्ली	1979
13.	अपरोक्ष	सरस्वती विहार, दिल्ली	1979
14.	युग संधियों पर	सरस्वती विहार, दिल्ली	1981
15.	धारा और किनारे	सरस्वती विहार, दिल्ली	1982
16.	स्मृति लेखा	नेशनल पब्लिशिंग हाउस, दिल्ली	1982
17.	कहाँ है द्वारका	राजपाल एंड संज, दिल्ली	1982
18.	छाया का जंगल	सरस्वती विहार, दिल्ली	1984
19.	अ सेंस आव टाइम	ओ.यू.पी. दिल्ली	1981
20.	स्मृतिछंदा	नेशनल पब्लिशिंग हाउस, दिल्ली	1989
21.	आत्मपरक	नेशनल पब्लिशिंग हाउस, दिल्ली	1983
22.	केंद्र और परिधि	नेशनल पब्लिशिंग हाउस, दिल्ली	1984

अनुवाद

1. अंग्रेजी 'विजिर' स एलीफेंट (इवो आंद्रिक) से 'वज़ीर का फ़ीला'
2. अंग्रेजी 'विवेकानन्द' (रोमाँ रोलाँ) से हिन्दी 'विवेकानन्द'
3. हिन्दी 'त्यागपत्र' (जैनेन्द्र कुमार) से अंग्रेजी 'द रेजिग्नेशन' 1946
4. बाङ्ला 'गोरा' (रवीन्द्रनाथ ठाकुर) से हिन्दी 'गोरा'
5. बाङ्ला 'राजा' (रवीन्द्रनाथ ठाकुर) से हिन्दी 'राजा'
6. लागरक्विस्त के तीन उपन्यासों का अंग्रेजी से हिन्दी अनुवाद
7. बाङ्ला 'श्रीकान' (शरतचन्द्र चट्टोपाध्याय) से हिन्दी 'श्रीकान्त'
8. लिंकन वाणी 1959

सम्पादित ग्रन्थ

आधुनिक हिन्दी साहित्य (1940)	मेरठ, साहित्य-संस्थान
तारसप्तक (1943)	द्वितीय परिवर्द्धित संस्करण-1963
दूसरा सप्तक (1951)	प्रगति प्रकाशन, दिल्ली
तीसरा सप्तक (1959)	भारतीय ज्ञानपीठ, काशी
चौथा सप्तक (1978)	सरस्वती विहार, दिल्ली
पुष्करिणी (1959)	साहित्य-सदन, झाँसी

नये एकांकी (1952)

नेहरू अभिनन्दन ग्रन्थ (संयुक्त रूप से, 1949)

रूपांबरा (हिन्दी प्रकृति काव्य-संकलन, 1960), भारतीय ज्ञानपीठ, दिल्ली

सर्जन और संप्रेषण (वत्सल निधि लेखक शिविर, लखनऊ, नेशनल पब्लिशिंग हाउस, नयी दिल्ली, 1985)

साहित्य का परिवेश (वत्सल निधि लेखक शिविर, आबू, नेशनल पब्लिशिंग हाउस, नयी दिल्ली, 1985)

साहित्य और समाज परिवर्तन (वत्सल निधि लेखक शिविर, बरगी नगर, नेशनल पब्लिशिंग हाउस, नयी दिल्ली, 1986)

समकालीन कविता में छन्द (वत्सल निधि लेखक शिविर, बोधगया, नेशनल पब्लिशिंग हाउस, नयी दिल्ली, 1987)

स्मृति के परिदृश्य (संवत्सर व्याख्यानमाला, साहित्य अकादेमी, नयी दिल्ली, 1987)

भविष्य और साहित्य (वत्सल निधि लेखक शिविर, जम्मू, नेशनल पब्लिशिंग हाउस, नयी दिल्ली, 1989)

होमवती स्मारक ग्रन्थ

'नये साहित्य-स्रष्टा' ग्रन्थमाला (भारतीय ज्ञानपीठ) में

रघुवीर सहाय, सर्वेश्वर दयाल सक्सेना, अजित कुमार, शांति मेहरोत्रा के रचना-संकलन

भारतीय कला-दृष्टि, प्रभात प्रकाशन, दिल्ली

जन जनक जानकी, प्रभात प्रकाशन, दिल्ली

सामाजिक-यथार्थ और कला-भाषाः 1986

भागवत भूमि यात्रा, प्रभात प्रकाशन, दिल्ली, 2010

—अज्ञेय रचनावली (खंड 18)

सं. कृष्णदत्त पालीवाल, भारतीय ज्ञानपीठ, दिल्ली, 2011

परिशिष्ट-3

सहायक सामग्री

1. अपरोक्ष (अज्ञेय से लेखकों द्वारा लिये गये सात साक्षात्कारों का संकलन, 1979) सरस्वती विहार, दरियागंज, नयी दिल्ली
2. रचना क्यों और किनके बीच (अज्ञेय के साथ पाँच परवर्ती रचनाकारों के संवाद 1988) भारतीय साहित्य प्रकाशन, मेरठ
3. अज्ञेय और आधुनिक रचना की समस्या : रामस्वरूप चतुर्वेदी, 1968
4. अज्ञेय की काव्य-तितीर्षा : नंदकिशोर आचार्य, 1971
5. अज्ञेय और उनका साहित्य : (सं.) विश्वनाथ प्रसाद तिवारी, 1972
6. समानान्तर : रमेशचन्द्र शाह, 1973
7. वागर्थ : रमेशचन्द्र शाह, 1981
8. अज्ञेय : चन्द्रकान्त बांदिवडेकर
9. आधुनिक हिन्दी उपन्यास और मानवीय अर्थवत्ता : नवलकिशोर, 1977
10. आज के लोकप्रिय हिन्दी कवि अज्ञेय : (सं.) विद्यानिवास मिश्र, 1963
11. अधूरे साक्षात्कार : नेमिचन्द्र जैन
12. अज्ञेय होने का अर्थ : कृष्णदत्त पालीवाल, 2007
13. गिरिजाकुमार माथुर : कृष्णदत्त पालीवाल, 2003
14. फिलहाल : अशोक वाजपेयी, 1970
15. कविता का गल्प : अशोक वाजपेयी
16. छठा दशक : विजयदेव नारायण साही, 1987
17. शिखर से सागर तक : रामकमल राय, 1997
18. नयी कविता के प्रतिमान, लक्ष्मीकान्त वर्मा, 1968
19. कविता के नये प्रतिमान : नामवर सिंह, 1968
20. आधुनिक परिवेश और नवलेखन : शिवप्रसाद सिंह, 1970
21. हिन्दी आलोचना के नये वैचारिक सरोकार : कृष्णदत्त पालीवाल, 1973
22. अज्ञेय : कवि कर्म का संकट : कृष्णदत्त पालीवाल, 2009
23. अज्ञेय : विचार का स्वराज : कृष्णदत्त पालीवाल, 2010
24. आलोचक अज्ञेय की उपस्थिति : कृष्णदत्त पालीवाल, 2011
25. भागवत भूमि यात्रा, सं. कृष्णदत्त पालीवाल, 2010
26. हिन्दी का आलोचना पर्व : कृष्णदत्त पालीवाल, 2011